LINDA WINTERBERG
Solange die Hoffnung
uns gehört

AF178081

atb aufbau taschenbuch

Hinter LINDA WINTERBERG verbirgt sich Nicole Steyer, eine erfolgreiche Autorin historischer Romane. Sie lebt mit ihrem Mann und ihren zwei Töchtern im Taunus und begann schon im Kindesalter erste Geschichten zu schreiben. Bei der Recherche zu einem anderen Thema stieß sie auf die historischen Schicksale rund um die Kindertransporte aus dem Dritten Reich, die sie nicht mehr losließen und auf denen dieser Roman beruht.

Alle lieferbaren Titel der Autorin finden Sie unter aufbauverlage.de.

Als es der Sopranistin Anni wegen ihrer jüdischen Herkunft verboten wird, an der Frankfurter Oper aufzutreten, bemüht sie sich nach Kräften, sich und ihre kleine Tochter Ruth durchzubringen. Doch ihre Not wird immer größer, und alle Versuche, das Land gemeinsam zu verlassen, scheitern. Schließlich ringt sie sich zu einer Entscheidung durch, die ihr das Herz bricht: Um wenigstens ihre Tochter zu retten, beschließt Anni, sie mit einem der Kindertransporte nach England zu schicken und ihr später zu folgen. Nachdem Ruth ihre Reise ins Ungewisse angetreten hat, macht der Beginn des Krieges jedoch alle Hoffnungen, ihre Mutter bald wiederzusehen, zunichte. Und während Ruth unter der Trennung von der Mutter leidet und ihre Herausforderungen in England meistern muss, zieht sich das Netz um Anni immer enger zusammen. Doch weder Mutter noch Tochter geben die Hoffnung auf, einander wiederzufinden.

Ergreifend, tragisch und nach einer wahren Geschichte erzählt.

Die Presse über »Das Haus der verlorenen Kinder«:
»Packend.« *Laura*
»Unbedingt lesen!« *hr1 Buchtipp*

Linda Winterberg

SOLANGE DIE HOFFNUNG UNS GEHÖRT

ROMAN

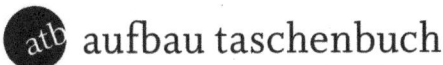 aufbau taschenbuch

ISBN 978-3-7466-3289-6

Aufbau Taschenbuch ist eine Marke
der Aufbau Verlage GmbH & Co. KG

2. Auflage 2024
© Aufbau Verlage GmbH & Co. KG, Berlin 2017
www.aufbau-verlage.de
10969 Berlin, Prinzenstraße 85
Der Verlag behält sich das Text- und Data-Mining nach § 44b UrhG
vor, was hiermit Dritten ohne Zustimmung des Verlages untersagt ist.
Bei Fragen zur Sicherheit unserer Produkte wenden Sie sich bitte an
produktsicherheit@aufbau-verlage.de.
Umschlaggestaltung www.buerosued.de, München
unter Verwendung eines Motivs von © Ildiko Neer / arcangel
Satz Greiner & Reichel, Köln
Druck und Binden CPI books GmbH, Leck, Germany

Printed in Germany

KAPITEL EINS

Anni blickte aus dem Fenster der kleinen Laubhütte in den idyllischen Garten, der gleich hinter der Synagoge begann und den Lärm der umliegenden Großstadt vollkommen fernzuhalten schien. Durch das laubbedeckte Dach der Hütte drangen einzelne Sonnenstrahlen zu ihr hinein. Kastanienketten, von fleißigen Kinderhänden gefertigt, hingen von der Decke, Nüsse und Äpfel lagen auf den Tischen neben Herbstblumen in kleinen Vasen. Eine Handvoll Frauen aus der Nachbarschaft hatte sich heute in der Laubhütte zusammengefunden. Es gab Kaffee, dazu selbstgebackenen Kuchen und Kekse. Anni war mit Marlene, ihrer Nachbarin, gekommen, kannte aber auch einige der anderen Frauen. Susanne Hofmann, die in einer großen Wäscherei im Westend arbeitete. Michaela Geigers Sohn war mit ihrer Tochter Ruth in den Kindergarten gegangen, und Simone Gärtner arbeitete im Lebensmittelgeschäft an der Ecke. Letztere war, wie sie selbst, Protestantin, einige der anderen Frauen waren Jüdinnen. Wer welchen Glauben hatte, war hier jedoch unwichtig, wenngleich der Anlass ihres Zusammentreffens, das Laubhüttenfest, ein jüdischer war.

Die Tradition, der Hütten als Zufluchtsort des jüdischen Volkes zu gedenken, erinnerte Anni an lang vergangene Erlebnisse ihrer Kindheit. Sie war zwei Jahre alt gewesen, als ihre Eltern zum evangelischen Glauben konvertierten. Ihr Vater war damals Klavierlehrer am berühmten Hoch'schen Konservatorium in Frankfurt. Vor allem seine Beschäftigung mit der christlichen Kirchenmusik hatte ihn irgendwann dazu bewogen, zum Protestantismus wechseln zu wollen. Annis Mutter war es nicht leichtgefallen, ihre jüdischen Wurzeln aufzugeben. Sie stammte aus Krakau, wo sie eine klassische Gesangsausbildung genossen hatte. Dennoch hatte sie in Frankfurt an keinem Theater Fuß fassen können, weshalb sie Gesangsstunden gab und sich um die musikalische Ausbildung ihrer Tochter kümmerte, wofür Anni ihr heute dankbar war. Ohne die Unterstützung ihrer Mutter wäre sie niemals zu der Sopranistin geworden, die sie heute war. Im Frühjahr jährte sich der Todestag ihrer Eltern zum achten Mal. Auf dem Weg zu einem Auftritt in Berlin waren sie beide bei einem Zugunglück ums Leben gekommen.

»Anni, hörst du überhaupt zu?«

Anni schaute hoch. Sämtliche Blicke der Frauen waren auf sie gerichtet. »Entschuldigt bitte, ich war in Gedanken. Was habt ihr gesagt?«

»Es geht um ein Geburtstagsfest in der jüdischen Gemeinde«, wiederholte Michaela Geiger. »Unser Rabbi, David Silberstein, wird sechzig Jahre alt. Wir haben gerade darüber gesprochen, für die Feier eine musikalische Darbietung zu organisieren, denn er liebt klassische Musik, ganz besonders die Oper. Marlene meinte, du würdest uns bestimmt den Gefallen tun und etwas für ihn singen.« Abwartend sahen die Frauen sie an.

»Warum nicht?«, meinte Anni. »Allerdings geht das nur,

wenn sich das Fest nicht mit einem meiner Auftritte überschneidet. Welche Oper bevorzugt er denn?«

Die Frauen sahen sich fragend an.

»Das wissen wir gar nicht«, erwiderte Susanne. »Aber das lässt sich ohne Probleme in Erfahrung bringen. Ich werde gleich nachher seine Frau anrufen. Er wird sich bestimmt freuen.« Sie klatschte vor Begeisterung in die Hände.

Ein Geburtstagsständchen für einen Rabbi, dachte Anni. Wäre nicht jiddische Musik passender? Ihre Mutter wäre davon ausgegangen. Zuerst ein schnelles Lied zum Mitklatschen, dann ein trauriges für die Wehmut und am Ende etwas Fröhliches, um den Jubilar hochleben zu lassen. Jiddische Musik hat Seele, hatte ihre Mutter immer gesagt. Ach, wie sehr Anni sie doch vermisste. Besonders in den letzten Jahren hätte sie sich die geliebte Mutter an ihre Seite gewünscht, denn der frühe Tod ihres Mannes Johann war ein schwerer Schlag gewesen, von dem sie sich nur langsam erholte. Ihre Mutter hätte ihr in dieser schweren Zeit Kraft gegeben und Mut gemacht. Oftmals führte Anni auch jetzt noch stumme Zwiesprache mit ihr. Trotz ihres Übertritts zum evangelischen Glauben hatte ihre Mutter niemals aufgehört, an jüdischen Traditionen festzuhalten und jiddische Lieder zu singen. Als junges Mädchen war sie in Krakau mit einem gewissen Mordechaj befreundet, der tagsüber Tischler, nachts Liederschreiber gewesen war. Ihre Mutter hatte viele seiner Lieder gesungen, eines jedoch hatte Anni über all die Jahre nie vergessen. Ein Schlaflied mit dem Titel »Shlof shoyn mayn jankele«. Sie konnte es auswendig, verstand den Text zwar nicht vollständig, doch das war nicht wichtig. Die jiddischen Worte klangen für sie so vertraut wie eine zärtliche, Trost spendende Umarmung. Jeden Abend vor dem Einschlafen hatten sie das Lied gemeinsam gesungen. Es war ein wunderbares Ritual zwischen Mutter und Tochter gewesen, das sie heute an ihre kleine Tochter Ruth weitergab, die vor der Hütte mit den anderen Kindern fröhlich über den Rasen sprang. Anni beobachtete sie wehmütig. Auch in Ruths Grundschulakte war der Vermerk *Jüdin* eingetragen worden. Nun musste Ruth gemeinsam mit zwei weiteren Kindern in der hintersten Ecke des Klassenzimmers sitzen. Als wie grausam würde sich diese Welt erweisen, fragte sich Anni, wenn schon bei den Kindern solche Unterschiede gemacht wurden? Auch in ihrer Personalakte der Städtischen Bühnen war ihre jüdische Herkunft vermerkt worden, wobei man ihr zugesichert hatte, dass dies keine Auswirkungen auf ihre Arbeit haben würde. Sie war eine gesetzte Größe an der Frankfurter Oper, und so würde es auch bleiben. Einige Vorkommnisse an den Bühnen sprachen allerdings eine andere Sprache und ließen Zweifel in ihr aufkommen. Bereits mehrere ihrer Kollegen waren aufgrund ihrer jüdischen Herkunft entlassen worden. Wenn sie ihren Arbeitsplatz verlöre, wüsste Anni nicht, wie es weitergehen sollte. Ihre Arbeit an der Oper war ihr Leben, zu singen alles, was sie konnte. Doch sie schob den Gedanken beiseite.

Als hätte Marlene erraten, was in ihr vorging, wandte sie sich ihr zu und sagte: »Anni, du wirst uns doch auch jetzt eine Kleinigkeit vorsingen, oder? Es ist immer ein solcher Genuss, deine Stimme zu hören.«

Erneut waren sämtliche Blicke im Raum auf sie gerichtet.

»Ich weiß nicht«, sagte Anni zögernd. »Eigentlich wollte

ich langsam aufbrechen. Ich muss noch in das Fotoatelier von Nini und Carry Hess wegen der Aufnahmen für das neue Programmheft.«

»Bitte. Für ein Lied bleibt doch immer Zeit«, bettelte Marlene.

»Ja, Mama. Sing«, erklang nun auch Ruths Stimme. Sie stand mit einem Keks in der Hand in der Tür. »Unser Lied. Das mit dem Jankele.«

»Meinetwegen«, gab Anni nach. Nini und Carry würden es ihr nachsehen, wenn sie sich etwas verspätete. Ruth kam lächelnd auf sie zu und kletterte auf ihren Schoß. Anni schlang die Arme um ihre kleine Tochter, die so herrlich süß duftete, und begann zu singen. Die Melodie des Liedes war voller Sehnsucht. Die jiddischen Worte machten aus der kleinen Laubhütte einen Ort des Friedens. Anni drückte Ruth fest an sich und genoss die Wärme ihres kleinen Körpers. Ihr Mädchen war der wichtigste Mensch ihres Lebens, die einzige Familie, die ihr geblieben war. Sie musste sie beschützen, sich kümmern, für sie da sein. Die Welt dort draußen hatte sich auf grausame Art und Weise verändert. Doch gewiss war alles nur ein Strohfeuer, und bald würden wieder bessere Zeiten kommen. An dieser Hoffnung galt es festzuhalten. Sie sang die letzte Strophe mit geschlossenen Augen. Ihre Stimme wurde leiser, weicher.

»Nu shlof zhe mir, mayn kluger khosn bokher,
dervayl ligstu in vigele bay mir.
s'vet kostn fil mi un mame's trern,
bizvanen s'vet a mentsh aroys fun dir!«

Als sie verstummte, war es mucksmäuschenstill um sie herum.

»Wunderschön«, murmelte irgendwann eine der Frauen. »Diese Musik ist so voller Seele.«

»Das finde ich auch«, stimmte Anni zu. »Dieses Stück hat ein jiddischer Liedermacher aus Krakau geschrieben.«

»Den kenne ich«, sagte eine andere Frau. »Sein Name ist Mordechaj Gebirtig, nicht wahr?« Anni nickte. »Mein Vater hat eine Platte mit seinen Liedern. Ich kann mich jedoch nicht entsinnen, dein wunderschönes Schlaflied darauf gehört zu haben. Es ist wirklich zauberhaft.«

»Das ist es«, stimmte Anni zu. Sie spürte in sich den Schmerz der Erinnerung aufsteigen und sah das Gesicht ihrer Mutter vor Augen, glaubte, ihre Nähe zu spüren. Erneut hüllte Stille den Raum ein. Mordechajs Melodie hatte alle Anwesenden tief im Innersten berührt. Anni bemerkte, dass Ruth in ihrem Arm eingeschlafen war. Sie blickte zu Marlene, die ohne Worte verstand. Behutsam nahm sie Ruth von Annis Schoß, legte sie auf ein kleines Kanapee in der Ecke und deckte sie mit einer bunten Flickendecke zu.

»Ich komme sie später bei dir abholen«, flüsterte Anni Marlene zu. Marlene nickte.

»Natürlich. Bestimmt wird Walter mit ihr Klavier spielen. Das mag sie. Sie kann auch mit uns essen.« Dankbar drückte Anni die Hand ihrer Freundin, dann verabschiedete sie sich von den anderen und verließ den Raum.

Nur wenige Schritte weiter war Anni sofort vom Lärm der Großstadt und von dahineilenden Menschen umgeben. Als sie kurz darauf in der Straßenbahn am Fenster Platz nahm, lehnte sie den Kopf gegen die Scheibe und blickte zum Himmel. Die Sonne kam hinter einer Wolke hervor, und ihre hellen Strahlen fielen warm auf ihre Wangen. Sie schloss die Augen und suchte in sich die Geborgenheit, die sie eben in der Laubhütte noch empfunden hatte. Doch vergebens. Sie öffnete die Augen wieder. Die Straßenbahn hielt, und eine Gruppe SA-Männer stieg ein. Ihre Hände begannen zu zittern. Sie durfte die Angst nicht Oberhand gewinnen lassen, denn sie war ein schlechter Begleiter. Gewiss war der Anblick dieser Männer in der Stadt nur vorübergehend, schon bald würde alles wieder wie früher sein. Die Straßenbahn erreichte den Börsenplatz, und sie stieg gemeinsam mit den SA-Männern aus, die sie höflich grüßten. Mit Sicherheit hätten sie das nicht getan, wenn sie wüssten, dass sie Jüdin war, dachte Anni und überquerte ein Stück von ihnen entfernt die Straße. Aus dem Augenwinkel nahm sie noch wahr, wie sie einer alten Dame behilflich waren, deren Einkaufstüte gerissen war. Sie hoben Lebensmittel von der Straße auf, kümmerten sich darum, sie zu verstauen, lächelten freundlich. Wären nicht ihre respekteinflößenden Uniformen gewesen, hätte man sie für nette junge Burschen halten können. Leider waren sie es nicht. Mit Grausen dachte Anni an den Tag im April zurück, als genau dieselben jungen Männer die jüdischen Geschäfte beschmiert und beschädigt und ihre Besitzer mehr als nur beleidigt hatten. Auch das Fotoatelier von Nini und Carry Hess, das Anni jetzt erreichte, war attackiert worden. Nini und Carry hatten sich an diesem Tag in ihrem Atelier verschanzt und hinter der verrammelten Tür tausend Tode ausgestanden. Sie waren glimpflich davongekommen. Nur die Eingangstür war aufs Übelste beschmiert worden. *Drecksjuden* und *Talmudgauner* hatte darauf gestanden, was Nini einige Tage später abgewaschen hatte. Aufgeben liegt mir nicht, hatte sie zu Anni eine Weile nach den schrecklichen Vorkommnissen gesagt. Sie hatte entschlossen geklungen, doch Anni hatte sich nicht täuschen lassen. Nini Hess hatte Angst, genauso wie sie selbst, wie so viele in dieser Stadt.

Anni schob die Eingangstür auf und trat ins Treppenhaus, wo sie die vertraute Mischung von Parfüm und Bohnerwachs empfing. Sie eilte die steinernen Stufen hinauf. Fotografien, die größtenteils Künstler der Städtischen Bühnen zeigten, hingen an den Wänden. Als sie das Atelier betrat, wurde sie wie gewohnt von Nini in Empfang genommen.

»Anni, meine Liebe. Wie schön, dass du es einrichten konntest.« Sie umarmte Anni flüchtig und nahm ihr den Mantel aus der Hand.

»Es tut mir leid, dass ich mich verspätet habe«, entschuldigte sich Anni. »Marlene, unsere Nachbarin, hat mich in die Laubhütte bei der Synagoge mitgenommen und ...«

»Dort hast du dich verquatscht«, ließ Nini sie nicht ausreden. Sie bedeutete Anni, ihr in den Schminkraum zu folgen, in dem bereits ihr Bühnenkostüm bereitlag. Heute sollten Aufnahmen für einen Sonderteil des neuen Programmheftes entstehen. »Ein Wunder, dass du überhaupt noch gekommen bist. Ich an deiner Stelle hätte den Termin bestimmt vergessen. Diese Hütte ist so ein wunderbarer und friedlicher Ort, selbst noch in heutiger Zeit.« Nini ließ Anni vor dem Schminkspiegel Platz nehmen. »Dort habe ich immer das Gefühl, es hätte niemals irgendwelche Veränderungen gegeben. Erst wenn man wieder in die Welt außerhalb der behüteten Mauern tritt, wird einem bewusst, dass man den Lauf der Geschehnisse nicht aufhalten kann. Wir leider auch nicht.« Sie seufzte. »Unsere Sorgen stehen vor der Tür und klopfen schon lautstark an. Bestimmt ist es nur noch eine Frage der Zeit, bis uns die Städtischen Bühnen die Verträge aufkündigen werden. Wie es dann weitergehen soll – daran will ich lieber gar nicht denken.« Sie winkte ab.

»Das glaube ich nicht«, suchte Anni sie zu beruhigen. »Eure Zusammenarbeit mit den Bühnen war doch immer gut. Eure Fotos sind in ganz Europa bekannt.« Anni nahm Ninis Hand und drückte sie. Sie wusste, dass Ninis offene Worte nicht selbstverständlich waren. Nur bei wenigen ihrer Kunden sprachen Nini und Carry ihre Ängste aus, was Anni als Vertrauensbeweis ansah. Ihre Beziehung war mehr als nur geschäftlich. Über die Jahre hatte sich eine Freundschaft entwickelt. Bei einem Treffen im Januar hatte Nini schon einmal ihre Besorgnis zum Ausdruck gebracht. Damals hatte Anni ebenfalls zu beschwichtigen versucht. Doch nach den Geschehnissen der letzten Monate hörten sich ihre Worte wie leere Phrasen an.

»Ich denke, die neuen Machthaber sehen das anders. Für sie sind es Bilder von Juden, nicht mehr und nicht weniger«, erwiderte Nini mit einem Achselzucken. Anni hätte ihr zu gern widersprochen, aber ihr fiel kein Gegenargument ein.

Nini griff zur Bürste, kämmte Annis Haar nach hinten und setzte ihre Rede fort: »Am Theater haben sie schon damit begonnen, die jüdischen Mitarbeiter rauszuwerfen. Hermann, einer der Bühnenbildner, hat mir davon erzählt.«

»Ja, leider«, stimmte Anni zu. In ihrem Hals bildete sich ein dicker Kloß. Sollte sie Nini davon erzählen, dass auch sie jüdische Wurzeln hatte? Sie verwarf den Gedanken, wofür sie sich innerlich schämte. Nini und Carry hatten Ehrlichkeit verdient. Sie dachte an jenen schlimmen Moment im Personalbüro zurück, als ihre jüdische Abstammung in ihre Akte eingetragen wurde. Den abfälligen Blick der Sekretärin würde sie niemals vergessen. Ihr, genauso wie ihrer über zehn Jahre älteren Kollegin Magda Spiegel, ebenfalls jüdischer Herkunft, war versichert worden, dass ihre Verträge erfüllt, wahrscheinlich auch verlängert wurden. Sie waren die Stars an der Frankfurter Oper. Magda eine Altistin, die man auf der ganzen Welt kannte, sie selbst eine herausragende Sopranistin. Doch ein fader Beigeschmack blieb. Keine von ihnen hatte im Ensemble über ihre Abstammung gesprochen. Offiziell war Anni Kluger Protestantin ebenso wie Magda Spiegel. Niemand außer der Verwaltung sollte etwas über ihre Herkunft erfahren. Wie lange es jedoch dauern würde, bis die ersten Gerüchte durch die Gänge zogen, war schwer zu sagen. Sie wusste, dass Nini verschwiegen war und nichts ausplaudern würde, doch wie oft kam es vor, dass man sich in einem Gespräch verplapperte. Nicht auszudenken, was geschehen würde, wenn jeder im Theater über ihre Abstammung Bescheid wüsste.

Nini machte sich ans Werk. Sie steckte Annis Haar am Hinterkopf fest und fing an, sie zu schminken. Innerhalb weniger Minuten schaffte sie es, Anni in einen komplett neuen Menschen zu verwandeln.

»Noch etwas Rouge«, sagte sie. »Und es ist perfekt.« Verblüfft betrachtete Anni ihr Antlitz im Spiegel. »Du bist und bleibst eine Zauberfee, Nini.«

Nini legte den Pinsel zur Seite und platzierte die rote Perücke auf Annis Kopf, rückte sie zurecht, zupfte an den Locken und musterte das Ergebnis im Spiegel.

»Perfekt. Du wirst das Publikum wie immer betören.« Sie lächelte. Vielleicht würde sich ja alles zum Guten wenden, dachte Anni. Viele waren davon überzeugt, dass sich ihr Leben in den nächsten Monaten wieder normalisieren und auch der Hass gegen die Juden abnehmen würde. Daran sollte sie glauben und nicht den Teufel an die Wand malen, auch wenn es schwerfiel.

»Dann sehen wir mal zu, dass wir dich in das wunderschöne grüne Seidenkleid bekommen.« Nini nahm das Kleid vom Bügel, während sich Anni erhob und ihre Bluse aufknöpfte. Genau in diesem Moment betrat Carry mit einem strahlenden Lächeln den Raum.

»Anni, meine Liebe. Wie schön, dich zu sehen.« Küsschen rechts, Küsschen links auf die Wange, der schwere Geruch ihres Parfüms in der Nase. Carry, die eigentlich Cornelia hieß, war eine beeindruckende Frau, die einen mit ihrer lebensfrohen Art und ihrer klassischen Schönheit sofort in ihren Bann zog. Ihr dunkelbraunes Haar war in sanfte Wellen gelegt und saß perfekt. Die rehbraunen Augen strahlten Wärme aus. Im Gegensatz zu ihr wirkte die aschblonde Nini, die durchaus hübsch anzusehen war, beinahe farblos. Sie waren grundverschieden und bildeten doch eine Einheit.

Anni schlüpfte in den grünen Seidentraum voller Spitze, den sie schon bald auf der Bühne tragen würde. Nini schloss den Reißverschluss im Rücken.

Anni betrachtete sich in einem bodentiefen Spiegel, der neben einem Paravent an der Wand hing, von allen Seiten.

15

»Wie sehr ich die Verwandlungen des Theaters liebe«, sagte sie. »Heute bist du eine Königin, morgen deren Dienerin und in zwei Wochen eine Bettlerin. Ich will das alles niemals aufgeben.«

Nini blickte sie erstaunt an. Anni biss sich auf die Lippen. Jetzt war sie selbst diejenige gewesen, die sich verplappert hatte.

»Wieso solltest du deine Arbeit denn aufgeben müssen?«, fragte Nini. Anni sank zurück auf den Stuhl vor dem Schminktisch.

»Weil ich nicht viel besser dran bin als ihr. Wahrscheinlich ist es auch bei mir nur noch eine Frage der Zeit, bis sie mich vor die Tür setzen«, gestand sie.

»Aber wieso sollten sie das tun?«, fragte Nini.

»Weil sie Jüdin ist«, beantwortete Carry für Anni Ninis Frage. Ninis Augen weiteten sich.

»Aber, du bist doch ... Ich meine, sagtest du nicht, du wärst evangelisch? Der Ärger mit deiner katholischen Schwiegermutter ...«

»Richtig. Ich bin evangelisch. Meine Eltern sind konvertiert, als ich ein Kleinkind war«, führte Anni ihren Gedanken fort.

»Damit bist du Jüdin ersten Grades«, stellte Carry fest.

»Das sind ja interessante Dinge, die man hier einfach so nebenbei erfährt«, war plötzlich eine spitze Frauenstimme zu hören, die sie alle drei zusammenzucken ließ. In der Tür stand Leni Baumgartner und grinste hämisch. Anni erstarrte. Leni war erst vor einigen Monaten aus Wien nach Frankfurt gekommen und hatte schon bald klargemacht, dass sie eine ernsthafte Konkurrentin für Anni sein würde.

Im neuen Stück war sie zuerst als ihre Zweitbesetzung gehandelt worden, hatte sich dann aber mit einem Platz im Chor begnügen müssen. Anni befürchtete, dass sich Leni mit dieser Entscheidung des neuen Generalmusikdirektors Bertil Wetzelsberger nicht lange zufriedengeben würde. Wie hatte sich Magda erst neulich äußerst treffend ausgedrückt: »Die Sorte Kollegin kenne ich. Geht über Leichen, wenn es sein muss.« Anni wusste, was Magda meinte. Unter Hans Wilhelm Steinberg, Wetzelsbergers Vorgänger, hätte es eine Diva wie Leni ohne Zweifel schwer gehabt. Jedoch war dieser vor einigen Wochen aufgrund seiner jüdischen Abstammung entlassen worden. Er hätte Leni, deren Gesangstalent sich in Grenzen hielt, sofort in ihre Schranken gewiesen. Wetzelsberger schien das anders zu sehen, was eher mit persönlichem Gemauschel als mit Talent zu tun haben mochte. Überlegenheit blitzte in Lenis Augen auf.

»Was für Neuigkeiten. Unsere Anni eine Jüdin. Stell sich das einer vor. Gerade eben konnte ich miterleben, wie eines der Orchestermädchen seine Kündigungspapiere erhielt. Das arme Ding hat schrecklich geheult.«

In ihrer Stimme lag kein Hauch von Mitleid. Anni wusste, dass sie mit einem alten Schulkameraden des neuen Generalintendanten Hans Meissner verlobt war, dem seine Stellung an der Oper von keinem Geringerem als dem Oberbürgermeister Friedrich Krebs verschafft worden war. Was aus diesen Kreisen zu erwarten war, wusste jeder.

Carry war die Erste, die sich von dem Schrecken erholte.

»Entschuldigen Sie bitte«, wandte sie sich an Leni. »Ich habe Ihren Namen leider nicht verstanden. Haben Sie einen Termin für heute?«

Leni wandte den Blick nicht von Anni ab, während sie antwortete:

»Leni Baumgartner. Ich bin die neue Zweitbesetzung von Anni Kluger.« Annis Augen weiteten sich. »Es sollen Bilder für das Programmheft angefertigt werden, wenn möglich im Kostüm.«

Endgültig begann es in Annis Ohren zu rauschen. Das konnte und durfte nicht sein. Sie hatte Verträge, feste Zusagen. Dieses gottverdammte Weibsbild. Wie hatte Anni auch nur einen Moment annehmen können, dass sie im Chor bleiben würde? Doch sie würde kämpfen. So leicht würde sie sich nicht vertreiben lassen. Sie war Anni Kluger, die gefeierte Sopranistin der Frankfurter Oper. Sie spürte Ninis Hand auf ihrer Schulter und blickte zu Carry. Ihre Miene war ernst. Anni ahnte, was die Fotografin dachte. Nichts galten gute Fotografinnen oder eine herausragende Sängerin in dieser neuen Welt, wenn sie jüdisch waren.

*

Die Frankfurter Oper war eine eigene, eine verrückte und bezaubernd chaotische Welt. Die Menschen draußen mochten davon nicht mehr als die glanzvollen Aufführungen sehen, die sie für wenige Stunden aus ihrem Alltag entführten. Für Ruth jedoch bedeutete dieser Ort Familie. Hinter den Kulissen wandelte sich das Bild der glanzvollen Darbietung und Illusion. Doch es wurde dadurch nicht weniger einzigartig – vielleicht sogar noch aufregender. So war für Ruth der schönste Ort in der Oper nicht die Bühne, sondern die Garderobe der weiblichen Darsteller. Hier gab es ein herrlich buntes Durcheinander von Kostümen, Perücken, Federboas, funkelnden Haarspangen und Kronen, glitzernden Tüchern, hübschen Schuhen und anderem Firlefanz. Von unzähligen Glühbirnen umrandete Spiegel säumten die Wände. Eine Duftwolke aus Parfüm und Haarspray erfüllte den Raum und legte sich auf alles und jeden, der sich länger als eine Minute in der Garderobe aufhielt. Um sie herum wirbelte das Ensemble wie ein aufgescheuchter Bienenstock. Kostüme wurden angezogen, Haare hochgesteckt, Lippen nachgezogen, Perücken aufgesetzt. Tuscheln, Tratschen, Trällern, lautes Lachen, nervöses Auf-und-ab-Wippen – und zwischen allem die laute Stimme von Georgina, dem Mädchen für alles, das eigentlich gar kein Mädchen war. Sein richtiger Name war Norbert, was kaum einer wusste. Georgina war ein bunter Vogel, geschminkt, mit Blumen im Haar, auffälliger Kleidung und Stöckelschuhen, die herrlich auf dem Boden klackerten. Er war die gute Seele der Garderobe, hörte zu, föhnte, toupierte, schminkte, zupfte zurecht, flickte Löcher, nahm in den Arm, lachte und weinte, gerade so, wie es gebraucht wurde. Und er hatte stets herrlich süße Sahnebonbons in seiner Tasche, die er großzügig mit Ruth teilte. Auch jetzt hatte Ruth, die auf einem Hocker hinter dem Schminktisch ihrer Mutter saß, eine der süßen Köstlichkeiten im Mund und genoss deren cremigen Geschmack auf der Zunge. Wie schnatternde Gänse eilten die letzten Mitglieder des Chores, allesamt in hellblaue Seidenkleider gehüllt, an ihr vorüber und verließen den Raum. Ihnen folgte Henriette, die in die Jahre gekommene Souffleuse, die sich, warum auch immer, stets in eines der mondänen Kostüme zwängte. Heute hatte sie ein orangefarbenes Seidentaftkleid mit einer passenden Stola gewählt, was sie wie eine reife Orange aussehen ließ. Mit einem charmanten Lächeln auf den Lippen hielt ihr Georgina die Tür auf. Als sich diese hinter Henriette schloss, schüttelte er seufzend den Kopf und murmelte: »Lieber Herrgott. Das hat das arme Kleid wahrlich nicht verdient. Wollen wir hoffen, dass es den Abend übersteht.«

Er zwinkerte Ruth fröhlich zu, trat hinter ein weiteres Mädchen, zupfte ihr Haar zurecht, prüfte mit strengem Blick das Make-up und scheuchte die Darstellerin mit wedelnden Händen aus dem Raum. Heute lag eine ganz besondere Aufregung in der Luft. Monatelang war geprobt worden, nun sollte es in wenigen Stunden die Premiere der »Entführung aus dem Serail« von Mozart geben. Jetzt, in den Nachmittagsstunden, stand die Generalprobe bevor. Ruths Mutter sang die Rolle des Blondchens, worauf sie mehr als stolz war. Ihre Kollegin Magda, die gerade mit Georginas Hilfe in ihr Kostüm schlüpfte, würde die Rolle der Konstanze übernehmen. Sie trug ein himmelblaues, aus Seidentaft gefertigtes Kleid mit Unmengen von Spitze an Saum und Ärmeln. Georgina hatte ihr langes schwarzes Haar kunstvoll hochgesteckt, was sie wunderschön aussehen ließ.

»Himmel, ich glaube, ich habe schon wieder zugenommen«, jammerte Magda, als Georgina die Schnürung des Kleides schloss.

»Kein bisschen, Kindchen«, erwiderte Georgina schmeichelnd. »Bist rank und schlank wie immer. Ich Dummerchen hab nur die Schnürung zu fest gezogen.«

»Unsere Georgina«, wandte sich Magda grinsend an Anni, die sich gerade die Wimpern tuschte. »Findet stets zur rechten Zeit die richtigen Worte.«

Anni stimmte lachend zu, während sie zu einem Lippenstift griff. Ruth beobachtete ihre Mutter dabei, wie sie ihre Lippen rot färbte. Sie liebte die Verwandlungen, die das Theater mit sich brachte. Für wenige Stunden in die Rolle eines anderen zu schlüpfen musste sich wunderbar anfühlen. Ihre Mutter sah unfassbar hübsch aus. Ihr halblanges braunes Haar war unter einer Perücke verschwunden. Lange rote Locken ringelten sich auf ihre Schultern herab. Sie trug ein grünes, mit Spitze und Perlen verziertes Seidenkleid, was sie zu einer richtigen Prinzessin machte. Versonnen beobachtete Ruth, wie ihre Mutter großzügig Rouge auf ihren Wangen verteilte. Im Spiegel sah Anni ihre kleine Tochter. Lächelnd drehte sie sich zu ihr um.

»Ruth, mein Schätzchen. Was meinst du: Kann deine Mutter sich so auf der Bühne blicken lassen?«

Ruth legte den Kopf zur Seite und musterte ihre Mutter von oben bis unten. Jedes Mal stellte Anni ihrer Tochter vor Beginn einer Vorstellung diese Frage, selbst vor den Proben, zu denen sie in alltäglicher Kleidung ging. Ruth bemühte sich stets um eine ernste Miene. Sie wollte genauso dreinblicken wie die Verkäuferinnen in den vornehmen Modehäusern auf der Zeil. Diese musterten ebenfalls zuerst prüfend, liefen um die Kundin herum, zupften am Stoff herum, liefen nochmals um die Kundin herum und verfielen dann in überschwängliche Begeisterungsstürme. Ruth hatte nicht nur einmal das Gefühl gehabt, dass dabei ordentlich geschwindelt wurde. Sie hatte während ihrer Zeit in der Garderobe einen guten Blick dafür bekommen, was besonders und geradezu einmalig war. Abwartend schaute Anni ihre Tochter an. Ruth nickte, zuerst mit ernster Miene, dann begann sie zu lächeln. Anni war erleichtert, sie nahm die Kritik ihrer kleinen Tochter ernst, auch wenn Ruth eigentlich so jung war, dass sie in der Garderobe eines Opernhauses nichts zu suchen hatte. Jedenfalls sagte das Henriette immer. Auf die alte Souffleuse hörte jedoch niemand. Vom ersten Augenblick an war vom Ensemble akzeptiert worden, dass Anni ihre Tochter mit in die Garderobe brachte. Sie war schwanger aufgetreten, jetzt hatte sie eben ein Kind, das es zu verwöhnen galt. In die glitzernde Welt der Oper hineingeboren, fiel es Ruth manchmal schwer, die reale Welt zu akzeptieren. Besonders die Schule konnte sie gar nicht leiden. Still sitzen in einem tristen Klassenzimmer voller Kinder, von denen sie nur wenige kannte, lag ihr nicht sonderlich. Auch musste sie in der letzten Bank sitzen, was ihr missfiel, denn sie hatte Probleme damit, die Schrift an der Tafel zu lesen. Luise, die im Haus gegenüber wohnte, saß gleich vor ihr. Mit ihr spielte Ruth ab und an auf dem Hof. Sie war ganz nett, den Kopf voller blonder Locken, ein Wirbelwind, der auch keine Scheu hatte, auf Bäume zu klettern. Meist begleitet von dem rothaarigen Fritz, der in einem der Nachbarhäuser wohnte. Von ihrer Straße war es nicht weit in den Güntersburgpark, wo man hervorragend auf Bäumen herumtoben konnte. Allerdings nur in einigen uneinsehbaren Ecken, denn der Parkaufseher mochte es nicht, wenn auf Bäume geklettert oder der Rasen betreten wurde. Nicht nur einmal hatte er sie als unerzogene Blagen beschimpft und fortgescheucht. Ruth war nie auf Bäume geklettert, denn sie fürchtete sich vor der Höhe und wollte keinen Kratzer bekommen. Abschürfungen, Mückenstiche oder, noch schlimmer: Pickel waren in der Oper gar nicht gern gesehen. Da benötigte es Unmengen von Make-up, um die schrecklichen Stellen, wie Georgina es nannte, zu überdecken. Luise und Fritz nannten sie deswegen manchmal einen Feigling, was ihr gleichgültig war. Bäume waren ihrer Meinung nach von unten am schönsten. Sie genoss es, unter ihnen im weichen Gras zu liegen und die Sonne durch das grüne Blätterdach funkeln zu sehen. Ihrem besten Freund Walter ging es genauso. Er wohnte im Hinterhaus und war zwei Jahre älter als sie. Häufig spielte er Klavier, in den Sommermonaten mit geöffneten Fenstern, so dass seine Musik weithin hörbar war. Ruth mochte es sehr, bei ihm zu sitzen, um ihm zuzuhören. Manchmal spielte er ihr zuliebe einfache Kinderlieder, »Hänschen klein« oder »Kein schöner Land«, die sie singen konnte. Oftmals sang sie auch mit ihrer Mutter, die streng darauf achtete, dass Ruth die richtigen Töne traf. Bald schon würde sie Gesangsunterricht erhalten. Für die Tochter einer berühmten Opernsängerin, die den größten Teil ihres Lebens in der bunten Welt des Opernhauses verbracht hatte, war diese Art der Ausbildung nur folgerichtig. So sagte es jedenfalls Walter. Ruth wusste nicht, was folgerichtig war und was nicht, es war ihr aber auch gleichgültig. Solange sie in ihrer Funkelwelt der Oper und in Walters Nähe bleiben konnte, würde schon alles seine Richtigkeit haben.

»Und was meinst du, mein kleines Sternchen«, fragte Magda, »kann auch ich mich auf der Bühne sehen lassen?«

Ruth drehte sich auf ihrem Hocker um und unterzog auch Magda einer eingehenden Musterung, bevor sie lächelnd den Daumen hob. »Da haben wir gerade noch mal Glück gehabt«, kommentierte Georgina Ruths Urteil und stemmte die Hände in die Hüften, »denn Zeit für ein erneutes Umziehen haben wir nicht mehr, meine Damen.«

Anni erhob sich. Ein letzter Blick in den Spiegel, ein rascher Kuss für Ruth, dann verließ sie in Begleitung von Magda den Raum. Hinter ihnen fiel die Tür ins Schloss, und es herrschte Stille. Ruth wusste, was nun käme, Georginas Worte waren stets dieselben.

»Jetzt wollen wir doch mal sehen, welches Kleid wir heute für dich finden, mein kleines Garderobenmädchen.« Wie gewohnt tätschelte Georgina ihr den Kopf, stöckelte an ihr vorüber zu den Kleiderständern und begann die Kostüme von links nach rechts zu schieben. »Eher das blaue Kostüm einer Fee mit Strasssteinchen oder doch lieber das rosafarbene Kleid einer Prinzessin mit viel Spitze? Obwohl das noch etwas lang sein könnte. Ich hätte auch eine Elfe im Angebot. Wunderhübsches Lila, mit Glitzersteinchen auf dem Oberteil und einem allerliebsten Tüllröckchen.« Er hielt den funkelnden Mädchentraum in die Höhe, und Ruth stimmte freudig zu.

»Und dazu eine lilafarbene Federboa«, rief sie aus und klatschte vor Begeisterung in die Hände.

»Aber gewiss doch«, sagte Georgina mit gespielt ernster Miene. »Ohne Federboa kann es unmöglich getragen werden.«

»Und ich brauche Rouge«, sagte Ruth. »Viel Rouge. Genau hier.« Sie deutete auf ihre Wange.

»Unbedingt«, stimmte Georgina zu. »Und eine Menge Lidschatten, dazu Wimperntusche und passenden Lippenstift.« Er trat neben Ruth und half ihr aus ihrem rot-weiß karierten Baumwollkleid, das Ruth nicht sonderlich leiden mochte, weil es so alltäglich war – und was konnte langweiliger sein als der Alltag, wie Georgina immer sagte.

Keine Minute später steckte Ruth in dem lilafarbenen Glitzertraum, der sich wunderbar zart auf der Haut anfühlte. Ihre Strumpfhosen, die leider am Knie einen winzig kleinen Fleck aufwiesen, verschwanden unter dem vielen Tüll. Sie ließ sie besser an, denn es war kühl in den Gängen, und eine Erkältung wäre das Letzte, was sie jetzt gebrauchen könnte. Georginas Worte klangen bestimmt. Bei einem gewissen Tonfall, das wusste Ruth, war mit dem Garderobier nicht zu verhandeln, obwohl sie viel lieber die hübschen Nylonstrümpfe der Erwachsenen angezogen hätte. Doch die hübschen durchsichtigen Strümpfe mit dem Strumpfband waren nicht für die kurzen Beine einer Sechsjährigen gemacht. Bis zum Haaransatz würden sie ihr reichen, wenn man sie denn so weit hochziehen konnte. Aber die hübschen lilafarbenen Absatzschuhe durfte sie anziehen, auch wenn sie noch etwas groß waren und sie darin kaum laufen konnte. Georgina stopfte Papier vorn rein, damit es einigermaßen ging. Sie setzte Ruth vor einen der unzähligen Spiegel. Umrandet vom warmen Licht der vielen Glühbirnen sah sie gar nicht so käsig aus wie in dem winzigen Spiegel, der in der Mädchentoilette der Schule hing, in der es nur das kalte Licht einer einzelnen Neonleuchte gab.

Gerade in dem Moment, als Georgina den Lidschatten auftragen wollte, wurde die Tür aufgerissen. Eines der Chormädchen betrat den Raum und redete aufgeregt los:

»Du musst schnell kommen, Georgina. Hanna ist gestürzt, und ihr Kleid hat am Ärmel einen Riss. So kann sie unmöglich auftreten.«

Georgina ließ sofort von Ruth ab, griff nach seinem Näh-
zeug, das stets bei seinen persönlichen Sachen neben der Tür
lag, und verließ aufgeregt mit dem Mädchen den Raum.
Die Tür fiel hinter ihnen ins Schloss. Ein kurzer Luftzug
zog durch die Garderobe, Schritte entfernten sich, dann
war es wieder still. Ruth blickte missmutig in den Spiegel.
Ein Auge war bereits lila, das andere noch nicht. So konnte
sie unmöglich zur Bühne gehen. Anständig musste sie aussehen, auch wenn niemand sie beachten würde. Auf keinen
Fall wollte sie zwischen all den hübsch gekleideten jungen
Frauen und Männern, die aufgeregt an ihr vorüberhuschten
oder mit zittrigen Händen neben ihr standen, unfertig wirken. Entschlossen griff sie nach dem kleinen Pinselchen und
schminkte das andere Auge lila. Das Ergebnis war nicht ganz
so gelungen wie bei Georgina. Im Prinzip war nun alles rund
um das Auge lila. Sie beschloss, das bereits geschminkte Auge
anzupassen, auch wenn es etwas komisch aussah. Langsam
ging ihr die Zeit aus. Alles noch einmal neu machen würde
viel zu lange dauern, und ob es dann wirklich besser klappen würde, bezweifelte sie. Die Sache mit dem kleinen Pinselchen war komplizierter, als sie gedacht hatte. Bestimmt
würde Mama gleich auf der Bühne stehen, und ihren Auftritt wollte sie auf keinen Fall versäumen. Sie griff nach dem
großen Rougepinsel und färbte ihre Wangen großzügig rot.
Danach zog sie ihre Lippen nach, ein wenig auch die Partie
drumherum, aber was sollte es. Dann erschienen der Mund
breiter und die Lippen voller. Schmallippig sollte keine Frau
durchs Leben gehen, sagte Georgina immer, wenn er den
Mädchen einen Kussmund aufmalte. Nach einem letzten
prüfenden Blick in den Spiegel war sie mit ihrem Ergebnis

zufrieden. Sie hopste vom Stuhl und schlüpfte in die hübschen Schuhe, aus denen sie, trotz des hineingesteckten Papiers, herausschlappte. Die Tür knarrte in den Angeln, als sie sie öffnete und auf den Flur hinaustrat. Kaltes Neonlicht empfing sie, das auf einen grauen Linoleumboden fiel, über den einige Staubflusen tanzten. Eine der Lampen flackerte surrend. Ruth hob den Kopf und straffte die Schultern. Sie wollte wie eine richtige Dame wirken, eine große Sängerin, die zu ihrem Auftritt eilte. Leider funktionierte das nicht so ganz, denn alle zwei Schritte verlor sie einen Schuh. Noch bevor sie das Ende des Ganges erreichte, gab sie es auf und ging auf Strümpfen weiter. Wenn sie gleich am Bühneneingang stehen würde, konnte sie die Schuhe wieder anziehen. Niemand würde merken, was für ein Missgeschick ihr passiert war. Sie eilte durchs Treppenhaus, einen weiteren Flur hinunter. Als sie hinter der Bühne eintraf, hatte die Musik bereits eingesetzt, und Magdas Stimme war zu hören. Hastig lief Ruth an den bunten Kulissen aus Pappe und Spanplatten vorüber und blieb neben den Chormädchen stehen, die auf ihren Einsatz warteten. Magdas Part endete, noch ehe sie in ihre Schuhe geschlüpft war. Jetzt betrat ihre Mutter die Bühne. Sie sah unglaublich schön im Licht der Scheinwerfer aus – anmutig, besonders und so zerbrechlich. Einen Moment war nur ihre Stimme zu hören, leise und sanft. Dann mischten sich die Klänge des Orchesters in ihre Melodie, ließen ihre Stimme stetig lauter, ihren Gesang leidenschaftlicher werden. Fort war die Zartheit von eben, und die Frau auf der Bühne wirkte entschlossen, ja beinahe wütend. In diesem Moment erschien ihre geliebte Mama Ruth wie eine Fremde. Sie war nicht Anni Kluger, sondern das Blondchen.

Der Chor betrat die Bühne und stimmte in das Lied mit ein. Es war perfekt, genauso, wie es sein sollte, das spürte Ruth. Sie spähte hinter dem Vorhang vorbei auf die Ränge, die nicht vollkommen verdunkelt waren. In der vordersten Reihe, gleich hinter dem Orchester, saßen »die wichtigen Leute«, wie Georgina den Intendanten Hans Meissner und den ersten Kapellmeister Karl Zwissler bezeichnete. Die beiden entschieden an der Oper über alles und jeden. Die Musik endete, und ihre Mutter verließ die Bühne, genauso wie der Chor. Kurz breitete sich Dunkelheit aus, die binnen weniger Sekunden von dem erneuten Aufleuchten eines Scheinwerfers vertrieben wurde. Magda stand nun allein auf der Bühne. Sie strahlte eine andere, reifere Art von Schönheit aus. Trotz der sanften Töne, die sie anstimmte, hatte die Altistin nichts Zerbrechliches an sich. Ein Mann betrat die Bühne und sang die nächste Strophe. Das Lied wurde leidenschaftlicher, mitreißender. Eine Bewegung im Publikum ließ Ruths Blick erneut zur ersten Reihe wandern. Ein Mann war näher getreten und redete aufgeregt auf den Intendanten ein. Er hatte ein Stück Papier in den Händen, das er immer wieder in die Höhe hielt. Hans Meissner erhob sich. Gemeinsam mit dem Mann liefen sie am Orchester vorüber und zu einem der Seitenaufgänge. So vermutete es Ruth jedenfalls, denn sie verschwanden im Zwielicht und waren bald nicht mehr zu sehen. Irgendetwas musste passiert sein, sonst würde der Intendant seinen Platz nicht so hastig verlassen, dessen war sich Ruth sicher. Ihr Herz begann vor Aufregung schneller zu schlagen. In den letzten Monaten hatte es immer wieder sonderbare Vorfälle an der Oper gegeben. Beliebte Darsteller waren verschwunden, darunter auch Ilse, eines der Chormädchen, das sie so sehr gemocht und das laut ihrer Mutter eine echte Karriere vor sich gehabt hatte. Als Ruth neulich nach ihr fragte, hatten sich alle bedeutungsvolle Blicke zugeworfen. Irgendjemand sagte, dass es auch im Orchester zwei Männer getroffen habe und dass es eine Schande sei. Es fiel der Name des ehemaligen Dirigenten Hans Wilhelm Steinberg. Georgina hatte dann für Ruhe gesorgt und allen den Mund verboten. Es sei besser, nicht zu reden. Sie hatte Georgina gefragt, warum das besser sein solle. Eine befriedigende Antwort war er ihr schuldig geblieben. Und Ilse tauchte nicht mehr auf. Jetzt erinnerte sich Ruth daran, dass es vor Ilses Verschwinden ähnlich gewesen war. Während einer Probe war ein Mann mit einem Schreiben aufgetaucht, daraufhin hatte es eine Unterbrechung und heftiges Getuschel gegeben. Diesmal lief das Stück weiter, was Ruth nach einer Weile beruhigte. Endgültig entspannte sie sich, als sie bemerkte, dass die beiden Männer wieder ihre Plätze einnahmen. Der Akt endete, und der Vorhang fiel. Wie immer wurden nun die Kulissen gewechselt, und Ruth trat nach hinten, um niemandem im Weg zu stehen. Sie wanderte zu ihrem gewohnten Platz, einer schäbigen Holzbank, wo normalerweise ihre Mutter auf sie wartete, um sie zu fragen, wie es ihr gefallen habe. Heute jedoch war die Bank verwaist. Stattdessen trat Georgina neben Ruth und ging neben ihr in die Hocke.

»Deine Mutter ist in der Garderobe, meine Süße.« Er strich Ruth eine Haarsträhne aus der Stirn. In seinen Augen schimmerten Tränen. »Es tut mir so unendlich leid.« Seine Stimme brach.

Ruth trafen seine Worte wie ein Schlag ins Gesicht.

»Ilse?«, war alles, was sie herausbrachte. Georgina nickte

mit ernster Miene. Er griff nach Ruths Hand, doch das Mädchen riss sich los. Sie wollte losrennen, stolperte jedoch nach wenigen Schritten über ihre Füße und fiel der Länge nach hin. Tränen liefen über ihre Wangen, während sie aufzustehen versuchte. Sie spürte Georginas Hände und ließ zu, dass sie der große Mann auf den Arm nahm und durch die Kulissen davontrug. Georginas Schuhe klackerten auf dem grauen Linoleumboden und hallten von den Wänden wider. Als sie die Garderobe betraten, saß Anni allein an ihrem Schminktisch. Sie hatte bereits die Perücke abgenommen und ihr braunes Haar gelöst. Vor ihr lag ein zusammengefalteter Brief neben dem Rougepinsel und dem Lippenstift.

»Jetzt ist es also so weit«, sagte sie mit leiser Stimme. Georgina trat näher, Ruth noch immer auf dem Arm.

»Wir wussten, dass es irgendwann passieren würde.«

Anni nickte. »Ich weiß, es ist nur …« Sie verstummte und blickte sich in der Garderobe um. »Was soll nur werden ohne all das, ohne die Bühne? Ich lebe dafür. Was habe ich ihnen getan, dass sie mich so behandeln?«

»Nichts hast du getan«, erwiderte Georgina und sank auf einen Stuhl. Annis Blick fiel auf Ruth. Sie nahm Georgina ihre Tochter ab, setzte sie auf ihren Schoß und umarmte sie fest. Ruth war wie erstarrt. Bedeutete das wirklich, was sie ahnte? Würden sie genauso verschwinden wie Ilse? Aber die Oper war ihr Zuhause, die Garderobe, die Bühne, Georgina und all die anderen. Sie gehörten doch dazu.

»Wenn nur Johann noch leben würde«, sagte Anni plötzlich. »Er wusste immer, was zu tun war.«

»Ich weiß nicht, ob er dir jetzt helfen könnte«, sagte Georgina. »Es ist zu groß, zu übermächtig.«

»Doch, er hätte geholfen«, suchte Anni in der Erinnerung an ihren Ehemann Zuflucht vor dem Unvermeidlichen. »Er wäre zum Intendanten gelaufen und hätte ihm den Marsch geblasen. Und am Theater war er jemand, ein Mann von Einfluss – einer, dem sie zuhörten.«

»Wer hört heute überhaupt noch jemandem zu?«, sagte Georgina schulterzuckend.

»Das frage ich mich auch manchmal«, erwiderte Anni leise.

»Niemand wollte es hören«, sprach Georgina weiter. »Ich hab es schon im Januar gesagt, als sie jubelnd durch die Straßen liefen und Heil Hitler riefen. Das Jahr wird nichts Gutes bringen, hab ich gesagt. So ist es gekommen, und es wird schlimmer werden.« Seine Stimme klang traurig, was Ruth, die noch immer auf dem Schoß ihrer Mutter saß, erschreckte. Georginas Stimme hatte niemals traurig geklungen, manchmal laut, wütend oder zynisch, aber niemals traurig. Der Garderobier erhob sich und tätschelte Annis Schulter. »Ist besser, wenn wir nicht weiterreden. Am Ende haben die Wände noch Ohren. Wir sehen uns. Ganz gewiss.«

Anni nickte schweigend. Sie brachte es nicht fertig, Worte des Abschieds auszusprechen. Sie wollte sich nicht von Georgina verabschieden, keine herzzerreißende Szene machen. Es sollte wie immer sein, auch wenn es das niemals wieder sein würde. Georgina öffnete die Tür, hielt dann jedoch inne und drehte sich um. »Ich hab da was aufgeschnappt. Steinberg organisiert irgendwas für jüdische Künstler. Hängt wohl mit einem Kulturbund in Berlin zusammen. Vielleicht wäre das ein Neuanfang für dich.«

»Vielleicht«, erwiderte Anni. Im Augenblick war sie zu

sehr vor den Kopf gestoßen, um an Neues zu denken. Jetzt galt es, die nächsten Stunden zu überstehen. Gemeinsam mit Ruth nach Hause zu fahren – zum letzten Mal die gewohnte Strecke mit der Straßenbahn. Die Tür fiel hinter Georgina ins Schloss, und die beiden blieben in der Stille der Garderobe zurück. Nach einer Weile bat Anni Ruth, ihr mit dem Reißverschluss des Kleides behilflich zu sein. Sie schlüpfte aus dem grünen Seidentraum, hängte ihn hinter sich auf einen Bügel, setzte sich an ihren Schminktisch und begann sich abzuschminken. Genau in diesem Augenblick öffnete sich die Tür, und Leni Baumgartner eilte in den Raum. Als sie Anni erblickte, blieb sie abrupt stehen.

»Du bist noch hier?«, stellte sie ohne Begrüßung fest.

Anni würdigte ihre Zweitbesetzung, mit der es in den letzten Monaten nicht nur einmal Streit gegeben hatte, keines Blickes.

»Ich bin angerufen worden«, sagte Leni und zog ihren Mantel aus. »Ist es also endlich so weit. Bis heute Morgen habe ich gedacht, sie lassen dich verkommene Jüdin tatsächlich noch auftreten.«

Lenis Beleidigungen und offen zur Schau gestellte Abscheu gegen alles Jüdische trafen Anni schon lange nicht mehr. Sie schwieg weiterhin. Was sollte sie auch sagen? Es war entschieden, der Kampf der letzten Monate verloren. Anni Kluger, die gefeierte Sopranistin, war ab dem heutigen Tag an der Frankfurter Oper Geschichte. Sie erhob sich, strich Ruth, die neben ihrem Schminktisch auf ihrem Hocker saß, über das braune Haar und schlüpfte in Rock und Bluse.

Leni berührte das seidene Kleid. Ein Lächeln huschte über ihre Lippen.

»Ich habe es immer gewusst. Das Blondchen ist wie für mich gemacht.« Sie wandte sich Anni zu. »Es ist nicht nur der jüdische Hintergrund. Ich bin die Bessere von uns beiden.« In ihren Augen blitzte Gehässigkeit auf. Anni, die damit begonnen hatte, ihre persönlichen Gegenstände vom Schminktisch in ihre Tasche zu befördern, schluckte die bissige Bemerkung hinunter, die ihr auf der Zunge lag. Es lohnte nicht zu streiten.

»Das glaubst auch nur du«, sprach plötzlich jemand anderes aus, was sie dachte. Beide Frauen blickten sich um.

In der Tür stand Georgina. Langsam trat er näher und blieb direkt vor Leni stehen. »An Anni Kluger wirst du mit deinem windigen Stimmchen niemals heranreichen. Aber es war schon immer nicht von Nachteil, den richtigen Mann zu heiraten.« Er machte eine wegwerfende Handbewegung. Leni schnappte nach Luft.

»Was für eine infame Unterstellung«, setzte sie an. Weiter kam sie jedoch nicht, denn Anni unterbrach sie.

»Lass es gut sein, Georgina. Die Entscheidung ist gefallen.« Sie griff nach ihrer Tasche, nahm Ruths Hand und trat neben den Garderobier. »Leni wird das Kind heute Abend schon schaukeln.« Sie blickte ihrer Konkurrentin direkt in die Augen.

Alle drei schwiegen für einen Moment, dann nickte Leni Baumgartner und erwiderte ohne jede Form von Gehässigkeit in der Stimme: »Gewiss doch.«

Anni nickte. Zum ersten Mal hatte sie das Gefühl, so etwas wie Achtung in Lenis Blick zu erkennen.

»Komm, Ruth. Es ist Zeit zu gehen.« Ohne ein weiteres Wort trat sie zur Tür, öffnete diese und trat auf den Flur.

Georgina folgte den beiden. Sie liefen den langen Flur entlang Richtung Eingangshalle, wo sie an einem der Seitenausgänge stehenblieben.

»Das soll es also gewesen sein«, sagte Georgina.

»Wir haben es doch alle geahnt«, erwiderte Anni. »Du hast gehört, was Magda eben hinter der Bühne gesagt hat. Auch um die Verlängerung ihres Vertrages steht es schlecht.« Georgina nickte mit ernster Miene und fragte: »Was wirst du jetzt machen?«

»Ich weiß es nicht«, antwortete Anni ehrlich. »Erst einmal nach Hause gehen.«

Georginas Blick fiel auf Ruth, die brav und still neben Anni stand. Er ging neben ihr in die Hocke, hielt ihr zwei Sahnebonbons hin und sagte: »Für den Heimweg.« Er umarmte sie und drückte sie fest an sich. Danach schloss er Anni in die Arme und flüsterte ihr ins Ohr: »Das heute ist kein Lebewohl. Es ist ein bis bald. Das weiß ich bestimmt.«

Er ließ Anni los. Sie nickte mit Tränen in den Augen und drückte noch einmal seine Hand. Dann verließ sie mit Ruth an der Hand endgültig das Opernhaus.

Draußen empfing sie helles Sonnenlicht. Für Ende Oktober war es ein ungewöhnlich warmer Tag. Vor der Oper hatte sich eine laut grölende Menschengruppe versammelt. Worte wie »elender Jude« fielen. Anni zog Ruth näher an sich heran. Sie versuchte, sich durch die Menge zu schieben, blieb jedoch im Gedränge stecken. Die vielen scheußlichen Schimpfworte gingen ihr durch Mark und Bein. Plötzlich hatte sie das Gefühl, dass der Hohn und Spott der Menschen auch ihr galten. Ihr, die sie doch gar keine Jüdin mehr war, sich niemals als eine gefühlt hatte. Oder hatte sie sich alles nur schönreden wollen? Nur nicht darüber nachdenken, nicht hinsehen, dann würde es schon irgendwie gehen? Sie war evangelisch, ihr Mann war Katholik gewesen. Sie waren nicht strenggläubig, aber sie hatten Weihnachten gefeiert, waren ab und an in der Kirche, Ruth war feierlich im Dom getauft worden. Hätte sie sich vielleicht mehr engagieren sollen? Zählte das überhaupt? Den Beweis für ihre vermeintliche Herkunft hatte sie in ihrer Tasche, die sie fest im Arm hielt. Plötzlich hatte sie das Gefühl, sämtliche Umstehende könnten den Brief lesen, in dem ihr mitgeteilt wurde, dass ihr als Jüdin der Vertrag gekündigt worden war. Sie wurde von der grölenden Menge vorangeschoben und sah den Auslöser für den Menschenauflauf. Nicht weit von ihr kniete ein älterer Mann vor einem Karikaturisten auf dem Boden. Anni kannte beide. Der Karikaturist hieß Friedrich. Er war ein in die Jahre gekommener Künstler, der jeden Tag vor der Alten Oper saß, um seinen Lebensunterhalt mit Zeichnungen für Passanten zu verdienen. Er hatte vor einigen Jahren sogar ein Gemälde von Johann angefertigt, das sie noch immer aufbewahrte. Vor ihm kniete Adolf Grünhut, der bis vor einem Jahr erster Chortenor des Ensembles gewesen war. Ein stiller und besonnener Mann, der aus gesundheitlichen Gründen ausgeschieden war, was viele bedauert hatten. Mitleidig beobachtete Anni, wie er sich nun mühsam vor dem Karikaturisten aufrechthielt. Sein Haar war noch dünner geworden und vollkommen ergraut. Anni glaubte, seine Panik zu spüren. Friedrich war mit dem Bild fertig und reichte es einem SS-Mann. Der stämmige Bursche zog Adolf auf die Beine und hängte ihm das Bild um den

Hals. Ein Jude in einem langen Kaftan war darauf abgebildet. Darunter stand in großen Buchstaben:

Bänkelsänger und Jud vom Opernhaus.

Anni zuckte innerlich zusammen, als der SS-Mann Adolf mit dem Gewehr ins Kreuz schlug und ihn anbrüllte, dass er nach Hause laufen sollte, elende Judensau, die er war. Adolf setzte sich in Bewegung, langsam und schwerfällig. Der SS-Mann trieb ihn zur Eile an, prügelte regelrecht auf ihn ein, angetrieben von dem grölenden Mob. Die Menge entfernte sich vom Eingang der Oper. Anni und Ruth blieben zurück, genauso wie Friedrich, der Annis Blick auffing und mit den Schultern zuckte. Sie wandte sich ab. Ihr Herz schlug ihr vor Aufregung bis zum Hals, ihre Hände zitterten. Sie mussten fort von hier. Irgendwohin, wo die Angst nicht spürbar war, sie niemand argwöhnisch beäugen konnte. Gab es einen solchen Ort überhaupt noch? Ihre kleine Welt, in der sie sich nach Johanns plötzlichem Tod so mühsam zurechtgefunden hatte, schien heute endgültig ausgelöscht worden zu sein. Sie blickte der grölenden Menge hinterher, die bereits die Taunusanlage erreicht hatte. Heute war es Adolf, den es traf. Morgen vielleicht sie selbst. War sie nicht auch eine Jüdin?

»Wieso waren die Männer so gemein zu Adolf?«, riss Ruths Stimme sie aus ihren Gedanken. Sonderbarerweise beruhigte sie die kindlich unbefangene Frage. Ruth war das Wichtigste. Ihre Hand lag in der ihren. Anni musste sich kümmern, durfte jetzt nicht durchdrehen. Irgendein Weg würde sich finden. Jetzt mussten sie erst einmal nach Hause fahren.

»Wenn ich das wüsste«, antwortete sie ausweichend. »Komm, lass uns gehen. Vielleicht hat Walter Zeit zum Spielen. Das wäre doch schön.«

Annis Worte sollten arglos klingen, taten es aber nicht. Ihre Stimme zitterte. Walter war ebenfalls Jude, kam ihr in den Sinn, während sie zur Straßenbahn gingen. Und Walter war kein Konvertierter, wie sie es war. Er war auch kein Mischling wie Ruth. Mischling, wie sich das anhörte, dachte Anni, während sie in die Straßenbahn stiegen und Platz nahmen, Ruth wie immer am Fenster, weil sie es so sehr liebte, nach draußen zu blicken. Die Bahn setzte sich in Bewegung, und Frankfurts Straßen und Häuser strichen an ihnen vorüber. Bisher hatte Anni es zumeist genossen, die vorbeiziehende Welt vor dem Fenster zu betrachten. Heute jedoch machte ihr die vertraute Umgebung Angst. Zum ersten Mal nahm sie die Schilder gegen Juden in den Schaufenstern der Läden war. Bisher hatte sie sich nie darum geschert und einfach überall eingekauft. Bisher war ihre jüdische Herkunft nie ein Thema gewesen, weder für sie selbst, noch für andere. Jetzt sah die Welt anders aus. Gewiss würde bald jeder wissen, dass sie ihre Stellung bei den Bühnen verloren hatte. Wo sollte sie Arbeit finden? Eine Jüdin, die nichts anderes als Singen konnte, würde niemand haben wollen. Sie erreichten ihre Haltestelle und stiegen aus. Die Sonne versank hinter den Hausdächern, als sie in die vertraute Güntersburgallee mit ihren alten Stadthäusern, die meisten um die Jahrhundertwende gebaut, einbogen. Die Straße war beschaulich, mit einem Grünstreifen in der Mitte, und zum nahen Park war es nicht weit. Trotzdem hatte Anni sich anfangs schwergetan, sich im Nordend, wie der Stadtteil hieß, einzuleben. Nach Johanns Tod waren sie und Ruth von ihrer Schwiegermutter im Eilverfahren aus dem hübschen Reihenhaus in der Brommstraße hinauskomplimentiert worden, das sie ihrem Sohn niemals überschrieben hatte, obwohl er sie mehrfach darum bat. Urplötzlich hatte sie die Immobilie verkaufen wollen. Renate Kluger hatte in all den Jahren ihrer Ehe nur wenige und wenn dann unfreundliche Worte mit ihrer Schwiegertochter gesprochen. Die streng katholische Frau hatte es ihrem Sohn nachgetragen, dass er eine Protestantin geheiratet hatte. Ein Lutherweib, wie sie einmal abfällig sagte. Nach Johanns Tod setzte sie alles daran, die ungeliebte Schwiegertochter mitsamt der nicht standesgemäßen Enkeltochter loszuwerden. Selbst Ruth schaffte es nicht, dass Herz dieser starrköpfigen Frau zu erweichen. Das Haus in der Brommstraße war von einer nett aussehenden Familie gekauft worden, was Anni nur deshalb wusste, weil sie einmal, von der Sehnsucht nach ihrem alten Leben getrieben, dorthin zurückgekehrt war. Wie sehr sie Johann, die Liebe ihres Lebens, vermisste, war ihr beim Anblick des Hauses wieder richtig bewusst geworden. Seit seinem Tod hatte sie keinen Mann mehr in ihr Leben gelassen. Verehrer gab es genug, doch sie brachte es nicht fertig, sich auf jemanden einzulassen. Niemand würde jemals seinen Platz einnehmen können.

Im letzten Jahr hatte ihre Schwiegermutter das Zeitliche gesegnet. An einem kalten Februartag war sie auf dem Hauptfriedhof beigesetzt worden. An dem Tag plagte Ruth eine starke Erkältung, was Anni daran hinderte, zu dem Begräbnis zu gehen. Jedenfalls redete sie sich bis heute ein, dass der Schnupfen ihrer Tochter sie davon abgehalten hatte. Johann wäre hingegangen. Auch wenn das Verhältnis schwierig gewesen war, hatte er den Kontakt zu seiner Mutter nicht abreißen lassen. Aber sie war nicht Johann, sondern das verhasste Lutherweib. Sie war sich sicher, dass Renate eigenhändig aus dem Sarg geklettert wäre, um sie von ihrer Beerdigung zu vertreiben, wenn sie es denn gekonnt hätte. Der Gedanke daran hatte sie für einige Tage belustigt. Eine Weile danach kam das Schreiben eines Notars, und bei der darauffolgenden Testamentseröffnung versöhnte sich Anni ein wenig mit ihrer Schwiegermutter. Sie hatte für Ruth eine große Summe Geld angelegt, die für ihre Ausbildung verwendet werden sollte und bis zu ihrer Volljährigkeit unter Aufsicht des Notars stand. Ganz so hartherzig schien sie also doch nicht gewesen zu sein.

Jetzt, wo die Sonne weg war, bemerkte man, dass der November bevorstand. Der Oktober hatte sie mit milder Luft verwöhnt, doch der nahende Winter lauerte bereits, das Zepter zu übernehmen. Die Bäume verloren ihr buntes Kleid, das sich auf die Wege legte und unter den Füßen raschelte, was Ruth besonders liebte. Normalerweise blieb sie alle paar Meter stehen, um eine Kastanie oder eine Buchecker aufzuheben. Heute tat sie dies nicht. Ihre Miene war ernst, und sie war still. Die Ereignisse des Tages lähmten sie beide. Sie erreichten ihr Zuhause, einen vierstöckigen Bau mit hübschen Erkern, der ganz oben einen Balkon hatte. Sie bewohnten eine kleine Dreizimmerwohnung, die nach hinten rausführte und keinen Erker, geschweige denn einen Balkon hatte. Aber immerhin große Fenster, durch die in den Nachmittagsstunden Sonnenlicht in Ruths Zimmer fiel, was sie sehr liebte. Auch besaß die Wohnung ein kleines Badezimmer gleich neben der Küche, was nicht selbstverständlich war, denn oftmals hatten die alten Häuser Etagenbäder. Eine Mitarbeiterin der Städtischen Bühnen hatte damals eine Nachmieterin am schwarzen Brett gesucht. Ein bisschen Glück brauchte der Mensch ab und an im Leben, hatte Anni damals gedacht, als sie die gemütliche Wohnung zum ersten Mal betrat und sich sofort mit Luise und ihrer Vermieterin, einer dicklichen, schwerhörigen Frau, einigte.

Als Anni die Haustür aufschob, öffnete sich wie gewohnt die Tür von Hiltrud Meiser, die im Erdgeschoss wohnte. Anfangs hatte Anni die alte Nachbarin für eine unerträglich neugierige Person und Tratschtante gehalten, die mit Sicherheit jeden Klatsch der Straße kannte. Mit der Zeit hatte sie ihre Meinung dann geändert. Frau Meiser war vor allem einsam. Ihr Mann war im Ersten Weltkrieg gefallen, die Ehe war kinderlos geblieben. Im fernen Amerika lebte ihre Schwester Anneliese, die mit ihrem Mann in den zwanziger Jahren ausgewandert war und ab und an Briefe schrieb, denen sie Bilder ihrer Familie beilegte, die Frau Meiser traurig stimmten. Bei einer Tasse Tee, die sie Anni irgendwann regelrecht aufgezwungen hatte, hatte sie ihr die Bilder gezeigt. An diesem Nachmittag hatte Anni eine andere Hiltrud Meiser kennengelernt. Eine Frau, die einem nicht gelebten Leben hinterhertrauerte, niemals so mutig wie ihre Schwester gewesen war, und jetzt in diesem Haus saß und ein wenig Ansprache bei ihren Nachbarn suchte. Die meisten nahmen sie nicht für voll, hielten sie für neugierig und geschwätzig, aber keiner kannte sie wirklich. Zu Anni hatte Hiltrud bald Vertrauen gefasst, war sie doch ebenfalls Witwe und hatte dieses entzückende kleine Mädchen, das sie so gern mit Sahnebonbons und Schokolade verwöhnte.

»Guten Abend, Anni. Sie sind bereits zurück?«, fragte Frau Meiser. »Ich dachte, heute wäre die Premiere des neuen Stückes.« Ihr Blick fiel auf Ruth, die sich eng an ihre Mutter schmiegte.

»Mir ist übel geworden«, log Anni und drückte Ruths kleine Hand, obwohl sie wusste, dass Ruth die Lüge niemals verraten würde.

»Sie sehen auch recht blass aus, meine Liebe«, konstatierte Frau Meiser mit besorgter Miene. »Soll ja so ein schrecklicher Virus umgehen. Die Buben von Frau Glock gegenüber haben drei Tage flachgelegen, alle viere auf einmal, das muss man sich mal vorstellen. Es kommt einem Wunder gleich, dass Frau Glock gesund geblieben ist. Ich meide sie trotzdem, die Buben auch. Erst heute stand einer von ihnen beim Herz hinter mir in der Reihe. Da bin ich schnell ein paar Schritte zur Seite gegangen, man weiß ja nie. Untragbar, einen der Jungen kurz nach einer solchen Krankheit zum Metzger zu schicken. In meinem Alter ist mit so etwas nicht zu spaßen, meine Liebe, beileibe nicht.«

»Dann werde ich mal zusehen, schnell nach oben zu kommen«, nutzte Anni eine Atempause der alten Dame. »Ich will ja nicht, dass Sie sich bei mir anstecken.«

»Aber natürlich«, beeilte sich Frau Meiser zu sagen.

Anni verabschiedete sich und zog Ruth zur Treppe. »Und das ausgerechnet heute, wo Sie sich doch so auf die Aufführung gefreut hatten. Nun, da kann man wohl nichts machen.« Sie schüttelte den Kopf.

Anni und Ruth hatten bereits den mittleren Treppenabsatz erreicht, und Frau Meiser redete noch immer. »Scheint ja wirklich aggressiv zu sein, dieser Virus. Wollen wir hoffen, dass ihn das Kind nicht bekommt.« Anni erreichte den ersten Stock, schloss die Tür auf und sagte mit lauter Stimme:

»Ja, das wollen wir hoffen. Einen schönen Abend noch, Frau Meiser.« Sie beeilte sich, die Tür zu schließen, und lehnte sich erleichtert von innen dagegen. »Guter Gott. Und ich hatte gehofft, wir könnten ihr heute ausnahmsweise entgehen.«

»Aber ihre Sahnebonbons sind lecker«, sagte Ruth.

Anni blickte auf ihre Tochter hinab. Ihre Worte brachten sie zum Lächeln. »Und ihre selbstgebackenen Kekse sind auch nicht zu verachten.« Liebevoll strich sie Ruth über die braunen Locken. Sonderbarerweise schien es Hiltrud Meiser mit ihrer vertrauten Redseligkeit geschafft zu haben, sie aus ihrer Erstarrung zu lösen. Das Leben brach nicht vollkommen entzwei, es folgte noch immer seinen Gewohnheiten, auch wenn es heute einige Risse bekommen hatte, die nur schwer zu kitten sein würden. Irgendwie würde es schon weitergehen, ging es doch immer.

»Sie ist ja auch eine liebe Person.« Anni zog ihren Mantel aus, ging in die Wohnstube und öffnete das Fenster, um frische Luft hereinzulassen. Doch nicht nur frische Luft drang in den Raum, sondern auch die vertrauten Klänge eines Klaviers, die Ruths Herz einen freudigen Satz machen ließen.

»Hab ich nicht gesagt, dass Walter da sein wird?«, sagte Anni und drehte sich lächelnd zu ihrer Tochter um. »Wenn du willst, kannst du gleich hinüberlaufen. Vielleicht singt er noch ein wenig mit dir.«

Das ließ sich Ruth, die ihren Mantel noch nicht abgelegt hatte, nicht zweimal sagen. Eilig drückte sie Anni ein Küsschen auf die Wange und verließ die Wohnung. Keine Minute später sah Anni ihre kleine Tochter über den Hof flitzen und die Tür zum Hinterhaus aufschieben. Sie wandte sich vom Fenster ab. Ihr Blick fiel auf das Telefon, das auf der Kommode stand, und plötzlich kamen ihr Georginas Worte wieder in den Sinn. Steinberg macht da irgendetwas mit einem Kulturbund. Kurz entschlossen griff sie zum Hörer und wählte seine Nummer, die neben dem Telefon in einem Adressbuch stand. Als er sich meldete, sank sie erleichtert auf das Sofa und begann zu erzählen.

Wie immer hörte Walter nicht zu spielen auf, als Ruth den Raum betrat. Sie schlich auf Zehenspitzen zu dem am Fenster stehenden Lehnstuhl mit dem abgewetzten grünen Stoff, krabbelte darauf und deckte sich mit der darauf liegenden buntgestreiften Wolldecke zu. Seinem Spiel lauschend, blickte sie aus dem Fenster. Der letzte Tag des Oktobers versank in der Dämmerung. Im Nachbarhaus waren viele Fenster erhellt. Ruth sah Frau Gruber im dritten Stock, die irgendetwas aus einem großen Topf probierte. Der Hausmeister Herr Jäger tauschte die Glühbirne in der Lampe über dem Eingang aus. Nebenbei grüßte er Herrn Gruber, der gerade von der Arbeit nach Hause kam, und verscheuchte eine streunende Katze. Es tat gut, hier zu sitzen. Der vertraute Raum, der Blick aus dem Fenster und Walters Klavierspiel gaben ihr das Gefühl von Geborgenheit. Eine Geborgenheit, die mit dem letzten Ton des Klaviers verschwand. Für einen kurzen Augenblick herrschte Stille im Raum, dann stellte Walter die Frage, auf die Ruth gewartet hatte.

»Warum bist du hier?«

Sie warf ihm einen kurzen Blick zu.

Er trat neben sie und blickte zu Annis hell erleuchteten Fenstern hinüber.

»Sie auch. Ist heute nicht die Premiere des neuen Stücks?«

»Es ist wie mit Ilse«, flüsterte Ruth. »Wir sind jetzt vom Theater verschwunden.«

Walter verstand nicht sofort, was Ruth meinte.

»Wie – verschwunden?«

»Na, einfach weg. So viele verschwinden und kommen nicht wieder.«

Jetzt begriff Walter, worauf Ruth hinauswollte.

»Bestimmt ist es ein Irrtum. Ihr seid doch gar keine Juden.«

»Es war aber wie bei Ilse«, beharrte Ruth. »Genauso sind wir fortgeschickt worden. Nicht einmal die Probe hat die Mama zu Ende singen dürfen. Wir dürfen nicht mehr wiederkommen.« Noch während Ruth diesen Satz aussprach, stiegen ihr die Tränen in die Augen. Auf dem Heimweg hatte sie sich einzureden versucht, dass es nicht wie bei Ilse sein konnte. Mama war jemand in der Oper, jemand, der das Publikum anzog, jedenfalls hatte das Georgina irgendwann einmal gesagt. So jemanden schickte man nicht für immer nach Hause. Bestimmt durften sie bald zurückkehren, und sie würde mit ihm gemeinsam ein weiteres Kleid aussuchen. Vielleicht diesmal eines der hübschen weißen Tutus, die normalerweise die Ballettkinder trugen. Unmengen von Tüll würden sie umhüllen, und Georgina würde ihr, seinem Garderobenmädchen, das Haar hochstecken und ihr eines der funkelnden Silberkrönchen aufsetzen. Mit passenden Ballettschuhen an den Füßen würde es perfekt aussehen. Wie eine Zauberfee aus dem Märchen würde sie zur Bühne huschen. So kamen ihr jedenfalls die Ballerinen vor, wenn sie über den Flur liefen. Sie setzten ihre Füße auf so elegante Weise auf. Wenn es mit dem Singen nicht klappen würde, konnte Ruth vielleicht Tänzerin werden. Oder vielleicht sogar beides. Ihr Blick wanderte über den Hof zu den warm leuchtenden Fenstern ihres Zuhauses. Ohne jede Vorwarnung waren sie fortgeschickt worden. Oder hatte Mama es bereits geahnt? Sonderlich überrascht hatte sie nicht ausgesehen. Es war so schnell gegangen. Die erste Träne kullerte über ihre Wange. Walter wischte sie behutsam ab und nahm sie unbeholfen in die Arme. Sie schluchzte laut auf. Es tat gut, sich an ihm festzuklammern und den vertrauten Geruch des Kamillenshampoos einzuatmen, mit dem er sich immer die Haare wusch. Heute war er besonders intensiv, denn es war Dienstag, und Dienstag war bei den Sommers Badetag.

»Gewiss ist es nur ein Missverständnis«, hörte Ruth ihn sagen. »Das wird sich bestimmt alles aufklären.«

Er löste sich aus der Umarmung, stupste ihr auf die Nase und bemühte sich um ein aufmunterndes Lächeln. »Was meinst du: Wollen wir zusammen dein Lieblingsstück spielen?«

»Aber ich kann es gar nicht spielen«, erwiderte Ruth und zog die Nase hoch.

»Ein bisschen klappt es doch schon«, wandte er ein. Er zog Ruth zum Klavier. Nebeneinander nahmen sie auf dem Klavierhocker Platz, und Ruth legte ihre kleinen Finger auf die Tasten. Es war ein Stück von Schubert, das es ihr angetan hatte. Walter hatte es ihr vor einigen Wochen vorgespielt, und sie war wie verzaubert gewesen. Die sanften Töne entführten sie in eine ganz eigene, besondere Welt. Die Melodie war eher traurig und melancholisch, aber sehr hübsch. Immer wieder musste Walter die Serenade spielen. Vor einer Weile hatte er vorgeschlagen, es ihr beizubringen, was nicht ganz einfach war, denn Ruth lernte gerade erst Klavier spielen. Nicht mehr als ein, zwei Kinderlieder brachte sie bisher zustande.

Auch jetzt griff sie schnell daneben, so dass die Melodie ruiniert war, bevor sie richtig begonnen hatte. Sie zog beschämt ihre Hände zurück, doch Walter ermunterte sie, noch einmal von vorn zu beginnen. Mit seiner Hilfe fand Ruth nach einer Weile die richtigen Tasten. Sie spielten das Stück so langsam, dass sich die Melodie kaum erahnen ließ. Mal um Mal wiederholten sie den Anfang, und langsam wurden sie schneller. Irgendwann zog Walter seine Hände zurück, und Ruth spielte allein. Diesmal machte sie keinen Fehler, und es hörte sich schon beinahe richtig an. Walter wollte ihr applaudieren, doch jemand anderes kam ihm zuvor. Die beiden wandten sich erschrocken um. Anni stand in der Tür und trat in die Hände klatschend näher.

»Meine Tochter, ein richtiges Talent«, sagte sie und wandte sich an Walter. »Du bist ein guter Lehrer.«

»Ach was«, wiegelte er ab. »Sie ist begabt.«

»Und sie ist müde«, erwiderte Anni. »Es ist spät geworden.« Walters Blick wanderte zu der über der Tür hängenden Uhr. Tatsächlich war es bereits nach acht. Über das Spiel hatten sie die Zeit vergessen. Gewiss würde auch seine Mutter gleich kommen, um ihm zu sagen, dass es für heute genug war.

»Darf er es noch einmal für mich spielen?«, bettelte Ruth. »Es ist so wunderschön, und bisher haben wir nur den Anfang geübt.« Mit großen Augen sah Ruth ihre Mutter an.

Anni gab nach. Das Telefonat mit Hans Wilhelm Steinberg hatte sie beruhigt. Er hatte ihr sofort zugesichert, dass sie in dem neu entstehenden Kulturbund einen Platz finden würde. Auch andere Künstler, viele vom Schauspielhaus, hatten sich bereits bei ihm gemeldet. Ein ganzes Orchester sollte es geben. Guten Mutes hatte Anni aufgelegt. Es gab eine Zukunft, es würde weitergehen, wenn auch erst einmal in ganz anderem Rahmen. Hans Wilhelm Steinberg war der Überzeugung, dass dieser Spuk vorübergehend und im nächsten Jahr vorbei sein würde, und seine Zuversicht hatte die schrecklichen Bilder des Nachmittags etwas abgemildert.

Sie sank in den Sessel am Fenster und nahm Ruth auf den Schoß. Walter begann zu spielen, und Schubert entführte sie in seine Welt aus leichten Tönen, die einem das Gefühl gaben zu fliegen. Annis Blick wanderte zu ihrer Wohnung. Sie hatte die Stehlampe am Fenster brennen lassen. Das warme Licht wirkte einladend. Plötzlich wünschte sie sich in das Haus in der Brommstraße zurück. Die Stehlampe hatte dort gleich neben der Terrassentür gestanden, durch die man in den wunderschönen Garten voller Obstbäume gelangte. Sie drückte Ruth ein wenig fester an sich. Ihre Tochter kannte das Haus in der Brommstraße nicht. Sie war zu klein gewesen, als sie von dort weggegangen waren. Ihr Zuhause war die Güntersburgallee inklusive Walter im Hinterhaus. Nach ihrem Umzug hatte sich Anni mit Marlene angefreundet. Mit der Zeit war es ihnen zur Gewohnheit geworden, gemeinsam mit den Kindern in den nahen Park zu gehen. Später, als Anni wieder mehr arbeitete, nahm Marlene Ruth oft zu sich. Auch äußerlich hätten Walter und Ruth Geschwister sein können. Der dunkelblonde Junge mit den hübschen blauen Augen war zwei Jahre älter als Ruth, was den beiden nur wenig auszumachen schien. Nur selten sah Anni ihn mit anderen Jungen spielen. Er war ein Außenseiter, still und ganz der Musik ergeben. Bereits mit fünf Jahren hatte er Klavierstunden erhalten. Inzwischen war er so gut, dass er im Schulorchester des Philantropins, der jüdischen Schule, die er besuchte, erste Konzerte spielen durfte. Damit war er der jüngste Schüler am Klavier, den das Orchester jemals gesehen hatte, worauf sie alle mächtig stolz waren.

In der Tür tauchte Marlene auf. Sie lehnte den Kopf gegen den Türrahmen und lauschte dem Spiel ihres Sohnes. Anni fing ihren Blick auf. Marlene lächelte milde. Die Frau mit den braunen Haaren sah erschöpft aus. Die letzten Monate hatten sie viel Kraft gekostet. Im Frühjahr hatte Hermann seine Stelle im Finanzamt verloren, was er bis heute nicht verarbeitet hatte. So viele Jahre war er ein treuer Mitarbeiter gewesen, stets korrekt und fleißig. Dem neuen System war das gleichgültig. Das Gesetz zur Wiederherstellung des Berufsbeamtentums war am 7. April erlassen worden. Es erlaubte den nationalsozialistischen Machthabern, jüdische und politisch missliebige Beamte aus dem Dienst zu entfernen. Bereits einige Tage zuvor hatte der Pförtner Hermann abgewiesen und ihm seine persönlichen Dinge übergeben, die ein Kollege in aller Eile in einen Karton gepackt hatte. Es hatte kein Wort des Abschieds gegeben – und das nach beinahe fünfzehn Dienstjahren. Zuerst hatte er die Tage schweigend im Herrenzimmer verbracht und gedankenversunken Walters Spiel gelauscht, oftmals eine Flasche Bier in der Hand. Mit der Zeit war er dazu übergegangen, in die

Eckkneipe am Ende der Straße zu gehen. Dem Wirt, einem Russen, war seine jüdische Herkunft egal. Marlene hatte sich kurz nach seiner Entlassung bei einem jüdischen Wäschegeschäft auf der Zeil vorgestellt und war sofort eingestellt worden. Die Arbeit war schlecht bezahlt, aber für das Nötigste zum Leben reichte das Geld.

Walter beendete sein Spiel und sagte mit Blick auf Ruth: »Sie ist eingeschlafen.«

Anni nickte. Das warme Bündel Mensch in ihren Armen atmete gleichmäßig. Marlene trat näher, strich Ruth eine Haarsträhne aus der Stirn und flüsterte: »Sie ist so ein liebes Mädchen.« Sie sah Anni an. »Ich habe sie kommen hören, und es gewusst. Ihr solltet heute Nacht nicht allein sein. In den letzten Monaten musste ich selbst erleben, wie die Stille es noch schlimmer macht.«

Ihre Stimme klang mutlos. Anni wusste, dass Marlene und Hermann vor seiner Entlassung gern ausgegangen waren – ins Kino, zu Konzerten, zu Tanzabenden oder zu Freunden. Jetzt war alles verändert. Gewiss saß Hermann auch heute in der Eckkneipe, aus der er irgendwann betrunken nach Hause torkeln würde. Er war nicht aggressiv geworden, nur in sich gekehrt und wortkarg, was Marlene um den Verstand brachte, wie sie Anni einmal gestanden hatte. Wenn er wenigstens schreien oder weinen würde, auf irgendeine Art lebendig wäre, damit könnte sie umgehen. Stattdessen fraß er den Kummer in sich hinein und ertrug ohne Murren die Schmach, wie er seinen Rauswurf bezeichnete. Jeden Tag zog er sich etwas mehr von seiner Familie zurück, die ihm noch vor wenigen Monaten alles bedeutet hatte.

Anni sah zu den Fenstern ihrer Wohnung hinüber. Dort würde sie tatsächlich schweigen und grübeln – vielleicht sogar weinen.

Walter mischte sich in das Gespräch ein: »Ruth kann bei mir im Bett schlafen. Das hat sie gern.«

Anni schenkte ihm ein Lächeln.

»Also gut«, stimmte sie zu. »Gewiss hast du recht, Marlene. An so einem Tag wie heute sollte man nicht allein sein. Ich geh nur schnell hinüber, um ein paar Sachen zu holen, und lösche das Licht. Ich habe noch eine Flasche Rotwein im Schrank. Ich glaube, ich kann ein Glas gebrauchen.«

Marlene nickte. Sie nahm Ruth auf den Arm und fügte hinzu: »Und ich habe heute Nachmittag frisches Brot gekauft, dazu die gute Rindswurst vom Metzger Hinrich. Damit schmeckt ein Glas Rotwein doppelt so gut.«

Ruth schlang die Arme um Marlenes Hals und murmelte etwas Unverständliches. Marlene brachte das Mädchen in Walters Zimmer und legte es in sein Bett. Der Junge folgte ihr durch den Flur. Anni hielt an der Tür einen Moment inne. Eine kleine Lampe brannte auf einer Kommode neben der Garderobe. Abgestandener Rauchgeruch, vermischt mit dem Duft einer Gemüsesuppe hing in der Luft. Wie vertraut ihr diese Wohnung in den letzten Jahren geworden war. Das Herrenzimmer mit Walters Klavier darin, die Küche, das danebenliegende winzige Badezimmer, die Wohnstube mit den dunklen Möbeln aus Nussbaumholz. Wie sehr Walter gewachsen war, kam es ihr in den Sinn. Bald schon wäre es unangebracht, dass sich die beiden ein Bett teilten. Bestimmt würde Ruth diese Zweisamkeit vermissen. Anni beobachtete Walter, wie er Ruth liebevoll zudeckte, und schob den

Gedanken zur Seite. Jetzt waren sie noch Kinder, gerade mal sechs und acht Jahre alt. Noch eine ganze Weile bliebe es unverfänglich, dass sich die beiden im Schlaf eng aneinanderkuschelten. Was danach passierte, musste nicht heute entschieden werden. Anni nickte Walter noch einmal kurz zu, dann öffnete sie die Tür und verließ die Wohnung.

Draußen empfing sie kalte Luft, die schon etwas Eisiges mit sich trug. Ein unangenehm kühler Wind zerrte an ihrer dünnen Strickjacke. Sie blickte zum Himmel. Wolken zogen vor den abnehmenden Mond. Die milden Herbsttage schienen endgültig vorbei zu sein. Sie eilte über den Innenhof, betrat das Treppenhaus und drückte auf den Lichtschalter. Die gläserne Deckenlampe sprang an und tauchte die alten Holzstufen und den grau-weiß gekachelten Boden in warmes Licht. Anni blickte zur Tür von Hiltrud Meiser, die dieses Mal geschlossen blieb. Gewiss saß die alte Dame, wie meistens um diese Zeit, vor ihrem Radio und lauschte irgendeinem Hörspiel. Sie lief die Treppe hinauf. Die Treppenstufen waren in der Mitte ausgetreten und knarzten, es roch nach Bohnerwachs. Genau in dem Moment, als sie ihre Wohnungstür aufschließen wollte, klappte über ihr eine Tür, und Heinrich Gabler kam die Treppe aus dem zweiten Stock herunter.

»So spät noch unterwegs, Frau Kluger?«, sagte er, ohne zu grüßen. Ein charmantes Lächeln umspielte seine Lippen. »Gab es heute wieder eine Aufführung in der Oper?« Er wartete ihre Antwort nicht ab. »Ach, ich vergaß. Heute findet ja die Premiere statt. Aber«, er blickte auf seine Armbanduhr, »müsste das Stück nicht noch laufen?«

»Das tut es gewiss noch«, erwiderte Anni. »Mir ist heute

Nachmittag übel geworden, weshalb die Zweitbesetzung eingesprungen ist.«

»Was für ein Pech«, erwiderte er. »Ich hoffe, es geht Ihnen bereits besser.« Er klang ehrlich besorgt.

»Ein wenig. Ruth ist bei Sommers. Ich konnte mich hinlegen.« Das war nicht gelogen, dachte sie. Denn sie wollte diesen netten und durchaus gutaussehenden Herrn, der seit dem letzten Frühjahr bei ihnen im Haus wohnte, nicht belügen, obwohl es sich vor ihm in Acht zu nehmen galt, wenn sie den Worten von Hiltrud Meiser glauben wollte. Sie hatte irgendwo aufgeschnappt, dass Herr Gabler, der bei der Polizei einen guten Posten innehatte, neuerdings zur Gestapo gewechselt war. Anni konnte sich das kaum vorstellen. Heinrich Gabler war stets freundlich zu allen Nachbarn, auch zu den jüdischen. Erst neulich hatte sie mit Marlene über ihn gesprochen, und sie war ebenfalls der Meinung, dass Frau Meisers Vermutung falsch sein müsse. Heinrich Gabler war einer der wenigen, der sein Verhalten ihnen gegenüber nicht verändert hatte. Er unterhielt sich gern mit Walter und erkundigte sich nach seinen musikalischen Fortschritten. So ein Mann würde doch niemals zu dieser Gestapo wechseln. Anni blieb trotzdem auf der Hut, denn Hiltrud Meiser ließ sich von ihrer Meinung nicht abbringen. Gemeine Spitzel seien diese Leute, denen man nicht bis zur nächsten Ecke trauen konnte. Auch jetzt hatte Anni ihre mahnenden Worte im Kopf.

»Das freut mich zu hören«, erwiderte Heinrich Gabler. »Dann darf ich also hoffen, Sie am Freitag auf der Bühne zu sehen? Ich habe Karten für die Aufführung reservieren lassen und freue mich darauf, Ihre Stimme zu hören.«

Anni spürte, wie ihr die Hitze in die Wangen stieg. In ihrem Magen begann es zu kribbeln. Sie konnte nicht umhin, den blonden Mann zu mögen, auch wenn es noch so gefährlich sein würde.

»Gewiss doch«, sprach sie nun doch eine Lüge aus und wich seinem Blick aus.

»Das freut mich«, antwortete er und setzte seinen Hut auf, den er die ganze Zeit über in der Hand gehalten hatte. »Wenn Sie mich jetzt entschuldigen würden. Ein guter Freund erwartet mich, und ich möchte mich nicht verspäten.«

Er machte eine formvollendete Verbeugung und eilte, nachdem höfliche Abschiedsworte über ihre Lippen gekommen waren, die Treppe hinunter. Als die Haustür ins Schloss fiel, zuckte Anni zusammen, sank langsam auf eine der Treppenstufen und starrte auf den gekachelten Boden. Ab wann wäre es sinnlos zu lügen? Ab Freitag oder morgen schon? So viele Monate hatte sie sich selbst etwas vorgemacht. Mit dem heutigen Tag hatte die Wirklichkeit jede Hoffnung zerschlagen.

KAPITEL ZWEI

Anni sank erschöpft auf einen der wenigen Stühle, die in dem langen Flur der kolumbianischen Botschaft vor dem Büro der Visabehörde aufgestellt worden waren. Das dämmrige Grau eines typischen Novembernachmittags lag vor den Fenstern, und kaltes Neonlicht beschien den von Zigarettenqualm erfüllten Raum. Sie war am späten Vormittag eingetroffen. Da hatte die Schlange der Wartenden bis in die Eingangshalle gereicht. Unendlich langsam war es die zwei Stockwerke und vielen Stufen nach oben gegangen. Gesprochen wurde nur wenig. Es herrschte eine bedrückte Stimmung. Zumeist waren die Wartenden Männer, aber auch einige Frauen standen in der Schlange, nur wenige hatten Kinder bei sich. Ein älterer Mann lief auf Krücken und hatte Mühe, die Stufen nach oben zu kommen. Immer wieder drängelten sich andere vor, so dass er zurückfiel, was Anni mitleidig beobachtete. Jetzt saß der Mann direkt neben ihr und sprach sie an.

»Wenn wir schon nebeneinandersitzen, dann kann ich mich auch vorstellen, nicht wahr? Ludwig Diller mein Name, und mit wem habe ich das Vergnügen?« Anni nannte ihren Namen. Er nickte und redete weiter. »Ich bin schon seit heute Morgen hier. Leider habe ich es nicht so mit dem Treppensteigen, weshalb es immer länger dauert. Wieso müssen die für die Ausreise zuständigen Leute bloß bei sämtlichen Behörden im oberen Stockwerk sitzen? Das ist schon mühsam genug, aber dann drängeln sich die anderen auch noch vor. Sogar als Krüppel bin ich schon beschimpft worden, der gar kein Visum mehr bekommen sollte. Das muss man sich mal vorstellen. Ich habe im Ersten Weltkrieg gedient und das Eiserne Kreuz verliehen bekommen. Eine Granate hat mich damals erwischt, gerade so konnten sie das Bein noch retten. Und jetzt müssen wir auch noch auswandern. Angelika, meiner Gattin, schmeckt das gar nicht. Wir haben auf der Zeil einen kleinen Laden und verkaufen Lederwaren. Wenigstens laufen im Moment die Geschäfte gut, wollen ja alle weg aus Deutschland, da verkaufen wir viele Koffer. Deshalb haben wir auch so schnell die benötigte Summe für die Visa zusammenbekommen. Die Kolumbianer sind nicht dumm. Da haben sie doch tatsächlich vor ein paar Wochen die Preise verdoppelt. Über siebenhundert Mark wollen sie jetzt für ein Visum haben, diese Halsabschneider.«

»Das kann nicht sein«, erwiderte Anni erschrocken. Seine Worte fühlten sich wie ein Schlag in die Magengrube an.

»Wenn ich es Ihnen doch sage. Siebenhundert Mark für ein Visum. Und für Kinder gibt es keine Ermäßigung. Die wissen schon, wie sie die Not der Menschen ausnutzen können.«

Genau in diesem Moment öffnete sich die Bürotür, und ein älteres Ehepaar trat in den Flur. Anni, die die Aussagen ihres Sitznachbarn nicht recht glauben wollte, erhob sich von ihrem Platz und sprach die beiden an:

»Entschuldigen Sie bitte. Darf ich Sie fragen, wie hoch der Preis für ein Visum ist?«

Der Mann musterte sie kurz von oben bis unten, dann antwortete er: »Siebenhundertzwanzig Mark, meine Teuerste.« Anni ließ die Schultern sinken, nickte und sank zurück auf ihren Platz. Das Ehepaar entfernte sich.

»Habe ich doch gesagt«, sagte Ludwig Diller und fragte nach einer kurzen Pause: »Sie haben das Geld nicht, oder?«

Anni schüttelte den Kopf. Gerade so hatte sie die Summe zusammenbekommen, die noch vor wenigen Wochen notwendig gewesen war. Heute Morgen war sie noch guten Mutes gewesen, dass dieses Mal alles klappen könnte. Jetzt musste sie begreifen, dass erneut alles umsonst gewesen war. So viele Botschaften hatte sie in den letzten Wochen angerufen, Erkundigungen eingeholt und Anträge gestellt. Überall war es dasselbe. Entweder es war zu teuer oder eine Einreise aufgrund erschwerter Auflagen gar nicht möglich. Sie überlegte kurz, ob es Sinn hätte, mit dem Beamten zu reden. Vermutlich nicht. Weshalb sollte er ausgerechnet bei ihr eine Ausnahme machen? Die Bürotür öffnete sich, ein Mann trat nach draußen, und Ludwig Diller erhob sich schwerfällig.

»Dann viel Glück«, sagte er zum Abschied. »Vielleicht klappt es ja beim nächsten Mal.« Anni nickte. Die Tür schloss sich hinter ihm, und sie stand auf. Ein nächstes Mal würde es so schnell nicht geben. Sie verließ mit hängenden Schultern die Botschaft und taperte zur unweit gelegenen Straßenbahnhaltestelle. Eigentlich wäre sie jetzt am liebsten nach Hause gefahren, um ihre Wunden zu lecken, doch das ging nicht, denn sie hatte versprochen, sich um Ersatz für ihre Garderobiere zu kümmern, die kurzfristig nach dem Erhalt eines Visums zu ihrer Tante nach Peru auswandern würde, worum Anni sie mehr als nur beneidete. Hätte doch auch sie irgendeine Verwandtschaft im Ausland, die sich für sie einsetzen könnte. Doch es gab niemanden.

Die Straßenbahn kam, und sie stieg ein.

Als Ersatz für die Garderobiere kam in ihren Augen nur eine Person in Frage: Georgina. Sie hatte länger keinen Kontakt mehr zu ihm gehabt und hoffte, ihn noch immer in der Alten Oper anzutreffen.

Wie gewohnt betrat sie das Opernhaus durch einen der Seiteneingänge. Im Eingangsbereich war niemand zu sehen, in der Luft hing kalter Zigarrettenrauch. Es kam ihr seltsam vor, durch die bekannten Gänge zu laufen. Das kalte Neonlicht in den Fluren, der Linoleumboden, die vertraute Geruchsmischung, die sie so sehr liebte. Ihre Schritte klangen eigentümlich laut. War das früher auch so gewesen? Mehrfach blickte sie hinter sich. Das Vertraute schmerzte und jagte ihr sonderbarerweise Angst ein. Als sie mit klopfendem Herzen in die Garderobe lugte, saß dort Henriette, die sich gerade ein Stück Frankfurter Kranz gönnte. Sie zog eine Augenbraue in die Höhe und begrüßte ihre ehemalige Kollegin mit abfälligen Worten. Sonderlich zugetan waren sich die beiden auch früher nicht gewesen, doch so viel Feindseligkeit hatte damals nicht in Henriettes Blick gelegen. Anni fühlte sich wie ein giftiges Insekt, das in ihre perfekte, von unliebsamen Juden befreite Welt eingedrungen war. Trotzdem erkundigte sie sich nach Georgina. »Die Tunte haben sie schon vor zwei Jahren rausgeworfen«, beantwortete Henriette ihre Frage. Er ist wohl bei Schumanns gelandet, diesem Varieté.« Der verächtliche Klang ihrer Stimme verriet, was Henriette von dem durchaus mondänen Schumanntheater in der Nähe des Hauptbahnhofs hielt, das mit seinen Varietés, Konzerten und Revueabenden ein großes Publikum anzog.

Anni hatte erfahren, was sie wollte, und ging ohne Gruß. Den Satz »Ist auch besser, wenn du abhaust, Judenweib«, überhörte sie geflissentlich. Mit Henriette lohnte kein Wortgefecht, bei dem sie sowieso den Kürzeren ziehen würde. Am Ende würde die Souffleuse sie noch denunzieren, wovor Anni nun auf der Hut war. In den letzten Jahren hatte sie sich vom gefeierten Opernstar in eine graue, durch die Straßen huschende Maus verwandelt, die bei jedem lauten Wort zusammenzuckte und abends die Tür verrammelte.

Wieder auf der Straße überlegte sie, was sie jetzt machen sollte. Ins Schumanntheater konnte sie nicht so ohne weiteres hineinspazieren, auch dort würde man sie gewiss erkennen und rauswerfen. Aber vielleicht hatte sie Glück und würde Georgina noch zu Hause antreffen, denn die Vorstellungen im Schumanns begannen erst in einigen Stunden. Sie beschloss, es auf einen Versuch ankommen zu lassen, und machte sich auf den Weg zur Altstadt, wo er eine kleine Wohnung in der Metzgergasse bewohnte. Mit ihm zu sprechen duldete keinen längeren Aufschub, sonst hätten sie für ihre geplante Aufführung im Saalbau keine Garderobiere, was einer Katastrophe gleichkäme. Hoffentlich würde er ihr Angebot annehmen. Immerhin war er selbst kein Jude, vielleicht sogar inzwischen Parteimitglied. Ein Engagement bei den Juden könnte ihm Ärger einbringen. Obwohl Anni sich eine Absage von ihm kaum vorstellen konnte. Auch Ruth, die noch immer bei jeder Aufführung dabei war, würde sich freuen, Georgina wiederzusehen. Sie ging inzwischen ebenfalls aufs Philantropin. Die Entscheidung für die jüdische

Schule hatte sich Anni nicht leichtgemacht. Mit der Zeit jedoch waren die Anfeindungen der Klassenkameraden und Lehrer so schlimm geworden, dass ihr nichts anderes übriggeblieben war, als Ruth auf die jüdische Schule zu schicken. Für Ruth war der Schulwechsel eine Erlösung. Gemeinsam mit Walter machte sie sich nun jeden Tag auf den Schulweg, was auch Anni ein gutes Gefühl gab. Der Junge wachte mit Argusaugen über Ruth, die er liebevoll Schwesterchen nannte.

Es war Anni schwergefallen, sich mit dem Gedanken anzufreunden, dass ihre jüdischen Wurzeln nun ihr Leben bestimmten und es nicht die schnelle Beruhigung gegeben hatte, die sie sich noch vor einigen Jahren gewünscht hatten. Um ihren Lebensunterhalt zu verdienen, arbeitete sie zusätzlich zu ihren Auftritten im Kulturbund in einer jüdischen Wäscherei im Westend. Dazu hatte sie sich, genauso wie Magda Spiegel, ein bescheidenes Ruhegeld bei den Städtischen Bühnen erkämpft. So konnte sie ihre bescheidene Witwenrente für Rücklagen verwenden, die Ruth und ihr vielleicht doch irgendwann eine Auswanderung ermöglichten.

Es dauerte nicht lange, bis Anni die schmale Metzgergasse erreichte, die im grauen Dämmerlicht des nahenden Abends versank und dadurch noch trostloser erschien, als sie es ohnehin schon war. Selbst wenn die Sonne schien, drang zwischen den eng beieinanderstehenden Häusern kaum Licht bis zum Boden. Im Sommer flohen manche Bewohner der verwinkelten Altstadtgassen sogar mit ihrem Bettzeug an den Main, wo sie lieber im Freien schliefen, anstatt in den engen Kammern von den Wanzen aufgefressen zu werden. Die alten Fachwerkhäuser waren heruntergekommen und schäbig. Putz bröckelte von den Fassaden, Farbe von den Fensterläden. Alte Schriftzüge auf den Häusern, Zeitzeugen der Geschichte, verblassten. Der Wirtschaftsaufschwung Frankfurts im neunzehnten Jahrhundert war an der Altstadt vorübergegangen, und sie war zu einem Sinnbild für Armut und Kriminalität verkommen. Damals war, wer konnte, ins Westend gezogen, und Roßmarkt und Zeil waren zum Mittelpunkt des Geschäftslebens geworden. Die Nationalsozialisten hatten sogar geplant, ganze Teile der Altstadt, ihrer Meinung nach eine Hochburg der Kommunisten, komplett durch historisierte Bauten zu ersetzen. Dies war jedoch durch den Bund tätiger Altstadtfreunde verhindert worden, die sich um die Verbesserung der dortigen Zustände kümmerten.

An der schmalen Metzgergasse schienen diese Sanierungsmaßnahmen jedoch nicht gegriffen zu haben.

Anni schob ein schäbiges hölzernes Hoftor auf und betrat einen engen Innenhof. Hierhin verirrte sich nur selten ein Sonnenstrahl, was die Wohnungen im Hinterhaus billig machte. Georgina kamen die Preise entgegen, hatte er doch ständig Spielschulden. Das Kartenspiel war es, was es ihm angetan hatte. Er konnte einfach nicht die Finger davon lassen, obwohl er wusste, dass ihm diese Sucht irgendwann noch einmal das Genick brechen würde.

Anni betrat das heruntergekommene Treppenhaus. Eine Geruchsmischung aus Schweiß, Urin und Bohnerwachs schlug ihr entgegen. Dem Eingang gegenüber stand die Tür der Etagentoilette offen. Ein Mann pinkelte darin im Stehen. Anni lief an ihm vorüber und beeilte sich, die alten, ausgetretenen Stufen hinaufzukommen. Als sie den ersten

Stock erreichte, hörte sie die Toilettenspülung, kurz darauf klappte eine Tür. Sie atmete erleichtert auf. Weiß der Himmel, was das für ein zwielichtiger Geselle war. Vor Georginas Wohnungstür blieb sie stehen und klopfte an.

Niemand reagierte auf ihr Klopfen. Sie versuchte es erneut, diesmal etwas energischer, doch es blieb still. Die Tür hinter ihr öffnete sich. Ein älterer Mann mit struppigem grauem Haar, der mit einem dreckigen Unterhemd und einer schäbigen braunen Hose bekleidet war, pflaumte Anni harsch an.

»Der is ned da.« Eine Zigarettenkippe hing zwischen seinen Lippen. Anni zuckte erschrocken zusammen und wich vor dem ungepflegten Mann zurück. Er nahm seine Kippe aus dem Mund und musterte sie genauer.

»Siehst aus wie eine der Theaterschicksen.« Sein Blick wurde begehrlich. Anni machte einen weiteren Schritt rückwärts und stieß mit dem Rücken gegen Georginas Wohnungstür. Er trat auf den Flur. »Am End bist eines der Revuemädchen. Hübsch genug wärst dafür.« Er stand jetzt so nah vor ihr, dass sie seinen nach Zigaretten stinkenden Atem auf der Haut spüren konnte. Er hob die Hand und strich über ihre Wange.

»Vielleicht willst ja bisschen lieb zu einem alten Mann sein, der sonst keine Freud am Leben hat.«

Anni war wie erstarrt. Ihr Herz schlug ihr bis zum Hals, und ihre Hände zitterten.

»Herrgott Alfred«, war plötzlich Georginas Stimme zu hören, »lass sie los, du geiler Bock.«

Abrupt wurde der alte Mann nach hinten gezogen. Anni atmete erleichtert auf. Georgina beförderte Alfred zurück in seine Wohnung. Er schlug mit dem Kopf gegen den Türrahmen und stürzte zu Boden.

»Elende Tunte«, rief der Alte. »Scher dich zum Teufel.« Georgina schloss, ohne auf seine Beschimpfungen einzugehen, seine Wohnungstür und wandte sich Anni zu.

»Anni, Kindchen. Was machst du denn hier? Da bin ich ja gerade rechtzeitig gekommen. Gut, dass ich meinen Zylinder vergessen habe. Wir haben uns ewig nicht gesehen. Was treibt dich zu mir?«

Er holte einen Schlüssel aus der Jackentasche und öffnete die Wohnungstür. Anni folgte ihm in den engen Hausflur, von dem nur zwei Türen abgingen. Eine davon führte in die Küche, die Georgina betrat. Anni blieb in der Tür stehen. Die Einrichtung bestand aus einer beigefarbenen Anrichte, der zwei Schubladen fehlten, einem klapprigen Tisch unter dem Fenster, zwei Stühlen und einem kleinen Ofen, darauf fettige Pfannen und ein Teekessel, den Georgina in die Höhe hielt.

»Möchtest du einen Tee?«, fragte er. »Leider habe ich nicht viel Zeit, denn ich muss zur Arbeit. Aber ein kleiner Plausch …«

Anni lehnte dankend ab. »Ich hab gehört, du bist jetzt beim Schumanntheater.«

»War ich«, erwiderte Georgina. Er ging an ihr vorüber in den anderen Raum. Anni folgte ihm und blieb in der Tür stehen. Der kleine Raum war mit einem behäbigen Schrank aus dunklem Nussbaumholz, einer Kommode und dem Bett vollkommen zugestellt. Unmengen von Kleidern lagen überall verstreut. Georgina kniete inmitten des bunten Sammelsuriums und buddelte sich bis zum Bett durch.

»Leider wollten sie mich auch dort nicht mehr haben. Ist alles gerade nicht so einfach.« Triumphierend hielt er eine Hutschachtel in die Höhe. »Adolf vom Barberina meinte, ich würde einen guten Barmann abgeben. Nur das Tuntige soll ich zu Hause lassen.« Er zwinkerte Anni zu. Erst jetzt fiel ihr seine Veränderung auf. Georgina trug nicht das übliche Make-up, sein Haar war gekürzt. »Also ist Georgina jetzt fort, und ich bin wieder Norbert geworden. Und Norbert arbeitet nicht als Garderobier in der Damenumkleide.« Er seufzte.

»Und das funktioniert?«, fragte Anni.

»Was soll ich machen.« Georgina nahm einen schwarzen Zylinder aus der Hutschachtel. »Tunten sind gerade nicht besonders gefragt.« Er setzte den Zylinder auf und musterte sich in einem an der Wand hängenden Spiegel. »Was meinst du?«, fragte er.

»Es ist ungewohnt«, erwiderte Anni.

»Dann ist es gut.«

»Ich mochte Georgina lieber.«

»Ich auch«, erwiderte er. »Aber sie versteckt sich ein Weilchen, bis der Spuk vorüber ist.«

»Wird er denn jemals vorüber sein?« Annis Stimme klang mutlos. Georgina trat vor sie, hob ihr Kinn an und blickte tief in ihre Augen.

»Sie leuchten noch«, sagte er. »Du hast noch nicht aufgegeben – niemals werden wir aufgeben. Irgendwann wird der Gegenwind wieder abflauen, und alles wird gut werden. Du wirst sehen: Bald schon sitzen wir wieder in unserer guten alten Garderobe und tratschen wie früher.«

In Annis Augen traten Tränen. Es tat gut, Georginas Nähe

zu spüren, auch wenn er jetzt Norbert war und anders aussah. So ganz würde sich ihr guter alter Garderobier niemals hinter seiner männlichen Identität verstecken können.

»Henriette futtert noch immer Frankfurter Kranz«, sagte sie mit einem Grinsen auf den Lippen.

Er lachte laut auf und wollte etwas erwidern, doch der laute Schlag der im Flur stehenden Standuhr hielt ihn davon ab. Er ließ Annis Kinn los.

»Ein Erbstück meiner Großmutter«, kommentierte er das durchdringende Geräusch. »Ist wohl das einzig Wertvolle, das ich besitze. Das war mein Zeichen. Ich muss mich beeilen, sonst komme ich zu spät.«

Er löschte rasch das Licht in der Schlafkammer und öffnete keine Sekunde später die Haustür. Seine plötzliche Hektik brachte Anni aus dem Konzept.

»Aber ich wollte dich noch etwas fragen.«

»Kannst du das auch auf dem Weg zum Groß-Frankfurt?«

»Schon, aber ...«

»Na, dann mal los«, erwiderte Norbert und trat auf den Flur. Anni folgte ihm. Sie eilten die Treppe hinunter, durchquerten den engen Hinterhof und traten auf die Metzgergasse hinaus, die inzwischen in Dunkelheit versunken war. Auf dem Römerberg, den sie wenig später überquerten, war es seltsam still. Lebendiger war es erst auf der Neuen Kräme, wo die meisten Läden noch geöffnet hatten. Georgina legte ein flottes Tempo an den Tag. Anni hatte Mühe, mit ihm Schritt zu halten, und geriet bald außer Puste. Sie erreichten den Schillerplatz, wo die Verkäuferin des Milchwagens gerade Feierabend machte. Es ging vorbei an dem Gebäudekomplex Kaiser Karl, in dem nach Georginas Meinung einer der besten Friseure der Stadt sein Geschäft im ersten Stock hatte. Die großen Leuchtbuchstaben des Vergnügungszentrums Groß-Frankfurt waren bereits von weitem zu erkennen. Gleich neben dem Eschenheimer Turm stand das nüchterne Gebäude, das mit Kino, Kabarett, Varieté, Tanzcafé und Weinausschank das Publikum anzog. Juden waren auch in diesem Etablissement verboten, was sonst. Anni blieb vor dem Eingang stehen, an dem das übliche *Juden-verboten*-Schild hing. Norbert bemerkte erst gar nicht, dass er sie verloren hatte, kehrte dann aber zurück. Er begriff sofort, was Anni davon abhielt, ihm zu folgen, und legte ihr beruhigend die Hand auf die Schulter.

»Jetzt ist noch keine Kundschaft da. Wir öffnen erst um sieben. Kannst also ruhig mitkommen.«

Anni blieb trotzdem stehen und lugte unsicher in den breiten Eingangsbereich. Ein großes Kinoplakat an der Wand neben der Kasse kündigte an, dass heute der Film *Eine Nacht im Mai* gezeigt wurde. Marika Rökk war darauf in einem weißen Hosenanzug abgebildet. Anni machte der Anblick ihres strahlenden Lächelns wehmütig. Nur allzu gern hätte sie einen Film mit Marika Rökk gesehen, doch kein Kino der Stadt duldete Juden. Früher war sie gern ins Kino gegangen. Meistens in das Scala in der Schäfergasse. Ihr letzter Film war im November 1932 *Der träumende Mund*, ein deutsch-französischer Film gewesen. Elisabeth Bergner hatte damals die Hauptrolle gespielt. Sie konnte sich noch gut an das Kinoplakat erinnern, auf dem die hübsche Schauspielerin gemeinsam mit dem männlichen Hauptdarsteller Rudolf Forster abgebildet war. Damals war sie mit Magda im Kino, und sie hatten trotz des eher ernsten Films einen unterhaltsamen

Abend gehabt, den sie in der Martini-Bar in der Mainzer Landstraße, ihrer damaligen Stammkneipe, ausklingen hatten lassen. Bei dem Gedanken daran kam es ihr so vor, als stammten diese Erinnerungen aus einem anderen Leben.

Norbert setzte sich erneut in Bewegung.

»Jetzt komm schon.« Er bemühte sich um ein Lächeln. »Hier beißt dich keiner. Und wenn doch, dann beiße ich zurück.«

Anni gab sich einen Ruck und folgte ihm. Es ging an der Kasse vorbei und durch einen Nebentür in das Barberina, die frühere Künstlerklause. Die Tische waren bereits eingedeckt, und auf der Bühne standen die Instrumente der Band, die heute für die Unterhaltung sorgen würde.

»Willy Trockel tritt heute Abend auf«, sagte Norbert, während er durch die Reihen zur Bar ging. »Ist eine Rheinische Stimmungskapelle. War neulich schon mal hier. Sind nicht schlecht, die Jungs.« Mit den Schultern zuckend fügte er hinzu: »Profane Unterhaltung eben.«

Er trat hinter die Bar und betätigte einen Lichtschalter. Sofort erstrahlte die gläserne Wand im warmen Licht von vielen kleinen Glühbirnen. Der Tresen war penibel poliert, die Gläser schimmerten. Auf den Regalbrettern reihten sich Weinflaschen, Cognacs, Whiskey und Liköre aller Art aneinander. Sogar Champagner konnte Anni unter den vielen Flaschen erkennen. Norbert holte ein Weinglas vom Regal und stellte es formvollendet vor Anni auf den Tresen. »Was darf es sein, mein Fräulein? Vielleicht ein Martini? Gern auch ein guter Tropfen aus dem nahen Rheingau.« Er deutete auf eine der vielen Flaschen im Regal. »Feinste Winzerware aus Rüdesheim. Ein wahres Geschmackserlebnis.«

In diesem Augenblick erschien Anni ihr alter Freund wieder wie Georgina. Frack und Zylinder, den er eben aufgesetzt hatte, schafften es nicht, das Gewohnte zu vertreiben. Ein Lächeln umspielte ihre Lippen. Erst jetzt wurde ihr bewusst, wie sehr sie den Garderobier in den letzten Jahren vermisst hatte.

»Und du denkst wirklich, Barmann ist das Richtige für dich, meine Liebe?«, fragte sie.

Norbert legte hörbar seufzend den Zylinder ab, lehnte sich zu Anni hinüber, stützte die Hand aufs Kinn und verdrehte die Augen.

»Ich hasse es.«

»Das wollte ich hören«, erwiderte Anni.

Norbert zog eine Augenbraue in die Höhe.

»Der jüdische Kulturbund plant nächste Woche eine Aufführung im Saalbau, und unsere Garderobiere ist uns abhandengekommen. Da dachte ich ...«

»... fragst du die liebe Georgina, ob sie Zeit hat«, beendete Norbert ihren Satz.

»Die beste Wahl, die sich in Frankfurt finden lässt«, sagte Anni schmeichelnd. Sie wusste, wie sehr es Georgina liebte, Honig ums Maul geschmiert zu bekommen.

Georgina lächelte, doch seine Miene wurde schnell wieder ernst.

»Und du denkst, die Aufführung wird stattfinden?«

»Wieso sollte sie nicht?«

»Die gute Anni, ahnungslos wie immer«, sagte Norbert. »Seit dem Attentat in Paris auf Ernst Eduard vom Rath brodelt es gewaltig. Wir können nur hoffen, dass der Bursche überlebt. Dieser gottverdammte polnische Jude. So etwas macht doch alles nur noch schlimmer.« Er schüttelte den Kopf.

Anni wusste nicht, was sie erwidern sollte. Sie spürte ihren schneller werdenden Herzschlag. Leise Panik ergriff Besitz von ihr. Ihre Hände begannen zu zittern, und ihr Blick huschte unruhig hin und her. Wenn jemand Georgina gehört hatte? Wenn sie hier jemand finden würde? Es war nicht richtig. Sie durfte nicht hier sein. Auf dem Schild am Eingang stand es doch geschrieben. Nirgendwo durfte sie mehr sein – noch nicht einmal sie selbst durfte sie noch sein. Was interessierte sie Paris, ein vom Rath, die Welt dort draußen. Wäre doch Johann an ihrer Seite. Er würde sie und Ruth beschützen, mit ihnen gemeinsam fortgehen – vielleicht nach New York, in die funkelnde Welt der Hochhäuser, in der jeden Tag ein neuer Opernstar geboren wurde. Niemand wurde dort verurteilt. Doch Johann war tot. Einfach so war er eines Morgens umgefallen und hatte sie allein gelassen. Tränen traten in ihre Augen, und ein dicker Kloß bildete sich in ihrem Hals. Sie wollte keine schrecklichen Dinge mehr hören, nichts von Attentaten wissen, von neuen Schildern, abfälligen Worten über sie. Sie wollte nicht mehr ihr weinendes Kind trösten, das panisch vor seinen früheren Freunden floh, die es mit Steinen bewarfen. Die Welt war aus den Fugen geraten. Ihr Leben war nicht perfekt gewesen, aber welches Leben war das schon. Jetzt drohte es endgültig in sich zusammenzubrechen. Sie konnte es nicht ertragen, wollte einfach keine Angst mehr haben müssen. Georgina trat hinter der Bar hervor und legte die Arme um sie, zog sie eng an sich. Anni begann zu weinen. Georgina hielt sie fest, schweigend, einfach so. Worte würden nicht helfen. Was hätte er auch sagen sollen? Dass alles wieder gut werden würde? Er wusste, dass es eine Lüge wäre. Das Gewitter war aufgezogen und stand bedrohlich am Horizont. Ob es über sie hereinbrechen oder abziehen würde, konnte niemand sagen. Irgendwann löste sich Anni aus seiner Umarmung. Sie wischte sich die Tränen von den Wangen und zog die Nase hoch. Er griff nach einer Serviette und reichte sie ihr. Anni schnäuzte sich und zwang sich zu einem Lächeln. So recht wollte es ihr nicht gelingen.

»Also wirst du uns helfen?«, fragte sie.

Norbert fing ihren Blick auf. Sie ließ die Hände sinken. Er verstand und nickte. Wer wusste schon genau, was der nächste Tag bringen würde. Am Ende würde vom Rath überleben, und vielleicht würden sich die Gewitterwolken wieder verziehen.

»Du kennst meine Antwort.«

Anni legte den Kopf schräg.

»Ich komme gern«, sagte Norbert.

Anni nickte lächelnd. Sie wollte etwas erwidern, wurde jedoch durch das Klappen einer Tür und Stimmen unterbrochen. Auf der Bühne tauchten vier junge Burschen auf, die freundlich grüßten. Einer nahm eine Gitarre in die Hand und spielte einige Töne, die anderen teilten sich auf die weiteren Instrumente auf.

Anni wandte sich ab. Erneut wurde ihr Herzschlag schneller.

»Ich gehe besser«, sagte sie leise. »Übermorgen ist die nächste Probe, so gegen drei Uhr Nachmittag im Saalbau.«

»Ich werde da sein«, erwiderte Nobert. Er drückte Anni zum Abschied noch einmal an sich, bevor sie durch die

Stuhlreihen davonhuschte. Sein Blick folgte ihr bis zur Tür, dann ging er kopfschüttelnd hinter seine Bar und musterte sein Gesicht im Spiegel. Wohin waren sie in den letzten Jahren verschwunden? Georgina war fort, genauso wie Anni Kluger, der gefeierte Opernstar. Dieses sonderbare Leben voller Angst hatte sich in ihre Seelen gegraben und sie verändert – und er spürte, dass es noch lange nicht vorbei sein würde.

Als Anni wenig später in der Güntersburgallee ankam, ging sie nicht in ihre Wohnung, sondern betrat wie gewohnt das Hinterhaus, wo sie an der Wohnungstür der Sommers läutete. Bereits auf dem Hof waren die Klänge des Klaviers und die Stimme ihrer Tochter zu hören gewesen. Sie und Walter übten gemeinsam für ihren nächste Woche stattfindenden Auftritt im Schulchor. Schnell hatte der Chorleiter des Philantropins Ruths Talent erkannt. Jetzt durfte sie ihr erstes Solo singen, worauf sie unglaublich stolz war. Es war das Lied »Der Wanderer« von Schubert, das sie vortragen würde. Eine anspruchsvolle Wahl, doch Ruth war gut vorbereitet. In den letzten Wochen hatte sie das Stück akribisch einstudiert. Jede einzelne Strophe Hunderte Male wiederholt, bis sie jeden Ton traf. Sogar mit Magda hatte sie geübt, die von Ruths Talent erst neulich bei einer Probe geschwärmt hatte. Anni wusste das Kompliment einzuordnen, denn Magda neigte nicht dazu, mit Lob um sich zu werfen. Auch mit sich selbst ging sie jeden Tag aufs Neue hart ins Gericht, ihre Umgebung konnte es ihr grundsätzlich nicht recht machen. Anni litt des Öfteren unter ihrem Perfektionismus – nicht selten gab es deswegen Streit. Der neue Generalmusikdirektor Julius Prüwer bezeichnete sie in solchen Momenten gern als arrogante Operndiven, die sich gefälligst zusammenreißen sollten. Anni hatte sich anfangs schwergetan, sich an Prüwer zu gewöhnen, der nach dem Weggang Hans Wilhelm Steinbergs nach Palästina seine Nachfolge angetreten hatte. Auch Magda hatte mit dem Mann ihre Probleme. Er war jedoch ein ausnehmend guter Musiker und hervorragender Dirigent, was manche seiner persönlichen Eigenarten, wie es Magda einmal höflich ausgedrückt hatte, in den Hintergrund treten ließ. Magda hatte noch bis 1935 in der Alten Oper auftreten dürfen, dann war auch für sie Schluss gewesen. Sie litt darunter, ließ es sich aber nicht anmerken. Immerhin hatten viele von ihnen im Jüdischen Kulturbund eine neue Heimat gefunden, auch wenn die Auftritte im Saalbau bei weitem nicht an die prachtvollen Abende in der Oper heranreichten.

Anni schlich auf Zehenspitzen in das Herrenzimmer der Sommers und nahm ihren gewohnten Platz am Fenster ein. Andächtig lauschte sie Ruths klarer Kinderstimme. Zum ersten Mal nahm sie dabei bewusst den Text des Liedes wahr, der ihr unter die Haut ging.

>»Wo bist du, mein geliebtes Land?
> Gesucht, geahnt und nie gekannt!
> Das Land, das Land, so hoffnungsgrün,
> Das Land, wo meine Rosen blühn,
> Wo meine Freunde wandelnd gehn,
> Wo meine Toten auferstehn,
> Das Land, das meine Sprache spricht,
> O Land, wo bist du?...«

Wo bist du?, wiederholte Anni in Gedanken. Ihre Sprache schien in dieser Stadt nur noch wenige zu sprechen. Freunde waren zu Feinden geworden, und das Gewohnte war verlorengegangen. Der vertraute Lebensmittelladen von Gerda Weilbach an der Ecke, in dem sie jeden Tag eingekauft hatte. Sie durfte ihn nicht mehr betreten. Ruth konnte nicht mehr jeden Morgen bei Bäcker Glauberg in den Laden spazieren und ein Milchbrötchen kaufen. Früher hatte er mit ihr gescherzt, jetzt scheuchte er sie als »Judenbalg« fort. Seine Söhne waren ihr sogar einmal nachgelaufen und hatten sie so geschubst, dass sie böse gefallen war und sich das Knie aufgeschlagen hatte. Die Wunde war verheilt, die Angst geblieben. Ruth hatte innerhalb weniger Monate die Arglosigkeit eines Kindes verloren und war ernst und still geworden. »Vernünftig« nannte es ihre neue Lehrerin, Frau Rubinstein, im Philantropin. Anni wusste es besser. In Ruths Blick lag eine seltsame Art von Gleichgültigkeit, die ihr Angst machte. Schon längst hatte sie sich damit abgefunden, dass sie nichts durfte, was anderen Mädchen ihres Alters gestattet war. Allzu gern wäre sie Mitglied des Bunds Deutscher Mädchen geworden. Sie trugen dort doch so hübsche Uniformen, fuhren ins Ferienlager und machten tolle Ausflüge. Auch ins Schwimmbad durfte sie nicht mehr gehen oder auf die Eislaufbahn. Mit Walter war sie im letzten Winter auf den Main ausgewichen. Doch auch dort waren die beiden von einigen Burschen erkannt und fortgescheucht worden. Walter hatte ein blaues Auge und ein verstauchtes Handgelenk davongetragen. Es waren seine ehemaligen Freunde aus der Nachbarschaft gewesen, die ihn so übel zugerichtet hatten – sämtliche Jungen Mitglieder der Hitlerjugend. So wie Ruth zum BDM wollte, wünschte sich Walter, zur Hitlerjugend gehen zu können. Einfach nur dazugehören, hatte er einmal zu Anni gesagt. Nicht am Straßenrand stehen und zusehen müssen.

Die letzten Töne des Liedes verklangen. Einen Moment herrschte Stille im Raum. Ruth blickte ihre Mutter erwartungsvoll an. Anni hob die Hände und begann zu klatschen. Ruth lächelte erleichtert.

»Es gefällt ihr«, sagte sie aufgeregt zu Walter. Er nickte. Übermütig hopste sie vom Hocker und warf sich ihrer Mutter in die Arme. Ihre unbekümmerte Begeisterung vertrieb Annis düstere Gedanken. Sie umarmte Ruth und rief: »Wunderbar. Jeder Ton an der richtigen Stelle.«

»Habe ich nicht gesagt, dass sie begeistert sein wird?«, sagte Walter mit einem Lächeln auf den Lippen. »Du wirst sie nächste Woche bei dem Konzert alle umhauen.«

Auch Marlene, die unbemerkt den Raum betreten hatte, klatschte Beifall.

»Du hast großartig gesungen, Ruth.« Sie wandte sich an ihren Sohn. »Ganz wunderbar gespielt, mein Junge. Wenn das dein Großvater noch erleben könnte. Er wäre stolz auf dich.«

Walter deutete ein Nicken an. Sein musikalisches Talent hatte er mütterlicherseits geerbt. Sein Großvater, den er nicht mehr kennengelernt hatte, war ein guter Pianist gewesen. Er war eine Weile mit einer kleinen Künstlergruppe durchs Land gezogen. Der Erste Weltkrieg hatte die Ambitionen der Musiker jedoch zerschlagen. Drei der fünf Männer waren an der Front gefallen. Konrad Sommer hatte sein Gehör eingebüßt und war wenige Jahre nach dem Krieg mit

nur achtundvierzig Jahren verstorben. Trotz seiner Taub-
heit hatte er bis zum Schluss Klavier gespielt. Oftmals hatte
Marlene ihm wehmütig dabei zugehört, wie er all die wun-
derschönen Melodien mit der gewohnten Perfektion spielte, ohne sie jemals wieder hören zu können. Sie hatte ihn
einmal gefragt, warum er überhaupt noch spielen würde.
Wenn ich die Tasten drücke, kehrt die Musik zurück in meinen Kopf und vertreibt die unerträgliche Stille, hatte er zur
Antwort gegeben.

Marlene wandte sich an Anni.

»Vom Rath ist gestorben. In der Wäscherei haben sie darüber gesprochen. Johannes Grünbaum von der Redaktion
des *Jüdischen Wochenblattes* nebenan ist reingekommen
und hat uns gesagt, dass sämtliche jüdische Organisationen
und Zeitungen verboten worden sind.« Sie schlang die Arme
um den Körper, und ihre Stimme zitterte, als sie weitersprach.
»Er hat gesagt, dass wir schnell nach Hause laufen und
uns einschließen sollten. Er habe ein schreckliches Gefühl.«

Anni wusste nicht, was sie erwidern sollte. Georginas
Worte kamen ihr in den Sinn. Er hatte es geahnt.

»Wo ist Papa?«, fragte Walter.

»Wo er immer ist.« Marlenes Stimme klang schroff. »Er
sitzt bei Martin in dem elenden Hinterzimmer und ver-
zockt unsere restlichen Ersparnisse beim Kartenspiel.« Tränen schimmerten in ihren Augen, und sie ballte die Fäuste.
»Schon seit Wochen flehe ich ihn an, dass er nach Stuttgart zur amerikanischen Botschaft fahren soll, um sich um
die Papiere für die Ausreise zu kümmern. Die vergeben dort
Nummern. Martha sagt, wenn die Nummer zu hoch ist,
kann es Jahre dauern, bis man einreisen darf. Meine Tante

würde für uns bürgen. Sie hat es mir geschrieben. Aber wenn er nicht fährt ...« Ihre Stimme brach.

Anni schaute besorgt zu Ruth. In ihren Augen lag jener sonderbar kühle Ausdruck, der ihr Angst machte. Vielleicht war die Gleichgültigkeit des Mädchens eine Art Schutzmechanismus. Ob es gut sein konnte, wenn ein Kind so etwas hatte, fragte sie sich.

»Soll ich gehen und Papa holen?«, fragte Walter und stand auf. »Bestimmt ist es besser, wenn er jetzt bei uns ist.«

»Ich weiß nicht«, zögerte Marlene.

»Es ist doch nicht weit. Nur eine Querstraße weiter. Was soll schon passieren«, sagte Walter.

»Also gut«, gab Marlene nach. »Ist bestimmt besser, wenn er heute nicht in den frühen Morgenstunden betrunken durch die Straßen torkelt. Lauf schnell hinüber und hol ihn. Ich nehme an, dass sich auch dort die Neuigkeiten bereits herumgesprochen haben.«

Walter nickte und verließ den Raum.

»Ist wohl besser, wenn wir auch gehen«, sagte Anni und stand auf.

»Wollt ihr nicht lieber hierbleiben?«, fragte Marlene.

Anni wusste, dass es Marlene weniger um die angespannte Lage, sondern eher darum ging, einem Streit mit ihrem Ehemann aus dem Weg zu gehen. Hermann wäre bestimmt nicht begeistert darüber, dass sie ihm Walter schickte. Schon mehrfach hatte es in ähnlichen Situationen zwischen den beiden Auseinandersetzungen gegeben. Einmal hatte Hermann Marlene sogar eine Ohrfeige gegeben. Ihr Auge war richtig zugeschwollen gewesen. Sie wäre gefallen, hatte sie behauptet. Anni hatte die Ausrede akzeptiert. Seit Jahren sah sie dabei zu, wie das Leben die einst glückliche Familie Sommer zerbrechen ließ. Verzweiflung, Angst und Wut, die immer mehr in Hoffnungslosigkeit überging, zermürbten sie alle jeden Tag ein bisschen mehr. Ihr Blick wanderte über den Hof zu ihren im Dunkeln liegenden Fenstern. Plötzlich wollte sie sich nur noch verkriechen. Die Tür hinter sich verriegeln und die Sicherheit der eigenen vier Wände spüren. Am Ende würde gar nichts passieren, kam ihr in den Sinn. Das *Jüdische Wochenblatt* würde wieder erscheinen, und Herr Grünbaum würde wie gewohnt in die Reinigung kommen und seine Wäsche abholen.

»Sei mir nicht böse, Marlene. Aber es ist besser, wenn Ruth und ich heute Nacht drüben schlafen. Bestimmt wird es gar nicht so schlimm kommen. Wegen des Attentats eines Verrückten kann sich doch nicht die ganze Welt verändern.« Sie bat Ruth, ihren Mantel anzuziehen, was das Mädchen schweigend erledigte. Mit dem Kind an der Hand blieb sie vor Marlene stehen. »Viel schlimmer kann es doch gar nicht mehr werden. Sie haben uns doch schon alles genommen.«

Marlene nickte. »Wahrscheinlich hast du recht, und ich mache mich verrückt. Es ist nur, der Herr Grünbaum ...« Sie trat in den Raum, richtete mit zittrigen Händen die Spitzendecke auf dem Tisch und stellte einen silbernen Kerzenständer aufs Klavier.

»... weiß auch nicht alles«, fiel ihr Anni ins Wort.

»Am Ende wird dieser vom Rath einfach nur beerdigt und dem Attentäter der Prozess gemacht.«

Marlene warf ihr einen kurzen Blick zu.

»Also gut. Es wird ihm kein normaler Prozess gemacht«, gestand Anni ein.

»Ist besser, wenn du heute Nacht die Tür verrammelst«, sagte Marlene. »Schieb vielleicht noch die Kommode davor. Sicher ist sicher. Wenn Hermann da ist, werden wir das auch tun.« Anni nickte knapp. Ihre Hände begannen zu zittern. Bis eben hatte sie es geschafft, die Angst unter Kontrolle zu halten. Jetzt wollte es ihr nicht mehr gelingen. Die Kommode, das verdammt schwere Ding, kam ihr plötzlich in den Sinn. Wie sollte es ihr gelingen, sie vor die Tür zu schieben. Sie spürte Ruth neben sich, die sich eng an sie drückte.

»Gut, die Kommode«, erwiderte sie und öffnete die Wohnungstür. »Das werden wir machen.«

Marlene drückte zum Abschied Annis Hand, dann schloss sie die Tür.

Genau in dem Moment, als Anni und Ruth auf den Hof traten, kamen Walter und Hermann um die Ecke. Walter grüßte freundlich.

»Ist alles ruhig da draußen«, sagte Hermann ohne Begrüßung. »Bestimmt verraucht die erste Wut bald wieder.« Seine Stimme klang hoffnungsvoll. Heute schien er nur wenig getrunken zu haben, beinahe wirkte er wie früher. Mit einem Lächeln auf den Lippen beugte er sich zu Ruth hinunter. »Walter hat mir erzählt, wie hübsch du singen kannst. Selbstverständlich werde ich mir das Konzert nicht entgehen lassen.« Er tätschelte ihren Kopf. Ruth blickte kurz zu Walter, der verlegen grinste. Er wusste, wie sehr sie es verabscheute, auf diese Weise von Erwachsenen behandelt zu werden.

»Das wäre schön«, erwiderte Anni. »Marlene erwartet euch. Johannes Grünbaum vom *Jüdischen Wochenblatt* hat

ihr Angst eingejagt. Es ist schön, dass du heute früher heim-
kommst, Hermann.«

Hermann deutete ein Nicken an. Er verstand, was Anni
ihm sagen wollte. Doch er konnte einfach nicht aus seiner
Haut. Das verdammte Nichtstun. Wie satt er es doch hatte.

Anni verabschiedete sich von den beiden. Als sie mit Ruth
ins Treppenhaus trat, öffnete sich wie gewohnt die Tür von
Hiltrud Meiser. Sie wollte etwas sagen, wurde aber von lauten Schritten auf der Treppe unterbrochen. Heinrich Gabler
tauchte vor ihnen auf. Er war in Zivil gekleidet und grüßte freundlich. Sein Auftauchen ließ Annis Herz höherschla-
gen. Eine Jüdin, die mit einem Gestapomann in einem Haus
wohnte, wie lange konnte so etwas gutgehen? Allerdings
war er unverändert zuvorkommend und freundlich zu ihr.
Kein Wort zu ihrem Ausscheiden bei der Oper, niemals ein
abfälliger Blick. Ruth hatte er neulich sogar eine Tafel Schokolade geschenkt. Er war einfach ein sympathischer Nachbar, dazu musikalisch sehr gebildet, wie sich unschwer hatte erkennen lassen. Noch immer tat sie sich schwer damit,
zu glauben, dass er wirklich der Gestapo angehörte. Die
Haustür fiel hinter ihm ins Schloss. Anni fing Frau Meisers Blick auf und wünschte ihr nach kurzem Zögern einen
guten Abend. Ruth an der Hand beeilte sie sich, die Treppe hinaufzukommen. Sie war jetzt nicht in der Verfassung,
sich das Geplapper der alten Frau anzuhören. Hiltrud Meiser, die gern über etwas Unverfängliches gesprochen hätte,
blickte den beiden besorgt hinterher. Schon seit einer Weile
hatte sie es sich abgewöhnt, sich über heikle Themen einfach
so im Treppenhaus auszutauschen, denn neuerdings hatten
die Wände Ohren. Und die Sache mit vom Rath war mehr

als heikel. Sie hörte, wie Annis Wohnungstür zuklappte, und ging zurück in ihre Wohnung. Sie konnten alle nur noch darauf hoffen, dass es diese Nacht ruhig bleiben würde.

Am Fenster stehend beobachtete Anni am nächsten Morgen, wie der neue Tag anbrach. Nebel verwandelte die kahlen Bäume in gruselige Gesellen, Feuchtigkeit zwang die trockenen Blätter zu Boden. Vor wenigen Tagen noch hatte ein heftiger Sturm das bunte Laub durch die Straße gewirbelt. Bis zu ihrem Fenster war es hochgeflogen. An diesem Tag war Ruth seit langem mal wieder übermütig gewesen. Mit ausgebreiteten Armen war sie die Straße hinuntergetanzt und hatte lautstark »Bunt sind schon die Wälder« gesungen. Dieses Lied hatten sie einige Tage zuvor bei einem Ausflug in den nahen Taunus die ganze Zeit geträllert. Es war ein goldener Oktobertag gewesen, und sie waren mit gepacktem Rucksack losgezogen. Von Kronberg aus waren sie über die Burg Falkenstein bis nach Mammolshain gewandert, wo sie ihren Rucksack mit Esskastanien füllten, die in dem kleinen Ort an jeder Ecke auf der Straße lagen. Danach saßen sie den ganzen Abend Maronen schälend in der Küche, rösteten sie im Backofen und futterten beinahe alle auf. Der warme Duft der Früchte zauberte den Geruch des Winters in den Raum und ließ sie beide von den ersten Schneeflocken träumen. Anni wäre am liebsten für die Ewigkeit in der Küche bei den Maronen sitzen geblieben. Sogar die ersten Weihnachtslieder hatten sie angestimmt.

Auf der Straße war es ruhig. Der Zeitungsausträger drehte seine gewohnte Runde, und das Milchauto stand wie immer um diese Zeit an der Ecke. Die Nacht über war es ruhig geblieben. Keine lauten Stimmen, niemand war gekommen und hatte an die Tür geklopft. Auch das Telefon war still geblieben. Trotzdem tat sich Anni mit dem Einschlafen schwer, denn jedes Geräusch und jeder über die Decke huschende Scheinwerfer hatten sie unruhig werden lassen. Jetzt fühlte sie sich wie gerädert. Sie wandte sich vom Fenster ab und betrat den winzigen Flur, wo die schwere Kommode nicht mehr an ihrem üblichen Platz stand. Mit vereinten Kräften hatten sie und Ruth das unhandliche, aus massivem Eichholz gefertigte Ding vor die Wohnungstür geschoben. Völlig umsonst, wie sich jetzt herausstellte. Gewiss war alles nur unnötige Panikmache gewesen. Dieser gottverdammte Grünbaum vom *Jüdischen Wochenblatt* mit seiner Schwarzmalerei, dachte Anni und öffnete Ruths Zimmertür. Wie jeden Tag setzte sie sich auf die Bettkante ihrer Tochter, knipste die auf dem Nachttisch stehende Lampe an und strich sanft über ihre Wange.

»Zeit zum Aufstehen, meine Süße. Die Schule ruft.«

Ruth öffnete die Augen. Ein müdes Lächeln umspielte ihre Lippen.

»Guten Morgen, Mama. Noch kuscheln.«

Sie rückte ein Stück zur Seite. Anni nahm die Einladung ihrer Tochter an. Sie schlüpfte unter die Decke, und Ruth schmiegte sich an sie. Gemeinsam genossen sie noch einige Minuten die Stille des Morgens. Immer so lange, bis der Glockenschlag der nahen Kirche zweimal erklungen war.

Anni blickte zur Zimmerdecke. Über Ruths Bett war ein Traumfänger angebracht. Er war aus braunen Weidenzweigen geflochten, viele bunte Federn hingen daran. Anni hatte ihn selbst gemacht und über Ruths Bett aufgehängt, als sie drei Jahre alt gewesen war. Ruth hatte damals jede Nacht geschrien. Monster würden im Schrank und unter dem Bett sitzen. Sie würden sie holen kommen, sie auffressen, ganz bestimmt. Seitdem der Traumfänger über dem Bett hing, war Ruhe eingekehrt. Anni hatte sich alle Mühe damit gegeben, Ruth weiszumachen, dass der Traumfänger von einer weißen Hexe gesegnet worden wäre. Somit würde er sämtliche Monster für immer von ihr fernhalten. Sie betrachtete das bunte Geflecht nachdenklich. Vielleicht sollte sie noch eines basteln und über ihr Bett hängen, so schlecht, wie sie in den letzten Monaten schlief. Allerdings wusste sie nicht, wie sie sich selbst die Geschichte mit der weißen Hexe klarmachen sollte, an die Ruth bis heute glaubte.

»Es hat niemand an die Tür geklopft«, riss Ruth sie aus ihren Gedanken.

»Nein, Gott sei Dank nicht«, antwortete Anni. »Auf der Straße ist auch alles ruhig.«

»Also hat Herr Grünbaum mal wieder übertrieben.«

»Er ist eben ein ängstlicher Mensch«, antwortete Anni.

»Aber du hast doch auch Angst«, erwiderte Ruth.

»Vielleicht ein wenig.« Anni fühlte sich von Ruths Frage überrumpelt.

»Du willst, dass wir weggehen, oder? Neulich hab ich dich mit Marlene darüber reden hören.«

»Vielleicht. New York wäre schön. Dort könnte ich wieder an einer richtigen Oper singen.«

»Aber die Nummern sind zu hoch«, sagte Ruth leise.

»Es ist nicht nur die Nummer, weißt du. Das Land zu verlassen ist teuer, man braucht viel Geld für die nötigen Papiere und für die Reise selbst, und ich habe die Summe noch nicht zusammen. Vielleicht bald, mal sehen ...« Sie verstummte.

»Klara ist jetzt auch weg«, sagte Ruth, ohne auf Annis Aussage einzugehen. »Sie ist nach Australien gegangen, zu den Kängurus. Und Peter geht nach Schweden. Da gibt es richtige Rentiere, und das Christkind heißt Lucia.«

Schweden, überlegte Anni. Auch eine Möglichkeit. Es wäre nicht so weit weg wie New York. Oder England, auch wenn es schwierig war, das für die Einreise notwendige Permit zu bekommen. Dafür könnte ihr Erspartes vielleicht reichen. Sie seufzte in Gedanken. Eigentlich wollte sie gar nicht fort. Erst neulich hatte sie mit Magda in der Garderobe des Saalbaus darüber gesprochen. Ihre Freundin dachte gar nicht daran, Frankfurt zu verlassen, obwohl auch sie trotz ihrer Berühmtheit täglichen Demütigungen ausgesetzt war. Sie hielt immer noch daran fest, bald wieder einen Vertrag an der Frankfurter Oper zu erhalten. Immerhin gab es in ganz Europa keine Altistin, die ihr das Wasser reichen konnte. Das mochte wahr sein. Allerdings war Magda das hart erkämpfte Ruhegeld inzwischen sogar gekürzt worden. Es sah also nicht so aus, als würde irgendjemand an ihre Weiterbeschäftigung denken. Wieder tauchten die Hochhäuser von New York vor Annis innerem Auge auf. Vielleicht würde sie sie ja irgendwann einmal sehen.

Der zweifache Glockenschlag der Kirche holte Anni in die Wirklichkeit zurück.

»Das war unser Zeichen«, sagte sie wehmütig und schlug die Decke zurück. »Du musst in die Schule und ich in die Reinigung.« Sie stand auf. Ruth folgte ihr grummelnd. Anni war bereits vollkommen angekleidet. Sie zog ihren Rock zurecht und ging in die Küche, um das Frühstück vorzubereiten, das wie immer aus Haferbrei und Tee bestand. Einfache Kost, die erschwinglich war und satt machte.

Sie waren gerade mit dem Frühstück fertig, als es an die Tür klopfte und Walters vertraute Stimme zu hören war. Wie jeden Morgen holte er Ruth zur Schule ab. Mit vereinten Kräften schafften Ruth und Anni die Kommode so weit auf die Seite, dass Ruth nach draußen schlüpfen konnte. Noch schnell den warmen Schal um den Hals gewickelt, ein Kuss auf die Wange, dann schloss sich die Tür. Danach trat Anni ans Fenster und schob die Gardine beiseite. Die Kinder durchquerten den Vorgarten. Walter öffnete das schmiedeeiserne Tor. Wie gewohnt blickte Ruth noch einmal nach oben und winkte ihr fröhlich zu. Anni winkte lächelnd zurück. Walter schloss die Tür, die Kinder liefen die Straße hinunter und verschwanden schnell aus ihrem Blickfeld. Sie ließ die Hand sinken. Alles war ruhig geblieben, nichts war passiert. Ihr Blick fiel auf den in der Ecke der Wohnstube stehenden Sekretär. In einer der vielen Schubladen lag ihr Sparbuch. Gleich heute würde sie noch einen Versuch beim englischen Konsulat wagen und Erkundigungen einholen. In London gab es zwar keine Kängurus und auch keine Lucia. Aber immerhin Sicherheit und eine Zukunft, wie auch immer sie aussehen mochte.

Als Ruth und Walter am Philantropin eintrafen, merkten sie sofort, dass etwas anders war. Kleine Gruppen standen überall auf dem Schulhof, und ein großes Schild war am Eingang angebracht. Bevor sie dazu kamen, es zu lesen, gerieten die beiden in eine Gruppe von Walters Klassenkameraden.

»Die Schule ist heute geschlossen«, sagte Ernst Lorge, ein hoch aufgeschossener Junge, der im Schulorchester Trompete spielte. »Marbach meinte, es könne nicht für unsere Sicherheit garantiert werden.« Er nickte über den Hof. Am anderen Ende stand eine Gruppe Lehrer beisammen. Darunter Walters Klassenlehrer Dr. Ernst Marbach, der Schulleiter Dr. Otto Driesen und der Musiklehrer Frank Rothschild, der stets Ruths Talent lobte. Die Mienen der Lehrkräfte waren ernst, einige zogen nervös an Zigaretten. Viele der Kinder machten sich bereits wieder auf den Heimweg, Neuankömmlinge wurden von Lehrkräften und Klassenkameraden informiert oder standen vor dem Schild am Eingang. Nirgendwo konnte Ruth eine ihrer Klassenkameradinnen ausmachen. Waren sie etwa alle schon nach Hause gegangen?

»Die Synagogen sollen brennen«, sprach Ernst Lorge weiter. Ruth riss erschrocken die Augen auf und umklammerte Walters Hand. Gerade war doch noch alles gut gewesen.

»Angeblich löscht die Feuerwehr die Brände nicht«, sagte ein weiterer Junge. Ruth versuchte, sich an seinen Namen zu erinnern. Fritz oder Friedrich, nein, hieß er nicht Friedhelm? Er war etwas kleiner als die anderen, recht pummelig und trug eine Brille mit schrecklich dicken Gläsern.

»Das glaubst du doch selber nicht, Friedhelm«, antwortete Walter.

»Wenn ich es doch sage«, verteidigte sich Friedhelm und verschränkte beleidigt die Arme vor der Brust. »Vor der Synagoge am Börneplatz stehen sie und schauen einfach nur zu.«

»Das will ich mit eigenen Augen sehen«, erwiderte Walter. »Dann lass uns hinüberlaufen. Der Unterricht fällt sowieso aus«, sagte Ernst. »Allerdings würde ich die Kleine lieber nicht mitnehmen.« Er deutete auf Ruth. »Mädchen machen nur Ärger.« Walter blickte auf Ruth, die er beinahe vergessen hatte.

»Allein geh ich nicht zurück«, sagte sie und reckte entschlossen ihr Kinn nach vorn. »Ich will das auch sehen.« Der zweite Satz klang nicht mehr ganz so überzeugt. Ruth wollte eigentlich gar keine brennende Synagoge sehen, die Geschehnisse des Morgens machten ihr Angst. Am liebsten würde sie schnell zurück nach Hause laufen und die Kommode wieder vor die Tür schieben. Allerdings konnte sie das vor den großen Jungen nicht zugeben. Walter wäre gewiss genervt davon, denn dann könnte er nicht mit den anderen zum Börneplatz gehen, sondern müsste sie heimbringen.

»Mutig, die Kleine«, mischte sich ein weiterer Junge in das Gespräch ein. Ihn mochte Ruth. Er sang ebenfalls im Schulchor, und sie hatten bereits zweimal ein Duett miteinander vorgetragen. Sein Name war Felix, und er wohnte in einem großen herrschaftlichen Haus im Westend. Sein Vater war der Inhaber zweier gutgehender Schmuckgeschäfte auf der Zeil. Soweit Ruth wusste, würde aber auch Felix bald fortgehen. Er hatte was von der Schweiz erzählt. Von dort aus wollte die Familie so bald wie möglich nach Palästina ausreisen, wo sein Onkel lebte.

»Ruth kann ruhig mit«, sagte er. »Oder was meinst du, Walter? Wir werden es doch hinkriegen, auf ein kleines Mädchen aufzupassen.«

Walter nickte zögernd. Er dachte an das Versprechen, das er Anni gegeben hatte. Er würde gut auf Ruth achten. Anni würde gewiss nicht wollen, dass Ruth Zeugin brennender

Synagogen wäre. Andererseits mussten sie ihr von ihrem kleinen Umweg über den Börneplatz ja nichts erzählen. Und was sollte schon passieren? Sie wollten nur kurz sehen, was dort los war, und würden dann schnell nach Hause laufen.

»Sicher kriegen wir das hin«, erwiderte Walter, der nicht als Feigling dastehen wollte.

Felix blickte zu Friedhelm und Ernst. Friedhelm nickte.

»Meinetwegen«, gab Ernst nach und verdrehte die Augen. »Dann kommt sie eben mit. Aber fang bloß nicht zu heulen an«, sagte er zu Ruth.

Die fünf Kinder verließen den Schulhof und stiegen ein Stück weiter in die Straßenbahn, damit es schneller ging. Als sie am Börneplatz eintrafen, schlugen die Flammen bereits durch das Dach der großen Synagoge. Eine große Menschenmenge stand vor dem Gebäude. Auch die Feuerwehr war anwesend, genauso wie es Ernst gesagt hatte. Die Männer sahen tatenlos zu, wie die Flammen immer höher schlugen. Eine kleine Gruppe von ihnen beschäftigte sich damit, ein neben der Synagoge stehendes Gebäude mit Wasser vor den Flammen zu schützen. SA-Männer liefen umher und hielten die Menschenmenge davon ab, sich dem Feuer zu nähern. Ruth musterte die Menschen um sich. Im Blick einer älteren Frau neben ihr stand Entsetzen, ein junger Bursche murmelte: »Endlich kriegen die Juden den Arsch verbrannt.«

Ruth wich vor ihm zurück und stieß gegen einen älteren Herrn, der sie sofort ermahnte. Es gab keine lauten Proteste oder Worte der Empörung. Die Leute gafften und ergötzten sich an dem grausamen Schauspiel.

»Ist das da nicht Ernst Lorge, der jüdische Abschaum«, rief plötzlich jemand.

Sämtliche Blicke waren plötzlich auf ihre kleine Gruppe gerichtet. Ernsts Augen weiteten sich. Otto, ein ehemaliger Klassenkamerad aus der Elisabethenschule und glühender Anhänger der Hitlerjugend, hatte ihn in der Menge erkannt. Ernst machte einen Schritt rückwärts. Otto grinste hämisch. Drei weitere Burschen kamen näher, zwei von ihnen um einiges älter als Otto.

»Die dreckigen Juden haben sich unters Volk gemischt«, rief Otto und deutete auf ihre kleine Gruppe.

»Lasst uns abhauen«, rief Ernst. Auch Walter wurde jetzt erkannt.

»Sieh an: Der dämliche Klavierspieler ist auch unter ihnen.« Es war Günter Klasen aus der Nachbarschaft, der Walter schon früher verprügelt hatte.

Walter umfasste Ruths Handgelenk so fest, dass es weh tat. Eilig drängten sie durch die Menge davon.

»Sie wollen abhauen«, hörte Ruth die Stimme des ersten Burschen. Walter hatte Mühe, voranzukommen. Ruth stolperte einmal, beinahe wäre sie hingefallen. Immer wieder stand jemand im Weg, und sie wurden angerempelt. Nervös blickte sie sich immer wieder um. Die Jungsgruppe verfolgte sie. Als sie die Menge endlich hinter sich gelassen hatten, eilten sie die Börnestraße hinauf und bogen ein Stück weiter in die Zeil ein, auf der das blanke Chaos herrschte. Überall wurden die Türen der jüdischen Geschäfte aufgebrochen, Scheiben eingeworfen, teilweise mit großen Eisenstangen regelrecht zertrümmert. Alles in den Schaufenstern wurde zerstört oder geplündert. Entsetzt blickte Ruth um sich. Es waren Männer in Zivil, die laut herumbrüllten, Waren davonschleppten, Schränke aus Fenstern warfen, Leute schikanierten und auf die Straßen trieben. Vor einem Buchladen brannte ein großer Haufen Bücher, daneben zündete gerade ein Bursche einen Berg Kleidung an, darunter Wintermäntel, Hosen, Kleider, Röcke.

Ernst bog in eine Seitenstraße ab. Walter blickte zurück. »Ich kann sie nicht mehr sehen«, rief er laut. »Vielleicht haben wir sie abgehängt.«

Ernst blieb vor einem großen Bekleidungsgeschäft stehen. Es war der Laden seines Vaters. Auch hier waren die Scheiben eingeschlagen, und viele der Waren lagen auf der Straße. Jedoch schien der Mob bereits weitergezogen zu sein. Von den Angestellten war niemand zu sehen.

»Hier ist niemand mehr. Schnell, wir verstecken uns im Hinterzimmer, bis sie weg sind«, rief er und bedeutete den anderen, ihm zu folgen. Sie betraten den Laden, in dem alles kurz und klein geschlagen war. Regale waren von den Wänden gerissen und zertrümmert worden, die Kleidung herausgerissen, dazwischen Unmengen von Scherben, die unter den Füßen knirschten. Ernst achtete nicht auf das Chaos. Er steuerte eine Tür am anderen Ende des Verkaufsraums an. Ruth hatte inzwischen Seitenstechen, sie atmete schwer. Nur nicht heulen, dachte sie. Wenn du heulst, dann schicken sie dich weg. Walter zerrte sie hinter sich her. Es ging am nicht mehr vorhandenen Verkaufstresen vorbei ins Lager. Auch hier herrschte Chaos. Sämtliche Regale waren umgestoßen worden, und die Ware lag auf dem Boden. Ernst lief in ein Hinterzimmer, das seinem Vater offensichtlich als Büro diente. Hastig schlug er die Tür hinter ihnen zu und schob eine Kommode davor, der sämtliche Schubladen fehlten. Auch hier hatte der wütende Mob ganze

Arbeit geleistet. Papiere und Ordner lagen überall verstreut, ein Aktenschrank war umgeworfen, das kleine Fenster zum Hinterhof eingeschlagen worden.

»Hier hinten. Hier sind sie langgelaufen«, war von draußen die gehässige Stimme des Jungen von eben zu hören. Ernst erbleichte, und Walters Hände begannen zu zittern. Jetzt begann Ruth doch zu weinen. Die Tränen ließen sich einfach nicht zurückhalten und liefen über ihre Wangen.

»Hör auf zu heulen«, herrschte Friedhelm sie an. Sein Blick blieb an dem kleinen Fenster hängen. »Himmel, wer passt denn schon durch dieses winzige Loch.«

»Vielleicht Ruth«, sagte Walter. Jemand hämmerte an die Tür. »Kommt raus, ihr feigen Judensäue«, war Ottos Stimme zu hören. Ruth zitterte am ganzen Körper. Immer fester wurde gegen die Tür gehämmert. Friedhelm begann sich panisch im Kreis zu drehen.

»Was hast du gemacht, Ernst? Wir sitzen in der Falle. Sie werden uns erschlagen. Hörst du!« Er ging auf Ernst los und drückte ihn gegen die Wand. Walter und Felix eilten Ernst zu Hilfe und zogen Friedhelm von ihm weg.

»Himmel, Friedhelm«, rief Walter. Genau in diesem Moment splitterte das Holz der Tür.

»Gleich haben wir euch.« Ein erneuter Schlag ging Ruth durch Mark und Bein, und sie begann zu kreischen. So lange, bis Walter ihr die Hand auf den Mund legte und sie damit zum Schweigen brachte. Die Tür würde der Attacke nicht mehr lange standhalten. Die fünf wichen zurück. Walter zog Ruth eng an sich und starrte mit weit aufgerissenen Augen auf das gesplitterte Holz. Was hatte er sich nur dabei gedacht, Ruth mitzunehmen, überhaupt zur Synagoge zu gehen. Sie hätten nach Hause laufen sollen. In seinem Rücken war das Fenster. Er spürte die kühle Luft im Nacken. Ein erneuter Schlag ließ alle erzittern. Erste Hände waren zu sehen. Himmel, es war eine Axt, mit der sie die Tür einschlugen. Walter reagierte jetzt blitzschnell. Sollten sie ihn erwischen, wegen seiner Dummheit auch totschlagen, doch Ruth durfte nichts passieren. Er hob sie in die Höhe, hievte sie durch das winzige Fenster in den düsteren Innenhof und rief: »Lauf, versteck dich!«

Das ließ sich Ruth nicht zweimal sagen. Eilig rannte sie zu einigen Mülltonnen ans andere Ende des Hofes und duckte sich dahinter. Gerade rechtzeitig. Die Tür gab endgültig nach, und die Burschen stürmten in den Raum. Laute Schreie gingen ihr durch Mark und Bein. Sie hörte Flüche, Beschimpfungen und Poltern. Krampfhaft zwickte sie die Augen zusammen und hielt sich die Ohren zu. Ihr Herz pochte heftig. War das Walter gewesen, der eben laut aufgeschrien hatte? Am Ende würden sie ihn zu Tode prügeln. So wie Frau Wimmer aus dem Nachbarhaus die kleinen Kätzchen totgeschlagen hatte. Einfach so, mit dem Holzknüppel, weil sie sie nicht hatte haben wollen. Erneut schrie jemand auf. Es könnte Felix gewesen sein. Noch fester drückte sie die Hände auf die Ohren. Sie wollte das nicht hören. Krampfhaft versuchte sie, sich den Text des Herbstliedes in Erinnerung zu rufen, das sie eben erst mit der Mutter gesungen hatte. Oder besser noch ihr geliebtes Schlaflied. »Shlof zhe mir shoyn jankele mayn sheyner«, begann sie die erste Strophe in Gedanken zu singen, sank nach hinten und lehnte sich gegen die Hauswand.

Es fiel ihr schwer, sich auf das Lied zu konzentrieren.

Warum konnte das nicht endlich aufhören. Sie wollte die nächste Strophe singen, doch sie kam ihr nicht in den Sinn. Immer wieder setzte sie an, doch stets versagte ihr die Stimme. Stattdessen liefen von neuem Tränen über ihre Wangen. Was war, wenn sie für immer in diesem Hof sitzen bleiben musste, damit sie nicht erschlagen werden würde? Durften sie das? Sie einfach erschlagen? Die Tür, sie hatten die gottverdammte Tür zertrümmert. Nein, sie durfte nicht daran denken. Erneut versuchte sie, sich die Worte der zweiten Strophe ins Gedächtnis zu rufen. Verdammt. So oft hatte sie es gesungen. Laute Stimmen, die ganz nah zu sein schienen, ließen sie erschrocken zusammenzucken. Panisch blickte sie sich um. Erst jetzt bemerkte sie, dass direkt neben ihr das Hoftor lag. Irgendjemand hämmerte kurz dagegen, gehässiges Lachen war zu hören, dann wurde es wieder still. Die Stimmen entfernten sich, doch Ruth blieb wachsam und starrte mit weit aufgerissenen Augen auf das Hoftor. Erst nach einer Weile entspannte sie sich und blickte zu dem winzigen Fenster. Scherben lagen auf dem Hof, eine Katze saß mitten darin. Weiß der Teufel, wo sie plötzlich hergekommen war. Ein schwarz-weiß geschecktes Tier, das Ruth mit seinen gelben Augen anstarrte. Sie erwiderte seinen Blick. Stumm fixierten sie einander. Irgendwann verlor die Katze das Interesse an ihr. Sie sprang auf eine der Mülltonnen, von dort auf einen Mauervorsprung und auf das Flachdach eines Schuppens. So schnell wie sie aufgetaucht war, war sie wieder verschwunden. Ruth war froh darüber. Die gelben Augen waren unheimlich gewesen. Erneute Stimmen hinter dem Hoftor ließen sie zusammenfahren. Lautes Gelächter war zu hören. Irgendwo begann eine Sirene zu heulen.

Wieder wanderte ihr Blick zu dem winzigen Fenster. Schon seit einer Weile war es dahinter ruhig. Gewiss waren alle weggelaufen. Sie könnte eine der herumliegenden Obstkisten nehmen, sie unter das Fenster legen und wieder hineinklettern, durch den Laden huschen und schnell nach Hause laufen. Bestimmt würde sich Mama bereits Sorgen machen. Oder war sie noch in der Wäscherei? Gewiss nicht. Am Ende war auch ihr etwas zugestoßen. Überall die eingeworfenen Scheiben, die vielen Scherben und die wütenden Menschen. Panik machte sich in ihr breit. Das durfte nicht sein. Ihrer Mama musste es gut gehen. Bestimmt war es auch so. Gewiss war sie davongelaufen und hatte sich irgendwo versteckt.

»Ruth?«, hörte sie plötzlich Walters Stimme. Sie blickte ungläubig zum Fenster. Das konnte nicht sein. Sie musste träumen.

»Ruth, bist du noch hier?«, hörte sie ihn erneut rufen. Sein Gesicht tauchte in dem kleinen Fenster auf. Eine dicke Platzwunde prangte an seiner Stirn, Blut war überall auf seinem Gesicht. Erschrocken riss Ruth die Augen auf.

»Ruth, so antworte doch.« Seine Stimme klang verzweifelt.

»Ich bin hier«, sagte Ruth. Ihr rechter Fuß war eingeschlafen, und sie hatte Mühe, sich aufzurappeln. Mühsam krabbelte sie hinter den Mülltonnen hervor. Erleichterung spiegelte sich in Walters Gesicht wider.

»Zum Glück, dir ist nichts passiert«, sagte er. Er schlug die letzten spitzen Glasscherben vom Fensterrahmen ab und streckte die Hand aus. »Komm. Ich helfe dir hoch.« Ruth schob eine Obstkiste unter das Fenster, kletterte darauf und ergriff Walters Hand. Er zog und zerrte. Und obwohl er kräftig war und Ruth einigermaßen klettern konnte, dauerte es eine Weile, bis sie wieder in dem winzigen Büro stand. Entsetzt blickte Ruth auf die Überreste von Tür und Kommode.

»Wir sind ihnen gerade so entwischt. Felix hat es am schlimmsten erwischt. Ihn hat Otto tatsächlich mit der Axt am Bein getroffen. Mit vereinten Kräften haben wir ihn weggeschleift. Auf der Zeil sind wir in einen Tumult geraten und konnten sie abhängen. Trotzdem haben wir eine ganze Weile in einem Hinterhof ausgeharrt.«

»Hast du auch in Gedanken gesungen?«, fragte Ruth mit teilnahmsloser Stimme. Verständnislos blickte Walter sie an. Ihr kühler Blick erschreckte ihn, obwohl er ihn bereits kannte. Ruths Schneckenhaus. Wie sehr wünschte er in diesem Moment, er könnte sich auf dieselbe Art verkriechen.

»Ich habe das Jankele gesungen. Zumindest die erste Strophe, die zweite wollte mir einfach nicht einfallen.« Sie suchte seinen Blick. »Eine Katze war da. Sie hat mich komisch angesehen, als wollte sie mich auslachen. Können Katzen überhaupt jemanden auslachen?«

»Das weiß ich nicht«, antwortete er hilflos. »Ist besser, wir gehen nach Hause. Bestimmt sind alle in großer Sorge.« Ruth nickte und legte ihre Hand in die seine. Sie verließen den Laden und traten auf die Straße. Auf der Zeil herrschte Chaos. Überall lagen Scherben. Beißender Qualm hing in der Luft. Noch immer wurde geplündert. Trupps junger Burschen zogen an ihnen vorüber. Niemand nahm von ihnen Notiz. Hand in Hand liefen sie durch das heillose Durcheinander. Sie bogen in die Schillerstraße ein und ließen den Eschenheimer Turm und das Groß-Frankfurt hinter sich. Walters Kopfwunde hatte zu bluten aufgehört. Er sah scheußlich aus. Geronnenes Blut klebte überall in seinem Gesicht und an seinem braunen Mantel. Sein Haar war zerzaust, sein rechtes Auge schwoll zu. Kurz bevor sie die Güntersburgallee erreichten, kam ihnen Anni schon entgegengelaufen. Sie schloss ihre Tochter in die Arme und drückte sie so fest an sich, dass Ruth glaubte, ersticken zu müssen.

»Ruth, mein Mädchen. Was bin ich froh. Überall hab ich nach dir gesucht.«

Anni begann zu schluchzen, und Ruth stimmte mit ein. Als ob es für heute nicht genug wäre mit den Tränen. Doch diesmal war es die Erleichterung, die sich Bahn brach. Anni richtete sich auf. Ihr Blick fiel auf Walter.

»Walter. Was um Himmels willen ist geschehen?«

»Ist nicht weiter schlimm«, sagte er. »Es ist alles meine Schuld.«

»Nein, das ist es gar nicht«, widersprach ihm Ruth und zog die Nase hoch. »Wir wollten doch nur das Feuer sehen. Ernst hat gesagt, dass die Synagoge brennt.«

»Ich weiß, Schätzchen«, sagte Anni. »Alle Synagogen brennen, und noch so vieles mehr. Kommt. Wir gehen nach Hause. Deine Eltern kommen um vor Sorge, Walter.«

Sie legte den Arm um Ruth, und sie liefen die Güntersburgallee hinunter. Als sie ihr Zuhause erreichten, stand ein Lastwagen davor. Anni erstarrte. Sie blieben stehen. Genau in diesem Moment wurde Hermann Sommer von zwei Männern auf die Straße geführt und in den Wagen verfrachtet. Er trug nicht einmal seinen warmen Mantel. Anni erkannte Heinrich Gabler. Er sah in ihre Richtung. Ihre Blicke fanden sich für einen kurzen Augenblick. Dann wandte er sich ab, öffnete die Autotür und stieg ein. Der Wagen fuhr an und hielt erneut am Ende der Straße. Anni war wie erstarrt.

»Papa«, hörte sie neben sich Walter stammeln. »Papa«, wiederholte er. Er wollte sich in Bewegung setzen und dem Wagen nachlaufen. Anni erwischte ihn gerade noch am Ärmel und hielt ihn zurück. »Das dürfen sie nicht. Sie dürfen ihn nicht mitnehmen. Lass mich los. Ich muss zu ihnen. Ich muss es ihnen sagen. Er hat doch nichts getan. Das dürfen sie nicht.«

Anni hatte alle Mühe damit, Walter festzuhalten, denn er wehrte sich mit aller Macht gegen sie. Sie beobachteten, wie zwei weitere Männer in den Wagen steigen mussten, dann verschwand der Laster aus ihrem Blickfeld. Walter brach zusammen. Laut schluchzend sank er auf die Knie und schlug die Arme um den Körper. »Er hat doch keinem etwas getan. Ihr verdammten Schweine! Ihr dürft ihn nicht mitnehmen.«

Hilflos sah Anni zu Ruth, die Walter mit weit aufgerissenen Augen anstarrte. Anni wollte sich zu ihm hinunterbeugen, um ihn in den Arm zu nehmen, doch in diesem Moment kam Marlene auf die Straße gerannt und nahm ihr diese Aufgabe ab. Doch Walter wollte ihre Umarmung nicht zulassen, schlug nach ihr und brüllte sie an. »Wie konntest du das zulassen, Mama? Sie bringen ihn um, hörst du! Sie werden ihn umbringen!« Sie ließ ihn trotzdem nicht los. Irgendwann sank er jämmerlich schluchzend in ihre Arme.

Marlene strich ihrem Sohn beruhigend über den Rücken und suchte Annis Blick. Sie wirkte gefasst, was sonderbar anmutete, denn eben noch war Marlene unruhig im Raum auf und ab gelaufen.

Die Kinder, wo sind nur die Kinder, hatte sie immer wieder gesagt. Und Hermann, er solle sich verstecken, in Annis Wohnung gehen, zum Russen in die Kneipe. Doch auch der bediente längst keine Juden mehr. Schnell hatte sich herumgesprochen, dass die jüdischen Männer abgeholt wurden. Hermann hatte nicht auf ihre Worte reagiert. Im Herrenzimmer saß er im Sessel am Fenster, eine Flasche Bier in der Hand. Fortlaufen, wer konnte das noch, hatte ihn Anni leise murmeln hören. Sie war gar nicht mehr in die Reinigung gefahren, nachdem sie von den Unruhen auf der Zeil erfahren hatte. Im Philantropin hatte sie nach Ruth gesucht. Durch die Straßen war sie gerannt, immer verzweifelter geworden. Marlene führte Walter schweigend in den Hof. Anni und Ruth folgten ihr. Vor dem Aufgang zu Annis Wohnung blieben sie stehen. Noch bevor Marlene fragen konnte, schüttelte Anni den Kopf und sagte: »Wir gehen jetzt nach oben. Ist besser so.«

Sie hielt Ruth fest im Arm. Marlene nickte. Wortlos drehte sie sich um und lief mit Walter im Arm zum Hinterhaus. Anni blickte den beiden so lange nach, bis die Tür hinter ihnen ins Schloss fiel, dann betraten sie den Hausflur. Die Tür von Hiltrud Meiser öffnete sich nicht. Anni war dankbar dafür. Ihr Kopf hatte zu dröhnen begonnen, jeder Knochen im Leib tat ihr weh. Sie wankte die Treppe hinauf und sperrte ihre Tür auf. Noch immer stand die Kommode halb davor. Als sie die Wohnungstür hinter sich schloss, schaffte sie das behäbige Möbelstück wieder vor die Tür, schob den Riegel vor und drehte den Schlüssel dreimal im Schloss um. Dann wandte sie sich Ruth zu. Das Mädchen wirkte in dem düsteren Flur ganz verloren.

Schweigend schauten sie einander eine Weile an.

»Ich glaube, jetzt kann uns der Zauber der weißen Hexe auch nicht mehr helfen«, sagte Ruth irgendwann leise.

»Wissen kann man es nie«, erwiderte Anni. »Fürs Erste reicht es mir schon, wenn sie die nächsten Stunden auf uns achtet.«

Sie hielt Ruth die Hand hin, die das Mädchen ergriff. Gemeinsam gingen sie in Ruths Zimmer und kuschelten sich unter ihre Decke. Dämmerlicht hing in den Ecken. Bald würde dieser Tag in Dunkelheit versinken und endlich ein Ende haben. An das Morgen wollte Anni lieber gar nicht denken. Ruth hatte sich eng an sie gekuschelt. Ihr Atem ging mit der Zeit immer gleichmäßiger. Anni blickte zu dem bunten Federgebilde an der Decke. Wenn die Welt doch so einfach wäre. Eine weiße Hexe, ein Zauber und alles wäre wieder gut. Nach einer Weile begann sie leise das Jankele zu singen, das mit seinen vertrauten Worten die Geborgenheit ihrer Kindheit zurückbrachte. Irgendwann fielen auch ihr darüber die Augen zu.

KAPITEL DREI

Unendlich viele Schneeflocken fielen vom Himmel und tanzten um die kleine Trauergesellschaft, die sich an diesem unwirtlichen Tag auf dem jüdischen Friedhof eingefunden hatte, um sich von Hermann Sommer zu verabschieden. In den
Morgenstunden hatte es ganz sacht zu schneien begonnen.
Um die Mittagszeit war der Schneefall stärker geworden,
und schnell waren Gehwege, Straßen und Plätze von einer
dicken Schneeschicht überzogen gewesen. Seit Weihnachten
hatte bittere Kälte Frankfurt fest im Griff. Nur der Schnee
hatte bisher gefehlt. Jetzt war er mit aller Macht gekommen,
dämpfte die Geräusche der Stadt und schien das hektische
Treiben abzumildern. Als wüsste er, dass die Ruhelosigkeit
der Großstadt heute fehl am Platz war. Anni drückte Ruths
Hand. Sie lief mit gesenktem Kopf neben ihr den Kiesweg
entlang, der längst nicht mehr als solcher zu erkennen war.
Vor ihnen ging Marlene, gebückt wie ein altes Mütterchen,
Walter, der einen Schirm über sie beide hielt, an ihrer Seite.
Er hatte seinen Vater auf dem Dachboden gefunden. Hermann Sommer hatte sich an einem der Dachbalken aufgehängt. Marlenes Schrei war bis auf die Straße zu hören gewesen. Anni war sofort hinübergelaufen, gefolgt von Ruth,
die mit weit aufgerissenen Augen in der Tür des Dachbodens stehengeblieben war. Marlene hatte zusammengekau-

ert auf dem Boden vor ihrem toten Mann gekniet und geschrien, bis sie zu würgen begonnen, sich übergeben hatte. Walter hatte reglos neben ihr gestanden und seinen Vater stumm angestarrt. Behutsam hatte Anni ihn umgedreht und ihm gesagt, er solle mit Ruth hinuntergehen. Er gehorchte schweigend. Mit Ruth an der Hand lief er die Treppe hinunter. Als sie weg waren, sank Anni neben Marlene auf den Boden. Marlene wehrte sich gegen sie, wiegte sich vor und zurück, stets dieselben Worte murmelnd. »Nicht doch, lass mich nicht allein, bitte, nicht allein.« Wie gefangen wirkte sie in ihrer Verzweiflung. Ihre Klagelaute gingen Anni durch Mark und Bein. Auch sie war nahe daran, sich zu übergeben. Hermanns Anblick war schrecklich. Sein Gesicht gerötet, die Augen hervorgetreten, der Kopf zur Seite gekippt, starr sein Blick. Anni atmete tief durch. So oft hatte sie Marlene in den letzten Wochen allein gelassen, obwohl die Freundin ihre Nähe gesucht hatte. Sie brauchte irgendjemandes Nähe, denn ihr Ehemann sprach seit seiner Rückkehr aus dem KZ Buchenwald mit niemandem mehr. Vier Wochen war er fort gewesen. Krank, abgemagert, mit geschorenem Kopf, wie ein Fremder, war er zurückgekommen und heute für immer verstummt. Sie hätte öfter mit Marlene reden, einfach zuhören sollen. Ihr hatte die Kraft gefehlt. Lähmende Angst war in ihr Leben gekrochen und hatte sie davon abgehalten, irgendetwas zu tun. Sie wollte sich nur noch verkriechen, nichts sehen, niemanden hören müssen. Tage, Wochen – Weihnachten, alles glitt wie im Nebel an ihr vorüber. Ruth zuliebe schmückten sie einen kleinen Baum und sangen Heiligabend die vertrauten Lieder. Doch das heimelige Gefühl des Christfests war ausgeblieben. Zum ersten Mal war es auch ein Weihnachten ohne den gewohnten Gottesdienst. Sie waren zur Kirche gegangen und beobachteten eine Weile von der gegenüberliegenden Straßenseite die Gläubigen beim Betreten des Gotteshauses. Irgendwann kam niemand mehr, und das Orgelspiel setzte ein. Es hing kein *Juden-verboten*-Schild an der Eingangstür zur Kirche. Hier schienen sie noch willkommen zu sein, jedenfalls für den alten Pfarrer Wilhelm, der Anni entdeckte und ihren Blick auffing. Eine Weile sahen sie einander an, dann ging er in seine Kirche, und sie mit Ruth an der Hand durch die eiskalte Christnacht zurück nach Hause. An diesem Abend war sie feige gewesen, davongerannt – vor einer Christmette und den Blicken der Menschen.

Auf dem Dachboden blieb sie. Nach einer Weile ließ sich Marlene doch in den Arm nehmen. Hiltrud Meiser kam und ging wieder – schweigend. Sie kümmerte sich. Mitglieder der jüdischen Gemeinde tauchten auf, die Hermann herunterholten und in die Wohnung brachten. Anni hielt Marlene noch so lange, bis das Schluchzen nachließ, dann folgten sie ihnen.

Als Marlene das Schlafzimmer betrat, wirkte sie gefasst. Walter saß am Bett seines Vaters und hielt seine Hand. Marlene holte schweigend ein weißes Tuch aus dem Schrank, legte es ihrem Mann auf das Gesicht und entzündete eine auf dem Nachttisch stehende Kerze. Eine ältere Frau aus der Nachbarschaft hatte sie gebracht, die Marlene vom Sehen kannte. Die Frau war es auch, die Anni den weiteren Ablauf erklärte. Totenwache, Gebete, Reinigung des Körpers. Bereits am morgigen Nachmittag sollte die Beerdigung folgen. Sanft, aber bestimmt forderte sie Anni zum Gehen auf, und sie gehorchte erleichtert. Andere würden sich jetzt kümmern. Ein letztes Mal blickte sie in das Schlafzimmer der Sommers. Marlene saß am Bett ihres Mannes, hielt seine Hand und weinte leise. Die Gemeindemitglieder um sie herum murmelten Gebete. Sie verließ erleichtert das Hinterhaus und eilte durch die schneidende Kälte des Wintertages über den Innenhof. Hiltrud Meisers Tür öffnete sich, als sie die Haustür aufschob. Ruth trat ins Treppenhaus. Sie wirkte erstaunlich gefasst. Auch jetzt schwieg Hiltrud, wofür Anni dankbar war. Aus der geschwätzigen Frau war in den letzten Wochen eine stille Vertraute geworden. Sie nickten einander kurz zu, dann lief Anni die Treppe hinauf, um sich mit Ruth in ihrer Wohnung zu verkriechen. Wie nun immer schoben sie die schwere Truhe vor die Tür, die zum Sinnbild ihrer Angst geworden war.

Am Grab angekommen, warf jeder Angehörige drei Schaufeln Erde auf den in die Erde hinabgelassenen Sarg. Ein jüdischer Brauch, dem auch Anni und Ruth folgten. Anni blickte zu Walter, der fürsorglich den Arm um seine Mutter gelegt hatte und die Beileidsbekundungen der Trauergäste zur Kenntnis nahm. Er wirkte so erwachsen, was ein Junge in seinem Alter noch längst nicht sein sollte. Der Anblick ließ sie wehmütig werden. Nachdem auch der letzte Trauergast Erde ins Grab geworfen und seine Anteilnahme zum Ausdruck gebracht hatte, machte sich die Gesellschaft auf den Rückweg zur Trauerhalle, wo die abschließenden Gebete gesprochen werden sollten. Anni und Ruth folgten der kleinen Gruppe jedoch nicht, sondern verließen den Friedhof durch einen Seitenausgang. Magda hatte gestern Abend angerufen. Sie war ganz aufgeregt gewesen und hatte Anni gedrängt, gleich am nächsten Nachmittag zu ihr zu kommen. Um was es genau ging, hatte sie nicht verraten. Am Telefon wurde nicht mehr offen gesprochen. Zu groß war die Angst, abgehört zu werden. Kurz blickte Anni noch einmal zurück. Die Trauergesellschaft war hinter einer Gruppe Koniferen verschwunden. Für Marlene würde jetzt die Woche der Trauer beginnen, die mit einem Stärkungsmahl startete, das Verwandte, Freunde und Mitglieder der jüdischen Gemeinde bereits vor dem Gang zum Friedhof gebracht und teilweise zubereitet hatten. Die vielen jüdischen Begräbnisbräuche waren Anni fremd. Auch Marlene und Walter erschienen ihr plötzlich wie Fremde. Die Geschehnisse der letzten Wochen hatten ihnen die Vertrautheit geraubt. Erneut nagte an Anni das schlechte Gewissen. Marlene hatte geahnt, was kommen würde. Doch Anni hatte den Hilferuf der Freundin nicht hören wollen. Nicht hinsehen, weglaufen, für sich sein. Die eigenen Probleme waren groß genug. Wegsehen – bis er am Dachbalken gehangen hatte. Gerade heute tat es gut, einen Grund zu haben, allem zu entfliehen. Magda hatte so erleichtert geklungen, beinahe euphorisch. So überschwänglich kannte sie sie gar nicht. Es mussten besondere Neuigkeiten sein, von denen sie zu berichten hatte.

»Wohin fahren wir?«, fragte Ruth, als sie nicht in die gewohnte Straßenbahn nach Hause stiegen.

»Zu Magda. Sie hat gestern angerufen und uns zum Tee eingeladen«, sagte Anni ausweichend. Ruth sollte nicht erfahren, dass sich vielleicht etwas Positives ergeben hatte. Am Ende wurden ihre Hoffnungen doch nicht erfüllt. Anni blickte aus dem Straßenbahnfenster auf die tief verschneite Stadt. Inzwischen griff sie nach jedem Strohhalm, um

Deutschland verlassen zu können. Sogar eine Auswanderung nach Australien oder Neuseeland hatte sie in Betracht gezogen, was allerdings genauso aussichtslos war, wie ein Permit für England zu ergattern. Ihr fehlten einfach die finanziellen Mittel, um für sich und Ruth die Ausreise zu organisieren. Auch bei dem Anwalt, der Ruths Erbschaft verwaltete, hatte sie in ihrer Not mehrfach angerufen. Der Mann hatte jedes Mal abgeblockt. Einzig für die Ausbildung des Kindes sollte das Geld verwendet werden, so hatte es ihre Schwiegermutter im Testament verfügt. Sie hörte sich noch mit Engelszungen auf den Mann einreden. Anni wollte nicht mehr, dass Ruth auf das Philantropin ging. Zu viel Angst hatte sie davor, dass es Übergriffe auf die jüdische Schule geben würde. In England wäre es möglich, dass Ruth auf eine normale Schule gehen und ihre ins Stocken geratene Gesangsausbildung fortsetzen könnte. Doch all ihre Argumente waren an dem Mann abgeprallt. Einzig Schulgeld und andere notwendige Ausgaben zur Ausbildung des Kindes könne er genehmigen. Geld zum Erhalt einer Ausreisegenehmigung für Mutter und Tochter stand nicht zur Diskussion. Irgendwann hatte Anni es aufgegeben, mit dem Mann zu verhandeln. Was nützte Geld für eine Ausbildung, wenn es um Leib und Leben ging, hatte sie ihm gesagt und aufgelegt. Die Straßenbahn hielt an einer Haltestelle, an der sich drei Jungen übermütig eine Schneeballschlacht lieferten. Sie waren in Ruths Alter. Ihr Lachen klang fröhlich, ihre Augen funkelten vor Freude. Irgendwann einmal hatten auch Ruths Augen auf diese Weise gestrahlt, hatte sie ebenso ausgelassen gelacht. Sie blickte auf ihre Tochter, die mit ernster Miene neben ihr saß, gerade aufgerichtet, die Hände im Schoß gefaltet. Wann hatte sie ihre kindliche Unbefangenheit verloren? Wehmütig dachte sie an das ausgelassene Mädchen in der Garderobe zurück. Ein Sahnebonbon im Mund, in einen Glitzertraum aus Tüll gehüllt, ein funkelndes Krönchen auf ihrem Lockenkopf, hatte sie auf ihrem Hocker gesessen. So sehr wünschte sie sich in diesem Augenblick dieses arglose Geschöpf zurück, das mit Unmengen von Rouge auf den Wangen sorgenfrei in den Tag hineinlebte.

Die Straßenbahn setzte sich in Bewegung, und die Jungs verschwanden aus Annis Blickfeld. An der nächsten Station mussten sie aussteigen.

Froh darüber, dem kalten Wind und dem Schneetreiben entfliehen zu können, öffnete Anni wenige Minuten später die Haustür zu dem hübschen, aus der Zeit der Jahrhundertwende stammenden Häuschen in der Holzhausenstraße, in dem Magda eine große Wohnung im Erdgeschoss bewohnte. Bei ihrem Eintreten stellte Anni verwundert fest, dass überall in der Wohnung Umzugskisten standen.

»Ich entschuldige mich für die Unordnung«, sagte Magda, während sie Annis Mantel auf einen Bügel hängte. »Mein Umzug ins Westend findet nächste Woche statt, und es gibt noch so viel vorzubereiten.«

Sie hängte Ruths Mantel neben Annis an die Garderobe und bedeutete ihnen, ihr in die Wohnstube zu folgen. Dort saß eine Frau mittleren Alters an einem gedeckten Kaffeetisch, die sich erhob, als die Besucher eintraten.

»Das ist Frau Henriette Krebs, meine Vermieterin«, stellte Magda die Dame vor.

Etwas verwundert begrüßte Anni die brünette Frau mit der Nickelbrille. Henriette Krebs hielt ihr lächelnd die Hand hin, die Anni ergriff. Die Frau hatte einen festen Händedruck, der Vertrauen erweckte. Als sie Ruth entdeckte, sagte sie: »Ach, da ist ja das Mädchen.«

Irritiert sah Anni zu Magda, die Henriette Krebs einen mahnenden Blick zuwarf.

»Jetzt lasst uns erst einmal Platz nehmen.« Sie wandte sich Ruth zu. »Ich habe es sogar geschafft, deine Lieblingskekse zu besorgen. Die mit Schokolade.« Sie schob das Mädchen zur Kaffeetafel und platzierte es auf einem Stuhl neben Henriette Krebs. Anni sank der Frau gegenüber auf eine gepolsterte Bank.

»Du hast gar nichts von einem Umzug ins Westend erzählt«, sagte sie zu Magda.

»Hab ich nicht?«, erwiderte Magda, während sie Kaffee einschenkte und Ruth mit einer Tasse heißem Kakao versorgte. »Mit der Wohnung im Westend habe ich schon länger geliebäugelt. Sie ist nicht so groß wie diese hier, besitzt aber eine entzückende Dachterrasse mit einem großartigen Blick über die Stadt.« Magda verteilte Kuchen auf die Teller und redete weiter. Ihre Stimme klang sonderbar künstlich, wie aufgesetzt. »Frau Krebs war so freundlich und hat meinen Lieblingskuchen mitgebracht.« Sie bedachte ihre Vermieterin mit einem wohlwollenden Lächeln. »Einen Frankfurter Kranz vom Bäcker Glauberger. Stell dir vor: Er soll inzwischen sogar ein Café eingerichtet haben. Ich wäre gern mal hingegangen.« Sie winkte seufzend ab. »Kennt mich zu gut, der alte Knabe.« Anni nippte schweigend an ihrem Kaffeebecher. Jeder im Nordend kannte sie zu gut. Die Sängerinnen der Frankfurter Oper, einst gern gesehene Kundschaft, waren heute Jüdinnen, die wie Ratten fortgescheucht wurden.

Anni ließ ihren Blick über die in den Ecken stehenden Umzugskisten schweifen. Seitdem sie Magda kannte, war sie stolz auf ihre luxuriöse und geräumige Altbauwohnung, in der sie den größten Raum als Musikzimmer nutzte. Annis Blick fiel auf die geschlossene Flügeltür, die in das Zimmer führte, das sie nur wenige Male betreten hatte. Ein großer Flügel stand darin direkt in einem hübschen Erker, von dem man auf den Balkon gelangte. Nachmittags flutete die Sonne den Raum mit goldenem Licht. Bilder von Magdas unzähligen Auftritten hingen an den Wänden und standen auf Regalen, die mit Notenbüchern und Gesangsunterlagen vollgestopft waren. Sie fragte nicht nach, ob der Flügel in die Wohnung im Westend passen würde, denn sie ahnte den wahren Grund für den Umzug. Magda ging bestimmt das Geld aus, denn gewiss fehlten auch ihr die Einnahmen des Jüdischen Kulturbundes, der im November zerschlagen worden war. Annis Miete deckten die Einnahmen aus der Reinigung ab, und zum Leben blieb ihr noch Johanns Witwenrente. Rücklagen konnte auch sie keine mehr schaffen. Ob Magda weitere Einkünfte hatte, hinterfragte sie lieber nicht. Gewiss sparte auch sie für eine Auswanderung, selbst wenn sie das niemals zugeben würde. Dafür benötigte man kein Musikzimmer mit einem Flügel am Fenster, der bestimmt ein hübsches Sümmchen bringen würde. Anni sah zu Henriette Krebs, deren Miene ernst war. Auch ihr konnte Magda mit ihrer aufgesetzten Unbeschwertheit nichts vormachen.

Magda sank auf einen Stuhl und nippte an ihrem Kaffee. Betretenes Schweigen trat ein, das Henriette Krebs irgendwann brach.

»Warum ich hier bin ...«, wandte sie sich an Anni. Weiter

kam sie nicht, denn Magda legte ihr die Hand auf den Arm und warf ihr einen beschwörenden Blick zu.

»Henriette hat mir neulich davon berichtet, dass sie sich bei den Quäkern engagiert. Ist das nicht großartig?«

Anni blickte Magda verständnislos an. Mit dem Begriff konnte sie nichts anfangen.

»Das ist eine Art Religionsgemeinschaft, die sozial tätig ist«, beeilte sich Magda zu erklären, der es sichtlich peinlich war, dass Anni offensichtlich keine Ahnung von den Quäkern zu haben schien.

»Wir haben uns in Frankfurt und in vielen anderen deutschen Städten um die Kinderspeisungen nach dem Ersten Weltkrieg gekümmert. Vielleicht ist Ihnen das ein Begriff«, versuchte Henriette Krebs, ihr auf die Sprünge zu helfen. Anni nickte zögernd. An die Kinderspeisungen konnte sie sich dunkel erinnern. Hatte ihre Mutter nicht manchmal von einer Quäkerspeisung gesprochen? »Neuerdings beteiligen wir uns auch an der Organisation der Kinderverschickung jüdischer Kinder nach England«, setzte Henriette Krebs ihre Rede fort. »Wir sind der Ansprechpartner für konvertierte Eltern, die keinen Kontakt zur jüdischen Gemeinde pflegen. Magda sagte mir, Sie wären evangelisch?« Vollkommen überrumpelt nickte Anni. Henriette Krebs blickte zu Ruth, die sich damit beschäftigte, einen Schokoladenkeks in ihrem Kakao zu versenken. Lächelnd strich sie ihr über die braunen Locken.

»Welche Kinderverschickung nach England?«, fragte Anni. Ihr Herz begann schneller zu schlagen. Ergab sich hier vielleicht doch noch eine Möglichkeit, das Land verlassen zu können?

»Es ist eine gute Sache«, sprach Henriette Krebs weiter, »vor allem, da die Auswanderung immer schwieriger wird. Viele Engländer verhalten sich großartig. Sie zeigen sich barmherzig und nehmen die Kinder auf.«

Sie schob sich einen großen Bissen Torte in den Mund und spülte ihn mit einem Schluck Kaffee hinunter.

In Annis Ohren rauschte es. Barmherzig, was für ein Wort.

»Ruth ist Mischling ersten Grades, nicht wahr?«, fragte Henriette Krebs. Anni nickte.

»Mein Mann war kein Jude, nur ich.« Wie sich das anhörte, dachte sie. Nur ich. Ich bin der Grund dafür, dass mein Kind in Gefahr schwebt, dass sie nicht zur Schule gehen darf, verprügelt und ausgegrenzt wird.

»Dann dürfte es kein Problem darstellen, sie möglichst schnell bei einem der Transporte unterzubringen. Unser Büro liegt in der Hochstraße und öffnet um acht Uhr. Wenn Sie morgen kommen und die Anträge abholen, könnte Ruth, falls alles klappt, bereits im März einen Platz erhalten.«

Anni horchte auf.

»Einen Platz erhalten? Welches Büro in der Hochstraße? Von was für einer Art Kinderverschickung reden Sie da eigentlich?« Ihre Stimme war laut geworden. Sie blickte von Henriette Krebs zu Magda.

»Ich dachte, Frau Spiegel hätte Sie bereits über die Vorgehensweise bei den Kindertransporten ins Bild gesetzt?«, erwiderte Henriette Krebs und warf Magda einen vorwurfsvollen Blick zu. Magda beeilte sich, ein verbindliches Lächeln aufzusetzen.

»Der rechte Zeitpunkt hat gefehlt. Am Telefon wollte ich das nicht besprechen und dann noch die Beerdigung …«

»Ach, richtig. Ich vergaß. Sie haben davon berichtet. Eine Tragödie«, unterbrach sie Frau Krebs. »Schrecklich so etwas. Sie waren mit der Familie gut befreundet, nicht wahr?«, wandte sie sich Anni zu.

Anni nickte. In ihren Ohren rauschte es noch immer.

»Worüber genau hätte mich Magda ins Bild setzen sollen?«, ließ sie sich nicht ablenken. Ruth ließ den Keks in ihrer Hand sinken. Magda blickte von Anni zu Henriette Krebs, dann zu Ruth. Dieses Gespräch würde nicht leicht werden und war gewiss nicht für Kinderohren bestimmt. Anni konnte Ruth später alles in Ruhe erklären. Bereits an der Wohnungstür hatte sie sich selbst dafür verflucht, Anni nicht darum gebeten zu haben, das Mädchen zu Hause zu lassen. Sie erhob sich und streckte Ruth mit einem Lächeln die Hand hin.

»Ruth, Schätzchen. Mami hat mir erzählt, Walter hätte dir ein neues Stück auf dem Klavier beigebracht. Ich würde es gern hören. Spielst du es mir vor?«

Ruth sah zu Anni, die ihr aufmunternd zunickte.

»Geh ruhig mit Magda, Liebes. Ich komme gleich nach, um mir das Stück ebenfalls anzuhören.« Schweigend ging Ruth mit Magda ins Nebenzimmer. Annis Blick folgte ihr, bis sich die Tür hinter ihr geschlossen hatte. Ein anderes Kind hätte jetzt vielleicht aufbegehrt. Immerhin würde es in diesem Gespräch um ihre Zukunft gehen, soviel hatte Ruth mit Sicherheit verstanden. Doch sie fügte sich stets, blieb vernünftig, dachte Anni. Waren das nicht Worte, wie sie eine Lehrerin mit Vorliebe für folgsame Kinder benutzt hätte? Eingeschüchtert traf es wohl eher. Sie spürte einen dicken Kloß in ihrem Hals aufsteigen. Nebenan setzte Klaviermusik ein.

»Eine feine Sache, also«, sagte sie und wandte sich erneut Frau Krebs zu. Henriette Krebs nickte. Sie erkannte den Schmerz in Annis Augen und versuchte, nach ihrer Hand zu greifen, was Anni nicht zuließ. Sie lehnte sich nach hinten und verschränkte die Arme vor der Brust.

»Was soll daran gut sein, Eltern und Kinder zu trennen? Können Sie mir das erklären? Ruth ist alles, was mir noch geblieben ist. Wir brauchen einander. Sie ist doch noch ein Kind. Wen benötigt sie mehr in ihrem Alter als ihre Mutter? Wie soll ich ihr erklären, dass ich nicht nach England mitkommen werde?«

»Es wäre ja nur vorübergehend«, versuchte Henriette Krebs, Anni zu beschwichtigen. Diese Aussagen der Mütter war sie gewöhnt, genauso wie die Tränen, die Wut, die Verzweiflung. Allerdings hatte sie in den letzten Tagen auch andere Dinge von den Eltern erfahren. Dankbarkeit und unbändigen Überlebenswillen, den niemand zerstören konnte. Was sie zu bieten hatte war Hoffnung auf Normalität, wenigstens für die Kinder. Die Schlange im Treppenhaus ihres Hauses wurde mit jedem Tag länger. Schon übermorgen würde der erste größere Transport nach England vom Frankfurter Hauptbahnhof abfahren.

»Wir sind auch vielen Eltern bei der Ausreise behilflich. Schon sehr vielen Menschen konnten wir die notwendigen Papiere für Amerika, England oder Schweden besorgen. Erste Kinder haben wir in die Schweiz gebracht, wohin ihnen einige Angehörige folgen konnten. Für die meisten Eltern ist es erst einmal eine Befreiung, die Kinder in Sicherheit zu wissen. In England werden sie in Privathaushalten oder in Schulen untergebracht. Viele englische Familien haben sich bereit erklärt, ein Kind zu sich zu nehmen. Ruth könnte dort wieder ein geregeltes Leben haben. Ich gehe davon aus, dass auch sie hier nicht mehr zur Schule geht, oder?«

Anni schüttelte den Kopf. Der Kloß in ihrem Hals wollte nicht weichen, obwohl die Worte von Henriette Krebs durchaus Sinn ergaben. England. Ein fremdes Land, weit fort. Privathaushalte, Schulen. Ruth sprach nicht einmal Englisch. Kurz verstummte nebenan das Klavierspiel, dann begann Ruth von neuem. Ein Stück von Chopin, das ihr Walter beigebracht hatte. In Annis Augen traten Tränen.

»Frau Spiegel hat mir erzählt, dass Ruth sehr talentiert ist. Mit Ihnen als Mutter kein Wunder. Leider ist auch ihre Gesangsausbildung unterbrochen worden, nicht wahr?«

Anni nickte. »Zuletzt hat sie im Philantropin im Chor gesungen«, brachte sie hervor.

»In England könnte sie mit der Ausbildung ihrer Stimme fortfahren«, sagte Henriette Krebs.

Das Klavierspiel verstummte. Magda war zu hören, wie sie ein Lied anstimmte. Ruth sang mit.

Annis Ablehnung bröckelte. Die Vernunft gewann Stück für Stück die Oberhand.

»Und Sie könnten auch mir zur Ausreise verhelfen? Nach England? Es wäre wirklich nur für eine Weile.«

»Gewiss doch. Bei einer bekannten Persönlichkeit wie Ihnen wird es uns bestimmt ein Leichtes sein, Sie nach England zu schaffen. Allerdings müssten Sie sich dort erst einmal damit abfinden, niedere Tätigkeiten zu verrichten. Jüdische Frauen aus Deutschland finden anfangs meist nur Anstellungen als Haushaltshilfe oder Putzfrau.«

»Wenn es nur das ist«, erwiderte Anni. Der Kloß in ihrem Hals wurde langsam kleiner. Das Angebot der Frau hörte sich immer besser an. Sie würde Ruth mit einem dieser Transporte vorausschicken und später nachkommen. Gewiss wäre ihre Trennung nicht für lange. Für Ruth, die den ganzen Tag in ihrem Zimmer saß oder mit Walter stundenlang Klavier spielte, würde es ein normales Leben bedeuten. Ohne Angst, mit geregeltem Schulunterricht, vielleicht sogar Gesangsstunden.

»Es gäbe da nur noch eine Kleinigkeit …« Henriette Krebs' Stimme klang plötzlich unsicher. Jetzt kam der Haken. Anni hatte es gewusst.

»Die Quäker sind gern bereit, sich um die Ausreise Ihrer Tochter zu kümmern. Allerdings ist es leichter, wenn man weiß, wie es mit den Kindern in England weitergehen wird. Ich gehe nicht davon aus, dass Sie Verwandtschaft oder Freunde in England haben, die Ruth aufnehmen könnten?« Anni verneinte. »Dann wäre es gut, wenn Sie morgen ein Bild von Ruth mitbringen könnten. Gewiss ist eine Familie bereit, Ruth aufzunehmen, denn sie ist ja ein reizendes Mädchen. Mädchen sind im Allgemeinen sehr beliebt bei den englischen Familien, vor allem die jüngeren. Das macht es uns nicht immer leicht. Gerade ältere Jungs sind schwer vermittelbar.« Sie seufzte.

Anni verstand, worauf die Frau hinauswollte. Die Barmherzigkeit bezog sich offenbar nur auf bestimmte Kinder. Das entzückende jüdische Mädchen aus Deutschland, das so böse verfolgt worden war. Am Ende würde sich dort eine Frau als Ruths Mutter ausgeben. Eine Ersatzmutter. Jemand, der ihren Platz einnahm. Der Gedanke traf Anni.

Hatte Henriette Krebs nicht auch von der Unterbringung in Schulen gesprochen?

»Und was ist mit einer Schule?«, sprach sie das Thema an. »Sie hatten vorhin welche erwähnt.«

»Diese Möglichkeit gibt es. Allerdings gibt es nicht viele private Schulen, die Kinder aufnehmen. Eine sehr gute Schule liegt in Kent, die ich Ihnen nur ans Herz legen kann. Die New Herrlingen School. Eine Frau namens Anna Essinger leitet die Einrichtung. Sie hat die Schule bereits 1933 von Herrlingen in Baden-Württemberg nach England verlegt. Damals soll sie in einer Nacht-und-Nebel-Aktion Deutschland mit sechsundsechzig Schülern und vielen Lehrkräften verlassen haben. Eine mutige Frau, wenn Sie mich fragen. Soweit ich weiß, hat sich die Schule in England inzwischen gut etabliert, und auch englische Kinder und Nichtjuden besuchen dort den Unterricht, der nach reformpädagogischen Grundsätzen abgehalten wird. Allerdings ist dort Schulgeld fällig, das nicht vom RCM übernommen werden kann. Es würde also ein privater Sponsor benötigt, der nicht leicht zu finden sein wird.«

»RCM?«, hakte Anni nach.

»Das ist die Abkürzung für die Hauptorganisation, die sich in England um alles kümmert. Refugees Children's Movement.«

Anni dachte an die Worte des Anwalts. Nur für die Ausbildung sollte Ruths Erbe verwendet werden. Schulgeld für ein renommiertes Internat im englischen Kent konnte er ihnen gewiss nicht verweigern. So hoffte sie jedenfalls.

»Das Schulgeld könnten wir aus privaten Mitteln aufbringen«, sagte Anni. »Ruths Großmutter hat ihr eine große

Summe hinterlassen, die ausschließlich für ihre Ausbildung verwendet werden soll.«

»Das sind wunderbare Neuigkeiten«, erwiderte Henriette Krebs freudig. »In diesem Fall wäre Ruth ein garantiertes Kind und könnte, wenn noch ein Platz frei wäre, die Schule in Kent besuchen. Dann kann ich also davon ausgehen, dass Sie unser Angebot in Anspruch nehmen und morgen in die Hochstraße wegen der Anträge kommen werden?«

Anni nickte.

»Ja, das werde ich. Es ist, wie sagten Sie vorhin noch gleich?«

»Eine gute Sache.« Beide erhoben sich gleichzeitig. Henriette Krebs hielt Anni die Hand hin. Anni ergriff sie. Henriette Krebs nickte ihr aufmunternd zu. »Wir werden das Kind schon schaukeln. Ich habe ein gutes Gefühl. In diesem Fall gestaltet es sich wirklich einfach. Ach, wenn es doch immer so wäre …« Sie brach ab.

»Sie sind heute nicht nur wegen Ruth gekommen, nicht wahr?«, erriet Anni, weshalb ihr Gegenüber so abrupt ihren Redefluss beendet hatte. Henriette Krebs verzog das Gesicht.

»Magda Spiegel steht schon länger wegen ihrer Ausreise mit mir in Kontakt«, gab sie zu. »Allerdings hat sich für sie bisher nichts ergeben. Bis vor einigen Tagen hatten wir gedacht, sie könnte es nach Chile schaffen, aber die Hoffnung darauf hat sich gestern endgültig zerschlagen. Wir haben auch eine Permit-Nummer für Amerika angefragt. Doch vor neunzehnhundertzweiundvierzig könnte sie nicht in die Staaten einreisen. Wir sind gestern nur durch Zufall auf die Kinderverschickung gekommen. Magda hat von Ihnen und Ihrer Tochter erzählt, und so kam eins zum anderen.«

»Und Sie wollen mir erzählen, dass ich Ruth bald nach England folgen kann?«, erwiderte Anni, die die Worte der Frau wie ein Schlag ins Gesicht trafen. Magda hatte in ihrer Gegenwart nicht einmal von den Quäkern und ihrem Engagement gesprochen. In der Not war sich eben jeder selbst der Nächste. Und die Kinderverschickung war eine gute Sache – für garantierte Kinder und kleine niedliche Mädchen, nicht aber für ältere Jungs oder Erwachsene.

»Ich spreche ganz offen mit Ihnen. Als Mutter haben Sie das verdient. Es wird nicht einfach werden, Sie nach England zu bekommen, aber es ist gewiss leichter machbar, als Magda Spiegel die Ausreise zu ermöglichen. Sie ist nicht mehr die Jüngste, was es uns nicht gerade erleichtert, sie als Haushaltshilfe zu vermitteln. Ohnehin zeigt sie keine Bereitschaft, sich für solche Dienste zur Verfügung zu stellen. Sie ist und bleibt die gefeierte Sängerin und rückt keinen Meter davon ab. Ein Opernstar wischt niemandem den Dreck hinterher, hat sie neulich gesagt.« Henriette Krebs zuckte mit den Schultern.

Anni verstand. Ihr Blick fiel auf die Tür zum Nebenraum. Erneutes Klavierspiel war zu hören, dazu Ruths Stimme, rein und glockenhell. Magda konnte nicht aus ihrer Haut. Veränderungen hatten ihr noch nie gelegen. Ihr Blick fiel auf einen der Umzugskartons. Dachterrasse mit hübschem Blick über die Stadt. Manchmal tat es gut, sich seine eigene Wahrheit zu schaffen. Vielleicht war die Welt dann leichter erträglich. Immerhin war sie Ruth zuliebe über ihren Schatten gesprungen und hatte heute ihre Verletzlichkeit offenbart. Schöner Schein der Bühne, die Fassade ihrer Königin bröckelte.

»Sie hat sich gemeldet, wegen Ruth«, sagte Anni mehr zu sich selbst. »Gewiss wird meine Tochter es in England gut haben, und vielleicht kann sie dort auch wieder ein Kind sein, wie es ihrem Alter entspricht.«

Henriette Krebs trat neben Anni und legte ihr die Hand auf den Arm. Sie verstand Annis Andeutung.

»Gewiss wird es das. In Kent ist es wunderschön. Soweit ich gehört habe, ist die Schule sehr idyllisch gelegen, eingebettet zwischen Wiesen und Felder. Ein wunderbarer Ort für ein Kind.«

»Wiesen und Felder«, wiederholte Anni und setzte in Gedanken hinzu: keine hektische Großstadt, keine düsteren Hinterhöfe, Trambahnen und Straßen, in denen man stets fürchten muss, als Jude erkannt zu werden. Ruth würde diese Welt fremd sein. Eine neue Welt voller Möglichkeiten. Ohne ihre Mutter.

»Das klingt schön«, sagte sie laut und schluckte den erneuten Kloß in ihrem Hals hinunter. Sie blickte zum Fenster.

»Es hat zu schneien aufgehört. Wir sollten diese Verschnaufpause nutzen und zusehen, dass wir nach Hause kommen. Es gibt viel zu besprechen.«

»Tatsächlich«, sagte Henriette Krebs. »Ich hatte schon befürchtet, es würde die ganze Nacht durchschneien.«

Anni wollte die Tür zum Nebenzimmer öffnen, wurde jedoch von Henriette Krebs zurückgehalten.

»Ich versichere Ihnen: Ich werde alles in meiner Macht Stehende tun, dass Sie Ihrer Tochter bald folgen können. Irgendeine Möglichkeit wird sich finden.«

»Sie müssen mir nichts versprechen, was Sie am Ende nicht halten können«, erwiderte Anni. »Irgendwie wird es schon weitergehen. Und vielleicht wendet sich ja doch noch alles zum Guten, und ich werde gar nicht ausreisen müssen. Wir sollten die Hoffnung niemals aufgeben.«

»Nein, das sollten wir nicht«, antwortete Henriette Krebs.

Anni legte die Hand auf die Türklinke und atmete tief durch. »Es wird nicht einfach werden, es Ruth zu erklären.«

»Sagen Sie ihr einfach, dass Sie bald nachkommen werden. Das hilft.«

Anni wandte den Kopf und blickte Henriette Krebs direkt in die Augen.

»Ich soll sie also belügen?«

Schweigend erwiderte Henriette Krebs ihren Blick. Anni beantwortete sich ihre Frage selbst.

»Eine Notlüge, ich weiß.«

»Oder die Wahrheit«, erwidere Henriette Krebs. »Woran wir festhalten sollten.« Sie trat ein Stück zurück. »Ich mache mich auf den Heimweg. Richten Sie Frau Spiegel Grüße von mir aus. Wir sehen uns dann morgen in der Hochstraße.«

»Um acht Uhr. Ich werde dort sein. Versprochen«, sagte Anni. Sie verabschiedete sich von Henriette Krebs und betrat das Musikzimmer, wo sie die sanften Klänge des Klaviers und Magdas und Ruths Stimmen empfingen. Sie trat an den Flügel, legte die Hand auf die blankpolierte Oberfläche und setzte bei der nächsten Strophe mit ein.

*

Als Ruth neben Walter auf den Klavierhocker sank, fuhr er wie immer ohne aufzublicken fort. Er spielte Chopin, ein langsames Stück, das eines seiner Lieblingsstücke war. Er hatte es monatelang verbissen geübt, und endlich beherrschte er es. Ruth beobachtete, wie seine Finger über die Tasten glitten. Fast immer spielte er mit geschlossenen Augen. Noten benötigte er für dieses Stück nicht mehr, längst hatte er es verinnerlicht.

Mit Hilfe der Musik waren sie beide in den letzten Jahren der immer schwieriger werdenden Realität entflohen. Musik richtete nicht, fragte nicht, klagte niemanden an. Sie war einfach da. Mal leise, oftmals laut, fröhlich und ausgelassen konnte sie sein, dann wieder schwermütig und einfühlsam, voller Schmerz. Ihre Nähe war wie eine sanfte Umarmung, die einen auffing, tröstete. Wenn Walter spielte, schien die Zeit stillzustehen. Gegenüber seinem war ihr Klavierspiel stümperhaft. Dafür arbeitete sie mit der Unterstützung ihrer Mutter an ihrer Stimme. Was für Walter das Klavier, war für sie das Singen. Lieder und Melodien, Tasten und Notenblätter. Niemand konnte ihnen diese Welt wegnehmen, sie war ein Teil von ihnen. Walter hatte recht, wenn er sagte, dass die Musik tief in ihnen war. Mit ihr waren sie aufgewachsen, ja verwachsen.

Ruths Blick wanderte nach draußen. Nur noch in wenigen Fenstern des Nachbarhauses brannte Licht. Ihr Zuhause lag im Dunkeln. Ihre Mutter war, nachdem sie geredet hatten, auf dem Sofa eingeschlafen. Liebevoll hatte sie sie mit einer Wolldecke zugedeckt und war gegangen. Zu Walter, wie jeden Abend. Das vertraute Ritual, nicht nachdenken zu müssen, sich mit der Musik treiben zu lassen war alles, was jetzt zählte. Die Ereignisse der letzten Tage. Erst die Beerdigung. Dann das Gespräch mit Mama. Kinderverschickung nach

England, eine Schule in Kent, nur für eine Weile. Mama hatte wie ein Wasserfall geredet. Ruth hatte sofort gewusst, wovon Henriette Krebs sprach, denn im Gegensatz zu ihrer Mutter hatte sie bereits von einer Kinderverschickung nach England gehört. Neulich, als sie die Einkäufe erledigt hatte, hatten sich zwei Frauen aus der jüdischen Gemeinde beim Krämerladen darüber unterhalten. Beide wollten ihre Kinder, eine von ihnen drei an der Zahl, nach England verschicken. Eines der Kinder hatte sogar schon einen sicheren Platz auf einem der Transporte. Es sollte am nächsten Tag den Frankfurter Hauptbahnhof verlassen. Das Mädchen würde zu einer Londoner Familie kommen. Sie könnte wieder zur Schule gehen und ein ganz normales Leben führen. Es sollte sogar ein jüdischer Haushalt sein, worauf extra Rücksicht genommen wurde. Ein jüdischer Haushalt für richtige jüdische Kinder, hatte Ruth gedacht. Nicht für die katholischen oder die protestantischen, die Mischlinge. Mischling ersten Grades. So oft hatte sie diese widersinnige Bezeichnung gehört. Ein Mischling gehörte nirgendwo richtig dazu. Sie war kein Mitglied der jüdischen Gemeinschaft, durfte aber auch nicht zum Bund Deutscher Mädchen, nicht zur normalen Schule gehen, saß irgendwo zwischen den Stühlen und verstand nicht, warum. Ruth hatte die Kinder beneidet, Mischlinge durften bestimmt nicht nach England fahren. Ein ganz normales Leben führen, hatte sie auf dem Heimweg gedacht. Wieder zur Schule gehen, vielleicht sogar in einem Chor singen. Das wäre schön. Hier in Frankfurt traute sie sich kaum noch aus dem Haus. Zu oft war sie beschimpft worden, mit Steinen beworfen, bis sie nur noch wie eine geduckte Maus durch die Gegend rannte, immer darauf bedacht, nirgendwo aufzufallen. Auch Mama sang nicht mehr, verkroch sich in der Wohnstube, grübelte oft stundenlang, sprach immer weniger. Nur Walter und sein Klavierspiel waren Ruth geblieben. Er war das einzig Beständige in dieser sonderbaren Welt, die mit jedem Tag mehr auseinanderzufallen schien. Zu Walter gehörte sie. Ging das überhaupt? Zu jemandem gehören, der kein Teil der Familie war? Wer entschied darüber, wer zusammengehörte? Walter fühlte sich für sie wie ihre Familie an. Sie liebten dieselben Dinge, waren gemeinsam mit der Musik verwachsen, schliefen miteinander in einem Bett. Liebevoll bezeichnete er sie als sein Schwesterchen, was ihr gefiel. Einen großen Bruder hatte sie sich oft gewünscht. In ihm hatte sie einen gefunden, und es war ihr vollkommen egal, wie die anderen darüber dachten.

Walter beendete sein Spiel. Schweigend saßen sie nebeneinander. Doch die Stille fühlte sich gut an. Sie zwang einen zum Innehalten und ließ die Anspannung der letzten Stunden weichen. Die Gedanken in ihrem Kopf waren zur Ruhe gekommen. In diesem Raum war es warm, es roch nach Pfeifentabak, die Stehlampe auf der Kommode verbreitete warmes Licht. Sie spürte Walters Wärme, lauschte seinem Atem. Jetzt war alles gut. Hier war sie einfach nur Ruth, kein Mischling ersten Grades. Irgendwann begann er wieder zu spielen. Es war Beethovens »Für Elise«. Das Lieblingsstück seines Vaters. So oft hatte Walter es für ihn gespielt, gerade in den letzten Wochen immer und immer wieder. Als könnten ihm die geliebten Töne wieder neues Leben einhauchen und ihn in den Menschen zurückverwandeln, der er einst gewesen war. Es war nicht gelungen. Weder Marlene, noch Walter oder Beethoven waren zu ihm durchgedrungen. Ruth bemerkte die Tränen in Walters Augen. Seine Finger tanzten immer schneller über die Tastatur, die Töne wurden lauter, klangen wütender. Die Tränen liefen über Walters Wangen. Ruth blieb stumm neben ihm sitzen. Tränen sind gut, sagte Mama immer, sie waschen den Kummer weg. Auf dem Friedhof hatte Walter nicht geweint, regungslos hatte er mitangesehen, wie der Sarg seines Vaters in die Erde hinabgelassen worden war. Jetzt zwang ihn die Musik zum Loslassen, zu Trauer und Wut.

Marlene war diejenige, die Walters Spiel abrupt beendete. Sie trat neben das Klavier und legte ihre Hand auf seine Hände. Ein harter Ton, dann war es still. Marlenes Blick fiel auf Ruth.

»Ruth, Schätzchen. Ich habe dich gar nicht kommen hören.« Sie bemühte sich um ein Lächeln, was ihr gründlich misslang. Blass war sie mit dunklen Ringen unter den Augen.

»Ich komme doch immer«, gab Ruth zur Antwort. Marlene nickte.

»Ich weiß. Ich dachte nur, heute …«

»Ich habe Walter spielen hören, wie jeden Abend. Deshalb dachte ich, dass es in Ordnung sei«, beeilte sich Ruth zu sagen.

»Ja, Walter hat gespielt«, bestätigte Marlene. »Wie jeden Abend.« Sie seufzte hörbar und wandte sich ihrem Sohn zu. »Für heute müsst ihr das Spiel leider beenden, denn wir müssen noch deine Sachen packen.«

»Sachen packen?«, wiederholte Ruth verblüfft.

»Ja«, sagte Marlene. Ihr Blick wurde milde. Ruth glaubte,

Mitleid in ihren Augen zu erkennen. »Walter wird morgen nach England reisen, wo er für eine Weile bleiben wird.«

Ruths Augen weiteten sich.

»Die Kinderverschickung«, murmelte sie. Sie blickte zu Walter. »Morgen schon.« Die Neuigkeit traf sie wie ein Schlag ins Gesicht. Walter, er würde gehen, sie allein lassen. Was würde dann werden? Er durfte nicht gehen, das durfte er nicht.

»Gestern ist der Brief gekommen«, hörte sie Marlene sagen. »Wir wussten selbst nicht, dass Walter angemeldet war. Seine Tante hat sich darum bei der jüdischen Gemeinde gekümmert. Sie hat mir erst heute Nachmittag mitgeteilt, dass sie Walter gemeinsam mit meinen Neffen Simon angemeldet habe. So eine trauernde Witwe hat doch für solche Dinge gar keinen Sinn, hat sie gesagt. Den Brief habe ich gerade eben erst gelesen. Es kommt sehr plötzlich, aber wir freuen uns. Nicht wahr, Walter?«

Sie berührte ihren Sohn an der Schulter. Walter nickte. Seine Miene war schuldbewusst. Er hatte es Ruth eigentlich selbst sagen wollen, denn er wusste, was sein Weggang für sie bedeutete. Jetzt war ihm seine Mutter zuvorgekommen. Ruths Augen füllten sich mit Tränen. Wut stieg in ihr auf. Sie konnte sie nicht unterdrücken, es nicht aufhalten.

»Die ganze Zeit sitzt du neben mir und spielst wie immer, obwohl du weißt, dass du fortgehst. Nach England, vielleicht sogar für immer.« Sie war laut geworden. Ihre Stimme bebte. Sie holte aus und schlug ihn. Zum ersten Mal in ihrem Leben verpasste sie Walter eine Ohrfeige. Dann stürzte sie aus dem Raum. Hinaus auf den Innenhof, in den kalten Wind, der ihr die Schneeflocken in die Augen wehte.

Sie schob die Haustür auf und rannte die Treppe nach oben. Der Schlüssel fiel ihr aus der Hand, einmal, zweimal, beim dritten Mal schaffte sie es, die Tür aufzuschließen. Die Wohnung lag im Dunkeln. Ihre Mutter lag noch immer schlafend auf dem Sofa. Sie stürzte in ihr Zimmer, warf sich auf ihr Bett und begann bitterlich zu weinen. Walter. Er durfte nicht gehen, sie nicht allein lassen. Sie konnte ihm nicht folgen. Mama, sie würde nicht mitkommen können. Nur für eine Weile. Sie wollte das alles nicht hören, wollte, dass es aufhörte, alles wieder gut würde. Sie begann das Jankele zu singen. Die vertraute Melodie tat gut und beruhigte sie. Krampfhaft klammerte sie sich an die Worte, wiederholte sie immer wieder in ihrem Kopf. Die Gedanken nicht zulassen, sie nicht mehr wirbeln lassen. Es würde wieder gut werden, es würde vorübergehen. Daran musste sie glauben. Irgendwann schlief sie ein.

Am nächsten Morgen weckten sie leise Stimmen und das Klappen der Hintertür. Mit klopfendem Herzen sprang sie aus dem Bett und trat ans Fenster. Im Licht der Hauslaterne erkannte sie Walter und seine Mutter, die über den Innenhof liefen. Walter hatte einen Koffer in der Hand. Ihr Herz begann schneller zu schlagen, während die beiden hinter der Hausecke verschwanden. Walter. Er ging ohne ein Abschiedswort von ihr. Hastig eilte sie aus ihrem Zimmer. So verabschiedete man sich nicht von seinem besten Freund. Sie schlüpfte in ihre Stiefel, warf ihren Mantel über, griff nach dem Wohnungsschlüssel und eilte zur Tür hinaus. Draußen empfing sie schneidend kalte Luft. Der Himmel war klar, im Osten von goldenem Licht überzogen. Ein sonniger Wintertag stand bevor. Walter und seine Mutter waren bereits an der Straßenecke, als sie auf den Gehweg trat. Sie rannte los, laut Walters Namen rufend.

»Walter, warte. So warte doch!«

Er blieb stehen und wandte sich um. Sie warf sich in seine Arme und klammerte sich an ihm fest.

»Es tut mir leid. Ich wollte dich nicht anschreien, nicht schlagen.«

»Das weiß ich doch«, erwiderte er und drückte sie fest an sich. »Ich sollte mich entschuldigen. Ich hätte es dir gleich sagen sollen.«

Sie lösten sich voneinander.

»Ist schon gut«, sagte Ruth. »England ist eine gute Sache. Henriette Krebs hat das gestern gesagt. Mama will sich kümmern, gleich heute. Sie hat es mir versprochen. Vielleicht sehen wir uns bald wieder.« Ihre Stimme überschlug sich beinahe.

»Das wäre wunderbar«, erwiderte er lächelnd. »Das sind gute Neuigkeiten.«

»Du bist also auch angemeldet«, mischte sich Marlene in das Gespräch ein. »Wie schön. Und ich dachte, die Verschickung sei auf die Mitglieder der jüdischen Gemeinde beschränkt. Hätte ich gewusst, dass es auch für dich möglich ist, hätte ich deiner Mutter selbstverständlich davon erzählt. Es tut mir leid, Liebes. Aber es hat sich ja ein Weg gefunden.« Sie strich Ruth über den Kopf, dann blickte sie auf ihre Armbanduhr. »Jetzt müssen wir aber los, denn Walters Zug fährt bald.« Ruth nickte. Walter ergriff erneut seinen Koffer, den er neben sich auf den Bürgersteig gestellt hatte.

»Ich werde dir schreiben, wo ich gelandet bin«, sagte er. »Irgendeine Gastfamilie soll es sein. Mehr weiß ich noch nicht.«

Ruth nickte. »Ich freu mich auf deinen Brief.«

Er hob die Hand zum Abschied. Sie wich zurück. Marlene nickte ihr kurz zu, dann legte sie den Arm um ihren Sohn, und gemeinsam liefen sie um die Ecke. Ruth folgte den beiden und blickte ihnen so lange nach, bis sie in der nächsten Seitenstraße verschwunden waren. Eine Weile starrte sie auf ihre Fußabdrücke im Schnee, dann ging sie zurück. Ihre Mutter stand in der Stube am Fenster, als sie die Wohnung betrat. Ruth verharrte in der Tür. Auf der Straße hatte sie nicht geweint, jetzt kamen die Tränen. Sie konnte sie nicht aufhalten. Laut begann sie zu schluchzen.

»Walter«, sagte sie. »Er fährt weg. Nach England. Die Kinderverschickung.« Sie schluchzte laut auf und schlug mit der Faust gegen den Türrahmen. Anni eilte zu ihr, nahm sie in die Arme und versuchte vergebens, sie zu beruhigen. »Er lässt mich allein. Sie nehmen ihn mir weg. Das dürfen sie nicht. Nicht Walter.« Gemeinsam sanken sie auf den Boden. Ruth vergrub ihren Kopf an Annis Schulter und weinte bitterlich. Hilflos strich Anni ihr über den Rücken. Ruths Worte trafen sie komplett unvorbereitet. Walter fuhr nach England? Also musste Marlene längst von der Kinderverschickung gewusst haben. Wieso hatte sie ihr nichts davon gesagt? Ruth war doch genauso in Gefahr. Anni schloss die Augen. Sie wusste, dass der Fehler bei ihr lag. Nicht reden, nicht zuhören müssen, nicht hinsehen – bis er am Dachbalken gehangen hatte. Trotzdem hätte Marlene es ihr sagen müssen. Anni lehnte sich mit dem Rücken gegen den Türstock, schloss die Augen und atmete tief durch, um sich zu beruhigen. Schuldzuweisungen halfen niemandem. Später wollte sie das Gespräch mit Marlene suchen. Gewiss fand sich eine Erklärung für ihr Schweigen. Irgendwann begann sie leise das Jankele zu singen. Einmal, zweimal, ein drittes Mal. Ruths Schluchzen wurde leiser und verstummte nach einer Weile ganz. Auch jetzt verfehlten die jiddischen Worte ihre Wirkung nicht. So sehr wünschte sich Anni plötzlich ihre Mutter zurück. Sie hätte gewusst, was zu tun war. Für jedes Problem, mochte es noch so groß sein, hatte sie eine Lösung parat gehabt. Ihr Blick wanderte zu der Fotografie ihrer Eltern, die hübsch gerahmt auf der Anrichte stand. Sie glich ihrer Mutter bis aufs Haar, selbst Ruth sah ihr ähnlich. Sie konnte ihr nicht mehr helfen. Jetzt musste sie selbst stark sein. Anni atmete tief durch und suchte den Blick ihrer Mutter, die auf der Fotografie so glücklich aussah. »Ich werde das schaffen«, flüsterte sie. »Wir werden das schaffen. Das verspreche ich dir. Gleich nachher werde ich in die Hochstraße fahren und mich um alles kümmern.« Endlich keine Angst mehr um meine Tochter haben müssen, dachte sie. Doch sie selbst würde zurückbleiben – allein. Was war, wenn sie es nicht mehr aus Deutschland herausschaffte? Wenn sie auch sie irgendwann abholen würden, so wie sie es mit Hermann und so vielen anderen Männern nach der Reichskristallnacht gemacht hatten? Viele von ihnen waren nicht zurückgekehrt. Sie drückte Ruth fest an sich. Nicht daran denken, die Hoffnung behalten. Die gottverdammte Angst war in ihre Glieder gekrochen und lähmte sie jeden Tag mehr. Doch jetzt schien es einen Ausweg zu geben. Henriette Krebs würde ihr helfen. Zuerst schafften sie Ruth aus dem Land. Dann würde sie folgen. Gewiss war ihre Trennung nur für eine Weile. Daran musste sie glauben. Sie würde kämpfen, für Ruth, für ihr Leben, für eine gemeinsame Zukunft. Zärtlich strich sie ihrem Mädchen über die braunen Locken und flüsterte: »Wir haben doch nur noch einander. Gewiss wird alles wieder gut. Das verspreche ich dir.«

KAPITEL VIER

Anni stand im Treppenhaus der Hochstraße vor der Tür von Henriette Krebs und ließ ihren Blick über die wartenden Eltern schweifen. Wieder einmal reichte die Schlange der Antragsteller bis auf die Straße hinaus, und jeden Tag kamen neue Gesichter hinzu. Die meisten Wartenden waren Frauen, aber auch einige Männer hatten sich eingefunden. Nicht wenige hatten ihren Nachwuchs im Schlepptau, was das Treppenhaus in einen summenden Bienenstock verwandelte, der je nach Laune der Kinder mal lauter oder leiser war. Besonders die Kleinkinder wurden aufgrund der langen Wartezeiten schnell ungeduldig und begannen zu jammern. Auch heute galt es wieder, Geduld zu haben. Anni stand bereits zum vierten Mal hier, weil es ständig neue Dinge zu besprechen und zu organisieren gab. Heute ging es darum, Papiere für den Reisepass nachzureichen, die sie eigentlich längst abgegeben hatte. Leider gingen bei der zuständigen Behörde, dem Polizeipräsidium, immer wieder Dokumente verloren, jedenfalls war das die offizielle Auskunft der Beamten. Henriette Krebs empfand die Verzögerungen schlichtweg als Schikane. Anni hoffte inständig, dass sich die Probleme mit Ruths Pass heute endgültig lösen würden, denn ihre Tochter sollte bereits in drei Tagen mit dem Kindertransport abfahren. Direkt hinter Anni stand Gerda

Zimmer, mit der sie sich schon ein paarmal unterhalten hatte. Gerda stammte aus dem Westend und wollte ihre Tochter Lore nach England schicken. Ein achtjähriges Mädchen mit hübschen Zöpfen, das sich während der Wartezeit mit Ruth angefreundet hatte. Gerda hatte ein ähnliches Problem wie Anni, auch bei Lore war bei der Ausstellung des Reisepasses irgendetwas schiefgegangen. »Hoffentlich klappt es heute endlich mit den Pässen«, sagte sie zu Anni. »Schon einmal musste ich die Abreise wegen eines fehlenden Dokuments verschieben, und Lores Gastmutter war nicht begeistert davon.«

»Bestimmt läuft jetzt alles glatt«, versuchte Anni zu beschwichtigen. »Sonst wären wir doch heute Morgen nicht angerufen worden.«

»Also bei uns sind jetzt alle Unterlagen vollständig. Ich benötige nur noch die Listen für das Gepäck«, mischte sich eine Frau aus Bornheim in das Gespräch ein, die ebenfalls öfter hier war und sogar für drei Kinder Anträge gestellt hatte. Das Jüngste war gerade einmal ein Jahr alt. Sie war Witwe, denn auch ihr Mann hatte sich nach seiner Rückkehr aus Buchenau das Leben genommen. Er war in den Main gesprungen. »Von einer Gastmutter können wir allerdings noch träumen. Zuerst sollen die Kinder wohl in einem Heim des RCM unterkommen, bis sich eine Familie gefunden hat. Und es kann nicht garantiert werden, dass sie zusammenbleiben können. Ich mache mir solche Sorgen, wie Jule und Martin damit zurechtkommen. Susanne, unser Nesthäkchen, wird die Trennung vermutlich am wenigsten treffen. Wenn ich Glück habe, kann ich die Kinder nach meiner Ankunft in England gleich wieder zu mir nehmen. Aber versprechen können sie es mir natürlich nicht, denn wir dürfen ja nur als Putzfrauen und Hausmädchen arbeiten.« Sie seufzte. Die Frau sprach die Hoffnung aus, die beinahe alle in diesem Treppenhaus hatten. So schnell wie möglich wollten sie ihren Kindern nach England folgen und sich gemeinsam mit ihnen ein neues Leben aufbauen. So viele Schicksale und Geschichten getrennter Familien schwirrten durch dieses Treppenhaus. Die gute Nachricht war, dass sämtliche Kinder die Möglichkeit erhielten, nach England auszureisen. Zeiten und Daten würden noch bekanntgegeben, hieß es in jedem Fall. Für die nicht garantierten Kinder, die noch keiner Gastfamilie oder Schule zugewiesen waren, übernahmen die Quäker die Verantwortung. Es tat gut zu erfahren, dass Lore und Ruth mit demselben Transport fahren würden. Gewiss würde es für Ruth leichter sein, ein bekanntes Gesicht auf der Reise zu haben. Die vertraute Gesellschaft wäre nur leider nicht von Dauer, denn Lore kam zu einer Familie nach London, während es für Ruth in die New Herrlingen School von Anna Essinger nach Bunce Court in Kent ging.

Die Tür vor Anni öffnete sich, und eine Frau mit zwei Kindern an der Hand verließ den Raum. Anni atmete noch einmal tief durch, dann betrat sie das schlicht eingerichtete Büro von Henriette Krebs, die gerade ein Telefonat führte. Anni nahm vor ihrem Schreibtisch Platz und wartete geduldig, bis das Gespräch, das offensichtlich mal wieder mit dem Polizeipräsidium geführt wurde, beendet war.

»Wie schön, dass Sie es so schnell einrichten konnten, zu mir zu kommen, Frau Kluger«, wandte sich Henriette Krebs Anni zu, nachdem sie aufgelegt hatte. »Ich habe gute Nachrichten für Sie. Der Pass Ihrer Tochter ist vorhin von einem Boten bei uns abgegeben worden, weshalb Sie sich den Gang zum Polizeipräsidium sparen können. Ist das nicht wunderbar?« Anni stimmte freudig zu. »Jetzt muss ich ihn in diesem Aktenchaos nur noch finden«, sagte Henriette Krebs. Sie fing an, Akten hochzuheben und zuzuklappen, öffnete Schubladen und blickte auf eine Kommode hinter sich. Anni wurde nervös. Am Ende war der Pass noch verlorengegangen, und die Abreise wäre doch nicht möglich. Doch dann kam der erlösende Ausruf der Sachbearbeiterin. »Da ist er ja. Liegt einfach in dem richtigen Fach für Ausreisepapiere.« Lächelnd reichte sie Anni den Pass. »Damit dürfte alles klar sein. Wie besprochen fährt Ruth in drei Tagen in den Abendstunden ab. Alle weiteren Unterlagen haben Sie ja bereits. Die Anmeldung bei Anna Essinger war erfolgreich, eine positive Rückmeldung der Schule sowie von Ihrem Anwalt liegen vor. Ruths Reise nach England steht also nichts mehr im Weg.« Anni nickte. Endlich war alles Notwendige beisammen. Gerade die Genehmigung vom Anwalt hatte ihr Bauchschmerzen bereitet. Kurz nach ihrem ersten Gespräch mit Frau Krebs in der Hochstraße war sie zu ihm in die Kanzlei gegangen und hatte mit zittrigen Händen ihr Anliegen wegen der Privatschule in England vorgetragen. Sie war fest davon ausgegangen, dass er ihnen Schwierigkeiten machen würde. Doch am Ende war es ganz einfach gewesen. Henriette Krebs hatte dem Anwalt schon vor ihrem Besuch sämtliche Schulunterlagen und ein erläuterndes Schreiben zukommen lassen, weshalb er ohne große Umstände einwilligte, alles zu veranlassen. Die Schulleitung und das RCM hatten sogar die Möglichkeit, weitere finanzielle Mittel für

Ruths Ausbildung bei ihm anzufordern. Mit Erreichen ihrer Volljährigkeit würde Ruth die noch übriggebliebene Summe zur Verfügung gestellt werden. Henriette Krebs hatte wirklich ganze Arbeit geleistet.

»Ich bin so froh, dass jetzt alles geklappt hat«, sagte Anni erleichtert. »Vielen Dank noch einmal für Ihre Bemühungen.«

»Dafür bin ich doch da«, erwiderte Henriette Krebs, während Anni Ruths Reisepass in ihrer Tasche verstaute und aufstand. »Und bitte melden Sie sich bei mir, damit wir auch Ihre Ausreise vorantreiben können. Ich bin mir sicher, dass wir Sie bald nach England bekommen werden.« Sie nickte Anni aufmunternd zu, dann verabschiedete sie sich endgültig, und Anni verließ guten Mutes den Raum.

Doch ihre gute Stimmung hielt nicht lange vor. Schon auf dem Heimweg schlich sich erneut der Gedanke in ihr Bewusstsein, dass sie es womöglich nicht aus Deutschland herausschaffen würde, was ihr die Tränen in die Augen trieb. Die Schulleitung, das ominöse RCM – so viele andere Menschen würden über Ruths Zukunft entscheiden, weil ihre Mutter vielleicht längst tot wäre. Nein, daran sollte sie nicht denken, schalt Anni sich, während sie in der Straßenbahn am Fenster Platz nahm. Ruths Ausreise würde gelingen, und gewiss würde auch sie selbst bald das Land Richtung England verlassen können. Daran galt es festzuhalten, und an nichts anderem.

Als drei Tage später die Zeit zum Aufbruch endgültig gekommen war, schien selbst der Himmel Ruths Abreise nicht wohlgesinnt zu sein, denn er öffnete genau in dem Moment, als sie das Haus verlassen wollten, seine Schleusen, und es begann fürchterlich zu schütten. Hastig zogen sie sich in den Hausflur zurück.

»Das auch noch«, fluchte Anni. Hinter ihnen war das vertraute Geräusch von Hiltrud Meisers Tür zu hören.

»Ach, die Frau Kluger und Ruth.« Hiltruds Blick fiel auf Ruths Koffer. »Sie wollen doch nicht etwa verreisen.«

»Ruth fährt für ein paar Tage zu einer Freundin aufs Land«, log Anni. Sie kam sich schäbig vor, denn Hiltrud Meiser hatte es nicht verdient, belogen zu werden. Sie nahm sich vor, ihr nach Ruths Abreise alles in Ruhe zu erklären.

Ruth beeilte sich zu nicken. Die Nachbarin sah von Anni zu Ruth, dann auf den Koffer.

Ihr Blick sagte alles. Sie hatte Annis Lüge durchschaut, sagte aber nichts.

»Ein paar Tage aufs Land. Was für eine wunderbare Idee.« Sie wandte sich Ruth zu. »Das wird bestimmt eine aufregende Zeit, mein Kind.« Ihre Worte klangen freundlich, doch ihre Miene blieb ernst. »Dann werden Sie in den nächsten Tagen öfter allein sein, Frau Kluger.« Ihre Stimme klang unverbindlich. »Vielleicht möchten Sie mal auf einen Tee vorbeischauen. Ich würde mich freuen.«

Anni stimmte erleichtert zu. Hiltrud Meiser hatte einen guten Weg gefunden, die Freundlichkeit ihren jüdischen Nachbarn gegenüber zu tarnen. In der Öffentlichkeit ließ sie ab und an eine unfreundliche Bemerkung fallen und schimpfte durchaus einmal lautstark auf der Straße. Auch war sie in die Partei eingetreten, was ihr, wie sie Anni gegenüber einmal erwähnte, ein sicheres Gefühl gab. Sie half im Stillen. Sie brachte Anni Einkäufe mit und schenkte Ruth

Schokoladenkekse. Auf sie war Verlass. Auch jetzt verstand sie, warum Anni nicht offen sein konnte.

»Ich geh schnell zwei Schirme holen«, wandte sich Anni an ihre Tochter. »Warte hier.« Anni lief die Treppe nach oben. Frau Meiser zwinkerte Ruth kurz zu und verschwand in ihrer Wohnung. Mit einer braunen Papiertüte in den Händen kam sie wieder heraus und reichte sie Ruth mit den Worten: »Wegzehrung für die Fahrt.«

Ruth schaute in die Tüte. Sie war bis obenhin mit Keksen gefüllt. Artig bedankte sie sich. Im ersten Stock klappte eine Tür. Schritte waren auf der Treppe zu hören, und Heinrich Gabler tauchte auf. Er trug Uniform und den üblichen dunklen Regenmantel darüber. Ruth wich instinktiv vor ihm zurück, obwohl er stets nett zu ihr war. Er grüßte freundlich. Sein Blick fiel auf Ruths Koffer, auf dem ein Schild mit ihrem Namen angebracht war.

»Das junge Fräulein verreist«, sagte er. »Wo soll es denn hingehen?«

Ruth blickte zu ihrer Mutter, die hinter ihm die Treppe heruntergekommen war.

»Aufs Land«, antwortete Anni knapp. Ihre Stimme klang kühl. Heinrich wandte sich ihr zu.

»Wie schön. Ich würde auch gern der Stadt entfliehen. Aber die Arbeit ...« Er bemühte sich um ein Lächeln und öffnete die Haustür. »Die Damen. Es war mir wie immer ein Vergnügen.«

Annis Herzschlag beruhigte sich. Jedes Mal, wenn sie ihm begegnete, zuckte sie innerlich zusammen. Der Nachbar bei der Gestapo, der immer freundlich zu ihr war und den es trotzdem zu fürchten galt.

»So ein netter Mann«, murmelte Frau Meiser. »Ein Jammer ist das.« Sie wusste gar nicht, wie sie damit Anni aus dem Herzen sprach, die Ruth einen der Regenschirme reichte.

»Jetzt müssen wir aber wirklich los. Sonst fährt der Zug ohne dich ab.« Sie stupste ihrer Tochter auf die Nase, und die beiden verabschiedeten sich von Hiltrud.

Noch immer schüttete es wie aus Kübeln, ein paar Schneeflocken mischten sich unter den kalten Regen. Von Frühling konnte in diesem Jahr noch keine Rede sein. Als sie auf die Straße traten, stand dort das Auto von Heinrich Gabler. Er saß am Steuer und kurbelte die Fensterscheibe herunter.

»Ich nehme an, Sie möchten zum Bahnhof. Steigen Sie schnell ein. Ich bringe Sie.« Er deutete nach hinten. Anni war von seinem Angebot vollkommen überrumpelt. Ungläubig starrte sie ihn an, unfähig zu antworten. Hatte er ihnen tatsächlich angeboten, sie zum Bahnhof zu fahren?

»Was denn jetzt?« Seine Stimme klang ungeduldig. Anni nickte. Das Angebot abzulehnen getraute sie sich nicht. Hastig öffnete sie die Hintertür des Wagens, und die beiden kletterten auf den Rücksitz. Sie fuhren los. Niemand sprach. Annis Herz pochte heftig. Sie griff nach Ruths Hand und drückte sie fest. Sie überholten die Straßenbahn, hielten an roten Ampeln, der Regen ging endgültig in Schnee über. Am Groß-Frankfurt dachte Anni an Georgina. Heute verbrachte er einen weiteren Abend hinter der funkelnden Theke mit seichter Unterhaltungsmusik, die er hassen würde, dachte sie wehmütig. Erst vorgestern hatten sie sich zufällig in der Goethestraße getroffen, wo sie für Ruth einen neuen Koffer im Ausverkauf erstanden hatte. Sie waren in einem kleinen Café gelandet. Georgina kannte die Besitzerin, was Anni beruhigt hatte, denn normalerweise war ihr längst in sämtlichen Cafés der Zutritt als Jüdin verboten. In der hintersten Ecke hatten sie sich verkrochen und geredet. Georgina hatte vom Barberina erzählt, Anni von Ruths Reise nach England. Es hatte gutgetan, mit ihm zu reden. Wie sehr sie es vermisste, ihn regelmäßig zu sehen, dachte sie wehmütig.

»Dann hat das mit dem Reisepass also doch noch geklappt«, riss Heinrich sie aus ihren Gedanken, während sie am Uhrtürmchen in der Kaiserstraße vorbeifuhren.

»Frau Tapert ist manchmal zu genau, wenn es um Aktenvermerke oder fehlende Unterlagen geht«, redete er weiter. »Die fehlende Kopie war für das Ausstellen des Passes wirklich nicht relevant.«

»Frau Tapert«, wiederholte Anni perplex. Der Wagen hielt an einer roten Ampel. Heinrich drehte sich zu ihnen um.

»Die Quäker werden schon länger überwacht. Als ich hörte, um welchen Fall es geht ...«

Anni verstand. Die Telefone der Quäker wurden abgehört. Wie hätte es auch anders sein können. Eine Vereinigung wie diese stand natürlich im Visier der Gestapo.

»Ich dachte, ich könnte helfen«, sprach er weiter. »Früher war ich Leiter der Passabteilung. Daher war es nicht schwer, Frau Tapert davon zu überzeugen, den Reisepass für Ruth auszustellen.« Längst hatte er sich wieder der Straße zugewandt. Der Hauptbahnhof kam in Sicht. Sie hielten auf dem Seitenstreifen vor einem der Nebeneingänge.

Er drehte sich erneut um und sagte zu Ruth: »Ich wünsche dir eine gute Reise. England ist ein wunderschönes Land. Dort wird es dir gefallen.«

Anni konnte es nicht glauben. Er hatte ihnen geholfen.

Heinrich Gabler, der Gestapobeamte, der Hermann Sommer abgeführt hatte. Sie war fassungslos. Er erriet ihre Gedanken.

»Es ist, wie es ist. Jeder bekommt in diesem Spiel seinen Platz zugeteilt, und wir müssen uns an die Regeln halten. Nur ab und an gibt es ein wenig Spielraum.« Sie fing seinen Blick auf und verstand. Hiltrud Meiser war in der Partei, Heinrich Gabler Mitglied der Gestapo. Sie schwammen im Strom mit, tarnten sich in diesem unerbittlichen System. Jeder hatte seinen Platz in Hitlers Welt. Ihrer war am Ende der Nahrungskette. Sie griff nach Ruths Hand, bedankte sich für die Hilfe und öffnete die Autotür.

Als sie auf dem Gehweg standen, blickte Anni seinem Wagen so lange hinterher, bis er nicht mehr zu sehen war, dann betraten sie die Bahnhofshalle. Eine große Gruppe Eltern mit Kindern hatte sich bereits versammelt. Anni und Ruth tauchten in das Getümmel ein. Trotz der vielen Kinder war es erstaunlich ruhig, es herrschte eine bedrückte Stimmung. In der Menge entdeckten sie Gerda Zimmer mit Lore, die Ruth zuwinkte. Anni und Ruth gingen zu ihnen hinüber. Gerda Zimmer sah mitgenommen aus. Dunkle Ringe lagen unter ihren verweinten Augen. Sie hielt Lores Hand und sagte zu Anni: »Sie müssen Ruth bei der Dame mit dem blauen Mantel anmelden, die dort auf der Bank sitzt. Von ihr bekommt sie auch ihre Fahrkarte.«

Anni nickte. Sie wollte sich mit Ruth an der Hand in Bewegung setzen, doch das Mädchen hielt sie zurück.

»Ich kann doch bei Lore bleiben, oder?«, fragte sie arglos.

»Aber sicher«, erwiderte Anni und ließ Ruths Hand los. Es fühlte sich sonderbar an. Als würde sie in diesem Augenblick einen Teil von sich verlieren. Ruth wollte nicht an ihrer Seite, sondern bei jemand anders bleiben. Anni tat den Gedanken ab. Für Ruth sollte es ein guter Abschied werden. Nur für eine Weile, hatte sie in den letzten Tagen immer wieder gesagt. Sie konnte jetzt nicht in Tränen ausbrechen, sondern musste stark sein. Für Ruth begann heute das Abenteuer England, ein neues Leben. Dort würde es ihr gutgehen, und die ständige Angst um ihre Tochter hätte endlich ein Ende. Anni stellte sich in die Reihe der Eltern, die ebenfalls ihr Kind anmelden wollten, und blickte um sich. Gleich neben ihr redete eine Mutter wie ein Wasserfall auf ihren Sohn ein, Anni schätzte ihn auf vier.

»Sei schön artig, nicht mäkeln beim Essen, sag brav guten Tag, und spring nicht in Pfützen. Und es wird sich nicht geprügelt, hörst du!« Der Junge sah bekümmert aus, seine Augen waren gerötet. Er nickte stumm. Nun brach die Mutter in Tränen aus und zog ihn an sich. Neben den beiden stampfte ein kleines Mädchen, nicht älter als drei, trotzig mit dem Fuß auf und verschränkte die Arme vor der Brust.

»Ich will nicht mit dem doofen Zug fahren. Ich will lieber in den Zoo.«

Ihr Vater redete mit Engelszungen auf sie ein, doch sie war nicht vom Zoo abzubringen. Sie wolle zu den Elefanten, die habe sie so gern. Hinter Anni stand eine Frau mit einem einjährigen Jungen auf dem Arm. Sie sah die Kleine mitleidig an und sagte: »Ich kann sie gut verstehen. Ich würde auch lieber in den Zoo gehen.«

Anni verstand, was die Frau damit sagen wollte. In den Zoo gehen, Normalität erleben, irgendetwas, nur nicht an einem Bahnhof stehen und sein Kind fortschicken müssen.

Anni kam an die Reihe. Sie nannte der Frau, die sich als Frau Querfurt vorstellte, Ruths Namen und reichte ihr die Fahrkarte. Frau Querfurt hakte Ruths Namen auf der Liste ab. Anni trat zur Seite. Die Frau mit dem Kleinkind trat nach vorn. Auch sie nannte den Namen des Kindes, und Frau Querfurt reichte ihr eine Fahrkarte. Der Kleine auf ihrem Arm hatte lautstark zu zetern begonnen. Anni wandte sich ab. Nicht umsehen, niemanden beachten, nur ihre Tochter sollte sie im Blick haben. Sie schob sich durch die Menge und versuchte, den Anblick der anderen Eltern, von denen viele völlig aufgelöst waren, auszublenden. Auch viele Väter weinten. Sie dachte an Johann und versuchte, sich sein Gesicht in Erinnerung zu rufen. Wäre er noch am Leben, so vieles fiele ihnen leichter. Zu zweit war jede Last erträglicher. Zukünftig wäre sie ganz allein, dachte sie. Ihr Blick wanderte zu Ruth, die sich lachend mit Lore unterhielt. Ihr schien der Abschied nicht sonderlich schwerzufallen, worüber Anni sich freuen sollte. Aber sie brachte es nicht fertig. In wenigen Minuten würde ihr Kind mit den anderen zum Bahnsteig gehen und vielleicht für immer aus ihrem Leben verschwinden. Tränen stiegen in ihre Augen. Sie wischte sie hastig ab und atmete tief durch. Jetzt nicht nachgeben. Sie musste stark bleiben, für Ruth, für sich selbst. Es war nur für eine Weile. Bald schon würde sie Ruth nach England folgen. Henriette Krebs hatte gesagt, die Schweiz sei ebenfalls eine Option, auch wenn sie Ruth dann nicht so schnell wiedersehen würde. Aber dort wäre sie in Sicherheit. Wenn nur das Geld nicht wäre. Die Städtischen Bühnen hatten ihr jetzt ebenfalls das Ruhegeld gekürzt. Ohne die Witwenrente von Johann würde es gar nicht mehr gehen. Henriette

Krebs hatte ihr zu einem Umzug in eine kleinere Wohnung geraten, um Geld zu sparen. Dazu hatte sie sich bisher noch nicht durchringen können, denn ihre Wohnung war ihr Rückzugsort. Im Haus kannte sie jeder. Niemand mied sie oder behandelte sie schlecht. Auch das neu eingezogene junge Ehepaar aus dem Erdgeschoss war stets freundlich zu ihr. Die junge Frau hatte sogar einmal hinter vorgehaltener Hand zu Frau Meiser gesagt, dass sie den Umgang mit den Juden schrecklich fände. Von diesen Nachbarn hatte sie nichts zu befürchten, und wie es aussah, noch nicht einmal von Heinrich Gabler. Nein, sie würde die vertraute Umgebung nicht aufgeben. Es fehlte nicht mehr viel, und sie hatte das Geld zusammen. Vielleicht könnte sie noch ein paar Möbel verkaufen. Die alte Standuhr der Großmutter, den schweren Schreibtisch aus Kirschbaumholz, der bei ihr im Schlafzimmer stand und verstaubte. Sie würde auf einer Matratze schlafen und in leeren Zimmern leben, Hauptsache, sie könnte ihrer Tochter bald folgen. Sie fischte ein Taschentuch aus ihrer Manteltasche, wischte sich die Augen trocken und ging, um ein Lächeln bemüht, zurück zu Ruth und den anderen.

»So, das wäre erledigt«, sagte sie und wandte sich ihrer Tochter zu. »Frau Querfurt heißt die Dame. Sie meinte, es würde gleich zum Bahnsteig gehen.«

Kaum hatte sie die Worte ausgesprochen, bat Frau Querfurt auch schon um Aufmerksamkeit. Sie war auf eine der Bänke gestiegen, damit sie von allen Eltern gesehen wurde.

»Liebe Eltern«, sagte sie. »Langsam wird es Zeit, sich von Ihren Kindern zu verabschieden. Der Zug fährt in fünfzehn Minuten ab, und jedes Kind muss sich noch seinen Platz suchen und sein Gepäck verstauen. Wie angekündigt, möchte ich Sie darauf hinweisen, dass Sie sich hier und jetzt von Ihrem Kind verabschieden müssen und nicht auf den Bahnsteig mitkommen können. Sie kennen die Regeln.« Ihre Stimme klang verbindlich, sie lächelte. Anni schluckte. Erneut schlichen sich Tränen in ihre Augen. Sie durfte nicht weinen. Ruth sollte sie fröhlich in Erinnerung behalten. Sie ging vor ihrer Tochter in die Hocke und wollte etwas sagen, wurde aber unterbrochen.

»Da seid ihr ja. Und ich dachte schon, ich wäre zu spät gekommen.« Anni drehte sich um. Georgina stand vor ihr.

»Georgina«, rief Ruth laut und fiel dem Garderobier lachend um den Hals. Er schloss sie in die Arme und drückte sie fest an sich. Dann schob er sie eine Armlänge von sich und musterte sie von oben bis unten. »Blauer Wollmantel, beigefarbener Schal, passende Mütze. Das perfekte Outfit für England, würde ich sagen. Allerdings fehlt noch eine Kleinigkeit.« Er zwinkerte ihr zu und fischte eine lilafarbene Federboa aus einer mitgebrachten Tasche, die er Ruth lächelnd um den Hals wickelte. »Ohne lilafarbene Federboa kannst du unmöglich verreisen.«

Mit strahlenden Augen fiel sie ihm erneut um den Hals. Anni wusste nicht, was sie sagen sollte. Er löste sich aus der Umarmung, legte den Arm um Anni und drückte sie fest an sich.

»Unser Garderobenmädchen fährt nach England. Da muss ich mich doch von ihr verabschieden.« Er klopfte Ruth auf die Schulter, während sich Anni eine Träne aus dem Augenwinkel wischte. Unser Garderobenmädchen, dachte Ruth. Nur Georgina nannte sie so, was sich gut anfühlte

und die Erinnerung an eine vergangene Zeit in ihr hoch-
kommen ließ, in der sie beinahe jeden Tag von Federboas
und Funkelkleidern umgeben gewesen war. Vermutlich
wäre sie es für den Rest des Lebens nicht mehr. Wieder war
die laute Stimme von Frau Querfurt zu hören, die zum Aufbruch mahnte. Anni sank erneut vor Ruth in die Hocke und
drückte sie fest an sich. Jetzt weinte sie doch. Sie spürte die
weichen Federn der Boa auf ihrer Wange und atmete Ruths
Geruch tief ein. Niemals durfte sie vergessen, wie ihre Tochter duftete.

»Ich hab dich lieb, hörst du. Das darfst du niemals vergessen. Mama hat dich unendlich lieb.«

»Ich dich auch, Mama«, hörte sie Ruth sagen. Anni wollte
ihre Tochter nicht loslassen, es tat zu weh.

»Ich werde jeden Abend unser Jankele singen. Versprich
mir, dass du es auch singen wirst. Dann denken wir aneinander. Dieses Lied wird uns immer aneinander erinnern.«

»Das werde ich machen, Mama. Ganz bestimmt«, erwiderte Ruth, die ebenfalls zu weinen begonnen hatte.
Georgina war derjenige, der die beiden voneinander trenn-
te. Er zog Anni hoch, legte den Arm um sie, hob Ruths Koffer vom Boden auf und ging mit ihnen gemeinsam die wenigen Meter zu der Kindergruppe am Ende der Bahnhofshalle,
die auf die letzten Nachzügler wartete. Er übergab Ruth den
Koffer, drückte sie noch einmal fest an sich und wünschte
ihr Glück.

Auch das letzte Kind erreichte jetzt die Gruppe. Es war
ein zweijähriges Mädchen, das einer der Betreuerinnen von
ihrem Vater übergeben wurde. Frau Querfurt blickte noch
einmal in die Runde und bat die Kinder, ihr zu folgen. Ruth

lief neben Lore. Anni hob die Hand und winkte. Ruth winkte zurück. Sie lächelte. Dann verschwand die kleine Gruppe aus ihrem Sichtfeld. Anni eilte, wie ein Großteil der Eltern, ans Ende der Eingangshalle, um noch einen letzten Blick auf Ruth zu erhaschen. Der Zug würde von Gleis fünf abfahren. Die Kinder erreichten den Bahnsteig und kletterten in die Waggons. Die ersten Eltern machten sich auf den Heimweg, die meisten aber blieben am Ende der Eingangshalle stehen, einige winkten, viele weinten. Eine kleine Gruppe wagte sich doch ans Gleis, wurde aber von SA-Männern zurückgehalten. Eine Frau brach laut schluchzend vor ihnen zusammen. Immer wieder rief sie den Namen ihrer Tochter. Ihr Mann half ihr hoch und führte sie fort. Norbert legte den Arm um Anni und zog sie an sich. Dankbar lehnte sie den Kopf gegen seine Schulter. Was für ein Glück, dass er gekommen war. Anni musste diesen Moment nicht allein durchstehen. Sämtliche Kinder waren jetzt eingestiegen. Die Türen der Waggons schlossen sich. Der Schaffner hob seine Kelle, und der Zug setzte sich in Bewegung. Stumm beobachtete Anni, wie er aus dem Bahnhof rollte und aus ihrem Sichtfeld verschwand.

»Jetzt ist sie fort«, sagte sie leise.

»Komm«, sagte Georgina. »Wir gehen zu mir. Heute Nacht sollst du nicht allein sein. Ich habe Wein zu Hause. Einen anständigen Tropfen aus dem Rheingau.«

Verwundert schaute Anni Georgina an.

»Und was ist mit der Barberina?«

»Was soll damit sein? Einen Abend werden die ohne ihren Norbert auskommen. Heute Abend bin ich Georgina und sonst niemand.«

Er zog Anni Richtung Ausgang. Ohne Widerworte ließ sie sich von ihm über den Bahnhofsplatz zur Straßenbahn führen.

»Für unser Garderobenmädchen beginnt jetzt ein neues Leben – was gut ist, was wir feiern sollten.«

Anni deutete ein Nicken an. Nach Feiern stand ihr weiß Gott nicht der Sinn. Die Straßenbahn kam.

»Wir können unseren Kummer aber auch einfach im Wein ertränken«, sagte er, während sich die Türen öffneten und er Anni die Stufen hinaufhalf. »Die Entscheidung liegt bei dir.«

*

Ruth blickte aus dem Fenster in die Dunkelheit. Die Fahrt würde die ganze Nacht dauern. Lore hatte sie am Bahnsteig aus den Augen verloren, was sie bedauerte. Neben ihr saß das dreijährige Mädchen, das lieber in den Zoo gegangen wäre, ihr gegenüber ein vierzehnjähriger pausbäckiger Junge, der sich als Dieter vorstellte und nichts Besseres zu tun hatte, als Schauergeschichten zu erzählen.

»Ist wirklich wahr. Am Grenzübergang in Holland kontrolliert der deutsche Zoll. Es sollen schon Kinder aus dem Zug geholt worden sein, weil Papiere fehlten.«

»So etwas Ähnliches habe ich auch gehört«, stimmte ihm ein weiterer Junge zu, dessen Name Ruth nicht kannte. »Erst wenn wir in Holland sind, sind wir sicher.«

»Ich wollte aber gar nicht nach Holland«, mischte sich das kleine Mädchen neben Ruth, ihr Name war Christa, in das Gespräch ein. »Ich wollte lieber in den Zoo.«

»Da hör sich einer den Dummkopf an. In den Zoo will

sie gehen, wo sie kleine jüdische Mädchen den Löwen zum Fraß vorwerfen.«

Dieter zog eine Grimasse, und Christa fing zu heulen an. Ruth warf dem Burschen einen wütenden Blick zu und legte beschützend den Arm um Christa, die sich instinktiv an sie kuschelte.

»Musste das jetzt sein?«, sagte Ruth schnippisch.

Dieter wollte etwas erwidern, wurde aber von Frau Querfurt unterbrochen, die die boshafte Bemerkung mitangehört hatte.

»Gewiss nicht. Noch so eine Aussage, und wir setzen dich in Köln am Bahnhof ab und nehmen an deiner statt ein anderes Kind mit besseren Manieren mit.« Dieter wurde blass.

»Aber ... das können Sie doch nicht machen«, stammelte er.

»Was ich machen kann, entscheide ich ganz allein«, antwortete die Betreuerin gelassen und strich Christa über die blonden Locken.

»Beruhige dich, meine Kleine. Alles wird gut werden. Ich habe gehört, dass es in London einen wunderbaren Zoo gibt. Bestimmt wirst du ihn mal besuchen dürfen.« Sie wandte sich Ruth zu. »Es wäre nett, wenn du ein wenig auf die Kleine achten könntest.« Ruth nickte und blickte zu Dieter, der eine Grimasse zog.

»War nicht so gemeint.«

»Dann halt besser deinen Mund«, antwortete Ruth. Sie wandte sich Christa zu und fragte: »Welches Tier im Zoo hast du denn am liebsten?«

»Die Elefanten«, erwiderte die Kleine leise.

»Die hab ich auch gern«, sagte Ruth. »Aber auch die Seehunde sind lustig. Hast du mal gesehen, dass sie sogar Ball spielen können?«

»Ja! Und die Affen«, sagte Christa. »Die klettern so toll.«

Ruth merkte, dass es ihr guttat, sich um die Kleine zu kümmern.

»Glaubst du, in dem Zoo in London gibt es auch Elefanten?«, fragte Christa.

»Bestimmt«, erwiderte Ruth. »London soll eine riesengroße Stadt sein, viel größer noch als Frankfurt. Bestimmt gibt es im Zoo einer so großen Stadt ganz viele Elefanten.«

Christas Augen weiteten sich.

»Du solltest ihr keine Versprechungen machen, die du nicht halten kannst«, mischte sich ein älteres Mädchen in das Gespräch ein. »Weißt du, ob sie wirklich nach London kommt? Am Ende landet sie in irgendeinem winzigen Kaff und sieht ihr ganzes Leben keinen Elefanten mehr.«

»Bestimmt sehe ich bald einen«, antwortete Christa. »In einem richtigen Zoo, wie in Frankfurt.« Ihre Augen füllten sich mit Tränen. Ruth warf dem Mädchen einen strafenden Blick zu. Dieses ruderte zurück.

»Entschuldigung.« Sie stupste Christa in die Seite. »Bestimmt siehst du bald einen Elefanten und noch viel mehr Tiere.« Christas Laune besserte sich durch das Einlenken des Mädchens nicht. Sie vergrub den Kopf in Ruths Schoß und schluchzte los. Seufzend streichelte Ruth der Kleinen über den blonden Lockenkopf. Der Frankfurter Zoo. Früher war sie öfter mit ihrer Mutter hingegangen. Doch auch hier war den Juden schon vor einigen Jahren der Zutritt verweigert worden. Es wunderte sie, dass Christa den Zoo und die Elefanten überhaupt noch kannte. Vielleicht war sie ein

Mischlingskind wie sie selbst. Einen nichtjüdischen Vater mit seiner Tochter wiesen sie bestimmt nicht ab. Christas Schluchzen wurde mit der Zeit leiser und ihr Atem gleichmäßiger.

»Sie ist eingeschlafen«, sagte Ruth leise zu dem Mädchen. »Gut so«, erwiderte sie. »Ich bin Hanna, und wie heißt du?« Ruth nannte ihren Namen.

»Und?«, fragte Hanna. »Wo wird deine Reise hingehen?«

»In eine Schule nach Kent«, erwiderte sie.

»Also nicht nach London zu den Elefanten«, sagte Hanna und zwinkerte ihr lächelnd zu. Ruth lächelte zurück.

»Ich komme nach Oxfordshire«, sagte Hanna. »Zwei ältere Damen haben sich bereit erklärt, mich aufzunehmen. Angeblich wohnen sie in einer Art Schloss mit einem riesengroßen Garten. Es heißt Wallingford Hall. Freunde meiner Eltern haben das für mich organisiert.«

»Hört sich gut an«, erwiderte Ruth.

»Ehrlich gesagt, fürchte ich mich ein wenig davor. Zwei alte Frauen in einem riesengroßen Haus. Mir wäre eine Familie lieber gewesen. Kinder mit richtigen Pflegeeltern. Gewiss werde ich dort sehr einsam sein.«

»Spukt es in solch alten Kästen nicht oft? Da rennen doch immer irgendwelche Gespenster von Earls und Rittern der Tafelrunde durch die Gänge und rasseln mit den Ketten«, mischte sich Dieter in das Gespräch ein.

»Aber sicher doch.« Ruth warf Dieter einen giftigen Blick zu. »Und Schweine können fliegen.«

Dieter zog eine Grimasse.

Hanna lächelte. »So was werde ich vermissen. Mein Cousin, der vor zwei Wochen mit einem Kindertransport nach

England gereist ist, ist bei einer Familie in Liverpool untergekommen. Er hat mir geschrieben, dass er sich schon mit den drei Kindern der Gastfamilie angefreundet hat.«

»Ich kann dich gut verstehen«, mischte sich erneut Frau Querfurt in das Gespräch ein, die ständig durch die Waggons lief und alles im Blick zu haben schien. »Vielleicht ist nicht jede Unterbringung auf den ersten Blick passend. Aber ihr dürft nicht vergessen, dass ihr Glückskinder seid. In England erwartet euch ein Leben in Sicherheit. Ihr könnt wieder zur Schule gehen, müsst keine Angst mehr haben. Und vielleicht sind die beiden alten Damen sehr liebenswert.« Sie nickte Hanna aufmunternd zu. »Und wer kann schon von sich behaupten, in einem richtigen Schloss leben zu dürfen? Gespenster hin oder her.« Sie warf Dieter einen kurzen Blick zu, lächelte aber. Trotzdem zog er den Kopf ein und murmelte eine Entschuldigung.

Frau Querfurts Blick fiel auf die schlafende Christa.

»Das kleine Mädchen hier hat noch niemanden, der es aufnimmt. Wir hoffen, es wird sich bald jemand finden.« Sie strich Christa über die blonden Locken, seufzte hörbar und ging weiter. Ruth blickte zu Hanna. Keine von beiden sagte ein Wort. Frau Querfurts Worte trafen selbst Dieter, der sagte: »Wie schrecklich. Hoffentlich findet sie eine Familie.«

Ruth brachte es nicht fertig, ihm Antwort zu geben, und nickte stumm. Ihr müsst keine Angst mehr haben, wiederholte sie die Worte von Frau Querfurt im Kopf. Ihre Mutter war zurückgeblieben. Für sie begann kein neues Leben in England. Sie musste weiterhin Angst haben und zu den Quäkern laufen, in der Hoffnung, ein Permit zu bekommen. Die heiß ersehnte Ausreise, am Ende würde sie ihr vielleicht nicht gelingen. Sie blickte aus dem Zugfenster in die Dunkelheit. Regentropfen liefen die Scheibe hinunter. Hell erleuchtete Fenster und Straßenlaternen flogen an ihr vorüber. Auf einer Straße neben den Gleisen fuhren wenige Autos. Mama hatte in den letzten Wochen immer wieder dieselben Sätze gesagt. Ich komme bald nach. Es ist nur für eine Weile. Wie ein Mantra hatte sie das ständig wiederholt. Sie hatte Ruth den Abschied leichtmachen wollen. Einen Abschied, der für immer sein könnte, wie Ruth mit einem Schlag bewusst wurde. Sie schluckte. Tränen schlichen sich in ihre Augen. Sie blinzelte sie weg. Dieter sollte sie nicht weinen sehen, niemand sollte das. Ihr seid Glückskinder, hatte Frau Querfurt gesagt. Was galt dann für die anderen? Hatten sie eben einfach Pech und mussten weiterhin in Angst leben? Sie lehnte den Kopf zur Seite und schloss die Augen. Sie durfte den Gedanken nicht zulassen. Ihre Mutter würde es schaffen und nach England kommen. Und vielleicht würde es ja auch in Deutschland wieder besser werden. Irgendwann mussten sie doch wieder nach Hause gehen. Bald schon würde alles gut werden. Mit diesen Gedanken im Kopf schlief sie ein.

Sie erwachte erst wieder, als der Zug stehenblieb. Wie lange hatte sie geschlafen? Ihr Blick wanderte aus dem Fenster. Es war noch immer dunkel. Christa war ebenfalls aufgewacht, streckte sich gähnend und fragte: »Warum halten wir? Sind wir etwa schon da?«

»Wir sind an der Grenze«, sagte Hanna. Im nächsten Moment betraten schon Männer in schweren Stiefeln das Abteil. Ruths Herz pochte heftig. Die deutsche Zollkontrolle. Frau Querfurt hatte ihnen eingeschärft, ruhig zu bleiben.

Ruth sah zu Dieter. Er war leichenblass. Mit zittrigen Händen umklammerte er seinen Koffer. Ruth umfing mit den Fingern die lilafarbene Federboa, die sie noch immer um den Hals trug. Sie war auf keiner Gepäckliste vermerkt. Was war, wenn einer der Männer sie darauf ansprechen würde? Christa drückte sich eng an sie. Ruth griff nach ihrer Hand und hielt sie fest. Doch es geschah nichts. Die Männer würdigten sie kaum eines Blickes. Sie eilten durch die Abteile, wechselten ab und an ein Wort miteinander, dann war es vorbei. Als sich der Zug wieder in Bewegung setzte, brach spontaner Jubel aus. Sie hatten es geschafft und Deutschland hinter sich gelassen.

Ein Stück weiter hielten sie erneut. Holländerinnen betraten das Abteil, wunderbar wohlgenährte Frauen, die heiße Milch, Orangensaft und Butterbrote an die Kinder verteilten. Die Stimmung war großartig, als der Zug von neuem anrollte. Die nächtlichen Sorgen, der Abschiedsschmerz von den Eltern, alles schien mit einem Schlag verschwunden zu sein. Ruth nahm Christa auf den Schoß, und sie spielten Klatschreime. Als es hell wurde, bewunderten sie gemeinsam die vor dem Fenster vorüberziehende Landschaft. Unendliche Weiten, Windmühlen, schwarz-weiß gefleckte Kühe, riesige Schafherden und Pferde gab es zu sehen. Sogar die Sonne lugte zwischen den Wolken hervor und tauchte die noch graue Landschaft in warmes Licht. Bald darauf erreichte der Zug Hoek van Holland in Rotterdam. Von dort aus sollte es mit der Fähre an die Ostküste Englands nach Harwich gehen. Der große Hafen mit seinen vielen Schiffen beeindruckte Ruth. Der Himmel hatte sich zugezogen. Wind, der kalten Nieselregen mitbrachte, peitschte die Wellen auf und rüttelte an ihrem Mantel. Sie fror. Es roch nach Schlick, die Möwen kreischten. Sie standen dicht gedrängt an der Hafenmole und warten darauf, die Fähre, in Ruths Augen ein riesengroßes Schiff, betreten zu dürfen. Frau Querfurt lief, eine Liste in der Hand, hektisch zwischen den Kindern auf und ab. Immer wieder zählte sie durch, wiederholte Namen, gab Anweisungen. Ruth stand neben Hanna, Christa an der Hand. Für Hanna würde es in England mit dem Zug weiter nach London gehen, wo sie am Bahnhof abgeholt werden sollte, wie die meisten Kinder. Sie selbst und Christa würden erst einmal in der Nähe der Küste in einer Art Ferienlager bleiben. Für Ruth war das Lager nur eine Zwischenstation. Frau Querfurt hatte ihr vorhin erklärt, dass Anna Essinger dort alle zwei bis drei Tage vorbeikäme, um die ihr zugeteilten Kinder abzuholen.

Kurz bevor sie das Schiff betraten, klatschte Frau Querfurt in die Hände und bat um Aufmerksamkeit. Sie verabschiedete sich von den Kindern, denn sie würde sie nicht auf die Insel begleiten. Ihr Weg führte sie zurück nach Frankfurt. Sie sprach noch einige Ermahnungen aus und wünschte allen viel Glück für ihren weiteren Weg. Eine Engländerin namens Barnes würde sie den restlichen Weg begleiten. Nachdem Frau Querfurt zurückgetreten war, stellte sich Mrs Barnes, eine dickliche Person mit Nickelbrille und grauem Haar, mit knappen Worten auf Deutsch vor, dann bedeutete sie den Kindern, ihr auf die Fähre zu folgen.

Wenig später beobachtete Ruth aus einem der hinteren Fenster, wie der holländische Hafen mit seinen vielen Schiffen immer kleiner wurde. Möwen flogen an ihrem Fenster vorüber. Das Meer war grau und unruhig. Die Fähre schaukelte stark. Sie musste sich an einem Haltebügel neben der Bank festhalten, um nicht zur Seite zu rutschen. Christa saß neben ihr und klammerte sich an ihrem Arm fest.

»Es wackelt so«, kommentierte sie das Auf und Ab.

»Das kannst du laut sagen, Kleine«, sagte ein braunhaariges Mädchen mit dicker Brille, das neben ihnen auf der Bank saß. »Mir wird schon ganz übel.«

»Das nennt man Seekrankheit«, sagte ein rothaariger Junge. »Wärst nicht die Erste, die auf so einer Fahrt kotzt.« Er grinste breit und zeigte eine Zahnlücke. »Mein Onkel ist bei der Marine. Er sagt immer, am Anfang kotzen sie alle.«

Ruth warf dem braunhaarigen Mädchen einen prüfenden Blick zu. Sie war tatsächlich etwas blass um die Nase. Hoffentlich würde sie sich nicht übergeben müssen. Das konnte sie jetzt wirklich nicht gebrauchen.

Ruths Hoffnungen blieben unerfüllt. Das braunhaarige Mädchen, das Marianne Gruber hieß und aus München stammte, übergab sich während der Fahrt gleich mehrfach. Gott sei Dank war das Personal der Fähre auf solche Fälle eingerichtet und hatte Tüten verteilt. Marianne blieb nicht das einzige Wellenopfer während der Überfahrt, die sich endlos hinzuziehen schien. Unzähligen Kindern erging es nicht viel besser. Sie selbst und Christa blieben glücklicherweise von größeren Übelkeitsattacken verschont, was einem Wunder gleichkam, denn der komplette Raum war von dem säuerlichen Geruch des Erbrochenen erfüllt. Am Abend, Ruth und Christa waren trotz der ständigen Schaukelei und der Unruhe im Saal irgendwann eingeschlafen, erreichten sie endlich Harwich. Vollkommen erschöpft kletterte Ruth mit zwei Koffern beladen und Christa an der Hand an Deck und beobachtete gemeinsam mit den anderen Kindern, wie das Schiff in den Hafen einfuhr. Als sie an Land gingen, begann es zu schneien. Dicke weiße Flocken tanzten um sie herum und sanken auf den geteerten Boden, wo sie sofort schmolzen. Sie wurden von einer Gruppe uniformierter Männer freundlich begrüßt, was Ruth, genauso wie die meisten Kinder, irritierte. Uniformierte Männer lächelten jüdische Kinder nicht an, jedenfalls nicht in Deutschland. Ruth gaben die freundlichen Männer ein gutes Gefühl. Mehrere Busse standen für die Kinder bereit. Die meisten von ihnen fuhren zu einem unweit gelegenen Bahnhof. Von dort aus ging die Reise erneut mit dem Zug weiter. Auch Lore, die sich von ihrer Übelkeit erholt hatte, reihte sich in die lange Schlange der Zugkinder ein. Sie winkte Ruth zum Abschied lächelnd zu. Ruth winkte zurück.

Ein etwas kleinerer Bus, in den Ruth und Christa einstiegen, fuhr zu dem Ferienlager, das nicht weit entfernt vom Hafen lag, wenn sie den Worten von Mrs Barnes Glauben schenken konnte. Es hieß Dovercourt Holiday Camp. Müdigkeit und Erschöpfung machten Ruth inzwischen zu schaffen. Immer wieder fielen ihr während der kurzen Fahrt durch die im Dunkeln liegende Stadt die Augen zu. Als sie in dem Ferienlager ankamen, schneite es heftig. Die kleine Gruppe wurde in das Haupthaus gebracht, wo sie eine Gruppe Frauen erwartete, die sich sofort um alles Notwendige kümmerte. Die Kinder wurden an lange Holztische gesetzt, und es gab warme Suppe, Brot und heißen Tee. Den meisten Kindern ging es ähnlich wie Ruth. Sie waren von der langen Fahrt und der Überfahrt so erschöpft, dass sie kaum etwas hinunterbrachten. Einige von ihnen schliefen am Tisch ein. Es dauerte nicht lange, da wurden sie von den Frauen auf kleine Holzhütten verteilt, in denen es eiskalt war. Ruth nahm Christa an die Hand, und sie folgten einem jungen englischen Mädchen, das einen freundlichen Eindruck machte, auch wenn Ruth kein Wort von dem verstand, was sie sagte. In ihrer Hütte gab es vier Betten. Sie schienen sie allein zu bewohnen. Das Mädchen sagte erneut etwas, dann verließ es den Raum. Ruth stellte ihren Koffer ab und rieb sich fröstelnd die Arme. Gemütlich warm würde diese Nacht nicht werden. Nachdem klar war, dass keine weiteren Kinder mehr kommen würden, sammelte sie sämtliche Decken ein und baute ihnen damit eine kuschelige Betthöhle, in die sie müde hineinkrabbelten. Christa kuschelte sich eng an sie. Sie zitterte erbärmlich und begann zu weinen.

»Es ist so kalt«, schluchzte sie. »Ich will zurück zu meiner Mama.«

Ruth antwortete nicht auf ihre Worte. Was hätte sie schon sagen können? Dass auch sie am liebsten losheulen würde? Sie drehte sich auf die Seite, zog Christa in ihre Arme und begann zu singen. Das Jankele. Sie sang die erste Zeile und stockte. Sie wiederholte sie und stockte erneut. Die Worte, sie waren fort. Das konnte doch nicht sein. Es war das Jankele. So oft hatte sie es gemeinsam mit ihrer Mutter gesungen. Sie kannte es in- und auswendig. Sie wiederholte die Worte der ersten Zeile in Gedanken, doch wieder gelang es ihr nicht, die Strophe zu Ende zu singen. Die wunderbaren jiddischen Worte, die sich doch immer wie eine sanfte Umarmung anfühlten, schienen mitsamt ihrer Mama verschwunden zu sein. Ausradiert, einfach so weg. Das durfte nicht sein. Tränen stiegen in ihre Augen. Bestimmt war es nur, weil sie müde war. Morgen würde das Lied wieder da sein. Immer wieder wiederholte sie im Kopf die erste Zeile, doch der Rest der vertrauten Worte wollte ihr einfach nicht einfallen. Irgendwann summte sie nur noch die Melodie und schlief erschöpft darüber ein.

KAPITEL FÜNF

Am nächsten Morgen wurde Ruth unsanft wachgerüttelt. Sie öffnete die Augen und blickte in das Gesicht des freundlichen Mädchens, das sie am Vorabend zur Hütte gebracht hatte. Mit ihrer Freundlichkeit war es heute allerdings nicht sonderlich weit her, denn sie zog ihnen mit einem Ruck die Decke weg, sagte etwas auf Englisch und wedelte mit den Armen. Ruths Füße fühlten sich wie Eisklumpen an, und sie war der festen Überzeugung, dass ihr über Nacht ein Eiszapfen an der Nase gewachsen sein müsse. Auch Christa begeisterte die unsanfte Weckmethode wenig. Irgendetwas Unverständliches murmelnd, krümmte sie sich zusammen und drängte sich näher an Ruth, die wieder nach ihrer Decke griff und grummelnd erklärte, dass sie in Ruhe gelassen werden wollte. So schnell ließ sich das englische Mädchen allerdings nicht vertreiben. Sie zog Ruth erneut die Decke weg und wiederholte die unverständlichen Worte. Ruth setzte sich auf und warf dem pausbäckigen Ding einen wütenden Blick zu. Christa rollte sich hinter ihr zusammen und steckte den Daumen in den Mund. Ein Schwall von Worten ging auf Ruth nieder. Das Mädchen redete wie ein Wasserfall und deutete immer wieder zum Ausgang. Langsam begriff Ruth. Das Mädchen wollte anscheinend, dass sie es begleiteten. Sie nickte und rüttelte Christa wach. Dabei bemerkte sie erschrocken, dass die Hände des Mädchens eiskalt waren. Hoffentlich würden sie dieses unwirtliche und kalte Lager bald verlassen können. Mit steifen Gliedern erhob sie sich und beförderte Christa in die Senkrechte, was das Mädchen mit einem tiefen Seufzer quittierte. Immerhin öffnete sie jetzt die Augen. Ein braunhaariger Junge mit Brille und einer Unmenge von Mitessern im Gesicht, Ruth schätzte ihn auf dreizehn oder vierzehn, tauchte in der Tür auf.

»Ah, Neuankömmlinge. Seid gegrüßt in unserem Sommercamp. Ich hoffe, ihr konntet euch schon mit dem englischen Wetter und der Tatsache anfreunden, dass es in den Hütten keine Heizung gibt. Und das ausgerechnet in diesem Winter, der für die Ewigkeit anhalten möchte.« Sein Blick blieb an Christa hängen. »Ein kleines blondes Mädchen mit süßen Locken. Was für ein Glücksfall für die netten Pflegeeltern. Gewiss wird sie noch heute aus diesem kalten Loch fortkommen.«

Seine Stimme klang zynisch. Ruth sah den Jungen verdutzt an. Einerseits war sie froh, dass er Deutsch sprach, andererseits gefiel ihr sein Tonfall nicht.

»Wie meinst du das?«, fragte sie.

»Heute ist Sonntag. Später kommen die neuen Pflegeeltern, die ein Kind mitnehmen wollen. Kleine, niedliche Mädchen sind besonders beliebt. Hat etwas von einem Viehmarkt.« Er taxierte Ruth von oben bis unten. »Bei dir könnte es eng werden. Bist schon zu alt. Aber vielleicht hast du trotzdem Glück.«

Ruth war fassungslos. So viel Frechheit musste sie erst einmal verdauen. Der Junge sagte etwas zu dem englischen Mädchen, das sie nicht verstand, dann verschwand er ohne ein weiteres Wort. Das Mädchen rief ihm etwas hinterher, ihre Stimme klang wütend, dann wandte sie sich Ruth zu. »Entschuldigung«, sagte sie auf Deutsch. Sie schien mitbekommen zu haben, dass er Ruth beleidigt hatte. Das Mädchen sprach auf Englisch weiter. Ruth hörte den Namen des Jungen heraus, anscheinend hieß er Jürgen. Das Mädchen zuckte lächelnd mit den Schultern. Einen Moment standen sie sich schweigend gegenüber. Wie sehr wünschte sich Ruth in diesem Augenblick, sie hätte zu Hause ein wenig Englisch gelernt. Doch dazu war es nicht gekommen, denn die bezahlbaren Englischkurse für Kinder ihres Alters waren über Monate ausgebucht gewesen. Sie deutete auf ihre Brust und nannte ihren Namen. Das Mädchen lächelte, tat es ihr gleich und stellte sich als Alice vor. Ruth nickte und antwortete: »Wie Alice im Wunderland.«

Das Mädchen lächelte und sagte: »Yes. Alice's Adventures in Wonderland.«

»O ja, die Alice. Das ist die mit dem weißen Kaninchen«, mischte sich Christa in das Gespräch ein. Ruth nickte und legte die Hände seitlich an den Kopf, damit Alice verstand, was Christa gesagt hatte. Alice nickte lächelnd und sagte: »The white rabbit.«

Sie verständigten sich untereinander mit wenigen Worten und Gesten. Ruth war begeistert. Alice wandte sich Christa zu, berührte ihr Haar, sagte etwas, dass etwas wie hübsch bedeuten musste, und strich dem kleinen Mädchen über die Wange. Dann deutete sie erneut zur Tür. Wieder kam ein deutsches Wort über ihre Lippen. »Essen.«

Ruth nickte. Das Wort schien ihrem Hunger mit einem Schlag auf die Sprünge zu helfen, denn ihr Magen begann lautstark zu knurren, was sie beide zum Lachen brachte. Eilig kleideten sie und Christa sich an, schlüpften in Mantel und Schuhe und folgten Alice nach draußen in den kalten Nieselregen.

Im Haupthaus des Ferienlagers empfing sie wohlige Wärme. An den langen Holztischen saßen eine Menge Kinder unterschiedlichsten Alters. Alice wies zu einer Theke, an der das Frühstück ausgegeben wurde. Es bestand aus einem sonderbar aussehenden Brei, dazu gab es Tee. Missmutig stocherte Ruth in der klebrigen Pampe herum. Frühstück sah in ihren Augen anders aus. Christa hingegen löffelte den Brei mit großem Appetit in sich hinein.

»Ich fand den Haferbrei, den sie hier Porridge nennen, am Anfang auch gewöhnungsbedürftig«, begann Ruths Tischnachbarin, ein schwarzhaariges, hageres Mädchen, ein Gespräch mit ihr. »Aber man gewöhnt sich daran. Ich heiße Susanne, kannst mich aber Susi nennen.«

Sie hielt Ruth die Hand hin, die Ruth gern ergriff.

»Ich bin schon seit zwei Wochen hier«, setzte Susi ihre Rede fort. »Leider haben mich bisher noch keine Pflegeeltern ausgewählt. Aber vielleicht habe ich ja dieses Mal mehr Glück.« Ihr Blick fiel auf Christa, die es inzwischen geschafft hatte, den Haferbrei in ihrem ganzen Gesicht zu verteilen. Sogar in ihren Haaren klebte er.

»Sie wird bestimmt gleich heute mitgenommen. Noch so jung, niedlich und blonde Löckchen. Das perfekte Pflegekind.«

»Genau dasselbe hat mir eben ein Junge schon erzählt«, suchend blickte Ruth durch den Raum, »dort hinten sitzt er. Der Rothaarige. Ich glaube, sein Name ist Jürgen.«

»Unser Jürgen. Bestimmt war er wieder recht gehässig. Gerade die älteren Jungen haben es schwer, hier wegzukommen. Er ist schon seit Februar hier und hat schon mehr als fünf Auswahlverfahren hinter sich. Jedes Mal ist er mit drei anderen Jungen seines Alters übrig geblieben. Es ist kein schönes Gefühl. Aber du wirst es bald am eigenen Leib erleben, denn heute Mittag kommen die potentiellen Pflegeeltern, wie jeden Sonntag.«

»Ich soll nicht bei Pflegeeltern untergebracht werden«, erwiderte Ruth. Sie schob sich einen Löffel Brei in den Mund und spülte ihn mit einem Schluck Tee hinunter.

»Dann bist du bestimmt eines von den Essinger-Kindern«, verstand Susi sofort. »Auf diese Schule würde ich auch gern gehen. Wenn man Glück hat, nimmt sie einen mit, wenn sie die ihr zugeteilten Kinder abholt. Nur leider hatte ich noch kein Glück.« Susi stützte die Hand aufs Kinn und seufzte hörbar. »Bunce Court heißt die Schule. Es soll dort wirklich gut sein. Dann hätte auch endlich dieser Viehmarkt ein Ende. Dabei kann man sich auch nie sicher sein, zu welchen Leuten man kommt.«

»Vielleicht nimmt sie dich ja beim nächsten Mal mit«, sagte Ruth.

»Ja, vielleicht«, erwiderte Susi. Ihre Stimme klang wenig hoffnungsvoll.

Genau in diesem Moment kippte Christa ihren Teebecher um, und sein Inhalt ergoss sich in ihren Schoß. Schuldbewusst blickte sie zu Ruth und murmelte: »Entschuldigung.«

Susi lachte laut auf. »Mit Brei verschmiert bis hinter die Ohren und jetzt auch noch voller Teeflecken. So wird das nichts mit der neuen Familie. Kommt.« Sie stand auf und sagte zu Ruth: »Ich helfe dir, die Kleine vorzeigbar zu machen. Dann wird sie bestimmt jemand mitnehmen.«

»Wohin denn mitnehmen?«, fragte Christa und verteilte die Breireste in ihrem Gesicht mit einer Serviette.

»In dein neues Zuhause«, antwortete Ruth. Sie nahm Christa die Serviette ab und wischte ihr mit einem auf dem Tisch liegenden Lappen die Hände ab. »Vielleicht geht es ja nach London. In die große Stadt mit dem Zoo, zu den Elefanten.«

»O ja. Zu den Elefanten.« Freudig sprang Christa von der Bank und folgte den beiden Mädchen aus dem Speisesaal.

Eine Weile später war Christa perfekt zurechtgemacht. Sie trug ein hübsches dunkelblaues Wollkleid, darunter eine blau-weiß gepunktete Bluse. Susi hatte ihre kleinen Schühchen poliert und Ruth ihre blonden Löckchen mit einem Haarreifen gebändigt, an dem ein hübsches Schleifchen angebracht war. Nebeneinanderstehend begutachteten die beiden ihr Werk.

»Sie sieht gut aus. Sehr niedlich«, sagte Susi.

»Wie Zucker. Mit Sicherheit klappt es heute.«

Ruth ging in die Hocke und stupste Christa auf die Nase. »Bestimmt wirst du ein wunderbares neues Zuhause finden.« Sie erhob sich wieder. Ihr Blick blieb an Susi hängen. Sie hatte ihr schwarzes Haar im Nacken zusammengebunden und trug ein schlichtes braunes Wollkleid.

Ruth zog missbilligend eine Augenbraue in die Höhe.

»Christa putzen wir wie einen Weihnachtsbaum heraus, und du siehst langweiliger aus als der Tod. So wird das nichts mit der Karriere, würde Georgina sagen.« Sie hob mahnend den Zeigefinger.

»Welche Karriere? Und wer ist Georgina?« fragte Susi verdutzt.

»Ist nicht wichtig«, winkte Ruth ab und fragte: »Hast du noch andere Kleider? Einen hübschen Rock, vielleicht kariert oder mit Blumen, eine nette Bluse?«

»Nicht wirklich«, antwortete Susi. »Noch ein anderes Wollkleid in Dunkelbau. Mein Wollrock ist grau und langweilig. Immerhin könnte ich eine geblümte Bluse anbieten.«

»Das ist doch ein Anfang. Dann nehmen wir den grauen Wollrock und die geblümte Bluse.« Ruth trat zur Tür und blickte nach draußen. »In welcher Hütte wohnst du denn?«

»Zwei Reihen weiter am rechten Ende«, antwortete Susi.
»Prima. Dann lass uns keine Wurzeln schlagen. Wir haben kaum noch Zeit. Mit deinen Haaren müssen wir uns ebenfalls etwas einfallen lassen. Vielleicht zwei Zöpfe. Das sieht bestimmt nett aus.«

»O ja, Zöpfe«, rief Christa. »Die kann ich schon meiner Lotte flechten.« Sie hielt eine kleine pausbäckige Stoffpuppe in die Höhe, die die Fahrt über in ihrem Koffer gewesen war, damit sie nicht verlorenging.

»Dann los.« Ruth nahm Christa an die Hand. Susi folgte ihnen wenig motiviert. Sie behielt für sich, dass sie am letzten Sonntag in grauem Rock und mit geblümter Bluse in der Reihe gestanden hatte und nicht genommen worden war. Trotzdem gefiel ihr Ruths Tatendrang.

Sie liefen durch den kalten Nieselregen, bogen schwungvoll um eine Ecke und rannten in eine dickliche Frau mittleren Alters mit einer dicken Brille auf der Nase.

»Hoppla«, rief die Frau auf Deutsch aus. »Wen haben wir denn da?«

Kleinlaut nannten Ruth und Susi ihre Namen und entschuldigten sich sofort für ihr Missgeschick. Ruth stellte Christa vor.

»Ruth«, wiederholte die Frau und kam ganz nah an Ruth heran. Sie schien schrecklich kurzsichtig zu sein. »Doch nicht etwa Ruth Kluger. Zu der wollte ich gerade.«

Ruths Herz schlug schneller, als sie antwortete: »Ja, die bin ich. Ruth Kluger. Dann müssen Sie …«

»Anna Essinger sein«, beendete die Frau ihren Satz mit einem Lächeln. »Dann habe ich ja schon gefunden, wen ich suche. Prima.« Sie blickte angestrengt auf ihre Armbanduhr. »Vielleicht schaffen wir sogar noch den Vierzehn-Uhr-Zug nach Lenham. Ein weiterer Junge wartet schon im Haupthaus auf uns. Mit dir sind wir komplett.«

Ruth blickte zu Susi, die mit gesenktem Kopf neben ihr stand. So durfte es nicht enden. So eine Chance würde nicht noch einmal kommen. Sie stieß Susi in die Seite, doch diese reagierte nicht. Anna Essinger zog eine Augenbraue in die Höhe. Ganz nah ging sie mit ihrem Gesicht an Susi heran und fragte: »Und wer bist du?«

»Sie ist meine Freundin«, beeilte sich Ruth zu sagen.

»Und keiner mag sie mitnehmen«, fügte Christa forsch hinzu. Anna Essinger blickte verwundert von Christa zu Ruth, dann auf Susi.

»Das kann doch nicht sein. Niemand will so ein hübsches Mädchen wie dich mitnehmen?«

Susi schüttelte den Kopf. Sie traute sich noch immer nicht hochzublicken. Über Anna Essingers Gesicht huschte ein Lächeln.

»Eine Freundin ist wichtig. Findet ihr nicht auch?«, fragte

sie. Ruth und Susi nickten gleichzeitig. »Und Freundinnen sollten nicht getrennt werden, oder was meint ihr?« Erneut nickten Ruth und Susi. Anna Essinger wandte sich Susi zu. »Würdest du uns denn gern nach Bunce Court begleiten?«

»Nichts lieber als das«, erwiderte Susi mit zittriger Stimme. Ruth ergriff ihre Hand und drückte sie fest.

»Dann solltest du schnell deine Sachen packen«, sagte Anna Essinger und zwinkerte Susi zu.

»Wirklich?«, rief Susi aus. Anna Essinger nickte.

»Oh, Frau Essinger, wie wunderbar. Das ist ja großartig.« Vor lauter Freude fiel Susi der Frau um den Hals. Mit einem Lächeln drückte Anna Essinger sie an sich.

»Bitte nicht Frau Essinger. Nennt mich Tante Anna. Das machen alle meine Kinder schon seit jeher so.« Sie löste sich aus der Umarmung. Ihr Blick fiel auf Christa, die traurig dreinblickte. »Ach, Schätzchen«, sagte sie. »Zu gern würde ich auch dich mitnehmen. Aber du bist für unsere Schule zu klein.«

Christas Miene verfinsterte sich, und sie drückte sich an Ruth, die ihre Hand ergriff.

»Entschuldigung«, sagte diese. »Könnten wir vielleicht noch so lange bleiben, bis die Pflegeeltern kommen. Ich wüsste so gern ... ich meine ...« Ruth kam ins Stocken.

»Ich versteh schon«, erwiderte Anna Essinger. »Die Ersten sind gerade eingetroffen. Sie warten vorn auf dem Parkplatz. Ein junges Ehepaar aus London, sie machen einen freundlichen Eindruck. Wollen wir gemeinsam hingehen und ihnen Christa vorstellen?«

»Ja, geht das denn? Ich dachte ...«

»Du denkst schon richtig«, unterbrach sie Anna Essinger.

»Normalerweise wählen die Eltern die Kinder im Speisesaal aus, was von vielen kritisiert wird. Demnächst soll das geändert werden, damit die Kinder auf andere Art den Familien zugeteilt werden können. Übrig zu bleiben ist kein schönes Gefühl.« Ihr Blick fiel auf Susi, die zaghaft nickte, dann ging sie vor Christa in die Hocke, hielt ihr die Hand hin und fragte: »Wollen wir uns die netten Leute auf dem Parkplatz mal ansehen gehen?«

Christa blickte Anna Essinger misstrauisch an und vergrub ihr Gesicht in Ruths Rockfalten.

Anna Essinger verstand, erhob sich und überließ Ruth das Feld. Ruth beugte sich zu Christa hinunter und sagte: »Ich komme natürlich mit. Hast du gehört? Die beiden sind aus London. Das ist die große Stadt mit dem Zoo.«

Christa nickte zögernd. So recht überzeugt schien sie nicht zu sein.

»Du wirst nicht mitkommen, oder?«, fragte sie.

Die Frage zerriss Ruth beinahe das Herz. Sie blickte kurz zu Anna Essinger, deren Blick verständnisvoll war.

»Nein, leider nicht. Ich muss zur Schule gehen, weißt du.«

»Und dafür bin ich noch zu klein«, sagte Christa. »Aber wenn ich groß genug bin, dann geh ich auch zur Schule.«

»Ganz sicher. Und vielleicht sehen wir uns dann wieder.« Ruth biss sich auf die Lippen. Sie hielt Christa die Hand hin.

»Wollen wir gehen?«

Christa nickte und ergriff Ruths Hand. Gemeinsam machte sich die kleine Gruppe auf den Weg zum Parkplatz, wo die ersten Pflegeeltern in kleinen Grüppchen in der Nähe des Eingangs standen. Anna Essinger steuerte auf ein nett aussehendes, etwas am Rand stehendes Pärchen zu. Die beiden blickten die kleine Gruppe überrascht an, als sie von der Schuldirektorin angesprochen wurden. Sie wollte Christa vorstellen, doch das Mädchen kam ihr zuvor. Sie trat nach vorn und sagte mit fester Stimme: »Ich wollte gar nicht nach England. Ich wollte lieber in den Zoo.«

Die Überzeugung in ihrer Stimme verschlug allen Anwesenden für einen Moment die Sprache. Die junge Frau verstand nicht, was Christa gesagt hatte, und blickte zu Anna Essinger, die übersetzte. Lächelnd ging sie vor Christa in die Hocke und antwortete etwas auf Englisch. Anna Essinger übersetzte erneut.

»Wir haben einen wunderbaren Zoo in London mit ganz vielen Tieren.«

»Auch Elefanten?«, hakte Christa nach.

Die blonde Frau bejahte die Frage. Sie blickte zu ihrem Mann, der lächelnd nickte. Christa hatte ein neues Zuhause gefunden.

»Wenn du magst, gehen wir gleich morgen in den Zoo zu den Elefanten«, übersetzte Anna Essinger den nächsten Satz der jungen Frau. Christas Augen begannen zu leuchten. Sie nickte eifrig und ließ sich von der Frau sogar auf den Arm nehmen. Anna Essinger atmete erleichtert auf. Das war leichter gewesen, als sie gedacht hatte.

»Dann packen wir jetzt schnell noch Christas Sachen«, bot Ruth an, der es schwer ums Herz wurde. Sie würde den blonden Lockenkopf vermissen. Die junge Frau setzte Christa auf den Boden, und Ruth ergriff ihre Hand. Eilig liefen die drei zurück zu den Hütten. Anna Essinger verschwand unterdessen mit dem jungen Ehepaar im Haupthaus, wo es den Papierkram zu erledigen gab, was schnell vonstattenging.

Bald darauf drückte Ruth Christa zum Abschied fest an sich. Freudig kletterte die Kleine ins Auto. Als der Wagen vom Parkplatz fuhr, blitzte die Sonne durch die Wolkendecke. Gewiss war das ein gutes Omen, dachte Ruth und blinzelte die aufsteigenden Tränen fort. Anna Essingers Hand legte sich auf ihre Schulter.

»Das hast du gut gemacht, Mädchen. Die beiden werden sich bestimmt liebevoll um sie kümmern.«

Genau in diesem Moment kam Susi angelaufen. Ihren Koffer in der Hand blieb sie japsend neben Ruth stehen. »Ich glaube, jetzt habe ich alles. Heilige Unordnung.« Sie grinste.

»Dann können wir los«, sagte Anna Essinger und blickte auf ihre Uhr. »Tatsächlich. Wir schaffen sogar noch den Vierzehn-Uhr-Zug.«

Sie bedeutete den Kindern, der Junge aus dem Haupthaus hatte sich ihnen angeschlossen, ihr zu folgen. Sie verließen das Camp und liefen die Straße hinunter. Bis zum Bahnhof war es nicht weit. Anna Essinger erstand am Schalter vier Fahrkarten. Keine fünf Minuten später fuhr eine kleine Dampflok mit zwei Wagen im Schlepptau schnaufend in den Bahnhof ein. Die Bahnfahrt verging wie im Flug. Sie stiegen in einem Ort namens Lenham aus und legten die restliche Strecke nach Bunce Court mit dem Taxi zurück. Staunend blickte Ruth aus dem Fenster. Unendlich grüne Weiten schienen bis zum Himmel zu reichen, über den der Wind weißgraue Wolkenteppiche trieb, durch die immer wieder Sonnenstrahlen auf die Felder fielen. Nur hier und da stand ein Haus. Etwas so Schönes hatte sie niemals zuvor gesehen. Auch Orte wie Kronberg oder Königstein, ja selbst der Taunus, wo sie öfter die Ferien verbrachten, waren mit dieser friedlich wirkenden Landschaft nicht vergleichbar. Das Taxi hielt vor einem großen Herrenhaus. Überwältigt von den vielen neuen Eindrücken, stiegen Susi und Ruth aus dem Auto.

»Herzlich willkommen in Bunce Court«, sagte Anna Essinger und machte eine weitläufige Handbewegung. Sie schob die hölzerne Gartentür auf, und die beiden Mädchen folgten ihr. Am Eingang erwartete sie eine blonde Frau mittleren Alters. Neben ihr stand ein Junge. Ruths Augen weiteten sich. Konnte es möglich sein? Sie ließ ihren Koffer fallen, rannte mit einem Freudenschrei auf ihn zu und fiel ihm um den Hals.

»Walter.« Mehr brachte sie nicht heraus. Vor Freude begann sie zu weinen.

Walter drückte sie fest an sich. Auch ihm rannen die Tränen über die Wangen. Ruth. Endlich waren sie wieder vereint.

*

15. AUGUST 1939, FRANKFURT AM MAIN

Meine liebe Ruth,
was war das für eine große Freude, wieder einen Deiner fröhlichen Briefe zu lesen. Und wie wunderbar, dass Du mir ein Bild von Dir und Walter beigelegt hast. Ich hätte es nur allzu gern Marlene gezeigt, aber sie ist vor einigen Wochen in eine kleinere Wohnung ins Westend umgezogen. Seitdem haben wir keinen Kontakt mehr, was ich sehr bedaure. Aber so spielt nun einmal das Leben. Schöne Grüße soll ich Dir auch von Hiltrud ausrichten. Wir sind nach so vielen Jah-

ren endlich übereingekommen, uns zu duzen. Sie war nicht davon abzubringen, Dir die Tüte Schokoladenkekse mit ins Paket zu legen. Ich hoffe, der neue Wollrock und die Jacke passen Dir. Wie Du Dir denken kannst, stammt das glitzernde Krönchen im Paket von Georgina. Er meinte, unser Garderobenmädchen könnte unmöglich ohne Glitzerkrönchen in England sein. Ich soll Dir ganz viele Küsse von ihm senden. Wir treffen uns häufig, und er ist mir bei meinen Bemühungen zur Ausreise behilflich. Obwohl er selbst kaum über die Runden kommt, hat er mir seine letzten Ersparnisse gegeben. Mit seinem Geld habe ich endlich die notwendige Summe zusammen. Henriette Krebs ist guten Mutes, dass bald mein Domestic Permit eintrifft. Jeden Tag könnte es so weit sein. Inzwischen habe ich beinahe alle Möbel verkauft, auch den alten Schreibtisch und die Standuhr. Ich sitze praktisch auf gepackten Koffern und warte die wenigen Tage und Wochen noch ab, bis die Reise endlich losgehen kann. Und vielleicht kann ich Dich, meinen allerliebsten Schatz, bald schon in meine Arme schließen.

Ich sende Dir unendlich viele Küsschen und eine dicke Umarmung.

Deine Dich über alles liebende Mama

*

SEPTEMBER 1939, BUNCE COURT, ENGLAND

Ruth ließ sich neben Susi ins hohe Gras fallen und biss genüsslich in eine Pflaume. Sie schmeckte wunderbar süß, ganz anders als die Pflaumen, die man in Frankfurt beim

Obst- und Gemüsehändler kaufen konnte. Oder bildete sie sich das nur ein? Konnten reife Pflaumen überhaupt unterschiedlich schmecken? Susi tat es ihr gleich und schloss genüsslich die Augen.

»Gibt es etwas Besseres als Pflaumen frisch vom Baum?«, fragte sie selig.

»Bestimmt nicht«, erwiderte Ruth.

Vielleicht lag es daran, mutmaßte sie in Gedanken. Frisch vom Baum waren diese Pflaumen. Sie stammten nicht aus einer vor einem Laden stehenden Holzkiste an einer viel befahrenen Straße. Selig blickte sie in die Baumkrone des Pflaumenbaums, an dem noch immer unendlich viele Früchte hingen. Heute Nachmittag stand Gartenarbeit auf dem Stundenplan. Die gemeinsame Arbeit im Garten galt als fester Bestandteil des Unterrichtsplans und umfasste nicht nur die Obsternte. Auch im Gemüsebeet halfen die Kinder beim Unkrautjäten, pflanzten Setzlinge oder ernteten Salat und anderes Gemüse. Es gab sogar ein Kartoffelfeld, und auf dem übergroßen Misthaufen neben dem Stall wucherten Kürbispflanzen in die Höhe. Bunce Court versorgte sich in vielerlei Hinsicht selbst. Es gab unendlich viel Federvieh. Gänse, Hühner und Puten. Dazu Schweine, die mit den Küchenabfällen der Schule versorgt wurden. Sogar ein eigenes Bienenvolk gab es auf dem Anwesen.

Ruth hatte sich vom ersten Augenblick an wohlgefühlt. Hier herrschte eine Harmonie zwischen Schülern und Lehrern, die mit der Atmosphäre, die sie aus den Frankfurter Schulen kannte, nicht vergleichbar war. Unter den Neuankömmlingen wurde natürlich viel Deutsch gesprochen, was Lehrer und Betreuer nicht gern sahen.

Englisch lernt ihr nicht, wenn ihr ständig Deutsch sprecht, ermahnte Norman Wormleighton, der den Spitznamen Wormy hatte, seine Schüler häufig, wenn auch mit einem Lächeln. Die Kinder wussten selbst, wie wichtig es war, die englische Sprache zu erlernen, und waren mit Feuereifer bei der Sache. Ein Teil des Lehrerkollegiums stammte inzwischen aus England, was die Verständigung erschwerte, obwohl Anna Essinger die englische Belegschaft Deutschunterricht nehmen ließ, um die Kommunikation mit den Kindern zu verbessern. Ruth hatte schnell Englisch gelernt und sprach nur noch selten Deutsch. An den vertrauten Umgang mit der Lehrerschaft hatte sie sich erst gewöhnen müssen, doch da hier alle einander bei den deutschen Spitznamen riefen, schloss sie sich schließlich an. Besonders gern hatte sie vom ersten Augenblick an die Französischlehrerin Hilde Oppenheimer Tod, die alle nur Hutschnur nannten, seit sie einmal laut geschimpft hatte, dass ihr etwas über die Hutschnur ginge. Ruth wusste inzwischen schon gar nicht mehr den richtigen Namen der freundlichen blonden Lehrerin, die mit ihnen auf demselben Stockwerk wohnte. Die Geografielehrerin, Hannah Goldschmidt, wurde Hago gerufen. Heidtsche, die eigentlich Gretel Heidt hieß, war die Köchin für die nichtjüdischen Kinder. Saxo hieß der Geschichtslehrer, ein netter dunkelhaariger Mann. Lo-Ka, Lotte Kalischer, unterrichtete Musik. Sie hatte Ruths Gesangstalent schnell erkannt und gleich dafür gesorgt, dass sie ins Theaterensemble aufgenommen wurde, zu dem auch Walter gehörte. Ein guter Pianist war dort immer zu gebrauchen, obwohl zumeist Helmut Schneider, genannt Schneiderlein, der Mathelehrer, bei den Aufführungen spielte. Beim letzten Stück vor dem Beginn der Sommerferien hatte Walter zum ersten Mal an seiner Stelle spielen dürfen und großen Applaus bekommen. Walter und Ruth sahen sich im Alltag eher selten, denn er verbrachte viel Zeit mit den Jungen seines Alters. Im Gegensatz zu Frankfurt schien er hier richtige Freunde gefunden zu haben. Die Liebe zur Musik führte ihn jedoch immer wieder mit Ruth zusammen. Oftmals musizierte und sang eine kleine Gruppe in den Abendstunden miteinander. Dann saß Ruth wie gewohnt neben Walter auf dem Klavierhocker. Diese Stunden liebte sie ganz besonders. An kühlen Tagen entzündete Wormy ein Feuer im Kamin. In vielen Räumen gab es offene Kaminöfen, aber auch eine Zentralheizung war vorhanden. Das aus dem fünfzehnten Jahrhundert stammende Haus war modern ausgebaut. Es gab große Waschräume mit fließend Warmwasser, Zentralheizung und Elektrizität. Die Mädchen waren im Hauptgebäude untergebracht, während die größeren Jungen in einem Nebengebäude schliefen. Aufgrund des hohen Zulaufs durch die Kindertransporte hatte Anna Essinger einige der jüngeren Kinder in einem Haus im benachbarten Ort Chilham untergebracht, wo sie von einer Hausmutter liebevoll versorgt wurden.

Die einzelnen Klassen waren klein, mehr als zehn Kinder wurden nicht gleichzeitig unterrichtet. Die Schwerpunkte des Unterrichts lagen auf Englisch und Literatur, zusätzlich wurde auch Französisch unterrichtet. Dazu kamen Mathematik und Geschichte.

Besonders die idyllische Lage der Schule hatte Ruth schon bald lieben gelernt. Manchmal hielt sie am Fenster ihres Schlafraumes, den sie sich mit neun weiteren Mädchen teilte, inne und ließ ihren Blick über die grünen Felder und Wiesen schweifen. Die Weite war es, die sie besonders an diesem Land faszinierte. Hier verstellte einem kein Gebäude die Sicht auf den Horizont, gab es keine grauen Hinterhöfe. Wenn ihre Mutter diesen wunderbaren Anblick nur sehen könnte, dachte sie oft. Bestimmt würde sie ihr bald alles zeigen können. Vorgestern war ein Päckchen von ihr eingetroffen. Ihre Zeilen waren so voller Hoffnung gewesen. Vielleicht war sie inzwischen sogar schon auf dem Weg nach England. An nichts anderes konnte Ruth seit dem Eintreffen des Päckchens denken. Bei Beate, einem Mädchen aus ihrem Zimmer, war die Ausreise ihrer Mutter endlich gelungen, und gestern war ein Brief von ihr aus Liverpool eingetroffen. Dort würde sie als Haushaltshilfe für ein älteres Ehepaar arbeiten. Sobald es ihr möglich war, würde sie nach Bunce Court kommen, um ihre Tochter zu besuchen. Beate hatte vor Freude zu weinen begonnen. Im Schlafsaal war ihre Erleichterung mit gemischten Gefühlen aufgenommen worden. Einige Mädchen freuten sich mit ihr, andere blieben still. Viele hofften auf ebensolche Post ihrer Angehörigen. Ruth hatte zu denjenigen gehört, die schwiegen. Kurz zuvor verfasste sie einen Antwortbrief an die Mutter, der sie hoffentlich nicht mehr in Deutschland erreichen würde. Sie hatte sich darin für die Sachen und die leckeren Kekse bedankt. Der dunkelblaue Wollrock passte wie für sie genäht, und die warme Jacke, die ihr noch ein bisschen zu groß war, würde sie bald gut gebrauchen können. Wie in jedem ihrer Briefe berichtete sie auch in diesem, was in den letzten Wochen passiert war. Die Sommerferien waren erst vor wenigen Tagen zu Ende gegangen, die die meisten Kinder bei Gastfamilien verbracht hatten. Tante Anna kannte viele Leute in ganz England, und so hatte sie es den meisten Kindern ermöglichen können, die Ferien außerhalb der Schule zu verbringen. Manche waren sogar bis nach Cornwall oder Schottland gekommen.

Ruth und Susi waren gemeinsam mit einem weiteren Mädchen, der aus Berlin stammenden Edith, auf einem Bauernhof in der Nähe von Chesterfield untergekommen. Der Hof war den Mädchen wie das Paradies vorgekommen. Liebevoll kümmerten sie sich um eine ganze Horde Zwergkaninchen. Es gab Schweine, die gerade Ferkel bekommen hatten, und sie schleppten die rosafarbenen Tiere ständig durch die Gegend. Begeistert halfen sie bei der Heuernte. Ein paar Pferde und Ponys standen unweit des Hofes auf einer Weide, und der Bauer, ein freundlicher älterer Mann, ließ sie sogar darauf reiten. Schweren Herzens verließen die Mädchen den Bauernhof nach sechs langen Wochen mit dem Versprechen, in den nächsten Ferien wiederzukommen. Ruth hatte ihre Mutter ein Foto von sich beigelegt, auf dem sie auf einem Pony saß. Beim Schreiben des Briefes war es ihr ab und an schwergefallen, die deutschen Worte zu finden, was ihr in letzter Zeit häufiger passierte. Sie lernte auf Englisch, unterhielt sich auf Englisch, träumte in dieser Sprache. Deutschland und ihr Leben in Frankfurt schienen gemeinsam mit der vertrauten Sprache in den Hintergrund zu treten. Oder bildete sie sich das nur ein? Konnte man seine Heimat und seine Muttersprache überhaupt vergessen? Anders erging es ihr, wenn sie die Briefe ihrer Mutter las. Sie waren ihr so vertraut, und beim Lesen glaubte sie, ihre Stimme zu hören. Sie las sie immer wieder und dachte dabei an das Haus in der Güntersburgallee. An Hiltrud Meiser, an die Elektrische, die ratternd durch die Straßen fuhr. Sie versuchte, sich an das bunte Treiben zu erinnern, das auf der Zeil herrschte, und träumte sich zwischen die glitzernden Bühnenkostüme in der Garderobe der Alten Oper und des Saalbaus. Sie durfte das alles nicht vergessen, musste die Erinnerungen am Leben erhalten. Zum Einschlafen versuchte sie immer wieder, das Jankele zu singen. Doch es war noch immer nur die erste Zeile, die sie fehlerfrei wiedergeben konnte, dann kam sie ins Stocken. Sie summte die Melodie im Kopf, doch die jiddischen Worte wollten einfach nicht zurückkehren.

»Da liegt sie faul im Gras herum und futtert Pflaumen, und wir haben schon seit zehn Minuten Theaterprobe.« Ruth schoss erschrocken in die Höhe. Walter stand mit einem breiten Grinsen vor ihr. »Bist wohl noch in den Sommerferien auf dem Bauernhof?«

Ruth spuckte einen Pflaumenkern aus und sprang auf die Füße. »Stimmt. Das war ja heute. Ich hatte es vollkommen vergessen.« Sie wandte sich Susi zu, die ebenfalls aufgestanden war. »Willst du mitkommen?«

Susi, die kein Mitglied der Theatergruppe war, winkte ab. »Lass gut sein. Ich gehe lieber Heidtsche in der Küche beim Einmachen zur Hand.«

Ruth lächelte. »Aber nicht, dass du wieder zu viele von den Pflaumen futterst. Sonst bekommst du wieder Bauchschmerzen.«

»Auf keinen Fall«, erwiderte Susi. Mit Grausen dachte sie an den vorangegangenen Abend zurück, den sie mit Krämpfen im Bett verbracht hatte. »Pflaumen gibt es nur noch in geringen Dosen. Das schwöre ich.«

Sie hob die Hand und zwinkerte Ruth lächelnd zu.

Gemeinsam liefen sie zum Haupthaus zurück, jeder von ihnen einen gut gefüllten Korb voller Pflaumen in der Hand. Nachdem sie die Früchte in der großen Schulküche abgestellt hatten, machten sich Ruth und Walter auf den Weg zu dem etwas abseits gelegenen Freilufttheater, wo die Proben für das neue Stück bereits in vollem Gange waren. Ruths Herzschlag wurde schneller, als sie hinter Walter die steinernen Stufen zur Bühne hinunterlief. Es war das erste Mal, dass sie in einem Stück mitwirken durfte, und sofort hatte sie eine der Hauptrollen ergattert. »Die Zauberflöte« wurde aufgeführt, und sie spielte Pamina, die Tochter der Königin der Nacht. Lo-Ka hatte sie für die Rolle ausgewählt, was sie ihrer Mutter gleich geschrieben hatte. Gewiss würde sie diese Neuigkeit stolz machen. Ganz bestimmt würde sie im nächsten Jahr in England sein, und vielleicht konnte sie der Aufführung sogar beiwohnen.

Ruth betrat hinter Walter die Bühne, drehte sich um und ließ ihren Blick über die steinernen Zuschauerbänke schweifen. Das Freilufttheater war wie ein Amphitheater gebaut und fasste gut dreihundert Zuschauer. Sie stellte sich vor, ihre Mutter würde gleich in der ersten Reihe sitzen, ihr lächelnd zusehen und applaudieren. Allerdings würde ihre Mutter auch hohe Ansprüche an sie stellen. Immerhin war sie die Tochter einer gefeierten Sopranistin. Falsche Töne konnte sie sich nicht leisten. Sie nahm sich fest vor, jeden Tag zu üben. Das Stück sollte erst zum nächsten Tag der offenen Tür im Frühjahr aufgeführt werden. An diesen Tagen präsentierte sich die Schule ihren Sponsoren und Förderern, aber auch Eltern, die in Erwägung zogen, ihre Kinder nach Bunce Court zu schicken.

»Da bist du ja endlich«, wurde sie von einer weiteren Darstellerin, Olivia, mit einem bitterbösen Blick begrüßt. »Mit deiner Unzuverlässigkeit wirst du es nie zu irgendetwas bringen.«

Ruth überhörte die spitze Bemerkung. Olivia gehörte der kleinen Gruppe englischer Mitschüler an. Sie war bereits seit drei Jahren auf Bunce Court und hatte bisher bei sämtlichen Aufführungen die größeren Rollen gespielt. Als Lo-Ka nach ihrer Rückkehr aus den Ferien verkündet hatte, dass Ruth die Rolle der Pamina singen sollte, war Olivia wütend aus dem Raum gerannt. Ihr war die Rolle der Königin der Nacht zugeteilt worden. Ebenfalls eine der Hauptrollen, passend für sie, denn sie überragte Ruth um ein ganzes Stück und war zwei Jahre älter. Doch Olivia hatte sich erst nach gutem Zureden davon überzeugen lassen, dass auch diese Rolle ihre Reize hatte.

Walter hatte die ganze Aufregung überhaupt nicht verstanden. »Führt sich auf, als wäre sie zu einem der drei Sklaven verkommen«, hatte er schulterzuckend gesagt. Olivia hatte sich gefügt, zickte aber weiterhin gegen Ruth, die ihre bissigen Bemerkungen gelassen hinnahm. Sie war zwischen Operndiven und Chormädchen großgeworden, Gezicke war sie gewöhnt. Olivia war genau die Sorte verwöhnte Wichtigtuerin, die es an jedem Theater in den verschiedensten Ausgaben gab. Sie wollte unbedingt Gesang studieren, allerdings nicht in England. London ist doch Provinz, hatte sie Ruth bei einer kurzen Probenpause erklärt, die Augen verdreht und abgewinkt. In Amerika würden heutzutage die großen Sänger gemacht. Ihre Tante lebte in der Nähe von New York und hatte am Peabody Conservatory in Baltimore

Gesang und Schauspiel studiert. Zwar trat sie selbst schon eine Weile nicht mehr auf, aber wenn man Olivia glauben wollte, verfügte sie noch über gute Kontakte. Angeblich wäre es für sie ein Kinderspiel, ihrer Nichte einen Platz am Konservatorium zu verschaffen. Ruth hatte ihre Meinung für sich behalten. Olivia konnte gern nach Baltimore gehen, doch allzu weit würde sie es dort mit ihrem mäßigen Gesang nicht bringen. Magda Spiegel würde ihr genau zwei Sekunden zuhören. Georgina hatte immer gesagt, dass man mangelndes Talent bisweilen durch Schönheit vergessen machen könnte, doch Ruth wusste, dass sein Urteil über Olivia niederschmetternd gewesen wäre. Sie war hoch gewachsen, wirkte wegen ihrer stämmigen Statur aber gedrungen und hatte eine Knollnase. Für das Schülerkonzert in Bunce Court würde es reichen, für die ganz große Karriere nicht, da halfen auch die Kontakte der Tante und die Zickereien nichts.

»Was steht denn heute an?«, fragte Ruth und blickte um sich. »Ich sehe Lo-Ka gar nicht.«

Genau in diesem Moment kam Simon, er spielte im Stück den Tamino, die Treppe heruntergelaufen und blieb nach Luft ringend vor ihnen stehen.

»Irgendetwas stimmt nicht. Alle Lehrer stehen vorm Radio. Es soll gleich eine Rede des Premierministers geben. Kommt schnell. Das müssen wir uns anhören.«

Die Kinder eilten von der Bühne und folgten Simon zurück zum Haus, wo sich die Lehrer und viele andere, zumeist ältere Schüler versammelt hatten, um der Ansprache Neville Chamberlains zu lauschen. Während der Premierminister sprach, war es mucksmäuschenstill im Raum. Seine Worte trafen Ruth bis ins Mark.

Krieg. England hatte Deutschland den Krieg erklärt. Als er geendet hatte, sagte niemand ein Wort. Betroffenheit stand in den Gesichtern. Deutschland, die Heimat so vieler Schüler, galt ab dem heutigen Tag als Feindesland. Damit waren sämtliche Hoffnungen auf ein baldiges Wiedersehen mit den zurückgebliebenen Eltern zerstört. Auf einen Schlag. Ruth dachte an den letzten Brief ihrer Mutter. Sie hatte auf gepackten Koffern gesessen. Es kann sich nur noch um Tage handeln, hatte sie geschrieben. Gewiss hatte sie es geschafft und war noch rausgekommen. Bald würde ein Brief von ihr aus England eintreffen, ganz bestimmt. Anders konnte es gar nicht sein. Sie blickte zu Walter. Seine Miene war wie versteinert. Der letzte Brief seiner Mutter hatte ebenfalls positiv geklungen. Sie wollte in die Schweiz ausreisen. Das Schweigen im Raum hielt an. Niemand traute sich, zu gehen oder ein Wort zu sagen. Längst spielte das Radio wieder Musik.

Tante Anna war diejenige, die das betroffene Schweigen irgendwann brach und sagte: »Es lässt sich nicht in Worte fassen, was ich fühle. Es wird weitergehen, für uns alle. Irgendein Weg wird sich finden. Wir dürfen jetzt nicht den Mut verlieren. Dafür lasst uns beten, jeder auf seine Weise.«

Sämtliche Anwesenden falteten die Hände, einige der Kinder hatten zu weinen begonnen. Walter wandte den Kopf und blickte zu Ruth. Sie deutete ein Nicken an. Er nahm ihre Hand, und sie verließen den Raum.

In das Musikzimmer, das sie wenig später betraten, fielen helle Sonnenstrahlen. Ruth ging an das geöffnete Fenster. Sie atmete den sommerlich warmen Duft des trockenen Heus tief ein, den der auffrischende Westwind von den nahen Feldern herübertrug. Walter setzte sich ans Klavier und begann zu spielen. Chopin. Ruth wandte sich vom Fenster ab und setzte sich neben ihn. Sie schloss die Augen und suchte in sich die Erinnerung an das Herrenzimmer der Sommers, an den in der Luft hängenden Tabakgeruch, das schummrige Licht, das die Lampe auf der Kommode verbreitete. Zum ersten Mal, seitdem sie in Bunce Court war, spielte Walter wieder Chopin. Ohne Noten, wie er es immer tat. Kein einziges Mal griff er daneben. Als er geendet hatte, sahen sie einander schweigend an. Stimmen drangen von draußen herein, eine Autotür wurde zugeschlagen, kurz darauf heulte ein Motor auf. Gewiss wurden die kleineren Kinder zurück nach Chilham gebracht.

»Sie werden es doch schaffen?«, fragte Walter irgendwann. Längst war es vor dem Fenster wieder ruhig geworden. Ruth nickte.

»Bestimmt. Vielleicht sind sie ja schon draußen. Mama hatte das Geld für das Permit doch schon zusammen. Nur noch wenige Tage, hat sie geschrieben.«

»Meine Mutter hat geschrieben, dass es bald nach Zürich ginge«, sagte Walter. Er ergriff Ruths Hand. Tränen schimmerten in seinen Augen. »Wir dürfen die Hoffnung nicht aufgeben«, sagte er. »Sie werden es schaffen. Daran müssen wir festhalten.«

Auch in Ruths Augen traten jetzt Tränen. Angst und Verzweiflung brachen sich Bahn. Sie fiel Walter um den Hals und begann laut zu schluchzen. Er drückte sie an sich.

Die beiden bemerkten nicht, dass sie beobachtet wurden. In der Tür stand Tante Anna und wischte sich eine Träne aus dem Augenwinkel. Der letzte Funke Hoffnung auf ein gutes Ende hatte sich mit der Rede des Premierministers zerschlagen. Viele der Kinder ihrer Schule würden lange darauf warten müssen, ihre Eltern wiederzusehen. Falls es je dazu käme. Ab heute waren die Kinder endgültig zu Heimatlosen geworden, und ihre Verantwortung wog schwerer denn je. Genau in dem Moment, als sie sich abwenden wollte, hob Ruth den Kopf und sah in ihre Richtung. Tante Anna erwiderte ihren Blick für einen Moment, dann verließ sie den Raum.

Ruth lauschte ihren Schritten, bis sie nicht mehr zu hören waren, löste sich aus Walters Umarmung und bat ihn, noch einmal Chopin zu spielen.

KAPITEL SECHS

Meine liebe Mama,

was habe ich mich über Deine letzte Karte gefreut, auch wenn es nur wenige Worte waren, die Du mir senden konntest. Ich hatte so sehr gehofft, dass mich Dein nächster Brief aus England erreichen würde. Der Vater eines anderen Mädchens, ihr Name ist Ulrike, hat es gerade noch über die Schweiz und Spanien nach England geschafft. Solche Nachrichten machen mir Mut, dass auch Du bald hier sein wirst und wir uns in die Arme schließen können. Mit diesem Brief teile ich Dir auch unsere neue Adresse mit. Leider mussten wir mit der Schule umziehen, was uns schwer getroffen hat. Die letzten drei Wochen waren für uns alle nicht einfach. Innerhalb weniger Tage mussten wir auf Bunce Court alles zusammenpacken, da wir als Deutsche nicht so nahe an der Küste bleiben dürfen. Tante Anna hat alle Hebel in Bewegung gesetzt, und wir sind jetzt in der Grafschaft Shropshire in der Nähe des kleinen Ortes Wem gelandet. Trench Hall ist ein altes Herrenhaus, das viele Jahre leergestanden hat. Es ist in keinem besonders guten Zustand. Aber wir packen alle mit an, um uns hier einzurichten. Durch den Ausbruch des Krieges hat sich auch unsere Aufführung der »Zauberflöte« verschoben, worüber ich sehr traurig bin. Es steht zu befürchten, dass wir das Stück gar nicht mehr zeigen wer-

den, was wirklich schade wäre. Ich wünsche mir jeden Tag, Du könntest hier sein und mich beim Üben unterstützen. Mit Deiner Hilfe würde mein Gesang bestimmt noch viel besser werden. Auch diesem Brief lege ich Dir wieder Bilder bei. Eines davon zeigt Walter und mich vor Bunce Court. Wie Du siehst, ist er ordentlich in die Höhe geschossen. Neben ihm sehe ich wie ein Winzling aus, obwohl auch ich einige Zentimeter gewachsen sein muss, wie ich an der Länge meiner Röcke merke. Grüß doch bitte Frau Meiser und natürlich Georgina. Wie Du Dir vielleicht denken magst, wage ich zu hoffen, dass Du diese Grüße nicht mehr ausrichten kannst und mein Brief Dich nicht mehr erreicht, weil Du längst auf dem Weg zu mir bist. Dafür bete ich jeden Tag.

Ich sende Dir tausend Küsse und eine liebe Umarmung Deine Ruth

*

AUGUST, 1940, FRANKFURT AM MAIN

Anni nahm die kühle Limonade dankbar entgegen, die Magda ihr reichte, und ließ ihren Blick über die Dächer bis zu der großen Lücke schweifen, die die englischen Bomber hinterlassen hatten. Magda setzte sich neben sie und folgte ihrem Blick.

»Jede Nacht das Heulen der Sirenen und das Feuer der Abwehrgeschütze. Vor lauter Angst bekomme ich kaum noch ein Auge zu. Weißt du, dass es eine junge Familie nicht mehr aus dem Haus geschafft hat? Ich kannte sie vom Sehen. Sie waren auch Juden, die jüngste Tochter gerade einmal einige

Monate alt. Sie wohnten in einem winzigen Zimmer unterm Dach.« Sie seufzte hörbar.

»Schrecklich«, sagte Anni.

»Im Keller hätten sie wenigstens eine Chance gehabt, zu überleben. Aber wir Juden dürfen ja nicht in die Keller, die sie überall zu Luftschutzräumen umbauen. Neulich erst war ich bei uns unten, um mich ein wenig umzusehen. Da haben sie gute Arbeit geleistet. Es gibt Decken, ein neu eingebautes Waschbecken, unter dem drei große Kanister mit Trinkwasser stehen. Ein Notabort ist eingerichtet worden, und Konserven stehen in Regalen. Verbandskasten, Kissen, Werkzeuge zum Befreien, wenn man verschüttet wird, sogar Kinderspielzeug hab ich gesehen. Und gibt es auch einen Durchbruch zum Nachbarhaus. Der hat denen dort drüben«, sie nickte zu der Häuserlücke hinüber, »den Hintern gerettet. Sind einer nach dem anderen aus dem Haus nebenan gekrochen. Bis auf die arme Familie von oben. Die liegen noch immer irgendwo unter den Trümmern, während die Kinder auf der Straße die Bombensplitter einsammeln, um sie auf dem Schulhof zu tauschen.«

Sie sprach mit gesenkter Stimme, denn sie hatte das Fenster geöffnet, um für etwas Durchzug zu sorgen, was jedoch vergebens war. Anni griff nach einer auf dem Tisch liegenden Zeitschrift und wedelte sich Luft zu. Wie eine Glocke hing die Hitze des Sommers über der Stadt. Früher hatte Anni die heißen Sommertage gern gehabt. Nachmittage wie den heutigen hatte sie häufig in der Badeanstalt am Ufer des Mains verbracht. Dort konnte man in vom Fluss abgetrennten Becken schwimmen oder unter aufgestellten Palmen die Seele in einem Liegestuhl baumeln lassen. Als Jüdin durfte sie diese längst nicht mehr nutzen. Nirgendwo konnten sie mehr hingehen. Stets hatte sie die Angst, von der SS oder SA kontrolliert und schikaniert zu werden. Seit einiger Zeit mied sie auch die Elektrische, denn sie hatte beobachtet, wie eine ältere Jüdin von zwei SA-Männern aus der Bahn gezogen und auf offener Straße geschlagen worden war. Und das nur, weil die Frau nicht schnell genug ihre Papiere vorgezeigt hatte. Anni achtete seitdem peinlich genau darauf, stets ihr Portemonnaie bei sich zu tragen. Sie selbst war noch nie kontrolliert worden, wofür sie so dankbar war. Bei schönem Wetter trieb es sie manchmal an den Main, wo sie sich auf eine Bank setzte und auf den Fluss blickte. Nicht in die Sonne, das getraute sie sich nicht, weil Juden mit den Plätzen im Schatten vorliebnehmen mussten, was ihr nichts ausmachte. Bereits vor dem Anbringen der Verbotsschilder hatte sie sich lieber einen Schattenplatz gesucht. Hier hatte sie auch Ruths letzten Brief gelesen. Ihre Worte hatten ihr einmal mehr die Tränen in die Augen getrieben. So gern würde sie ihrer Tochter den Wunsch erfüllen und ihr den nächsten Brief aus England schicken, doch das war nicht möglich. Ihre Hoffnungen, das Land verlassen zu können, hatten sich zerschlagen. Auch in die Hochstraße zu den Quäkern ging sie nicht mehr. Henriette Krebs hatte ihr erklärt, dass der Weg nach England seit Kriegsbeginn endgültig versperrt sei. Nur Amerika wäre noch ein denkbares Ziel, allerdings mussten schon die Antragsteller, die im Herbst 1938 registriert worden waren, mehrere Jahre auf ihre Ausreise warten. Anni verfluchte sich innerlich dafür, dass sie sich nicht eher um ein Permit bemüht hatte. Einige Bekannte aus ihrem Umfeld hatten in den letzten Monaten Deutschland Richtung Amerika verlassen, da sie ihre Anträge rechtzeitig gestellt hatten. Henriette Krebs hatte ihr trotzdem Mut zu machen versucht. Wenn sie einen Fürsprecher in Amerika fände, jemanden, der für sie bürgte, dann könnte es vielleicht doch noch gehen. Doch es gab keinen Fürsprecher, weder in Amerika noch sonst irgendwo auf der Welt. Seit diesem Tag war Anni nicht mehr in die Hochstraße gegangen. Einmal hatte sie noch angerufen, und jemand Wildfremdes hatte ihr erklärt, dass Henriette Krebs das Land verlassen habe.

»Vor Einbruch der Dunkelheit kommt meist Max zu mir, damit ich nicht allein bin. Jedes Mal, wenn die Sirenen losheulen, glaube ich, vor Angst umzukommen«, sagte Magda. »Es scheint, als habe er eine Ausreisemöglichkeit nach Amerika aufgetan. Ein alter Freund von ihm ist dort in einem Ministerium tätig und möchte sich für ihn einsetzen. Er will ihn bitten, mich mitnehmen zu können. Stell dir vor. Nach so vielen Jahren wilder Ehe hat er gestern um meine Hand angehalten. Und ich habe ja gesagt. Ein Heiratsantrag im verdunkelten Zimmer, während draußen die Sirenen heulen.«

Sie seufzte hörbar. Anni verschluckte sich an ihrer Limonade.

»Er hat was getan?«

»Er hat um meine Hand angehalten«, erwiderte Magda, als sei es das Normalste der Welt. Solange Anni denken konnte, hatte Magda niemals darüber gesprochen, ihren langjährigen Lebensgefährten Max Loeb zu ehelichen. Im Gegenteil. Sie betonte immer wieder, wie sehr sie die lockere Beziehung zu ihm liebte, die ihr viele Freiheiten ermöglichte. Eine Sängerin wie sie, die heiratete doch nicht.

»Es verbessert meine Aussichten, ausreisen zu können,

wenn ich seine Verlobte bin. Am liebsten würde ich mich natürlich in New York niederlassen, vielleicht könnte ich am Broadway Fuß fassen. Der Bekannte von Max sieht ganz gute Chancen für unsere Ausreise. Immerhin sind wir nicht irgendjemand.«

Ihre Stimme klang zuversichtlich. Anni hatte ihren letzten Ausführungen nur mit halbem Ohr gelauscht. Noch hatte sie die Nachricht von der Verlobung nicht verdaut. »Aber ihr könnt doch eure Verlobung nicht in einem verdunkelten Zimmer in einer Bombennacht feiern«, sagte sie.

»Und wo meinst du, sollen zwei Juden das sonst tun? Vielleicht in einem feinen Lokal bei Champagner?«, fragte Magda bitter.

»Das nicht gerade. Aber irgendwie anders, netter, mit Freunden.« Sie ergriff Magdas Hand und drückte sie fest. »Magda Spiegel – ist verlobt. Was für eine Neuigkeit. Ich freue mich für dich und Max. Und selbstverständlich wünsche ich dir, dass die Ausreise klappen wird.«

»Das ist lieb von dir«, erwiderte Magda gerührt. »Das wünsche ich mir natürlich auch für dich. Hat sich denn bei den Quäkern noch etwas ergeben? Erst neulich habe ich gehört, dass jemandem mit der Hilfe der Quäker die Ausreise über Portugal nach England gelungen ist.«

»Davon habe ich auch gehört«, erwiderte Anni. »Leider habe ich bei meinem letzten Anruf erfahren, dass Henriette Krebs das Land verlassen hat. Damit haben sich meine Möglichkeiten, ins Ausland zu gelangen, erst einmal zerschlagen. Aber ich gebe nicht auf. Georgina hat gesagt, er kenne jemanden, der mir vielleicht weiterhelfen kann.«

»Wenn Georgina das sagt«, erwiderte Magda. »Er ist so

eine gute Haut. Immer und überall bietet er seine Hilfe an, obwohl er selbst es nicht leicht hat. Erst letztens habe ich mitbekommen, wie er von Johannes Brauer – du kennst ihn gewiss noch, er spielte im Orchester Querflöte – öffentlich beschimpft worden ist. ›Elende Tunte‹ hat er ihn genannt, mitten auf der Zeil. Gleich darauf haben einige Hitlerjungen mit Steinen nach ihm geworfen.«

»Wann war das?«, fragte Anni sichtlich schockiert.

»Vor zwei Wochen. Ich weiß es genau, weil kurz darauf ein schreckliches Unwetter losgebrochen ist und ich unter dem Vordach eines Kaufhauses Schutz gesucht habe.«

»Deshalb also«, sagte Anni mehr zu sich selbst.

»Was?«, hakte Magda nach.

»Er ist an dem Abend unangemeldet bei mir aufgetaucht, was ich gar nicht von ihm kenne. Sonst verabreden wir uns immer in dem kleinen Café seiner Freundin. Dort behelligt uns niemand. Er spricht so gern von den alten Zeiten in der Oper. Auch will er jedes Mal wissen, ob ich Neuigkeiten von Ruth habe.«

»Wahrscheinlich hat er danach nicht allein sein wollen«, mutmaßte Magda. »Es wundert mich nicht, dass er zu dir gekommen ist. Er hängt sehr an dir und Ruth. Manchmal habe ich das Gefühl, er sieht in ihr so etwas wie eine eigene Tochter.«

»Ja, sein geliebtes Garderobenmädchen«, erwiderte Anni mit einem Lächeln. »Sogar ein Glitzerkrönchen musste ich ihr von ihm schicken, ohne das würde es in England gar nicht gehen, meinte er.«

Ihr Blick wurde wehmütig. Magda nahm ihre Hand und drückte sie fest.

»Du wirst sie bestimmt bald wiedersehen. Irgendein Weg wird sich finden, davon bin ich überzeugt.«

Anni nickte. Tränen stiegen in ihre Augen. Sie wischte sie hastig ab, zwang sich zu einem Lächeln und nickte.

»Immerhin weiß ich, dass es ihr gutgeht. Immer wieder lese ich ihre Briefe.« Sie nippte an ihrer Limonade. »Und ich bin so stolz auf sie, dass sie die Pamina singen soll. Auch wenn nun nicht mehr sicher ist, wann es zu der Aufführung kommen soll.«

»Vielleicht sollten wir doch feiern«, sagte Magda. Verwundert blickte Anni sie an. »Ruth darf ihre erste Hauptrolle singen. Auch wenn wir nicht dabei sein werden, was ich sehr bedaure, denn sie wird es großartig machen. Wir sollten auf sie anstoßen. Und dann heirate ich auch noch. Ich alte Schachtel. Das muss man sich mal vorstellen.«

Sie verdrehte theatralisch die Augen. Ganz die alte Operndiva, kam es Anni in den Sinn.

»Aber eigentlich müssten Georgina und Max mitfeiern. Georgina, weil wir auf Ruth anstoßen und weil ein Fest ohne ihn keinen Spaß macht. Und Max ...« Weiter kam sie nicht.

»Max ist heute nach Friedberg zu seiner Mutter gefahren, der es mal wieder nicht gut geht«, fiel ihr Magda ins Wort. »Aber er hätte gewiss nichts dagegen, wenn wir für ihn mitfeiern.« Sie zwinkerte Anni zu. »Jetzt müssten wir nur noch überlegen, wo unser Fest steigen soll und wie wir unseren netten Garderobier erreichen.«

»Das ist einfach«, erwiderte Anni. »Er arbeitet doch in der Barberina. Das wäre der perfekte Ort für unser kleines Fest. Wir müssen es nur schlau anstellen, damit uns niemand erkennt.«

»Wir könnten uns verkleiden. Ich hab eine Kiste mit Kostümen und Requisiten aus dem Saalbau gerettet. Darin sind auch einige Perücken.«

»Perücken?«, wiederholte Anni ungläubig.

»Ja«, sagte Magda. »So wie wir sind, werden wir nicht einfach in die Barberina hineinspazieren können. Wir würden doch sofort erkannt werden.«

Sie stand auf und lief in den Nebenraum, den sie als Schlafzimmer nutzte. Anni folgte ihr. Magda öffnete eine in der Ecke stehende Truhe und beförderte ein Theaterkostüm nach dem anderen heraus. Funkelnde Kleider, mit Spitze gesäumte Blusen, eine dunkelblaue Samthose, eine seidene Stola, drei Krawatten, einen verknitterten rosafarbenen Rock aus Seidentaft. Triumphierend hielt sie die erste Perücke in die Höhe. Blonde lange Locken. Sie reichte sie Anni. »Diese hier wäre doch was für dich.«

Anni nahm die Perücke skeptisch entgegen. Auf der Bühne sahen die blonden Locken hübsch aus, zur Mode der heutigen Zeit wollten sie allerdings nicht passen. Sie behielt ihre Vorbehalte jedoch für sich, denn sie wollte Magda die Laune nicht verderben. Ihre Euphorie tat gut und war ansteckend. Vielleicht war es wirklich an der Zeit, dass sie mal wieder etwas Verrücktes taten und wie in den alten Zeiten um die Häuser zogen. Und am Ende würde diese Nacht auch das Heulen der Sirenen ausbleiben, was sie hoffte. Ausgelassenheit und Bombenalarm passten nämlich ganz und gar nicht zusammen. Erneut zog Magda eine Perücke aus der Kiste. Diesmal war es kastanienbraunes halblanges Haar.

»Die hier ist wie für mich gemacht.«

Sie lief zu dem neben dem Bett stehenden Spiegel und

setzte sich die Perücke auf, die im Theater für einen Pagen gedacht war.

Anni musterte Magda skeptisch von der Seite.

»Wir müssen irgendetwas damit anstellen. So sieht jeder auf den ersten Blick, dass etwas mit dem Haar nicht stimmt.«

»Vielleicht in Wellen legen und am Hinterkopf hochstecken«, überlegte Magda und drehte sich von links nach rechts.

»Das könnte gehen«, stimmte Anni zu.

»Dann geh ich mal das Kletteisen holen«, sagte Magda. »Wäre ja noch schöner, wenn wir zwei Bühnenprofis es nicht hinbekommen würden, uns anständig zu verkleiden.«

Sie verließ den Raum und kam wenig später mit ihrem Kletteisen wieder.

Es dauerte eine gute Stunde, bis sie mit den Ergebnissen ihrer Bemühungen zufrieden waren. Beide hatten ihre Kleidung gewechselt. Anni trug jetzt ein hübsches geblümtes Sommerkleid, in das Magda schon seit Jahren nicht mehr reinpasste. Nachdem Anni es angezogen hatte, hatte Magda spontan beschlossen, es ihr zu schenken. Sie selbst trug ein schmal geschnittenes fliederfarbenes Kleid, das ihr hervorragend stand. An einem heißen Sommertag wie dem heutigen war es ihrer Meinung nach undenkbar, dunkle Farben zu tragen. Annis blonde Locken hatten sie am Hinterkopf hochgesteckt. Magdas Pagenkopf hatten sie mit dem Kletteisen in sanfte Wellen gelegt. Nun würde kein Mensch mehr erkennen, dass es sich um Perücken handelte. Schnell schminkten sich beide noch die Lippen rot, trugen Wimperntusche und Rouge auf. Die Verwandlung berauschte sie beide.

»Es ist perfekt. Ich bin gespannt, wie lange es dauert, bis Georgina uns erkennt«, sagte Magda mit einem Schmunzeln.

»Ich gebe uns keine Minute«, erwiderte Anni.

»Niemals. Er braucht mindestens fünf Minuten«, widersprach Magda.

»Wollen wir wetten?« Anni hielt Magda die Hand hin. »Sagen wir um einen Martini?«

Magda schlug ein. »Gilt.«

Sie verließen den Raum und stiegen wenig später in die Elektrische. Diesmal hatte Anni keine Angst. Mit hoch erhobenem Kopf nahm sie neben Magda Platz und lächelte einer jungen Mutter zu, die ihrer kleinen Tochter gerade mit einem Taschentuch den eisverschmierten Mund abwischte. Während der kurzen Fahrt schwiegen beide. Als sie am Groß-Frankfurt ausstiegen, standen zwei SA-Männer rauchend in der Nähe des Eingangs. Annis Hände begannen bei ihrem Anblick zu zittern. Was war, wenn die beiden sie nach ihren Ausweisen fragten? Dann wäre alles mit einem Schlag vorbei. Am Ende würden sie sogar abgeführt, eingesperrt, im schlimmsten Fall sogar weggebracht werden. War es das wert? Ihre Schritte wurden langsamer. Magda schien ihre Unruhe zu bemerken. Sie wandte sich ihr zu und lächelte aufmunternd. Anni deutete ein Nicken an. Jetzt nur nicht einknicken. Ihr Auftritt musste perfekt sein. Sie straffte die Schultern, setzte ein strahlendes Lächeln auf und gab sich die größte Mühe, möglichst verführerisch mit dem Hintern zu wackeln, während sie an den Männern vorüberlief. Es funktionierte besser als gedacht. Einer der beiden sprang sogar herbei, um ihnen die Tür zu öffnen, und wünschte ihnen mit einem freundlichen Lächeln einen schönen Abend. Dann betraten sie die Barberina, die zu dieser frühen Stunde noch vollkommen leer war. Auf der Bühne baute die für den heutigen Abend angekündigte Musikgruppe ihre Instrumente auf. Vier junge Männer, alle adrett in schwarze Smokings gekleidet, und eine Frau, die ein schmal geschnittenes Seidentaftkleid trug. Hinter der Bar stand Georgina und putzte Gläser. Anni und Magda steuerten auf ihn zu. Er grinste ihnen breit entgegen und begrüßte sie mit den Worten: »Gar nicht so schlecht, Mädels.«

»Gewonnen«, kommentierte Anni seine Bemerkung mit einem Seitenblick auf Magda.

»Du hast doch nicht ernsthaft angenommen, ich würde eure Verkleidung nicht sofort durchschauen«, wandte sich Georgina an Magda. In seiner Stimme schwang Entrüstung mit.

»Na ja. Wir haben uns Mühe gegeben«, versuchte sie, sich herauszureden.

»Nicht genug, um eure gute, alte Georgina zu täuschen«, erwiderte er und wischte sich die Hände an einem Tuch trocken. »Obwohl ihr es gut hinbekommen habt. Lange keine zwei so scharfen Dinger mehr gesehen.«

»Georgina!« Magda schlug nach ihm, doch Georgina wich ihr geschickt aus, wandte sich Anni zu und fragte: »Was verschafft mir die Ehre eures Besuchs?«

»Wir haben etwas zu feiern.«

»Muss ja wichtig sein, wenn ihr euch dafür so in Schale schmeißt«, sagte er.

»Das ist es auch. Magda wird bald heiraten.«

Georginas Augen weiteten sich.

»Heiraten. Magda. Ehrlich? Kein Scherz? Ihr wollt mich veräppeln. Unsere Diva, die jedes Standesamt wie der Teufel das Weihwasser gemieden hat, will in den Hafen der Ehe einfahren. Ehrlich?«

»Ja, ehrlich«, entgegnete Magda etwas bissig. »So abwegig ist das jetzt auch wieder nicht.« Georgina blickte zu Anni, die sich um ein verbindliches Lächeln bemühte.

»Selbstverständlich. Ich meine, natürlich nicht«, lenkte er ein. »Lieber spät als nie.« Er atmete tief durch. »Was für eine Neuigkeit. Darauf brauche ich erst einmal einen Drink.« Er schenkte sich mit Schwung einen doppelten Whiskey ein, leerte das Glas in einem Zug, stellte es auf den Tresen und fragte mit einem Grinsen auf den Lippen: »Habt ihr die Brautjungfern schon ausgewählt?«

Es entstand eine kurze Pause, dann prusteten alle drei los. Georgina war der Erste, der sich wieder beruhigte. »Schaumwein. Wir brauchen sofort etwas Prickelndes«, rief er und fischte eine Flasche vom Regal. »Ist zwar kein Champagner, schmeckt aber auch.« Er ließ fröhlich den Korken knallen und winkte die Musikgruppe näher, die bereits mitbekommen hatte, dass es etwas zu feiern gab. Es wurde gratuliert, gelacht und angestoßen. Die Musiker verweilten nur kurz bei ihnen, denn langsam begann sich der Raum zu füllen und bald sollte ihr Auftritt beginnen.

»Ist wie immer leichte Kost«, sagte Georgina, als sie außer Hörweite waren. »Aber für gute Laune reicht die Musik allemal, und davon können wir heute Abend nicht genug haben.«

Er zwinkerte Magda zu und schenkte noch einmal nach. Anni, die schon ewig nichts mehr getrunken hatte, merkte, wie ihr der Alkohol sofort zu Kopf stieg. Sie setzte sich auf einen der Barhocker und schlug die Beine übereinander. Georgina registrierte, wie elegant sie aussah. Bei all den schlechten Nachrichten, die ihre Begegnungen sonst überlagerten, hatte er ganz vergessen, was für eine schöne Frau Anni war. Das blonde Haar gefiel ihm an ihr, konnte aber mit ihrem wunderhübschen kastanienbraunen Naturfarbton nicht mithalten. Sie war schmaler geworden, was ihr gut stand. Georgina wollte in diesem Moment den Gedanken nicht zulassen, dass es Kummer und Hunger waren, die an ihr zehrten. Schon morgen wäre Anni wieder das graue Mäuschen, das sich vor allen unsichtbar zu machen versuchte und dessen Anblick er kaum ertragen konnte. Am liebsten würde er diesen Augenblick des Glücks festhalten. Wie sehr er sich doch wünschte, dass der Alptraum endlich ein Ende hätte. Einfach nur in die Garderobe zurückkehren und einen normalen Alltag leben dürfen.

Die Musiker begannen zu spielen. Die junge Sängerin bemühte sich redlich, konnte Anni und Magda mit ihrer Kopie von Zarah Leanders »Bei mir bist du schön« jedoch nur ein müdes Lächeln entlocken. Auch mit ihrer Interpretation von »Lili Marleen« punktete sie nicht. Erst als einer der Männer »Goodbye Johnny« von Hans Albers anstimmte, begannen die beiden den Takt mit den Füßen mitzuwippen. Der junge Sänger hatte eine mitreißende Art, das Lied zu präsentieren, was den ganzen Raum zum Lachen und Mitsingen brachte. Als er endete, brandete Applaus auf. Annis Blick fiel auf die Sängerin, die hinter ihm neben einem der Gitarristen stand. Ihrer Miene war anzusehen, was sie von dem Beifall für ihren Kollegen hielt.

»Ich habe mir sagen lassen, dass in der Unterhaltungsmusik noch mehr Zicken herumlaufen als auf allen Opernbühnen dieser Welt«, raunte ihr Magda zu.

Anni beugte sich zu ihr hinüber und erwiderte grinsend: »Bei dieser Diva wäre es besser, sie würde sich bald heiraten lassen. Dann würde das klägliche Gejaule dem Publikum erspart bleiben.«

»Da hör sie dir einer an«, mischte sich Georgina in das Gespräch ein. »Seit langem mal wieder einen Abend unterwegs, und was machen sie? Über das arme Mädel herziehen.«

Anni warf Georgina einen kurzen Blick zu, der alles sagte.

»Gut«, lenkte er ein. »Die Stimme ist ausbaufähig. Aber sie ist recht hübsch. Das lässt den ein oder anderen schiefen Ton vergessen. In zwei Stunden hat auch der letzte Gast in diesem Etablissement so viel getrunken, dass er die Patzer nicht mehr hören wird.« Er lächelte.

»So viel kann ich gar nicht trinken«, sagte Magda trocken und nippte an ihrem Schaumwein.

»Na sieh mal einer an«, sagte plötzlich eine bekannte Stimme neben Anni, die sie erstarren ließ. »Sie sind es tatsächlich. Zuerst dachte ich, es könnte nicht sein. Aber dann ...«

Anni wandte sich um und blickte in das Gesicht von Leni Baumgartner.

»Stell sich das einer vor. Zwei verkleidete Jüdinnen im Barberina, wer hätte das gedacht.«

Sie sprach so laut, dass sie sämtliche Umstehende hören konnten. Anni konnte es nicht fassen. Ausgerechnet Leni Baumeister mussten sie heute Abend über den Weg laufen.

Jetzt war alles aus. Doch Georgina bewahrte Ruhe. Er blickte kurz zu Anni und Magda, dann begrüßte er Leni Baumgartner lautstark.

»Frau Baumgartner, was für eine Ehre, Sie heute Abend zu Gast zu haben. Wenn ich mir die Frage erlauben dürfte: Von welchen Jüdinnen sprechen Sie bitte?«

Wie aus Versehen stupste er ein Glas Rotwein an, das vor ihm auf dem Tresen stand. Es kippte nach vorn, und der Inhalt ergoss sich über Leni Baumgartners hellblaues, mit funkelnden Strasssteinchen besetztes Kleid. Lautstark begann sie zu fluchen.

»Ach du meine Güte«, rief Georgina aus, griff nach einem Tuch und lief hinter dem Tresen hervor, um Leni Baumgartner vermeintlich behilflich zu sein. Dabei ließ er noch zwei Stühle und eine Flasche Wasser umkippen, was für zusätzliche Unruhe sorgte. Anni und Magda nutzten sein Ablenkungsmanöver und stürzten zum Ausgang. Jetzt galt es, möglichst schnell zu verschwinden. Im Eingangsbereich standen einige Gruppen junger Leute beieinander, die sie verwundert anstarrten, als sie an ihnen vorübereilten. Anni verlor einen Schuh, ließ ihn in der Eile aber liegen. Auf der Straße entledigte sie sich noch des zweiten, um besser laufen zu können. Ein Stück vom Groß-Frankfurt entfernt blieben die beiden nach Luft ringend an einer Straßenkreuzung stehen.

»Dieses elende Miststück«, fluchte Magda. »Nur einen einzigen Abend trauen wir uns hinaus, und dann versaut sie einem das ganze Glück.«

»Ich glaube, ich bin in eine Glasscherbe getreten«, ging Anni nicht auf Magdas Worte ein. Sie stützte sich an einer Straßenlaterne ab und begutachtete ihre Fußsohle. »Und die

Schuhe sind futsch.« Sie ließ die Straßenlaterne nicht los, obwohl sie bereits wieder auf zwei Beinen stand. »Die Welt dreht sich«, säuselte sie und lehnte den Kopf gegen den Laternenpfosten.

»Vergiss die Schuhe«, erwiderte Magda. »Wir sollten sehen, dass wir von hier wegkommen. Jetzt ist nicht der richtige Zeitpunkt, um mit einer Straßenlaterne zu kuscheln.«

Sie griff nach Annis Arm und zog sie mit sich. Sie überquerten die Straße. Anni trällerte Hans Albers und kicherte albern. Magda bemühte sich vergeblich, ein Taxi heranzuwinken.

»Dann also doch die Straßenbahn«, sagte sie und zog Anni mit sich, doch sie kamen nicht mehr weit. Schon drang wieder Leni Baumgartners Stimme an ihre Ohren. Erschrocken wandten sich beide um.

»Da vorn sind die beiden. Verkleidete Jüdinnen. Wenn ich es doch sage.«

Leni Baumgartner kam hektisch winkend auf sie zugelaufen. Im Schlepptau zwei SA-Männer und ihren Ehemann. Magda zerrte Anni auf die Straße. Nur noch wenige Schritte, dann wären sie an der Straßenbahnstation, wo gerade eine Elektrische hielt. Doch Anni stolperte über den Bordstein und fiel hin. Magda wollte ihr aufhelfen, schaffte es aber nicht mehr. Ihre Verfolger holten sie ein und umringten sie. Leni Baumgartner riss Anni mit einem Ruck die blonde Perücke vom Kopf.

»Sehen Sie«, rief sie triumphierend aus. »Sie sind Jüdinnen, Betrügerinnen, die ein für alle Mal weggesperrt gehören.«

Anni sah hinter der Gruppe Georgina. Er war stehen-

geblieben und kam nicht näher. Einer der beiden SA-Männer zerrte auch Magda die Perücke vom Kopf, warf sie auf
den Boden und verpasste ihr eine schallende Ohrfeige.

»Dreckige Jüdin«, rief er. »Was bildest du dir überhaupt
ein.«

Passanten blieben neugierig stehen. Einige fielen in die Be-
schimpfungen der Männer mit ein. Anni senkte den Kopf.
Noch immer drehte sich alles, ihr wurde übel. Einer der SA-
Männer brüllte sie an und zerrte an ihren Haaren.

»Geht einfach so ins Barberina, das elende Miststück. Na,
dir werden wir schon noch zeigen, wo es langgeht.«

Sein Atem stank nach Bier und Zigaretten. Er schlug ihr
mit voller Wucht ins Gesicht. Vor Annis Augen tanzten Sterne, und sie kippte zur Seite. Unsanft landete sie auf dem
harten Pflaster, schmeckte Blut auf ihren Lippen. Keine Sekunde danach hielt ein Wagen der Gestapo vor ihnen. Die
beiden SA-Männer verfrachteten Anni und Magda auf den
Rücksitz des Autos. Kurz sah Anni noch Leni Baumgartners
Gesicht durch die Autoscheibe, dann setzte sich der Wagen
in Bewegung.

*

Als Anni erwachte, wusste sie erst nicht, wo sie war. Sie
blickte auf eine graue Betondecke. Ihr Kopf dröhnte. Erinnerungen blitzten auf. Magdas Gesicht. Das Barberina,
Georginas Lachen, die Melodie von »Goodbye Johnny«.
Ihre Lippe fühlte sich geschwollen an, und der metallene
Geschmack von Blut lag auf ihrer Zunge. Die Erinnerungen
kehrten zurück. Leni Baumgartner, dieses Biest. Sie hatte alles verdorben. Magda. War sie bei ihr?

»Magda?«, fragte Anni in die Stille.

Sie erhielt keine Antwort. Stöhnend drehte sie sich zur Seite und ließ ihren Blick durch die winzige Kammer schweifen. Fahles Licht fiel durch ein schmales, vergittertes Fenster auf den Boden neben ihrer Pritsche, die der einzige Einrichtungsgegenstand zu sein schien. Es roch nach muffigem Keller und war stickig. Magda war nicht hier. Aber das konnte nicht sein. Sie waren gemeinsam hergebracht worden. Anni überlegte angestrengt. Das helle Neonlicht der Flurlampen hatte sie geblendet. Stimmen, sie war gestoßen worden. Treppenstufen, sie hatte Probleme mit dem Gleichgewicht gehabt. Sie schloss die Augen, in die Tränen stiegen. Magda, sie war fort. Saß sie ebenfalls in einer finsteren Zelle? Am Ende hatten sie ihr etwas angetan. Verzweiflung übermannte sie. Was war, wenn sie sie in eines dieser schrecklichen Lager brächten, aus denen die Menschen niemals wieder oder stumm zurückkehrten? Wie hatten sie nur so leichtsinnig sein können? Aber war es denn zu viel verlangt, einfach mal zu leben, ein wenig übermütig und ausgelassen zu sein? Anscheinend schon. Die Realität hatte sie eingeholt, jetzt zahlten sie die Zeche. Doch wie hoch wäre der Preis? Sie ahnte, was kommen würde. Schon für geringere Vergehen konnte man in eines der KZs verschleppt werden. Die Tränen liefen über ihre Wangen. Hier war Endstation. Vor ihrem inneren Auge sah sie Ruths Gesicht. Hatte ihr Mädchen, das so hoffnungsvolle Briefe schrieb, eine solch verantwortungslose Mutter verdient? So oft hatte sie sich in den letzten Wochen vorgestellt, ihre Tochter in die Arme zu schließen, mit der Hand durch ihre braunen Locken zu streichen, ihr kindliches Lachen zu hören, sie als Pamina in der »Zauberflöte«

200

zu sehen. Immer wieder hatte sie die Fotografie angesehen, auf der sie gemeinsam mit Walter abgebildet war. Ihr kleines Mädchen war gewachsen, trug das Haar länger und zu Zöpfen geflochten, was Anni gut gefiel. Ruth hatte auf dem Bild so fröhlich ausgesehen. Ein Jahr im Leben eines Kindes brachte so viele Veränderungen. Die Zeit flog dahin, und sie konnte nur aus der Ferne an ihrem Leben Anteil nehmen, durfte ihr nur noch wenige Zeilen senden. Fünfundzwanzig Worte in einem Rot-Kreuz-Brief. Was sollte man damit schon ausdrücken können. Oder war es am Ende vielleicht besser so? Annis Leben beschränkte sich auf die immer gleichen Dinge, wurde jeden Tag mehr eingeschränkt, war von Angst geprägt. Fünfundzwanzig Worte reichten für ein wenig Hoffnung. Jetzt würden auch sie bald fehlen. Sie spürte es. Vielleicht war es besser so. Bis er am Dachbalken gehangen hatte, kam es ihr in den Sinn. Dann waren Schmerz und Kummer ein für alle Mal vorbei. Niemand konnte einem dann mehr weh tun, einem das Liebste wegnehmen. Für immer einschlafen und diese Welt verlassen. Ruth würde es überstehen. Sie war ein starkes Mädchen, hatte den Charakter ihres Vaters geerbt. Sie würde ihren Weg auch ohne ihre Mutter gehen, würde zu einer jungen, hübschen Frau heranwachsen. Vielleicht eines Tages eine Sängerin und selbst eine Mutter werden. Allein, ohne ihre Mutter an ihrer Seite. So konnte es der Herrgott doch nicht gewollt haben. Ruth war ihr Mädchen, ihr Ein und Alles.

»Sing mir das Jankele«, sagte Anni leise zu sich selbst. Seitdem Ruth fort war, hatte sie es nicht mehr gesungen. Es gehörte zu ihrem Kind und würde sich ohne es sonderbar anfühlen, so hatte sie bis heute gedacht. Doch jetzt, in der Dunkelheit dieser engen Zelle, in der Ungewissheit, vielleicht im Angesicht des Todes, verhieß es ihr Trost. Sie begann zu singen. Wie immer, wenn sie das Jankele anstimmte, breitete sich auch jetzt das warme Gefühl der Geborgenheit in ihr aus. Die jiddischen Worte, sie waren so wunderbar vertraut. Sie schloss die Augen, summte die Melodie und wünschte sich plötzlich in die Laubhütte hinter der alten Synagoge zurück, die es heute nicht mehr gab. Dort hatte sie sich so wunderbar geborgen gefühlt. Sie sah vor ihrem inneren Auge, wie das Sonnenlicht durch das Blätterdach auf die liebevoll gedeckten Tische fiel. Das Jankele, damals hatte sie es zum ersten und einzigen Mal in einer größeren Runde gesungen, ihre geliebte Ruth auf dem Schoß. Sie verschränkte die Arme vor der Brust, als würde sie etwas an sich drücken. Mehrmals wiederholte sie das Lied, klammerte sich regelrecht an die vertrauten Zeilen. Fünfundzwanzig Worte für ein wenig Hoffnung, kam es ihr in den Sinn. Fünfundzwanzig Worte als letztes Lebenszeichen. So durfte es nicht enden. Irgendwann schlief sie ein.

Gleißendes Licht und eine ruppige Stimme weckten sie wenig später. Noch ehe sie irgendwie reagieren konnte, wurde sie grob an der Schulter gepackt und von der Pritsche gezogen. Eine Männerstimme sprach im Befehlston zu ihr. »Mitkommen, Jüdin.«

Sie wurde zur Tür hinausgeschoben. Im Flur empfing sie grelles Neonlicht. Anni kniff die Augen zusammen. Ihr Herz begann wie wild zu schlagen, während der Wachmann sie vor sich her schubste. Jetzt war es so weit. Sie brachten sie weg. Für sie war sie einfach nur eine wertlose Jüdin, die sich nicht an die Regeln gehalten hatte. Es ging eine steinerne

Kellertreppe nach oben. Anni stolperte über die Stufen und fiel hin. Ihr Schienbein durchfuhr ein stechender Schmerz. Tränen schossen in ihre Augen. Unsanft zerrte sie der Mann auf die Füße und trieb sie zur Eile an. Sie humpelte die letzten Stufen hinauf, in ihren Ohren rauschte es. Sie erreichten das Erdgeschoss. Inzwischen hatten sich Annis Augen an die Helligkeit gewöhnt. Sie liefen einen grau gestrichenen Flur hinunter. Geöffnete und geschlossene Türen wechselten sich ab. In einem Raum saßen sich zwei Männer mittleren Alters an Schreibtischen gegenüber und unterhielten sich lachend. Zigarettenqualm schwängerte die Luft. Es ging um eine Ecke, an einer leeren Stuhlreihe vorüber, zum Hinterausgang. Draußen empfing Anni die milde Luft der sommerlichen Nacht. Vor der Tür wartete ein schwarzer Wagen mit laufendem Motor. Die hintere Wagentür wurde geöffnet, und sie wurde wortlos auf den Rücksitz verfrachtet. Die Autotür wurde geschlossen, jemand klopfte mit der flachen Hand aufs Wagendach, dann begann die Fahrt. Anni saß mit klopfendem Herzen auf dem Rücksitz. Ein Mann saß am Steuer, niemand neben ihm. Wo würde diese Fahrt enden? Vermutlich an einem Bahnhof. Die Menschen wurden mit Zügen fortgebracht, jedenfalls erzählte man sich das. Gerüchte, Mutmaßungen. Damals im November, als man die jüdischen Männer abgeholt hatte, waren sie zuerst in die Festhalle gebracht worden. Auch ihr Kollege Hans Erl war unter ihnen gewesen. Sie war ihm einige Tage nach den schrecklichen Tagen der Angst im Saalbau begegnet. Der Alltag im Kulturbund sollte weitergehen, was leider nicht mehr möglich gewesen war. Hans Erl hatte sich damals in der Festhalle freigesungen. Einer der Obergruppenführer hatte ihn nach seinem Beruf gefragt. Als er mit Opernsänger antwortete, sollte er die Sarastro-Arie aus der »Zauberflöte« singen.

»In diesen heiligen Hallen kennt man die Rache nicht« – welche Worte im Angesicht dieser Kulisse, hatte er gesagt. Er hatte damals gehen dürfen. Seit dem Abend im Saalbau hatte Anni ihn nicht wiedergesehen. Sie hoffte, dass ihm und seiner Frau die Ausreise gelungen war. »Die Zauberflöte«, dachte sie traurig. Mozart schien sie zu verfolgen. Ruth würde das Stück auf Englisch aufführen. »The Magic Flute«. In Annis Augen traten Tränen. Es war vorbei. Niemals wieder würde sie ihre Stimme hören, ihre Nähe spüren, mit ihr gemeinsam das Jankele singen. Wahrscheinlich konnte sie ihr nicht einmal einen letzten Gruß schicken. Still und heimlich würde sie verschwinden. Fortgebracht, vergessen – irgendwo verschollen. Sie blickte aus dem Fenster. Düster wirkende Straßenzüge zogen an ihr vorüber. Die Lichter der Stadt waren seit Beginn des Krieges verdunkelt. Es gab keine erhellten Fenster, keine leuchtenden Straßenlaternen, Ampeln und Leuchtreklamen mehr. Der eine oder andere Wagen kreuzte wie ein Schatten ihren Weg. Die Gehwege waren wie leergefegt. Und dennoch war diese Nacht hell, denn der Vollmond stand am wolkenlosen Himmel und tauchte Häuser, Straßen und Plätze in fahles Licht. Es war wunderbar still. Keine Sirenen heulten, keine Flugzeugmotoren waren zu hören.

»Das war sehr unvorsichtig von Ihnen«, sagte der Fahrer. Annis Augen weiteten sich. Sie kannte diese Stimme.

Es war Heinrich Gabler, der den Wagen fuhr.

»Herr Gabler. Woher …«, setzte sie zu einer Frage an.

»Ihr Freund hat mich angerufen. Norbert Baum ist sein Name. Oder sollte ich besser Georgina sagen?«

»Georgina«, wiederholte Anni. Dann fiel es ihr ein. Sie hatte ihm in der Nacht nach Ruths Abfahrt von Heinrich Gablers Hilfe mit dem Pass berichtet.

»Ist ein kluger Bursche, diese Tunte«, fuhr Heinrich Gabler fort. »Ich hab ja nichts gegen diese Sorte Mensch. Er war ziemlich aufgeregt. Es hat ein Weilchen gedauert, bis ich die genauen Umstände aus ihm herausbekommen habe. Leni Baumgartner, Ihre Nachfolgerin, war also die Übeltäterin. Ich habe sie bisher nur einmal auf der Bühne erlebt. Es war ein Trauerspiel.« Anni konnte sehen, wie er den Kopf schüttelte. Sie bogen in die Güntersburgallee ein und hielten vor ihrem Haus. Er wandte sich zu ihr um.

»Machen Sie so etwas bitte niemals wieder. Dieses eine Mal konnte ich Sie noch herausholen. Ein nächstes Mal wird es nicht geben.«

»Wie haben Sie ...«

»Offiziell gilt der Fall als Verwechslung«, fiel er ihr erneut ins Wort. »Der Vorfall im Barberina ist aufgrund von Trunkenheit aller Beteiligten zustande gekommen. Die festgenommenen Personen waren nach Prüfung der Papiere nicht als Jüdinnen zu erkennen. Die Akte liegt jetzt auf meinem Schreibtisch. Von dort aus wird sie morgen als abgeschlossen ins Archiv wandern.«

»Und Magda Spiegel?«, fragte Anni.

»Ist bereits auf dem Weg nach Hause. Ich habe sie persönlich ihrem Lebensgefährten Max Loeb übergeben. Er hat mir fest versprochen, gut auf sie achtzugeben.«

»Danke«, sagte Anni. »Aber sagen Sie: Warum helfen Sie mir? Ich meine, das mit Ruth und heute ...«

Er hob die Hand und brachte sie damit zum Schweigen.

»Nicht reden. Nichts hinterfragen. Es ist besser so.« Ihre Blicke trafen sich. Einen Moment schwiegen beide, und es herrschte eine sonderbare Spannung. Annis Herz schlug erneut schneller. Diesmal jedoch nicht, weil sie Angst hatte. Sie kannte dieses Gefühl und hätte es nur allzu gern zugelassen, denn es versprach unbändiges Glück. Doch jetzt war es fehl am Platz. Er öffnete die Autotür, half ihr aus dem Wagen und brachte sie zum Haus. Beide waren erleichtert, dass Hiltrud Meisers Tür verschlossen blieb, was um drei Uhr morgens nicht verwunderlich war. Vor Annis Wohnungstür hielten sie inne. Erst jetzt fiel ihr das Fehlen ihrer Tasche auf. Heinrich reichte sie ihr mit einem Lächeln.

»Ich glaube, es wartet noch jemand auf Sie.« Er zwinkerte ihr zu, deutete eine Verbeugung an und wünschte ihr gute Nacht.

Anni wollte etwas erwidern, fand jedoch die richtigen Worte nicht. Spontan fiel sie ihm stattdessen um den Hals. Er roch nach Rasierwasser und Schweiß. Sie spürte seinen Atem an ihrem Hals. Er schloss die Arme um sie und drückte sie an sich. Nur für einen kurzen Augenblick, dann trat er einen Schritt zurück und ging ohne ein weiteres Wort die Treppe hinauf. Anni hörte das Klappern seines Schlüssels, seine Tür fiel ins Schloss. Stille. Sie hätte ihn nicht umarmen sollen. Sie war eine Jüdin, er bei der Gestapo. Er hatte sie zu verachten, sie ihn zu fürchten. So war es vorgeschrieben, diktierten es die Regeln. Leider wollte sich das Kribbeln in ihrem Bauch nicht daran halten. Gefühle waren nicht dafür geschaffen, sich an Regeln zu halten. Sie blickte die Stufen hinauf. Nicht reden, nichts hinterfragen, hatte er gesagt. Noch immer hatte sie seinen Geruch in der Nase, glaubte sie, seine Nähe zu spüren. Heute Abend hatte er einen Weg gefunden, die Regeln zu umgehen. Wofür sie ihm unendlich dankbar war. Sie fischte den Schlüssel aus ihrer Handtasche und schloss die Tür auf. In der Küche saß Georgina. Er war im Sitzen eingeschlafen. Sie ging zu ihm und stupste ihn vorsichtig an. Sofort schoss er in die Höhe und blickte verwirrt um sich.

»Was ist? Wo ist sie?«

»Georgina. Ich bin es«, suchte Anni, ihn zu beruhigen. »Ich bin hier.« Sie sank auf einen Stuhl neben ihm, griff nach seiner Hand, drückte sie fest und sagte: »Was würde ich nur ohne dich tun?«

»Meine Güte, Anni.« Georgina sank erleichtert in sich zusammen. »Er hat also Wort gehalten.«

»Er hat gesagt, du habest ihn angerufen.«

»Etwas anderes ist mir nicht eingefallen. Er hat doch schon einmal geholfen. Da dachte ich, er könnte es wieder tun.«

»Gut gedacht«, erwiderte Anni und strich ihm zärtlich über die glattrasierte Wange.

Georgina nickte. In seinen Augen schimmerten Tränen. Er griff nach Annis Hand, drückte sie fest und sagte: »Ich glaube, er liebt dich.«

Anni erwiderte nichts, nickte nur. Erneut spürte sie das verheißungsvolle Kribbeln in ihrem Bauch.

»Du liebst ihn auch«, schlussfolgerte Georgina richtig.

Anni kam sich ertappt vor. Sie warf ihm ein müdes Lächeln zu. »Und wenn schon. Er ist bei der Gestapo, und ich bin eine Jüdin.«

»Ich weiß«, erwiderte Georgina und verdrehte die Augen. »Wieso sollte es einem die Liebe auch leichtmachen? Kompliziert scheint es das verdammte Luder bedeutend lieber zu mögen.«

»Die Liebe als verdammtes Luder zu bezeichnen kriegst auch nur du hin«, erwiderte Anni mit einem Schmunzeln.

»Wenn es doch wahr ist«, antwortete Georgina und fragte: »Und jetzt?«

»Nichts und jetzt. Morgen werde ich Ruth schreiben. Fünfundzwanzig Worte für ein wenig Hoffnung. Heute konnten wir dem Schicksal ein Schnippchen schlagen. Vielleicht ist das ja ein gutes Zeichen, und es wird alles gut werden. Am Ende findet sich doch noch ein Weg, um zu ihr zu gelangen. Gleich bei Tagesanbruch werde ich noch einmal zu den Quäkern gehen. Irgendeine Lösung wird sich doch finden lassen. Vielleicht klappt doch Amerika.«

»Nach Amerika. In das Land der unbegrenzten Möglichkeiten. Vielleicht sollte auch ich meine Koffer packen und dorthin fahren. Was meinst du?«

»Du – nach Amerika? Mit deiner Angst vor Überseefahrten? Warst du nicht derjenige, der gesagt hat, dass der ganze Atlantik voller Schiffe fressender Eisberge wäre? Von deiner angeblichen Seekrankheit abgesehen. Und was würde dann aus mir werden? Du darfst mich jetzt nicht verlassen.«

»Darf ich nicht?«, fragte Georgina und zog eine Augenbraue in die Höhe.

»Nein«, erwiderte Anni leise. Georgina lächelte, griff nach ihrer Hand und drückte sie fest.

»Wenn das so ist. Dann bleibe ich natürlich. Suche ich mir eben im guten alten Frankfurt eine neue Stellung.«

Er zwinkerte Anni zu.

»Nicht doch«, erwiderte sie.

»Mach dir keine Gedanken«, sagte er. »Ich habe das Barberina sowieso gehasst und ständig mit dem Chef gestritten. Gewiss findet sich schnell etwas Neues. Ein Kumpel von mir hat erst neulich eine Bar in der Nähe des Hauptbahnhofs eröffnet. Bestimmt kann er einen guten Barmann gebrauchen. Jetzt zählt erst einmal, dass es dir gut geht. Alles andere ist nebensächlich.«

Anni nickte mit Tränen in den Augen. Eine von ihnen kullerte ihre Wange hinunter. Georgina wischte sie ab.

»Nicht weinen. Wir werden das Kind schon schaukeln.«

Anni nickte und erwiderte: »Magda und ich, wir wollten nur ein wenig …«

»Was ihr da wolltet, musst du mir nicht erklären«, ließ Georgina sie nicht ausreden. »Ich hätte ihr den verdammten Rotwein nicht über das Kleid, sondern über den Kopf gießen sollen, diesem falschen Miststück.« Georgina grinste.

»Das hätte ich sehen wollen«, erwiderte Anni mit einem Lächeln.

»Irgendwann machen wir es. Und wenn nicht wir, dann jemand anders. Denn wie du ja weißt …«

»Ja, ja«, ließ sie ihn nicht ausreden. »Der liebe Gott sieht alles.«

»Ganz genau«, stimmte Georgina ihr zu.

»Im Moment schaut er für meinen Geschmack jedoch zu lange zu«, fügte Anni ernster hinzu. Mit ihren Worten verschwand die gute Stimmung mit einem Mal.

»Ich weiß«, erwiderte Georgina. »Aber irgendwann wird er etwas unternehmen. Dessen bin ich mir sicher.«

»Hoffentlich ist es dann noch nicht zu spät.« Anni streckte sich gähnend.

»Du bist müde.« Georgina erhob sich. »Dann geh ich wohl besser.«

Er wollte den Raum verlassen, doch Anni hielt ihn zurück. »Bitte bleib. Ich will jetzt nicht allein sein müssen.«

Georgina sah Anni einen Moment an, dann hielt er ihr wortlos die Hand hin. Sie ergriff sie dankbar. Gemeinsam gingen sie ins Nebenzimmer und sanken auf die unter dem Fenster liegende Matratze. Liebevoll breitete Georgina über sie beide die Decke aus. Anni kuschelte sich fest in seinen Arm und schlief auf der Stelle ein.

KAPITEL SIEBEN

5. FEBRUAR, 1941, FRANKFURT

Mein Liebling,
mach Dir keine Sorgen. Mir geht es gut. Habe mich über
Deinen lieben Brief gefreut. Georgina schickt Grüße.
  Innige Küsse
  Deine Mama

*

MÄRZ 1941, TRENCH HALL, ENGLAND

Ruth folgte den anderen Mitgliedern des Theaterensembles
in das kleine Musikzimmer. Der Raum lag im Dachgeschoss
des Herrenhauses und war von den Mitgliedern des Ensembles liebevoll renoviert worden. Sie hatten eine Wand einge-
rissen, Balken und Wände gestrichen und ein gemütliches
Sofa unter einer der Schrägen platziert. Von Tante Paula, der Schwester Anna Essingers, genähte Spitzenvorhän-
ge zierten das Fenster, ein kuscheliger Teppich lag vor dem
Kamin, auf dem zwei in die Jahre gekommene Lehnstühle
Platz gefunden hatten. In der Ecke neben der Tür stand das
Klavier. Weitere Stühle, Hocker und Sitzkissen waren überall im Raum verteilt, so dass eine lockere Unterrichtsatmo-
sphäre herrschte. Lo-Ka saß schon, einen Notizblock in der
Hand, in einem der Sessel am Kamin, in dem ein Feuer pras-

selte. Die Schüler ließen sich um sie herum auf Hockern, Sitzkissen oder auf dem Teppich nieder. Heute wollte Lo-Ka verkünden, welches Stück sie dieses Jahr beim Sommerfest aufführen wollten. Es sollte auf einer improvisierten Bühne im Obstgarten dargeboten werden, was es ihnen ermöglichte, alle Eltern der englischen Schüler und viele Freunde und Förderer zur Aufführung einzuladen. Anders als in Bunce Court würden vermutlich weniger Leute aus der Umgebung kommen, weil sie es noch immer nicht geschafft hatten, gute Beziehungen zu ihren direkten Nachbarn aufzubauen, was Tante Anna sehr bedauerte. Nur mit zwei Bauern aus der Umgebung und einigen Händlern aus Wem pflegten sie ein freundschaftliches Verhältnis. Mit allen anderen war und blieb der Umgang schwierig. Tante Anna gab die Hoffnung jedoch nicht auf, dass sich viele Vorurteile und das Misstrauen ihrer deutschen Schule gegenüber mit der Zeit abbauen ließen.

Ruth saß neben Walter auf einem Sitzkissen. Ihr Blick wanderte zu Olivia, die unweit von ihr auf einem Hocker Platz genommen hatte und sich lachend mit ihrer Freundin Sarah unterhielt. Sarah war seit Herbst an der Schule. Sie stammte aus Harrietsham, einem kleinen Ort in Kent. Besonders die musikalische Ausbildung, aber auch das ganz eigene Schulkonzept Anna Essingers hatte die Eltern von der New Herrlingen School überzeugt. Und die neue Lage der Schule in Trench Hall kam ihnen zupass. Es lag so abgelegen, dass vom Krieg nichts zu spüren war, während über Kent inzwischen die deutschen Flugzeuge flogen und Bomben fielen. Die rothaarige Sarah stellte eine Bereicherung für das Theaterensemble dar, denn sie konnte wunderschön

Querflöte spielen. Ruth mochte sie und hätte sich gern mit ihr angefreundet, doch sie war sofort von Olivia in Beschlag genommen worden und verhielt sich Ruth gegenüber jetzt genauso unnahbar und kühl wie Olivia. Ruth war dieser Zurschaustellung einer in ihren Augen nicht vorhandenen Konkurrenz überdrüssig. Sie hatten doch ganz andere Sorgen, als sich wegen der Rollenverteilung zu streiten. Besonders in den letzten Wochen hatte sie überlegt, mit Olivia das Gespräch zu suchen, um diese lächerliche Rivalität aus der Welt zu schaffen. Bisher hatte ihr jedoch der Mut dazu gefehlt.

Lo-Ka klatschte in die Hände. Die Gespräche der Schüler verstummten, und sämtliche Augen wurden auf sie gerichtet.

»Wie wunderbar, euch so zahlreich hier zu sehen«, begrüßte sie die Schüler. »Es tut mir leid, dass es dieses Mal so lange gedauert hat, eine Wahl zu treffen. Erst gestern Abend konnten wir – also Schneiderlein, Tante Anna und ich – uns auf ein Stück einigen, das, wie ich hoffe, auch euren Zuspruch finden wird.«

Das Öffnen der Tür unterbrach ihre Rede. Schneiderlein schlüpfte mit einer Entschuldigung in den Raum und setzte sich auf den noch freien Klavierhocker. Lo-Ka nickt ihm kurz zu, dann fuhr sie fort: »Als feststand, was wir spielen möchten, haben wir lange darüber gebrütet, welche Form dieses Jahr die richtige ist. Da uns hier begrenzte Mittel zur Verfügung stehen und wir leider auf unser wunderbares Amphitheater verzichten müssen, sind wir zu dem Schluss gekommen, diesmal ein Puppentheater zu inszenieren. Damit haben wir Erfahrung, denn wir haben, wie die Älteren unter euch wissen, schon ›Bastien und Bastienne‹ oder ›Die

Magd als Herrin‹ von Giovanni Battista Pergolesi auf diese Weise aufgeführt. Unsere Wahl wird euch allen bestimmt Freude machen, davon bin ich überzeugt.« Sie hielt kurz inne. Gespannt blickten die Schüler sie an. »Wir werden ein Märchen der Gebrüder Grimm, und zwar ›Schneewittchen‹, aufführen.«

Es herrschte Stille im Raum. Schneewittchen, ein Grimm-Märchen. Nichts Anspruchsvolles, aber bestimmt schön, dachte Ruth.

Walter beugte sich zu ihr herüber und raunte ihr ins Ohr: »Und ich weiß auch schon, wer das Schneewittchen spielen wird.«

Ruth warf ihm einen missbilligenden Blick zu, kam aber nicht mehr zum Antworten, denn Lo-Ka setzte ihre Rede fort: »Auch die Besetzung haben wir besprochen. Unsere Wahl für die sieben Zwerge ist auf unsere jüngsten Mitglieder gefallen: Marianne, Beate, Martin, Simon, Josef, Hermann und Jason. Den Jäger soll Edward übernehmen.« Sie blickte zu dem dunkelhaarigen Jungen. Er lächelte. Edward hatte eine gut ausgebildete Singstimme, die er seinem Vater, einem Musiklehrer, zu verdanken hatte, der ihn frühzeitig unterrichtet hatte. »Die Rolle des Prinzen wird Rainer übernehmen.« Der aus Berlin stammende Junge nickte. Er war keine überraschende Wahl. Rainer stammte genau wie Ruth aus einer Theaterfamilie. Sein Vater hatte seinen Sohn gefördert und ihm bereits im frühen Kindesalter erste Rollen auf Berliner Bühnen organisiert. »Die Wahl der bösen Königin trifft Olivia.« Olivias Miene verfinsterte sich, sie sagte jedoch nichts, sondern nickte nur knapp. Ihre Widerworte und ihr zickiges Verhalten bei der letzten Rollenvergabe waren bei Lo-Ka schlecht angekommen, so dass Olivia bei erneutem Protest hätte fürchten müssen, aus dem Ensemble ausgeschlossen zu werden. »Und die Rolle des Schneewittchens wird unsere liebe Ruth übernehmen.« Lo-Ka sah Ruth lächelnd an.

»Hab ich es dir nicht gesagt?«, flüsterte Walter ihr zu. Ruth erwiderte nichts, sondern blickte zu Olivia, die so aussah, als würde sie gleich in Tränen ausbrechen. Ruth fühlte mit ihr. Olivia mochte die schlechtere Sängerin von ihnen beiden sein, doch sie waren hier nicht am Staatstheater, sondern bei einer Schulaufführung. Ruth war davon überzeugt, dass Olivia durchaus in der Lage wäre, das Schneewittchen zu singen. Und da es ein Puppenspiel war, traten Äußerlichkeiten der Schauspieler in den Hintergrund.

Lo-Ka blätterte eine Seite in ihrem Notizblock um und wollte fortfahren, als Ruth sie unterbrach: »Es tut mir leid, aber ich möchte das Schneewittchen nicht spielen.« Überrascht schaute Lo-Ka Ruth an. »Ich denke, dass Olivias Stimme besser zur Rolle passt«, erklärte Ruth. »Wenn es Ihnen recht ist, würde ich gern die Rolle der bösen Königin übernehmen. Das wäre für mich eine neue Herausforderung.«

Ruth sah, dass Olivia sie mit offenem Mund anstarrte.

Lo-Ka blickte zu Olivia, dann zu Ruth. Einen Moment lang zögerte sie, dann nickte sie. Ruth ließ erleichtert die Schultern sinken. Lo-Ka hatte verstanden, was sie zu dieser Entscheidung bewogen hatte.

»Also gut«, lenkte die Lehrerin ein und wandte sich an Olivia. »Dann übernimmst du die Rolle des Schneewittchens, und Ruth wird die böse Königin spielen.« Olivia nickte.

»Sehr selbstlos«, kommentierte Walter Ruths Entscheidung leise.

Ruth zuckte mit den Schultern und erwiderte: »Wenn damit das Kriegsbeil begraben ist, soll es mir recht sein. Wir haben wirklich andere Sorgen, als uns über Rollen zu streiten.«

»Schon möglich«, erwiderte Walter. »Ab und an tut es allerdings ganz gut, sich über solche Banalitäten zu streiten. Sie mögen sinnlos erscheinen, lenken aber von der täglichen Ungewissheit ab.«

»Das mag sein«, erwiderte Ruth im Flüsterton, denn Lo-Ka hatte zu erklären begonnen, wie die Vorbereitungen für das Stück ablaufen würden und zu welchen Zeiten geprobt werden sollte. »Aber ich lasse mich lieber von fröhlichen Begebenheiten als von Streitereien um Nichtigkeiten ablenken.«

Walter blickte zu Olivia, die in ihre Richtung sah. Sie lächelte. »Es scheint geklappt zu haben. Ein glücklicher Mensch mehr auf dieser Welt. Meinen Glückwunsch«, frotzelte er.

Ruth stieß ihm zur Antwort ihren Ellenbogen in die Seite, was ihn zum Schmunzeln brachte. Lo-Ka warf ihnen einen strafenden Blick zu. Er zog den Kopf ein und verstummte. Dann hörten sie ihren Erläuterungen zum Thema Bühnendekoration und Fertigung der Puppen zu, bis eine unendlich lang scheinende Stunde später das Treffen beendet war und die Schüler aus dem Raum strömten. Ruth war die Letzte, die das Musikzimmer verlassen wollte, wurde aber von Lo-Ka zurückgehalten.

»Das war heute sehr großmütig von dir«, sagte die Lehrerin.

Ruth antwortete: »Ich will keinen Streit.«

»Aber du bist die Bessere. Gerade für die Rolle des Schnee-wittchens ...«

Ruth brachte die Lehrerin mit einer Handbewegung zum Schweigen.

»Ich möchte es so. Olivia wird sich alle Mühe geben und wird der Rolle bestimmt gerecht werden. Wussten Sie, dass sie in Baltimore Musik studieren möchte? Sie träumt davon, auf der Bühne zu stehen und Sängerin zu werden.«

»Wir wissen beide, dass sich dieser Traum niemals erfüllen wird«, erwiderte Lo-Ka.

»Dann soll sie eben jetzt die Hauptrolle spielen«, sagte Ruth. »Meinetwegen auch im nächsten Stück.«

»Und was ist mit dir?«, fragte Lo-Ka.

»Was soll mit mir sein?«, fragte Ruth.

»Träumst du davon, eines Tages auf der großen Bühne zu stehen? Das Talent hättest du.«

»Vielleicht. Irgendwann.« Vor Ruths innerem Auge tauch-te ihre Mutter auf, wie sie mit roten Locken und dem wun-derschönen grünen Seidentaftkleid auf der Bühne gesungen hatte.

»Wir werden sehen.« Sie zuckte mit den Schultern und ver-ließ mit einem knappen Abschiedsgruß den Raum. Im Trep-penhaus rang sie um Fassung. Das Talent hättest du, wieder-holte sie in Gedanken Lo-Kas Worte. Von ihrer Mutter hatte sie es geerbt, der Sopranistin, die in Frankfurt saß und nicht mehr auf auftreten durfte, weil sie Jüdin war. Wollte Ruth ihr tatsächlich auf die große Bühne folgen? Darüber hatte sie niemals genauer nachgedacht. Das Singen war ein Teil von ihr, Musik ihr Leben. Gewiss hätte ihre Mutter diesen Weg für sie gewollt.

»Wieso hast du das getan?«, riss Olivia sie aus ihren Gedanken. Ruth blieb auf der untersten Treppenstufe stehen. Olivia lehnte vor ihr an der Wand. Sie schien auf sie gewartet zu haben.

»Ich fand die Rolle der bösen Königin reizvoller«, log Ruth.

»Du bist nicht gut im Schwindeln«, erwiderte Olivia.

»Woher willst du das wissen?«, fragte Ruth und machte einen Schritt auf Olivia zu. »Du kennst mich doch gar nicht. Wir singen beide für unser Leben gern, wollen wir nicht endlich das Kriegsbeil begraben?«

»Ich brauche dein Mitleid nicht«, ging Olivia nicht auf Ruths Friedensangebot ein. »Wir wissen beide, dass ich mindestens so gut bin wie du, wenn nicht besser. Bald schon werde ich in Baltimore studieren, und was wird aus dir werden? Aus der Tochter einer ehemals bekannten Sopranistin. Was bist du mehr als der Schatten eines gefallenen Sterns?«

Ruths Augen verengten sich. Sie atmete tief durch und ballte die Fäuste.

»Lass meine Mutter aus dem Spiel«, sagte sie, um Fassung bemüht. Olivia wollte sie verletzen, sie durfte sich von ihr nicht provozieren lassen. »Sieh es, wie du willst. Aber ob es dir gefällt oder nicht: Ich wollte die böse Königin spielen und nicht das Schneewittchen. Alles andere solltest du mit Lo-Ka besprechen. Sie trifft die Entscheidungen.«

Ohne ein weiteres Wort ließ Ruth sie stehen und ging Richtung Speisesaal davon, wo um diese Zeit Kakao und Kekse für die Kinder bereitstanden. Als sie den geräumigen Raum betrat, wurde sie von einer ungeduldigen Susi in Empfang genommen. Selbstverständlich hatte sie bereits von den

Vorkommnissen beim Theatertreffen erfahren und wollte alles aus erster Hand hören. Seufzend ergab sich Ruth, die jetzt lieber für sich gewesen wäre, in ihr Schicksal. Sie nahm sich etwas zu trinken, setzte sich mit Susi in eine Fensternische und begann zu erzählen.

Danach zog sich Ruth in den um diese Zeit verwaisten Schlafsaal zurück. In eine Wolldecke gehüllt saß sie, ihr aufgeschlagenes Französischbuch vor sich, auf ihrem Bett und versuchte, den Stoff für die anstehende Klassenarbeit zu wiederholen. Es wollte ihr nicht recht gelingen. Immer wieder wanderte ihr Blick zu dem zusammengefalteten Brief ihrer Mutter auf dem Nachttisch, der am letzten Freitag eingetroffen war. Irgendwann gab sie das Lernen auf, griff nach dem Brief, faltete ihn auseinander und las erneut die wenigen Zeilen ihrer geliebten Mama. Zärtlich berührte sie mit den Fingerspitzen die mit blauer Tinte geschriebenen Worte, die so wenig darüber aussagten, wie es ihr tatsächlich ging. Wochenlang hatte Ruth auf das Eintreffen einer Nachricht warten müssen. Leider war diese erneut aus Frankfurt gekommen. Wieder waren es nur wenige, belanglos klingende Sätze, die sie ihr hatte schreiben können. Worte, die sie beruhigen sollten und in ihrer Harmlosigkeit einer Lüge gleichkamen. *Mir geht es gut*, hatte sie geschrieben. Das tat es niemals, wie sollte es auch. Sie war noch immer in Frankfurt, und die Hoffnung auf eine mögliche Ausreise, in welches Land auch immer, schwand zusehends. Wie die meisten Kinder der Schule wusste auch Ruth, dass es nun völlig ungewiss war, wann sie ihre Mutter wiedersehen würde. Deutschland war Feindesland, und alles, was von dort kam, waren Bomben. Doch trotz allem gab es immer wieder Nachrichten, die

Ruths Hoffnung am Leben hielten. Erst neulich hatte der Vater einer Mitschülerin einen Brief aus der Schweiz geschickt, wohin er es mit der Hilfe von Bekannten geschafft hatte. Vielleicht würde sich für ihre Mutter ein ähnlicher Weg finden. Es musste klappen, dafür betete Ruth jeden Abend. So sehr hatte sie sich gewünscht, ihre Mutter könnte die Aufführung der »Zauberflöte« im November miterleben. Leider hatte sich diese Hoffnung mit dem Eintreffen ihres ersten Rot-Kreuz-Briefes Ende Oktober zerschlagen. Seit Kriegsbeginn trafen nur noch diese kurzen Mitteilungen bei den Kindern ein, die so wenige Zeilen enthielten, dass man sie als Briefe kaum bezeichnen konnte. Es waren nicht mehr als Lebenszeichen, die Ruth die Tränen in die Augen trieben. Trotzdem klammerte sie sich an die wenigen Worte und las sie immer wieder. Georgina ließ grüßen. Ruth wusste, was ihre Mutter ihr damit sagen wollte. Sie war nicht allein. Georgina war bei ihr. Das war gut, war er doch ein Fels in der Brandung, selbst im schlimmsten Sturm. Ruth seufzte. Wie sehr sie ihn und die bunte Kostümwelt der Oper vermisste. Es schien verrückt. Obwohl sie erst sieben Jahre alt gewesen war, als sie die Oper an der Hand ihrer Mutter für immer verlassen hatte, konnte sie sich noch an so viele Dinge aus dieser Zeit erinnern. An die Gerüche in der Umkleide, das Gekicher und Geplapper, das bunte Durcheinander und Georginas Stimme. Er war der ruhende Pol in dem Chaos und kannte für jedes Problem eine Lösung. Solange Georgina in ihrer Nähe war, konnte ihrer Mutter nichts passieren. Das wusste und hoffte sie.

»Hier hast du dich verkrochen.« Ruth zuckte zusammen und blickte auf. Walter stand vor ihrem Bett. Sie hatte ihn nicht kommen hören. Hastig schob sie den Brief ihrer Mutter unter ihre Decke. Walter sollte ihn nicht sehen, sein Anblick würde ihn treffen. Schon seit Kriegsbeginn wartete er vergeblich auf eine Nachricht seiner Mutter. Ruth wusste, wie sehr er darunter litt, nichts von ihr zu hören, und sich große Sorgen machte, obwohl er niemals darüber redete. Einmal hatte sie es gewagt, ihn darauf anzusprechen. Er hatte abweisend reagiert, sie sogar angeschrien, was noch nie vorgekommen war. Walter wurde nicht laut. Gefühle, welcher Art auch immer, lebte er an seinem Klavier aus. Ruth erkannte jede seiner Stimmungen an seinem Spiel. Wenn er wütend war, schlug er laute und wilde Töne an und spielte wie in Ekstase. Traurigkeit drückte er mit langsamen Stücken wie Beethovens »Mondscheinsonate« aus. Wenn er glücklich war, dann tanzten die Finger über die Tasten und seine Augen blitzten vor Freude. Zuletzt hatte sie diese Begeisterung für die Musik bei der Aufführung der »Zauberflöte« gesehen. Was war das für ein großartiger Abend gewesen, obwohl sie das Stück nur in einem kleineren Rahmen dargeboten hatten, da es in Trench Hall aufgrund der improvisierten Verhältnisse im letzten Jahr keinen Tag der offenen Tür gegeben hatte.

»Steht eine Arbeit an?« Er deutete auf ihr Französischbuch.

»Übermorgen«, antwortete Ruth, die erleichtert darüber war, dass er ihre Entscheidung, ihre Rolle an Olivia abzutreten, nicht ansprach. »Leider wollen die dummen Verben nicht in meinen Kopf hinein.«

»Soll ich dich abfragen?« Walter setzte sich aufs Bett, griff nach Ruths Buch und begann darin zu blättern. »Bei welcher Lektion seid ihr gerade?«

Walter war im Gegensatz zu Ruth gut in Französisch, obwohl er nur selten lernte. Er war ein wahres Sprachtalent und einer von Hutschnurs Lieblingsschülern. Inzwischen gab er sogar Nachhilfe in den unteren Klassen.

»Bei Lektion vier«, erwiderte Ruth. »Aber ...«, weiter kam sie nicht, denn Susi stürmte in den Raum.

»Hier bist du. Ich habe schon überall nach dir gesucht«, sagte sie zu Ruth und begrüßte Walter im selben Atemzug mit knappen Worten.

»Hast du einen Moment? Ich muss dir unbedingt etwas erzählen.« Aufgeregt wedelte sie mit einem Zettel in ihrer Hand. Ruth nickte, während sich Walter erhob.

»Dann geh ich mal besser.«

Diese Reaktion war Ruth von ihm gewohnt. Walter und Susi waren sich nicht sonderlich grün. Susi hatte es gleich am Tag ihrer Ankunft geschafft, sich in das größte Fettnäpfchen zu setzen, das man bei Walter finden konnte. Nachdem er sich erkundigt hatte, welches Instrument sie spiele, hatte sie unumwunden zugegeben, komplett unmusikalisch zu sein. Zu allem Übel hatte sie noch hinzugefügt, dass sie es nicht einmal fertigbrachte, den Takt eines Liedes richtig mitzuklatschen. In Walters Augen konnte jemand unsportlich oder schlecht in Mathe sein, auch zwei linke Hände nahm er als Selbstverständlichkeit hin – mangelnde Musikalität war jedoch etwas, wofür er kein Verständnis hatte. Und da konnte Susi noch so herzlich und fröhlich sein, gut nähen können und gemeinsam mit Heidtsche die tollsten Rezepte in der Küche kreieren. Bei Walter war sie seitdem unten durch.

Ruth hielt ihn am Arm zurück.

»Sehen wir uns nachher? Im Musikzimmer, wie immer?«

»Heute nicht. Es ist doch Wochenschau.«

»Richtig. Wie konnte ich das nur vergessen. Ich habe Franz versprochen, diesmal zu kommen.« Walters Blick fiel auf die Uhr über der Tür. »Ihr solltet euch beeilen. Die Jungs fangen in zehn Minuten im Speisesaal an.«

Er verließ den Raum, und Ruth wandte sich Susi zu, die ihr mit strahlenden Augen den Zettel hinhielt.

»Das ist ein Telegramm meines Vaters«, sprudelte es geradezu aus ihr heraus. »Tante Anna hat es mir eben gebracht. Stell dir vor: Meine Eltern sind auf dem Weg nach Peru. Deswegen habe ich so lange nichts von ihnen gehört. Sie sind Richtung Osten ausgereist und sogar mit der Transsibirischen Eisenbahn gefahren. Das Telegramm hat mein Vater in einem Ort namens Irkutsk an einem Telegrafenamt aufgegeben. Sie sind in Sicherheit, und es geht ihnen gut. Ich bin so erleichtert.« In ihre Augen traten Tränen, und sie fiel Ruth überschwänglich um den Hals. »Bald schon werden sie in Peru in Sicherheit sein. Was für ein Glück.«

Ruth wollte sich mitfreuen, irgendetwas erwidern, schaffte es aber nicht. Die erlösenden Nachrichten für Susi trafen sie wie ein Schlag in die Magengrube. Sie gönnte ihr die guten Neuigkeiten, keine Frage, doch ihre geliebte Mutter saß noch immer in Frankfurt fest. Susi bemerkte sogleich, was los war. Sie löste sich aus der Umarmung, und ihre Miene wurde schlagartig ernst. »Es tut mir leid. Ich wollte nicht ...«

»Schon gut«, ließ Ruth sie nicht aussprechen. »Ich freu mich für dich und deine Eltern. Das sind wunderbare Nachrichten, die uns allen Hoffnung machen.« Sie wischte sich eine Träne aus dem Augenwinkel. »Es ist nur ...«

»Ich weiß. Sie ist noch immer in Frankfurt.« Susi griff nach Ruths Hand und drückte sie. »Sie schafft es bestimmt. Davon bin ich überzeugt. Bald wird Tante Anna auch dir eine freudige Nachricht überbringen. Deine Mutter ist doch nicht irgendjemand. So jemand wird doch anderswo gesucht. Du hast doch gesagt, dass die Quäker euch unterstützen. Erst neulich habe ich Tante Anna sagen hören, dass gerade die Quäker gute Kontakte nach Amerika haben. Bestimmt bereiten sie für deine Mutter längst etwas vor.«

»Das wäre wunderbar«, erwiderte Ruth und wischte sich die Tränen aus den Augen. »Von Amerika, vor allem vom Broadway hat sie oft gesprochen.«

»Ich drücke fest die Daumen«, sagte Susi. »Wir dürfen die Hoffnung niemals aufgeben.«

»Ich weiß«, erwiderte Ruth. »Und wenn nicht New York, dann eben Peru. Wo hat dein Vater das Telegramm gleich noch mal abgeschickt?«, fragte sie nach.

»Von einem Ort in Sibirien. Er heißt Irkutsk.«

»Unfassbar.« Ruth schüttelte den Kopf. »Was für eine lange Reise. Sibirien klingt für mich nach dem Ende der Welt.«

Susi lächelte und erwiderte: »Ja, wenn mir vor einigen Jahren einer gesagt hätte, deine Eltern fahren nach Sibirien, ich hätte ihm einen Vogel gezeigt.«

Ruth grinste. Da war sie wieder. Die Susi, die freiheraus aussprach, was ihr gerade auf der Zunge lag. Sie wollte etwas erwidern, doch plötzliches lautes Gelächter und Stimmen auf dem Flur ließen sie stattdessen auf die Uhr blicken.

»Jetzt müssen wir aber los. Wenn ich heute nicht bei der Wochenschau auftauche, reißt mir Franz den Kopf ab.«

Ruth wickelte sich aus der Decke, steckte den Brief ihrer Mutter in ihre Nachttischschublade, stand auf und schlüpfte in ihre vor dem Bett stehenden Hausschuhe.

Die beiden verließen den Raum und eilten ins Erdgeschoss. Als sie den Speisesaal betraten, war das große Licht bereits gelöscht und die Bühnenbeleuchtung eingeschaltet worden. Sie ergatterten noch zwei Sitzplätze in der hintersten Reihe. Die Darstellung der Wochenschau war zu einem festen Ritual der Schüler geworden, was Tante Anna befürwortete. Trench Hall lag so abgelegen, dass das nächste Kino meilenweit entfernt war. Daher waren einige Schüler auf die Idee gekommen, die aus den Zeitungen und dem Radio stammenden Nachrichten selbst zu spielen. Franz Benter, ein Junge aus der Nähe von Stuttgart, war politisch sehr interessiert und leitete den Diskussionskreis, der sich um die Aufführungen der Wochenschau kümmerte. Die Darbietung der Schüler war dabei nicht immer ganz ernst zu nehmen. Der Redner imitierte den jeweiligen Politiker, was mal mehr, mal weniger gut gelang. Heute war die deutsche Wochenschau an der Reihe, und Franz Benter trat als Hitler auf. Er hatte sich ein Bärtchen ans Kinn geklebt, trug ein braunes Hemd und eine Hakenkreuzbinde. Bereits als er die Bühne betrat, wurde geklatscht, hie und da auch gekichert. Susi stieß Ruth in die Seite und unterdrückte ein Grinsen. Franz bemühte sich um eine ernste Miene, als er nach einer kurzen Einleitung damit begann, den Teil einer Rede zu zitieren, die Hitler im September 1940 in Berlin gehalten hatte.

»Es ist etwas Wunderbares, unser Volk im Krieg zu sehen, in seiner ganzen Disziplin. Wir erleben das gerade jetzt, in

der Zeit, da Herr Churchill uns seine Erfindung der Nacht-flugangriffe vorführt. Sie werden verstehen, dass wir nun Nacht für Nacht Antwort geben.« Franz verstummte. Im Raum herrschte erwartungsvolle Stille, die er zu genießen schien. Nach einer Weile setzte er seine Rede fort: »Wie diese Antwort ausgesehen hat, wissen wir nur allzu gut. Erst letzte Woche haben wir von den Luftangriffen aus der Sicht Churchills berichtet. Heute lassen wir also die Deutschen zu Wort kommen. Ich bitte euch, meinen Mitredner Anton zu begrüßen, der wie immer als Nachrichtensprecher fungieren wird.«

Er verließ unter Applaus die Bühne.

Ihm folgte Anton, ein hoch aufgeschossener braunhaariger Junge, der, wenn er fluchte, seine Berlinerische Herkunft nicht verleugnen konnte. Ruth kannte ihn nur flüchtig, wusste aber, dass es seine Mutter noch kurz vor Kriegsbeginn nach England geschafft hatte und als Haushaltshilfe in der Nähe von Birmingham arbeitete. Anton deutete eine Verbeugung an, nahm an einem Tisch Platz und begann mit seinem Vortrag: »Es folgt ein Bericht aus der deutschen Wochenschau: *Heute berichten wir von der Kanalküste, wo immer wieder englische Bomber angreifen, die abgewehrt werden müssen. Viel blieb von den Bombern des Feindes nicht übrig. Ein Teil von ihnen wurde abgeschossen, der Rest vertrieben. Die so prahlerisch angekündigte Nonstop-Offensive der britischen Bundesgenossen ist im Feuer unserer Gegenartillerie und in den Gegenangriffen unserer Geschwader zusammengebrochen. So wurde der Gegner gepackt, und so wurde er vernichtet.*

Die britische Sicht der Dinge kennt ihr ja bereits. Unterschiedlicher kann die Darstellung dieser Geschehnisse nicht sein. Wie es tatsächlich abgelaufen ist, werden wir wohl von keiner Seite erfahren.« Er machte eine kurze Pause und rückte seine Brille auf der Nase zurecht, ohne die er blind wie ein Maulwurf war. Dann blätterte er eine Seite seines Notizbuchs um und erklärte, dass ein Bericht über den Besuch Hitlers in München folgen würde. Ruth hörte ihm nur halbherzig zu. In Gedanken war sie bei ihrer Mutter. Ob auch sie manchmal die Wochenschau sah? Wahrscheinlich nicht. Die Wochenschau wurde im Kino gezeigt, und als Jüdin durfte sie keines von ihnen betreten. Sie war in Frankfurt zum Nichtstun und Ausharren verdammt und musste jeden Tag aufs Neue um ihr Leben fürchten. Ruth wusste, dass auch auf Frankfurt Bomben fielen, wie auf die meisten Großstädte Deutschlands. In England hatte es Coventry besonders schlimm getroffen. Dort waren mehrere Hundert Menschen gestorben. Wieso nur musste es diesen Krieg überhaupt geben? Sie blickte zu Susi, die an Alfreds Lippen hing. Ihr schien das Gerede von der deutschen Großmacht nichts auszumachen. Wie sollte es auch. Sie hatte die erlösende Nachricht erhalten, ihre Eltern waren irgendwo in Sibirien in Sicherheit. Diese ständige Ungewissheit, diese gottverdammten Rot-Kreuz-Briefe. Ruth konnte und wollte das nicht länger ertragen. Plötzlich hatte sie das Gefühl, keine Luft mehr zu bekommen. Die vielen Menschen im Raum verschwammen vor ihren Augen. Sie sprang auf und rannte hinaus, eilte den Flur und die Treppe hinunter, riss die Haustür auf, trat nach draußen in den kalten Nieselregen und atmete durch. Dämmriges Licht lag über dem Hof. Heute war es den ganzen Tag nicht richtig hell geworden. Tief hängende Wolken zogen über den Himmel und malten die Landschaft um Trench Hall grau und düster. Erst in den Mittagsstunden hatten sich die letzten Nebelschwaden gehoben, und die Bäume am Ende des Grundstücks waren sichtbar geworden. Den ganzen Winter über hatte es dieses düstere Wetter gegeben, das typisch für die Region war. Nasskalt und dennoch ohne Schnee, grau, einfach nur scheußlich. So hatte sich Ricarda, eine aus England stammende Schülerin ausgedrückt, die nicht weit entfernt wohnte. Bald schon würde der ersehnte Frühling ins Land ziehen und die graue Tristesse mit seinem bunten Farbenspiel vertreiben. Und vielleicht konnten sie ja doch wieder nach Bunce Court zurückkehren. Trench Hall war sehr beengt, was gerade jetzt in den Wintermonaten oft zu Reibereien geführt und den Umgangston rauer gemacht hatte. Ruth wickelte sich in ihre Strickjacke, überquerte den Hof und folgte einem kleinen Weg, der um das Gebäude herum in den Gemüsegarten führte, in dem die frisch gehackten Beete auf ihre Bepflanzung warteten. Bald schon würden hier Salatköpfe, Karotten, Radieschen und unendlich viele Kräuter sprießen. Ihr Blick wanderte zum nahegelegenen Gewächshaus hinüber, in dem Setzlinge neben Tomaten und Paprikapflanzen standen. Im Sommer würden an den danebenliegenden Sträuchern Himbeeren und Johannisbeeren wachsen. Gleich dahinter erhoben sich Unmengen von Kirschbäumen. Dort mussten die Vögel verscheucht werden, damit sie nicht sämtliche Kirschen von den Bäumen stahlen. Sie lächelte bei dem Gedanken daran. Was war das für eine Freude, mit Blecheimern und Stöcken bewaffnet zwischen den Obstbäumen umherzulaufen, um mit viel Radau die Vögel davon abzuhalten, die süßen Kirschen zu klauen, aus denen Heidtsche wunderbar köstliche Marmelade einkochte. Gerade die Arbeit im Garten machte Ruth viel Freude. Selbst der Rosenkohl, den sie bisher verabscheut hatte, schmeckte ihr plötzlich.

»Hier steckst du.«

Ruth wandte sich um. Walter war ihr nach draußen gefolgt. Sie sagte nichts. Er trat näher und riss im Vorbeigehen einen Ast von einem der Büsche ab. »Ich habe mir schon gedacht, dass ich dich hier finden würde.«

Ruth erwiderte nichts, was für Walter in Ordnung war. Schweigend schritten sie an den kahlen Bäumen vorüber. Der Nieselregen hatte aufgehört, es roch nach Erde und feuchtem Gras. Als sie das Ende der Obstbaumwiese erreichten, blieben sie stehen und blickten über den schiefen Holzzaun über das freie Feld hinweg. Walter warf ihr einen Seitenblick zu und sagte: »Du frierst.«

»Und wenn schon«, erwiderte sie. »Lieber frieren, als diesen Irrsinn anhören.«

»Ich habe nicht gewusst, dass es heute die deutsche Wochenschau sein wird, sonst hätte ich dir davon abgeraten.«

»Welche Wochenschau auch immer. Ich ertrage es nicht mehr.« Ruth sah Walter in die Augen. »Vielleicht ist es besser, nichts zu hören. Irgendwann wird es vorbeigehen. Bis dahin müssen wir nicht hinsehen, nichts darüber wissen. Bomben, Hitler, Churchill – was auch immer. Wenn doch nur bald keine Rot-Kreuz-Briefe mehr kämen, sondern Päckchen, lange Briefe voller Freude, aus welchem Land es auch sein mag. Wäre sie nur in Sicherheit.«

Walters Miene versteinerte, und er wandte den Blick ab.

Ruth biss sich auf die Zunge. Wie hatte sie nur so taktlos sein können. Bei ihm trafen nicht einmal Rot-Kreuz-Briefe ein. Eine Weile sagte niemand etwas. Irgendwann deutete Walter aufs freie Feld hinaus und sagte: »Gleich hinter dem kleinen Wäldchen liegt der Hof von Bauer Williams. Dort helfe ich seit neuestem gemeinsam mit einigen Jungs im Stall. Wenn du magst, können wir hingehen. Sie haben vor einigen Tagen kleine Kätzchen bekommen. Sehr niedlich.«

»Jetzt noch?«, fragte Ruth und blickte zum Haus zurück, das im Dämmerlicht kaum noch zu erkennen war. »Es gibt gleich Abendbrot.«

»Hast du Hunger?«, fragte er.

Sie schüttelte den Kopf.

»Also dann.« Er hielt ihr die Hand hin. Sie ergriff sie und ließ sich von ihm über den Zaun helfen.

»Wie viele Katzen sind es?«, fragte Ruth, während sie über einen Stoppelacker liefen.

»Fünf Stück«, erwiderte er. Zwei Weibchen und drei Kater.«

»Haben sie schon Namen?«

Sie erreichten die schmale zu dem Hof führende Straße und schlüpften an einer Stelle durch die hohen Hecken, die diese einrahmten.

»Ich glaube nicht. Wir könnten uns welche ausdenken.«

Der Bauernhof kam in Sicht. Er war nicht sonderlich groß. Ein Haupthaus und mehrere kleinere Stallungen. Es gab Federvieh, einige Pferde, Schafe und Ziegen, dazu zwei Ferkel, die ihnen grunzend entgegengerannt kamen.

»Mary, Stuart. Was macht ihr denn hier draußen?«, begrüßte Walter die Tiere und streichelte jedem von ihnen über den Kopf. »Seit ihr wieder aus eurem Verschlag ausgebüxt?«

Eines der Schweine näherte sich Ruth, was sie zurückweichen ließ.

»Das ist Stuart«, erklärte Walter. »Der tut nichts. Die beiden streunen ständig auf dem Hof herum, begrüßen alle Neuankömmlinge und machen Unsinn. Allerdings sollten sie um diese Zeit nicht mehr draußen sein, denn heute ist keiner hier, der nach dem Rechten sehen kann. Williams und seine Familie sind in den Morgenstunden mit der gesamten Belegschaft nach Loopington aufgebrochen. Seine Tochter heiratet den Sohn eines reichen Gutsbesitzers. Irgendwas mit Church-Farm oder so ähnlich. Wegen der Hochzeitsfeier sind einige Jungs der Schule zum Stalldienst eingeteilt worden. Williams hat uns für unsere zusätzliche Arbeit ein leckeres Festessen versprochen. Die Abendschicht ist bestimmt noch nicht lange weg. Morgen früh bin ich an der Reihe.« Er streichelte Mary über den Kopf und sagte: »Euer Gatter haben sie aber nicht anständig zugemacht, du kleine Streunerin.«

Mary grunzte, als würde sie Antwort geben.

»Also sind wir ganz allein auf dem Hof«, erwiderte Ruth, während sie Stuart davon abhielt, ihre Strickjacke anzuknabbern. Walter nickte und gab Stuart mit einer Ermahnung einen Klaps. Grunzend zog das Schweinchen ab. »Komm. Wir bringen die beiden zurück in ihren Verschlag, und dann zeige ich dir die Katzen.«

Er griff Mary an ihrem Halsband und pfiff laut, was Stuart tatsächlich dazu brachte, ihnen zu folgen. Nachdem sie die beiden Ferkel in ihrem Verschlag neben dem Stall untergebracht und das Gatter ordentlich verschlossen hatten, betraten sie den danebenliegenden Pferdestall. Als Walter Licht machte, wurden einige Tiere unruhig. Es roch nach Pferdemist und Heu. Sie liefen an den Boxen der Tiere vorüber. Im Vorbeigehen strich Walter dem einen oder anderen Pferd über den Kopf und begrüßte so manches von ihnen mit Namen. Sie erreichten das Ende der Boxengasse. Hier waren in einer Ecke neben einer weiteren, etwas größeren Box Heuballen aufgestapelt. In der Box stand ein weißes Pony, das neugierig näherkam und leise wieherte.

»Das ist Lilly«, stellte Walter Ruth das Pony vor. »Sie steht nicht mehr auf der Weide bei den anderen Ponys, weil sie trächtig ist. Williams tippt aufs nächste Wochenende. Er hat Wetten abgeschlossen, dass es ein Sonntagsfohlen wird. Die bringen Glück, hat er gesagt«. Er zwinkerte Ruth zu und streichelte Lilly über die Nüstern. »Na, mein Mädchen? Alles gut bei dir?«

Ruth trat näher und musterte das Pony von der Seite.

»Ist es normal, dass sie so zittern?« Sie berührte Lillys Fell. »Sie schwitzt.«

Walter fuhr über Lillys Hals. »Du hast recht«, sagte er. Lilly stampfte unruhig mit den Hufen auf und schnaubte.

»Und wenn sie kein Sonntagsfohlen kriegen will?«, fragte Ruth. »Ich kenne mich mit Ponys nicht aus, aber irgendwie …«

»Es wird schon nichts sein«, ließ Walter sie nicht ausreden. »Williams war sich ganz sicher, dass es noch einige Tage dauern wird.«

Ruth wollte etwas erwidern, wurde aber von einem zarten Maunzen abgelenkt und wandte sich um. Erst jetzt fiel ihr das Körbchen neben den Heuballen auf. Ein winziges schwarz-weiß gescheckt Kätzchen war herausgeklettert und tapste auf sie zu.

»Ach, wie niedlich.« Ruth ging in die Hocke und hob das Kätzchen vom Boden auf. Walter trat lächelnd neben sie.

»Das ist einer der Kater.«

Noch ein weiteres Kätzchen tapste mit hocherhobenem Schwanz auf sie zu. Es war hauptsächlich weiß, nur an einem seiner Hinterbeine war ein schwarzer Fleck. Walter hob es auf und ging zu dem Katzenkörbchen hinüber. Die Katzenmutter schlief selig, während der Rest der Rasselbande sich ebenfalls anschickte, das Körbchen zu verlassen.

»Haben wir euch geweckt?« Walter sank auf einen der Heuballen und setzte das kleine Kätzchen zurück zu seinen Geschwistern auf den Boden. Ruth setzte sich neben ihn in einen Heuhaufen. Schnell war sie von den kleinen Wollknäueln umringt. Zwei von ihnen begannen sich zu balgen, eines verschwand im Heu und ein weiteres begutachtete einen dicken, an Ruths Strickjacke befestigten Holzknopf. Sie setzte den kleinen Kameraden auf ihren Schoß und ließ zu, dass er seine winzigen Krallen an ihren Fingern austestete. Ihr Blick fiel erneut auf Lilly, die damit begonnen hatte, in ihrer Box auf und ab zu laufen. Noch immer schien sie am ganzen Leib zu zittern.

»Du kannst sagen, was du willst«, sagte Ruth. »Aber mit diesem Pony stimmt etwas nicht.«

Walter, der mit dem Rücken zu Lilly saß, wandte sich um.

»Findest du nicht, dass sie stärker zittert? Was, wenn sich der Bauer geirrt hat und sie das Fohlen heute bekommt?«

Walters Augen weiteten sich.

»Das geht nicht. Ich meine: Wir haben doch keine Ahnung von einer Geburt. Williams kennt seine Tiere. Er hätte den Hof niemals verlassen, wenn er das gewusst hätte.«

Ruth erhob sich, ging zu Lilly hinüber und besah sich ihren Bauch näher. Walter trat neben Ruth, die den Hals des Ponys berührte.

»Noch immer feucht.«

Als fühlte sich Lilly bestätigt, wieherte sie leise. Der Laut hörte sich irgendwie klagend an.

»Es ist Freitagabend. Williams hat vom nächsten Wochenende gesprochen«, sagte Walter, der das Offensichtliche noch immer nicht wahrhaben wollte. »Das sind mehr als acht Tage. Niemals hätte er sich so verrechnet.«

»Und wenn doch?«, hakte Ruth nach. »Ich meine, bei Menschen kommen die Babys auch, wann sie wollen. Kannst du dich noch daran erinnern, wie Herr Ginter aus dem Nachbarhaus vollkommen aufgelöst bei deiner Mutter geklingelt hat, weil bei seiner Frau zwei Wochen vor der Zeit die Fruchtblase geplatzt und ihr Telefon kaputt war?«

»O ja. Das weiß ich noch«, erwiderte Walter mit einem Grinsen. »Er hatte ein puterrotes Gesicht und brachte kaum ein Wort heraus. Am nächsten Tag war der kleine Albert auf der Welt. Und er hatte ausgesprochen gute Lungen.«

»Ja«, bestätigte Ruth lachend. »Er war ein äußerst lautes Baby.«

Ihr Blick fiel erneut auf Lilly. Ihr Bauch zuckte nun bedenklich, und sie wieherte erneut. Ruth kam es so vor, als würde sie ihr einen flehenden Blick zuwerfen.

»Ich denke, wir sollten vorsichtshalber bei ihr bleiben«, entschied Walter. »Ich weiß zwar nicht, wie lange so eine Fohlengeburt dauert, aber wenn in zwei Stunden nichts passiert ist, könnte es vielleicht doch falscher Alarm gewesen sein. Ich würde es mir nie verzeihen, wenn wir gehen und ihr etwas zustößt.«

»Wir könnten aber auch zurück in die Schule laufen und Hilfe holen«, schlug Ruth vor. Sie bückte sich und hob eines der kleinen Kätzchen auf, das herzzerreißend maunzend um ihre Beine strich. »Bestimmt kennt sich Mrs Dehn mit so etwas aus. Immerhin ist sie Biologielehrerin.«

»Aber Mrs Dehn ist doch gar nicht da. Sie ist gestern nach London gereist, um ihre Schwester zu besuchen«, erwiderte Walter. »Komm schon. Wir warten einfach eine Weile ab. Wenn dann nichts passiert, war es bestimmt nur falscher Alarm.«

»Und wenn doch etwas passiert?«

»Dann kann ich immer noch zur Schule laufen und Tante Anna Bescheid sagen.«

»Müssten wir das nicht sowieso?«, hakte Ruth nach. »Wir haben uns gar nicht abgemeldet. Ich wollte nur ein wenig in den Garten gehen. Es wird bald auffallen, dass wir fort sind.«

»Wegen zwei Stunden wird gar nichts auffallen«, widersprach Walter. »Wie oft sind wir bis nach Mitternacht zusammen im Musikzimmer und niemand sucht nach uns.«

»Also gut«, gab Ruth nach. »Und was machen wir jetzt?«

»Uns ins Heu setzen und warten.« Walter deutete auf den Heuhaufen in der Ecke.

»Einfach nur warten.« Skeptisch blickte Ruth zu Lilly, die jetzt wieder ganz ruhig stand.

»Fällt dir etwas Besseres ein?«, fragte Walter.

»Nein, ich meine nur … Es ist meine erste Geburt.«

Walter grinste. »Meine auch.« Er blickte um sich.

»Allerdings muss die gewiss nicht bei Festbeleuchtung vonstattengehen. Am Eingang hängen Stalllaternen. Ich geh uns welche holen, und dann löschen wir das ungemütliche Licht. Bestimmt beruhigt das Lilly.«

Er verschwand in der Boxengasse. Ruth blickte ihm lächelnd hinterher und hob das Babykätzchen in die Höhe, das damit beschäftig war, Fäden aus ihrer Strickjacke zu ziehen.

»Du kleiner Gauner, sieh nur, was du angerichtet hast.«

Sie stupste dem winzigen Tierchen auf die Nase. Das Kätzchen zappelte mit den Pfötchen und maunzte herzzerreißend. Ruth ging in die Hocke und setzte es zurück auf den Boden. Genau in diesem Moment ging das Licht aus und Dunkelheit hüllte sie ein. Walter kam mit zwei brennenden Stalllaternen und einer Pferdedecke über der Schulter durch die Boxengasse. Eine der Laternen hängte er an einen Haken an der Wand neben Lillys Box, die andere stellte er auf einen Balken neben dem Heuhaufen, auf dem er die Decke ausbreitete. »Damit wir bei der ganzen Warterei nicht frieren.«

Die beiden setzten sich ins Heu. Ruth blickte zu Lilly, die wieder unruhiger geworden war und nervös mit den Hufen aufstampfte.

»Wenn du mich fragst, finde ich das Verhalten von Williams sehr merkwürdig. Wenigstens einer seiner Stallburschen hätte hierbleiben und aufpassen müssen. Was ist, wenn Lilly heute Nacht stirbt, weil wir ihr nicht helfen können?«

»Es wird schon alles gutgehen«, erwiderte Walter und streckte sich gähnend. »Bestimmt ist es nur falscher Alarm. Am Ende ist sie nur unruhig, weil es ihr nicht gefällt, allein in der Box zu stehen, und wir machen uns ganz umsonst verrückt.«

Er lehnte sich mit dem Rücken gegen die Stallwand, fischte eine Mundharmonika aus seiner Hemdtasche, hielt sie in die Höhe und sagte: »Vielleicht gefällt ihr ein bisschen Musik.«

Ruth lächelte. »Wo hast du die denn her?«

»Sie gehört Schneiderlein. Er hat sie mir geliehen.«

Er setzte die Mundharmonika an die Lippen und spielte. Es war »Lili Marleen«. Ruth rückte näher an Walter heran, lehnte den Kopf an seine Schulter, schloss die Augen und begann leise den Text mitzusingen. Eines der Kätzchen krabbelte in ihren Schoß und rollte sich darin zusammen. Seine Geschwister kletterten zurück ins Katzenkörbchen und kuschelten sich an die Mutter. Die deutschen Worte des Liedes kamen wie selbstverständlich über Ruths Lippen, obwohl sie es seit einer Ewigkeit nicht mehr gehört oder gesungen hatte. Sie dachte an ihre Mutter, die das Lied nie hatte leiden können. Lale Andersen war in ihren Augen eine leidige Sängerin. Als Walter den letzten Ton gespielt hatte, wanderte ihr Blick zu Lilly. Das Pony stand ganz still in der hinteren Ecke der Box.

»Vielleicht war es wirklich falscher Alarm«, sagte sie. »Sie scheint sich beruhigt zu haben.«

»Trotzdem sollten wir noch ein Weilchen bleiben«, erwiderte er und setzte erneut die Mundharmonika an die Lippen. Diesmal spielt er »Over the rainbow« aus dem Film *Der Zauberer von Oz*, das ihnen Schneiderlein vor einer Weile beigebracht hatte. Die Melodie und der wunderbare Liedtext hatten Ruth vom ersten Augenblick an gefangengenommen. Sie schloss die Augen und sang. Die Vorstellung, dass es irgendwo hinter dem Regenbogen ein verwunschenes Land geben würde, gefiel ihr. Als das Stück zu Ende war, summte sie die Melodie weiter, was Walter dazu brachte, es zu wiederholen. Jetzt lauschte Ruth nur noch seinem Spiel. Sie schloss die Augen und genoss seine körperliche Nähe, die sie oft schmerzlich vermisste. Wie selbstverständlich hatten sie sich noch vor wenigen Jahren ein Bett geteilt, waren in so vielen Nächten eng aneinandergekuschelt eingeschlafen. Liebevoll nannte er sie auch heute noch kleine Schwester. Er gab ihr Halt, wenn der Kummer mal wieder zu groß wurde und drohte, sie innerlich zu zerreißen. Oder hielten sie sich nicht eher aneinander fest? Der Krieg, die wenigen Nachrichten aus der Heimat, die immerwährende Angst und neben all dem die Hoffnung, die mit jedem Tag weniger wurde. Es tat so gut, ihn bei sich zu haben.

Walter beendete sein Spiel, hielt einen kurzen Moment inne, überlegte, setzte die Mundharmonika erneut an seine Lippen und spielte das »Ave Maria« von Schubert. Ruth lächelte. Das Lied war eines der ersten längeren Stücke, das er fehlerfrei auf dem Klavier hatte spielen können. Sie wusste noch ganz genau, wie er es ihr an einem verregneten Nachmittag zum ersten Mal vorgespielt hatte. Damals hatten sie gemeinsam mit seinem Vater im Herrenzimmer gesessen.

Ruth lauschte der Melodie und sah den Raum vor Augen. Das Klavier, die Anrichte, darauf die Stehlampe. Das gemütliche Sofa, den Lehnstuhl am Fenster, in dem sie ihm so oft zugehört hatte. Sein Traum, am Hov'schen Konservatorium angenommen zu werden, aus dem natürlich nichts geworden war. Aber vielleicht wurde dennoch eines Tages ein großer Musiker aus ihm und aus ihr selbst eine große Sängerin. Das war ihr Traum, dessen war sie sich nun sicher. Genauso wie ihre Mutter im Licht der Scheinwerfer auf einer richtigen Opernbühne zu stehen. Irgendwann, wenn dieser verdammte Krieg vorbei war, könnten sie es schaffen. Mit dieser Vorstellung im Kopf nickte sie ein.

Ein Rütteln an der Schulter und Walters Stimme weckten sie einige Stunden später.

»Ruth. Wach doch auf. Sieh nur.«

Ruth öffnete die Augen. Sie brauchte einen Moment, um sich zu orientieren. Auch schmerzte plötzlich ihr Kopf, und sie fröstelte. »Das Fohlen. Es ist da. Sieh doch.« Walter trat näher an die Box heran. Das neugeborene Fohlen unternahm gerade die ersten Versuche, sich zu erheben. Ruth blinzelte und streckte sich gähnend. Sie versuchte aufzustehen, kam aber nicht weit, denn der Raum begann sich zu drehen. Sie sank zurück auf den Boden. Walter schien ihre Unpässlichkeit nicht aufzufallen. Er war ganz gebannt von dem winzigen Fohlen, das wackelig auf die Beine kam.

»Das hast du wunderbar gemacht, meine Liebe«, lobte er Lilly und tätschelte ihr den Hals. Ruth versuchte von neuem aufzustehen und schaffte es bis zur offen stehenden Boxentür. Sie klammerte sich daran fest.

»Mir geht es nicht gut«, sagte sie mit klappernden Zähnen und sank erneut in sich zusammen. Walter eilte ihr zu Hilfe.

»Ruth, um Himmels willen. Was ist los?«

»Der Kopf«, erwiderte Ruth. »Es hämmert.«

Walter berührte ihre Stirn. »Du bist ja glühend heiß«, rief er erschrocken.

»Kalt ... so verdammt kalt.« Ruth schlang die Arme um den Körper und sank ins Einstreu.

»Das ist nicht gut«, sagte Walter. »Du musst sofort zurück in die Schule. Tante Paula weiß bestimmt Rat.«

Er wandte sich um und blickte auf Lilly und ihr Baby. Das Kleine hatte zu trinken begonnen, was er für ein gutes Zeichen hielt. »Gut«, sagte er. »So muss es sein. Schön weitertrinken.« Er tätschelte Lilly den Hals. »Wir müssen leider gehen. Aber ich gebe Bescheid, damit jemand nach euch beiden sehen kommt.«

Als hätte das Pony seine Worte verstanden, wandte es den Kopf und stupste ihn sanft an. Er nickte. Seine Hände zitterten, und sein Herz schlug ihm bis zum Hals. Erst gestern hatte er Tante Anna beim Mittagessen sagen hören, dass in Wem die Grippe ausgebrochen war. Eine ältere Dame und ein Kleinkind seien daran gestorben. Sie hoffte, dass der Virus der Schule fernbleiben würde. Sein Blick fiel auf Ruth. Sie hatte die Augen geschlossen, die Hände fest um den Oberkörper geschlungen und zitterte. Es konnte nicht die Grippe sein. Eine so schwere Krankheit kam doch nicht innerhalb weniger Stunden. Er schob den Gedanken beiseite. Mutmaßungen brachten jetzt niemandem etwas. Bestimmt hatte sich Ruth einfach nur verkühlt. Sie musste auf dem schnellsten Weg zu Tante Paula in die Krankenstation gebracht werden. Er ging neben ihr in die Hocke und berührte sanft ihren Arm. Sie zuckte erschrocken zusammen, als hätte er sie im Schlaf gestört.

»Es ist gut. Ich bringe dich jetzt zu Tante Paula. Sie wird dir helfen.«

Ruth nickte. »Decke ... eine warme Decke. Es ist so kalt.«

»Bestimmt hat sie eine Decke, ein dickes Federbett, das dich aufwärmen wird. Und wir werden ein ordentliches Feuer im Kamin machen. Du wirst sehen, bald geht es dir wieder besser.«

Er schob Ruth behutsam ein Stück zur Seite, schloss die Boxentür und warf einen letzten prüfenden Blick auf die Stute und ihr Fohlen. Das Kleine trank gierig seine erste Milch.

»Hier ist alles bestens«, murmelte er und wandte sich erneut Ruth zu. »Kannst du aufstehen?«, fragte er. »Ich helfe dir.« Er legte den Arm um sie. Wackelig kam Ruth auf die Beine. Walter griff nach einer der Stalllaternen, und sie liefen die Boxengasse hinunter. Draußen empfing sie dichter Nebel. Ruth schlotterte am ganzen Körper. Walter behielt sie fest im Arm. Sie überquerten den Innenhof, auf dem schon wieder Mary und Stuart herumstreunten. Grunzend kamen sie ihm entgegengelaufen und schnüffelten an seinen Schuhen.

»Wie seid ihr schon wieder aus eurem Verschlag gekommen? Das gibt es doch gar nicht.«

Die beiden folgten ihnen bis zum Hofausgang, wo sie stehenblieben. Walter wusste, dass sie das vertraute Gelände niemals verließen, trotzdem rief er ihnen zu: »Seht zu, dass ihr zurück in euren Verschlag kommt. Sonst holt euch zwei

Gauner noch der Fuchs. Ich hab jetzt keine Zeit, um mich zu kümmern.« Als hätten ihn die beiden Ferkel verstanden, verschwanden sie grunzend in der Dunkelheit.

Nur wenig später erreichten er und Ruth die Stelle, an der der kleine Feldweg nach Trench Hall in die Straße mündete. Von weitem waren bereits die hell erleuchteten Fenster des Anwesens zu erkennen.

»Wir haben es gleich geschafft«, versuchte er, Ruth aufzumuntern.

Wenige Schritte später ließ ihn plötzliches Hundegebell zusammenzucken. Aus der Dunkelheit tauchten die beiden Schulhunde, Boby und Whiskey, zwei Cockerspaniel, auf.

»Wer ist da draußen?«, hörte Walter jemanden rufen. Er erkannte die Stimme. Es war Wilhelm Marckwald, der vielfältige Aufgaben an der Schule erfüllte. Er war Gärtner, Klempner und Musiker, der bei vielen Theaterstücken die Violine spielte.

»Wir sind es, Ruth und Walter. Wir brauchen Hilfe.« Marckwald tauchte direkt vor ihnen auf. »Wir waren drüben bei Williams, um nach dem Rechten zu sehen. Da hat eines der Ponys, Lilly, ihr Fohlen bekommen. Wir konnten die Stute nicht allein lassen. Ruth geht es nicht gut. Es kam ganz plötzlich.«

Die Worte sprudelten nur so aus Walter heraus. Marckwald trat näher, leuchtete Ruth mit seiner Laterne ins Gesicht und berührte ihre Stirn.

»Sie ist glühend heiß. Sie muss schnellstens zu Tante Paula in die Krankenstation. Komm. Ich helfe dir, Junge.«

Er stützte Ruth von der anderen Seite, und sie setzten sich in Bewegung in Richtung Haupteingang. Dort angekommen, schob Walter die Tür auf. In der Eingangshalle standen Franz Benter und einige seiner Freunde zusammen. Sie unterbrachen ihr Gespräch und blickten neugierig auf die Hereinkommenden.

»Schnell, sagt Tante Paula Bescheid. Sie soll sofort in die Krankenstation kommen«, rief Marckwald ihnen zu.

Franz sah von Walter zu Ruth, die sich kaum noch auf den Beinen halten konnte. Sofort eilten er und ein anderer Junge die Treppe nach oben, um Tante Paula, die sich bereits vor einer Weile zurückgezogen hatte, zu informieren. Währenddessen näherten sich ihnen die anderen und erkundigten sich neugierig, was geschehen war.

»Haltet lieber Abstand«, sagte Marckwald. »Sie ist krank. Es könnte ansteckend sein.«

Erschrocken wichen die Jungen zurück.

Walter und Marckwald durchquerten die Eingangshalle und schlugen den Weg zum Westflügel ein, wo die zwei Zimmer der Krankenstation lagen. In Bunce Court hatten sie mehr Platz gehabt, was Tante Paula immer wieder betonte. Mehr als fünf bettlägerige Krankheitsfälle können wir uns nicht leisten, hatte sie erst neulich bei einer Lehrerkonferenz die schwierige Situation angeprangert. Über den Ausbruch einer ansteckenden Krankheit wie der Kinderlähmung – in Bunce Court hatte es zu Beginn ihrer Zeit in England mehrere Fälle gegeben – wollte sie lieber gar nicht nachdenken.

Walter ließ Ruth los, um die Tür zu öffnen und das Licht einzuschalten. Marckwald brachte sie zu einem am Fenster stehenden Bett und ließ sie darauf sinken. Ruth kippte zur Seite weg. Ihre Zähne schlugen noch immer aufeinander, und sie zitterte am ganzen Körper. Walter zog ihr die Schuhe aus, legte ihren Kopf aufs Kissen und deckte sie mit einer dicken Daunendecke zu, während sich Marckwald um ein sanfteres Licht bemühte als die grelle Deckenbeleuchtung. Er schaltete eine am Fenster stehende Stehlampe und die Nachttischlampe ein und löschte das große Licht. Dann rieb er sich die Hände und drehte den unter dem Fenster hängenden Heizkörper auf. Leider war die Zentralheizung des Gebäudes in keinem guten Zustand, was dazu führte, dass es in den meisten Räumen des Hauses höchstens lauwarm war. In den Krankenzimmern gab es zusätzlich offene Kamine, die Tante Paula jedoch nicht sonderlich schätzte, weil sie die Luft stickig werden ließen, so dass öfter gelüftet werden müsste, was wiederum für Zugluft sorgte.

Walter blickte von der zitternden Ruth zu dem schäbigen Heizkörper, von dem die Farbe abblätterte.

»Und Sie denken, dass die Wärme des alten Kastens ausreichen wird?«, fragte er skeptisch.

»Nein, das denke ich nicht. Ich glaube aber, wir sollten mit dem Anfeuern des Kamins warten, bis Tante Paula eintrifft.« Walter verstand, worauf Marckwald hinauswollte, widersprach jedoch.

»Ehrlich gesagt ist es mir gerade egal, ob sie ein Problem mit überheizten Räumen hat. Ruth friert erbärmlich.«

Er trat vom Bett weg und begann Holzscheite in den offenen Kamin zu schichten. Genau in dem Moment, als er das Feuer mit einem Streichholz entzündete, betrat Tante Paula im Morgenmantel und mit einem übergroßen Handtuchturban auf dem Kopf den Raum.

»Ich hoffe, ihr habt einen guten Grund, mich aus der Badewanne zu holen. Da funktioniert dieser schreckliche

Boiler nach mehreren Wochen Arbeitsverweigerung endlich, und schon wieder werde ich gestört.« Ihr Blick fiel auf Walter, der ein zweites brennendes Zündholz in den Kamin warf. »Und dann wird hier auch noch ohne meine Erlaubnis der Kamin angezündet. Wie oft soll ich denn noch sagen, dass ohne meine Zustimmung in diesen Räumen kein Feuer gemacht werden darf?«

Walter zog den Kopf ein. »Sie waren nicht da, und Ruth friert«, verteidigte er sich und deutete zum Bett. Tante Paula warf ihm einen bitterbösen Blick zu, dann trat sie ans Bett. Sie besah sich Ruth näher und berührte ihre Stirn. »Sie ist glühend heiß und hat Schüttelfrost.«

»Mein Kopf«, wimmerte Ruth.

Beruhigend strich Tante Paula über ihren Arm.

»Ich weiß, Liebes. Ich gebe dir gleich etwas gegen die Schmerzen.«

Sie wandte sich an Walter und fragte: »Seit wann ist sie in diesem Zustand?«

»Noch nicht sehr lange. Es kam ganz plötzlich. Wir waren bei Williams im Stall und sind eingeschlafen. Als wir erwachten, ging es ihr auf einmal so schlecht.«

Tante Paula nickte mit ernster Miene. Sie bedeutete Marckwald, ihr auf den Flur zu folgen. Auch Walter ließ es sich nicht nehmen, das Gespräch der beiden mitanzuhören.

»Meine Befürchtungen der letzten Wochen sind vermutlich eingetreten. Ich denke, das Mädchen hat die Grippe. Informieren Sie bitte meine Schwester. Wir müssen sofort Vorkehrungen für eine Isolierung der Krankenstation und eine Desinfektion der Schule treffen. Sämtliche Schüler müssen in den nächsten Stunden begutachtet werden. Bei Anzeichen einer Erkältung, mögen sie auch noch so schwach sein, müssen die betroffenen Kinder sofort von den anderen separiert werden. Der Virus ist sehr aggressiv. In Wem hat es gestern zwei weitere Todesfälle gegeben, darunter ein fünfjähriges Mädchen.«

Walter wurde blass. »Aber, das ist doch ... Ich meine ... Ruth«, stammelte er.

Paula Essinger legte ihm tröstend die Hand auf die Schulter. »Ich verspreche dir, alles in meiner Macht Stehende zu tun, damit sie wieder gesund wird.«

Walter nickte. Tränen schimmerten in seinen Augen. Er wandte sich um und ging in das Zimmer zurück.

»Warte«, wollte Tante Paula ihn aufhalten. Doch Marckwald hielt sie zurück.

»Er hat sie von Williams' Hof hergebracht. Wenn sich jemand angesteckt hat, dann er.«

Tante Paula warf ihm einen missbilligenden Blick zu, stimmte ihm dann aber zu.

»Du hast recht. Wollen wir hoffen, dass sein Körper stark genug ist, um dem Virus standzuhalten. Ich gehe zu meiner Schwester, um sie zu informieren.«

»Das übernehme ich für dich«, erwiderte Marckwald. »Ich denke, es ist besser, wenn du hierbleibst und dich um die Kleine kümmerst. Wollen wir hoffen, dass sich ihr Zustand bald bessert und keine weiteren Fälle auftreten.«

Tante Paula nickte und sah zu der nur angelehnten Tür.

»Hoffen allein wird nichts bringen, fürchte ich.« Sie atmete tief ein, straffte die Schultern und betrat erneut das Krankenzimmer.

*

246

Walter schreckte in die Höhe, als sich Tante Paulas Hand auf seine Schulter legte.

»Du bist erschöpft, Junge«, sagte sie. »Geh dich ausruhen. Wenn sich etwas ändert, lasse ich nach dir schicken.«

Er schüttelte den Kopf. »Nein. Ich bleibe. Sie braucht mich.«

Tante Paula nickte. Bereits mehrfach hatte sie ihn in den letzten beiden Tagen überreden wollen, die Krankenstation zu verlassen. Ohne Erfolg. Sie entfernte das feuchte Tuch von Ruths Stirn und legte prüfend die Hand darauf. »Unverändert heiß. Die Wadenwickel, das Aspirin, nichts scheint zu helfen. Wenn das Fieber nicht bald runtergeht ...«

»Es wird sinken. Ganz bestimmt«, fiel ihr Walter ins Wort. »Ruth ist eine Kämpferin. Sie wird es schaffen.«

Seine Stimme klang bestimmt. Entschlossen nahm er Tante Paula das Tuch aus der Hand, tauchte es in eine mit Wasser gefüllte Porzellanschüssel auf dem Nachttisch, wrang es aus und legte es zurück auf Ruths Stirn. Sie schlief. Nur selten war sie wach. Dann versuchte Tante Paula, ihr etwas zu trinken einzuflößen. Meistens döste das Mädchen oder fiel in einen unruhigen Schlaf. Auch wurde sie immer wieder von starkem Schüttelfrost erfasst, obwohl inzwischen das Feuer im Ofen immer wieder neu angefacht wurde.

Tante Paula bemühte sich um ein Lächeln. Bisher war Ruth der einzige Grippefall der Schule, was sich leider jederzeit noch ändern konnte, denn in Wem wütete der Virus noch immer. Sie hatte den Arzt informiert, der gestern zu ihnen auf den Hof gekommen war, um Ruth zu untersuchen. Er wusste jedoch auch nicht viel mehr zu raten, als Tante Paula bereits tat. Die Patientin mit leichten Decken warmhalten, ihr zu trinken anbieten, versuchen, das Fieber mit Hilfe von Wadenwickeln zu senken. Tante Anna war mehrmals hier gewesen, um sich nach Ruths Befinden zu erkundigen. Auch Lo-Ka und Susi waren aufgetaucht. Paula Essinger hatte sie sofort fortgejagt. Der Einzige, der bleiben durfte, war Walter. So nahe, wie er Ruth gewesen war, kam es einem Wunder gleich, dass der Junge bisher noch keine Anzeichen für eine Infektion zeigte. Seitdem er Ruth gebracht hatte, wich er nicht von ihrer Seite. Paula hatte ihm einen bequemen Lehnstuhl neben das Bett gerückt und ihn letzte Nacht, als er für ein paar Stunden eingenickt war, liebevoll mit einer Decke zugedeckt. Sie wusste, dass die beiden miteinander aufgewachsen waren. Sie sind wie Geschwister, hatte Anna gestern zu ihr gesagt. Selbst das musikalische Talent teilen sie sich. Es ist ein Segen, dass sie beide in unserer Schule gelandet sind. Das macht es leichter.

Tante Paula strich Walter mit einem müden Lächeln auf den Lippen über den braunen Schopf.

»Ihr seid zusammen aufgewachsen, nicht wahr?«

»Ja, in Frankfurt« erwiderte er und nahm Ruths Hand in die seine. »Sie wohnte im Vorderhaus, ich im Hinterhaus. Wir haben sehr viel zusammen musiziert. Ruth kann auch Klavier spielen. Wussten Sie das? Ich habe es ihr beigebracht.«

»Nein, das wusste ich nicht.« Tante Paula sank neben Walter auf einen Hocker. »Sie kam jeden Tag und hat sich neben mich auf den Klavierhocker gesetzt. Oft haben wir zusammen gespielt. Und sie hat immer gesungen. Ihre Stimme ist einzigartig.«

»Ja, das ist sie«, erwiderte Tante Paula. »Sie hat die Rolle der Pamina in der ›Zauberflöte‹ wunderbar gespielt und hat wirklich Talent.«

»Genau wie ihre Mutter.« In Walters Augen traten Tränen. »Wussten Sie, dass ihre Mutter, Anni Kluger, eine ausgebildete Opernsängerin ist?«

»Nein, das wusste ich nicht«, erwiderte Tante Paul.

»Sie hat an der Frankfurter Oper gesungen, gemeinsam mit Magda Spiegel. Ruth ist mit der Oper groß geworden. Bis zu dem Tag, als sie ihre Mutter entlassen haben. Weil sie Jüdin ist.« Er seufzte und fügte hinzu: »Bis wir in unserer Heimat nicht mehr erwünscht waren.«

Tante Paula griff nach seiner Hand und drückte sie: »Ich bin fest davon überzeugt, dass dieser ganze Spuk bald vorbei sein wird. Dieser elende Krieg wird enden, und es wird der Tag kommen, an dem Anni Kluger wieder auf einer Bühne steht, vielleicht sogar gemeinsam mit ihrer Tochter.«

»Und ich werde in der ersten Reihe sitzen und den beiden zuhören«, sagte Walter.

»Nein, das wirst du nicht«, erwiderte Tante Paula. »Du wirst der berühmte Pianist sein, der im Orchestergraben sitzen und die wunderbare Musik für die beiden spielen wird.« Sie zwinkerte Walter zu. »Nicht nur Ruth hat Talent, und das weißt du.«

Er senkte errötend den Blick. Sie wuschelte ihm durchs Haar, erhob sich und streckte sich gähnend.

»Ich bin müde. Ich werde mich nebenan ein Stündchen aufs Ohr legen. Du bist ja bei ihr. Sollte sie aufwachen, versuchst du, ihr etwas von dem Tee einzuflößen.« Sie winkte ab. »Sollte sich irgendetwas verändern, weckst du mich bitte.«

»Ich werde gut auf sie achtgeben«, erwiderte er.

»Das weiß ich, mein Junge. Andernfalls würde ich nicht eine Sekunde diesen Raum verlassen.« Sie nickte ihm zu und öffnete eine Zwischentür neben dem Kamin, die in das Nebenzimmer führte, in dem weitere Betten standen. Als sich die Tür hinter ihr schloss, atmete Walter erleichtert auf. Er erhob sich von seinem Platz und schob Ruths Decke beiseite. Genau in dem Moment, als er sich neben sie legen wollte, klopfte es leise an die Tür. Er hielt in der Bewegung inne und blickte zur Tür. Diese öffnete sich einen Spaltbreit, und Olivias Gesicht tauchte auf.

»Ach Walter, du bist hier. Ich dachte …« Sie kam ins Stocken. »Ich wollte nach Ruth sehen und sie etwas fragen.«

Walter ging zur Tür und schob Olivia auf den Flur zurück. »Sie wird dich nicht hören«, sagte er draußen. »Es geht ihr noch immer sehr schlecht. Das verdammte Fieber will einfach nicht sinken.«

Olivia war bestürzt. »Sie wird doch nicht …? Ich meine, in Wem soll es Tote gegeben haben.«

»Daran sollten wir nicht einmal denken«, erwiderte Walter.

Olivia nickte. »Und ich war so gemein zu ihr, obwohl sie mir die Freundschaft angeboten hat.«

»Mach dir keine Vorwürfe«, suchte Walter sie zu beruhigen. Olivia wirkte sichtlich mitgenommen. »Ihr beide hattet einfach einen schlechten Start. Wenn es ihr besser geht, dann redet ihr darüber und schafft die dummen Missverständnisse endgültig aus der Welt.«

»Und du denkst, das geht so einfach? Ruth wird mir mein Verhalten bestimmt übelnehmen.«

»Ich bin mir sicher, sie wird sich darüber freuen. Ruth ist nicht nachtragend.«

Olivia nickte. »Gut. Sagst du mir, wenn es ihr besser geht?« »Selbstverständlich«, erwiderte Walter. »Das wird es bestimmt bald.«

Olivia wandte sich zum Gehen, drehte sich dann aber noch einmal um.

»Wenn wir uns tatsächlich versöhnen, dann …« Sie stockte, worauf Walter ihr aufmunternd zunickte. »Könntet ihr beiden euch vielleicht vorstellen, die Ferien bei uns zu verbringen? Meine Eltern haben ein Haus auf dem Land. Es ist schön dort, aber auch sehr einsam. Mit ein paar Freunden wäre es viel netter.«

Walter war überrascht. »Das ist ein großzügiges Angebot. Ich überlege es mir, und Ruth kannst du in ein paar Tagen gewiss selbst fragen.«

»Ja, das werde ich. Hab vielen Dank. Ich sehe lieber zu, dass ich fortkomme, bevor Tante Paula auftaucht. Sie hat mich schon zweimal weggejagt. Es ist mir ein Rätsel, wie du es durchgesetzt hast, bei ihr zu bleiben.«

»Männlicher Charme vielleicht.«

Walter zwinkerte Olivia zu. Sie grinste und verabschiedete sich endgültig. Als sie verschwunden war, ging Walter kopfschüttelnd ins Krankenzimmer zurück, schloss die Tür und dachte bei sich, wie erstaunlich es doch war, was eine Krankheit so alles bewirken konnte.

Er legte sich neben Ruth ins Bett, nahm sie in den Arm und breitete die Decke über ihnen aus. Er legte das herabgerutschte feuchte Tuch zurück in die Schüssel auf dem Nachttisch und begann mit ihr zu reden, in der Hoffnung, dass seine

Worte irgendwie zu ihr durchdrängen und seine Nähe ihr guttäte. »Weißt du noch, als wir am Main Schlittschuh laufen waren? Es war ein klarer, kalter Wintertag. Der Frost hatte die Bäume mit eisigen Kristallen überzogen, die im Licht der Sonne funkelten. Wir haben uns die Kufen unter die Schuhe geschnallt und sind auf den Fluss hinausgeschlittert. Beide sind wir ständig hingefallen. Du hast versucht, eine Pirouette zu machen und auf einem Bein zu fahren wie die Eiskunstläuferinnen, die wir kurz zuvor bei einem Wettkampf vom Ufer aus beobachtet hatten. Bei dir hat es komisch ausgesehen, überhaupt nicht elegant. Aber deine Augen strahlten. Wir haben vom Fluss aus den Sonnenuntergang bewundert. Auf dem Römerberg habe ich für uns an einem Stand heißen Punsch besorgt. Die Füße und Finger zu Eiszapfen gefroren, die Kufen über den Schultern und mit roten Wangen von der Kälte haben wir uns auf den Heimweg gemacht. An diesem Tag hat uns Frankfurt Glück geschenkt. Später habe ich dir ›Das fliegende Klassenzimmer‹ vorgelesen, und du bist an meiner Schulter eingeschlafen.« Er berührte zärtlich Ruths Wange. Sie murmelte etwas Unverständliches und schmiegte sich noch enger an ihn. »Meine geliebte Schwester. Ich bleib bei dir und lass dich nicht allein. Lass uns schlafen und von zu Hause und unserer Musik träumen.«

Er begann »Guten Abend, gut' Nacht« zu summen, wurde immer leiser und schlief irgendwann darüber ein.

*

Seine Worte waren zu Ruth durchgedrungen, dann glitt sie wieder in tieferen Schlaf. Die Bilder ihrer Vergangenheit, die

Walter heraufbeschworen hatte, brachten ihr einen Traum voller Erinnerungen an ihr Leben in Deutschland.

Wind zerzauste ihr Haar, als sie den Kopf aus dem Fenster steckte und die Nase in die Luft hielt. Goldene Kornfelder, schattige Wälder und Wiesen, auf denen Kühe und Pferde grasten, flogen an ihr vorüber.

»Lehn dich nicht so weit hinaus, mein Schatz«, hörte sie die Stimme ihrer Mutter. »Sonst fällst du mir noch aus dem Zug.«

»Wenn es doch so wunderschön ist«, erwiderte Ruth und sank zurück auf ihren Sitz.

Anni lächelte. Sie sah so wunderhübsch in ihrem geblümten Sommerkleid aus. Wie jeden Sommer hatten sie Frankfurt mit seinen vielen Gassen und Häusern hinter sich gelassen, um einige Wochen auf dem Land zu verbringen. All die Sorgen der letzten Monate schienen mit jedem Meter, den sich die Bahn von der Stadt entfernte, kleiner zu werden. Ruth liebte diese Zeit, endlich hatte sie ihre geliebte Mutter ganz für sich allein. Keine abendlichen Vorstellungen, Proben, Kollegen oder Gesangsstunden. Sie erreichten den winzigen Bahnhof des Ortes Camberg und kletterten aus dem Zug. Wie immer wartete der alte Georg mit dem Pferdewagen vor dem Bahnhofsgebäude auf sie. Die Fahrt ging durch Wiesen und Felder. Mohn- und Kornblumen blühten am Wegesrand. Schmetterlinge flatterten um sie herum, und der Geruch von trockenem Heu hing in der Luft. Als sie ihr Ziel, eine alte, in einem Wiesengrund gelegene Wassermühle, erreichten, erwartete sie bereits die alte Henni, die wunderbaren Apfelstrudel backen konnte. Ihr Anblick war so vertraut. Wie immer trug sie eine bunte Kittelschür-

ze und ihr blau-weiß gestreiftes Kopftuch. Sonst brennt mir die Sonne den Kopf kaputt, hatte sie Ruth lachend erklärt, nachdem diese gefragt hatte, warum man sie nie ohne Kopftuch sah. In Frankfurt trugen wenige Frauen Kopftücher, dafür oftmals schicke Hüte, mit denen sie durch die Straßen flanierten, hatte Ruth zur Antwort gegeben. Einen Hut hätte sie nicht, hatte Henni geantwortet. Aber eine dicke Pudelmütze für den Winter, damit ihr Väterchen Frost nicht die Ohren abbiss. Wie immer bezogen sie das winzige, in einem Nebengebäude liegende Fremdenzimmer, in dem es nur ein einziges großes Bett gab, in dem sie jeden Abend eng aneinandergeschmiegt lagen und dem sommerlichen Konzert der Grillen lauschten. Auch an diesem Abend taten sie das mit gut gefüllten Bäuchen. Apfelstrudel, geräucherte Würste, Bauernbot und selbstgemachter Käse, dazu hausgemachte Limonade und Apfelwein. Henni hatte wie immer um ein Lied gebeten, Georg Ziehharmonika gespielt. Bis der Mond am Himmel stand hatten sie gesungen, gelacht, erzählt und darüber all die Schwierigkeiten ihres Frankfurter Lebens vergessen. Henni und Georg waren wie immer, obwohl Anni ihnen an jenem Abend gestand, dass sie Juden waren. Diesen Firlefanz fangen wir hier draußen gar nicht erst an, hatte Henni gesagt und abgewinkt. Firlefanz, was für ein Wort für den Hass auf Juden, hatte Anni später zu ihr gesagt.

»Wollen wir nicht einfach für immer bleiben?«, fragte Ruth ihre Mutter später am Abend. »Henni strickt uns bestimmt auch Pudelmützen gegen den Frost.«

»Ich wünschte, wir könnten es. Aber ich habe hier keine Arbeit, und du musst ab September wieder zur Schule«, erwiderte Anni und seufzte.

»Vielleicht finden sich ja auch hier Arbeit und eine Schule«, sagte Ruth.

»In dieser Einöde. Arbeit für eine Sängerin«, Anni stupste Ruth lachend auf die Nase. »Und ich will nicht wissen, wie weit es bis zur nächsten Schule ist. Und ...«

»Schon gut. Du musst es nicht sagen«, fiel ihr Ruth ins Wort. »Mach es nicht kaputt. Wollen wir es ab heute nicht Firlefanz nennen? Firlefanz ist nicht wichtig, er vergeht wieder.«

Anni lächelte. »Wenn du meinst.« Sie drückte Ruth fest an sich und küsste ihre Wange. »Aber eine Sache gibt es für uns, die niemals Firlefanz sein wird«, sagte sie.

Ruth sah ihre Mutter fragend an.

»Unser Jankele« sagte Anni. »Es ist tief in unseren Herzen, ein Teil von uns.«

Sie stimmte die Melodie an und begann zu singen. Ruth fiel mit ein. Gemeinsam sangen sie die vertrauten jiddischen Worte. Sie gehörten zu ihnen wie ihre Herkunft, die ihnen so viel Kummer brachte. Doch genau jetzt, in diesem von Heugeruch gefluteten Kämmerchen, war dieser Kummer nur irgendein Firlefanz. Nicht mehr und nicht weniger.

Ruth öffnete die Augen und blickte auf die weiß gestrichene Zimmerdecke über sich. Sonnenflecken tanzten über ihre Bettdecke. Die ersten seit einer halben Ewigkeit. Das Rascheln von Papier ließ sie zur Seite blicken. Walter saß neben ihr in einem Sessel. Auf seinem Schoß lagen gleich mehrere Briefumschläge. Ruth räusperte sich. Er blickte zu ihr und hielt lächelnd einen der Briefe in die Höhe.

»Sie hat geschrieben. Die ganze Zeit über. Es war nur ein Zahlendreher in der Anschrift.«

Seine Augen leuchteten. Ruth hielt ihm lächelnd die Hand hin. Er nahm sie und drückte sie.

»Ich war bei Henni«, sagte sie. »Das Jankele. Es ist wieder da.«

KAPITEL ACHT

Meine geliebte Mama,
die Ankunft Deines letzten Briefes liegt schon eine Wei-
le zurück, und ich hoffe, dass es Dir gut geht. Hier in der
Schule bekommen wir vom Kriegsgeschehen nur wenig mit,
Trench Hall liegt sehr abgelegen. Wir freuen uns schon auf
unser Weihnachtsstück, ein Krippenspiel, das wir in der
Kirche von Wem aufführen werden. Der Pfarrer hat sich
sehr über das Angebot von Tante Anna gefreut. Olivia wird
die Jungfrau Maria spielen. Zwar war Lo-Ka nicht begeis-
tert, dass ich auch diese Hauptrolle abgelehnt habe, aber
ich möchte es so. Olivia und ich haben uns angefreundet,
und wir üben gemeinsam. Ich finde, dass sie schon besser
geworden ist – was Du gewiss anders sehen würdest. Spä-
testens, wenn sie sich an einem Konservatorium bewirbt,
wird sie ihre Grenzen aufgezeigt bekommen, und bis dahin
soll sie glücklich sein. Und vielleicht wird sie ja auf andere
Weise eine erfolgreiche Sängerin, es muss ja nicht immer die
Oper sein.

Ich soll Dich von Walter grüßen, meinem lieben großen
Bruder. Neulich waren wir wieder auf dem Williams-Hof.
Die kleine Kitty ist inzwischen ein richtig großes Pony ge-
worden. Sie kommt immer an den Zaun, wenn ich nach ihr
rufe. Als ob sie wüsste, dass ich in der Nacht ihrer Geburt

bei ihr war. Aber daran will ich lieber gar nicht mehr den-
ken. Wie gut, dass Walter über mich gewacht hat. Manch-
mal wüsste ich gar nicht, was ich ohne ihn tun sollte. Wir
verbringen beinahe jeden Abend im Musikzimmer. Die-
se Stunden sind mir die liebsten des Tages. Wenn er spielt,
schließe ich die Augen und stelle mir das Herrenzimmer der
Sommers vor. Dann fühlt es sich fast ein wenig so an, als
wäre ich zu Hause. Nur du fehlst mir. Auch dieses Mal wün-
sche ich mir so sehr, dass Dich dieser Brief nicht erreichen
wird und Du längst irgendwo auf dem Weg in ein anderes,
für Dich sicheres Land bist. Ich gebe die Hoffnung nicht
auf, dass wir uns bald wieder in die Arme schließen werden.

Ich sende Dir viele Küsse,

Deine

Ruth

P.S. Richte bitte Frau Meiser und Georgina liebe Grüße
von mir aus.

*

NOVEMBER 1941, FRANKFURT AM MAIN

Anni stand in der Gemüsehandlung von Walter Schönbaum und begutachtete die wenigen Waren, die es zu kaufen gab. Walter Schönbaum, ein in die Jahre gekommener
Mann, stand hinter seinem Tresen und unterhielt sich mit
einer Kundin. Er machte den Eindruck, als wäre alles ganz
normal. Das Innere seines Ladengeschäftes zeigte allerdings
ein anderes Gesicht. Die Regale waren spärlich gefüllt. Nur
noch das Nötigste zum Überleben gab es zu kaufen: Kohl-
köpfe, Kopfsalat, Gurken, Zwiebeln, Karotten und Kartof-

feln. An Obst gab es nur Äpfel. Die Kundin vor Anni erstand zwei Kartoffeln und eine Zwiebel. Sie wollte Suppe kochen, die für die nächsten drei Tage für sie und ihre beiden Söhne reichen musste.

»Meine Schwester hat mir vom Land ein Paket mit Mehl geschickt«, hörte Anni die Frau sagen. »Daraus habe ich drei Laibe Brot gebacken. Geben uns Juden ja kaum noch Marken. Manchmal wüsste ich gar nicht, was ich ohne meine liebe Anneliese tun sollte. Wie gern wäre ich im September zu ihr rausgefahren, doch die Fahrkarten für die Bahn sind unerschwinglich. Außerdem wird man schon in der Straßenbahn angepöbelt. Am Ende werfen sie einen noch irgendwo im Nirgendwo aus dem Zug, und dann steht man da mit zwei kleinen Kindern und weiß nicht, wohin. Da bleib ich lieber hier, und sei es noch so schlimm.«

Walter Schönbaum beeilte sich, ein paar bedauernde Worte zu sagen. Er lächelte höflich. Vermutlich waren es die immer gleichen Phrasen, die ihm über die Lippen kamen, teilten doch alle seine Kunden dasselbe Schicksal. Er selbst lebte in einer Mischehe, was es ihm ermöglichte, sein Geschäft noch offen zu halten. Der Laden gehörte offiziell seiner Frau, die sich um sämtliche Bestellungen und Einkäufe im Großmarkt kümmerte. Auch das Ehepaar Schönbaum war in den letzten Jahren immer wieder angefeindet und beschimpft worden. Ehepartnern von Juden wurde immer häufiger nahegelegt, sich scheiden zu lassen, Anni hatte sogar davon gehört, dass Leuten gedroht würde, sie könnten einfach verschwinden, wenn sie sich weigerten. Hilde Schönbaum ließ sich davon keine Angst machen, sie war schon immer eine starke, durchsetzungsfähige Frau gewesen. Leider schien auch sie langsam den Kampf gegen das System zu verlieren, dachte Anni, während sie aus der spärlichen Auslage eine Kartoffel und zwei kleine Karotten nahm. Die andere Kundin verließ den Laden, und sie reichte Walter Schönbaum ihren mageren Einkauf über den Tresen.

»Ach, das Fräulein Kluger. Wie schön, Sie zu sehen«, begrüßte sie der Händler mit einem Lächeln. »Erst neulich habe ich mit meiner Frau darüber gesprochen, wie sehr wir es bedauern, dass es keine Aufführungen des jüdischen Kulturbundes mehr gibt. Wir hatten ja ein Abonnement, genauso wie für die Oper. Was habe ich Sie damals auf der großen Bühne doch bewundert.«

Anni zwang sich zu einem Lächeln und erwiderte: »Ich vermisse die Bühne sehr. Aber es ist, wie es ist. Vielleicht wird es ja eines Tages wieder anders sein. Dafür sollten wir alle beten.«

»Ja, das sollten wir.« Er senkte seine Stimme und blickte zur Tür. »Und dafür, dass dieser schreckliche Krieg bald vorbei ist.«

»Dafür bete ich ebenfalls jeden Tag. Dieser ganze Irrsinn muss doch irgendwann ein Ende haben«, erwiderte Anni leise. »Immerhin weiß ich meine Tochter in Sicherheit. Wenn ich ihre Briefe lese, finde ich die Kraft, nicht aufzugeben.«

»Das freut mich«, erwiderte Walter Schönbaum. »Ich weiß noch, wie die kleine Ruth früher immer von den Kirschen genascht und es mit rot verschmiertem Mund geleugnet hat.«

Er grinste verschmitzt, dann wurde seine Miene wieder ernst.

»Dieses Jahr hatten wir kaum Kirschen. Nur wenige Kisten konnte meine Frau zu einem Wucherpreis erstehen. Die Händler vom Großmarkt wissen genau, wen sie vor sich haben. Ich habe ihr schon oft gesagt …« Er winkte ab. »Nicht so wichtig. Ich will Sie mit unseren Sorgen nicht behelligen.«

Er legte Annis Gemüse in eine Papiertüte, reichte sie ihr zurück und sagte: »Das bisschen Gemüse geht so durch.«

»Das kann ich nicht annehmen«, erwiderte Anni.

»Doch, das können Sie. Sie haben mir und meiner Frau so viele schöne Stunden mit Ihrem Gesang beschert, da kann ich Ihnen auch mal eine kleine Freude machen.«

Er zwinkerte Anni zu. Sie gab nach.

»Also gut. Sollte es jemals dazu kommen, dass ich in Frankfurt wieder auftreten kann, dann betrachten Sie und Ihre Gattin sich als meine Gäste.«

»Ist notiert«, erwiderte er mit einem Lächeln. »Ich werde darauf zurückkommen.«

Anni verabschiedete sich und verließ den Laden.

Es war ein kühler Herbsttag mit tief hängenden grauen Wolken. Ein ruppiger Wind riss an ihrem Mantel, auf dem der Judenstern prangte. Dieses scheußliche Erkennungszeichen, das sie auf all ihre Jacken und Blusen genäht hatte und das sie wie Vieh brandmarkte. Jetzt war für alle weithin sichtbar, dass sie eine Jüdin war, was das Leben noch mehr zum Spießrutenlauf machte. Auch sie traute sich in keine Straßenbahn mehr und erledigte alles zu Fuß. Nur noch für die notwendigsten Einkäufe verließ sie das Haus. Dafür legte sie oftmals weite Wegstrecken zurück, denn die wenigen Geschäfte, in denen sie überhaupt noch einkaufen durfte, lagen nicht im Nordend. Walter Schönbaums Laden lag im Ostend. Sie hatte es schon vor einer Weile aufgegeben, sich um Lebensmittelmarken zu bemühen. Mehrfach war sie an der Ausgabestelle beschimpft, einmal sogar hinausgeworfen worden, obwohl auch ihr als Jüdin Marken zustanden. Brot backte sie inzwischen selbst. Ein jüdischer Großhändler im Westend verkaufte unter der Hand Mehl, dazu Butter und Hefe. Fleisch aß sie keines mehr, schlichtweg, weil sie es nirgendwo kaufen konnte. Sie lebte von Gemüsesuppe, Brot und den selbstgebackenen Keksen, die Hiltrud ihr hin und wieder brachte. Im letzten Sommer hatte sie im Stadtwald Erdbeeren gesammelt, neulich erst war sie dort Pilze suchen gewesen. Jeden Tag aufs Neue dankte sie Gott, dass Ruth dies alles nicht miterleben musste. Was für eine Erleichterung war es, ihr Kind in Sicherheit zu wissen.

Sie bog in die Hanauer Landstraße ab und folgte der Friedberger Landstraße. Es war noch früh am Tag, und nur wenige Passanten waren auf der Straße unterwegs. Nur vor einem eingestürzten Gebäude, aus dem noch schwarzer Rauch aufstieg, hatte sich eine größere Menschenmenge versammelt. Eine Frau saß weinend vor einem zugedeckten kleinen Leichnam. Anni beschleunigte ihre Schritte. Letzte Nacht hatte es die üblichen Luftangriffe der Engländer gegeben. Die Sirenen waren zu einem alltäglichen Geräusch geworden, ebenso der Anblick der ausgebombten Häuser. Überall im Stadtgebiet waren Löschteiche angelegt worden, selbst auf dem Römerberg. Gerade die Altstadt mit ihren vielen Fachwerkhäusern galt als besonders gefährdetes Gebiet, war bisher aber verschont geblieben. Zumeist wurden Industrieanlagen beschossen, aber auch Privathäuser wurden immer häufiger getroffen. Das Netz der Schutzbunker wurde immer weiter ausgebaut, genauso wie die Keller der

Häuser miteinander verbunden und zu schützenden Festungen umgebaut wurden. Es gab genaue Vorschriften, wie das alles gehandhabt werden musste, und natürlich besagte eine der Vorschriften, dass Juden zu den öffentlichen Bunkern keinen Zutritt hatten. Anni hatte Glück und durfte in ihrem Haus in den Keller fliehen, denn ihre kleine Hausgemeinschaft verhielt sich ihr gegenüber noch immer loyal. Besonders Hiltrud kümmerte sich rührend um sie. Mit der alten Frau verband sie inzwischen beinahe so etwas wie eine Freundschaft. So manch verregneten Nachmittag verbrachten sie beim gemeinsamen Kartenspiel. Mit Magda telefonierte sie nur noch selten. Sie wohnte inzwischen in einem der Judenhäuser im Westend, und Anni brachte es einfach nicht fertig, sie dort zu besuchen. Magda hatte sich in den letzten Monaten sehr verändert. Sie wirkte verbittert und war dünn geworden, auch der Glanz in ihren Augen war verschwunden. Selbst die strahlende Operndiva von einst schien langsam ins Wanken zu geraten.

»Anni! Anni!«, glaubte sie plötzlich, jemanden ihren Namen rufen zu hören. Und tatsächlich: Auf der anderen Straßenseite stand Georgina und winkte. Er wartete ab, bis ein Lastwagen vorbeigefahren war, und kam zu ihr herüber.

»Zum Glück habe ich dich noch gefunden.« Er rang nach Luft. »Hiltrud hat gesagt, du hättest zu Schönbaum gewollt. Meine Güte. Was bin ich gerannt.«

Anni wurde nervös, und ihre Hände begannen zu zittern. Irgendetwas stimmte hier nicht.

Georgina blickte nervös die Straße hinunter. Gerade in diesem Augenblick bog eine größere Menschenmenge um die Ecke. Anni erkannte die Gestapomänner an ihren typischen Mänteln, dazu jede Menge SS-Leute. Den Großteil der Gruppe machten jedoch normale Menschen aus. Männer, Frauen und Kinder, die Koffer, Rucksäcke und Bündel trugen.

»Sie werden deportiert«, brachte Anni heraus.

»Deswegen bin ich hier. Ich habe heute Morgen davon erfahren und bin gleich zu dir gelaufen, um dich zu warnen. Dem Himmel sei Dank, habe ich dich gefunden. Wir müssen sehen, dass wir hier wegkommen.«

Er griff Anni am Arm und zog sie in einen Hinterhof. Dort duckten sie sich hinter zwei Mülltonnen. Anni schielte durch einen Schlitz auf die Straße. Sie hörte Kinder weinen, ein Mädchen fiel direkt vor ihrer Einfahrt auf die Knie und wurde unsanft von einem SS-Mann auf die Füße gezogen. Es hatte seine Puppe verloren, die niemand aufhob. Frauen, Männer, alte Menschen, alle mit Koffern in den Händen, in denen das Notwendigste zum Leben steckte. Einige von ihnen erkannte sie. Heike Meyer und ihren Mann Erwin. Er hatte früher beim Finanzamt gearbeitet. Sabine Henlein. Ihrer Familie hatte ein großes Wäschegeschäft auf der Zeil gehört. Konrad und David Silberstein. Vater und Sohn. David hielt die Hand seiner Frau, die ein Baby im Arm trug. Vor wenigen Jahren hatte der Sohn vom Vater das Geschäft, eine Umzugsfirma, übernommen. Sie konnte es nicht fassen. All diese Menschen lebten in ihrer Nachbarschaft. Wie Vieh wurden sie von den SS- und Gestapomännern die Straße hinuntergetrieben, eine ältere Frau sogar mit dem Knüppel geschlagen, weil sie nicht schnell genug laufen konnte. Es waren so viele. Hunderte. Georgina zog Anni von ihrem Beobachtungsposten weg. Sie sanken auf den kalten Boden und lehnten sich mit dem Rücken gegen eine Mauer. Anni schloss die Augen und versuchte, sich Ruths Antlitz in Erinnerung zu rufen. Sie verschränkte die Arme vor der Brust, als würde sie in ihrem Arm liegen. Genau wie damals, als sie in der Laubhütte gesessen und das Jankele gesungen hatte. Sie begann die Melodie des Liedes zu summen, leise den Text zu singen. Erst nach einer Weile bemerkte sie, dass Georgina zu weinen begonnen hatte. Er schluchzte leise und wischte sich beschämt die Tränen von den Wangen. »Das Lied fürs Garderobenmädchen«, murmelte er. Anni nickte. »Das Jankele. Unser Lied. So lange habe ich es nicht mehr gesungen. Es kam mir sonderbar vor, es ohne sie zu singen. Mein Gott. Wie sehr ich sie vermisse.« Auch sie weinte nun. Georgina legte die Arme um sie und zog sie eng an sich.

»Du wirst sie bestimmt bald wiedersehen. Davon bin ich überzeugt.«

»Nein. Das werde ich nicht«, erwiderte Anni und löste sich aus seiner Umarmung. »Sieh dir all die Menschen dort draußen an. Sie werden verschleppt, getötet. Wir wissen doch beide, was in diesen Lagern vorgeht. Sie sind meine Nachbarn, meine Bekannten, Freunde, Mitschüler von Ruth. Jetzt werden sie in die Großmarkthalle gebracht, wo sie in Waggons gesteckt werden, mit denen sie in den Tod fahren werden. Wahrscheinlich hatte ich nur deshalb Glück, weil ich nicht zu Hause war. Vielleicht haben sie auch an meiner Tür geklingelt.«

Sie suchte Georginas Blick, doch er wich ihr aus.

»Ich will und kann nicht daran glauben«, erwiderte er und berührte sanft Annis Wange.

»Du wirst dich an den Gedanken gewöhnen müssen«, erwiderte sie und blickte noch einmal durch den Spalt zwischen den Mülltonnen auf die Straße. Ein Auto fuhr vorbei, ihm folgte ein Pferdefuhrwerk, dann war niemand mehr zu sehen.

»Es ist vorbei.« Sie erhob sich. »Ist wohl besser, wenn ich nach Hause gehe. Bestimmt ist Hiltrud in großer Sorge. Vielen Dank, dass du mich gewarnt hast. Sollte es trotzdem passieren, dann wirst du doch tun, was ich dir aufgetragen habe?«

»Es wird nicht passieren. Dafür werde ich sorgen. Du wirst nicht deportiert, niemals werde ich das zulassen.«

»Du weißt noch, was ich dir aufgetragen habe?«, ging Anni nicht auf seine Worte ein. Sie sah ihn abwartend an.

»Sicher doch«, antwortete er knapp.

»Gut. Sie soll nicht in Ungewissheit leben müssen.«

Anni trat zurück auf die Straße, Georgina folgte ihr und begleitete sie bis nach Hause.

Als Anni die Haustür aufschob, öffnete sich die Wohnungstür von Hiltrud Meiser. Sie stürzte in den Flur und fiel Anni erleichtert um den Hals.

»Dem Herrn im Himmel sei Dank, er hat dich gefunden.«

»Ja, er hat mich gefunden«, erwiderte Anni und drückte Hiltrud kurz an sich.

Die alte Frau löste sich aus der Umarmung, wandte sich Georgina zu und klopfte ihm auf die Schulter. »Das haben Sie gut gemacht.«

Anni war Hiltruds offen zur Schau gestellte Erleichterung unangenehm. Sie lehnte sich nach vorn und blickte durchs Treppenhaus auf ihre Wohnungstür.

»Waren sie hier?«, fragte sie vorsichtig.

»Nein, hier war niemand«, erwiderte Hiltrud Meiser. Anni warf ihr einem prüfenden Blick zu, dem die alte Dame standhielt. Sie schien die Wahrheit zu sagen.

»Gut. Dann bin ich dieses Mal verschont geblieben. Wir werden sehen, wie lange es noch gutgeht.«

Sie ließ Hiltrud Meiser und Georgina ohne ein weiteres Wort stehen und lief die Treppe nach oben. Georgina wollte ihr folgen, doch die alte Dame hielt ihn zurück.

»Ich denke, sie will jetzt für sich sein.« Ihre Stimme klang bestimmt. Georgina hielt inne und verstand, was sie meinte.

»Kommen Sie lieber zu mir herein, junger Mann.« Hiltrud winkte Georgina näher und bot ihm zu seiner Verwunderung das Du an. »Hast dir ein Stück Gugelhupf verdient. Den hab ich gerade vor einer Stunde aus dem Ofen geholt. Tee?« Sie wartete seine Antwort nicht ab. Er nickte perplex und folgte ihr. Sie schloss die Tür hinter ihm, ging in die Küche, stellte einen Teekessel auf den Ofen und sagte: »Später bring ich Anni auch noch ein Stückchen. Darüber wird sie sich freuen.«

Eine Weile danach stand Anni am Fenster in der Wohnstube und blickte auf die Straße. Sie war wie leergefegt und versank in Dunkelheit. Ein Auto fuhr wie ein düsterer Schatten ohne Scheinwerfer vorüber. Im gegenüberliegenden Haus war in einem der Fenster ein kurzer Lichtstrahl zu erkennen, der sofort wieder verschwand. Verdunkelung der Fenster, keine Straßenlaternen leuchteten, die Autoscheinwerfer mussten ausgeschaltet bleiben. Selbst die Straßenbahnen fuhren unbeleuchtet. Es gab keine Leuchtreklamen mehr. Kinos, Cafés, Varietés und Nachtclubs. Die bunten Farben des Nachtlebens waren verschwunden. Frankfurt versank jeden Abend aufs Neue in beklemmender Finsternis.

Anni schlang die Arme um den Körper und lehnte den Kopf gegen die Wand. Die Bilder der vielen Menschen wollten ihr nicht aus dem Sinn gehen. Sie dachte an Marlene, die im Westend in einem der Judenhäuser lebte. Vor einiger Zeit hatte sie die Freundin auf der Straße getroffen, und sie hatten sich auf eine Bank in der Taunusanlage gesetzt und geredet. Über die Kinder, deren Briefe aus England, die Vergangenheit. Beide waren froh darüber, dass sich Walter und Ruth in der Schule von Anna Essinger wiedergefunden hatten und in Sicherheit waren. Immerhin den Kindern ging es gut. Der Junge wird seinen Weg schon machen, hatte Marlene gesagt. Es war eine sonderbare Begegnung gewesen. Marlenes Gegenwart hatte sich vertraut und doch fremd angefühlt. Die Ereignisse der letzten Jahre hatten ihre Freundschaft zerstört, zu vieles war ungesagt geblieben, zu weniges hatten sie geteilt. Dennoch war die gewohnte Vertrautheit zwischen ihnen geblieben. Marlene trug noch immer dieselbe Frisur, denselben blauen Mantel. Wie immer fiel ihr ständig eine Haarsträhne ins Gesicht, die sie hinter das rechte Ohr schob. Sie war dünner geworden, ihre Augen waren umschattet. Anni erkannte sich selbst in ihr. Die ständige Angst hatte sie ausgemergelt. Sie hatten sich mit dem Versprechen voneinander verabschiedet, sich bald wieder zu treffen. Sechs Wochen war das jetzt her. Wie es ihr wohl ging, dachte Anni plötzlich. Am Ende war auch Marlene abgeholt worden. Im Westend hatte es bereits im Oktober eine größere Deportation gegeben. Über tausend Menschen waren abgeholt und durch die Straßen zur Großmarkthalle getrieben worden. Es war ein kühler, verregneter Tag gewesen. Anni hatte von Hiltrud beim nachmittäglichen Tee erfahren, was in der Stadt vor sich ging. Hiltrud war wie jeden Sonntag zum Gottesdienst gegangen, und da hatte sie die vielen mit Koffern, Bündeln und Rucksäcken beladenen Menschen gesehen, die von Gestapo- und SS-Männer vorangetrieben wurden. Annis Hände hatten zu zittern begonnen, beinahe hätte sie die Teetasse fallen lassen. Die Angst schnürte ihr die Kehle zu. Jetzt war es also so weit, dachte sie damals.

Danach war es längere Zeit ruhig geblieben, was neue Hoffnungen aufkeimen ließ. Unsinnige Hoffnungen, wie sie jetzt wusste. Wie hatte sie auch nur ansatzweise daran glauben können, dass sie damit aufhören würden? Stück für Stück würden sie jeden Stadtteil säubern, wie sie die Beseitigung der Juden nannten.

Anni trat vom Fenster weg und ging ins Schlafzimmer, komplett angekleidet kroch sie unter ihre Decke. Im Raum war es kalt. Sie schloss die Augen und fiel in einen unruhigen Schlaf.

Gesichter zogen an ihr vorüber. Männer mit Hüten, Koffer in den Händen. Eine alte Frau mit einem Bündel im Arm. Kinder an den Händen ihrer Mütter. Teilnahmslos wirkten ihre Blicke. Sie trotteten durch die wie leergefegten Straßen, um an deren Ende zu verschwinden. Einfach so schienen sie sich in Luft aufzulösen. Einer nach dem anderen. Still und leise, ausgelöscht.

Das Aufheulen der Sirenen riss sie aus ihrem Traum. Sie schoss in die Höhe und blickte um sich. Mondlicht fiel durch einen Spalt in den Vorhängen auf den Boden und ihre Bettdecke. Sie schüttelte den Kopf, um den Alptraum loszuwerden, dann stand sie auf. Im Flur schlüpfte sie in ihre Schuhe und öffnete die Wohnungstür. Im Erdgeschoss wurde sie bereits von einer ungeduldigen Hiltrud erwartet. »Mädchen, Mädchen«, sagte sie. »Gleich wär ich hochgelaufen und hätte Sturm geklingelt. Schnell, beeilen wir uns. Der Rest der Hausgemeinschaft ist längst unten.«

Sie öffnete die Kellertür, und die beiden kletterten die wenigen Steinstufen in den muffig riechenden Gewölbekeller hinunter, der wie die meisten Keller der Stadt vorschriftsmäßig zum Schutzraum umgebaut worden war. Das junge Ehepaar, Johannes und Maria Steiner, aus dem Erdgeschoss, Markus Krüger, Annis direkter Nachbar, ein alleinstehender Rentner, und Heinrich Gabler waren bereits anwesend. Man begrüßte sich mit knappen Worten. Anni sank neben Hiltrud auf eine Matratze und deckte sich mit einer Wolldecke zu. Ihr Kopf dröhnte, und sie schloss die Augen. Wie gewohnt begann Markus Krüger aus einem Buch vorzulesen. Der alte Herr war früher Bibliothekar gewesen und besaß einen großen Fundus an Lektüre. Heute hatte er sich für den Titel »Kleiner Mann – was nun?« von Hans Fallada entschieden, der von der Geschichte eines Ehepaars in Berlin während der Weltwirtschaftskrise erzählte. Anni bemühte sich, ihm zuzuhören. Ihre Gedanken schweiften jedoch nach einer Weile ab. Sie sah sich mit Marlene im Grüneburgpark an einem warmen Frühlingstag. Energisch zerrte Marlene den noch kleinen Walter von einem blühenden Kirschbaum herunter und schimpfte liebevoll mit ihm. Ruth saß unter dem Baum im Gras, umgeben von Blütenblättern sah sie in ihrem weißen Sonntagskleidchen so unschuldig aus. Es war ein schöner Nachmittag gewesen. Ohne Sorgen hatten sie in den Tag hineingelebt, Eis gegessen und sich auf eine sonnige Bank gesetzt. Marlene war so ein schöner Anblick gewesen mit dem kastanienbraunem Haar, den großen braunen Augen, hohen Wangenknochen. Eine lebenslustige Frau voller Tatendrang. Wie nur hatten sie es zulassen können, dass sie einander verloren? Die Ereignisse der letzten Jahre hatten sie entzweit. War das tatsächlich so? Hätte ihre Freundschaft nicht stärker sein müssen als die allgegenwärtige Angst? Ihre Kinder lebten ihnen vor, wie es sein sollte. Sie waren füreinander da und hielten wie Geschwister zusammen. Ruth wurde nicht müde, Walter in ihren Briefen zu erwähnen. Bis er am Dachbalken gehangen hatte, kam es Anni in den Sinn. Die Furcht hatte sie gelähmt, obwohl Marlene so oft ihre Nähe gesucht hatte. Jetzt schien es zu spät zu sein. Vom Leben erschüttert hatten sie nebeneinander auf der Bank gesessen, die Vertrautheit von einst gespürt und sich doch einsam gefühlt. Ihr Blick wanderte zu Heinrich Gabler, der mit geschlossenen Augen neben Markus Krüger Platz gefunden hatte. Er war in Zivil gekleidet. Braune Stoffhose, beigefarbenes Hemd, darüber ein Jackett. Über den Vorfall im Barberina hatten sie niemals wieder gesprochen. Ihr Verhältnis war freundlich, wie es unter Nachbarn sein sollte, mehr nicht. Grüße auf dem Flur, kurze Wortwechsel über das Wetter. Hiltrud meinte, seine Augen würden jedes Mal leuchten, wenn er ihr begegnete. Anni tat solches Gerede stets mit derselben Begründung ab. Sie war Jüdin, er bei der Gestapo. Was ihn nicht daran gehindert hat, dich zu retten, Kindchen, antwortete Hiltrud hartnäckig. Anni wusste, dass sie recht hatte. Es lohnte jedoch nicht, sich darüber Gedanken zu machen, was hätte sein können. Heute saß sie noch in diesem Keller, umgeben von Menschen, die sie so akzeptierten, wie sie war. Morgen schon könnte auch sie als eine von vielen Todgeweihten zur Großmarkthalle laufen. Selbst Heinrich Gabler würde das nicht verhindern können, ob er nun Gefühle für sie hatte oder nicht. Sie wandte den Blick von ihm ab und sah zu den Stufen der Kellertreppe. Früher waren es nur wenige Schritte über den Hinterhof zu Marlene gewesen. Heute musste sie bis ins Westend fahren, was sie nie getan hatte. Vielleicht sollte sie die Freundin endlich besuchen. Es könnte ein neuer Anfang sein. Mit diesem Entschluss im Kopf schlief sie ein und erwachte erst wieder, als Hiltrud sie weckte und ihr sagte, dass es hell wurde und sie den Keller verlassen konnten.

Nach einem kurzen Frühstück, das aus etwas Tee und Zwieback bestand, setzte Anni ihren Entschluss der Nacht in die Tat um. Sie musste Marlene aufsuchen. Den Gedanken, dass ihre alte Freundin deportiert worden sein könnte, wollte sie nicht zulassen. Sie schlüpfte in ihren Mantel und wählte statt ihres Huts eine warme Mütze, denn über Nacht war das Wetter umgeschlagen. Erste Schneeflocken tanzten vereinzelt durch die kalte Luft, und auf den Pfützen hatte sich eine dünne Eisschicht gebildet. Auf Zehenspitzen huschte Anni an Hiltruds Tür vorbei. Sie wollte nicht erklären müssen, wohin sie ihr Weg führte. Gewiss hätte sie eine Ausrede erfinden können. Einkäufe, frische Luft. Doch die alte Dame hatte es nicht verdient, belogen zu werden. In den letzten Monaten waren sie und Georgina ihre wichtigsten Bezugspunkte geworden. An manchen Tagen hätte sie ohne die Unterstützung der beiden nicht gewusst, wie es weitergehen sollte.

Anni trat auf die Straße. Das schmiedeeiserne Gartentor vor dem Haus war entfernt worden. Sollte das Haus von einer Bombe getroffen werden, stellte es ein zu großes Fluchthindernis dar. Kalter Wind trieb Anni die Schneeflocken ins Gesicht, als sie die Güntersburgallee hinunterlief und wenig später in den Oeder Weg abbog. Sie schob die Hände in die Manteltasche und verfluchte sich dafür, nicht an Handschuhe gedacht zu haben. Ihr Weg führte sie an einigen Trümmergrundstücken in der Finkenhofstraße vorüber. Über eines von ihnen schlich eine Frau, die offensichtlich Brennholz hamsterte. Die Zuteilung der Kohlen wurde mit jedem Jahr weniger, da waren die Holzreste auf Trümmergrundstücken beliebtes Heizmaterial, obwohl das Betreten der zerstörten Häuser nicht ungefährlich war. Anni eilte weiter. Es ging den Grüneburgweg entlang. Nicht weit von hier wohnte Magda. Vielleicht sollte sie später noch kurz bei ihr vorbeischauen, wenn sie schon in der Gegend war. Sie versuchte noch immer, nach Amerika zu emigrieren, und hoffte dabei, in Annis Augen mehr als gutgläubig, auf die Unterstützung des Oberbürgermeisters Krebs. Anni wusste, dass ihr Ruhegeld erneut gekürzt worden war, was ihr das Leben zusätzlich schwermachte. Doch trotz all dieser Schwierigkeiten hielt sie weiterhin daran fest, dass sie in Kürze mit ihrem Lebensgefährten Max Loeb nach Amerika ausreisen dürfte. Eine Sängerin wie sie brachte man nicht einfach in ein Konzentrationslager. Krebs war vor dem Krieg ein glühender Verehrer von ihr, gewiss würde er sich für sie einsetzen. Anni wünschte es ihr, glaubte jedoch nicht daran. Ob Altistin, Sopranistin, Professor oder Wäscheverkäufer, darum ging es schon lange nicht mehr. In ihrem Pass

stand nun *Anni Sarah Kluger*, und es war ein großes *J* einge-
stempelt. Wer oder was man jemals in seinem Leben gewesen war, war bedeutungslos geworden. Sie erreichte die
Telemannstraße und blieb vor dem Haus Nummer 10 stehen. Es wirkte verlassen. Langsam näherte sie sich dem Gebäude. Die Eingangstür war nur angelehnt. Vorsichtig schob
sie sie auf und trat in den Hausflur. Ein muffiger Geruch
schlug ihr entgegen. Auf der untersten Treppenstufe lag ein
Teddybär. Sie hob ihn auf und blickte sich um. Sämtliche
Wohnungstüren standen offen, es war vollkommen still. Sie
ahnte, was hier geschehen war, wollte es aber nicht wahrhaben. Langsam ging sie die Stufen nach oben, auf denen
weitere Habseligkeiten der Bewohner verstreut lagen. Eine
Decke, eine Wollmütze, die gestrickten Schühchen eines
Säuglings. Sowohl im ersten als auch im zweiten Stock standen sämtliche Türen offen. Sie betrat eine der Wohnungen
und blickte in die Zimmer. In einer lagen mehrere Matratzen auf dem Boden, zerknäulte Decken darauf. Im Nebenraum war die Küche. Auf dem Herd stand eine Pfanne mit
eingetrockneten Spiegeleiern darin. Auf dem Tisch Teller
mit Brotresten. Um ein geöffnetes Marmeladenglas surr-
ten einige Fliegen. Anni ging weiter und betrat ein weiteres
Zimmer, in dem wieder Matratzen den Boden ausfüllten.
Auf einer von ihnen lag eine gerahmte Fotografie. Sie hob
sie auf und blickte auf das Bild einer Familie. Vater, Mutter,
zwei hübsche Töchter. Sie sahen glücklich aus. Sie war zu
spät gekommen.

Eine Stimme und Schritte ließen sie zusammenzucken.

»Ist da jemand?«, hörte sie jemanden fragen. Keine Sekunde später betrat eine Frau mittleren Alters mit einem

Putzeimer in der Hand den Raum und musterte Anni misstrauisch.

»Wer bist du denn?«, fragte sie. »Ich dachte, sie hätten das ganze Gesindel endlich mitgenommen. War auch Zeit. Waren ja unerträgliche Zustände.« Ihr Blick blieb an Annis Judenstern hängen. »Haben sie dich etwa vergessen?«

»Nein, ich meinte …« Anni geriet ins Stocken. »Eine Freundin von mir, sie …« Sie sprach nicht weiter. Die Frau schaute sie abwartend an und tippte ungeduldig mit dem Fuß auf den Boden. »Ach, es ist nicht wichtig.«

Anni ließ die Frau stehen, verließ die Wohnung und eilte zurück ins Treppenhaus. Im Erdgeschoss angekommen, riss sie die Haustür auf und rannte die Straße hinunter. Erst ein ganzes Stück von der Telemannstraße entfernt blieb sie nach Luft ringend stehen. Die Schneeflocken waren in Regen übergegangen, der gerade stärker wurde. Sie suchte unter dem Vordach eines Hauses Schutz und schlang die Arme um den Körper.

Es ist nicht wichtig, hatte sie gesagt. Sehr wohl war es das. Marlene. Sie war unter den vielen Menschen gewesen, die gestern durch die Straßen getrieben worden waren. Vielleicht war sie sogar an ihr vorübergelaufen, und sie hatte sie nicht gesehen. Wegsehen, nichts sagen, die Angst nicht zulassen, bis sie deportiert worden war. Sie hatte das Schweigen beenden, alles zwischen ihnen in Ordnung bringen wollen. Miteinander reden, endlich zuhören. Sie war zu spät gekommen. Einige Passanten musterten sie im Vorbeigehen neugierig, manche von ihnen ließen abfällige Bemerkungen fallen.

»Sind die nicht gestern alle abgeholt worden?«, fragte eine Frau ihren Mann und warf Anni einen verachtenden Blick zu. Sie musste hier weg, dachte Anni. Runter von der Straße, zurück nach Hause. Sich verkriechen, nichts hören, niemanden sehen müssen. Sie verließ ihren Unterstand und lief die Straße hinunter. Schnell war sie vollkommen durchnässt. Sie würde eine Erkältung bekommen. Doch niemanden interessierte in dieser Welt eine kranke Jüdin.

Sie erreichte die Güntersburgallee, schlüpfte in den Hausflur und eilte die Stufen hinauf. Als sie den Schlüssel ins Schloss steckte, hörte sie Hiltruds Stimme.

»Anni. Ist alles in Ordnung?«

Sie gab keine Antwort, sondern floh in ihre Wohnung und schlug laut die Tür hinter sich zu. Weinend sank sie im Flur auf den Boden. Gar nichts war in Ordnung, würde es niemals wieder sein. Ein Heulkrampf erfasste sie. Was brachte dieses gottverdammte Leben noch, bestand es doch nur noch aus dem Warten auf ein schreckliches Ende. Sämtliche Hoffnungen auf eine Ausreise, in welches Land auch immer, hatten sich zerschlagen. Niemals wieder würde sie ihre Tochter in die Arme schließen können. Bald schon würde auch sie durch die Straßen getrieben und in eines dieser schrecklichen Lager gebracht werden. Ruth, ihr geliebtes Mädchen. Sie würde es nicht mehr wiedersehen, nicht erleben, wie aus ihrem Kind eine Frau wurde. All ihre Briefe hatten sie erreicht. Sie war nicht in Sicherheit, würde es nicht mehr schaffen.

»Ich kann nicht mehr, mein Mädchen«, sagte sie unter Tränen in die Stille des Raumes. »Es tut mir so unendlich leid. Verzeih mir.« Ihre Stimme brach.

Sie erhob sich, ging in die Küche, holte ein Küchenmesser aus der Schublade und krempelte ihre Bluse hoch. Doch genau in dem Moment, als sie den ersten Schnitt ansetzen wollte, klopfte es laut an ihre Tür. Sie schrak zusammen und ließ das Messer fallen.

Heinrich Gablers Stimme war zu hören. Er klang energisch. Ihr Herz schlug schneller. Jetzt war es so weit. Sie waren gekommen, um sie zu holen. Heinrich Gabler, ihr freundlicher Nachbar, ihr Helfer in der Not, der Mann bei der Gestapo, der angeblich etwas für sie empfand. Er würde sie fortbringen, genauso wie er es mit Hermann Sommer getan hatte. In Hitlers System hatte eben jeder seine Rolle zu erfüllen, nicht mehr und nicht weniger. Sie blickte auf das am Boden liegende Messer. Sein Klopfen wurde lauter. Sie hörte seine Stimme.

»Anni. Sind Sie da? Öffnen Sie doch bitte die Tür.«

Sie könnte das Messer einfach wieder aufheben und den Schnitt setzen. Blut würde ihren Arm hinunter und über das Handgelenk laufen. Es würde weh tun. Ihr würde schwindlig werden, und sie würde in sich zusammensacken, irgendwann das Bewusstsein verlieren und sterben. Einfach so von dieser Welt gehen, ohne durch die Straßen getrieben zu werden, in einem Waggon steigen zu müssen, in eines der Todeslager zu fahren.

»Anni. Bitte. Es ist wichtig«, hörte sie Heinrich Gabler rufen. Sie schloss die Augen, atmete tief durch und trat zurück in den Flur. Einen Moment starrte sie auf die geschlossene Wohnungstür. Die letzte Barriere zwischen Freiheit und Gefangenschaft. Dann öffnete sie sie. Heinrich Gabler stand vor ihr. Auf seinem Gesicht spiegelte sich Erleichterung wider.

»Da sind Sie ja«, sagte er. Sie sah ihn abwartend an. »Ich muss Ihnen etwas Wichtiges sagen«, sagte er. »Können wir hineingehen?« Sie zögerte. Dann ließ sie ihn ein. In ihrem engen Flur standen sie voreinander. Er holte Luft, dann sagte er: »Ihr Name stand auf einer der Deportationslisten. Ich habe ihn gestrichen. Ab dem heutigen Tag existieren Sie nicht mehr.«

*

Anni beobachtete Hiltrud dabei, wie sie mit dunklen Tüchern die Fenster der winzigen Dachkammer verdunkelte, in der sie ab dem heutigen Tag leben würde. Sie saß mit angezogenen Beinen auf ihrer Matratze, die Heinrich gemeinsam mit Johannes Steiner nach oben gebracht hatte. Auch Maria Steiner half mit. Sie brachte Bettwäsche und half beim Tragen von Annis letzten Möbeln, zwei Stühlen und einem winzigen Tisch.

Heinrich hatte die kleine Hausgemeinschaft nach seiner Mitteilung zu sich in die Wohnung geholt, um Kriegsrat zu halten. Er wusste, dass nicht ein Bewohner des Hauses Anni oder sein Tun verraten würde. Hiltrud hatte die Dachkammer als Versteck für Anni vorgeschlagen, was alle für das Beste hielten. In ihrer Wohnung könnte Anni zu schnell entdeckt werden. Sie musste ausgeräumt und am besten neu vermietet werden, was ein Risiko in sich barg, denn sie könnten sich ein faules Ei in die Gemeinschaft holen, das früher oder später Annis Versteck entdecken und sie verraten könnte. Heinrich entschied, sich darum zu kümmern. Alle machten Vorschläge, berieten und überlegten. Nur Anni schwieg. Wortlos nahm sie hin, dass andere über ihr Leben entschieden. In den nächsten Wochen und Monaten, vielleicht Jahren, wäre die kleine Dachkammer ihr einzi-

278

ger Aufenthaltsort. Nach draußen, ja selbst in den Keller durfte sie nicht mehr gehen, auch nicht bei Bombenalarm. Zu groß war die Gefahr, dass ein schutzsuchender Nachbar oder ein Besucher sie erkennen würde. Auch durfte sie keine Briefe mehr schreiben und keine mehr in Empfang nehmen, was sie am härtesten traf, denn sie würde Ruth nicht mehr schreiben können und nichts mehr von ihr hören. Der Postbote musste all ihre Post wieder mitnehmen. Selbst Hiltrud durfte die Briefe nicht annehmen, denn es könnte Verdacht geschöpft werden. Heinrich Gabler erklärte, schon so mancher Postbote sei der Auslöser dafür gewesen, dass versteckte Juden gefunden worden waren. Auch Georgina sollte von all dem nichts erfahren. Er würde von Hiltrud Meiser, die den Auftrag erhalten hatte, die Nachricht von Annis Deportation in der Nachbarschaft zu verbreiten, die offizielle Version erzählt bekommen. Anni hätte es anders gewollt, denn sie wusste, dass Georgina niemals etwas ausplaudern würde. Und es würde ihm das Herz brechen, von ihrer Deportation zu erfahren. Heinrich blieb jedoch hart. Georgina war in der Nachbarschaft als ihr Freund bekannt. Wenn er öfter auftauchte, könnte jemand Verdacht schöpfen. Anni wusste, dass er sich an ihre Abmachung halten und Ruth informieren würde. Sie würde von ihm die offizielle Mitteilung erhalten, dass ihre Mutter verreist wäre und keine Briefe mehr an ihre Adresse geschickt werden sollten. Mit dieser Formulierung umschrieb man die Deportation, die in Briefen nicht offen erwähnt werden durfte. Leider ging es nicht anders, was Anni beinahe das Herz brach. Ruth musste im Ungewissen gelassen werden. Alles andere wäre viel zu gefährlich gewesen, zu oft wurden Briefe abgefangen und kontrolliert, gerade die, die ins Ausland gingen oder von dort kamen.

Anni blickte auf die drei Menschen, die mit ihr in der kleinen Kammer waren. Sie gaben sich Mühe, es ihr möglichst wohnlich einzurichten. Maria legte eine karierte Tischdecke auf den Tisch. Markus Krüger kam mit einem großen Stapel Bücher in den Raum, legte sie in eine Ecke und versprach, immer für Lesestoff zu sorgen. Hiltrud stellte ein Bild von Anni und Ruth auf ein winziges Regal neben den alten schmiedeeisernen Ofen, den schon seit Ewigkeiten niemand mehr angefeuert hatte. Auch ein kleines Waschbecken war vorhanden. Als Toilette diente ein Eimer mit Deckel.

»In der Kammer soll vor vielen Jahren ein Künstler gehaust haben«, sagte Hiltrud zu Anni. »Angeblich soll sich der Mann später dieser Künstlergruppe namens Blauer Reiter angeschlossen haben.«

»Zu unserem Glück ist der Ofen nicht entfernt worden«, sagte Heinrich, der sich gerade damit beschäftigte, einzuheizen. Einen ganzen Sack Kohlen und Brennholz hatte er aus dem Keller heraufgeschafft. »Gleich wird es hier oben warm werden.«

Anni rührte der Anblick ihrer Nachbarn. Sie alle halfen und brachten sich sogar in Gefahr, damit es ihr gutging. Schon die Tatsache, dass sie bisher mit ihnen bei Bombenalarm in den Keller hatte gehen dürfen, war etwas Besonderes gewesen und hatte gezeigt, dass der Hass seine Grenzen hatte. Zwischen all der Finsternis schien es immer noch Licht zu geben. Vielleicht wäre es Marlene auch anders ergangen, wenn sie hiergeblieben und nicht fortgezogen wäre. Sie erhob sich, trat zum Fenster, schob das Tuch beiseite und blickte in den Innenhof hinunter. Das Hinterhaus lag im Dunkeln. Es war unbewohnt. Nach den Sommers hatte eine jüdische Familie mit drei Kindern dort gelebt, die nach wenigen Monaten nach Frankreich ausgewandert waren.

»Anni. Was machst du da?«, hörte sie Hiltrud sagen. »Du kennst doch die Verdunklungsvorschriften.«

Die alte Dame wollte sie von dem winzigen Giebelfenster wegziehen, doch Anni schüttelte sie ab. Ihr Blick hing an dem finsteren Hinterhaus. Plötzlich glaubte sie, die Klänge von Walters Klavier zu hören. So oft war Ruths Stimme dazu erklungen. Sie seufzte. Heute war es still, düster, beklemmend. Ihr gewohntes Leben, es war für immer fort. Stück für Stück hatten sie ihnen den Boden unter den Füßen weggezogen. Sie hatte die Gesichter der Menschen vor Augen, die gestern die Straße hinuntergelaufen waren. Ausdruckslose Blicke, dunkle Schatten unter den Augen. Sie würden so lange weitermachen, bis überall Stille herrschte. Keine Stimmen, kein Klavierspiel, kein Kinderlachen mehr.

»Wieso ausgerechnet ich?«, sagte Anni.

»Wie meinst du das?«, fragte Hiltrud.

»So viele Menschen haben sie gestern fortgebracht. Hunderte. Nur ich werde verschont. Ist das gerecht?« Sie suchte Hiltruds Blick.

»Ich weiß nicht. Ist in dieser Welt überhaupt noch irgendetwas gerecht?«, erwiderte Hiltrud.

Anni schaute erneut auf das Hinterhaus und sagte leise: »Marlene ist gestern abgeholt worden.«

Hiltrud schlug die Hand vor den Mund. Sie wollte etwas erwidern, wurde aber von Heinrich unterbrochen, der mit betretener Miene näher getreten war.

»Es stimmt. Ich habe ihren Namen auf der Deportationsliste gesehen.« Er legte Anni die Hand auf den Arm. »Es war dieselbe Liste. Leider waren mir in ihrem Fall die Hände gebunden. Sie lebte in einem der Judenhäuser und teilte sich dort einen Raum mit mehreren anderen Frauen. Es wäre zu auffällig gewesen. Es tut mir leid.«

Anni nickte. »Ich verstehe schon.« In ihre Augen traten Tränen. »Es ist nur ...« Sie schluchzte auf und schlug die Hände vors Gesicht. Hiltrud legte tröstend den Arm um sie und führte sie vom Fenster weg.

»Ich weiß, Kindchen. Es ist so schrecklich. Die arme Marlene. Wir werden für sie beten.«

Sie blickte kurz zu Johannes und Maria Steiner, die sofort verstanden. Die Einrichtungsaktion war für heute beendet. Johannes, der gerade ein Brett an der Wand befestigen wollte, legte Hammer und Nägel beiseite. Maria, die Annis Kleidung in einem Wandschrank verstaute, beendete ihre Arbeit. Anni brauchte jetzt Ruhe. Die beiden verabschiedeten sich mit lieben Worten, und Maria versprach, morgen früh mit Annis restlicher Kleidung wiederzukommen. Sie war mit dem Ausräumen des Schrankes noch nicht ganz fertig geworden. Die beiden verließen den Raum und schlossen die Tür hinter sich. Hiltrud blickte zu Heinrich, der keine Anstalten zum Gehen machte. Sie wollte etwas sagen, wurde aber durch das erneute Öffnen der Tür unterbrochen. Markus Krüger betrat mit einem Stapel Bücher im Arm den Raum, gefolgt von – Georgina.

»Er hat mich in Annis Wohnung überrascht«, erklärte er. »Bei meinem Anblick hat er sofort zu heulen begonnen. Mir blieb nichts anderes übrig, als ihn mitzunehmen.«

Georgina stürzte auf Anni zu und fiel ihr um den Hals. »Anni, Schätzchen. Du bist hier, du lebst. Meine Güte, was für ein Schreck.«

Anni versank in seiner Umarmung. Tief atmete sie den vertrauten Geruch seines süßlichen Rasierwassers ein, den er verströmte. Am liebsten hätte sie ihn niemals losgelassen. Georgina war immer da, um auf sie achtzugeben, war so viel mehr als ein guter Freund, war Familie. Eine Lüge hätte er nicht verdient gehabt. Er löste sich aus der Umarmung und wandte sich Heinrich zu.

»Ihrem Blick entnehme ich, dass meine Anwesenheit nicht vorgesehen war.«

Heinrich nickte. Seine Miene war ernst.

»Sie haben recht. Normalerweise hätte Sie Hiltrud über Annis Deportation in Kenntnis setzen sollen, damit Sie auf offiziellem Weg Ruth informieren. Anni Kluger existiert in dieser Welt nicht mehr. Ihr Name stand auf einer Deportationsliste, und ich habe ihn gestrichen und die Information weitergegeben, dass sie beim Abtransport gestürzt und gestorben ist. So etwas kommt vor. Wie wir jedoch alle wissen, haben die Wände Ohren, weshalb es besser ist, wenn so wenige wie möglich wissen, dass Anni noch am Leben ist. Wir haben das große Glück, mit Menschen in einem Haus zu leben, denen man vertrauen kann. Hiltrud wird gleich morgen verbreiten, dass Anni auf der Straße aufgegriffen wurde, damit keine Zweifel aufkommen, dass sie wirklich fort ist.«

»Ich kann auch Gerüchte streuen«, bot Georgina seine Hilfe an, der verstanden hatte, worauf Heinrich hinauswollte. »Ich kenne noch viele Theaterleute, mit denen Anni früher zusammengearbeitet hat. Gleich morgen Abend werde ich an der Bar dem einen oder anderen im Flüsterton davon berichten.« Er sank vor Anni in die Hocke, griff nach ihrer Hand und blickte ihr in die Augen. »Und ich werde den Brief an Ruth senden. Genauso, wie du es mir aufgetragen hast. Unser Garderobenmädchen wird die verschlüsselte Formulierung für die Deportation vermutlich nicht verstehen, was am Ende besser für sie ist. Wenn wir es genau nehmen, dann bist du ja auch verreist. Nicht allzu weit, nur die Stiege nach oben in die Dachkammer.« Er bemühte sich um ein Lächeln, was ihm nicht so recht gelingen wollte.

»Ich weiß«, erwiderte Anni unter Tränen.

Georgina zog sie erneut in seine Arme. »Es wird alles gut. Wir sind bei dir und passen auf dich auf. Irgendwann wird der Tag kommen, an dem das alles ein Ende hat. Dann holen wir unser Garderobenmädchen zurück nach Hause, wo es hingehört. Zurück in unsere verrückte Welt der Bühne, die du dir zurückerobern wirst, strahlender und schöner, als je zuvor.« Er stupste Anni auf die Nase, erhob sich und fing Heinrichs Blick auf. Er ahnte, was sein Gegenüber sagen wollte, und kam ihm zuvor.

»Ich werde nicht mehr herkommen dürfen, nicht wahr?«

»Leider«, bestätigte Heinrich. »Ich wünschte, ich könnte Ihnen eine andere Antwort geben, aber in diesem Fall ...« Er zuckte mit den Schultern.

»Zu viele Nachbarn wissen von unserer Freundschaft. Wenn ich hier noch gesehen werde, könnte jemand Verdacht schöpfen.« »So ist es. Nur zwei Personen werden in der nächsten Zeit mit Anni direkten Kontakt pflegen. Das werden Hiltrud Meiser und ich sein. Selbst die anderen Mitglieder der Hausgemeinschaft, die heute so freundlich waren, uns bei Annis Umzug behilflich zu sein, werden spätestens übermorgen vergessen haben, dass jemand auf dem Hausboden wohnt. So ist es sicherer.«

Georgina nickte mit betretener Miene, setzte sich auf die Matratze, legte den Arm um Anni und drückte sie fest an sich.

»Du wirst das überstehen, mein Mädchen. Davon bin ich überzeugt. Und auch wenn ich nicht bei dir sein kann, so werde ich jeden Tag an dich denken. Heinrich wird auf dich achtgeben. Schon einmal hat er dich gerettet. Bei ihm bist du in guten Händen. Und vielleicht kann er mir ja ab und an von dir erzählen, damit ich weiß, dass es dir gut geht.«

Er blickte kurz zu dem Gestapomann, der nickte.

»Gewiss kann ich das. Andersherum natürlich auch. Wenn Sie möchten, kann ich Anni kleine Botschaften von Ihnen bringen. Allerdings sollten wir es auf mündliche Grüße beschränken. Schriftliches, in welcher Form auch immer, ist zu gefährlich.«

Anni reagierte nicht auf Georginas Worte. Sie hatte zu weinen aufgehört. Die Beine angewinkelt, starrte sie auf das Blumenmuster ihrer Bettdecke.

»Ich denke, für heute ist es genug«, sagte Heinrich. »Es war ein langer Tag, und …«

»Sie haben Marlene mitgenommen«, unterbrach Anni ihn. Noch immer starrte sie auf das Blumenmuster. »Sie war mitten unter ihnen, und ich habe sie nicht gesehen. Ich hätte sie doch sehen müssen? Sie war meine Freundin, und ich habe sie allein gelassen. All die Jahre, kaum ein Wort. Ich konnte es nicht ertragen.« Sie suchte Georginas Blick. »Sie war dabei gestern. Verstehst du nicht? Sie ist an uns vorbeigegangen. Wir hätten vielleicht etwas tun können. Sie in den Hinterhof ziehen sollen.« Ihre Stimme kippte, und ein Weinkrampf brach sich Bahn. Georgina wollte sie erneut in seine Arme ziehen, doch sie schüttelte ihn ab und schrie. »Geht weg! Verschwindet! Was macht ihr noch hier? Es soll vorbei sein, das alles soll ein Ende haben.«

Hilflos sah Georgina zu Heinrich, der zur Tür nickte. Georgina erhob sich und blickte noch einmal auf seine Freundin hinab.

»Anni. Ich meine ... ich werde ...« Tränen traten in seine Augen. Er brachte es nicht fertig, seinen Satz zu beenden. Anni hatte sich von ihm weggedreht und starrte stumm an die Wand.

»Bis später«, brachte er noch heraus, dann folgte er Heinrich ins Treppenhaus, wo sie sich voneinander verabschiedeten. Gleich morgen würde Georgina einen Brief an Ruth senden.

»So leid es mir tut«, sagte Heinrich, »wir müssen es so aussehen lassen, als wäre sie tatsächlich deportiert worden. Die geringste Andeutung, in welcher Form auch immer, könnte Verdacht erregen.«

Georgina nickte mit betretener Miene.

»Ich weiß. Unser Garderobenmädchen. Ich hoffe, sie begreift nicht, was die Formulierung zu bedeuten hat.«

»Das wäre das Beste für sie. Im Gegensatz zu vielen anderen ist ihre Mutter nicht auf diese Art verreist. Wollen wir hoffen, dass sich die beiden irgendwann wieder in die Arme schließen können.« Er blickte um sich und fügte leise hinzu: »Wenn dieser Wahnsinn endlich ein Ende hat.«

Georgina legte ihm die Hand auf die Schulter. »Sie sind

ein guter Mann. Auch wenn Ihre Beweggründe zu helfen eher eigennütziger Natur sind, wie ich annehme.«

Heinrich blickte Georgina irritiert an. Georgina lächelte.

»Ich war jahrelang Garderobier an der Oper, heute bin ich Barmann. Mir können Sie nichts vormachen. Sie lieben sie.«

»Und genau deshalb werde ich sie beschützen, und wenn es mich mein eigenes Leben kostet«, sagte Heinrich. Georgina glaubte, Erleichterung in seinem Blick zu erkennen.

»Wie lange schon?«, fragte Georgina.

»Vom ersten Augenblick an«, erwiderte Heinrich.

»Ein Gestapomann und eine Jüdin.«

»Ich habe dagegen angekämpft, aber …«

»Gegen seine Gefühle kann niemand ankämpfen«, ließ Georgina ihn nicht ausreden.

»Hat mich meine Menschenkenntnis also nicht getäuscht.« Er lächelte.

»Wie meinen Sie das?«

»Ich habe Sie einmal beobachtet. Es ist Jahre her. Damals haben Sie am Bühnenausgang auf Anni gewartet. Eine Zigarette nach der anderen haben Sie sich angezündet und erbärmlich gefroren. Scheißkalt war es an jenem Abend. Als sie mit einer Gruppe Kollegen herauskam, haben Sie sich nicht getraut, sie anzusprechen. Ich stand unweit von Ihnen am Fenster, und es ist mir nicht entgangen, wie Sie sie angesehen haben.«

»Daran erinnern Sie sich noch?«, fragte Heinrich verblüfft.

»Ich war der Garderobier der Oper. Ich sah alles, wusste alles und kannte jeden.« Georgina zwinkerte ihm zu.

»Eine Woche darauf wechselte ich zur Gestapo, und wenig später tauchte ihr Name zum ersten Mal auf einer Liste im Büro auf«, sagte er seufzend. »Es war vorbei.«

»War es nicht«, erwiderte Georgina und klopfte ihm auf die Schulter. »Geben Sie auf sie acht. Sie wissen, wo Sie mich finden, um Bericht zu erstatten.«

Heinrich nickte. Georgina wandte sich zum Gehen, doch Heinrich hielt ihn zurück.

»Wenn ich Ihnen noch einen Rat geben darf.« Georgina drehte sich um. »Passen Sie auf sich auf dort draußen. Und vermeiden Sie es, den Namen Georgina in der Öffentlichkeit zu benutzen.«

Georgina erwiderte Heinrichs Blick. »Eine Akte?«

»Sie lag neulich auf meinem Tisch«, erwiderte Heinrich. »Wir wissen beide, dass Leute wie Sie es im Moment schwer haben. Seien Sie also vorsichtig. Nicht, dass ich bald erfahren muss, dass ein gewisser Norbert Baum abgeholt worden ist.«

»So weit ist es schon?«, fragte Georgina schockiert.

»Nein, das ist es nicht. Aber es könnte passieren. Sehen Sie zu, dass Sie sich engagieren, werden Sie Parteimitglied, gehen Sie zum Katastrophenschutz. Zeigen Sie Flagge für Ihr Land. Solche Dinge helfen. Jemanden, der Kinder aus ausgebombten Häusern holt, wird man nicht ohne weiteres abholen, selbst wenn seine private Orientierung zweifelhaft ist.«

Georgina schüttelte den Kopf. »Jetzt helfen Sie sogar mir. Womit hab ich das verdient.«

»Sie braucht Sie.« Heinrich deutete die Treppe nach oben, dann klopfte er Georgina auf die Schulter. »Und um Sie wäre es schade.«

»Um Sie auch«, konterte Georgina grinsend. »Auch wenn Sie bei der Gestapo sind.«

Die beiden verabschiedeten sich endgültig voneinander. Heinrich blieb so lange im Treppenhaus stehen, bis die Haustür ins Schloss gefallen war, dann ging er zurück auf den Hausboden und betrat erneut Annis Dachkammer.

Sie lag auf der Matratze. Seitlich, mit angezogenen Knien, die Decke halb über sich. Im Ofen prasselte ein Feuer, das langsam für Wärme sorgte.

Er ging neben ihr in die Hocke und begann wortlos über ihren Rücken zu streichen. Nach einer Weile rückte sie ein Stück zur Seite. Er verstand die Einladung, legte sich neben sie und schloss sie in seine Arme. Wie lange hatte er sich nach diesem Augenblick verzehrt, ihn sich nächtelang ausgemalt. Jetzt fühlte er sich anders an. Anni schluchzte noch immer leise. Ihr Körper bebte. Er hielt sie fest, beide schwiegen. Jedes Wort wäre zu viel gewesen. Ihrer beider Welt war aus den Fugen geraten und drohte endgültig über ihnen einzustürzen. Doch es gab auch Licht in der Dunkelheit. Er hatte das Unmögliche möglich gemacht und sie gerettet. Vorerst. Nun galt es sie zu schützen, Tag für Tag. Und niemand wusste, wie lange.

»Danke«, brach sie irgendwann das Schweigen. »Ich glaube, das hatte ich vergessen zu sagen.«

»Sie brauchen sich nicht bedanken«, erwiderte er.

»Doch, das sollte ich.« Sie drehte sich zu ihm um und strich über seine Wange. Er spürte ihren Atem auf seiner Haut. »So lange schon habe ich es gespürt. Wir beide wussten es von Anfang an, oder?«

Er brachte es nicht länger fertig, an sich zu halten, ohne

etwas zu erwidern küsste er sie. All die Machtlosigkeit und die Verzweiflung der letzten Wochen brachen aus ihnen heraus. Wie Ertrinkende klammerten sie sich aneinander fest und suchten die Nähe des anderen. Anni versank in seiner Umarmung, spürte seine Lippen an ihrem Hals, seine Hände, die überall zu sein schienen. Sie gab sich der Leidenschaft hin, die es in diesem Augenblick schaffte, das Grauen ihrer Welt auszublenden.

KAPITEL NEUN

15. NOVEMBER 1941, FRANKFURT AM MAIN

Liebe Ruth,
Deine Mutter ist verreist. Bitte schicke keine Briefe mehr.
Ich sende Dir eine Umarmung
  Dein
  Norbert

*

DEZEMBER 1941, ENGLAND

Ruth lehnte ihren Kopf gegen den Fensterrahmen des Zuges und ließ ihren Blick über die hügelige Landschaft schweifen, die im Dämmerlicht eines späten Winternachmittags versank. Die Felder waren abgeerntet und kahl, wirkten aber im rotgoldenen Licht des schwindenden Tages nicht trostlos. Am Horizont stand bereits der Abendstern. Seit zwei Wochen war es kalt und trocken. Frostiger, tagelang andauernder Nebel hatte Büsche und Bäume um Trench Hall in eisige Gesellen verwandelt und sie dazu gezwungen, tagsüber das Licht einzuschalten. Heute Morgen war der Himmel endlich aufgeklart, was Ruth für ein gutes Omen für die bevorstehenden Weihnachtsfeiertage hielt, die sie dieses Jahr nicht in der Schule verbringen würden. Noch bei Dunkelheit hatten sie die Schule verlassen und waren von einem

Lieferanten zum Bahnhof in Wem mitgenommen worden. Ihre Reise führte in den kleinen Ort Old Bolingbroke in der Grafschaft Lincolnshire, wo sie und Walter die Weihnachtsferien bei Olivias Familie auf Bolingbroke House verbringen würden. Olivia hatte sich in den letzten Wochen immer mehr mit Ruth und Walter angefreundet. Zu dritt verbrachten sie viel Zeit im Musikzimmer. Gemeinsam hatten sie sich auf das Weihnachtsstück vorbereitet, was vor drei Tagen mit großem Erfolg aufgeführt worden war.

Der Zug hielt an einer Station. Eine ältere Dame, die bei ihnen im Abteil saß, wurde unruhig und blickte aus dem Fenster.

»Ach je. Jetzt habe ich nicht aufgepasst. Sind wir schon in Collingham?«

Solche oder ähnliche Fragen gingen seit ihrer Abfahrt in Wem ständig durch den Zug. Auch Ruth, Olivia und Walter hatten mehrfach Probleme mit der Orientierung gehabt. Einmal hätten sie beinahe das Umsteigen verpasst und waren in letzter Minute auf den Bahnsteig gesprungen. Die englische Regierung hatte bei Kriegsbeginn veranlasst, sämtliche Ortsschilder abzuhängen oder zu überstreichen, damit den Deutschen im Falle einer Invasion die Orientierung erschwert würde.

Die Dame erhob sich und erkundigte sich bei einem am Abteil vorüberlaufenden älteren Herrn nach der Haltestation.

»Collingham kommt als Nächstes«, gab der Mann zur Antwort und eilte weiter.

Erleichtert sank die Dame zurück auf ihren Platz.

»Dem Himmel sei Dank. Mit meinem vielen Gepäck wäre es schwierig geworden, jetzt hinauszukommen.«

Wie auf Kommando setzte sich der Zug genau in diesem Moment wieder in Bewegung.

»Die fehlenden Schilder sind wirklich ein Problem«, sagte Olivia.

»Das stiftet mehr Verwirrung als alles andere«, pflichtete ihr die Dame bei. »Wobei ich auch das Verhalten des Bahnpersonals als Zumutung empfinde. Wenn es anständige Durchsagen machen würde, gäbe es solche Probleme gar nicht.«

Alle drei nickten, während die Dame sich jetzt richtig in Rage redete. »Und dann diese schrecklichen Verdunklungen. Letztens war ich bei meiner Cousine in Birmingham. Wehe, man vergisst die Vorhänge zu schließen, da bekommt man gleich Ärger. Und es gibt im ganzen Stadtgebiet ständig Unfälle, weil selbst die Busse mit abgeklebten Scheinwerfern fahren müssen.« Sie winkte ab. »Am besten bleibt man gleich zu Hause.« Sie blickte zu Ruth und fragte: »Wohin soll eure Reise denn gehen?«

»Nach Old Bolingbroke zu unserer Familie«, antwortete Olivia an Ruths Stelle, wofür sie ihr dankbar war. Beim Umsteigen in Nottingham hatte Ruth jemanden nach dem Weg gefragt. Der Mann hatte an ihrer Aussprache sofort erkannt, dass er es mit einer Deutschen zu tun hatte, und sie so lautstark als »Bloody German« beschimpft, dass Ruth zusammengezuckt war. Wie konnte er nur annehmen, dass sie ein Feind sein könnte? Ein junges Mädchen, keine fünfzehn Jahre alt, selbst ein Flüchtling vor den Nazis.

»Old Bolingbroke, wie schön.« Die Frau lächelte. »Netter kleiner Ort.«

Olivia wollte etwas erwidern, wurde aber durch eine

Lautsprecheransage unterbrochen, die als nächste Haltestelle Collingham ankündigte.

»Es geschehen noch Zeiten und Wunder«, rief die alte
Dame erfreut aus und erhob sich. Die anderen standen ebenfalls auf, um der Dame mit ihrem Gepäck behilflich zu sein.
Mit freundlichen Worten wünschte die Dame ihnen noch
vom Bahnsteig frohe Feiertage. Der Bahnhof lag fast vollständig im Dunkeln. Auch hier schienen die Verdunklungsvorschriften eingehalten zu werden.

Als sich der Zug wieder in Bewegung setzte, wanderten
Ruths Gedanken zu ihrer Mutter. Wo sie wohl war? Drei
Wochen war es her, dass sie der Brief von Georgina erreicht
hatte. Wenige, nichtssagende Worte, die sie nicht verstand.
Wohin war ihre Mutter verreist? Warum hatte sie ihr nicht
selbst geschrieben? Sie hoffte inständig, Georginas Schreiben
würde etwas Gutes bedeuten. Seitdem hatte sie jeden Tag
dem Eintreffen eines Telegramms entgegengefiebert. Nachts
hatte sie oftmals wachgelegen und sich Gedanken darüber
gemacht, wo ihre Mutter jetzt gerade war und weshalb sie
ihr nicht schreiben konnte. Voller Hoffnung hatte sie jeden
Tag am Mittagstisch die Verteilung der Post beobachtet.
Doch Tante Anna war niemals bei ihr stehengeblieben, um
ihr eine erlösende Nachricht zu überreichen. Auch viele andere Kinder erhielten keine Briefe mehr aus der Heimat, was
ihnen allen Kummer machte. Schon die kurzen Rot-Kreuz-
Briefe waren schwer zu ertragen gewesen, keine Nachricht
zu erhalten war an manchen Tagen unerträglich. Wie ging
es ihren Familien? Den Eltern, Geschwistern, Großeltern zu
Hause. Bald schon geisterten Vermutungen und Gerüchte
durch die Flure der Schule, doch Genaues wusste niemand.

»Es geht ihnen bestimmt gut«, erriet Walter ihre Gedanken, griff nach ihrer Hand und drückte sie fest. Der letzte Brief seiner Mutter war im Oktober eingetroffen. Auch er nur wenige Worte lang. Sie fragte nach seiner Größe, ob er Klavier spielte. Ihr letzter Satz hatte ihn betroffen gemacht. *Du wirst deinen Weg machen*, hatte sie geschrieben. *Bist ja ein Sonntagskind.* Es klang wie ein endgültiger Abschied.

Ruth nickte und blinzelte die aufsteigenden Tränen in den Augen weg. »Es ist nur ...« Sie brach ab und setzte erneut an. »Es ist nur, gerade jetzt zu Weihnachten vermisse ich sie und Frankfurt noch viel mehr. Wir sind immer auf den Weihnachtsmarkt gegangen, haben heiße Maronen gekauft und sind Karussell gefahren. Einmal ist uns ein ganzes Blech Lebkuchen im Ofen verbrannt. Wir haben sie trotzdem gegessen, obwohl sie kohlrabenschwarz waren.« Ruth lächelte bei der Erinnerung daran. »Jedes Jahr hat meine Mutter den Weihnachtsbaum mit der Straßenbahn nach Hause geschleppt. Am Morgen des Heiligabend haben wir ihn gemeinsam mit Strohsternen und roten Äpfeln geschmückt.« Sie verstummte.

»Ich weiß«, sagte Walter. »Er hat immer sehr hübsch ausgesehen.«

Er blickte aus dem Fenster in die Dunkelheit. »Heute ist der zweite Tag des Chanukkafestes. An diesem Tag ist immer mein Onkel Karl aus Kassel angereist. Er hat mir Glocke und Hammer beigebracht.« Kurz blickte er zu Olivia, die keine Jüdin war, und erklärte: »Ein Würfelspiel, das hauptsächlich an Chanukka gespielt wird.«

»Habt ihr dieses Spiel nicht gestern Abend im Kaminzimmer gespielt?«, fragte Ruth.

»Ja«, bestätigte Walter. »Gestern war der erste Chanuk-
kaabend. Tante Anna hat sogar einen Chanukkaleuchter ins
Fenster gestellt und die erste Kerze entzündet.«

»So wie deine Mutter«, erinnerte sich Ruth. »Ich war immer neidisch, wenn das Chanukkafest schon vor Weihnachten war und du vor mir Geschenke und Süßigkeiten bekommen hast. Das fand ich immer ungerecht.« Sie lächelte.

Walter grinste, doch seine Miene wurde schnell wieder
ernst. »Ich wünsche mir so sehr, dass meine Mutter jetzt irgendwo in Sicherheit an einem Fenster steht und die zweite
Kerze entzündet.«

»Das tut sie bestimmt«, erwiderte Ruth. »Genauso wie
meine Mutter irgendwo auf dieser Welt heute Morgen einen
Baum mit Strohsternen und Äpfeln geschmückt hat.«

»Nur Strohsterne und Äpfel?«, mischte sich Olivia in das
Gespräch ein. »So etwas wäre bei meiner Mutter undenkbar. Der Baum wird jedes Jahr mit unzähligen bunten Kugeln, Girlanden, Zuckerstangen und Kerzen in ein funkelndes Prachtstück verwandelt. Und morgen wird es Truthahn
und Plumpudding geben. Ihr werdet sehen: Es wird ein
wunderbares Fest.«

Walters und Ruth beeilten sich ihr zuzustimmen, doch als
Olivia in ihre Gesichter sah, erstarb das Lächeln auf ihren
Lippen.

»Ich weiß, dass es schwer für euch ist. Aber eure Familien
wollen gewiss nicht, dass ihr die Feiertage über traurig seid.
Das kann ich mir nicht vorstellen.«

»Nein. Das würde Mama nicht wollen«, sagte Ruth zögernd und blickte zu Walter, der zustimmend nickte.

»Dann eben kein Chanukka, sondern Truthahn. Für mich

aber kein Plumpudding. Mit dieser Scheußlichkeit kann man mich jagen.«

Ruth grinste. »Oder Eierpunsch.« Sie schüttelte sich.

Alle drei prusteten los und vertrieben damit endgültig die traurigen Gedanken an die Heimat. Den Rest der Fahrt erläuterte Olivia den genauen Ablauf der Feiertage, die Ruth und Walter zum ersten Mal nach der britischen Tradition verbringen würden. Bisher hatten sie Weihnachten stets in der Schule gefeiert. Dort war es eine bunte Mischung aus Chanukkafest und deutschen Weihnachtsbräuchen gewesen, da die englischen Schüler die Feiertage stets bei ihren Familien verbrachten.

Der Zug hielt an ihrer Station in Spilsby, wo sie bereits erwartet wurden. Mit einem freudigen Aufschrei fiel Olivia einem jungen Mann in die Arme, der sie in die Höhe hob und sich lachend mit ihr im Kreis drehte.

»Olivia. Schwesterchen. Was für eine Freude, dich zu sehen.« Nachdem er sie wieder auf den Boden gestellt hatte, fiel sein Blick auf Ruth und Walter.

»Das sind meine Freunde aus der Schule«, stellte Olivia die beiden vor. »Walter, der Klavier spielt wie kein zweiter. Und Ruth, gesegnet mit einer einmaligen Stimme.« Sie wandte sich Ruth und Walter zu. »Darf ich euch meinen Bruder Andrew vorstellen? Seit kurzem Student und der größte Quatschkopf, den die Welt jemals gesehen hat.«

Andrew grinste und deutete eine knappe Verbeugung an.

»Es ist mir ein Vergnügen. Musiker also. Was für eine Freude.« Er legte den Arm um Walters Schulter und führte ihn vom Bahnsteig weg. »Das trifft sich wunderbar, mein Freund. Dann kannst du morgen auf der Party spielen.«

Walter nickte.

»Gern. Ich kenne alle möglichen Weihnachtslieder.«

Andrew zog eine Grimasse. »Hoffentlich auch die modernen Sachen.« Lachend schlug er Walter auf die Schulter.

»Gewiss doch«, murmelte dieser und blickte sich hilfesuchend nach Ruth und Olivia um, die den beiden mit einigem Abstand folgten. Hinter ihnen lief der Chauffeur Henry, der sich um das Gepäck bemühte und Olivia herzlich begrüßt hatte. Er kannte sie, seit sie auf der Welt war.

Vor dem winzigen Bahnhofsgebäude stand ein schwarzer Wagen, in dem es in das nur drei Meilen entfernte Old Bolingbroke ging. Soweit Ruth in der Dunkelheit erkennen konnte, bestand der Ort aus nur wenigen Häusern. Vereinzelt war in den Fenstern ein Lichtschein zu erkennen. Sie fuhren an einem Pub vorbei. Eine brennende Laterne auf der Treppe vor dem Eingang schien darauf hinzuweisen, dass er geöffnet hatte.

»Da ist unser Dorfpub, das Dirty Habbit. Es ist ganz gemütlich, und es gibt gute Fish and Chips. Hin und wieder spielen sie auch Live-Musik.«

Ein Stück weiter bog der Wagen in einen schmalen, leicht abschüssigen Weg ein.

»Jetzt sind wir gleich da«, freute sich Olivia und klatschte in die Hände. »Du wirst Bolingbroke House lieben, Ruth.«

Es ging durch ein schmiedeeisernes Tor, und der Wagen hielt vor einem großen verdunkelten Anwesen. Als Henry den Motor ausstellte, öffnete sich die Haustür und ein warmer Lichtschein fiel auf die wenigen Treppenstufen, die zu einem mondänen Eingangsportal hinaufführten. Zwei Personen traten nach draußen, um die Neuankömmlinge zu begrüßen. Eine davon war Olivias Mutter, die ihre Tochter liebevoll in die Arme schloss.

»Mein Kind, wie schön. Jetzt können die Festtage beginnen.« Ruth und Walter blieben unsicher am unteren Ende des Treppenabsatzes stehen, während Olivia eine grauhaarige, korpulente Frau mit Küchenschürze, die sie Mrs Willkins nannte, begrüßte und sich bei ihrer Mutter nach dem Verbleib ihres Vaters erkundigte.

»Im Pferdestall ist er. Wo sonst. Er wird später beim Dinner zu uns stoßen«, erwiderte die Hausherrin und wandte sich mit einem Lächeln Ruth und Walter zu. »Und das sind also unsere beiden Gäste. Walter und Ruth, nicht wahr?«

Die beiden traten schüchtern näher und begrüßten Olivias Mutter höflich. Ruth mochte die blonde Frau mit dem hübschen dunkelblauen Wollkostüm und dem wollenen Tuch über den Schultern sofort. Sie schien so elegant, und ihr Gesicht glich dem einer Porzellanpuppe, so ebenmäßig war ihr Teint. Unfassbar, dass die stämmige Olivia ihre Tochter sein sollte. Sie erklärte, dass sie sie gern mit ihrem Vornamen Anne ansprechen dürften. Dann betraten sie das Haus. In der weitläufigen Eingangshalle weiteten sich Ruths Augen. Der Boden bestand aus kassetiertem, auf Hochglanz poliertem Parkett. Die Decke war mit Stuck verziert, die Wände mit Holz vertäfelt. Eine weitläufige Treppe führte in die oberen Stockwerke. Das im viktorianischen Stil gehaltene Holzgeländer war mit Tannengrün geschmückt. Der Raum war von dem gemütlichen Licht mehrerer Stehlampen erfüllt, die auf unterschiedlich große Kommoden verteilt waren.

»Herzlich willkommen in Bolingbroke House«, sagte Olivia und drehte sich übermütig im Kreis. »Dem schönsten Zuhause auf der ganzen Welt.«

Ruth blickte zu Walter, der sich mit offenem Mund umblickte. Er schien von den vielen neuen Eindrücken genauso überwältigt zu sein wie sie selbst.

»In den nächsten Tagen werden wir gewiss eine Menge Spaß haben.«

»Das will ich doch hoffen«, erwiderte Andrew, der sich anschickte, ihr aus dem Mantel zu helfen. »Aber jetzt sollten wir unsere Gäste erst einmal ankommen und ihre Zimmer beziehen lassen. Gewiss sind sie von der langen Reise erschöpft.«

Er reichte Ruths Mantel an Henry weiter, der damit in einem Nebenraum verschwand. Erst jetzt fand Ruth die Zeit, Olivias Bruder näher zu betrachten. Sie wusste, dass er drei Jahre älter als seine Schwester war, aber Ähnlichkeiten suchte sie vergebens. Andrew war dunkelblond, hatte graublaue Augen und hohe Wangenknochen. Er überragte seine Schwester um ein ganzes Stück und wirkte athletisch. Ein echter Hingucker, würde Susi sagen, die inzwischen mit Peter, einem Jungen aus Heidelberg, zusammen war, was dazu führte, dass Ruth und sie nur noch selten Zeit miteinander verbrachten. Peter und Susi überlegten sogar, die Schule nach seinem Abschluss im nächsten Jahr zu verlassen und zu heiraten. Susi hatte ihr im Vertrauen erzählt, dass Peter ihr vor einer Weile einen Antrag gemacht hatte, was Ruth als Spinnerei abgetan hatte. Susi war nur zweieinhalb Jahre älter als sie. In dem Alter dachte man doch noch nicht ans Heiraten. Jedenfalls nicht in Ruths Augen.

Olivia führte Walter und Ruth ins Obergeschoss, wo sie gediegene Gemütlichkeit empfing. Ein roter Teppich dämpfte die Schritte. Aquarellgemälde, zumeist hübsche Landschaften zeigend, säumten die Wände. Walter bekam ein unweit der Treppe liegendes Zimmer, während Ruth direkt neben Olivia untergebracht wurde. Sogar eine Verbindungstür zwischen den beiden Räumen gab es. Als Ruth Olivia in den gemütlichen Raum folgte, traute sie ihren Augen kaum. Ein großes, aus dunklem Holz gefertigtes Bett, in das sie dreimal hineinpassen würde, war der Mittelpunkt des Raumes. Es gab eine Fensterfront aus Butzenscheiben, davor eine breite gepolsterte Fensterbank mit vielen Büchern darauf. Geblümte Vorhänge waren farblich mit dem kräftigen Rotton der Wände abgestimmt. Sogar ein kleiner Toilettentisch mit Spiegel mit einem gepolsterten Hocker davor stand neben dem Bett, der sie an die Garderobe des Theaters erinnerte. Im Vorbeigehen streifte sie mit den Fingerspitzen die darauf stehende Puderdose aus feinem Porzellan.

»Ich hoffe, es gefällt dir«, sagte Olivia.

»Dieses Zimmer ist zauberhaft«, erwiderte Ruth. »Wie aus einem Traum.« Sie berührte die geblümte Tagesdecke des Bettes.

»Einem Traum, der für zwei Wochen Realität geworden ist«, erwiderte Olivia und deutete auf eine weißgestrichene Tür neben den Kleiderschrank. »Ich wohne gleich nebenan.« Sie lächelte. »Normalerweise ist die Tür abgeschlossen, denn selbstverständlich treibe ich mich eher selten in den Gästezimmern herum. Aber jetzt ...«

»... ist es besser«, beendete Ruth ihren Satz mit einem Lächeln. Olivia nickte, griff nach Ruths Hand und blickte ihr in die Augen.

»Es ist so wunderbar, dich hier zu haben. Wie konnten wir beide anfangs nur so blind sein und einander nicht mögen?«

»Alte Divenkrankheit«, erwiderte Ruth mit einem Lächeln. »Musik verbindet, entzweit aber auch.« Sie zwinkerte Olivia zu. »Georgina würde jetzt sagen: Mädels, das wurde auch Zeit.« Sie ahmte den Garderobier lachend nach, schob das Becken nach vorn, hielt eine Hand in die Luft und reckte das Kinn in die Höhe.

»Irgendwann muss ich deine Georgina kennenlernen. Er scheint wirklich eine besondere Marke zu sein«, antwortete Olivia lachend.

»Das ist er«, erwiderte Ruth. »Er ist der beste Garderobier und der liebste Mensch der Welt.« Wehmut mischte sich in den Klang ihrer Stimme.

»Das wäre schön«, erwiderte Olivia. Ihr Blick fiel auf eine neben der Stehlampe stehende, filigran gefertigte Uhr aus Nussbaumholz. »Aber jetzt müssen wir uns frisch machen, denn es gibt bestimmt gleich Abendessen. Dann wirst du auch den Hausherrn, meinen geliebten und etwas verrückten Vater, kennenlernen.«

»Da bin ich mal gespannt«, antwortete Ruth.

*

Am nächsten Morgen fielen helle Sonnenstrahlen auf den blankpolierten Dielenboden in Ruths Zimmer. Sie war schon seit einer Weile wach und hatte auf der Seite liegend

beobachtet, wie der Weihnachtsmorgen heraufgezogen war.
Der Tag schien wie der gestrige kalt und klar zu werden. An
den Butzenscheiben hingen Eiskristalle, die im einfallenden
Sonnenlicht wunderhübsch funkelten. Wenn ihre Mutter
diesen Anblick nur sehen könnte, dachte Ruth. In dieses riesengroße Bett hätten sie ohne Probleme zusammen hinein-
gepasst. Vor dem Einschlafen hätten sie gewiss das Jankele
gesungen. Ihr Jankele, das sich ohne die Mutter sonderbar
anfühlte. In Gedanken wiederholte sie oftmals die Worte des
Textes, damit sie sie niemals wieder vergessen würde. Laut
hatte sie es jedoch nicht mehr gesungen, denn es fühlte sich
wie Verrat an. Der Gedanke an das Lied ließ sie wehmütig werden. Ihre Mutter war verreist. An einen unbekannten Ort – irgendwohin –, wohin sie ihr nicht folgen konnte. Nicht einmal in Gedanken, was es für Ruth besonders
schwer machte. An Tagen wie dem heutigen war die Ungewissheit über ihren Verbleib kaum zu ertragen. Sie selbst
würde von Freunden umgeben ein fröhliches Weihnachtsfest feiern, doch das würde ihre Mutter wohl kaum tun. Am
Ende saß sie irgendwo allein – war vielleicht schon tot. Sofort schob Ruth diesen Gedanken zur Seite. Niemals durfte
sie die Hoffnung auf ein Wiedersehen aufgeben. Es herrschte
Krieg. Da blieb vieles ungewiss. Die meisten Schüler erhielten inzwischen keine Briefe mehr, einige von ihnen bekamen
ähnliche Nachrichten wie sie selbst. Von vielen Angehörigen
hieß es, dass sie verreist waren. Irgendwohin verschwunden,
spurlos, wie es schien. Vielleicht hielten sie sich auch einfach
nur an einem sicheren Ort versteckt, von dem niemand etwas wissen durfte. Hannes, ein Junge aus Berlin, hatte diese Vermutung neulich beim Abendbrot geäußert. Andere

glaubten an große Schiffe, die die in Deutschland Ausharrenden nach Amerika und Australien bringen würden. An wochenlange Reisen, die es den geliebten Eltern, Geschwistern und Großeltern nicht möglich machten, Briefe zu senden. Die Hoffnung in ihr blieb. Georgina hätte sie niemals belogen und hatte gewiss die Wahrheit geschrieben. Vor ihrer Abreise nach Old Bolingbroke war sie noch einmal bei Tante Anna im Büro gewesen, um sich zu vergewissern, dass diese ihre Post nachsenden oder anrufen würde, sollten sich Neuigkeiten ergeben. Vielleicht gäbe es ja schon bald eine Überraschung, und Tante Anna würde sich melden und Weihnachtsgrüße von ihrer Mutter aus einem fernen Land überbringen. Daran sollte sie glauben und an nichts anderes. Ihr Blick wanderte durch den Raum und blieb an den auf der Fensterbank liegenden Büchern hängen. Gestern Abend war sie zu müde gewesen, um einen genaueren Blick darauf zu werfen. Namen wie Jane Austen oder Henry James fielen ihr ins Auge. Aber auch einige Krimis von Agatha Christie entdeckte sie. Sie lauschte, ob aus dem Nebenraum schon etwas zu hören war. Es war still. Olivia schien noch zu schlafen, was kein Wunder war, denn gestern Abend war es spät geworden.

Der Hausherr, George Harrison, dem Olivia sehr ähnelte, war ein großartiger Gastgeber. Er hatte die ganze Gesellschaft mit seinen Anekdoten und Erlebnissen aus seiner Jugendzeit bis spät in die Nacht hinein unterhalten. Sein Bruder Elliot und seine Frau Jane waren schon am Vorabend angereist. Elliot war ein stämmiger rothaariger Bursche mit buschigen Augenbrauen, der zu jeder Erzählung seines Bruders eine Bemerkung hinzufügte, die sie zusätzlich zum Lachen brachte. Seine Frau Jane überragte ihn um gut einen Kopf. Die hagere Blondine machte auf Ruth einen zurückhaltenden, beinahe unterkühlten Eindruck. Wie ein Schatten saß sie an Elliots Seite und aß nur wenig von dem köstlichen Braten.

Zwei weitere Verwandte von Annes Seite würden im Laufe des ersten Weihnachtstages mit ihren Familien eintreffen.

Nach dem Dinner waren sie ins danebenliegende Kaminzimmer umgezogen, in dem schon der Weihnachtsbaum stand. Eine riesengroße Edeltanne, von der aufgrund der umfangreichen Dekoration nur noch wenig zu erkennen war. Bunte Kugeln, Girlanden, Schleifen und Zuckerstangen ließen das Tannengrün beinahe komplett verschwinden. Eine elektrische Lichterkette mit Unmengen bunter Lichter ließ den Baum erstrahlen. Ruth kannte elektrische Christbaumbeleuchtung vom Frankfurter Weihnachtsmarkt. Allerdings waren die Lichter an dem großen Baum auf dem Römerberg nicht so bunt gewesen. In Trench Hall wurden am Heiligen Abend echte Kerzen am Baum entzündet. Tante Anna konnte mit dem neumodischen Firlefanz aus Amerika nicht sonderlich viel anfangen. Ruth allerdings gefielen die bunten Lichter auf Anhieb. Die Kerzen funkelten unglaublich, und ihr warmes Licht malte bunte Kreise auf die Zimmerdecke. Auch hatten die künstlichen Kerzen einen entscheidenden Vorteil, wie ihr Andrew erklärte, der sie beobachtet hatte, wie sie staunend vor dem Baum stand. Sie konnten nicht anfangen zu brennen. Im Kaminzimmer war Ruth schnell müde geworden und in einem breiten Lehnstuhl am Kamin immer wieder eingenickt, was Andrew nicht entging. Er war sehr um sie bemüht, und das schmeichelte ihr. Bei Tisch hatte er ihren Stuhl zurechtgerückt und sie häufig in die Gespräche miteinbezogen. Auch hatte er angeboten, ihr am nächsten Tag die Pferdeställe zu zeigen. Um Walter hatte er sich ebenfalls gekümmert und sich genau nach seinen Interessen und beruflichen Plänen erkundigt. Er selbst studierte Geschichte und Kunst an der Universität in Chester und erzählte, dass es dort auch möglich war, Musik zu studieren. Seit er das gehört hatte, trug Walter für den Rest des Abends ein seliges Lächeln im Gesicht.

Nachdem Andrew seine Schwester auf die Müdigkeit ihrer Gäste aufmerksam gemacht hatte, brachte sie Walter und Ruth nach oben. Eine Weile redeten die beiden Mädchen noch auf Ruths Zimmer, dann verabschiedete sich Olivia mit einer Umarmung und verschwand durch die Verbindungstür. Erschöpft von den vielen neuen Eindrücken war Ruth wenige Minuten später eingeschlafen.

Nun am Morgen beschloss sie, den Lesestoff auf der Fensterbank genauer in Augenschein zu nehmen. Sie schlüpfte aus dem Bett, setzte sich auf die Fensterbank und deckte sich mit einer dort liegenden Flickendecke zu. Sie wählte einen Hercule-Poirot-Krimi von Agatha Christie, die sie aus der Bücherei der Schule kannte. Sie hatte das erste Kapitel noch nicht beendet, da öffnete sich die Verbindungstür und Olivia lugte in den Raum. Sie trug einen hübschen geblümten Morgenmantel und rosa Filzpantoffel an den Füßen. Verblüfft schaute sie Ruth an.

»Du bist ja schon wach. Ich horche und überlege schon seit gut einer Stunde, ob ich dich wecken sollte, dabei sitzt du munter auf der Fensterbank und liest. Bist du denn von Sinnen? Heute ist Weihnachten. Wir müssen schnell ins Kaminzimmer hinunterlaufen und nachsehen, was uns Father Christmas gebracht hat.«

»Erst einmal guten Morgen«, sagte Ruth. »Mir hat er mein Geschenk bereits auf die Fensterbank gelegt.« Sie hielt das Buch mit einem Lächeln in die Höhe. »Den Krimi kenne ich noch gar nicht.«

Verdutzt schaute Olivia auf das Buch, dann schüttelte sie den Kopf.

»Ein Geschenk von Father Christmas am Weihnachtsmorgen auf der Fensterbank. So ein Unsinn. Er steckt die Geschenke doch in die Strümpfe am Kamin. Die Bücher gehören meiner Mutter. Sie hat sie als Lesestoff für die Gäste in die Zimmer gelegt, nicht als Geschenke. Jetzt komm schon.« Ihre Stimme klang ungeduldig. »Lass uns hinunterlaufen und nachsehen, was er uns gebracht hat.«

»Allzu viel wird es bei mir nicht sein«, erwiderte Ruth und klappte seufzend ihren Krimi zu. »Ich habe ja nicht einmal einen Strumpf am Kamin hängen.«

Sie zog einen geblümten Morgenmantel über ihr Nachthemd, der neben ihrem Bett auf einem Stuhl für sie bereitgelegen hatte, und schlüpfte in ihre Hauspantoffeln. Olivia öffnete bereits die Zimmertür und trat auf den Flur.

»Man weiß nie, was am Weihnachtsmorgen passiert. Vielleicht hängt ja doch ein Strumpf für dich am Kamin.«

»Ihr mit euren Strümpfen«, erwiderte Ruth grinsend, während sie Olivia auf den Flur folgte und hinter sich die Tür schloss. »Mir ist das Christkind lieber. Das legt die Geschenke einfach unter den Baum. Strümpfe und Kaminöfen hat es nicht nötig. Und es bringt die Geschenke schon an Heiligabend.«

»Ich gebe zu, das spricht für das Christkind«, erwiderte Olivia. Sie blieben vor Walters Zimmer stehen, und Olivia klopfte an die Tür. »Walter? Bist du wach? Wir wollen nach den Geschenken sehen.«

Es dauerte eine Weile, bis Walter die Tür öffnete. Er trug einen karierten Pyjama und blinzelte den beiden verschlafen entgegen.

»Geschenke?«

»Es ist Weihnachten. Vielleicht hat dir Father Christmas ja auch etwas gebracht.«

»Und du denkst, der bringt einem gläubigen Juden wie mir Geschenke?«

»Also wirklich.« Olivia stemmte die Hände in die Hüften und blickte vorwurfsvoll von Ruth zu Walter. »Ob jetzt Christ, Jude oder was auch immer – heute ist der Weihnachtsmorgen auf Bolingbroke House, und da bringt Father Christmas die Geschenke und sonst niemand.« Ihre Stimme wurde energisch. »Jetzt lasst uns endlich hinuntergehen und nachsehen, was er uns gebracht hat, bevor ich noch platze.«

»Schon gut.« Walter hob beschwichtigend die Hände. »Dann eben Father Christmas. Ich komme.«

Er verschwand in seinem Zimmer und kam wenig später in einem dunkelblauen Morgenmantel wieder heraus.

Im Kaminzimmer empfingen sie der funkelnde Weihnachtsbaum und Olivias Eltern, die es sich in den mit grünem Stoff bezogenen Lehnstühlen am Feuer gemütlich gemacht hatten. George Harrison legte mit einem Lächeln auf den Lippen seine Zeitung zur Seite, als er die drei erblickte.

»Da sieh mal einer an, wer endlich aufgetaucht ist«, sagte er. »Und wir dachten schon, unser Töchterchen und seine

Gäste möchten keine Geschenke haben.« Er blickte zu seiner Frau, die sich mit einem Lächeln erhob. Anne Harrison hatte sich bereits angekleidet. Sie trug ein hübsches schmal geschnittenes Kostüm aus dunkelgrauem Tweedstoff, das ihre zierliche Statur unterstrich. Ihr blondes Haar hatte sie in sanfte Wellen gelegt und mit Haarnadeln am Hinterkopf festgesteckt. Als sie Ruth zur Begrüßung an sich drückte, fing diese den sanften Parfümgeruch auf, den Anne verströmte.

Olivia ließ sich von ihrem Vater umarmen.

»Frohe Weihnachten, mein Mädchen«, sagte er, während er sie umarmte. Ruth warf Walter einen Seitenblick zu. Seine Miene war ernst. Gewiss dachte er in diesem Augenblick genau dasselbe wie sie. Olivias Familie war bei ihr. Sie konnte Weihnachten mit ihnen in ihrem Zuhause feiern, während sie der Heimat entrissen ohne ihre Mütter fröhlich sein sollten. Anne schien zu bemerken, was in ihren Gästen vorging. Sie trat näher an Ruth und Walter heran und nahm von jedem eine Hand.

»Ich weiß, dass wir euch eure Familien nicht ersetzen können. Es muss sich schrecklich anfühlen, Weihnachten so weit entfernt von zu Hause in einer fremden Umgebung zu feiern, wenn man nicht weiß, wie es den Liebsten geht.« George ließ seine Tochter los. Mit betroffenen Mienen lauschten auch die beiden Annes Worten.

»Wir sollten deshalb nun alle gemeinsam dafür beten, dass es euren Familien gut geht und ihr bald wieder vereint sein werdet.«

Ruth nickte, den Tränen nahe. Genau in diesem Moment betraten auch Andrew, Elliot und Jane das Kaminzimmer.

Sie hatten Annes letzten Satz mitangehört und falteten sogleich die Hände.

George Harrison war es, der das Gebet sprach. Es war das Vaterunser. Ruth hörte die englischen Zeilen und suchte in sich die deutschen Worte. So oft hatte sie das Gebet gemeinsam mit der Mama im Gottesdienst gesprochen, seine Worte waren für sie stets etwas Besonderes gewesen. An ihnen konnte man sich festhalten, sie gaben Kraft. Ihr Blick wanderte zu Walter. Er hatte die Augen geschlossen, die Hände gefaltet. Machte Gott überhaupt Unterschiede zwischen den Menschen? War ein Jude in seinen Augen tatsächlich weniger wert? Wer entschied, welcher Glaube, welche Herkunft und Rasse besser oder schlechter waren?

George beendete das Gebet.

»Amen«, flüsterte Ruth gemeinsam mit den anderen und wischte sich eine Träne aus dem Augenwinkel. Für einen Augenblick herrschte Stille im Raum, die George mit einem Räuspern brach.

»Es sind schwere Zeiten, die wir erleben. Ich bin mir jedoch sicher, dass dieser fürchterliche Krieg in naher Zukunft ein Ende haben wird.« Sein Blick fiel auf Ruth und Walter. »Und trotz allem sollten wir uns unsere Lebensfreude nicht nehmen und den Schrecken nicht alles bestimmen lassen. Feiern wir miteinander ein wunderbares Weihnachtsfest.« Er griff nach der Hand seiner Tochter und drückte sie. »Bolingbroke House soll auch in diesem Jahr von lauten Stimmen, Gelächter und fröhlichem Gesang erfüllt sein. Das ist mein einziger Weihnachtswunsch.«

»Also«, antwortete Anne mit einem spitzbübischen Lächeln auf den Lippen, »wenn das so ist, dann muss ich diesen gut gefüllten Strumpf, auf dem *George* steht, wohl jemandem anders geben. Vielleicht Elliot. Bestimmt kann er mit dem Inhalt etwas anfangen.« Sie blickte zu ihrem Schwager.

»So war das nicht gemeint«, beeilte sich der Hausherr einzulenken. Seine Gattin beugte sich zu ihm hinüber und drückte ihm einen Kuss auf die unrasierte Wange. »Frohe Weihnachten, mein Liebling.«

»Dürfen wir jetzt endlich die Geschenke auspacken?«, fragte Olivia ungeduldig.

»Gewiss doch, mein Schatz. Und da Father Christmas seine Augen und Ohren überall hat, müssten am Kamin auch Strümpfe mit euren Namen hängen«, wandte sich Anne mit einem Augenzwinkern Walter und Ruth zu. Olivia stürzte zum Kamin und nahm den Strumpf mit ihrem Namen an sich. Größere Geschenke, die nicht in den Strumpf hineinpassten, lagen in hübsche Geschenkkartons verpackt unter dem Weihnachtsbaum.

Es begann das große Auspacken. In Ruths Strumpf waren ein hübsches grau-weiß kariertes Halstuch, ein neuer Füllfederhalter und Schokolade. Walter hatte ebenfalls einen Füllfederhalter und Schokolade bekommen, dazu noch einen schimmernden dunkelroten Schlips. Auch von den größeren Paketen unter dem Weihnachtsbaum waren zwei für Walter und Ruth bestimmt. Ruths enthielt einen hübschen dunkelblauen Tweedrock, Walters ein neues Oberhemd, über das er sich besonders freute, denn bei dem einzigen Hemd in seinem Besitz waren die Ärmel zu kurz geworden.

Olivia hatte Schmuck, zwei Bücher, neue Reitsticfel, mehrere Pullover und Wollröcke bekommen. Andrew erhielt ebenfalls neue Reitstiefel und Bücher sowie eine aus braunem Rindsleder gefertigte Umhängetasche, die er an der Universität gut gebrauchen konnte. Father Christmas war mehr als großzügig gewesen. Als sämtliche Geschenke geöffnet waren, bat Anne die Gruppe zum Frühstück. Dass die meisten von ihnen noch nicht richtig angezogen waren, schien niemanden zu stören, doch Ruth fühlte sich mit ihrem Morgenmantel und den Filzpantoffeln an dem mit Tannengrün, Efeu und Misteln dekorierten Tisch trotzdem deplatziert. Immerhin war sie hier nicht zu Hause. Unsicher blickte sie zu Andrew. Auch er trug seinen Morgenmantel. Wie gut er in dem aus dunkelgrüner Seide gefertigten Modell aussah. Er bemerkte ihren Blick und lächelte sie an. Ihr Herz schlug schneller, und in ihrem Magen begann es zu kribbeln. Rasch sah sie eine andere Richtung. Großer Gott. Sie war doch den Umgang mit Jungen gewohnt. In der Schule gab es durchaus einige, die nicht viel jünger als Andrew waren. Sie musste sich zusammenreißen. Eine Liebelei war das Letzte, was sie gebrauchen konnte. Sie schaute zu Walter, der gerade ein Stück Rosinenkuchen mit Marmelade bestrich und sich mit Jane unterhielt. Er schien ihren Blick bemerkt zu haben, denn plötzlich sah er in ihre Richtung. Sie nickte ihm lächelnd zu. Es tat gut, ihn in ihrer Nähe zu wissen. Andrew mochte gutaussehend sein und sie durcheinanderbringen, doch Walter war ihre Familie, ihr Seelenverwandter. Ihn bei sich haben zu dürfen war das größte Weihnachtsgeschenk überhaupt.

*

Ruth ließ das Buch sinken und sah zu Walter, der schon vor einer Weile eingeschlafen war. Trotzdem hatte sie das begonnene Kapitel noch zu Ende gelesen. Am zweiten Weihnachtstag hatte er morgens zu niesen begonnen und am Abend starken Schüttelfrost bekommen. Bis Silvester hatte er das Bett gehütet. Dann war er wieder aufgestanden, um die Party nicht zu verpassen, was viel zu früh gewesen war. Den halben Abend spielte er Gassenhauer auf dem Klavier, später sorgte ein Grammophon für Stimmung, und es wurde sogar getanzt. Auch Walter und Ruth tanzten miteinander. Es war das erste Mal, dass sie in seinem Arm tanzte, und es fühlte sich sonderbar an. Musik war ihr ständiger Begleiter, allerdings nur am Klavier oder auf der Bühne. Beim Tanzen war Ruth bewusst geworden, dass sie keine Kinder mehr waren. Walter war ein hoch aufgeschossener junger Mann, seine Schultern waren breiter, seine Stimme tiefer geworden. Sie selbst war noch immer von schmaler Statur, hatte jedoch an den richtigen Stellen Rundungen bekommen. Als sie an einem Spiegel vorüberkamen, ließ ihr Spiegelbild sie wehmütig werden. Verschwunden schien das kleine Mädchen aus der Umkleide der Frankfurter Oper, das die glitzernden Kostüme und die Federboas so sehr geliebt und mit ihrem besten Freund in einem Bett geschlafen hatte. Oder steckte dieses Mädchen immer noch in ihr? Blieb die Kindheit nicht ein Leben lang Teil eines Menschen? So viele Augenblicke, Gerüche und Eindrücke bewahrte sie tief in ihrem Innersten. Niemand auf der Welt konnte ihr diese wunderbaren Momente und Gefühle nehmen, auch das Erwachsenwerden nicht.

Heute tanzte sie in keinem Glitzerkostüm, sondern in einem rot-weiß gestreiften Kleid mit weitschwingendem

Rock, das ihr Olivia geschenkt hatte, da es ihr nicht mehr passte. Dazu trug Ruth weiße Absatzschuhe, die sie ein ganzes Stück größer machten. Eine halbe Ewigkeit hatten die beiden Mädchen in Olivias Zimmer damit zugebracht, sich für den Abend zurechtzumachen. Zum ersten Mal seit ihrer Zeit an der Oper hatte sich Ruth geschminkt. Wie ein Profi ging sie mit Lippenstift, Rougepinsel und Kajalstift um und gab Olivia sogar einige Schminktipps, die sie von damals behalten hatte. Als sie ihre Wimpern tuschte, kam es ihr vor, als würde sie Georginas Stimme hören.

»Immer ordentlich Tusche, davon kannst du nie zu viel nehmen, Kindchen.«

Das Ergebnis ihrer Bemühungen konnte sie jetzt im Spiegel des Esszimmers bewundern. Das Schulmädchen war verschwunden, vor ihr stand eine junge hübsche Frau.

Georgina wäre nicht ganz zufrieden mit ihr gewesen. Am Haar hätte er herumgezupft, ihren Gang bemängelt, noch mehr von dem roten Lippenstift aufgetragen, womit sie sparsam gewesen war.

Andrew löste Walter irgendwann beim Tanz ab. In seinem Arm zu liegen, fühlte sich komplett anders an und berauschte sie regelrecht. In den letzten Tagen hatte er immer wieder ihre Nähe gesucht, was ihr gefiel. Sie genoss das wunderbar warme Kribbeln in ihrem Bauch, das sie in seiner Gegenwart verspürte. Und seine körperliche Nähe beim Tanzen war geradezu aufregend. Sein Atem auf ihrer Wange, seine Hand auf ihrem Rücken, sein Lächeln, der Geruch seines Rasierwassers. Wenn diese wunderbaren Empfindungen tatsächlich Liebe waren, dann konnte sie Susi und ihre sonderbaren Ideen plötzlich verstehen. An diesem Abend hatte sie sich gewünscht, Andrew hätte für die Ewigkeit mit ihr weitergetanzt.

Walter verschlief den Jahreswechsel. Bereits um elf Uhr war er erschöpft in einem Sessel am Kamin eingenickt. Am Neujahrstag plagte ihn der Schüttelfrost von neuem, und eine schwere Halsentzündung war hinzugekommen. Olivias Eltern hatten den Arzt gerufen, der ihm für mindestens eine Woche strengste Bettruhe verordnete. Diesmal hielt er sich daran, obwohl er untröstlich war, nicht an den Ausritten teilnehmen zu können, die Ruth jeden Vormittag gemeinsam mit Olivia und Andrew unternahm. Einmal ging es zu einer der vielen Windmühlen der Gegend, dann wieder zu der Ruine von Bolingbroke Castle, von der nicht viel zu erkennen war, da sie beinahe komplett im Erdboden versunken lag. Andrew erklärte ihr wie ein Fremdenführer die Geschichte der alten Burg, die im dreizehnten Jahrhundert von einem Earl of Chester nach seiner Rückkehr von den Kreuzzügen erbaut worden war. Im siebzehnten Jahrhundert war die Burg dann geschleift worden, die letzten Mauern waren 1815 zusammengebrochen. Sollten die alten Ruinen jemals ausgegraben werden, so war geplant, an dieser Stelle ein Freilufttheater zu eröffnen. Ein Theater, in dem vielleicht auch Ruth und Olivia irgendwann gemeinsam auftreten könnten, meinte Andrew. Seine Worte schmeichelten Ruth, obwohl sie wusste, dass es niemals dazu kommen würde. Am Ende der nächsten Woche würden sie Old Bolingbroke verlassen und nach Trench Hall in den Schulalltag zurückkehren. So bald würde sie also nicht wiederkommen, obwohl Olivia bereits die Sommerferien plante. Dann sollte es nach Cornwall gehen, wo die Familie ein Cottage besaß. In den schönsten

Farben hatte Olivia ihr von dem Backsteinhäuschen und dem einmaligen Blick aufs Meer vorgeschwärmt.

Ruth hatte ihrem Bericht nur halbherzig gelauscht, denn an diesem Tag war die Sehnsucht nach ihrer Mutter mal wieder grenzenlos gewesen. Ein Haus in Cornwall, und mochte es noch so idyllisch am Meer gelegen sein, würde ihr die geliebte Mutter auch nicht wiederbringen. Trotzdem hatte sie sich zu einem Lächeln gezwungen und sich danach erkundigt, ob es dort einen richtigen Strand gäbe.

Selbstverständlich, hatte Olivia strahlend geantwortet, sogar die schönsten Strände von ganz England. Dort hätten sie eine wunderbare Zeit.

Eine wunderbare Zeit, dachte Ruth und blickte wehmütig auf den schlafenden Walter. Wunderbar würde es erst wieder werden, wenn endlich gute Nachrichten von ihren Müttern einträfen. Solange schwebten sie irgendwo zwischen den Welten. Glück und Freude währten für Ruth und Walter niemals lange, stets schlichen sich Verzweiflung, Sorge und Hoffnungslosigkeit in ihre Gedanken. Echte Zufriedenheit würde es erst wieder geben, wenn dieser Krieg vorbei wäre und sie zurück in ihr wahres Leben und zu ihren Familien gehen durften.

Seufzend klappte Ruth ihr Buch zu und legte es auf den Nachttisch. Es war ihr zur Gewohnheit geworden, Walter in den Nachmittagsstunden etwas vorzulesen. Ihr Blick wanderte über das Bett hinweg zum Fenster. In den Morgenstunden dieses 6. Januars hatte es zu schneien begonnen. Dicke weiße Flocken fielen wie Watte vom Himmel und verwandelten die Welt in eine zauberhafte Winterlandschaft. Den ganzen Tag über hatte sie das Bedürfnis gehabt, nach draußen zu gehen, um durch den Schnee zu spazieren. Jetzt dämmerte es schon. Wo waren nur die vielen Stunden geblieben? Morgens hatte sie gemeinsam mit Olivia einen Nusskuchen gebacken, von dem ein Stück auf dem Nachttisch stand. Walters Appetit hielt sich leider noch immer in Grenzen. Dann hatte es Lunch gegeben, danach hatte Anne sie damit überrascht, ihr noch einige abgelegte Kleider vermachen zu wollen, die Olivia nicht passten. Nun war Ruth stolze Besitzerin von drei neuen Sommerkleidern, einem dunkelbraunen Tweedkostüm, zwei neuen Blusen und einem dunkelblauen Wollpullover, den sie gleich angelassen hatte.

Als sich Ruth erhob, um den Raum zu verlassen, brach die Sonne durch die Wolken und tauchte den Raum in rotgoldenes Licht. Die noch immer vom Himmel fallenden Schneeflocken wirkten wie funkelnde Diamanten. Sie lächelte. Eine schönere Einladung zu einem Spaziergang konnte es nicht geben. Auf Zehenspitzen verließ sie den Raum und schlüpfte keine Minute später in der Eingangshalle in Mantel und Winterstiefel. Kurz überlegte sie, Olivia zu fragen, ob sie sie begleiten wollte. Sie verwarf den Gedanken wieder. In diesem Haus war man fast nie allein. Besonders Olivia und Andrew bemühten sich sehr um sie, und es kam nur sehr selten vor, dass nicht wenigstens einer von beiden an ihrer Seite war. Jetzt hatte sich Olivia mit Kopfschmerzen in ihr Zimmer zurückgezogen, und, soweit Ruth wusste, spielte Andrew mit seinem Vater im Kaminzimmer eine Partie Schach. Anne war außer Haus und würde erst in den Abendstunden zurückkehren. Sie besuchte ihre Schwester Margreth in Nottingham, die wegen einer komplizierten Schwangerschaft nicht zum Weihnachtsfest hatte kommen können.

Die Eingangstür knarrte, als Ruth sie öffnete. Sie trat nach draußen und hob die Hand vor die Augen, denn die hellen Sonnenstrahlen blendeten sie. Es hatte aufgehört zu schneien. Blumenbeete und Wiesen vor dem Eingang waren von einer dicken Schneeschicht überzogen, die im warmen Licht des späten Nachmittags glitzerte.

Ruth verließ das Grundstück und folgte der schmalen Zufahrtsstraße, die in den Ort führte. Sie hatte sich vorgenommen, bis zum Pub zu laufen, um dort eine Tasse Tee zu trinken. In die urige Gaststätte mit dem eigenwilligen Namen Dirty Habbit hatte sie sich auf den ersten Blick verliebt. Schon einige Male war sie mit Olivia und Andrew nach ihren Ausritten dort gewesen. Die niedrigen Holzdecken, die winzigen Fenster mit Butzenscheiben und das bunt zusammengewürfelte Mobiliar verliehen dem Pub eine ganz eigene Gemütlichkeit. An einem Abend hatte es sogar Live-Musik gegeben. Ein Folk-Sänger aus der Gegend hatte bis weit nach Mitternacht bekannte und selbst komponierte Stücke vorgetragen.

Als Ruth die Dorfstraße erreichte, fuhr knatternd ein Traktor an ihr vorüber. Der Fahrer, ein behäbiger Mann mit Wollmütze und buschigen Augenbrauen, war ein Geflügelbauer aus dem Dorf, dem sie bei ihren Ausritten bereits mehrfach begegnet waren. Neben ihm saß sein fünfjähriger Sohn Jason, der ihr fröhlich zuwinkte. Sie winkte lächelnd zurück. Was für eine besondere kleine Welt dieses Old Bolingbroke mit seinen freundlichen Bewohnern und den hübschen, zumeist aus Backstein gefertigten Häuschen doch war, dachte Ruth. Verwunschen in einem Tal gelegen, umgeben von Windmühlen, Wiesen und Feldern, die bis zum Horizont zu reichen schienen. Ruth blieb stehen und blickte in die Richtung, in die der Traktor verschwunden war. Hier kannte jeder jeden. Andrew und Olivia wurden überall mit Handschlag begrüßt. Neuigkeiten wurden ausgetauscht, Alltägliches besprochen. Trotzdem vermisste Ruth Frankfurt mit seinem hektischen Treiben. Einfach in die Straßenbahn steigen, in der Taunusanlage mit einem Eis in der Hand auf einer Parkbank sitzen und die vorübergehenden Passanten beobachten, beim Bäcker an der Ecke Zwetschgenkuchen kaufen, die vertraute Güntersburgallee hinunterlaufen. Heimweh, es kam in den sonderbarsten Momenten. Gerade heute war doch ein guter Tag. Walters Fieber war gesunken, sie hatte neue Kleider bekommen, es hatte zum ersten Mal in diesem Winter geschneit. Und jetzt das strahlende Sonnenlicht. Gewiss würde bald alles wieder gut werden. Ein neues Jahr hatte begonnen. Vielleicht würde es das Ende des Krieges und die Rückkehr zu ihrer Mutter bringen.

Genau in dem Moment, als sie den Pub erreichte, verschwand die Sonne hinter einigen Wolken und es begann erneut zu schneien. Sie betrat den Gastraum und blickte sich um. Sie schien der einzige Gast zu sein. Hinter dem Tresen stand Jenny Carter, die rothaarige Tochter des Wirtes, und trocknete Gläser ab.

»Was für ein netter Besuch an diesem unwirtlichen Tag. Bist du allein hier?«, begrüßte sie Ruth wie eine alte Bekannte.

»Heute schon«, antwortete Ruth. »Aber so unwirtlich finde ich es gar nicht.« Sie deutete nach draußen. »Ich mag es, wenn es schneit.«

»Mir ist der Sommer lieber«, erwiderte Jenny mit einem Lächeln. »Da friert es sich seltener.«

Ruth legte ihren Mantel ab, setzte sich in einen gemütlichen Sessel am offenen Kamin und bestellte einen Pfefferminztee mit Honig. Jenny verschwand in der Küche. Ruth ließ ihren Blick durch den Raum schweifen. Die Tische waren mit Efeu und Stechlorbeer geschmückt, auf jedem stand ein Korb mit Besteck. Das Kaminfeuer verbreitete angenehme Wärme und den Geruch von Holzrauch, den Ruth so sehr liebte.

Es dauerte nicht lange, bis Jenny den Tee brachte. Die Teetasse hatte die Ausmaße einer Salatschüssel. Da es keine anderen Gäste gab, setzte sich Jenny zu Ruth und begann sie wie beiläufig auszufragen. Ruth erzählte von zu Hause, von der Schule und beantwortete auch alle weiteren Fragen Jennys, die gar nicht zu bemerken schien, wie persönlich diese waren. Weshalb Ruth nach England gekommen und wieso sie bei den Harrisons zu Gast sei. Ob sie Nachrichten aus Deutschland bekomme. Ob sie nicht Angst um ihre Mutter habe.

»Meine Tante aus London war neulich zu Besuch«, plapperte Jenny arglos weiter. »Auch dort müssen sie verdunkeln, beinahe jede Nacht gibt es Bombenalarm, und sie müssen mit Kind und Kegel in die U-Bahn laufen. Sie hat einen kleinen Jungen, gerade mal ein Jahr alt. Es muss schrecklich sein, mit so einem kleinen Kind so viele Stunden in den Gängen der überfüllten Tube auszuharren. Mein Schwager ist bei der Armee und kämpft gegen Hitler. Meine Schwester kommt um vor Sorge um ihn, weil schon so viele Frauen vom Tod ihrer Männer erfahren haben.«

Sie sah Ruth an. Kam es ihr nur so vor, oder hatte Jennys

Blick plötzlich etwas Vorwurfsvolles? Auf einmal hatte sie das Gefühl, sich verteidigen zu müssen. Sie überlegte, wie sie diesem einfachen englischen Mädchen klarmachen konnte, dass sie nicht der Feind war, obwohl sie aus Deutschland kam. Auch sie war vor Hitler geflohen, hatte alles verloren. Ihr Zuhause. Ihre Mutter. In letzter Zeit versuchte sie immer wieder, ihre Stimme in sich heraufzubeschwören. Doch es wollte nicht gelingen. Sie war einfach verschwunden. Keine Briefe, keine Nachrichten – sie war verreist, irgendwohin, wie so viele. Niemand wusste, was wirklich geschehen war. Was sollte sie Jenny also antworten? Musste sie sich überhaupt verteidigen?

Alles würde sie in Kauf nehmen, um ihre Mutter wiederzusehen, in ihrem Arm zu liegen, gemeinsam das Jankele zu singen – endlich wieder ihre Stimme hören. Sie spürte die aufsteigenden Tränen, blinzelte und wandte den Blick ab. Ruhig und besonnen musste sie bleiben. Auch wenn die Nazis das anders sehen mochten, hier war sie die Deutsche, nicht die Jüdin, und sie kam aus dem Land des Feindes. Jennys Misstrauen war nur menschlich.

»Dann wollen wir hoffen, dass dein Schwager bald als siegreicher Held heimkehrt, damit ich endlich wieder nach Hause gehen kann«, antwortete Ruth und schluckte den Kloß in ihrem Hals hinunter.

Der Satz hatte seine Wirkung nicht verfehlt. Jenny schlug die Augen nieder. Sie hatte verstanden. Ruth griff nach ihrem Teebecher und nippte daran. Eine Weile herrschte Schweigen.

»Möchtest du noch einen Tee?«, fragte Jenny irgendwann. »Ich seh doch, dass er dir schmeckt.«

Ein warmer Tee. Eine Belanglosigkeit, aber sie vertrieb die Spannung im Raum. Ruth wollte etwas erwidern, wurde aber von einem lauten Donnerschlag unterbrochen, der das alte Häuschen erzittern und das Licht flackern ließ. Erschrocken blickten die beiden nach draußen. Von der Straße war nichts mehr zu erkennen, so dicht fielen die Flocken vom Himmel, die ein böiger Wind gegen die Scheiben trieb.

»Ein Wintergewitter. Auch das noch.«

Ein weiterer Donnerschlag ließ sie erzittern, und erneut flackerte das Licht.

»Also hat Granny heute Morgen doch recht gehabt«, sagte Jenny. »Wird noch schlimmer heute, hat sie gesagt. Als Kind hatte sie an der rechten Hand schlimme Erfrierungen, seither weiß sie immer, wann es schneien wird. Sogar Benni, unser bester Schafhirte, der dir genau sagen kann, ob und wann es Regen gibt, kann ihre Vorhersagen nicht toppen.«

»So ein Wetterbericht im Haus ist gewiss sehr praktisch«, erwiderte Ruth. »Kann sie uns auch verraten, wann der Schneefall endet? Bei Schneesturm läuft es sich schlecht nach Hause, und es wird schon dunkel.«

»Leider nein«, erwiderte Jenny. »Du wirst wohl noch ein Weilchen unser Gast bleiben. Bleibt also Zeit für einen weiteren Tee.«

Sie erhob sich, um hinter den Tresen zu gehen, da kam ihre Mutter aus der Küche.

»Guten Tag, Mrs Carter. Schön, Sie zu sehen«, grüßte Ruth.

»Guten Tag, Ruth«, antwortete Lorraine Carter und schob sich eine ihrer roten Locken hinter die Ohren. Die Ähnlichkeit mit ihrer Tochter war frappierend.

Der Blick der Wirtin wanderte zum Fenster. »So wie es aussieht, wirst du wohl noch ein Weilchen unser Gast sein, Ruth.« Sie wandte sich ihrer Tochter zu und sagte: »Also hat unsere Granny heute Morgen doch recht gehabt.«

»Von Granny habe ich Ruth vorhin auch schon erzählt«, erwiderte Jenny. »Nur leider kann sie noch nicht vorhersagen, wann ein Schneesturm endet.« Sie zwinkerte Ruth zu, die sich endgültig in ihr Schicksal ergab und einen weiteren Tee bestellte.

Lorraine verschwand wieder in der Küche, während Jenny hinter den Tresen trat. Genau in diesem Moment flog die Tür auf, und der Wind trug eine mit vielen Schals umschlungene Gestalt gemeinsam mit Unmengen von Schneeflocken in den Raum. Eilig schloss der Gast die Tür hinter sich. Ruth hatte ihn trotz seiner Vermummung auf den ersten Blick erkannt. Andrew.

Er nahm seine Mütze vom Kopf und drehte sich um.

»Dem Herrn im Himmel sei Dank, du bist hier«, sagte er erleichtert, als er sie sah. »Wir haben uns Sorgen gemacht. Mrs Willkins hat dich vor einer ganzen Weile fortgehen sehen. Bei diesem Sturm hätte sonst etwas passieren können.«

»Ich war die ganze Zeit über hier«, erwiderte Ruth. »Jenny macht ausgezeichneten Tee. Möchtest du auch einen?«

»Gern«, antwortete Andrew, der etwas überrumpelt schien und Ruth gegenüber in einen Lehnstuhl sank. Sie überlegte, was sie sagen sollte, begann in Gedanken einen Satz und verwarf ihn wieder. Zum ersten Mal, seitdem sie hier war, war sie allein mit ihm. Na ja, beinahe. Jenny und Lorraine waren immerhin noch da.

Jenny brachte den Tee. »Earl Grey mit Zitrone, den hast du doch so gern«, sagte sie, stellte ihn auf den Tisch und schenkte Andrew ein strahlendes Lächeln, das Ruth zu deuten wusste.

Träum weiter, Mädchen, ging es ihr durch den Sinn. Als hätte Jenny ihre Gedanken erraten, bedachte sie sie mit einem kurzen Blick, der alles sagte, ihr aber nichts nützen würde. Andrew spielte eine ganze Liga über ihr. Was sollte ein junger Mann wie er mit einem Mädchen wie ihr. Woran sie nur wieder dachte, schalt Ruth sich sofort. Ihre eigenen Voraussetzungen waren noch schlechter, obwohl er in den letzten Wochen den perfekten Gastgeber gegeben und sich aufmerksam um sie gekümmert hatte. Sie war die Deutsche, die Fremde, und würde in wenigen Tagen aus seinem Leben verschwinden, was gut war. Am Ende wäre sie doch nur unglücklich. Und mit dem Unglücklichsein kannte sie sich aus. Wie oft hatte sie beobachtet, wie Georgina irgendein Häufchen Elend in der Garderobe getröstet hatte.

Der Kerl sei ihre Tränen nicht wert, hatte er stets gesagt. Kopf hoch. Morgen hast du ihn gewiss wieder vergessen. Ich geh und schlag ihn für dich. Mit dem letzten Satz hatte er es meist endgültig geschafft, die Frauen zum Lachen zu bringen. Liebevoll hatte er ihnen dann die Tränen von den Wangen gewischt und gesagt: Siehst du – jetzt lachst du schon wieder.

Bei der Erinnerung daran musste Ruth lächeln. Wie sehr sie Georgina vermisste.

»Weshalb lächelst du?«, fragte Andrew.

»Ich musste gerade an einen alten Freund denken«, antwortete Ruth. »Sein Name ist Georgina. Er ist ... wie soll ich sagen? … anders. Aber der liebenswerteste Mensch der ganzen Welt.«

»Georgina also.« Andrew zog eine Augenbraue in die Höhe.

»Ich weiß, ein sonderbarer Name. In Wirklichkeit heißt er Norbert.«

»Ich verstehe.«

Ruth schüttelte den Kopf. »Sag es ruhig. Ja, er ist eine Tunte, aber das ist nicht wichtig.«

»Vor mir musst du ihn nicht verteidigen«, erwiderte Andrew. »Ich gehe an eine große Universität. Auch dort gibt es bunte Vögel.« Er griff nach seiner Teetasse und begann Anekdoten aus seinem Studentenleben zu erzählen. Gebannt lauschte Ruth seinen Geschichten über merkwürdige Kommilitonen und Dozenten, seine Freunde. Die Zeit verging wie im Flug, und die beiden vergaßen alles um sich herum. Ruth hing an seinen Lippen, lachte, kommentierte, manches schockierte sie sogar. Er war ein guter Erzähler, und seine Augen leuchteten im Licht des Feuers. Würde dieser Augenblick doch niemals enden, dachte sie.

Jenny war diejenige, die diesen Wunsch irgendwann mit der Frage nach ihrem möglichen Aufbruch zerschlug und sie in die Realität zurückholte.

»Es hat schon vor einer Weile zu schneien aufgehört«, sagte sie und deutete nach draußen. »Wir sind sonst nicht so, aber ihr zwei Hübschen seid die einzigen Gäste, und wir dachten, dass wir heute etwas eher Feierabend machen könnten. Ich gebe euch auch gern eine Laterne für den Heimweg mit.«

Andrew, der gerade von einer Studienfahrt nach Edinburgh berichtet hatte, sah Jenny leicht irritiert an, sagte dann aber: »Es hat aufgehört. Wunderbar.« Er erhob sich und blickte auf seine Armbanduhr. »Meine Güte. Es ist nach acht. Wir haben vor lauter Erzählen die Zeit vergessen.«

Jenny blickte von ihm zu Ruth, die sich schlagartig vornahm, den Pub ab dem heutigen Tag zu meiden. Wenn Blicke töten könnten. Dieser hätte es getan. Weiß der Himmel, was sie ihr das nächste Mal in den Tee rühren würde. Hastig erhob sie sich, strich ihren Rock glatt und schenkte Jenny ein herzliches Lächeln.

»Vielen Dank noch einmal für den guten Tee.«

»Gibt es aber nicht umsonst«, erwiderte Jenny mit schnippischem Unterton in der Stimme und nannte den Preis. Ruth wich einen Schritt zurück. Mit dieser so plötzlich zur Schau gestellten Feindseligkeit hatte sie nicht gerechnet. Andrew griff in seine Manteltasche, holte seine Geldbörse heraus, drückte Jenny eine viel zu hohe Summe in die Hand und sagte mit einem charmanten Lächeln: »Mit extra Trinkgeld für den netten Service.«

Jenny murmelte ein Dankeschön, dann schob sie den Geldschein in ihre Rocktasche, nickte knapp und murmelte: »Keine Ursache.«

Wie selbstverständlich half Andrew Ruth in den Mantel und wickelte ihr den Schal um den Hals. Er griff nach der Laterne, die Jenny ihm reichte, und öffnete die Eingangstür. Mit einem kurzen Gruß auf den Lippen traten sie nach draußen, wo sie kalte Frostluft und absolute Finsternis empfingen. Andrew reichte Ruth seinen Arm, und die beiden stapften drauflos.

»Es kommt nicht oft vor, dass es bei uns so winterlich

ist«, sagte er. »Typisch für diese Jahreszeit ist eher windiges Regenwetter. Was ich bevorzuge, obwohl es dann immer sehr trübe ist. Dann ist es nicht so kühl.«

»Also mir ist der Schnee lieber«, erwiderte Ruth. »Sein Strahlen macht die kurzen Tage heller, und er funkelt so wunderbar im Licht der Sonne. In Frankfurt ist es oft über Wochen eisig kalt. Dann kann man sogar auf dem Main Schlittschuh laufen.«

Sie erreichten das Ende der Dorfstraße und bogen in den schmalen Weg ein, der zu Bolingbroke House führte. Das Laufen war mühselig, denn sie sanken bis über die Knie ein. Schnell waren Ruths Füße in den Schuhen eiskalt. Sie hatte das abgelegte Paar Stiefel im letzten Jahr von einem älteren Mädchen der Schule übernommen. Mindere Qualität, hätte ihre Mutter geurteilt. Aber besser schlechte als gar keine Winterstiefel. Kurz bevor sie Bolingbroke House erreichten, brach die Wolkendecke auf. Der Vollmond kam zum Vorschein und tauchte das Haus mit seinen Wiesen und Gärten in fahles Licht. Der Schnee am Wegesrand glitzerte im Mondschein. Die beiden blieben stehen, und Andrew ließ die Laterne sinken.

»Ist es nicht wunderschön?«, sagte Ruth von dem Moment ergriffen.

»Vielleicht doch besser als windiger Regen«, sagte er, wandte sich ihr zu und legte beide Arme um sie. Plötzlich war sein Gesicht ganz nahe.

»So wunderschön wie du«, sagte er. Das Kribbeln in Ruths Bauch verstärkte sich. Sie sah seine Augen, spürte seinen Atem auf der Haut. Seine Lippen, sie kamen näher. Gleich würde er sie küssen. Doch dann ließ sie lautes Rufen auseinanderfahren. Eine gedrungene Gestalt tauchte vor ihren Augen auf. Es war Andrews Vater, der keuchend vor ihnen stehenblieb.

»Liebe Güte, Kinder! Was macht ihr für Sachen? Wo treibt ihr euch bei dieser Kälte nur herum?«

»Es ist alles in Ordnung«, suchte Andrew seinen Vater zu beruhigen. »Ruth hat im Pub Zuflucht gefunden, und wir haben dort gemeinsam den Schneesturm abgewartet.«

»Dann ist es ja gut«, erwiderte sein Vater. »Hast uns einen ordentlichen Schrecken eingejagt, Mädchen.« Er klopfte Ruth auf die Schulter. »Kommt, lasst uns ins Haus gehen. Anne ist in Sorge.«

Er bedeutete ihnen, ihm zu folgen. In der Eingangshalle wurden sie bereits von Anne und Olivia erwartet. Die Freundin stürzte auf Ruth zu und schloss sie in die Arme.

»Dem Himmel sei Dank, dir ist nichts geschehen. Was waren wir in Sorge. Und als Andrew dann nicht wiederkam ...«

»Wir waren doch nur im Pub«, sagte Andrew. »Alles ist gut.«

»Was für ein Glück«, erwiderte seine Mutter lächelnd und drückte ihn fest an sich. Hinter ihr erschien Mrs Willkins, deren Miene eher säuerlich war.

»An solch einem unwirtlichen Tag geht man nicht allein spazieren«, merkte sie an und warf Ruth einen missbilligenden Blick zu. »Hätte ja sonst was passieren können, und das Essen ist jetzt auch kalt. Das schöne Hirschgulasch.«

»Das Sie gewiss ganz schnell wieder aufgewärmt bekommen«, beschwichtigte Anne die Haushälterin, die mehr Familienmitglied als Angestellte war.

»Gewiss doch.« Ihre Stimme klang spitz. »In einer halben Stunde im Esszimmer, wenn es recht wäre.« Sie machte auf dem Absatz kehrt und verschwand in dem schmalen, zur Küche führenden Flur.

George sah ihr mit einem Grinsen hinterher und wandte sich seinem Sohn zu. »Ich denke, die ganze Aufregung verlangt nach einem Scotch.«

»Unbedingt, Vater«, erwiderte Andrew.

George blickte zu Ruth. »Auch einen Scotch?«, fragte er mit schelmischem Grinsen.

»Also, George. Dafür ist sie doch viel zu jung«, rügte ihn Anne und gab ihm einen Klaps auf den Oberarm. »Aber ein warmer Kakao wäre vielleicht das Richtige?« Sie sah Ruth abwartend an.

»Sehr gern«, sagte diese schmunzelnd.

»Einen Kakao hätte ich auch gern«, sagte Olivia. »Scotch liegt mir auch nicht so.« Sie zwinkerte ihrem Vater grinsend zu. »Ich geh und bestelle den Kakao bei Mrs Willkins und sage ihr, dass sie sich mit dem Essen Zeit lassen kann. Wir sehen uns dann gleich im Kaminzimmer.«

George und Anne gingen ins Kaminzimmer. Ruth wollte ihnen folgen, doch Andrew hielt sie zurück. Sofort beschleunigte sich ihr Herzschlag. Er trat näher an sie heran, griff nach ihrer Hand und suchte ihren Blick.

»Was ich noch sagen wollte: Es war schön heute.«

»Das finde ich auch«, antwortete Ruth. Er umschloss sie mit seinen Armen. »Mit dir an meiner Seite werden sogar Schnee und Kälte zu einem Erlebnis.«

Seine Lippen kamen näher und berührten die ihren. Sie erschauderte. Er zog sie enger an sich und wollte mit seiner

Zunge ihre Lippen öffnen. Doch dann ließ sie eine Stimme zusammenzucken, und sie wich erschrocken zurück.

»Ruth! Was machst du da?«

Walter stand auf dem obersten Treppenabsatz und starrte sie fassungslos an.

»Walter«, sagte Ruth.

»Ich, ich meine …« Walter stockte. Er schüttelte den Kopf. »Was bin ich doch für ein Blödmann. Ich dachte, wir könnten …« Er winkte ab. »So kann man sich täuschen.«

Er machte auf dem Absatz kehrt und lief die Treppe nach oben. Ruth brauchte einen Moment, um seine Worte zu begreifen. Konnte es wirklich sein? Aber weshalb hatte er nie etwas gesagt? So viele Jahre, ihr ganzes Leben. Nähe war nie ein Problem gewesen. Wie Schuppen fiel es ihr plötzlich von den Augen.

»Verdammt«, sagte sie laut und lief zur Treppe, ohne Andrew, der noch immer neben ihr stand, eines weiteren Blickes zu würdigen. »Walter. So warte doch. So war das doch nicht gemeint. Ich dachte, ich meine …« Sie erreichte den oberen Flur und wollte Walter in sein Zimmer folgen, doch er hatte die Tür von innen verriegelt. »Walter«, rief sie. »Es tut mir leid. Ich wollte nicht … Ich meine … Wieso hast du nie etwas gesagt?«

Es kam keine Antwort. Sie rüttelte an der Türklinke.

»So mach doch auf.«

Doch Walter öffnete nicht. Irgendwann gab Ruth es auf und beschloss, zurück zu den anderen ins Kaminzimmer zu gehen. Vielleicht ließ er ja später mit sich reden.

»Wo warst du denn so lange?«, fragte Olivia, als sie den Raum betrat.

»Ich habe nur noch einmal nach Walter gesehen«, antwortete Ruth und fügte eine kleine Notlüge hinzu: »Er meinte, er hätte keinen Appetit.« Sie setzte sich in einen gepolsterten Sessel, griff nach ihrem inzwischen kalt gewordenen Kakao und blickte zu Andrew. Seine Miene war ernst. Er war gewiss verstimmt, was sie ihm nicht einmal verübeln konnte. Sie musste mit ihm reden und es ihm erklären.

Mrs Willkins betrat mit säuerlicher Miene den Raum. »Also wenn jetzt nicht gegessen wird, dann zerfallen mir die Klöße.« Ihre Stimme klang energisch, und sie stemmte die Hände in die Hüften.

»Was wir auf gar keinen Fall zulassen können«, erwiderte der Hausherr und stand auf. Darauf erhoben sich alle, um ins Esszimmer zu gehen. Bevor Andrew den Raum verlassen konnte, hielt Ruth ihn an der Schulter zurück. »Andrew, bitte warte noch einen Moment.« Er wandte sich um. Sein Blick war abweisend. »Das mit Walter, es tut mir …« Weiter kam sie nicht.

»Ich hätte es gleich wissen sollen«, unterbrach er sie. Bist eben doch nur ein deutsches Flittchen.« Er machte eine wegwerfende Handbewegung und ließ sie stehen. Ruth trafen seine abfälligen Worte wie ein Schlag ins Gesicht, und sie brauchte einen Augenblick, um diese Beleidigung, der offensichtlich Eifersucht zugrunde lag, zu verarbeiten, dann folgte sie den anderen mit dem Gedanken ins Esszimmer, dass ihr Aufenthalt in Bolingbroke glücklicherweise in wenigen Tagen beendet sein würde.

Es wurde ein stilles Abendessen. Olivia begann irgendwann über Kopfschmerzen zu klagen, und Ruth bekam kaum einen Bissen hinunter. Immer wieder schaute sie zu

Andrew, der mit seinem Vater ein Gespräch über die Pferdezucht begonnen hatte. Olivia war diejenige, die sich als Erste erhob, um zu verkünden, dass sie sich nicht wohl fühle und sich gern zurückziehen würde. Ruth nutzte diese Gelegenheit und entschuldigte sich ebenfalls. Gemeinsam verließen die beiden den Raum. Im oberen Flur verabschiedete sich Olivia mit einer kurzen Umarmung und einer Entschuldigung bei Ruth. Die hämmernden Kopfschmerzen machten ihren kurzen Plausch vor dem Einschlafen heute unmöglich. Ruth wünschte ihr gute Besserung, und Olivia verschwand in ihrem Zimmer. Ruth blieb auf dem Flur stehen und blickte auf Walters Tür. Sollte sie es noch einmal versuchen? Vielleicht hatte er sich inzwischen beruhigt und würde jetzt mit ihr reden. Sie konnte noch immer nicht glauben, was vorhin passiert war. Walter, ihr Freund aus Kindertagen, ihr Bruder. Er war aus ihrem Leben nicht wegzudenken, war ihr unendlich vertraut. Und jetzt schien plötzlich alles verändert. Sie starrte noch eine Weile auf die Tür, dann beschloss sie, in ihr Zimmer zu gehen. Wenn sie eine Nacht über die Vorkommnisse geschlafen hatten, ließ es sich gewiss leichter darüber reden. Sie schaltete ihre Nachttischlampe ein, zog ihr Nachthemd über und kuschelte sich mit einem Krimi unter die Bettdecke. Doch die gewünschte Ablenkung brachte das Buch nicht, und so ließ sie es irgendwann sinken, schlug seufzend die Bettdecke zurück und schlüpfte in ihren Morgenmantel. Sie musste mit Walter reden, und zwar sofort. Leise schlich sie auf dem Flur, klopfte an seine Tür und flüsterte: »Walter, bist du wach. Bitte mach auf, ich bin es Ruth.«

Es kam keine Antwort. Ruth klopfte erneut.

»Bitte Walter, öffne. Wir müssen darüber reden.«

Wieder kam keine Antwort. Sie klopfte ein drittes Mal und lauschte. Jetzt waren endlich Schritte zu hören, der Riegel wurde zur Seite geschoben, und die Tür öffnete sich.

Walters Gesicht tauchte auf. Schüchtern betrat Ruth den Raum, und die beiden blieben voreinander stehen.

»Ich wusste es selbst nicht«, setzte er zu einer Erklärung an. »Du bist doch meine Ruth, mein Schwesterchen, warst immer da. Und plötzlich ist es anders. Und ich weiß nicht, ob das gut oder schlecht ist. Ich wollte nicht, dass es etwas zwischen uns zerstört.«

Ruth nickte. Sie wusste nicht, was sie erwidern sollte. In ihrem Magen kribbelte es. Ihr Blick wanderte zum Bett.

»Weißt du noch, wie wir früher immer zusammen geschlafen haben?«, sagte sie plötzlich. »Wir haben uns Geschichten erzählt, miteinander gesungen, manchmal sogar eine Kissenschlacht gemacht. Du hast mit deiner Wärme und Nähe in Trench Hall dafür gesorgt, dass ich wieder gesund werde.« Sie setzte sich aufs Bett. »Wieso sollte es plötzlich anders sein?«, fragte sie.

Er sank neben sie und griff nach ihrer Hand. »Ich weiß nicht.« Seine Stimme klang unsicher.

»Und wenn wir es einfach wie früher machen?«, fragte Ruth. »Arm in Arm im Bett liegen, reden und singen, miteinander einschlafen.«

»Jetzt?«

»Wieso nicht?«

»Ja, wieso eigentlich nicht«, erwiderte er. »Das wäre schön.« Ruth nickte lächelnd. Die beiden krabbelten unter die Decke, und Walter löschte das Licht. Sie lagen nebeneinander und starrten an die Decke. Irgendwann legte Walter ganz vorsichtig den Arm um Ruth, und sie kuschelte sich an ihn. In diesem Moment wurde sich Ruth bewusst, dass sie zu keinem anderen gehörte als zu ihm. Walter war ein Teil von ihr. Mit ihm schien sie verwachsen, verbunden über die Musik, über ihr gemeinsames Leben, ihre Erinnerungen, ihr Schicksal. Seine Berührung war nicht fremd und ungewohnt wie die von Andrew, sondern fühlte sich wie Nachhausekommen an. Sie schloss die Augen und döste ein. Irgendwann spürte sie Walters Hand auf ihrer Wange und hörte ihn sagen: »Ich glaube, ich liebe dich, Ruth.«

Sie lächelte, ohne eine Antwort zu geben, kuschelte sich noch enger an ihn und schlief endgültig ein.

Am nächsten Morgen wurde Ruth von hellen Sonnenstrahlen geweckt, die Sonnenflecken auf die Bettdecke malten. Ihr Blick fiel auf Walter. Er schien noch tief und fest zu schlafen. Sein braunes Haar hing ihm in die Stirn, ein schmaler Flaum zierte seine Oberlippe. Die Ereignisse des Vorabends hatten noch immer etwas Unwirkliches an sich, doch seine Nähe tat gut, obwohl sich das Vertraute plötzlich neu anfühlte. Doch wie sollte es jetzt nur weitergehen? Bald schon würden sie in den Schulalltag zurückkehren. Wäre ein argloser Umgang wie früher noch möglich? Was würden die anderen sagen, wenn sie es bemerkten? Liebesbeziehungen der Schüler wurden geduldet, sofern sie alt genug dafür waren, allerdings nicht befürwortet. Tante Anna war streng in diesen Dingen. Vielleicht war diese Strenge ja auch der Grund dafür, weshalb Susi und Peter die Schule verlassen wollten. So weit hatte Ruth bisher nie gedacht. In ihren Augen waren die Pläne der beiden einfach nur verantwortungslos gewesen. Jetzt keimte plötzlich Verständnis für die Freundin in ihr auf. Heimliche Küsse auf dem Flur, Liebesbotschaften in Form von Zettelchen auf Susis Bett. Lange Spaziergänge, abseits vom Schulgelände mit seinen neugierigen Augen. Würde es bei Walter und ihr ähnlich werden? Dürften sie dann noch die Abendstunden gemeinsam im Klavierzimmer verbringen? Vermutlich nicht. Der Gedanke schmerzte. Diese Stunden des Tages waren Ruth heilig, denn sie brachten die Heimat zurück. Wenn sie neben Walter auf dem Klavierhocker saß und er spielte, fühlte es sich fast wie zu Hause an. Diese Augenblicke durfte ihnen niemand wegnehmen.

Plötzlich glaubte sie, das Klappen einer Autotür und Stimmen zu hören. Wer kam denn zu so früher Stunde schon zu ihnen in diese Einsamkeit? Ihr Blick fiel erneut auf Walter. Er schlief noch tief und fest. Vielleicht sollte sie jetzt doch besser in ihr Zimmer zurückgehen. Es musste ja nicht jeder im Haus mitbekommen, dass sie die Nacht beieinander verbracht hatten. Liebevoll hauchte sie Walter einen Kuss auf die Wange, schlüpfte aus dem Bett, huschte zur Tür und über den Flur. Genau in dem Moment, als sie ihre Zimmertür öffnen wollte, waren Schritte auf der Treppe zu hören, die sie aufblicken ließen. Andrew erschien in Begleitung von zwei Polizisten und deutete auf Walters Tür. Ruth sah die Männer erschrocken an und wich einen Schritt zurück.

Einer der Polizisten hämmerte fest an die Tür und rief: »Walter Sommer. Öffnen Sie die Tür.«

Andrew bemerkte Ruth und wandte den Blick ab. Sie erstarrte. Anne und George kamen die Treppe herauf, Olivia, die schon seit einer Weile auf gewesen war, folgte ihnen.

»Was ist hier los, Andrew?«, fragte George seinen Sohn. Andrew kam nicht mehr zum Antworten, denn Walter öffnete die Tür.

»Walter Sommer?«, fragte der Polizist.

»Ja«, erwiderte Walter und kratzte sich verschlafen am Kopf.

»Sie werden wegen Verrat festgenommen. Ich muss Sie bitten, uns zu begleiten.«

Ruth trafen die Worte des Beamten wie ein Schlag. Sie taumelte nach hinten und stieß mit dem Rücken gegen die Wand.

»Aber …«, stammelte Walter vollkommen überrumpelt.

»Was soll das?«, mischte sich George Harrison ein und trat zwischen den Beamten und Walter.

»Der junge Mann ist unser Gast und weiß Gott kein Verräter. Er mag Deutscher sein, aber er ist Jude und aus Deutschland geflohen. Gewiss liegt hier ein Irrtum vor.«

»Sollte dem so sein, wird sich das sicher bald aufklären«, erwiderte der Polizist. »Der junge Mann wird uns trotzdem auf die Wache begleiten.«

»Aber er ist kein Verräter«, mischte sich jetzt auch Ruth ein, die ihre Fassung wiedererlangt hatte. Sie wiederholte den Satz noch einmal, diesmal etwas lauter. »Haben Sie nicht gehört? Er ist Jude. Wir sind vor den Nazis geflohen.«

»Noch eine Deutsche also.« Der Beamte musterte Ruth von oben bis unten. Sein Blick sagte alles. Ruth sah zu Andrew. Seine Miene war wie versteinert. Wut stieg in ihr auf. Das konnte nicht sein. Sie ballte die Fäuste. Olivia war der kurze Blickwechsel nicht entgangen. Hastig eilte sie zu Ruth und griff nach ihrer Hand.

»Ruth und Walter sind meine Freunde«, verteidigte sie die beiden. »Wir gehen gemeinsam zur Schule. Sie sind Juden und wurden in Deutschland verfolgt. Weder Walter noch Ruth sind Verräter. Dafür lege ich meine Hand ins Feuer.«

»Junges Fräulein«, in dem Blick des Beamten lag etwas Herablassendes. »Mir ist vollkommen gleichgültig, ob Sie mit den beiden Deutschen befreundet sind oder nicht. Es geht hier auch nicht um Ihre Freundin.« Er blickte kurz zu Ruth. »Gegen Mr Sommer liegen Vorwürfe vor, die geprüft werden müssen. Sollten sie sich als falsch erweisen, setzen wir ihn selbstverständlich sofort auf freien Fuß. Aber jetzt wird er uns begleiten.«

»Aber ...«

»Es ist gut, Ruth«, brachte Walter Ruth mit einer Handbewegung zum Schweigen. »Ich gehe mit den Männern auf die Wache. Gewiss ist alles ein großes Missverständnis.« Sein Blick wanderte zu Andrew, der diesen ohne eine Miene zu verziehen erwiderte.

»Ich werde dich begleiten, Junge«, sagte George. »Andrew?« Er sah seinen Sohn abwartend an.

Andrew deutete ein Nicken an. Walter verschwand in seinem Zimmer, einer der Polizisten folgte ihm. Der andere postierte sich im Flur.

»Ich komme auch mit«, sagte Ruth. Ihre Stimme zitterte. Sie eilte in ihr Zimmer, um sich rasch etwas anziehen. Als sich die Tür hinter ihr schloss, liefen die ersten Tränen über ihre Wangen, und sie ballte wütend die Fäuste. Niemals war Walter ein Verräter. Andrew, dieser elende Mistkerl. Wie dumm sie gewesen war. Er war ein Kind aus reichem Haus, dem die Dinge in den Schoß zu fallen schienen. Und wenn er etwas nicht bekam, wurde er trotzig. Doch dieses Mal würde Andrew nicht gewinnen, denn es ging um Walter, ihren Vertrauten, ihren besten Freund. Es ging um den Jungen, in den sie sich schon vor langer Zeit, ohne es zu wissen, verliebt hatte.

KAPITEL ZEHN

Anni stand am Fenster ihrer kleinen Dachkammer und blickte hinaus. Schon vor einer Weile hatten die Sirenen eingesetzt. Ihr Heulen trieb die Menschen in die Keller, viele von ihnen zu den Bunkern. Nur sie stand wie jeden Abend oben am Fenster und beobachtete die am Nachthimmel erscheinenden Christbäume, die die nahenden Flugzeuge ankündigten. Aus der Ferne sahen die an kleinen Fallschirmen hängenden Markierungsbomben, die in den verschiedensten Farben leuchteten, geradezu hübsch aus. Doch sie waren Vorboten der todbringenden Bomben, die in wenigen Minuten auf die Stadt herabregnen würden.

Anni trat vom Fenster weg, setzte sich auf ihre Matratze und schaltete ihre Nachttischlampe ein. Sie war hundemüde. An Schlaf würde diese Nacht jedoch nicht zu denken sein. Bald schon würden dem durchdringenden Geräusch der Alarmsirenen die lauten Donnerschläge der Bomben folgen. Sie konnte nur darauf hoffen, dass die Angreifer diesmal einen anderen Stadtteil ins Visier genommen hatten. Ihr Blick fiel auf das Buch, das sie gerade las. Heinrich hatte sie mit einem ganzen Stapel versorgt. Die Alarmsirenen verstummten. Sie lehnte sich mit dem Rücken gegen die Wand und schlug die Seiten auf. Doch sie konnte sich nicht auf den Text konzentrieren. Die ersten Bomben fielen. Sie zuckte zusammen, als lautes Donnern ertönte. Ein Treffer. Ihr Herzschlag beschleunigte sich, und ihre Hände begannen zu zittern. Lesen, nicht darauf achten. Sich irgendwie ablenken. Sirrendes Pfeifen, ein erneuter Schlag. Das Haus wackelte. Motorengeräusche. Sie waren direkt über ihr. Heute würden sie nicht ins Ostend oder nach Sachsenhausen fliegen. Sie waren ganz nahe. Durch einen Ritz im Vorhang drang der rote Schein des Feuers herein. Das Nachbarhaus schien getroffen zu sein. Erneute Erschütterungen, lautes Donnern. Anni warf das Buch zur Seite, sprang auf und krabbelte unter ihren winzigen Tisch, wo sie sich wie ein kleines Kind zusammenkrümmte. Es war unsinnig, aber sie konnte nicht anders. Verstecken, sich irgendwo verkriechen. Eine weitere Explosion ließ den Staub von den Wänden rieseln. Sie hielt sich die Ohren zu und begann laut zu singen, eine Arie, irgendetwas. Erneute Erschütterungen, das ganze Gebäude bebte. Sie rückte an die Wand. Bestimmt würde die nächste Bombe das Haus treffen. Feuer und Hitze, würde sie überhaupt etwas spüren? Erschlagen von einem Dachbalken würde sie zwischen den Trümmern verschwinden. Irgendwann am nächsten Morgen würden sie sie finden. Die Jüdin, die versteckt auf einem Dachboden gesessen hatte. Die Jüdin, die es offiziell gar nicht mehr gab. Die Mutter, die niemals wieder ihr Kind in die Arme schließen durfte.

»Ruth. Es tut mir so leid«, flüsterte Anni. Sie versuchte, in sich das Bild ihrer Tochter auf der Bühne heraufzubeschwören. Sie stellte sie sich in einem wunderschönen Kostüm vor, lange blonde Locken, die über ihre Schultern fielen. Tränen traten in Annis Augen. Sie hatte ihre Tochter so lange nicht sehen, nicht bei ihr sein dürfen.

Ein erneuter Einschlag ließ sie aufschrecken, ihm folgte ein weiterer, immer näher kamen sie. Sie hielt sich die Ohren zu. Das Pfeifen der Bomben schien unerträglich. Für Ruth würde es auch ohne sie weitergehen. Ihr ging es gut. Anni hatte ihr Mädchen in Sicherheit bringen können, seitdem konnte sie ihm keine Mutter mehr sein. Wenigstens musste ihre Tochter diesen Alptraum nicht ertragen. Wie sie Tag für Tag mit dem Ende rechnete, voller Angst, Verzweiflung und elender Schuldgefühle. Wieder das Donnern, noch näher als zuvor. Das Jankele, sie sollte es singen. Sich an seinen tröstenden Worten festhalten. Sie brachte es nicht fertig. Das Schluchzen brach sich Bahn, ließ ihren Magen verkrampfen und vertrieb die beruhigende Melodie.

Doch plötzlich waren da Hände, seine vertraute Stimme.

»Anni, Liebes«, drang Heinrichs Stimme an ihr Ohr. Behutsam holte er sie unter dem Tisch hervor und zog sie in seine Arme. Wie eine Ertrinkende klammerte sie sich an ihm fest. »Das Jankele, ich kann es nicht mehr singen. Marlene, all die anderen – ich war nicht da. Und ich bin nicht bei ihr.«

»Ganz ruhig.« Er wiegte sie sanft. »Du musst es nicht allein ertragen. Ich bin bei dir, hörst du. Ich werde immer bei dir sein, dich niemals allein lassen. Gleich ist es vorbei, alles überstanden. Sie sind bald fort.«

Er streichelte über ihren Rücken und summte die Melodie eines Kinderliedes. »Kein schöner Land«. Anni sang den Text mit. Immer wieder wiederholten sie das Lied, fanden Halt darin. Irgendwann ließ das Beben und Dröhnen nach.

Heinrich behielt recht. Es folgten noch einige Erschütterungen, dann wurde es still. Nach einer Weile ertönte die Entwarnungssirene. Behutsam führte er Anni zu ihrem

Schlafplatz. Sie krabbelte erschöpft unter ihre Decke. Er legte sich neben sie und schloss sie erneut in seine Arme. Von draußen drangen Stimmen herauf, Motorengeräusche waren zu hören. Irgendwo weinte ein Kind.

»Erzähl mir was«, sagte Anni irgendwann. »Irgendetwas Schönes.«

Er lächelte. Gewohnte Worte aus ihrem Mund. Auf dem Weg hierher hatte er sich bereits eine Geschichte für sie zurechtgelegt.

»Als Kind habe ich die Ferien immer bei meinen Großeltern auf dem Land verbracht. Sie hatten einen großen Bauernhof mit vielen Tieren ...«

Anni lauschte seiner warmen Stimme, und schon nach kurzer Zeit fielen ihr vor Erschöpfung die Augen zu. Obwohl ihr Atem gleichmäßig wurde, hielt er nicht inne, erzählte weiter. Vom Bauernhof, goldenen Getreidefeldern, Unmengen von schnatterndem Federvieh und funkelnden Seen, in denen sie schwimmen gegangen waren. Auch ihm tat es gut, sich in diese heile Welt zu träumen, dabei ihre Nähe zu spüren und selbst irgendwann darüber einzuschlafen.

*

Einige Tage darauf saß Hiltrud bei Anni auf dem Dachboden. Sie hatte, wie gewohnt, eine mit Ersatzkaffee gefüllte Thermoskanne mitgebracht. Anfangs hatte sich Anni noch mit dem Gebräu schwergetan, das zumeist aus Getreide bestand. Inzwischen hatte sie sich jedoch damit angefreundet. Echten Bohnenkaffee gab es schon lange nicht mehr, guten schwarzen Kaffee, der sie mit seinem herrlichen Duft

an ihr Stammcafé, das direkt neben dem Schauspielhaus gelegene Café Rumpelmayer erinnerte. So oft hatte sie dort
die Nachmittage gemeinsam mit Kollegen in lustiger Runde verbracht. Auch mit Johann hatte sie dort ihre erste Ver-
abredung gehabt. An einem kühlen, verregneten November-
nachmittag, ähnlich wie dem heutigen. Am Bühnenausgang
hatte er an diesem Tag spontan gefragt, ob er sie auf einen
Kaffee einladen dürfte. Sie hatte sofort zugestimmt. In der
Nähe des Klaviers hatten sie in gemütlichen Korbstühlen gesessen. Sanfte Musik, die Stimmen der anderen Gäste, Zi-
garettenrauch, vermischt mit dem Kaffeeduft, und vor dem
Fenster prasselte der Regen in große Pfützen. Seit diesem
Tag waren sie unzertrennlich gewesen. Dieses Leben schien
heute unendlich weit entfernt. Sie legte ihre Hände um den
warmen Kaffeebecher und blickte zu Hiltrud, die damit beschäftigt war, sämtliche Judensterne von ihrer Kleidung zu
entfernen. Hiltrud hatte vorgeschlagen, diese scheußliche
Brandmarkung ein für alle Mal verschwinden zu lassen, da
Anni ohnehin nicht mehr auf die Straße ging. Anni hatte
wortkarg zugestimmt. Es stimmte, die Sterne waren unnütz
geworden, doch ob das eine gute Idee war? Sie war hier in
der Enge des Dachbodens gefangen, oft fragte sie sich, ob
sie jemals wieder normal leben würde. Was war, wenn Hitler diesen Krieg gewann? Sie konnte doch nicht ihr ganzes
Leben in einer Dachkammer verbringen. Aber vermutlich
bräuchte sie sich diese Frage gar nicht zu stellen. Gerade die
letzte Bombennacht hatte ihr aufgezeigt, dass es nur eine
Frage der Zeit war, bis das alles hier ein Ende hätte. In Heinrichs Arm liegend würde sie in den Tod gehen. Gemeinsam
mit dem Mann, der sie liebte, beschützte und tröstete. Doch

liebte sie ihn auf dieselbe Weise? Oder war es die Verzweiflung, die sie in seine Arme trieb? Die Angst vor dem Alleinsein?

Zweifel. Sie waren ihre ständigen Begleiter. Vielleicht war es besser, er würde sie zurücklassen und wenigstens sein Leben retten. Doch das würde er niemals tun, das wusste sie.

Sie stellte ihren Kaffeebecher auf den Tisch.

Hiltrud, die gerade einen Stern von ihrem Mantel löste, plapperte wie gewohnt. Sie berichtete von einer Schneise der Vernichtung. Der Ostbahnhof, der Riederwald, die Hanauer Landstraße. Auch das Viertel um den Zoo war bei den letzten Angriffen schwer getroffen worden. Das Krankenhaus an der Gagernstraße war zerstört worden, zwei Tage lang hatte man nach Verschütteten gesucht. Am Ende überlebten nur sechsundzwanzig Patienten der Kinderstation, vierundachtzig andere und ein Großteil des Klinikpersonals waren tot geborgen worden.

Mit Hiltruds Gegenwart hielt die Welt jenseits des Dachbodenfensters mit all ihren Schrecken Einzug in Annis Zufluchtsort. Ihre Nachbarin erzählte von fehlenden Lebensmittelmarken, zu wenig Brennstoff, zu vielen Leichenwagen und Nachbarn, die Richtung Hauptbahnhof aufbrachen, um die Stadt zu verlassen. Sie berichtete von der pompösen Trauerfeier, die vorm Opernhaus von der Partei für die Opfer der schweren Bombenangriffe inszeniert worden war. Junge Mädchen des BDM hatten vom Heldentum gesungen, das seine höchste Bewährung im Einsatz des Lebens für das Vaterland gefunden hatte. Standarten und Fahnen der Bewegung wurden schweigend gegrüßt, während zwei Querstraßen weiter eben dieses Heldentum sein anderes

Gesicht zeigte. Hier wurden die Toten geborgen, in Särge gelegt und abtransportiert. Tierkadaver wurden beseitigt, Leichenwagen gereinigt. 587 Tote gab es zu beklagen, über neuntausend Menschen waren obdachlos geworden, unzählige Gebäude zerstört. Wie Hohn klangen da die Worte der jungen Mädchen, manch eine von ihnen sang unter Tränen.

Hiltrud berichtete Anni auch von Georgina, der inzwischen Parteimitglied war und sich mit großem Einsatz im Katastrophenschutz engagierte. Die beiden trafen sich unregelmäßig an unterschiedlichen Orten. Mal in der Taunusanlage, dann am Mainufer, ab und an auch im Stadtwald. Entgegen Heinrichs Anweisung gab Georgina ihr kleine Nachrichten für Anni mit. Meist nur wenige Worte auf einem Stück Papier. Botschaften, die ihr Mut machen sollten. Andere Neuigkeiten teilte er ihr über Hiltrud mündlich mit. So den Tod von Leni Baumgartner. Sie war bei einem der Luftangriffe verschüttet worden. Georgina selbst hatte Leni aus den Trümmern gezogen. Anfangs hatte sie noch gelebt. In seinen Armen war sie gestorben, er hatte ihrem letzten Blick standgehalten, ihr den Staub aus dem Gesicht gewischt. Eine Platzwunde an der Stirn, vermutlich innere Blutungen. Er hätte Genugtuung verspüren können, doch so war es nicht gewesen. Auch nicht für Anni.

Leni Baumgartner, die Konkurrentin, die ihr so übel mitgespielt hatte. So oft hatte Anni sie zum Teufel gewünscht. Doch als sie von ihrem Tod erfuhr, empfand Anni trotz allem Mitleid für sie, weshalb, konnte sie sich nur schwer erklären. Vielleicht blieb einem in dieser Zeit vom Menschsein nichts anderes mehr als die Gnade. Und der Tod brachte ihr auch keine Gerechtigkeit. Leni Baumgartner hätte die strahlende Rückkehr ihrer schärfsten Konkurrentin auf die Bühne miterleben müssen. So wäre es gerecht gewesen. Allerdings glaubte Anni schon lange nicht mehr daran. Diese Zeit erschien ihr wie ein anderes Leben, in das sie nur noch in ihren Träumen eintauchte. Dann saß sie wieder in der Garderobe, umhüllt vom Parfümgeruch, im Licht der vielen Lampen. Doch das war nur ein Trugbild. Längst gab es keine kleine Ruth mehr an ihrer Seite, die Georginas Sahnebonbons lutschte. Keine Chormädchen, die aufgeregt durcheinanderredeten, keine Souffleuse, die in so manchem Kleid wie eine reife Orange aussah. Und keine Magda Spiegel mehr. Ihre alte Freundin war im September 1942 nach Theresienstadt deportiert worden. Heinrich hatte es ihr irgendwann erzählt, nachdem sie immer wieder nach Magda gefragt hatte. Bereits mit ihrem Tag des Versteckens hatten sie einander verloren. Hiltrud war diejenige gewesen, die Magda Spiegel die Nachricht von ihrer vermeintlichen Deportation überbracht hatte. Die Altistin war blass geworden und auf einen Stuhl gesunken. Geweint habe sie nicht, hatte Hiltrud gesagt. Keine Silbe gesprochen.

Anni wusste nicht, was sie erwartet hatte. Tränen, Wut, Verzweiflung, gab es das für die Menschen überhaupt noch? Was brachten einem große Gefühle in einer Welt des Wartens auf den Tod?

Anni jedoch hatte um ihre Freundin geweint. In Heinrichs Armen, bis sie irgendwann vor Erschöpfung eingeschlafen war. In dem Arm des Gestapomannes, der Magda abgeholt und sie mit einer kleinen Gruppe anderer Juden in die Großmarkthalle gebracht hatte. Sie hätte ihn dafür verabscheuen, ihn anschreien müssen. Sie hatte es nicht getan. In den letzten Wochen und Monate waren sie und Heinrich trotz aller Widersprüche zu einer Einheit verwachsen. Es schien gleichgültig geworden zu sein, wer er dort draußen war. In dieser Kammer gehörten sie zusammen. Mehr gab es dazu nicht zu sagen.

»Ich wollte eigentlich noch Kuchen backen«, sagte Hiltrud. »Aber es war keine Butter zu bekommen. Dafür hab ich dir einen halben Laib Brot, etwas Griebenschmalz und zwei gekochte Kartoffeln mitgebracht. Leider wird das für die nächsten Tage reichen müssen, denn ich bekomme erst nächste Woche wieder Lebensmittelmarken.«

»Du musst mir gar nichts geben«, erwiderte Anni und deutete in die Ecke neben dem Bücherregal. »Heinrich hat mich gestern mit neuen Vorräten versorgt. Ein ganzer Laib Brot, ebenfalls Griebenschmalz, fünf gekochte Kartoffeln und Äpfel. Dazu sogar eine halbe Tafel Schokolade.« Sie lächelte.

»War nur gut gemeint«, erwiderter Hiltrud und zog eine Grimasse. »Er hätte sich ruhig mit mir absprechen können, dann hätte ich in der Bäckerei nicht so arg betteln müssen. Den halben Laib Brot mehr hat mir die Schwertfegerin nur gegeben, weil ich Stammkundin bin. Aber die feinen Herrn von der Gestapo und der SS kriegen ja immer ihre Sonderrationen.« Sie riss den Faden ab, hob den Mantel in die Höhe und begutachtete ihr Werk. »Sehr gut. Sieht kein Mensch, dass da mal ein Aufnäher dran war.«

»Und du denkst wirklich, dass die Entfernung der Sterne notwendig ist?«, fragte Anni und nippte an ihrem Ersatzkaffee.

»Unbedingt. Auch Georgina meint, dass es eine gute Idee ist. Was ist denn, wenn du irgendwann, aus welchen Gründen auch immer, die Dachkammer verlassen musst? Willst du dann mit dem Judenstern auf der Brust durch die Gegend laufen? Dann schleppen sie dich gleich in die Großmarkthalle. Nein, so ist es besser.«

»Wenn auch Georgina das sagt«, erwiderte Anni. »Hast du ihn getroffen?«

»Hab ich. Dünn ist er geworden. Sonst war er recht gut beieinander, obwohl er inzwischen erste graue Haare hat. Geht er nicht schon auf die fünfzig zu?«

Sie sah Anni an, die zögernd nickte. Um sein Alter hatte Georgina stets ein großes Geheimnis gemacht.

»Könnte sein. Vielleicht sogar älter«, mutmaßte sie. »Immerhin ist er nicht mehr an die Front geschickt worden. Was erzählt er?«

»Dass er genauso viel von der Trauerfeier am Römer gehalten hat wie ich. Nämlich gar nix. Wir sind ein Stück bis zu seinem neuen Arbeitsplatz gelaufen. Er arbeitet jetzt hin und wieder als Aushilfe im Hemberger Casino, nachdem die Martini-Bar ausgebombt worden ist.« Sie machte eine kurze Pause. »Er überlegt, Ruth zu schreiben.«

»Was überlegt er?«, fragte Anni überrascht.

»Ihr zu schreiben. Einfach so. Fragen, wie es ihr geht. Belangloses Zeug. Er vermisst sie und nennt sie noch immer sein Garderobenmädchen.«

»Das wird sie immer bleiben«, erwiderte Anni. »Sein Garderobenmädchen.«

»Manchmal frage ich mich, wie sie heute aussieht«, sagte Hiltrud. »Inzwischen muss sie ein richtiges junges Fräulein geworden sein. Bestimmt ist sie hübsch und verdreht den englischen Jungen die Köpfe.« Sie lächelte.

»Mit Sicherheit tut sie das«, antwortete Anni leise und senkte den Blick.

»Es tut mir leid, ich wollte nicht ... Ich meine...«

Hiltrud legte ihre Hand auf Annis und drückte sie.

»Ist schon gut«, erwiderte Anni. »Wir reden doch oft über sie. Nur an manchen Tagen ...«

»Wem sagst du das?«, ließ Hiltrud sie nicht ausreden. »Solche Tage kenne ich zur Genüge. So richtig werde ich mich wohl niemals mit dem Witwendasein und dem Alleinsein anfreunden können.« Sie seufzte.

Anni bemühte sich um ein Lächeln. Was sollte sie sagen? Sie war ebenfalls Witwe und hatte ihr Kind, ja ihr ganzes Leben verloren. Aber galt ihr Schmerz mehr als der von Hiltrud? Wie viele Schicksalsschläge ertrug ein Mensch? Und konnte man Ruths Weggang überhaupt als solchen bezeichnen? Zwar hatte Anni ihre Tochter verloren – Ruth indes hatte durch die Trennung ein Leben gewonnen. Es ging ihr gut in England. Sie war dort in Sicherheit, und vielleicht fand sich sogar ein Weg, dass sie Gesang studierte. Anni wusste, dass die musischen Talente der Kinder an der New Herrlingen School gefördert wurden. Allerdings würde das nicht ausreichen. Ruth musste an einem Konservatorium studieren, um es auf die große Bühne zu schaffen.

»Er sollte Ruth besser nicht schreiben«, kam Anni wieder auf Georginas Idee zu sprechen. »Es könnte Verdacht erregen.«

»Das habe ich ihm auch gesagt«, erwiderte Hiltrud. »Am Ende spitzelt ihm noch einer von der Gestapo hinterher. Heinrich hat seine Akte zwar bei sich auf dem Schreibtisch. Aber wissen kann man nie ...« Sie winkte ab.

»Über Georgina gibt es eine Akte?«, fragte Anni erstaunt.

»Gewiss doch. Hat Heinrich dir denn noch nichts davon erzählt?«

»Nein. Wir reden nicht über seine Arbeit.«

»Ist wahrscheinlich besser so«, sagte Hiltrud mit ernster Miene. »In der Stadt wird die Angst vor der Gestapo immer größer. Ihr Hauptquartier in der Lindenstraße ist gefürchtet. Einem Gestapomann geht man lieber aus dem Weg, die sind zu allem fähig. Letzte Woche ist ein alter Freund von mir, Hermann Kaltner – du kennst ihn bestimmt, er hat sich früher um die Heizung im Haus gekümmert –, von der Gestapo abgeholt und ins Arbeitserziehungslager Heddernheim gebracht worden. Sie müssen ihn übel zugerichtet haben. Er soll heimlich Flugblätter verteilt haben. Der gute Hermann, das glaube ich nie und nimmer.« Sie schüttelte den Kopf. »Seine Frau, Gerda, war vollkommen aufgelöst. Diese Erziehungslager sollen schrecklich sein.«

»Ich hab davon gehört«, murmelte Anni.

Hiltrud griff zu einer Bluse und begann einen weiteren Judenstern zu entfernen. »Wie es unseren Heinrich in die Fänge dieses Haufens verschlagen konnte, bleibt mir ein Rätsel. So ein feiner Mann, und dann bei der Gestapo.« Sie schüttelte den Kopf.

»Ich weiß nicht, ob er ein feiner Mann ist«, erwiderte Anni und biss sich gleichzeitig auf die Lippen.

Hiltrud schaute sie irritiert an.

»Vielleicht ist er auch einfach nur selbstsüchtig«, fuhr Anni fort. »Ich meine, was mich betrifft ...« Sie stockte.

Hiltrud verstand, was Anni meinte. »Wer liebt, ist immer selbstsüchtig«, sagte sie. »Die Gestapo, der Krieg, Vorschriften. Alles zerfällt zu Staub, wenn Gefühle mit im Spiel sind. Gegen jede Logik, wie man so schön sagt.« Sie seufzte.

Gegen jede Logik, wiederholte Anni in Gedanken. Ab dem heutigen Tag existieren Sie nicht mehr, kamen ihr seine Worte in den Sinn. Für die Welt dort draußen war sie fort. Anni und Ruth Kluger, wohnhaft in der Güntersburgallee 88, gab es in Frankfurt nicht mehr. Die Sopranistin der Frankfurter Oper hatte ihr letztes Lied im strahlenden Scheinwerferlicht gesungen. Jetzt saß sie auf einem Dachboden und existierte nur noch im Leben weniger Menschen. Heinrich hatte sie gerettet. Die Frage, ob sie ihn in einem anderen Leben auch lieben würde, hatte sie sich noch nicht beantwortet. Wäre er dann nicht der stille Bewunderer geblieben, der er einst gewesen war? Der schüchterne Polizeibeamte, der nicht nur einmal am Bühnenausgang auf sie gewartet und sich nicht getraut hatte, sie anzusprechen, wie er ihr neulich Abend lachend erzählt hatte. Hätte die Anni Kluger von damals ihn überhaupt wahrgenommen? Vermutlich nicht. Ihr Leben war die Bühne. Umgeben von Künstlern, hatte sie zu jener Zeit nur selten andere Menschen an sich herangelassen. Und wenn sie sich doch mit jemandem aus der normalen Welt eingelassen hatte, war es stets schiefgegangen. Musiker, Sänger, Schauspieler, sie blieben lieber unter sich. In der bunten Welt des schönen Scheins, der Illusion.

Hiltrud war mit der Bluse fertig und legte sie zur Seite. »Ich denke, für heute ist es genug. Es wird schon dunkel, da ist es besser, wenn ich in meinen vier Wänden bin.«

Sie stand stöhnend auf und griff sich an den Rücken.

»Dieses verdammte Kreuz. Ich vertrage die Kälte nicht mehr. Es fehlt mal wieder an Kohlen, und bald schon sollen die Zuteilungen noch mehr eingeschränkt werden. Wie wir auf diese Weise über den Winter kommen sollen, weiß keiner. Erfrieren werden wir alle in diesem Loch, wenn sie es uns nicht vorher unter dem Hintern wegbomben.« Sie winkte ab und blickte zu Annis kleinem Ofen.

»Ich habe heute Morgen mein letztes Stück Kohle hineingelegt«, glaubte Anni sich wegen der sich darin befindlichen Glutreste verteidigen zu müssen. »Heinrich wollte später kommen und mir noch welche bringen.«

»Immerhin eine, die es warm hat«, sagte Hiltrud und ging zur Tür. »Hast es dir ja auch verdient, wenn du schon in diesem Kämmerchen bleiben musst.« Sie breitete die Arme aus. Es folgte die Umarmung, die zu einem Ritual des Abschieds zwischen ihnen geworden war. Anni amtete den Geruch des Kölnisch Wassers ein, den Hiltrud verströmte, und schloss für einen Moment die Augen. Niemand wusste, was der nächste Tag oder die nächste Nacht bringen würde. Da tat es gut, noch einmal die Nähe des anderen zu spüren.

Hiltrud öffnete die Tür und verließ den Raum. Anni blieb stehen und lauschte ihren Schritten auf der Treppe nach. Ihr Blick wanderte durch ihr Gefängnis, wie sie die Dachkammer für sich bezeichnete. Das abgedunkelte Fenster, ihre kleine Stehlampe neben dem Tisch, darauf das Kleidersammelsurium und die abgetrennten Judensterne. Fäden lagen auf dem Fußboden, neben Stecknadeln, die Hiltrud aus ihrem Nähtäschchen gefallen sein mussten. Anni bückte sich, hob sie auf und legte sie auf den Tisch. Dann griff sie zu den Sternen und besah sie sich nachdenklich. Ein Stapel gelben Stoffs, abgegriffen, teilweise zerschnitten. Mit einem Mal sahen sie so unbedeutend aus. Dennoch hatte es nichts Befreiendes an sich, sie von ihrer Kleidung abgetrennt zu haben. Sie war noch immer die Jüdin. Sollte sie jemals auf dem Dachboden entdeckt werden, halfen ihr auch die Kleider ohne Sterne nicht. Sie legte die Sterne zurück auf den Tisch und berührte ihre oben liegende Lieblingsbluse. Ein, zwei winzig kleine Löcher an der rechten Brusttasche erinnerten noch an den Aufnäher, aber man musste schon genau hinsehen. Sie nahm die Bluse in die Hand und roch daran. Ein Hauch ihres Lieblingsparfüms hing noch in dem sanft schimmernden Stoff. Sie beschloss, die Bluse anzuziehen. Dazu vielleicht den knielangen, eng geschnittenen Bleistiftrock, den sie gern zum Ausgehen getragen hatte. Er betonte ihre schmale Silhouette und passte am besten zu ihren Absatzschuhen, die in der Ecke neben ihren Stiefeln und warmen Filzhausschuhen standen. Eine halbe Ewigkeit schien es her zu sein, dass sie ihre schicken Schuhe zuletzt getragen hatte. Sie schlüpfte in Bluse und Rock und in Ermangelung von Nylonstrümpfen barfuß in die Schuhe. Als sie sich aufrichtete, schwankte sie leicht. Langsam begann sie in der Kammer auf und ab zu gehen. Gemessenen Schrittes, mit dem leichten Hüftschwung, wie es diese Schuhe mit sich brachten. Es tat gut, sie zu tragen, sie konnte sich nicht recht erklären, warum. Je höher der Absatz, desto länger die Beine, kamen ihr plötzlich Georginas Worte in den Sinn. Georgina. Wie sehr sie ihn vermisste. Wenn er jetzt da wäre, würde er sie von oben bis unten mustern und sagen: »Da fehlt noch etwas. So kannst du nicht auf die Bühne gehen.« Er würde sie an den Toilettentisch gelei-

ten und sie schminken, so wie er es besonders in ihren An-
fangszeiten am Theater häufig getan hatte. Ihr Blick fiel in
den kleinen Spiegel, der neben dem Ofen an der Wand hing.
Eine blasse Frau mit dunklen Ringen unter den Augen blickte ihr entgegen. Ihr zerzaustes Haar hätte dringend einen
Friseur nötig. Das Spiegelbild wollte nicht so recht zu der
schicken Bluse, dem Bleistiftrock und den Absatzschuhen
passen. Entschlossen griff sie zur Bürste, bändigte ihr Haar
und steckte es am Hinterkopf mit einigen Haarnadeln fest,
was es einigermaßen ordentlich aussehen ließ. Dann kramte sie ihre Schminkschatulle hervor und schminkte sich. Ein
wenig Rouge, roter Lippenstift, Kajal umrahmte schwarz
ihre Augen. Gerade als sie ihre Wimpern tuschte, hörte sie
Heinrichs vertraute Schritte auf der Treppe. Er hatte versprochen, sie heute Abend zu besuchen. Erst jetzt fiel ihr
wieder ein, dass er von einer Überraschung gesprochen hatte. In ihrem Magen begann es zu kribbeln. Als er den Raum
betrat, wandte sie sich um. Erstaunt sah er sie an.

»Du siehst hübsch aus.« Er schloss die Tür, hauchte ihr
einen Kuss auf die Wange und flüsterte in ihr Ohr: »Begeh-
renswert.«

Er berührte ihre Bluse an der Stelle, an der der Stern gewesen war, lächelte und zog sie in seine Arme. »Als hättest
du meine Pläne für heute Abend erahnt.«

»Pläne?«, fragte Anni neugierig.

»Ja, Pläne«, antwortete er, trat an den Tisch mit ihrem
Kleidersammelsurium und nahm ihren Mantel an sich. »Ich
denke, es ist an der Zeit, dass du dein Gefängnis für einige
Stunden verlässt.«

Annis Augen weiteten sich. Ungläubig schaute sie Heinrich an. »Verlassen? Den Dachboden. Aber ich kann doch nicht einfach ...« Er hob die Hand.

»Dass du nicht auf die Straße kannst, ist mir bewusst«, vollendete er ihren Satz. »Allerdings spricht nichts gegen einen Besuch in meiner Wohnung, oder? Es ist ja nur eine Stiege nach unten. In den letzten Tagen ist es am Himmel ruhig geblieben. Auch heute haben wir keinerlei Meldungen für einen bevorstehenden Angriff auf das Stadtgebiet erhalten. Wenn wir vorsichtig sind, sollten wir es für dieses eine Mal wagen können, dass du einige Stunden zu mir kommst. Ich habe etwas zu essen organisiert, und wir könnten, selbstverständlich nur wenn du möchtest, ein wenig tanzen.«

»Tanzen«, wiederholte Anni ungläubig. »Zu richtiger Musik.« Sie konnte kaum glauben, was sie hörte. Bisher war Heinrich strikt dagegen gewesen, dass sie die Dachkammer verließ, sei es auch nur für wenige Minuten ins Treppenhaus. Zu groß war die Gefahr, dass sie von jemandem erkannt werden könnte. Was hatte ihn jetzt dazu bewogen, seine Meinung zu ändern?

Er beantwortete ihre Frage, noch bevor sie sie gestellt hatte.

»Ich sehe doch, wie dich die Stille und Einsamkeit hier oben verkümmern lassen. Leider kann ich dir auf keinen Fall erlauben, hier oben Musik zu hören, denn selbst wenn sie nur ganz leise ist, könnte jemand Verdacht schöpfen. In meiner Wohnung wird sie niemandem seltsam vorkommen. Ich habe eine gute Plattensammlung. Du wirst begeistert sein.«

»Das glaube ich gern«, erwiderte Anni lächelnd. Die Aussicht, Musik zu hören und in einem normalen Raum sein zu dürfen, vielleicht sogar zu tanzen, ließ ihre Zweifel verschwinden. Heinrich reichte ihr seine Hand.

»Wollen Sie mich also begleiten, mein Fräulein? Sie würden mir damit eine große Freude bereiten.«

Anni stimmte lachend zu und ergriff seine Hand. Gemeinsam verließen sie den Dachboden und schlichen leise die wenigen Stufen bis zu seiner geräumigen, das komplette oberste Stockwerk ausfüllenden Wohnung hinunter, die sie am heutigen Abend zum ersten Mal betrat. Erstaunt blickte sie sich in dem breiten Flur um, in dem es köstlich nach Essen roch. Die Wohnung war komfortabel eingerichtet. Heinrich führte sie ins Esszimmer, wo der Tisch eingedeckt war. Feinstes Porzellan, ein weißes Tischtuch, Kerzen warteten darauf, entzündet zu werden. Heinrich entschuldigte sich, um das Essen zu holen, das er zum Warmhalten auf den Herd gestellt hatte. Anni sah sich um. Dem Esstisch gegenüber stand ein großes Küchenbuffet aus Buchenholz. Ein Plattenspieler und ein Volksempfänger teilten sich den Platz auf einer Anrichte, die direkt neben den vorschriftsmäßig verdunkelten Fenstern stand. Von hier aus musste man auf den steinernen Balkon gelangen, den sie so oft von unten bewundert hatte, dachte Anni. Nur allzu gern wäre sie jetzt hinausgetreten. Aber das war nicht möglich. Ihr Blick blieb an dem Volksempfänger hängen. Spontan stellte sie ihn an. Gerade wurde das Lied »Sing, Nachtigall, sing« von Evelyn Künneke gespielt. Anni wusste, dass sie die Tochter des Operettenkönigs Eduard Künneke und der Opernsängerin Katarina Garden war. Zur großen Karriere auf der Opernbühne hatte ihr jedoch die Stimme gefehlt, so dass sie zum Tanz gewechselt war. Als Stepptänzerin Evelyn

King hatte sie gefeierte Auftritte im Schumanntheater gegeben. Georgina hatte Anni irgendwann erzählt, dass Künneke die Auftritte in den Varietés untersagt worden waren, weshalb sie nun Lieder von einer heilen Welt sang, die es schon längst nicht mehr gab, und für die deutschen Truppen an der Front auftrat.

Heinrich betrat mit einem Tablett in der Hand, darauf zwei Teller und eine Sauciere, den Raum und stellte es auf dem Tisch ab.

»Wir haben Glück«, sagte er freudig. »Heute gab es im Bräustüberl auf der Zeil als Mittagstisch Tafelspitz mit Kartoffeln und grüner Soße. Der Wirt meinte, es wäre eine Seltenheit, beim Metzger so gutes Fleisch zu bekommen. Sofort habe ich zwei große Portionen zum Mitnehmen bei ihm geordert.«

Annis Augen weiteten sich, als sie das große Stück Fleisch auf ihrem Teller neben einem Berg Kartoffeln sah.

»Ich hoffe, du wirst endlich einmal wieder richtig satt werden«, sagte er und rückte ihr den Stuhl zurecht.

»Gewiss. Allein so viel Essen zu sehen ist schon etwas Besonderes.« Sie setzte sich. Heinrich schenkte prickelnden Perlwein in schimmernde Kristallgläser und nahm ihr gegenüber Platz. Voller Ehrfurcht blickte Anni auf ihren Teller. Früher hätte sie niemals im Leben solch eine große Portion zu sich genommen. Als Sängerin musste sie zwar längst nicht so schlank sein wie die Balletttänzerinnen am Theater, aber schweres Essen hatte sie stets gemieden. Jetzt war das anders. Was hatte sie sich in den letzten Monaten oftmals nach einer deftigen Mahlzeit gesehnt. Wahrscheinlich würden all ihre Bühnenkostüme inzwischen wie Säcke an ihr hängen.

Wenn es mit den Rationierungen so weiterginge, bräuchten sie die Engländer gar nicht mehr auszubomben, dann würden sie diesen Winter ohnehin erfrieren oder verhungern.

Heinrich hob das Glas.

»Auf einen wunderbaren Abend, meine Liebe.«

Vorsichtig nippte Anni an ihrem Wein und fragte sich, wie lange sie keinen Alkohol mehr getrunken hatte. Das Fleisch schmeckte köstlich, ebenso die grüne Soße, in die sie genüsslich die Kartoffeln tunkte. Heinrich erzählte, dass nach den schweren Angriffen auf die Stadt nun einige Kinos in der Stadt wieder geöffnet hatten, auch der Palmengarten konnte weiterhin besucht werden. Der Zoo hingegen musste geschlossen bleiben, da er zu schwer getroffen worden war. Außerdem hatte Heinrich am Vortag Georgina getroffen, der weiterhin beim Katastrophendienst arbeitete und bei der Trümmerbeseitigung half. Wieder einmal versicherte er ihr, dass Georgina von der Gestapo keine Gefahr drohe. Seine Akte war in seinem Schreibtisch eingeschlossen und dort würde sie auch bleiben. Anni taten seine Worte gut, obwohl sie wusste, dass in diesen Zeiten niemand wirklich sicher war. Erst letzte Woche waren einige Helfer bei dem Versuch, Verschüttete zu retten, durch eine Gasexplosion ums Leben gekommen. Was bedeutete in ihrer Welt noch eine Akte oder persönliche Gesinnung? Nichts mehr. Sie zerfielen im Bombenhagel zu Staub und verschwanden. Sie schob die düsteren Gedanken beiseite. Heute Abend ging es ihr gut. Sie war ihrem Gefängnis für einige Stunden entflohen, das Radio spielte Musik, es gab gutes Essen, leckeren Wein, und Heinrich saß ihr gegenüber, der Mann, der ihr Halt gab, dem sie vertraute. Diesen Moment galt es auszukosten und nicht mit trübsinnigen Gedanken zu verderben. Als sie ihren Teller leer gegessen hatte, lehnte sie sich selig lächelnd im Stuhl zurück und ließ zu, dass Heinrich ihr Wein nachschenkte, obwohl es bereits ihr drittes Glas war. Beinahe hatte sie vergessen, wie wunderbar sich ein leichter Schwips anfühlte, dachte sie und griff nach ihrem Glas. Der Perlwein prickelte auf ihrer Zunge. Ihr Blick fiel auf die Weinflasche.

»Aus dem Rheingau«, sagte sie.

»Gewiss doch«, erwiderte er mit einem Lächeln. »Für dich nur das Beste.«

Anni warf ihm einen kurzen Blick zu. Seine schmeichelnden Worte hörten sich sonderbar aufgesetzt an, oder bildete sie sich das nur ein? »Der Wirt vom Bräustüberl hat mir die Flasche gleich mitverkauft«, sagte Heinrich. »Er hat mir fest versprochen, dass es ein guter Tropfen sei.«

Annis Miene blieb skeptisch. So ganz nahm sie ihm die Geschichte vom Bräustüberl nicht ab. Hiltrud hatte ihr erzählt, dass viele Wirtschaften geschlossen hatten, wenn sie nicht ohnehin ausgebombt worden waren. Die meisten der noch geöffneten Gasthäuser hielten sich mit einfachsten Gerichten über Wasser. Edler Tafelspitz zählte gewiss nicht dazu. Hiltrud hätte beim Anblick ihres heutigen Essens sofort Vermutungen über deren Herkunft aufgestellt und zu schimpfen begonnen. Wenn es ums Essen ging, hörte die Freundschaft bei Hiltrud auf.

Als hätte Heinrich ihre Gedanken erraten, sagte er: »Hiltrud habe ich vorhin auch eine Portion gebracht. Du hättest ihre Augen sehen sollen.«

Anni lächelte. »Das glaube ich gern. Wenn du ihr die Tage auch noch ein Stück Butter besorgen könntest, wird sie dich endgültig vergöttern, obwohl du bei der Gestapo bist und ...« Sie biss sich auf die Zunge und senkte den Blick. Heinrich ließ die Gabel sinken. Seine Miene wurde ernst. Er erhob sich schweigend, zog Anni vom Stuhl hoch, legte seine Arme um sie und sah ihr in die Augen.

»Ich weiß, was sie von mir hält. Und ja, ich muss bisweilen schlimme Dinge tun. Aber du kannst mir glauben, wenn ich dir sage, dass ich mein Bestes gebe, es zu vermeiden. Am Anfang habe ich mich von der Aufbruchsstimmung anstecken lassen. Wie so viele war auch ich blauäugig, ich dachte, die Sache mit den Juden würde bald ein Ende haben. Nicht im Traum hätte ich damals daran geglaubt, dass es Konzentrationslager und diesen Vernichtungsfeldzug geben würde. Geschweige denn, dass wir diesen Krieg führen würden, den wir, wenn du meine Meinung hören willst, nicht gewinnen können. Mein Freund aus Kindertagen und heutiger Kollege Martin hat mich zu dem Wechsel zur Gestapo überredet, und es schien mir eine gute Idee, da ich mit meiner Stellung bei der Polizei unzufrieden war. Als ich verstand, was bei der Gestapo geschieht, hatte ich schon längst keine Wahl mehr. Von dort lässt man sich nicht einfach versetzen. Mein einziger Ausweg wäre, an die Front zu gehen, und dort bringen mich keine zehn Pferde hin. An der Ostfront sterben unsere Männer wie die Fliegen den Heldentod für unser Land. Nenn mich einen Feigling, aber das will ich nicht.«

Anni erwiderte seinen Blick schweigend. Sie wusste, dass er keine Antwort von ihr erwartete. Was hätte sie ihm auch sagen sollen? Das Leid an der Ostfront erträgst du nicht, zu Hause aber deportierst du Juden und bespitzelst dein eigenes Volk? Sie wäre ungerecht geworden, was sie nicht wollte. Zum ersten Mal hatte er offen zu ihr über seine Gesinnung gesprochen. Wenn er könnte, längst hätte er die Gestapo verlassen.

»Aber immerhin konnte ich auf diese Weise dich retten«, sagte er irgendwann leise und berührte zärtlich ihre Wange. »Und ich habe dich heute Abend nicht nur wegen eines guten Essens und etwas Musik in die Wohnung gebeten.« Er sank vor ihr auf die Knie, holte ein kleines blaues Samtkästchen aus seiner Jackentasche und öffnete es. Ein goldener Ring mit einem kleinen funkelnden Diamanten darauf kam zum Vorschein. Annis Augen weiteten sich.

»Willst du mich heiraten, Anni Kluger?«, fragte er. Ungläubig starrte Anni den Ring an und berührte ihn mit den Fingerspitzen. Ein warmes Gefühl breitete sich in ihr aus. In diesem Augenblick schienen alle Zweifel mit einem Schlag wie fortgewischt.

»Ja«, sagte sie. Zuerst leise, dann lauter.

Er erhob sich erleichtert, schloss sie in seine Arme, küsste sie überschwänglich, hob sie in die Höhe und drehte sich mit ihr im Kreis. »Jetzt weiß ich, dass alles gut werden wird«, rief er und stellte sie wieder auf die Beine.

Ihr war schwindelig, als er ihr den Ring an den Finger steckte. Solches Glück hatte sie schon seit Ewigkeiten nicht mehr verspürt.

»Du machst mich glücklich, Anni Kluger«, sagte er. »Wenn dieser Krieg ein Ende hat, werde ich dich sofort zum nächsten Standesamt schleppen und niemals wieder gehen lassen.«

Seine Lippen kamen näher, berührten die ihren und öffneten sie. Zuerst war sein Kuss zärtlich, dann wurde er leidenschaftlicher und seine Umarmung fester. Anni schloss die

Augen und ließ sich fallen. Trotz aller Widerstände, sie gehörten zusammen. Jetzt gab es nur noch sie beide. Das war das Einzige, was zählte. Als sie begannen, langsam durch den Raum zu tanzen, legte sie ihren Kopf an seine Schulter, und sie versanken in der schönen Scheinwelt der Radioschlager. Sie tanzten bis ins Schlafzimmer, wo er sie zum Bett führte. Langsam begann er ihre Bluse aufzuknöpfen. Sie stöhnte auf, als er ihre Brüste zu küssen begann. Doch genau in dem Moment, als seine Lippen ihren Bauch hinunterwanderten, läutete es an der Tür. Erschrocken schossen sie in die Höhe.

»Wer kann das sein?«, fragte Anni. Es läutete erneut.

»Ich weiß es nicht«, erwiderte Heinrich, während er hektisch sein Hemd zuknöpfte und in seine Schuhe schlüpfte.

»Du bleibst hier, und ich sehe nach, wer es ist«, sagte er. Anni nickte. Er verließ den Raum, und sie knöpfte mit zittrigen Fingern ihre Bluse zu. Die Tür war nur angelehnt. Der Besucher schien männlich zu sein. War da nicht der Name Martin gefallen? Etwa sein Kollege von der Gestapo? Anni wurde es heiß und kalt. Was, wenn er sie hier entdecken und erkennen würde? Immerhin war sie nicht irgendjemand, in ihren Jahren an der Oper war sie ständig auf der Straße erkannt worden. Doch ihre Sorge sollte unbegründet sein. Heinrich öffnete die Tür und bedeutete ihr mit den Augen, ihm zu folgen. Er schien gute Miene zum bösen Spiel machen zu wollen, was durchaus funktionieren konnte, denn sie trug ja keinen Judenstern mehr.

Heinrich führte Anni ins Wohnzimmer und stellte sie als Maria Wegener vor. Sein Kollege erhob sich und begrüßte sie mit einem süffisanten Lächeln auf den Lippen.

»Guten Abend. Martin Saller mein Name. Es ist mir ein Vergnügen, Sie endlich kennenzulernen. Endlich erfahre ich den Grund für Heinrichs ständige Heimlichkeiten.« Er zwinkerte ihr zu. »So kannte ich meinen alten Freund gar nicht.« Er schlug Heinrich wohlwollend auf die Schulter. »Sie ist ein hübscher Grund für Heimlichkeiten, mein Lieber.«

»Weshalb du aber gewiss nicht mitten in der Nacht zu mir gekommen bist«, antwortete Heinrich, während er Martin ein Glas Wein einschenkte.

»Nein, obwohl ...«

Er blickte noch einmal zu Anni, die sich innerlich schüttelte. Was war das nur für ein unangenehmer Mensch, auch wenn er einen durchaus gepflegten Eindruck machte. Sein blondes Haar fiel ihm locker in die Stirn, er war glattrasiert, ordentlich gekleidet und sportlich gebaut. Aber Anni hatte kein gutes Gefühl in seiner Gegenwart. Sie bemühte sich um ein Lächeln, während Heinrich zärtlich den Arm um sie legte.

»Du warst heute nicht im Hauptquartier, und ich fahre doch morgen für einige Wochen nach Berlin, um mich um die Beerdigung meines Vaters zu kümmern und meiner Mutter beizustehen.«

»Richtig. Das hattest du gesagt. Das ist also schon morgen.«

Martin wollte etwas erwidern, wurde aber vom Aufheulen der Sirenen unterbrochen. Alle drei zuckten erschrocken zusammen.

»Alarm«, rief Heinrich. »Wie ist das möglich? Es sollte doch heute Nacht ruhig bleiben.«

»Diese gottverdammten Engländer«, fluchte Martin. »Schnell, lasst uns zusehen, dass wir in den Keller kommen.«

»Dorthin können wir nicht«, erwiderte Heinrich. »Wasserrohrbruch, schon vor einer Weile. Wir müssen in den Bunker am Ende der Straße.«

Er blickte zu Anni. In ihren Augen stand die nackte Panik. Sie musste mitgehen. Es würde ihr keine andere Wahl bleiben, wenn sie nicht auf der Stelle auffliegen wollten. Heinrich half ihr hastig in ihren Mantel, und sie verließen das Haus. Im Hof liefen sie Hiltrud in die Armen. Ihre Augen weiteten sich, als sie Anni erkannte. Nach einem beschwörenden Blick von Heinrich schluckte sie die Bemerkung hinunter, die ihr auf der Zunge lag.

»Oh, Sie haben Besuch, Herr Gabler«, sagte sie nur. »Eben hat auch Markus Krüger das Haus verlassen. Er ist gerade um die Ecke gebogen.«

Die vier verließen den Hof und hasteten die Güntersburgallee Richtung Friedberger Landstraße hinunter, wo sich einer der größeren Bunker befand. Heinrich hielt Annis Hand fest umklammert, als sie sich zwischen die vielen Menschen schoben und sich irgendwann an einer freien Stelle auf den Boden setzten. Hiltrud und Martin nahmen ihnen gegenüber Platz. Kinder weinten, ein Säugling schrie gellend laut im Arm seiner Mutter, die unweit von ihnen ihre Bluse aufknöpfte und das Kind an die Brust legte. Anni wandte den Blick ab. Die Beleuchtung im Bunker war schlecht, viele der Neonlampen waren ausgefallen. Anni war dankbar dafür. Bisher hatte sie noch niemanden gesehen, der sie hätte erkennen können. Sie beruhigte sich ein wenig und lehnte den Kopf gegen Heinrichs Schulter.

»Es kann nichts Großes sein«, sagte Martin. »Wir werden diesen Inselaffen schon noch zeigen, wer das Sagen hat. Nicht wahr, Heinrich?«

»Aber sicher doch«, erwiderte dieser.

Ein in der Nähe sitzender Mann mischte sich in ihr Gespräch ein.

»Und den Amerikanern gleich mit. Sollen ruhig kommen, damit wir ihnen den Arsch versohlen. Heil Hitler, verdammt noch eins.« Seine Worte gingen in den ersten donnernden Einschlägen der Bomben unter. Anni umklammerte Heinrichs Hand noch fester und schloss die Augen. Es folgten weitere Erschütterungen. Das laute Pfeifen der Bomben war zu hören. Der Boden bebte, Putz fiel von der Decke. Einige Menschen schrien, manche hielten sich die Ohren zu oder beteten leise. Viele Mütter drückten ihre Kinder fest an sich, einige von ihnen sangen Kinderlieder. Die meisten jedoch schwiegen beklommen. In der Dachkammer würde sie jetzt wieder unter dem Tisch sitzen. Das musste sie hier nicht, wenngleich sie sich gern versteckt hätte. Wäre sie doch niemals mit Heinrich in seine Wohnung gegangen. Sie hätte es besser wissen sollen. Außerhalb der Dachkammer war sie keinen Moment sicher. Gewiss würde sie gleich jemand wissend ansehen und laut kundtun, wer sie wirklich war. Doch es geschah nichts, und irgendwann wurde es wieder ruhiger. Der Angriff schien vorbei zu sein. Trotzdem verließ niemand in den darauffolgenden Stunden den Bunker. Die meisten schliefen irgendwann ein. Erst am Morgen wagten sich die Ersten hinaus. Als Anni auf die Straße trat, war sie erschüttert. In der Dunkelheit des letzten Abends hatte sie wenig von ihrer Umgebung wahrgenommen. Doch nun im Licht des anbrechenden Morgens sah sie die Zerstörung. Zwischen den Häusern taten sich so viele Lücken auf. Beißender Rauch hing in der Luft, der den strahlend blauen Himmel dieses eiskalten Novembermorgens schwarz färbte und ihr in den Augen brannte. Überall heulten die Sirenen der Rettungsfahrzeuge, vor einem Haus hatte sich eine Menschentraube gebildet. Hiltrud lief mit einem Aufschrei zu dem zerstörten Gebäude und schob sich durch die Menschenmenge. Eine alte Freundin von ihr hatte in dem Haus gewohnt. Eine Gruppe Männer war damit beschäftigt, in den Trümmern nach Überlebenden zu suchen.

Anni wandte sich um und blickte in die Güntersburgallee, in der die meisten Gebäude noch standen. Was für großes Glück sie bisher gehabt hatte, kam ihr in den Sinn. Wie nahe sie dem Tod tatsächlich war, realisierte sie erst jetzt. Genau in diesem Moment erkannte sie jemanden in der Menge. Es war Susanne Hofmann, die Mutter von Fritz, Ruths ehemaligem Spielkameraden. Susanne schaute in ihre Richtung und ihre Augen weiteten sich. Anni wandte schnell den Blick ab, doch es war zu spät. Und schon sprach Fritz aus, was seine Mutter dachte, und zeigte mit dem Finger auf sie.

»Ist das dort drüben nicht Anni Kluger, die Jüdin? Ich dachte, die hätten sie längst weggebracht.«

Anni erstarrte. Martin schaute sie irritiert an. Heinrich blickte auf den Jungen, dann reagierte er blitzschnell. Er machte einige Schritte auf Fritz zu und verpasste ihm eine schallende Ohrfeige.

»Wie kannst du es wagen, meine Verlobte so zu beleidigen, du Rotzbalg!«

Fritz zuckte zurück. Seine Mutter schaute Heinrich, der

seinen Gestapomantel trug, mit weit aufgerissenen Augen an. »So war das nicht gemeint«, erwiderte sie eingeschüchtert und suchte mit ihrem Jungen an der Hand hastig das Weite. Ein Stück von ihnen entfernt, verpasste sie ihm zwei weitere Ohrfeigen.

Kopfschüttelnd kam Heinrich zu ihnen zurück und sagte zu Martin: »Dem fehlt vermutlich der Vater, der ihm alle Nase lang eine anständige Tracht Prügel verabreicht.«

Martin stimmte ihm zu, sah dabei jedoch Anni an, die sich bemühte, seinem prüfenden Blick standzuhalten.

»Verlobte also«, sagte er irgendwann und nickte.

Heinrich legte lächelnd den Arm um Anni.

»Das hätten wir dir gern gestern Abend bei einem Glas Wein erzählt, leider sollte es nicht sein. Aber vielleicht können wir unsere Verlobung nach deiner Rückkehr aus Berlin noch ein wenig feiern. Was meinst du?«

»Ach du meine Güte, Berlin.« Martin schlug sich vor die Stirn und blickte auf seine Armbanduhr. »Wenn ich meinen Zug nicht verpassen will, dann muss ich sofort los. Die Verlobung zu feiern ist eine wunderbare Idee. Du hörst von mir.« Er deutete auf Heinrich und ließ die beiden stehen.

Nachdem er in der Menge verschwunden war, atmete Anni erleichtert auf. »Das ist gerade nochmal gutgegangen.«

»Für den Moment schon«, erwiderte Heinrich. »Aber der Zweifel ist gesät. Ich vertraue ihm nicht mehr. Es geht das Gerücht um, dass er Kollegen bespitzelt. Erst vorgestern habe ich ihn dabei beobachtet, wie er einen fremden Schreibtisch durchsucht hat. Als ich ihn darauf ansprach, hat er etwas von einer verschwundenen Akte erzählt. Wir sollten auf der Hut sein. Ich werde gleich nachher ins Hauptquartier fahren und deine Akte an einen sicheren Ort schaffen. Auf den Dachboden wirst du vorerst nicht zurückkehren können. Wie ich ihn kenne, wird er der Sache nachgehen, und das gründlich, auch wenn er in Berlin ist.«

*

Anni stand am Fenster und beobachtete Georgina dabei, wie er seinen Wandschrank öffnete und frisches Bettzeug herausholte. Nur ganz langsam kam sie wieder zur Ruhe. Die letzten Stunden waren hektisch gewesen. Noch auf der Straße hatte Heinrich beschlossen, dass eine vorübergehende Unterbringung bei Georgina das Beste wäre. Bei ihm würde sie niemand vermuten. Sie hatte nicht mehr ins Haus zurückgedurft, sondern sich in Heinrichs Wagen verstecken müssen. Hiltrud hatte das Notwendigste für sie zusammengepackt und war mit der Straßenbahn vorausgefahren, um keinen Verdacht zu erregen. Heinrich folgte ihr nach einer Weile mit dem Auto. Trotz der schlechten Neuigkeiten hatte sich Georgina gefreut, Anni nach so langer Zeit wieder in seine Arme zu schließen.

Gewiss waren Heinrich und Hiltrud gerade jetzt damit beschäftigt, ihre Dachkammer auszuräumen. Die wenigen Möbel sollten auf ihre Wohnungen im Haus verteilt werden. Schleunigst galt es, sämtliche Anhaltspunkte für das Versteck einer Jüdin verschwinden zu lassen. Die Spuren der Frau, die vor wenigen Stunden einen Heiratsantrag angenommen und wenige Augenblicke vom Glück geträumt hatte. Ihr Blick fiel auf den Ring an ihrem Finger. Einen

Heiratsantrag im Geheimen hatte sie bekommen, bei gefälliger Radiomusik und Tafelspitz. Sie dachte an Johanns Antrag zurück. Damals hatte er sie mit dem Wagen abgeholt, und sie waren nach Wiesbaden gefahren, wo am Staatstheater »Der Kaufmann von Venedig« aufgeführt worden war. Ihren Ring hatte er beim Abendessen danach in einem Sektglas versenkt. Kerzenschein, romantische Musik, ein hübsches kleines Lokal – und die Gewissheit, den Richtigen getroffen zu haben, hatte sie so glücklich gemacht. Aber sie war ungerecht, wenn sie das Eine mit dem Anderen verglich. Jeder Mann war anders, keine Liebe gleich. Heinrich hatte sich wirklich bemüht, es waren andere Zeiten, die kaum Hoffnung auf ein lebenslanges Glück erlaubten, und es war trotz aller Zweifel schön gewesen.

»Ach Schätzchen«, Georgina, der sie beobachtet hatte, riss sie aus ihren Gedanken. »Es wird schon alles gut werden.« Sein Blick fiel auf ihren Ring. »Er hat dir einen Antrag gemacht. Du solltest dich freuen.«

»Ich weiß, es ist nur ...«

»Keine Einwände«, ließ er sie nicht ausreden. »Ein Lächeln wäre schön. Und dann würde ich mir gern den Ring ansehen.«

Anni musste lächeln. Georgina mit seiner Leichtigkeit in der Nähe zu haben würde ihr guttun. Er griff nach ihrer Hand und besah sich den Ring näher.

»Ein Prachtstück. Schlicht, aber elegant. Es ist so romantisch!«

»Jetzt übertreib nicht«, erwiderte Anni und zog ihre Hand weg. »Unter echter Romantik stelle ich mir etwas anderes vor.«

Er warf ihr einen strafenden Blick zu.

»Er glaubt an euch und an eine Zukunft. Das bedeutet doch etwas.«

»Ja, das tut es«, erwiderte Anni leise.

»Siehst du«, Georgina stupste ihr gegen die Nase. »Jetzt überstehen wir gemeinsam diesen Krieg, und dann führe ich dich zum Traualtar.«

»Du?«

»Gibt es einen Brautvater, von dem ich nichts weiß?«

»Nein.«

»Also.« Georgina grinste, doch schnell wurde seine Miene wieder ernst. »Ist es nicht verrückt, eine Jüdin und ein Gestapomann? Was für eine Welt.«

Kopfschüttelnd griff er nach dem Bettzeug. Anni wollte ihm zur Hand gehen, doch er schob sie zur Seite.

»Lass gut sein.« Seine Stimme klang nervös. »Hattest heute schon genug Aufregung, Kindchen. Ich mach das schon.«

Er warf den alten Bettbezug auf einen überdimensionalen Kleiderhaufen. »Hätte ich mit dir gerechnet, hätte ich selbstverständlich aufgeräumt.« Seine Bewegungen wurden hektisch. Wie so oft, wenn etwas Unvorhergesehenes geschah, erinnerte Anni sich. Stets musste alles gut geplant sein. Die Aufführung musste um jeden Preis gelingen, so war das nun mal. Doch dieses Stück spielte nach seinen eigenen Regeln. »Aber wie hätte ich auch mit dir rechnen sollen?«, sagte er. »Ich durfte dich ja nicht einmal sehen, offiziell nichts von dir wissen. Wenn es Hiltrud nicht geben würde, die mir ab und an von dir erzählt …« Er winkte ab. »Sie hat dir bestimmt davon berichtet, dass ich Ruth schreiben wollte. Ich habe es nicht getan, obwohl ich jeden Tag bedaure, dass ich ihr nicht einfach die Wahrheit sagen konnte. Ich meine, ich weiß, ihr seid nicht meine Familie, aber ...« Seine Hände zitterten, und es gelang ihm nicht, die Knöpfe des Bezugs zu öffnen. Anni trat neben ihn, nahm ihm das Bettzeug ab, legte es beiseite und sah ihm in die Augen.

»Ich weiß, es war nicht geplant, dass ich hier sein werde. Aber es fühlt sich wie ein Geschenk an, dich endlich wiederzusehen. Dir kann ich vertrauen. Wenn wir zusammen sind, muss ich mich nicht verstecken, kann ich einfach ich selbst sein. Und wir sind eine Familie, vielleicht anders als die anderen. Aber anders zu sein bedeutet ja nichts Schlechtes.«

»Nein, das bedeutet es nicht«, erwiderte Georgina mit Tränen in den Augen. »Es ist nur ...« Er stockte, dann setzte er erneut an. »Ich habe mir immer eine Familie und Kinder gewünscht. Aber wie sollte jemandem wie mir das möglich sein? Würde Heinrich mich nicht schützen, schon längst hätten sie mich abgeholt. Neulich erst haben sie das mit Manni gemacht. Er ist früher im Schumanns als Zauberer aufgetreten. Die Welt der Illusion hat er perfekt beherrscht, die Gestapo hat ihn in die Realität zurückgeholt. Angeblich haben sie ihn nach Heddernheim in dieses scheußliche Lager gebracht. Ob er jemals lebendig zurückkehrt, weiß niemand. Für die da draußen sind wir nicht besser als die Juden.«

Er machte eine wegwerfende Handbewegung. Erst dann fiel ihm auf, was er gesagt hatte. Schuldbewusst sah er Anni an.

»Ich wollte nicht ...«

»Es ist schon gut«, erwiderte sie. »Es ist eben, wie es ist. Wir werden es nicht ändern können. Diese Welt stirbt jeden Tag ein bisschen mehr. Frankfurt, unsere Heimatstadt, verbrennt um uns herum, geht unter und wir mit ihr. Hiltrud erzählt mir von immer neuen Schicksalen der Menschen, die einmal unsere Nachbarn und Freunde waren und die nun leiden. Wir leben inmitten eines riesengroßen Dramas.« Tränen traten in ihre Augen. »Und ich werde Ruth niemals wiedersehen. Das ist das Schlimmste. Manchmal frage ich mich, ob ich sie überhaupt noch erkennen würde. Mein Mädchen ist jetzt eine junge Frau. Sie lebt in England ihr Leben ohne ihre Mutter, von der sie denkt, sie sei verreist. Ob sie die Hoffnung auf ein Wiedersehen längst aufgegeben hat? Oder singt sie noch unser Jankele und denkt an mich? Ich bin so froh, dass sie Walter wiedergefunden hat. Sie waren wie Geschwister. Was sind die beiden heute? Ich bin kein Teil ihres Lebens mehr – aber das sollte eine Mutter doch sein.« Endgültig brach sie in Tränen aus. Georgina nahm sie in den Arm und weinte mit ihr. Eng umschlungen standen sie mittendrin in dem kleinen Chaos seiner Wohnung, die immer mehr im Dämmerlicht eines kalten Novembernachmittags versank, der mit den ersten Schneeflocken des Jahres den nahen Winter ankündigte. Irgendwann sanken sie einfach auf das ungemachte Bett, und Anni kuschelte sich eng an Georgina. Er zog die Decke über sie beide und sie redeten von früher. Träumten sich gemeinsam in das Frankfurt zurück, das es niemals wieder geben würde, und schliefen darüber ein.

Einige Stunden später rissen sie die Alarmsirenen aus dem Schlaf. Hektisch sprangen sie aus dem Bett, schlüpften in Schuhe und Mäntel und eilten aus der Wohnung und die Treppe nach unten. In diesem Haus bestand für Anni keine Gefahr, erkannt zu werden. Im Erdgeschoss liefen sie dem

Ehepaar Werner in die Arme. Die alte Erna war seit einem Schlaganfall blind und auf der rechten Seite gelähmt. Sie musste von ihrem Ehemann langsam die Treppe hinunter-geführt werden. Georgina bot den beiden wie immer seine Hilfe an, doch der alte Georg winkte ab.

»Wir sind doch gleich unten. Halten Sie uns nur unseren Stammplatz gleich neben der Stiege frei.«

Georgina nickte. Als sie den Kellerraum betraten, scheuch-te er einen kleinen Jungen neben dem Eingang fort und brei-tete eine der bereitliegenden Wolldecken für die alten Leu-te auf dem Boden aus. Als die beiden im Keller eintrafen, half er Georg, seine Frau neben dem Ausgang zu platzieren. Auch für Anni und sich beide legte er eine Decke auf den Boden, in der hintersten Ecke des Kellers, wo Dämmerlicht herrschte.

»Die Birne ist schon lange kaputt«, sagte er, als er sich neben Anni setzte. »Ist mir lieber so. Dann muss ich die Ge-sichter nicht sehen.« Den letzten Satz hatte er nur noch leise gemurmelt.

Anni verstand, was er meinte. Im Bunker hatte sie im fla-ckernden Licht der Neonleuchten die Angst in den Augen der Menschen gesehen. Auch in diesem engen Keller des kleinen Fachwerkhauses war die Angst spürbar und erfüllte die stickige Luft. Eine Frau sang ihrem Kind zur Beruhigung etwas vor, ein Mann las in einem Buch und ließ von Zeit zu Zeit unruhig den Blick durch den Raum wandern, eine wei-tere Frau mittleren Alters hatte den Kopf auf die Schulter ih-res Ehemanns gelegt und die Augen geschlossen, wobei ihr die Tränen über die Wange liefen. Ein kleiner Junge, kaum älter als drei Jahre, rollte sich wie ein Hündchen im Schoß seiner Mutter zusammen, die ihre Hände vors Gesicht presste. Anni dachte an ihren Dachboden und die langen Stunden unter dem Tisch zurück. Sie hatte die Einsamkeit und ihre Hilflosigkeit gehasst, aber war es in den Bunkern oder in diesem Keller wirklich besser? Gewiss boten sie mehr Sicherheit, doch die Angst saß ihr auch hier im Nacken. Auch in den Kellern starben die Menschen. Hiltrud hatte ihr immer wieder davon erzählt. Verschüttet, erstickt, zu spät gerettet. Vielleicht sollten sie es lassen. Sich nicht mehr verkriechen, kam ihr in den Sinn. Wo starb es sich besser? Sie schloss die Augen, lehnte den Kopf an Georginas Schulter und sank kurz darauf in seinen Schoß. Liebevoll strich er ihr das Haar aus der Stirn. Die ersten Erschütterungen ließen sie zusammenzucken. Der Putz bröckelte von der Decke. Die Bomben schienen ganz nahe zu fallen. Diesmal würden sie verlieren, es nicht schaffen. Anni konnte nicht mehr. Sie wollte nicht stillhalten, ertrug es nicht. Keine Minute länger wollte sie die Enge ertragen müssen. Wenn schon sterben, dann in Freiheit, nicht in einem Keller. Sie sprang auf. Georgina sah sie verdutzt an.

»Luft«, sagte sie und griff sich an den Hals. »Ich halte es nicht mehr aus.« Ihre Stimme wurde laut. »Ich kann nicht mehr.«

Sie stolperte über Beine und Füße hinweg zu der schmalen Kellertreppe. Georgina folgte ihr vollkommen überrumpelt. Sie hastete die Stufen hinauf, durch den engen Hausflur und in den Hinterhof. Donnernde Einschläge ließen sie erzittern. Brandgeruch hing in der Luft. Das Pfeifen der Bomben, die Motoren der Flugzeuge, und irgendwo hinter ihr Georginas Stimme.

Anni riss das Hoftor auf und lief die schmale Gasse entlang. Schneeflocken fielen noch immer vom Himmel und schmolzen auf ihren erhitzten Wangen. Sie schlug den Weg zum nahegelegenen Mainufer ein. Dort angekommen, drehte sie sich um und blickte auf die Altstadt, atmete tief ein und breitete die Arme aus. Wie von Sinnen begann sie sich im Kreis zu drehen, während der Boden unter ihnen bebte.

»Sie wird untergehen. Frankfurt, unsere Heimat. Verstehst du nicht. Der letzte Akt. Wir gehen mit ihr.« Sie drehte sich immer schneller, wirbelte über das feuchte Pflaster durch das Schneetreiben, bis sie das Gleichgewicht verlor und in Georginas Arme fiel, der sie festhielt.

»Es ist gut. Es ist vorbei. Für diese Nacht ist die Vorstellung beendet.«

»Aber das war doch erst der erste Akt«, erwiderte Anni atemlos. »Das Finale, es ist längst noch nicht gekommen. Die Angst, sie ist noch hier. Ich kann sie in deinen Augen sehen.« In ihre Augen traten Tränen. »Ruth. Werde ich sie jemals wiedersehen?«

»Ich weiß es nicht«, erwiderte Georgina hilflos. »Aber vielleicht kannst du euer Lied für mich singen. Ich höre es gern.« Er begann die Melodie zu summen und hoffte, sie würde mit ihm singen, was sie auch tat. Das Jankele beruhigte sie. Behutsam führte er sie zu einer der vielen am Mainufer stehenden Parkbänke. Immer wieder von neuem sang Anni das Lied mit leiser Stimme. Nach einer Weile ließ sie ihren Kopf in seinen Schoß sinken und verstummte. Menschen umgaben sie. Die Bewohner der Altstadt, die, wie nach jedem nächtlichen Angriff, aus der Enge der Keller an den Main flohen. Annis Atem wurde gleichmäßig.

Der Rausch der Angst war vorbei. Auch Georgina schloss irgendwann erschöpft die Augen und schlief, trotz der Kälte, trotz der heulenden Sirenen und der brennenden Stadt in ihrem Rücken, ein.

Der neue Morgen brach an, als Anni erwachte. Er war grau, düster und schmeckte nach Rauch. Als sie sich stöhnend aufrichtete, blickte sie erstaunt in Heinrichs Gesicht.

»Heinrich, du. Wo ist Georgina?«

»Er ist schon vor einer Weile gegangen«, sagte Heinrich. »Heute gibt es für die Männer des Katastrophendienstes eine Menge Arbeit.« Er seufzte. »Wir sind schwer getroffen worden. Dem Himmel sei Dank ist die Altstadt verschont geblieben. Ich habe überall nach euch gesucht. In Georginas Wohnung, im Keller, in den Nachbarkellern, auf dem Samstagsberg bin ich unter den vielen Menschen herumgelaufen. Und wo finde ich euch?« Er sah sie zärtlich an und lächelte. »Schlafend auf einer Parkbank am Mainufer.«

»Ich habe es im Keller nicht mehr ausgehalten«, erwiderte Anni leise. »Überall ist die Angst, nur hier war sie nicht.« Sie brach ab. Heinrich verstand, was sie meinte. Er zog sie in seine Arme und hielt sie fest. Die schreckliche Ungewissheit. Sie schien einem den Verstand zu rauben.

»Irgendwann wird es vorbei sein. Das verspreche ich dir«, sagte er leise. »Irgendwann wird es wieder Frieden geben. Und bis dahin und darüber hinaus werde ich dich beschützen.« Er nahm ihr Gesicht in beide Hände und küsste die Tränen von ihren Wangen. »Wir werden es gemeinsam durchstehen. Ich liebe dich mehr als alles andere auf dieser Welt, Anni Kluger.«

Anni nickte und weinte. Sie legte den Kopf an seine Schulter und atmete den Geruch seines Ledermantels ein. Sie schloss erneut die Augen. Er liebte sie. Er war gekommen, hatte nach ihr gesucht. Sie liebte ihn, jedenfalls glaubte sie das. Frieden. Der letzte Akt, er fehlte noch. Ruth, wenn es ihr nur gut ginge.

Sie spürte Heinrichs Hände an ihren Schultern. Er half ihr auf die Beine. Sie ließ sich von ihm mitziehen. Zurück in die brennende Stadt, zurück in Georginas Wohnung, wo sie die nächsten Wochen ausharren würde. So lange, bis jeder Zweifel verflogen war und mit ihm vielleicht die Angst. So lange, bis der letzte Akt gespielt worden war.

KAPITEL ELF

Ruth krabbelte unter den Tisch, um die gefühlt dreihundertste Stecknadel aufzuheben, die eine der Schneiderinnen hatte fallen lassen. Das Einsammeln der Nadeln war eine ungemein wichtige Aufgabe. Jedenfalls sah das Katy Simmens, ihre Chefin, so, die sie vor einem knappen Monat mit herablassendem Unterton gemeint hatte, dass sie es ja mal mit ihr versuchen könnte. Ruth war erleichtert gewesen. Sie hatte ihre alte Anstellung in einer jüdischen Wäscherei verloren, nachdem das Gebäude vor einigen Wochen ausgebombt worden war. Die erneute Arbeitssuche war zu einem Spießrutenlauf geworden. Wie oft sie die Worte *Bloody German* gehört hatte, konnte sie gar nicht mehr sagen. Sobald sie den Mund aufmachte, wusste jeder, dass sie Deutsche war, und die meisten Engländer unterschieden nicht zwischen Angreifern und Verfolgten. Anfangs hatte sie noch zu erklären versucht, dass sie als Jüdin vor den *bloody Germans* geflohen war. Inzwischen hatte sie es jedoch aufgegeben. Die Menschen wollten doch nicht zuhören, also war sie dazu übergegangen, die Beschimpfungen zu ignorieren, was ihr allerdings nicht immer gelang. Nach wie vor erhielt sie keine Nachrichten aus der Heimat, und auch die Trennung von Walter setzte ihr zu. Nach seiner Verhaftung hatte er einige Monate im Gefängnis verbracht. Tante Anna hatte mit Hilfe des Refugee Children's Movement (RCM) alles versucht, um ihn freizubekommen, doch es war ihnen nicht gelungen. Immerhin war er aus dem Gefängnis in das größte Internierungslager für *enemy aliens*, feindliche Ausländer, auf die Isle of Man gebracht worden. Mit Kriegsausbruch war in Großbritannien die Angst vor einer Invasion im eigenen Land gestiegen. Ausländer aus den Feindesstaaten könnten sich zu einer sogenannten Fünften Kolonne zusammenschließen und das Land von innen destabilisieren. Daher saßen nun Zehntausende Männer und Frauen in Internierungslagern, darunter auch Jugendliche, die mit den Kindertransporten nach England gekommen waren. Für Ruth bedeutete Walters Verlegung auf die Isle of Man einen schwachen Trost, obwohl es ihm dort wohl besser als im Gefängnis ging. Auf der Insel, die in der Irischen See lag, gab es Schulen und Arztpraxen und ein soziales Leben für die Insassen, wenn auch eingeschränkt und unter Überwachung. Eine Weile hatten sie einander noch geschrieben, doch in den letzten Monaten waren seine Briefe ausgeblieben, weshalb Ruth sich große Sorgen machte. Irgendetwas musste geschehen sein, sonst würde er doch antworten. Vielleicht hatte er die Insel inzwischen verlassen dürfen. Aber weshalb schrieb er ihr dann nicht? Immer wieder dachte sie an ihre letzten gemeinsamen Momente zurück. War es wirklich Liebe, die sie füreinander empfanden? Oder hatte ihnen ihre tiefe Vertrautheit einen Streich gespielt? In seinen Briefen hatte er über seine Gefühle geschwiegen und zumeist Alltägliches geschildert. Nur hie und da hatte er in wenigen Sätzen durchblicken lassen, wie sehr er sie vermisste. Ruth vermutete, dass die Briefe gelesen wurden, bevor sie das Lager verließen.

Nach Walters Internierung hatte sie es in der Schule nicht mehr ausgehalten und war nach London gegangen. Zu groß war ihre Empörung über die Ungerechtigkeit, die Walter angetan wurde, gewesen. Das RCM hatte sie in dem Hostel von Mrs Warefield untergebracht, allerdings konnte sie in London nicht mehr zur Schule gehen, da sie älter als vierzehn Jahre war. Auch war das für ihre Ausbildung bestimmte Geld ihrer Großmutter inzwischen aufgebraucht. Tante Anna hatte nie ein Wort darüber verloren. So war Ruth nichts anderes übriggeblieben, als sich Arbeit zu suchen, zuerst in der Wäscherei, dann in dem Modesalon. Er lag im Stadtteil Mayfair und sah von außen so nobel aus, dass sie sich beinahe nicht getraut hätte, hineinzugehen. Wer würde in solch einem edlen Geschäft schon ein deutsches jüdisches Mädchen einstellen? Aber nachdem sich Katy Simmens genau nach Ruths Herkunft und den Gründen ihrer Flucht erkundigt hatte, bot sie ihr sofort eine Stelle an. Zwar für nur drei Shilling in der Woche für den Anfang, bis sie sich bewährt habe, dennoch war Ruth erleichtert über die Zusage.

Der Modesalon zog gut betuchte Kundschaft an, zu denen auch einige Schauspielerinnen gehörten, was ihr gefiel. Georgina hätte sich hier bestimmt pudelwohl gefühlt, dachte sie an ihrem ersten Arbeitstag. Der Salon lag in einem hübschen viktorianischen Gebäude nur einen Steinwurf vom Hydepark entfernt und beeindruckte Ruth mit den vielen hübschen Stoffen und schicken Kleidern.

Doch ihre anfängliche Begeisterung verflog schnell, sobald klarwurde, dass die Kolleginnen sie wie Luft behandelten. Sie musste den ganzen Tag Stecknadeln vom staubigen Boden auflesen, den Boden fegen, Stoffreste einsammeln und die Teetassen der Schneiderinnen spülen. Anrufe zu beantworten gehörte ebenfalls zu ihren Aufgaben. Die Mehrzahl der Lieferanten des Salons sprach allerdings Cockney, den für Ausländer beinahe unverständlichen Londoner Stadtdialekt. Schon mehrfach hatte sie daher Informationen falsch notiert und Ärger bekommen. Ihre Rechtfertigung, dass sie den Dialekt der Händler einfach nicht richtig verstehe, ließ Katy Simmens nicht gelten. Entweder Ruth ging ans Telefon und gab die Mitteilungen richtig weiter, oder sie könne gehen. Also hatte sich Ruth in den letzten Tagen sehr bemüht, mit dem Cockney klarzukommen, denn die erneute Suche nach Arbeit scheute sie noch mehr als die eintönigen Tätigkeiten im Atelier. Den Dialekt zu verstehen blieb jedoch schwierig, so dass sie das Telefon zunehmend mied.

Ruth kam unter dem Tisch hervor und beförderte die gefundenen Stecknadeln in eines der vielen Körbchen, die überall auf den Arbeitstischen der Schneiderinnen standen. Gerade endete die nachmittägliche Teepause und die Frauen kehrten an ihre Arbeitsplätze zurück. Pflichtbewusst machte sich Ruth, wie jeden Tag um diese Zeit, auf den Weg in die Küche, um die Tassen zu spülen und aufzuräumen. Im Flur lief sie Katy Simmens in die Arme, die bereits nach ihr gesucht hatte, was nichts Gutes verhieß.

»Da bist du ja, Ruth. Komm mit.«

Sie klang verärgert und bedeutete Ruth, ihr in ihr Büro zu folgen, wo sie einen Zettel in die Höhe hielt, den Ruth sofort erkannte. Es war die Nachricht eines Stofflieferanten, die sie vor einigen Tagen notiert hatte. Ruth zog den Kopf ein.

»Was hast du nur wieder für einen Unsinn aufgeschrieben?«, polterte Katy los. »Der Stoff ist heute eingetroffen.

Die Lieferung hat sich nur um zwei Tage und nicht um zwei Wochen verzögert. Wegen deiner Schlampigkeit habe ich eine wichtige Kundin unnötig vertröstet.« Katys Stimme überschlug sich beinahe. Sie machte eine kurze Pause und atmete tief durch, dann fuhr sie fort: »Es geht um ihr Hochzeitskleid. Zum Glück konnte ich sie noch einmal beruhigen. Aber so kann es nicht weitergehen. Ich muss ein zuverlässiges Mädchen am Telefon haben. So leid es mir tut, aber du brauchst morgen nicht mehr zu kommen. Julia wird dir deinen Lohn für diese Woche auszahlen, dann kannst du gehen. Allerdings muss ich dir aufgrund des Ärgers einen Shilling abziehen.«

Ohne ein weiteres Wort erhob sie sich und verließ den Raum. Ruth, die gerade etwas erwidern wollte, sah ihr irritiert hinterher. Gut, sie hatte einen Fehler gemacht und war dafür gekündigt worden. Aber rechtfertigte das einen so schroffen Abschied? Immerhin hatte sie nicht in die Kasse gegriffen oder sonst irgendein Vergehen begangen. Sie hatte eine Nachricht falsch notiert, mehr nicht. Ein freundliches Wort des Abschieds hätte durchaus drin sein können. Kopfschüttelnd stand sie auf und verließ den Raum.

Im Schneideratelier registrierte niemand, dass Ruth ihren Mantel von der Garderobe holte und nach ihrer Tasche griff. Keine der Frauen blickte in ihre Richtung. Sie öffnete den Mund, überlegte es sich anders und schloss ihn wieder. Ein Abschiedsgruß wäre vergebene Mühe. In der Welt dieser Frauen war sie nicht mehr als ein unter den Tischen herumkrabbelnder Fußabtreter. Georgina würde an ihrer Stelle lautstark Respekt einfordern. Jeder hat seinen Platz und seine Aufgabe, hatte er einmal bei einem Auftritt im Saalhof gesagt, nachdem er einer alten Putzfrau höflich die Tür aufgehalten und ein paar freundliche Worte mit ihr gewechselt hatte. Es gehöre sich, jedem Rädchen im Getriebe mit Anerkennung entgegenzutreten. Ohne die Putzleute, die Elektriker, den Hausmeister und all die anderen Kollegen im Hintergrund gäbe es auch keine glanzvollen Opernaufführungen. Ruth sah die gut gefüllten Stecknadelkörbchen. Die ersten Nadeln waren bereits wieder auf den Boden gefallen. Bald schon würden die Nadelkörbe leer sein, und dann fiele auf, dass sie verschwunden war. Lächelnd drehte sie sich auf dem Absatz um. Der Gedanke, dass sich diese eingebildeten Puten selbst bücken und eigenhändig ihre Tassen spülen mussten, gefiel ihr. Sie verließ das Atelier, lief die Treppe in den Laden hinunter und ließ sich ihre zwei Shilling auszahlen, dann verließ sie den Laden.

Ein Stück weiter erreicht sie den Hyde Park. Wie immer waren irgendwo ein paar Hühner ausgebüxt und liefen über die Wege. Sogar zwei Schweine hatten es heute in den Park geschafft, wurden allerdings schon von ihrem Besitzer verfolgt. Wo einst gepflegter Rasen zu sehen gewesen war, gab es jetzt Gemüsebeete, in denen Wintergemüse wie Grünkohl, Feldsalat, Rettich oder Spinat wuchsen. Die Regierung hatte die Bürger dazu aufgerufen, möglichst viel selbst anzubauen, und so wühlten sich nun viele Engländer nach dem Motto *Dig for Victory* durch die Erde. Zahlreiche Lebensmittel waren rationiert, denn viele der Schiffe, die in Friedenszeiten Lebensmittel auf die Insel brachten, dienten nun als Kriegsschiffe. Selbst im Graben des Tower of London gab es inzwischen Gemüsebeete. Aber nicht nur die Rationierungen zehrten an den Nerven der Menschen.

Auch gingen die Bombenangriffe auf London unvermindert weiter. Inzwischen waren die Deutschen dazu übergegangen, die Stadt von den niederländischen und deutschen Küsten aus mit sogenannten V1-Bomben zu beschießen, die große Schäden anrichteten und schon Hunderten Menschen den Tod gebracht hatten. Ruth konnte nicht mehr sagen, wie viele Stunden sie voller Angst in der U-Bahn hockend verbracht hatte. Doch es gab auch Lichtblicke. Im September waren Frankreich und Belgien von den Alliierten befreit worden, die leider kurz darauf in der Schlacht von Arnheim eine empfindliche Niederlage hatten einstecken müssen. Die Befreiung der Niederlande verzögerte sich nun, dennoch hielten die Alliierten daran fest, dass Deutschland bald besiegt wäre.

Ruth lief an einem Zeitungsstand vorüber, an dem die Bilder und Schlagzeilen ihre Aufmerksamkeit erregten. Sie blieb stehen und sah Bilder des Krieges aus ihrer Heimat. Eine der Fotografien zeigte Frankfurt. Ihr Herzschlag beschleunigte sich. Sie griff nach der Zeitung und besah sich die Fotografie näher. Die Schwarzweißaufnahme zeigte ihre Heimatstadt von oben, die ein einziger Trümmerhaufen war. Ruth konnte es nicht fassen. Kein Haus schien unbeschädigt, überall Schutt in den Straßen, Rauchsäulen stiegen aus den Gebäuden auf. Sie erkannte den Römer, davor gab es nichts mehr. Die Altstadt mit ihren vielen verwinkelten Gassen war verschwunden, nur der Dom schien unversehrt geblieben zu sein. Georginas Wohnung war in einer der schmalen Altstadtgassen gewesen. Wo war er jetzt? Lebte er noch? Hatte er die Angriffe überstanden? Hektisch begann sie die Zeitung durchzublättern. Was war mit dem

Nordend? Gab es davon auch eine Fotografie? Die Güntersburgallee, ihr Zuhause, das konnte doch nicht zerstört sein.

»Wäre nett, wenn du die Zeitung langsam mal bezahlen würdest«, ließ sie eine raue Stimme genau in dem Moment zusammenzucken, als sie den großen Artikel über die Zerstörung der deutschen Metropolen gefunden hatte. Sie wandte sich um. In dem winzigen Zeitungskiosk saß ein unangenehmer Kerl, der sie abwartend ansah.

»Selbstverständlich.«

Sie kramte einige Pence aus ihrer Manteltasche und drückte sie dem Verkäufer in die Hand. Ein Stück von dem Kiosk entfernt setzte sie sich auf eine Parkbank und suchte erneut die Seite mit dem Artikel über Deutschland. Zu ihrer Enttäuschung enthielt dieser keine weiteren Bilder Frankfurts. Aufnahmen von Köln und Hamburg waren abgebildet. Daneben ein Bericht, der die üblichen Durchhalteparolen enthielt. Sie ließ die Zeitung sinken.

Deutschland, Frankfurt, die Heimat. Sie war zerstört, ein Trümmerhaufen. Niemals wieder würde es wie früher sein. Wo war ihre Mutter? Hielt sie sich noch in der Stadt auf?

Sie dachte an den Brief von Georgina, der das letzte Lebenszeichen von zu Hause gewesen war. Die wenigen Worte, die sie inzwischen hundertmal gelesen, in die sie alles Mögliche hineininterpretiert hatte. Wohin war ihre Mutter verreist? Warum schrieb sie ihr nicht? War sie am Ende schon lange tot?

In ihrem Hostel, in dem sie mit zwanzig anderen deutschen Mädchen wohnte, vermuteten viele, dass die spärlichen Angaben eine Art Code waren und nichts Gutes bedeuteten. Es war durchgesickert, dass es in Deutschland für die Juden Lager geben sollte, in denen sie getötet würden. Andere Mädchen hatten längst Nachricht über den Tod der Eltern oder eines Familienmitgliedes erhalten. Doch Ruth konnte noch immer nicht glauben, dass Georgina ihr eine verschlüsselte Nachricht schicken würde, wenn ihre Mutter wirklich tot war. Sie musste tatsächlich verreist sein, oder sie versteckte sich irgendwo. Einen anderen Gedanken wollte und konnte sie nicht zulassen.

»Ruth, was machst du hier?«, riss sie eine bekannte Stimme aus ihren Gedanken.

Ruth blickte auf. Tessa stand vor ihr und sah sie verwundert an. Tessa war seit ihrer Ankunft in London ihre Zimmerkameradin und mit der Zeit zu einer engen Freundin geworden. Ohne sie konnte sich Ruth London gar nicht mehr vorstellen. Tessa war zwei Jahre älter als sie, stammte aus der Nähe von Graz in Österreich und war ebenfalls mit einem der Kindertransporte nach England gekommen. Sie hatte es allerdings nicht so gut wie Ruth mit der New Herrlingen School getroffen, sondern hatte bei einer Familie als Dienstmädchen hart arbeiten müssen. Nachdem der Dienstherr ihr dann noch nachgestellt hatte, war sie in das Hostel am Notting Hill Gate umquartiert worden und dort geblieben. Eine neue Familie oder gar die Möglichkeit, auf eine Schule zu gehen, hatte sich für sie nicht mehr ergeben. Seitdem war Tessa, die mit ihren Jobs oft Pech hatte, ständig auf der Suche nach Arbeit. Mit dem bisschen Taschengeld, das sie von Mrs Warefield, der Vorsteherin des Hostels, erhielten, kam man in dieser Stadt nicht weit.

»Katy Simmens hat mich entlassen«, sagte Ruth, während

sich Tessa neben sie auf die Parkbank setzte und einen Blick auf die Zeitung warf.

»Was nicht überraschend kam, oder?«

Ruth warf ihr einen kurzen Seitenblick zu, der alles sagte. Tessa überflog den Leitartikel der Zeitung.

»Frankfurt«, sagte sie.

Ruth nickte. »Es sieht schlimm aus.«

»Wie mittlerweile fast alle Städte in Deutschland.« Tessa seufzte.

»Es ist schrecklich«, sagte Ruth. »Die Altstadt ... die vielen Menschen. Es ist doch meine Heimat. Meine Mutter ...« In ihre Augen traten Tränen.

»... ist bestimmt noch am Leben«, versuchte Tessa, sie zu trösten, und legte ihr die Hand auf den Arm.

»Meinst du wirklich?«, fragte Ruth. »Und wenn die anderen Mädchen doch recht haben, und der Brief von Georgina bedeutete ...« Sie brach ab. Sie brachte es einfach nicht fertig, das Unsagbare auszusprechen. Tessa, die wusste, dass ihre Eltern und ihre ältere Schwester verschleppt und getötet worden waren, seit eine Nachbarin ihr einen zwar ebenfalls verschlüsselten, aber verständlichen Brief geschickt hatte, schüttelte den Kopf.

»Lass sie reden. Bei jedem ist es anders. Mal gibt es Codes, mal sind die Nachrichten auf andere Weise verschlüsselt, mal bekommt man gar keine Briefe mehr. Wenn dieser Krieg vorbei ist, werden wir Antworten erhalten, dessen bin ich mir sicher.«

»Wenn dieser Krieg jemals vorbei ist«, erwiderte Ruth.

»Allzu lange kann es nicht mehr dauern«, antwortete Tessa und warf die Zeitung in einen neben der Bank stehenden Mülleimer. »Trotzdem ist es besser, wenn wir die Bilder nicht sehen. Heute leben wir. Das ist gut. Weiß der Himmel, was morgen sein wird.«

Sie stieß Ruth in die Seite und lächelte sie aufmunternd an. Ruth konnte nicht anders, als das Lächeln zu erwidern. Tessa schaffte es in jeder Situation, sie aufzuheitern.

»Weshalb hat dich Katy Simmens eigentlich rausgeworfen?«

»Wegen des Telefons. Ich hab mal wieder eine Nachricht falsch notiert. Ich werde dieses Cockney nie verstehen.«

»Also brauche ich mich gar nicht dort vorstellen gehen«, erwiderte Tessa und zwinkerte Ruth spitzbübisch zu.

»Das hast du nicht ernsthaft in Betracht gezogen?«, fragte Ruth.

»Nein, natürlich nicht. Ein Modesalon ist sowieso nicht mein Ding, und so einen Bauerntrampel wie mich würde die Simmens niemals einstellen.«

»Ja klar«, erwiderte Ruth, die nicht verstand, weshalb Tessa sich kleinmachte. Zwar stammte sie von einem Bauernhof auf dem Land, wo andere Dinge wichtiger waren als etwa gute Tischmanieren, aber seit ihrer Ankunft in London hatte sie eine Menge dazugelernt und trat nur noch selten in irgendwelche Fettnäpfchen. Tessa war sehr hübsch mit ihrem blonden, welligen Haar, den graublauen Augen, einer makellosen Haut und hübschen Beinen. Inzwischen brachte sie es sogar fertig, auf hohen Schuhen zu laufen. Ruth hatte es ihr mit viel Mühe beigebracht. Immer wieder waren sie in ihrem kleinen Zimmer auf und ab gegangen, Ruth in ihren schicken beigefarbenen Absatzschuhen elegant voraus, Tessa wackelig und albern kichernd hinterher.

»Was treibst du hier eigentlich?«, fragte Ruth.

»Ich bin auf dem Weg nach Soho und dachte, ich könnte dich von der Arbeit abholen. Dort ist heute Markt, und es gibt bestimmt günstige Nylonstrümpfe. Heute Abend ist wieder einer der Tanzabende für amerikanischen Soldaten in der West-London-Synagoge, und unsere Strümpfe haben doch Löcher.«

»Das ist schon heute?«, fragte Ruth. »Daran habe ich gar nicht gedacht.«

Tessa nickte. »Heute ist der letzte Freitag im Monat.«

Die beiden machten sich auf den Weg zur U-Bahn. Als sie die Treppe hinunterliefen, sagte Tessa: »Vielleicht haben wir in Soho Glück und finden eine Stelle bei einem der jüdischen Herrenschneider. Sie suchen immer Aushilfen zum Knopflochnähen.«

»Vielleicht«, erwiderte Ruth, während sie in die U-Bahn stiegen. »Aber bezahlen sie nicht schlecht?«

»Schon«, erwiderte Tessa. »Aber ohne Anstellung geht es nicht. Bis sich etwas Besseres gefunden hat, wäre es wenigstens eine Einnahmequelle.«

»Stimmt auch wieder«, erwiderte Ruth. »Allerdings kann ich nicht besonders gut nähen.«

»Nicht?«, fragte Tessa verblüfft. »Wie hast du es dann geschafft, bei Katy Simmens unterzukommen?«

»Da musste ich ja nicht nähen, sondern nur Stecknadeln aufheben und den Abwasch erledigen.«

Die U-Bahn hielt am Oxford Circus, und die beiden stiegen aus. Als sie die Treppe hinaufkamen, erwartete sie ein Bild der Verwüstung. Die vornehmen Warenhäuser und Departments an der Oxford Street lagen in Trümmern. In der letzten Nacht hatte es auch noch die letzten, in der Nähe der Tube Station gelegenen Häuser erwischt. Hilfskräfte waren damit beschäftigt, nach Verschütteten zu suchen.

»Es ist schrecklich«, sagte Tessa, als sie beobachteten, wie ein älterer Mann mit einer Stirnwunde von einem Feuerwehrmann aus den Trümmern geführt wurde.

»Und wir reden von Nylonstrümpfen und einem Tanzabend«, sagte Ruth kopfschüttelnd.

»Was sollten wir denn sonst tun?«, fragte Tessa, ohne den Blick von dem Trümmergrundstück abzuwenden. »Schon morgen kann alles vorbei sein. Weiß der Himmel, ob uns in der nächsten Nacht nicht eine Bombe auf den Kopf fällt. Wie willst du die letzten Stunden deines Lebens verbracht haben? Voller Angst in deinem Kämmerchen sitzend oder fröhlich tanzend?« Sie sah Ruth an.

»Vermutlich Letzteres«, erwiderte diese.

»Dann hätten wir das geklärt«, sagte Tessa. »Komm, lass uns auf den Markt gehen, bevor die Stände schließen. Und vielleicht haben wir ja bei einem der Schneider Glück.« Tessa hakte sich bei Ruth unter.

Sie folgten der Oxford Street und bogen ein Stück weiter in die Berwick Street ein, in der der Markt war, den es bereits seit dem achtzehnten Jahrhundert gab. Bei genauerem Hinsehen kam man jedoch nicht umhin, festzustellen, dass das Warenangebot geschrumpft war. Wegen der Rationierungen gab es kaum noch Lebensmittel, nur noch einige Obst- und Gemüsestände mit überteuerten Preisen. Antiquitäten und Schuhe wurden hier genauso feilgeboten wie Taschen, Hüte und Haushaltswaren. Dazu kamen Gewürze und Tees. Und es gab jede Menge Strumpfwaren, zwar nicht von bester Qualität, dafür aber günstiger als in den Warenhäusern. Tessa und Ruth erstanden nach einigem Hin und Her jeweils ein Paar hautfarbene und ein Paar schwarze Strümpfe, die hoffentlich einige Tanzabende überstehen würden. Eine Weile schlenderten sie noch durch die Reihen der Stände, bewunderten bunte Perlenketten und unerschwinglich teure, elegante Absatzschuhe und kauften sich zum Schluss in einer kleinen Bäckerei noch kleine Schokoladenbrötchen. Ein Stück weiter bogen sie in eine schmale Seitenstraße ab, in der viele jüdische Schneidereien lagen. Hier wirkte Soho plötzlich bedrückend ärmlich. Die Häuser waren heruntergekommen, Putz blätterte von den Fassaden, Farbe von den Fensterrahmen ab. Eine Werkstatt reihte sich an die andere. Hinter den vorhanglosen Scheiben hockten Männer nähend auf Tischen, oftmals bis tief in die Nacht hinein. Viele der Schneider waren Ostjuden, die um die Jahrhundertwende vor den Pogromen aus Polen und Russland geflohen waren.

Vor einem der Läden blieben sie stehen. In der Eingangstür hing ein Schild, auf dem stand, dass Aushilfen gebraucht wurden.

»Genau danach hab ich gesucht«, rief Tessa freudig. »Komm. Wir versuchen unser Glück.«

Sie bedeutete Ruth, ihr zu folgen, und öffnete die Ladentür. Das Läuten einer Glocke kündigte ihr Eintreten an. In dem kleinen Raum empfingen sie schummriges Licht und ein leicht muffiger Geruch. Auch hier saß der Inhaber nähend auf einem Tisch am Fenster unter einer staubigen Deckenlampe. Weshalb die polnischen Schneider auf den Tischen saßen, erschloss sich Ruth nicht. Er ließ seine Nadel sinken und begrüßte die beiden mit einem Lächeln.

Tessa deutete auf das in der Tür hängende Schild. »Sind die Stellen schon vergeben?«

»Nein, noch nicht.« Der Mann legte seine Arbeit beiseite und kletterte vom Tisch herunter. Genau in diesem Moment öffnete sich die Tür hinter der Ladentheke, und eine ganz in Schwarz gekleidete dunkelhaarige Frau betrat den Raum. Sie war blass und hatte tiefe Ringe unter den Augen. Mit ihrem struppigen Haar erinnerte sie Ruth an eine Vogelscheuche.

»Könnt ihr beiden denn nähen?«, fragte sie ohne Begrüßung. Ihre Stimme klang so abweisend, dass Ruth zurückwich. Tessa, die sich nicht so schnell einschüchtern ließ, machte einen Schritt voran und setzte ein einnehmendes Lächeln auf.

»Gewiss doch. Ich habe schon bei einem anderen Schneider Knopflöcher genäht, und meine Freundin hat sogar in einem der Modesalons in Mayfair gearbeitet.«

Die Frau blickte zu ihrem Mann, der mit den Schultern zuckte.

»Wo kommt ihr her?«, fragte er.

»Ich komme aus Frankfurt«, antwortete dieses Mal Ruth. »Und meine Freundin aus Österreich. Wir sind mit den Kindertransporten nach England gekommen.«

Der Blick der Frau veränderte sich. Er wurde milder, was Ruth ermutigte, weiterzusprechen.

»Leider sind unsere Eltern in der Heimat zurückgeblieben. Wir wohnen in einem Hostel am Notting Hill Gate.«

»Das kenne ich«, sagte der Mann. »Leitet es immer noch diese Mrs Warefield? Eine fürchterliche Frau. Früher hat sie für ihren Sohn Hosen bei uns anfertigen lassen. Kannst du dich noch an sie erinnern, meine Liebe?«, wandte er sich seiner Frau zu.

»Wie könnte ich diese Person jemals vergessen«, erwiderte sie und winkte ab. Es entstand eine kurze Pause. Die Frau musterte Tessa und Ruth noch einmal von oben bis unten, dann nickte sie. »Meinetwegen könnt ihr am Montag anfangen. Es gibt einen Shilling in der Woche. Mehr können wir nicht bezahlen. Ihr könnt mich Eva nennen, und das ist Pjotr. Arbeitsbeginn ist um acht.«

Ruth und Tessa stimmten sofort zu und verließen wenig später beschwingt den Laden.

»Ein Shilling pro Woche«, sagte Ruth, während sie zurück zur Berwick Street liefen, wo die Händler begonnen hatten, ihre Stände abzubauen. »Der reinste Hungerlohn. Weit werden wir damit nicht kommen.«

»Immerhin besser als nichts«, antwortete Tessa. »Es ist ja nur übergangsweise, bis wir etwas anderes gefunden haben.« »Und du denkst, das mit dem Knopflochnähen bekomme ich hin?«, fragte Ruth skeptisch.

»Klar doch«, erwiderte Tessa und legte den Arm um sie. »Das kriegt jeder hin. Ich zeige es dir morgen.«

Kurz bevor sie die Tube Station erreichten, blieb Ruth abrupt stehen. Ihr Blick war auf die andere Straßenseite gewandert, wo eine Gruppe englischer Soldaten entlanglief. Einen von ihnen glaubte sie plötzlich zu erkennen. Walter. Konnte das sein? Ein deutscher Jude bei der Armee? Antwortete er vielleicht deshalb nicht auf ihre Briefe?

»Tessa, warte«, sagte sie und hielt die Freundin am Arm zurück. »Dort drüben, die Männer. Walter – ich glaube, ich habe ihn gesehen.«

Ein Lastwagen fuhr an ihnen vorüber und versperrte ihnen die Sicht auf die Gruppe. Ruth rief laut Walters Namen. Ein weiterer Lastwagen und zwei Busse folgten. Hilflos sah Ruth der kleinen Gruppe hinterher, die in eine Seitenstraße einbog.

»Walter!«, rief sie laut und begann zu winken. Sie rannte los, ein Auto hupte, ein Fahrradfahrer schaffte es gerade noch, ihr auszuweichen. Hinter ihr fluchte Tessa lautstark. »Gottverdammter Mist. Ruth, so warte doch.«

Doch Ruth hörte sie gar nicht. Sie bog schwungvoll in die Seitenstraße ein und wäre beinahe über einen der jungen Soldaten gestolpert, der zurückgeblieben war, um seinen Schuh zu binden.

»Holla«, rief der junge Mann aus. Ruth murmelte eine Entschuldigung. Sie reckte den Hals, doch von den anderen war nichts mehr zu sehen. Vollkommen außer Atem fragte sie den jungen Soldaten: »Ist unter euch einer, der Walter heißt? Walter Sommer?«

Der Mann erhob sich und überlegte kurz. »Nein, einen Walter haben wir keinen. Ich muss weiter.«

Er ließ sie ohne ein weiteres Wort stehen.

»Aber … das kann nicht sein …«, rief ihm Ruth hinterher. »Ich habe ihn gesehen. Er war es. Ganz bestimmt.«

Doch der Mann reagierte nicht mehr auf ihre Worte. Neben ihr tauchte eine nach Luft japsende Tessa auf, die etwas mitgenommen aussah. »Mensch, Ruth. Deinetwegen hätte mich beinahe ein Motorradfahrer angefahren. Was soll denn der Unsinn?«

»Ach, ich dachte nur … Ich meine …« Sie winkte ab. »Ist nicht so wichtig. Ich muss mich geirrt haben.«

Tessas Blick wurde mitleidig.

»Schon wieder Walter?«

»Ich weiß: Ich sehe ihn überall. Ich muss damit aufhören. Aber ich kann irgendwie nicht anders.«

»Vielleicht war er es ja tatsächlich«, antwortete Tessa und legte Ruth den Arm über die Schulter.

»Vielleicht ...«, sagte Ruth. In ihre Augen traten Tränen. »Ich vermisse ihn so sehr. Wären wir damals bloß nicht nach Bolingbroke gefahren.«

»Hinterher ist man immer schlauer«, erwiderte Tessa seufzend. Sie fischte ein Stofftaschentuch aus ihrer Manteltasche und reichte es Ruth. »Fang jetzt bloß nicht zu heulen an. Ein Mädchen mit verweinten Augen fordert doch kein Mann zum Tanzen auf.«

Sie nickte Ruth aufmunternd zu.

Ruth bemühte sich um ein Lächeln.

»Es geht schon wieder. Ich muss damit aufhören, ihn ständig überall zu vermuten. Das macht mich ganz verrückt.«

»Und bringt mich irgendwann noch einmal ins Grab«, fügte Tessa hinzu. »Es hat nicht viel gefehlt und der Motorradfahrer hätte mich umgenietet.«

Jetzt musste Ruth tatsächlich lachen.

»Na, siehst du«, erwiderte Tessa. »Jetzt ist es doch schon wieder besser. Glaub mir: Das wird heute ein wundervoller Abend.«

Sie waren wieder an der U-Bahn-Station angelangt und liefen die Treppe hinunter. Als sie wenig später das Hostel am Notting Hill Gate erreichten, war die Dunkelheit bereits hereingebrochen und es hatte leicht zu nieseln begonnen.

Missmutig blickte Tessa in den Himmel, während sie die wenigen Stufen zum Eingang hinaufstiegen.

»Nieselregen hätte es jetzt nicht wirklich gebraucht. Dann kräuseln sich meine Haare, und ich sehe aus wie ein Schaf.«

»Dann setzt du eben die Kapuze deines Mantels auf«, sagte Ruth und schob die Eingangstür auf.

»Dann werden sie ja plattgedrückt«, antwortete Tessa entrüstet.

»Entweder plattgedrückt oder gekräuselt, du kannst es dir aussuchen«, sagte Ruth.

Die beiden durchquerten den schmalen Eingangsbereich des viktorianischen Gebäudes und steuerten auf die weißgestrichene Treppe zu, die in die oberen Stockwerke führte. Hier befanden sich die Schlaf- und Aufenthaltsräume der Mädchen. Da öffnete sich plötzlich die Tür zu Mrs Warefields Wohnung, die im Erdgeschoss lag.

»Kluger, bist du das?«

»Ja, Mrs Warefield. Und Tessa ist bei mir.«

»Ist mir egal«, antwortete Mrs Warefield. »Gab Post für dich. Einen ganzen Stapel. Klebt überall ein Zettel drauf, dass der Empfänger unbekannt wäre.«

Sie hielt Ruth ein Bündel Briefe hin. Ruth nahm sie entgegen. Es waren ihre Briefe an Walter. Mindestens fünfzehn Stück.

Mrs Warefield verschwand ohne ein weiteres Wort in ihrer Wohnung, während Ruth fassungslos auf das Bündel Papier in ihrer Hand starrte.

»Offensichtlich hat er die Isle of Man verlassen«, sagte Tessa. »Am Ende ist er tatsächlich in London, und du hast dir gar nicht eingebildet, dass du ihn gesehen hast.«

Ruth wandte den Blick nicht von den Briefen ab. Langsam stieg sie die Treppe hinauf und murmelte leise vor sich hin: »Wo bist du nur? Warum hast du mir nicht geschrieben? Geht es dir gut? Ich dachte, wir lieben einander.« Tränen traten in ihre Augen. »Ich glaubte, wir gehören zusammen.«

*

Später am Abend saß Ruth an einem Tisch in einer Ecke des Tanzsaals und beobachtete niedergeschlagen, wie sich die Paare auf dem Parkett drehten. Eigentlich hatte sie gar nicht mehr zu der Veranstaltung in die Synagoge gehen wollen. Tessa hatte jedoch nicht lockergelassen und sie am Ende umgestimmt. Trübsal blasen half niemandem weiter, hatte sie gesagt. Bestimmt würde bald ein Brief von Walter eintreffen, der alles erklärte. Bis dahin musste das Leben weitergehen.

Und das Leben ging weiter. Trotz des Krieges und der immerwährenden Ungewissheit. Ruth dachte an das Bild in der Zeitung. Frankfurt war ein Trümmerhaufen. Wie sollte sie in dieser zerstörten Stadt eine Zukunft haben. Würde sie jemals wieder nach Hause gehen können? Wollte sie das überhaupt? Diese Frage hatte sie sich in der letzten Zeit öfter gestellt. Ihre Heimat hatte ihr nur Unglück gebracht. So lange sie zurückdenken konnte, war sie von den Menschen in Deutschland gegängelt, mit Steinen beworfen, beschimpft und schikaniert worden. Am Ende hatte sie wie eine Verbrecherin mit einem Zug fliehen und ihre geliebte Mutter zurücklassen müssen, die sie mit jeder Faser ihres Körpers vermisste. Nichts war ihr geblieben, alles genommen worden. Konnte ihr ein solches Land noch Heimat sein? Doch die Sehnsucht nach ihrer Mutter war untrennbar mit dem Gedanken an Frankfurt verbunden – an Georgina, Magda und Hiltrud Meiser. Tief in ihrem Inneren schlummerte der Traum, eines Tages auf der Bühne der Frankfurter Oper im Licht der Scheinwerfer zu stehen. Würde das kleine Garderobenmädchen jemals heimkehren und zum gefeierten Star werden? Würden ihre Mutter, Magda, Walter und Georgina hinter der Bühne stehen und ihr applaudieren? Das Garderobenmädchen, dachte sie wehmütig. Tief verborgen in ihrem Schrank lag die lila Federboa, ein Relikt aus vergangenen Zeiten. Würde sie überhaupt jemals auf einer Bühne stehen? Seitdem sie die New Herrlingen School verlassen hatte, hatte sie keine Gesangsstunden mehr gehabt. So oft hatte sie sich vorgenommen, welche zu nehmen, doch niemals hatte sie es getan. Wozu auch? Und wie hätte sie das bezahlen sollen? Stattdessen verlor sie sich im pulsierenden Leben der Großstadt und ließ sich treiben. Die Vergangenheit mit ihren Wünschen und Träumen verblasste mit jedem neuen Tag ein wenig mehr. Tessa hatte recht, wenn sie sagte, dass jeden Moment eine Bombe sie unter sich begraben konnte. Wie willst du sterben, traurig oder voller Freude? Sie tanzten jeden Tag auf einem Trümmerhaufen, in einer zerfallenen Welt und versuchten für wenige Stunden, die Vergangenheit und die Zukunft auszublenden. Nur der Augenblick zählte. Schon morgen konnte alles vorbei sein.

Tessa tanzte im Arm eines amerikanischen Soldaten an ihr vorüber und winkte fröhlich. Ruth nickte ihr zu. Tessa sah glücklich und wunderschön aus. Gewiss würde ihr bald ein netter junger Mann einen Antrag machen. Sie würde heiraten und viele Kinder bekommen. Was sollte an diesem Weg für eine junge Frau in so unsicheren Zeiten verkehrt sein? Wäre das auch für sie selbst denkbar? Auswahl gab es zur Genüge. Sie könnte mit einem der netten GIs nach Amerika gehen und weit fort von den Erinnerungen ein neues Leben beginnen.

Das Lied endete, und Tessa wurde von ihrem Tanzpartner zurück zum Tisch gebracht. Nachdem sie Platz genommen hatte, stieß sie Ruth in die Seite und lächelte ihr aufmunternd zu.

»Du schaust schon wieder so traurig drein. Bisher hast du allen einen Korb gegeben. Tanz doch ein wenig. Mir zuliebe.«

»Es fällt mir eben schwer«, erwiderte Ruth und nippte an ihrem Wasserglas.

Ein junger Soldat kam auf die beiden zu, verbeugte sich vor ihnen und bat Ruth um den nächsten Tanz. Er sah gut aus, hatte dunkelblondes Haar, strahlend blaue Augen und ein einnehmendes Lächeln. Dazu stimmte die Kapelle genau in diesem Moment eines ihrer Lieblingslieder an. »San Fernando Valley« von Bing Crosby. Sie gab sich einen Ruck und ließ sich von dem jungen Mann auf die Tanzfläche führen. Doch schon nach wenigen Schritten war klar, dass ihr attraktiver Partner, der sich als Jason vorstellte, nur wenig Tanztalent besaß. Innerhalb weniger Sekunden trat er ihr mehrfach auf die Füße und entschuldigte sich jedes Mal überschwänglich dafür. Ruth gab sich alle Mühe, höflich zu bleiben, während er sie ungelenk über das Parkett schob. In Kalifornien, wo er herkam, würde sich das Leben hauptsächlich am Strand abspielen, versuchte er, seine kläglichen Tanzkünste zu entschuldigen. Er grinste verschmitzt, was Ruth milde stimmte. Dennoch war sie erleichtert, als die Band endlich das Lied beendete. Höflich geleitete Jason sie zu ihrem Platz zurück, wo sie bereits von Tessa erwartet wurde, die sie mitleidig ansah. Sie hatte diese Runde ausgesetzt und sich von einem dunkelhaarigen Burschen namens David auf ein Glas Wein einladen lassen, der lässig den Arm um sie gelegt hatte und Jason eine flapsige Bemerkung zu seinen leidigen Tanzkünste hinwarf. Jason zog eine Grimasse und wandte sich Ruth zu. »Darf ich Sie mit einem Glas Wein entschädigen?«, fragte er mit einem Augenzwinkern.

Ruth nickte.

»Leben deine Füße noch?«, erkundigte sich Tessa mitfühlend, nachdem Jason Richtung Bar verschwunden war.

»Gerade so«, erwiderte Ruth.

»Er kommt eben aus Kalifornien«, mischte sich David in das Gespräch der beiden ein. »Woher sollte er auch tanzen können? Dort stehen sie ja jede freie Minute auf ihrem Brett.«

»Also ich kenne Surfer, die gut tanzen können«, begann Tessa Jason zu verteidigen. »Erst neulich habe ich einen ganzen Abend mit einem von ihnen, ich glaube, er stammte aus Florida, durchgetanzt. Sein Name war Simon Willkins. Ein wirklich netter Bursche. Ich hatte gehofft, ihn heute wiederzutreffen. Kennst du ihn zufällig?«

Davids Lächeln gefror auf seinen Lippen, und er zog seinen Arm zurück. Tessa schien offensichtlich einen wunden Punkt getroffen zu haben. Genau in diesem Moment kam Jason mit zwei Gläsern Wein in den Händen zurück und setzte sich zu ihnen.

»Simon Willkins, sagst du?«, erkundigte er sich bei Tessa. »Wir sind befreundet. Er ist leider letzte Woche zu seiner Einheit nach Belgien zurückgekehrt. Du kennst ihn auch, oder, David?« Er sah seinen Kameraden fragend an.

»Gewiss«, erwiderte dieser mit einem frostigen Unterton in der Stimme und stand auf. »Ihr entschuldigt mich. Ich möchte einen Kameraden begrüßen, der gerade gekommen ist.«

Ohne ein weiteres Wort verschwand er im Getümmel. Auf Jasons Gesicht breitete sich ein Grinsen aus, das Ruth zu deuten wusste. Was auch immer zwischen Simon und David vorgefallen war, es musste zu Davids Ungunsten ausgegangen sein. Zu gern hätte sie Genaueres erfahren, doch sie kam nicht mehr dazu, nachzufragen, denn eine dunkelhaarige junge Frau näherte sich ihrem Tisch und sprach Ruth an.

»Ruth – was machst du denn in London? Du wirst doch nicht etwa wegen des Vorsingens in der Stadt sein?«

Ruth setzte sich kerzengerade auf.

»Olivia«, sagte sie.

Tessa blickte die Dunkelhaarige überrascht an, dann verengten sich ihre Augen zu schmalen Schlitzen, sie sagte jedoch nichts.

»Welches Vorsingen?«, fragte Ruth vollkommen überrumpelt.

»Im Royal Opera House. Morgen.«

Olivia, die im Frühjahr 1942 die New Herrlingen School verlassen hatte, setzte sich auf den Stuhl neben Ruth und plapperte einfach drauflos. »Wie schön, dich wiederzusehen. Ich wollte dir längst schreiben, aber ich schämte mich zu sehr. Was Andrew getan hat, war unverzeihlich. Gehst du noch auf die New Herrlingen School? Wie steht es mit Walter? Ich habe gehört, dass er auf die Isle of Man gekommen ist. Ich besuche jetzt ein Internat in Oxford. Kein Vergleich zu unserer geliebten Schule.« Seufzend winkte sie ab. »Meine Mutter hat mir versprochen, dass ich von der Schule abgehen und nach Kriegsende nach Baltimore auf das Peabody Conservatory wechseln darf – wenn ich es schaffe, ein Stipendium zu ergattern. Das Konservatorium ist wirklich sehr renommiert, weißt du, sogar die Londoner Oper arbeitet mit ihm zusammen. Und meine Tante in Amerika hat mir fest versprochen, ein gutes Wort für mich einzulegen.« Sie zwinkerte Ruth vielsagend zu.

»Ich dachte, im Opernhaus finden zurzeit nur Tanztees statt?«, warf Tessa ein. Olivia warf ihr einen pikierten Blick zu.

»Meine Freundin Tessa«, stellte Ruth die beiden einander vor.

»Aufführungen gibt es natürlich keine«, antwortete Olivia. »Aber hinter den Kulissen laufen längst die Vorbereitungen für die nächste Saison. Das Ende des Krieges rückt näher, und dann können endlich die Kulturbetriebe wieder ihre Arbeit aufnehmen.«

»Gewiss doch«, erwiderte Tessa bissig. »Ist ja auch das Wichtigste. Die Stadt liegt in Trümmern, aber Opernaufführungen gibt es wieder.«

»Ein Vorsingen also«, sagte Ruth, ohne auf Tessas Bemerkung einzugehen.

»Genau«, erwiderte Olivia. »Allerdings wird nur ein einziges Stipendium vergeben.«

Das wäre eine Möglichkeit, dachte Ruth. Ihre Mutter hätte gewollt, dass sie hinginge. Allerdings war sie überhaupt nicht vorbereitet. Im Gegenteil, sie hatte seit einer Ewigkeit nicht mehr gesungen.

Plötzlich sah sie sich im Musikzimmer von Magda Spiegel sitzen. Das Kind hat Talent. Ein Lob aus einer anderen Zeit. Jetzt lebte sie in London, nähte Knopflöcher und tanzte, weil es keine Option war, dem Tod trübselig entgegenzutreten.

»Du bist nicht wegen des Vorsingens in London, richtig?«, hörte sie Olivia sagen.

Ruth schüttelte den Kopf. Vor ihrem inneren Auge sah sie sich in Bunce Court auf der Bühne stehen. »Die Zauberflöte«. Ihre Mutter hatte nicht kommen können. Niemals würde sie sie auf einer Bühne stehen sehen. Dieser Traum war zusammen mit Frankfurt untergegangen, war wie Walter aus ihrem Leben verschwunden. Musik, was zählte sie jetzt noch in ihrem Leben? Lo-Kas Worte kamen ihr in den Sinn. Aber du bist die Bessere. Und wenn hundert Tanten ein gutes Wort für Olivia einlegen würden, es würde nichts nützen, das wusste Ruth.

»Weshalb brauchst du ein Stipendium?«, fragte Ruth. »Deine Eltern haben genug Geld. Sie könnten dir das Studium in Baltimore doch auch so ermöglichen.«

Ihre Stimme klang gehässiger, als sie gewollt hatte.

Olivia wollte etwas erwidern, kam jedoch nicht mehr dazu, denn in diesem Moment heulten die Sirenen los. Die Musik verstummte, es brach Panik aus. Sie sprangen gleichzeitig auf. Innerhalb weniger Sekunden war Olivia im Gedränge verschwunden. Tessa griff nach Ruths Hand und zog sie zu einem Seitenausgang. Es ging die Treppe nach unten und auf die Straße, wo ihnen kalter Nieselregen entgegenschlug. Sie tauchten in die Menge ein, die in Richtung der sicheren Tube Station strebte. Auf der Treppe knickte Ruth um, und ein stechender Schmerz durchfuhr ihren Knöchel.

»Tessa, warte, mein Knöchel.« Das Heulen der Sirenen dröhnte in ihren Ohren. Tränen stiegen in ihre Augen. Tessa blieb stehen. Sie wurden angerempelt und zur Seite geschubst. Ruth klammerte sich an einem Handlauf fest. Mit Tessas Hilfe schaffte sie es bis zum Ende der Treppe. Ein ganzes Stück davon entfernt sanken sie direkt neben einem alten Ehepaar auf den Boden. Ruth zog ihren Schuh aus und begutachtete ihren Knöchel näher, der bereits anschwoll.

»Auch das noch«, jammerte sie. Über ihnen schlugen die ersten Bomben ein, und Ruth zuckte erschrocken zusammen. Der Boden unter ihnen erzitterte.

»Wenn es nur bald ein Ende hat«, sagte die alte Frau neben ihnen und umklammerte fest die Hand ihres Mannes. Sie blickte zu Ruth. »Meine Schwiegertochter ist nicht viel älter als Sie, Mädchen. In den nächsten Tagen kommt das Kind, und der Vater ist aus der Normandie nicht heimgekehrt. Unser Sohn.«

»Das tut mir sehr leid«, antwortete Ruth leise.

Die Frau hatte trotzdem herausgehört, mit wem sie es zu tun hatte. Empört zog sie eine Augenbraue in die Höhe. »Sie sind doch nicht etwa Deutsche?«

Ruth zuckte erschrocken zusammen. Was hatte sie anderes erwartet, dachte sie. Sie wollte etwas erwidern, sich erklären, doch Tessa kam ihr zuvor.

»Guten Abend. Wenn wir uns kurz vorstellen dürften?«
Ihre Stimme klang schmeichelnd. »Mein Name ist Tessa. Ich
stamme aus Österreich und bin Jüdin. Ich kam mit einem
der Kindertransporte nach England, genau wie meine Freundin.« Sie deutete auf Ruth. »Wir sind sehr dankbar, dass uns
England Schutz bietet. Leider erreichen immer mehr von
uns traurige Nachrichten. Vor einiger Zeit habe ich in einem
Brief von einer Nachbarin erfahren, dass meine Eltern und
meine ältere Schwester verschleppt und vermutlich getötet
worden sind. Was wirklich passiert ist, weiß ich nicht. Aber
es tut mir sehr leid, was mit Ihrem Sohn geschehen ist.«

»Mir auch«, beeilte sich Ruth hinzuzufügen.

»Von diesen Transporten haben wir gehört«, sagte die
Frau. »Schlimme Sache, das mit den Juden. Es gibt so viel
Leid.« Sie seufzte. »Immerhin bekommen wir bald ein En-
kelkind. Wir können nur beten, dass dieser Krieg bald endet.«

»Was er gewiss in den nächsten Wochen tun wird«, mischte sich ein grauhaariger Mann mit Nickelbrille ein, der ihnen gegenübersaß. »Die Deutschen pfeifen doch schon aus
dem letzten Loch.«

»Sag das nicht«, mischte sich ein weiterer Mann in das
Gespräch ein.

»Diesem verdammten Hitler traue ich alles zu.«

Erneut tat es einen Schlag, und der Boden erzitterte. Ruth
zuckte merklich zusammen und rückte näher an Tessa heran, die nach ihrer Hand griff und sie drückte.

Ruth fragte leise: »Stimmt das mit dem Brief?«

Tessa nickte. Ruth glaubte, Tränen in ihren Augen zu erkennen.

»Wieso hast du nie etwas gesagt?«, fragte sie.

»Weil es nichts geändert hätte.«

»Wann kam der Brief?«

»Schon vor einer Weile. Er war eindeutig. Sie sind tot.« Ruth suchte Tessas Blick.

»Immerhin weiß ich es jetzt«, sagte Tessa.

»Denkst du wirklich? Was ist, wenn sich die Nachbarin geirrt hat und sie noch am Leben sind? Wir dürfen die Hoffnung niemals aufgeben.«

»Die Hoffnung, unsere Träume. Was ist das in dieser Welt schon wert?« Tessa machte eine wegwerfende Handbewegung.

»Ich weiß – am besten, wir gehen tanzen, denn schon morgen könnte alles vorbei sein. Dann sind wir wenigstens glücklich gestorben.« Ruth biss sich auf die Zunge. Es hatte ruppiger geklungen, als sie gewollt hatte. »Entschuldige. So war es nicht gemeint. Es ist nur …«

»Es ist das Vorsingen, nicht wahr?«, erriet Tessa, warum Ruth so gereizt reagierte. »Dein Traum ist für einen kurzen Moment greifbar geworden, und du weißt nicht, was du tun sollst.« Es entstand eine kurze Pause. Ruth wusste nicht, was sie erwidern sollte. Sie sah Olivia vor sich. Das Vorsingen, Baltimore. Ihre Mutter hätte gewollt, dass sie es versuchte. Bestimmt kamen bessere, gut vorbereitete Sängerinnen. Sie hatte nicht geübt, seit einer Ewigkeit keinen Ton gesungen. Aber einen Versuch wäre es wert. Doch würde sie die Niederlage verkraften? War sie stark genug, um eine Absage wegzustecken? Was, wenn sie ihr Talent mit dem anderen Leben verloren hatte?

»Ich komme mit, wenn ich darf«, riss Tessa sie aus ihren

Gedanken. »Ich warte vor der Tür auf dich und drücke die Daumen.«

»Und wenn ich gar nicht hingehe?«, sagte Ruth.

»Wie willst du dann deiner Mutter unter die Augen treten? Wie willst du ihr erklären, dass du eine solche Möglichkeit nicht genutzt hast?«

»Meine Mutter«, wiederholte Ruth. Erneut sah sie das zerstörte Frankfurt vor Augen. Die Heimat, der vergangene Traum.

»Ich weiß ja nicht einmal, wann es morgen anfängt«, sagte Ruth.

»Das bekommen wir raus«, erwiderte Tessa mit einem Grinsen.

»Und was ist mit meinem Fuß? Der Köchel ist arg geschwollen. Ich glaube, ich kann nicht auftreten.«

»Dafür findet sich eine Lösung. Zur Not trage ich dich.« Tessa stieß ihr grinsend in die Seite. Jetzt musste auch Ruth lachen.

»Vorsingen also«, sagte sie.

»Vorsingen«, wiederholte Tessa und fügte lachend hinzu: »Und komm mir bloß nicht ohne Stipendium nach Hause.«

*

Einige Stunden später standen die beiden im kalten Nebel vor dem Royal Opera House. Ruths Knöchel war noch immer geschwollen und schmerzte, doch sie konnte auftreten. Erst in der Morgendämmerung waren sie nach Hause gekommen. Zeit zum Schlafen war keine gewesen. Rasch umziehen, kaltes Wasser über den Knöchel laufen lassen, das

Haar richten und das Make-up auffrischen. Erst in der Tube hatte Ruth zu überlegen begonnen, was sie vorsingen sollte. Irgendwann war sie zu dem Entschluss gekommen, die Arie der Pamina, »Ach, ich fühl's«, aus der »Zauberflöte« vorzutragen. Dieses Stück hatte sie für die Aufführung in Bunce Court akribisch einstudiert. Sie beherrschte es, kannte jedes Detail und hatte damit auf Bunce Court beeindruckt. Die Pamina war ihre erste Rolle auf einer großen Bühne gewesen. Vielleicht brachte sie ihr heute Glück.

»Bereit?«, fragte Tessa. Ruth nickte. Ihr Herz klopfte ihr vor Aufregung bis zum Hals. Aber es war eine gute Aufregung. Alle sind nervös, bevor sie auf die Bühne gehen, hatte Georgina einmal gesagt. Lampenfieber ist gesund und gehört zum Bühnenleben dazu. Was würde sie jetzt dafür geben, Georgina, den besten Mutmacher der Welt, an ihrer Seite zu haben.

Doch sie war nicht allein. Tessa war bei ihr, die Freundin, die nach ihrer Hand griff und mit ihr die Stufen zum Eingang hinaufstieg. Die ihren Lidstrich nachgezogen hatte, weil ihre Hand zu sehr gezittert hatte. Sie würde ihre Niederlage gemeinsam mit ihr betrinken, ihren Sieg mit ihr feiern.

Am Eingang erfuhren sie von einer grauhaarigen Frau, dass das Vorsingen im zweiten Stock stattfand und bereits begonnen hatte. Im Raum gleich neben der Treppe sollte man sich anmelden. Mit Tessas Hilfe humpelte Ruth die Treppe nach oben. Im zweiten Stock standen und saßen viele Mädchen im Flur. Gesang drang aus einer geschlossenen Tür nach draußen. Ruth wusste nach nur wenigen Tönen, dass es für dieses Mädchen nicht reichen würde. Sie betraten das winzige Anmeldungsbüro. Ruth musste sich in einer Liste eintragen und erhielt eine Nummer. Dann gesellten die beiden sich zu den wartenden Mädchen auf dem Flur. Ruth reckte den Hals, doch nirgendwo war Olivia zu sehen. War sie schon an der Reihe gewesen? Oder kam sie erst noch? Neben ihr saß ein blondes Mädchen, das sie abschätzend musterte.

»Bist spät dran«, sagte sie. »Sind schon die ersten zwanzig Mädchen heulend abgezogen. Eine von ihnen war verdammt gut. Dachte, die nehmen sie, und das war's.« Sie hielt Ruth die Hand hin. »Ich bin Sandra, und du?«

Ruth nannte ihren Namen, ergriff die Hand der Blondine und deutete auf Tessa. »Meine Freundin, Tessa.«

»Die nicht singen wird«, fügte Tessa mit einem Augenzwinkern hinzu.

»Woher kommt ihr?«, fragte Sandra.

Ruth überlegte kurz, ob sie die Wahrheit sagen sollte und entschied sich dafür.

»Ursprünglich stamme ich aus Frankfurt und Tessa aus der Nähe von Graz in Österreich. Wir mussten vor den Nazis fliehen.«

»Dann bist du bestimmt mit den Kindertransporten gekommen«, zog Sandra die richtigen Schlüsse. »Meine Eltern haben auch eines der Kinder aufgenommen. Ihr Name ist Margot, und sie stammt aus Berlin. Ich bin heute extra aus Birmingham zu dem Vorsingen angereist. Dort trete ich in einem kleinen Theater auf. Das Stipendium zu ergattern wäre schon was. Allerdings habe ich bei der Konkurrenz wenig Hoffnung.« Sie nickte zur Tür, wo gerade eine weitere Bewerberin ein Stück zum Besten gab, der Ruth keine großen Chancen ausrechnete.

»Wir werden sehen«, erwiderte Ruth.

»Am Ende kochen alle nur mit Wasser«, sagte Tessa, was Sandra mit einem freundlichen Lächeln quittierte.

Sandra wandte sich erneut Ruth zu. »Trittst du irgendwo auf oder nimmst Stunden?«

»Im Moment nicht, ich bin ziemlich aus der Übung«, antwortete Ruth ehrlich. »Von dem Vorsingen habe ich erst gestern Abend von einer alten Bekannten erfahren. Ihr Name ist Olivia. Sie wollte eigentlich auch hier sein. Aber ich sehe sie gar nicht.«

»Eine Olivia war vorhin hier. Sie hat irgendwas von einer Tante gesagt, die ein gutes Wort für sie einlegen würde. Geholfen hat es nichts. Sie war eine derjenigen, die nicht einmal zu Ende singen durften. Nach der Absage ist sie sogar laut geworden.«

»Was mich nicht wundert«, erwiderte Tessa grinsend. »Hochmut kommt vor dem Fall.« Sie zwinkerte Ruth grinsend zu.

»Wir werden sehen«, erwiderte Ruth, die mit so etwas gerechnet hatte. »Wahrscheinlich schicken sie mich auch nach der ersten Strophe raus. So gut wie ich vorbereitet bin.«

»Jetzt stapelst du aber tief«, sagte Tessa. »Sie ist die Tochter von Anni Kluger aus Frankfurt.«

Sandras Augen weiteten sich.

»Die trotzdem nur am Schultheater aufgetreten ist«, beschwichtigte Ruth.

»Du bist wirklich die Tochter der Anni Kluger?«, hakte Sandra ungläubig nach. »Als ich klein war, war sie einmal mit einem Ensemble in London zu Gast. Meine Güte, was habe ich sie bewundert. Sogar das Programmheft habe ich aufgehoben. Einmal wie diese Frau singen können.«

Ruth wusste nicht, was sie erwidern sollte. Schon die Tatsache, dass Sandra der Name ihrer Mutter ein Begriff war, schmeichelte ihr. Sie wollte etwas erwidern, doch in diesem Augenblick wurde die Saaltür geöffnet. Ein Mädchen kam weinend heraus und rannte zur Treppe. Eine knochige Frau in einem grauen Tweedkostüm trat in den Flur, blickte kurz auf eine Liste in ihrer Hand und rief den nächsten Namen auf. Es war Sandras. Die junge Frau erhob sich, atmete tief durch und strich im Gehen ihren Rock glatt.

»Viel Glück«, rief ihr Ruth hinterher.

Hinter Sandra schloss sich die Tür. Als sie kurz darauf zu singen begann, sah Tessa Ruth fragend an. Ruth schüttelte den Kopf.

Sandra weinte nicht, als sie wenig später den Raum verließ, aber ihr Blick sagte alles. Dennoch nahm sie wieder neben Ruth Platz. Tessa schaute sie irritiert an.

»Ich will wissen, wie es ausgeht«, erklärte Sandra.

Ruth war die Letzte, die an die Reihe kam. Zwei Mädchen schienen es in die engere Wahl geschafft zu haben, denn sie waren nach ihrem Vorsingen geblieben.

Als man sie aufgerufen hatte, humpelte Ruth in die Mitte des Saals. Der Himmel vor dem Fenster war aufgeklart, und helles Sonnenlicht fiel auf den Parkettboden. Vier Personen saßen an einem langen Tisch vor ihr, zwei Frauen mittleren Alters und zwei Männer, die sie abwartend ansahen. Ihre Mienen waren ernst. Ein älterer Herr studierte ihre Anmeldung, fragte sie nach ihrem Namen und wollte wissen, was sie heute vorsingen würde. Ruth beantwortete seine Fragen. Sie hatte ihre Hände vor dem Körper gefaltet, sie waren eiskalt und zitterten. Ihr Herz schlug ihr bis zum

Hals. Rechter Hand des Tisches stand ein großer Flügel, an dem ein glatzköpfiger Mann mit Nickelbrille saß, der jetzt die ersten Töne der Arie anschlug. Ruth schloss die Augen, atmete tief durch und begann zu singen. Und plötzlich hatte sie das Gefühl, nicht in diesem Raum zu stehen. Sie sah die hellen Scheinwerfer vor sich, roch den vertrauten Geruch von Schminke, Parfüm und Staub, der so typisch für die Bühne war. In ihrem Kopf spielte kein Klavier, sondern ein ganzes Orchester. Sie war die Pamina, stand inmitten der farbigen Kulissen und erfüllte mit ihrer Stimme den ganzen Saal. Zerbrechlich, forsch, leise, laut – kraftvoll. Heute würde sie ihren Schuh nicht im Flur verlieren, nicht am Rand der Bühne hinter dem Vorhang stehen und die bewundern, die sie liebte. Heute trat sie aus ihrem Schatten hervor, war sie der Mittelpunkt.

Sie beendete das Lied mit Tränen in den Augen und lauschte den letzten Tönen des Klaviers nach.

Stille erfüllte den Saal. Ruth hielt die Augen geschlossen. Sie wollte nicht in den nüchternen Raum zurückkehren, der Bühne ihrer Kindheit nicht den Rücken kehren müssen. Das Hier und Jetzt war unwichtig geworden. Sie wollte noch eine Weile in ihrer Welt verweilen dürfen und kein Urteil erwarten müssen. Wie hatte sie nur annehmen können, das Singen könnte nicht wichtig für sie sein? Es war ein Teil ihrer Seele, ihres Selbst. Das Urteil der vier Menschen war in diesem Moment gleichgültig geworden. Was galt ihr Wort gegen all die Erinnerungen, gegen ihr anderes Leben? Gegen dieses unbändige Gefühl des Glücks, das Angst, Verzweiflung und Ungewissheit für wenige Augenblicke aus ihrem Kopf verbannte?

Der erste Juror begann zu klatschen. Ein weiterer fiel ein. Ruth öffnete die Augen. Plötzlich applaudierten alle vier. Sie standen auf und spendeten Beifall, genauso wie der Mann am Klavier, der sich ebenfalls erhoben hatte. Die Frau lächelte, einer der Männer nickte ihr zu. Tränen liefen über Ruths Wangen. Sie hatte sie auf die Reise in ihre Welt mitnehmen können. Das war es, was eine gute Sängerin können musste. So hatte es ihre Mutter gesagt. Wenn deine Stimme verhallt, müssen sie noch in dieser Welt verweilen. Die Juroren beendeten ihren Beifall, und eine der beiden Frauen sprach aus, was entschieden war: »Wir haben unsere Stipendiatin gefunden.«

KAPITEL ZWÖLF

Anni lag auf ihrer Matratze in der Ecke des Dachbodens und versuchte einzuschlafen, was ihr nicht gelingen wollte, wie so oft. Schlaf war Erlösung und Fluch zugleich. Er nahm den Hunger und die Kälte, brachte aber auch Erinnerungen und wirre Träume. Immer wieder führte er sie in die brennenden Gassen zurück, aus denen sie vor einem Jahr geflohen war, zu den Momenten der Panik – jener Todesangst, wie sie sie zuvor in ihrem Leben nicht gekannt hatte. Georginas kleine Wohnung gab es heute nicht mehr. Ihr Zweitgefängnis, wie sie diese scherzhaft bezeichnet hatte, war zu Staub zerfallen. Doch die schmerzhaften Erinnerungen waren geblieben. Sie lauerten in ihrem Kopf und zeichneten groteske Bilder. Feuerschein und Hitze, Funkenflug und schwarzer Rauch, der in den Augen brannte.

Sie dachte daran, wie sie damals in den Keller gelaufen war. Ohne Georgina, der im Einsatz gewesen war. Das alte Ehepaar saß wie gewohnt direkt am Ausgang. Die rothaarige Frau, die Gerda hieß, las ihrem Sohn etwas vor. Sie hatte ihr zugehört, wie so oft. Erste Detonationen hatten ihre Stimme nicht verstummen lassen. Weitere folgten. Der Boden bebte, Putz bröckelte von der Decke. Plötzlich schienen die Einschläge ganz nahe zu sein. Mit dem schwarzen Qualm breitete sich die Angst unter den Menschen im Keller aus. Einer der Männer lief nach oben, kam zurück und schüttelte den Kopf. Das Haus stand lichterloh in Flammen. Er rannte an Anni vorüber, griff zu einer bereitliegenden Spitzhacke und durchschlug den Durchbruch zum Nachbarkeller. Unterirdisch ging es voran. Sie durchquerten Keller um Keller, die alle leer waren. Längst waren die Bewohner geflohen. Am Hühnermarkt endete das unterirdische Labyrinth. Hier war der Durchbruch in den nächsten Nachbarkeller durch Trümmer versperrt. Sie mussten nach draußen. Mitten in den dröhnenden Feuersturm hinein, der klang wie ein rauschender Orgelton. Sein Heulen und Krachen, Pfeifen und Tosen würde Anni niemals vergessen. Dazwischen immer wieder neue Explosionen durch Zeitzünder. Überall rote Flammen, Funkenflug, beißender Qualm und unbändige Hitze. Schnell hatte sie die anderen verloren. Von Verzweiflung getrieben, war sie in den Alten Markt eingebogen, wo es jedoch kein Durchkommen gab. Links und rechts der Gasse stürzten die Häuser ein. Berge von Balken und Steinen versperrten den Weg. Sie schaffte es zur Braubachstraße. Die Paulskirche brannte lichterloh. Die Fassade des Römers stand noch. Aus den vielen Fenstern züngelten die Flammen. Krachend und stöhnend gaben genau in diesem Moment die Häuser am Samstagsberg nach. Anni beobachtete, wie sie verschwanden, von den Flammen zerfressen, für immer ausgelöscht wurden. Über den Römerberg stolperten Menschen Richtung Main. Feuerwehrmänner bespritzten sie mit Wasser, einer von ihnen schrie sie an. Seine Worte gingen im Getöse des Sturms unter. Er packte sie grob an der Schulter und deutete zum Mainufer. Sie taumelte dorthin, irgendjemand legte ihr eine nasse Decke über die Schultern. Auf der Alten Brücke blieb sie schließlich stehen. Nur noch wenige Menschen umgaben sie, um so wie sie den Höhepunkt des Infernos zu beobachten. Den schaurigen Niedergang Frankfurts. Die Seele der Stadt, die Altstadt, verbrannte und ging im tosenden Orkan der Flammen unter.

Anni war auf der Brücke geblieben. Irgendwann sank sie zu Boden, lehnte sich ans Geländer und wartete vollkommen erschöpft auf den neuen Tag, der das ganze Ausmaß der Katastrophe sichtbar machte. Die Altstadt war fort. Im Feuersturm untergegangen, der bis heute nicht aus ihrem Kopf verschwinden wollte.

Manchmal aber, wenn sie Glück hatte, zeigten ihre Träume ein anderes Gesicht und entführten sie in ihr Leben vor dem Krieg. Sie brachten ihr goldene Kornfelder des Taunus, blühende Bäume im Güntersburgpark – und Ruths Nähe. Sie lagen gemeinsam in ihrem Bett, lauschten dem Glockenschlag, betrachteten den Traumfänger, der die bösen Geister vertreiben sollte und sangen das Jankele. In diesen Momenten war sie ganz bei sich, weit fort von der Ohnmacht, mit der jeder neue Tag für sie begann. Nagender Hunger und nasskaltes Wetter zerrten genauso an ihren Nerven wie die immer wiederkehrenden Bombenangriffe der Alliierten.

So viele Tage, Wochen, Monate – Jahre – ein Leben, konserviert auf einem Dachboden, der längst zu einem Sinnbild dieses Krieges geworden war. Die Hälfte des Dachstuhls war abgebrannt, die andere, in der ihre Kammer lag, wies Löcher auf, durch die es reinregnete. Vor wenigen Tagen hatte Schnee neben ihrem Tisch gelegen. Sie versteckte sich in Trümmern und spürte den eiskalten Wind bisweilen auf der Haut. Der letzte Akt, er schien nahe zu sein. Der Vorhang würde fallen und das Drama beenden. Die Amerikaner waren nicht mehr weit. Am Rhein, in Köln, vielleicht schon in Wiesbaden.

Sie schloss die Augen und wickelte sich noch fester in ihr Federbett. Der erlösende Schlaf wollte heute nicht kommen, das Zittern nicht nachlassen. Der kleine Ofen in der Ecke war kalt. Gestern hatte er kurz gebrannt. Da war Hiltrud mit einigen Holzbrettern gekommen, die sie von einem der Trümmergrundstücke hatte. Kohlen gab es seit Monaten nicht mehr. Jeden Tag zog Hiltrud los, um Feuerholz zu suchen und irgendwo etwas zu essen zu organisieren. Ein oftmals aussichtsloses Unterfangen. Ab und an ergatterte sie ein paar Suppenknochen, und Heinrich versorgte sie mit Brot, an guten Tagen brachte er Kartoffeln. Ohne ihn wären sie wohl beide längst verhungert und erfroren. Seit dem Brand des Dachstuhls hatten sie immer wieder überlegt, Anni in eine der Wohnungen zu holen. Doch Anni wollte das nicht. Noch immer wurden Juden deportiert und Häuser von der Gestapo nach Verstecken abgesucht. Auf einem halb abgebrannten und einsturzgefährdeten Dachboden würde selbst Heinrichs Kollege Martin sie nicht mehr vermuten.

Schritte auf der Treppe ließen sie aufhorchen. Es war Georgina. Das wusste sie, noch bevor er die Tür öffnete. Hiltrud schlurfte mit ihren Schlappen über die Stufen, Heinrichs Stiefel waren schwer. Georgina hingegen war leise. Er schlurfte oder trampelte nicht. Er bewegte sich elegant und setzte seine Schritte mit Bedacht. Genauso wie früher. Niemals ein Geräusch machen, niemanden stören, lautlos durch die Gänge huschen. Er war der Schatten, die gute Seele hinter der Bühne gewesen und heute der Retter so vieler Menschen, weil er sie aus den Trümmern gezogen hatte.

Mit ihm zog ein ungewohnter Geruch in den Raum. Anni richtete sich auf. Er hatte eine dampfende Schüssel in der Hand, grinste breit und begann ohne Gruß draufloszuplappern.

»Gleich in der Nähe meines Unterschlupfes hat heute Morgen eine Suppenküche aufgemacht. Da habe ich mir gedacht, bringste der Anni doch eine warme Mahlzeit vorbei.« Er blickte in die Schüssel und dann zu Anni. »Ist Erbsensuppe. Ich weiß, dass du sie früher nicht mochtest, aber ich dachte, du könntest deine Meinung geändert haben.« Er setzte sich neben sie, hielt ihr die kleine Schüssel hin und zog zu ihrer Freude sogar noch eine Brotscheibe aus seiner Manteltasche.

»Und wie ich meine Meinung geändert habe«, sagte Anni und holte einen Löffel. Die Suppe war herrlich warm. Sie teilten sich das Brot und tunkten es hinein. Georgina schleckte am Schluss die Schüssel aus, bis Erbsensuppe an seiner Nase klebte. Anni wischte sie lachend ab. »Was gibt es Neues in der Stadt?«

»Etwas, das dir fast so gut gefallen wird wie die Erbsensuppe«, antwortete Georgina. Er zog einen zusammengefalteten Zettel aus der Hosentasche und reichte ihn Anni. »Das hier hab ich vorhin gefunden. Ein Flugblatt von den Alliierten. Jetzt wird es nicht mehr lange dauern. Davon bin ich überzeugt.«

Anni überflog den Text des Flugblattes. Er richtete sich an die Zivilbevölkerung der Stadt Frankfurt und ihrer Umgebung. Frankfurt war von den alliierten Truppen offiziell zur Kampfzone erklärt worden.

»Das sollen gute Neuigkeiten sein?«, sagte Anni skeptisch. »Hier steht, dass wir uns außerhalb der Kampfzone in Sicherheit bringen sollen.« Sie ließ das Blatt sinken und schaute Georgina an. »Was ich nicht kann. Noch immer werden Juden deportiert. Heinrich hat es mir gesagt. Erst vor wenigen Tagen haben sie fünf Juden weggebracht, deren Versteck aufgeflogen war. Kampfzone und Alliierte hin oder her – ich kann hier nicht weggehen.«

»Ich weiß, dieses Flugblatt klingt bedrohlich«, sagte Georgina. »Aber es bedeutet auch, dass es jetzt zum letzten Kampf um Frankfurt kommt. Und den werden die Nazis verlieren. Köln ist schon befreit. Es kann und wird nicht mehr lange dauern. Endlich wird das eintreten, was sich die Menschen mehr als alles andere wünschen. Endlich wird mit diesem gottverdammten Krieg Schluss sein.«

»Schluss sein«, wiederholte Anni und blickte auf das Flugblatt in ihrer Hand. »Und wenn sie doch verlieren? Wenn Hitler noch einen Trumpf in der Hinterhand hat? Wenn sie doch noch kommen und auch mich holen? Fünf Menschen, aufgespürt, fortgebracht, vielleicht schon ermordet.« In ihre Augen traten Tränen.

Georgina wollte etwas erwidern, kam jedoch nicht mehr dazu. Schritte auf der Treppe ließen ihn aufhorchen.

»Heinrich«, sagte Anni, noch bevor sich die Tür öffnete.

Georgina ließ erleichtert die Schultern sinken, als Heinrich keine Sekunde später den Raum betrat und sie begrüßte. Er deutete auf das Flugblatt und lächelte.

»Ist die frohe Kunde also bereits überbracht worden.« Auch er holte eines der Flugblätter aus seiner Manteltasche. »Ich gebe uns noch höchstens zehn Tage, dann ist der Krieg für Frankfurt vorbei.« Er setzte sich neben Anni und legte lächelnd den Arm um sie. »Und dann hat das Versteckspiel endgültig ein Ende.«

Anni deutete ein Nicken an. So recht wollte sie seinen Worten keinen Glauben schenken. Vorbei. Nie wieder verstecken, sich frei bewegen können. Keine Angst mehr haben müssen. Konnte sie das überhaupt noch? Ohne Angst leben?

»Aber bis dahin müssen wir achtsamer sein als je zuvor. Leider ist mein Freund Martin seit gestern wieder in der Stadt. Er hat es sich zum Ziel gesetzt, auch noch die letzten Juden aufzuspüren, und zieht mit zwei Burschen durch die Häuser, durchsucht jeden Keller, jeden Winkel. Ich habe ihn gestern Abend in meinem Büro erwischt, als er meinen Schreibtisch durchwühlt hat. Er ahnt noch immer, dass ich etwas zu verbergen habe, dieser Mistkerl.«

»Denkst du, er wird es hier im Haus versuchen?«, fragte Georgina.

»Schon möglich«, antwortete Heinrich. »Allerdings erschweren die Alliierten seine Suche, je näher sie kommen. Die Deportation der Juden ist offiziell fürs Erste eingestellt worden, was uns entgegenkommt. Alle verfügbaren Männer sollen die Stadt verteidigen, wenn notwendig im Häuserkampf. So hat es Gauleiter Sprenger angeordnet, von dem wir nur hoffen können, dass ihn eine amerikanische Granate trifft. Um den wäre es nicht schade. Was will er damit noch bezwecken? Unserem Kampfkommandanten Friedrich Stemmermann steht nur noch ein zusammengewürfelter Haufen Männer zur Verfügung, darunter ein Haufen vollkommen unerfahrener, blutjunger Burschen.« Er schüttelte den Kopf.

»Unter ihnen mein Neffe«, sagte plötzlich Hiltrud, die eben den Raum betreten hatte. Heinrich und Georgina sahen sie verblüfft an, doch Anni hatte sie längst kommen hören. Hiltrud hatte einige Holzbalken in den Händen, die sie neben dem kleinen Ofen ablegte.

»Aber der Junge ist erst vierzehn«, sagte Anni.

»Sie sind alle nicht viel älter.« Heinrich schüttelte den Kopf. »Kurz vor Kriegsende werden diese armen Kinder im Volkssturm zu Tausenden zur Schlachtbank geführt.«

Georgina trat neben Hiltrud und legte ihr tröstend die Hand auf den Arm.

»Er wird es schaffen und überleben. Es wird nicht zu einem Häuserkampf bis zum letzten Mann kommen. Davon bin ich überzeugt. Das wird Stemmermann nicht zulassen.«

»Dafür sollten wir beten«, erwiderte Hiltrud und stopfte etwas Papier in den Ofen. Das Holz folgte. Sie zog eine Schachtel Zündhölzer aus ihrer Rocktasche und blickte missmutig hinein.

»Nur noch drei Hölzchen, dann sind meine Vorräte erschöpft. Die Dinger sind verdammt schwer zu kriegen.«

»Du kannst meine haben«, sagte Heinrich und holte eine Schachtel aus seiner Manteltasche. »Sie ist noch beinahe voll. Ich habe in meinem Schreibtisch noch welche.«

Mit einem ungläubigen Blick nahm Hiltrud die Zündhölzer entgegen. Georgina blickte zu Anni, die müde lächelte. In was für einer sonderbaren Welt sie doch lebten. Zündhölzer waren wertvoller als jeder Barren Gold. Hiltrud entzündete das Feuer, und Heinrich half Anni, die Matratze näher an den Ofen heranzuziehen. Alle vier setzten sich darauf und blickten schweigend in das knisternde Feuer. Langsam legte sich Dämmerlicht über die Stadt. Eine in Annis Augen stille Nacht würde anbrechen. Es gab keine Alarmsirenen mehr, keine Flugzeuge über der Stadt, keine Detonationen. Der Feuersturm war vorbei, die letzten Flammen gelöscht worden. Sie saßen auf einem Trümmerhaufen und warteten mit einem Flugblatt der Alliierten in den Händen auf den Frieden. Noch fühlte sich der bloße Gedanke daran unwirklich an. Granaten, Geschütze, Häuserkampf. Die letzte Schlacht um Frankfurt stand bevor.

»Ich muss aufbrechen«, sagte Georgina irgendwann und stand auf. »Ich hab versprochen, heute Abend bei der Verteilung von Decken und warmem Tee in der Nähe der Hauptwache zu helfen.«

»Ich kann mitkommen«, bot sich Hiltrud an und erhob sich ebenfalls. »In meiner Wohnung friere ich eh nur und finde keinen Schlaf.«

»Wenn du meinst«, erwiderte Georgina. »Wir sind für jede helfende Hand dankbar.«

Liebevoll umarmte Georgina Anni zum Abschied und drückte ihr einen Kuss auf die Wange.

Gemeinsam mit Hiltrud verließ er den Raum. Ihre Schritte auf der Treppe, dann war es für einen Augenblick still. Das Feuer im Ofen knisterte. Die wenigen Holzstücke waren bereits verkohlt. Entfernt waren Schüsse zu hören, irgendwo ging eine Granate hoch. Ein Auto fuhr auf der Straße vorüber.

Anni legte den Kopf in Heinrichs Schoß. Schweigend strich er über ihr Haar.

»Wie es Ruth wohl geht?«, sagte sie irgendwann leise. »So oft frage ich mich, ob sie in England mitbekommt, wie es um uns steht. Ob sie denkt, dass ich tot bin.« Tränen traten in ihre Augen, während sie weitersprach. »Ich an ihrer Stelle würde es glauben. Tausende sind in den Trümmern gestorben. So viele sind deportiert und umgebracht worden. Das müssen die Menschen im Ausland doch mitbekommen haben. Immer wieder frage ich mich, wo meine Tochter gerade ist, ob sie mich vermisst oder an mich denkt. Geht sie noch zur Schule? Inzwischen müsste sie ihren Abschluss gemacht haben. Wohin wird es sie verschlagen? Was wird sie tun? So sehr wünsche ich mir, sie würde mir auf die Bühne folgen. Doch ist dieser Wunsch nicht selbstsüchtig? Sie muss ihren eigenen Weg finden. Ohne ihre Mutter …« Ihre Stimme brach.

»Wir werden sie wiederfinden«, sagte Heinrich. »Wenn dieser Krieg vorbei ist, dann werden wir nach ihr suchen und nicht eher ruhen, bis wir sie gefunden haben. Du wirst sie bald schon wieder in die Arme schließen dürfen. Das verspreche ich dir.«

»Einen fremden Menschen«, sagte Anni. Ihre Stimme klang bitter. »Ich weiß nicht, wer sie heute ist, noch nicht einmal, wie sie aussieht, geschweige denn, was sie fühlt, wie sie denkt. Ich habe mein Kind in einen Zug gesetzt und es allein gelassen. Eine gute Mutter tut so etwas doch nicht. Sie lässt ihr Kind nicht allein.«

»Indem du sie fortgeschickt hast, hast du sie gerettet«, sagte Heinrich. »Wir wissen beide, was geschehen wäre, wenn sie hiergeblieben wäre. Dich allein konnte ich beschützen. Gemeinsam mit Ruth wäre es schwierig geworden. Es war vernünftig, sie in diesen Zug zu setzen. In England ist sie in Sicherheit.«

»Ich weiß«, erwiderte Anni. »Doch ich vermisse sie so. Wie am ersten Tag unserer Trennung. Manchmal träume ich von ihr. Dann liegt sie in meinen Armen, und ich spüre ihr weiches Haar auf der Wange, das nach Kamille duftet. An manchen Tagen glaube ich, Walters Klavierspiel und ihren Gesang zu hören.« Sie seufzte. »Ich wünsche mir so sehr, dass sie noch singt. Das Jankele. Dass wir es irgendwann wieder gemeinsam singen.«

Heinrich antwortete nichts. Was hätte er auch sagen sollen? Schweigend strich er über Annis Haar. Ihm hatte dieser Krieg niemanden genommen. Seine Eltern waren tot. Seinen Vater hatte er nie kennengelernt. Er war schon im Ersten Weltkrieg gefallen. Seine Mutter, eine unscheinbare, schmale Frau, war schon lange an Brustkrebs verstorben. Sie war stolz auf ihn gewesen, als er in den Polizeidienst aufgenommen worden war. Da war sie schon krank gewesen. So unscheinbar, wie sie gelebt hatte, so unscheinbar war sie dann auch gegangen. Leise und müde vom Leben. Heute würde er sich vor ihr schämen. Aus ihm war nicht das geworden, was sie sich für ihren einzigen Sohn gewünscht hatte. Er war bei der Gestapo und hatte unzähligen Menschen den Tod gebracht. Was mit ihm nach dem Krieg geschehen würde, wusste er nicht. Gewiss würden Ermittlungen gegen ihn eingeleitet. Ein Prozess wegen Kriegsverbrechen vielleicht. Es war nur recht und billig, dass sie ihn anklagten. Sein Blick fiel auf Anni, die inzwischen die Augen geschlossen hatte. Sie war so schmal geworden. Eingefallene Wangen, die Augen in tiefen Höhlen, spindeldürre Arme. Sie schlief viel, bewegte sich kaum noch. Manchmal schwieg sie stundenlang, sang vor sich hin, murmelte Unverständliches, wirkte teilnahmslos. Dann wieder brach sie in Tränen aus, wurde wütend, schlug auf ihn ein, lachte plötzlich. Jeder Tag war anders. Sie war nur noch ein Schatten ihres Selbst.

Heute war einer ihrer guten Tage gewesen. Was gewiss an Georgina und seiner Erbsensuppe gelegen hatte. Georgina, die gute Seele, die zu seinem besten Freund geworden war. Noch vor wenigen Jahren hätte er ihn nicht einmal von der Seite angesehen, ihn verspottet.

Er hatte ihm zugesagt, für ihn vorzusprechen, wenn alles vorbei war. Hiltrud ebenfalls. Hiltrud, die geschwätzige Nachbarin, der er früher aus dem Weg gegangen war, der er niemals hatte zuhören wollen. Heute hörte er zu, denn Hiltruds Worte brachten die Art von Alltäglichkeit, nach der sie sich alle sehnten. Ein Leben ohne Sirenen, Flugzeuge und Bomben, ohne Misstrauen, Deportationen und Schikane.

Anni bewegte sich und murmelte irgendetwas im Schlaf. Er legte sich neben sie, schlang seine Arme um ihren Körper, zog das Federbett über sie beide und flüsterte: »Ich liebe dich, Anni Kluger. Mehr als mein Leben, mehr als alles andere auf der Welt. Bald schon ist es geschafft. Bald schon wirst du deine Tochter wiederhaben. Das verspreche ich dir.«

Sie reagierte nicht auf seine Worte. Ihr Atem war gleichmäßig. Er schloss ebenfalls die Augen. Nur noch ein wenig bei ihr bleiben und ihre Nähe spüren, dachte er. Einen Augenblick lang Ruhe finden, bevor ihn die Nacht auffangen würde und er erneut gute Miene zum bösen Spiel machen musste.

*

Wenige Tage später saß Anni am Tisch und war dabei, einen Kinderpullunder aufzutrennen, den Hiltrud zwischen den Trümmern gefunden hatte. Er war aus dunkelblauer Wolle gestrickt worden, die sich hervorragend für Socken oder einen Schal eignete. Sie versuchte, nicht daran zu denken, wem der Pullunder einmal gehört haben mochte. Das Kind konnte nicht viel älter als fünf Jahre gewesen sein. War es noch am Leben? Oder lag es in den Trümmern begraben? Gewiss nicht, versuchte Anni, sich einzureden. Viele Kinder waren in den letzten Jahren aufs Land in Sicherheit gebracht worden. Der Großteil der Frankfurter Zivilbevölkerung war inzwischen aus der Stadt geflohen. Geblieben waren nur diejenigen, die niemanden hatten, zu dem sie fliehen konnten. Und diejenigen, die sich einfach nicht vertreiben lassen wollten. Diese Stadt war ihre Heimat, der Ort, an den sie gehörten. Hiltrud war eine derjenigen, die niemanden hatten.

Flucht aufs Land. Kinderverschickung, dachte Anni. Eine gute Sache. So lange Zeit hatte sie nicht mehr an diesen Satz gedacht. Letztlich war es tatsächlich eine gute Sache gewesen. Heinrich hatte recht. Sie hatte ihr geliebtes Mädchen in Sicherheit gebracht. Aber auch in England fielen Bomben. London war schlimm getroffen worden, jedenfalls wurde es so berichtet. Hiltrud hatte ihr davon erzahlt. Aber Ruth war nicht in London. Sie war auf der Schule von Anna Essinger in Trench Hall. Das war weit weg von London, irgendwo auf dem Land. Dort war es sicher, dort fielen keine Bomben. Damals am Hauptbahnhof. Die letzte Umarmung. Ein letzter Blick, das erzwungene Lächeln, ihre Tränen. Sechs Jahre war das jetzt her. Sechs Jahre, die sich wie ein ganzes Leben anfühlten. Anni blinzelte die aufsteigenden Tränen fort, löste einen Knoten aus dem Faden und wickelte weiter. Sie versuchte, ihre Gedanken auf etwas anderes zu richten. Gestern hatte Heinrich berichtet, dass Gauleiter Sprenger abgehauen war. Ein neuer Oberbefehlshaber aus Marburg sollte die Stadt jetzt verteidigen. Seinen Namen hatte Anni vergessen. Heinrich hoffte darauf, dass der Mann vernünftig war und sich ergeben würde, denn sie konnten nur verlieren. Eine Niederlage, die sich wie ein Sieg anfühlte und die lang ersehnte Freiheit bringen würde. Freiheit. Anni ließ die Wolle sinken, stand auf und trat an das winzige Fenster ihrer Dachkammer. Unbehelligt auf die Straße gehen dürfen. So oft hatte sie es sich vorgestellt. Zum Gemüsehändler an der Ecke, in den Güntersburgpark, die ersten Blüten an den Bäumen bewundern, am Mainufer stehen und über den Fluss blicken. Doch die Stadt ihrer Vorstellung existierte nicht mehr. Der Gemüsehändler war längst fort, das Haus an der Ecke lag in Trümmern. Die vertrauten Gassen, die Fahrt mit der Straßenbahn, die Alte Oper. Alles war zerstört und die meisten Bewohner geflohen oder tot. Sie blickte auf das gegenüberliegende Haus, das stark beschädigt war und leer stand. Das danebenliegende war heil geblieben. Im oberen Stockwerk öffnete sich ein Fenster, und eine Frau blickte nach draußen. Anni trat ein Stück zurück, um nicht entdeckt zu werden. Sie sah nach unten auf die staubige Straße, auf der die Kastanienbäume standen. Ihre kahlen Äste ragten in den grauen Himmel dieses kalten Frühlingstages. Gestern war Palmsonntag gewesen, dachte Anni. Ostern stand bevor. Früher hatte es an den Feiertagen viele Zusatzkonzerte in der Oper gegeben. Ruth hatte in der Wohnung nach bunten Eiern gesucht, und sie waren häufig zu Gast bei den Sommers gewesen, die das jüdische Passahfest gefeiert hatten. Annis Blick wanderte zur anderen Seite der Dachkammer, wo eine Plane notdürftig Wind und Wetter abhielt. Das Fenster zum Hinterhof gab es nicht mehr, wie das ganze Hinterhaus. Es war zerstört, nur noch ein Trümmerhaufen. Als die Brandbombe einschlug, war sie bei Georgina gewesen. Die Druckwelle hatte das Dach des Hauses beschädigt, der hintere Teil hatte Feuer gefangen. Dem strömenden Regen dieses Tages war es zu verdanken gewesen, dass sich das Feuer nicht weiter hatte ausbreiten können. Ihr Gefängnis war erhalten geblieben. Kalt und zugig, notdürftig geflickt. Anni trat näher an die Plane heran, schob sie zur Seite und blickte über die Trümmer der Häuser hinweg bis zur Gabelsbergerstraße. Sie musste an Marlene denken. So oft hatte sie bereut, dass sie ihr nicht zugehört hatte. Sie hätte für ihre Freundin da sein müssen. Niemals würde sie um Verzeihung bitten können. Vor ihrem inneren Auge sah sie die vielen Menschen, die an diesem grauen Novembertag an ihrem Versteck im Hinterhof vorübergelaufen waren. Männer, Frauen, Kinder, ihre wenigen Habseligkeiten in Händen.

Ihren Namen hatte Heinrich von der Liste gestrichen. War es gerecht, dass sie noch am Leben war? So viele Menschen waren ermordet worden. Sie würden niemals wiederkehren, auch jetzt nicht, obwohl es bald vorbei sein würde. Dann wäre sie nicht mehr die Jüdin und Heinrich nicht mehr der Mann bei der Gestapo. Dann waren sie nur noch zwei einfache Menschen, die einander liebten und heiraten wollten. Sie blickte auf den Ring an ihrem Finger. Sein Antrag schien Jahre zurückzuliegen, doch erst neulich hatte er ihn bekräftigt. Wenn das alles vorbei ist, dann bringe ich dich zur nächsten Kirche und du wirst endlich meine Frau, hatte er gesagt und sie geküsst. Seine Frau. Anni Gabler. Sie sprach es laut aus.

In ihrem Magen kribbelte es. Sie wiederholte den Namen noch einmal, wieder und wieder, klammerte sich regelrecht daran fest. Den alten Namen ablegen und eine neue Identität annehmen, noch einmal von vorn beginnen. Konnte sie das überhaupt, nicht mehr Anni Kluger sein?

Schritte auf der Treppe ließen sie aufhorchen. Es war Heinrich. Er riss die Tür auf, stürmte auf sie zu und zog sie in seine Arme, wirbelte sie im Kreis herum und rief: »Es ist vorbei. Hörst du!«

Er küsste sie überschwänglich. Mit leuchtenden Augen begann er zu erzählen, was den Tag über passiert war. »Gestern ist die deutsche Kommandantur in der Taunusstraße beschossen worden. Löffler und sein ganzer Stab sind tot. Es ist vorbei. Vorbei.«

Er küsste sie erneut, hob sie in die Höhe und drehte sich mit ihr so lange im Kreis, bis ihr schwindelig wurde. »Das werden wir feiern«, rief er. »Endlich musst du dich nicht mehr verstecken. Niemals wieder Gestapo. Ein für alle Mal ist es vorbei. Für immer.«

»Ich wusste es«, sagte plötzlich jemand hinter ihnen. Erschrocken wandten sich die beiden um.

Martin Saller stand mit gezückter Pistole vor ihnen und schüttelte den Kopf.

»Die ganze Zeit über habe ich es geahnt. Mein bester Freund aus Kindertagen ist ein Verräter und liebt eine jüdische Schlampe.«

»Martin«, sagte Heinrich und schob Anni hinter sich.

»Die ganze Zeit über habe ich mich gefragt, wo du sie versteckt hältst. Ihr habt das damals klug eingefädelt. Das muss ich dir lassen. Erst gestern bin ich dahintergekommen, dass sie bei der Tunte gewesen ist. In aller Eile umquartiert. Die Spuren perfekt verwischt.« Er grinste böse. »Norbert Baum, oder soll ich lieber Georgina sagen? Rettet seinen Arsch, indem er beim Katastrophenschutz arbeitet und Verschüttete aus den Trümmern zieht. Was für ein Held. Und das liebe Töchterchen habt ihr nach England geschafft. Wie war ihr Name gleich noch? Ruth hieß die Kleine, nicht wahr?«

Anni zuckte zusammen. Heinrich wollte etwas erwidern, doch Martin ließ ihn nicht zu Wort kommen. »Warst damals ein verdammt guter Schauspieler. Ich habe dir die Nummer mit der Verlobten und dem vorwitzigen Burschen echt abgenommen.«

»Hast du nicht«, sagte Heinrich.

»Schon auf der Bahnfahrt hatte ich Zweifel an deiner Geschichte«, gestand Martin. »August hat sich für mich ein bisschen umgehört. Aber er ist und bleibt ein Stümper.« Er machte eine wegwerfende Handbewegung.

»Umgehört«, entgegnete Heinrich. »Er hat meinen Schreibtisch aufgebrochen.«

»Der Zweck heiligt die Mittel.«

»Welche Mittel?«, fragte Heinrich. »Der Krieg ist vorbei. Auch für dich, mein Freund. Also verschwinde, und nimm endlich das Ding runter.« Er deutete auf Martins Pistole.

»Der Krieg vorbei. So ein Unsinn.« Martin richtete die Pistole direkt auf Heinrich.

»Die Amerikaner haben nicht gewonnen. Niemals werden sie das. Der Endsieg steht kurz bevor. Hitler hat noch etwas in der Hinterhand. Du wirst sehen: Morgen werden sie kommen und die elenden GIs aus der Stadt verjagen. Frankfurt muss um jeden Preis gehalten werden.« Sein Blick fiel auf Anni. »Und dann werde ich eigenhändig dafür sorgen, dass deine kleine Jüdin abtransportiert wird. Oder besser noch – ich erschieße sie gleich hier, genauso wie dich Verräter.«

»Hör mit dem Unsinn auf«, suchte Heinrich Martin zu beschwichtigen. »Es wird niemand kommen. Frankfurt ist gefallen. Sprenger hat sich abgesetzt, Löffler und sein ganzer Stab sind tot. Wir wissen beide, was das zu bedeuten hat. Es hat genug Blutvergießen gegeben.« Er hob die Hand und machte einen Schritt auf Martin zu. »Komm, lass es gut sein. Um der alten Freundschaft willen.«

»Freundschaft«, Martin spie das Wort regelrecht aus. »Mit einem Verräter will ich nicht befreundet sein. In welcher Welt auch immer.«

Dann richtete er die Pistole auf Heinrich und drückte ab. Anni schrie auf. Heinrich sank zu Boden. Martin richtete die Pistole auf Anni.

»Und jetzt du, mein Täubchen.« Anni wich einen Schritt zurück. In ihren Ohren rauschte es. Sie blickte in den Lauf der Pistole, stieß gegen einen Stuhl, kam ins Straucheln und stürzte. Genau in diesem Moment erklang ein Schuss. Anni schloss die Augen, doch nichts geschah. Kein Schmerz traf sie, sie verlor nicht das Bewusstsein. Sie öffnete die Augen wieder. Martin lag auf dem Boden. In der Tür stand Hiltrud, eine Pistole in der Hand.

»Ich hab ihn reden hören«, sagte sie mit zittriger Stimme. »Da hab ich schnell das Ungetüm aus der Wäscheschublade geholt.« Sie ließ die Pistole sinken. »Ich wollte sie immer wegwerfen. Wollte kein solches Teufelsding im Haus haben. War gut, dass ich es nicht gemacht habe.« Sie ließ die Pistole fallen.

Anni sah sie ungläubig an, dann stürzte sie zu Heinrich und suchte verzweifelt seinen Puls am Hals. Hiltrud stupste Martin mit dem Fuß in die Seite. Sein Blick war erstarrt. Trotzdem schob sie vorsichtshalber seine Pistole in die andere Ecke des Raumes. Dann sank sie neben Anni, die begonnen hatte, Heinrich zu schütteln und laut auf ihn einzureden.

»Heinrich. Wach doch auf. Bitte, wach wieder auf. Er ist tot. Wir sind frei. Wir können nach draußen gehen und durch die Straßen laufen. Du wolltest mich doch in die nächste Kirche bringen. Anni Gabler, das klingt wunderbar. Bitte, du musst bei mir bleiben.«

Hiltrud sagte nichts. Sie kniete neben Anni auf dem Boden, bis deren Worte verebbten, Tränen über ihre Wangen liefen und sich das Leid seinen Weg bahnte. In diesem Moment war es besser, zu schweigen und sie gewähren zu lassen. Der Schmerz musste raus, musste gelebt werden, auch wenn es noch so weh tat. Sie selbst hatte damals nicht geschrien und geweint. Still hatte sie um die Liebe ihres Lebens getrauert, die Tränen nicht zugelassen. Stark sein hatte sie wollen, so lange bis sie der Kummer innerlich zerfressen hatte und sie zu dem geworden war, was sie bis heute war. Eine alte, einsamen Frau, die vergessen hatte, wie sich Leben anfühlte.

Anni sollte schreien, toben dürfen, denn sie hatte gerade den Mann verloren, den sie liebte. Im größten Moment der Freude, der Erleichterung war das Unheil über sie gekommen. Dafür gab es keine Worte. Nichts würde Anni jetzt trösten oder in ihr Bewusstsein vordringen. Hiltrud Meiser, die stets sprach und immer etwas zu erzählen wusste, blieb jetzt still.

Irgendwann verstummte Anni. Sie verschränkte die Arme vor der Brust und wippte leise schluchzend vor und zurück. Hiltrud beugte sich nach vorn und schloss Heinrichs Augen. Anni ließ sie gewähren. Als Hiltrud ihre Hand zurückzog, griff Anni nach ihrem Arm und hielt ihn fest. Hiltrud fing ihren Blick auf.

»Gerade war doch alles gut«, flüsterte Anni. »Und dann ...«

Hiltrud nickte. Auch in ihre Augen traten jetzt Tränen.

»Es tut mir so leid. Nur eine Minute früher. Ich bin so schnell hinaufgelaufen, wie ich konnte.«

Anni ließ ihren Arm los. Hiltrud wollte sie an sich ziehen, doch Anni wich zurück. Plötzlich schien ihr Blick abweisend zu sein. Sie sprang auf, trat ans Fenster und schaute nach draußen. Dämmerlicht hing über der Stadt. Ein amerikanischer Panzer rollte die Straße hinunter, ihm folgten mehrere Armeefahrzeuge.

»Ich muss hier raus«, sagte Anni plötzlich. »Ich kriege keine Luft.« Sie griff sich an den Hals. »Ich ersticke.«

Sie rannte an Hiltrud vorbei zur Tür und polterte die Stufen hinunter. Hiltrud rief ihr noch etwas hinterher, doch Anni hörte es nicht mehr. Sie lief durchs Treppenhaus und riss die Haustür auf. Kalte Luft empfing sie. Sie bog um die Hausecke, trat auf die Straße und lief an den vertrauten Kastanienbäumen vorüber. Trümmer lagen überall auf den Wegen. Sie kletterte darüber oder umrundete sie. Kaum ein Haus stand noch oder war unbeschädigt. In den Straßen die Panzer, stehengelassene Fahrzeuge, Fußgänger, die sich misstrauisch umsahen oder hastig davoneilten, tote Wehrmachtssoldaten, einer jünger als der andere. Vor einem Hauseingang hockte ein kleiner Junge, der ihr teilnahmslos nachblickte. An einer Straßenecke saßen GIs, die in ihrem Kochgeschirr herumpickten und Zigaretten rauchten. Eine Frau in der Bleichstraße klopfte ihre Teppiche aus und rief Anni zu: »Jetzt ist der Krieg aus, jetzt mach ich sauber.«

Anni nahm das alles kaum wahr. Ihr Ziel war die Alte Oper. Als sie diese erreichte, stolperte sie in das zerstörte Foyer des Opernhauses hinein, über Trümmer hinweg und die Stufen zu den Sälen hinauf. Die Bühne, sie wollte sie sehen. Auf ihr stehen, sie unter ihren Füßen spüren. Der letzte Akt. Sie umrundete den mit Schutt gefüllten Orchestergraben und stieg die wenigen Stufen zur Bühne hinauf. Auch auf ihr lagen Trümmer. Es roch nach Staub und Asche. Das Dach fehlte. Sie blickte in den grauen Himmel über sich, dann auf die zerstörten Zuschauerränge und ließ die Schultern sinken. Der letzte Akt war ohne sie gespielt worden. Diese Bühne war einst ihre Heimat, ihr Leben gewesen. Zu ihr hatte sie zurückkehren wollen. Jetzt war sie zerstört. Alles war ihr genommen worden. Zerbombt, verbrannt, verfallen. Sie sank auf eine umgefallene Säule. Irgendwann begann sie leise das Stück »Glück, das mir verblieb« aus der Oper »Die tote Stadt« zu singen. So lange hatte sie nicht gesungen, und nun erklang ihre Stimme behutsam, beinahe zärtlich. Als sie die letzte Strophe anstimmte, schloss sie die Augen.

»Naht auch Sorge trüb,
rück zu mir, mein treues Lieb.
Neig dein blass Gesicht
Sterben trennt uns nicht.
Musst du einmal von mir gehn,
glaub, es gibt ein Auferstehn.«

Sie sank zu Boden, strich über die staubigen Bretter der Bühne, rollte sich zusammen und begann laut zu schluchzen.

KAPITEL DREIZEHN

Anni stand am Fenster und ließ ihren Blick über die unendlich vielen Hochhäuser der Stadt schweifen, die bis zum Horizont zu reichen schienen. Sie waren in den Morgenstunden in den Hafen eingefahren. Als sie an der Freiheitsstatue vorbeikamen, hatte New York noch einladend auf sie gewirkt. Sanfter Nebel lag über dem Fluss, der Himmel war blau, die Sonne schien. Dazu der Anblick der mächtigen Statue, der sie ehrfürchtig hatte werden lassen. Nur wenig später, als sie von Bord gingen, war das gute Gefühl mit einem Mal verschwunden. Was für ein unfassbares Getümmel in dieser Stadt herrschte. In den Schluchten zwischen den Hochhäusern prägten Menschenmassen und Unmengen von Autos das Bild. Sie war städtisches Leben gewohnt, doch solch einen bunten Trubel hatte sie noch nie erlebt. Ohne Georgina an ihrer Seite hätte sie sich schon am Hafen hoffnungslos verirrt. Auch hatte sie noch immer große Schwierigkeiten mit der englischen Sprache. Georgina hatte sich auf dem Schiff alle Mühe gegeben, ihr das Notwendigste beizubringen. Während der Überfahrt hatte er seine Nase ständig in ein Englischbuch gesteckt. Er hatte ihr den Namen ihres Hotels eingeprägt, hatte ihr erklärt, wie man nach dem Weg und nach dem Preis fragte. Sie wusste, was bitte und danke hieß, wie man jemanden begrüßte, und konnte

436

ein Getränk bestellen. Jedenfalls hatte sie bis eben noch geglaubt, es zu wissen. Jetzt schienen all die Worte in ihrem Kopf verschwunden zu sein. Der Taxifahrer hatte so viel geredet. Georgina, der auf dem Beifahrersitz saß, hatte höflich genickt, ab und an sogar eine Frage gestellt. Sie selbst hatte sich auf dem Rücksitz lieber am Türgriff festgehalten, obwohl sie nicht sonderlich schnell vorankamen und mehr standen als fuhren. Die fremde Umgebung jagte ihr Angst ein. War es wirklich eine gute Idee gewesen, alles auf eine Karte zu setzen und Ruth zu überraschen? Umgeben von den Hochhäusern und dem hektischen Treiben New Yorks, fühlte es sich plötzlich falsch an. Georgina war auf die verrückte Idee mit dem Überraschungsbesuch gekommen und hatte so lange daran festgehalten, bis Anni irgendwann eingewilligt hatte. Er hatte schon recht damit, dass das Leben weitergehen musste. Sie sollte endlich aus ihrem Schneckenhaus krabbeln und sich einen Platz in der neuen Welt suchen. Ruth war der beste Grund dafür. Ihre Tochter würde heute ihre erste Hauptrolle an einem großen Opernhaus singen. Sie spielten »Die Zauberflöte«. Das Stück, in dem Ruth auch auf Bunce Court aufgetreten war. Damals hatte Anni in Deutschland auf gepackten Koffern gesessen und sich an dem Gedanken festgehalten, ihre Tochter bald in England als Pamina zu sehen. Heute, elf Jahre später, würde es geschehen. Ihre Ruth würde auf der Bühne stehen und singen. Ihr Mädchen, eine fremde Frau. Was sollte sie ihr sagen? Wie würde es sich anfühlen, sie in den Arm zu nehmen?

Solche Gedanken ließ Georgina nicht zu. Ruth war keine Fremde. Was galten schon elf Jahre. Sie war ihr Garderobenmädchen, Familie. Niemals konnte sie fremd sein. Er redete sich ihr Wiedersehen schön und malte es sich in bunten Farben aus. Auch während der aufreibenden Suche nach ihr hatte er das immer wieder getan. Anni hatte damals gar nicht erst gewagt, nach Ruth zu suchen, wofür sie sich heute schämte. Eine Mutter musste ihr Kind doch so schnell wie möglich wiederfinden wollen. Doch ihr hatte die Kraft gefehlt. Die Angst, ihre Tochter nicht zu finden oder sogar Nachricht von ihrem Tod zu erhalten, war zu groß gewesen. In den ersten Monaten nach Kriegsende war sie wie betäubt gewesen und hatte nur reagiert. Irgendwie überleben, den Kummer verarbeiten und weitermachen, das hatte damals an erster Stelle gestanden. Ohne Georgina hätte sie es vermutlich nicht geschafft. Er sorgte dafür, dass sie wieder in ihre alte Wohnung ziehen konnte, schleppte sie zu Massenspeisungen der Volksküche und begleitete sie zu den Behörden, damit sie ihre Witwenrente und Pension wieder erhielt. Er war bei ihr, wenn sie weinte, hörte zu. Er war auch derjenige gewesen, der schon im Sommer 1945 einen Brief an Anna Essinger schrieb und sich nach Ruth erkundigte. Ihre Antwort, die Monate später eintraf, war ernüchternd gewesen. Ruth hatte die Schule schon lange verlassen und war nach London gegangen. Soweit sie wusste, wohnte sie dort in einem Hostel. Genaueres wüsste vielleicht das RCM. Weitere Briefe folgten. Doch die Informationen blieben spärlich. Ruth hatte in einem Hostel am Notting Hill Gate gelebt. Dort war sie aber bereits im Herbst 1944 ausgezogen, wohin, war in ihren Unterlagen nicht vermerkt. Die Suche nach ihr zermürbte Anni. Wieso meldete sich Ruth nicht bei ihr? Sie hätte längst schreiben können. Oder glaubte sie am Ende, ihre Mutter wäre tot? Vermutlich war es so. So viele waren in den Konzentrationslagern gestorben. Die Wahrheit kam erst jetzt nach und nach ans Licht und übertraf die schlimmsten Befürchtungen. Georgina hatte weitergeforscht. Er hatte mit der Hilfe eines GIs, der ihm seinen Text ins Englische übersetzte, an das Hostel geschrieben. Eine Antwort war ausgeblieben. Es schien, als wäre Ruth wie vom Erdboden verschluckt. Irgendwann, zwei Jahre dauerte ihre Suche inzwischen an, geschah ein kleines Wunder. Georgina erreichte ein Brief von Ruth aus Amerika. Sie hatte ihn an seine alte Adresse geschickt, und er war monatelang in den Untiefen einer Poststelle verschwunden. So lange, bis der Brief Adam Simmel, einem alten Freund von Georgina, in die Hände gefallen war. Der brachte ihn eines Nachmittags zu ihnen in die Güntersburgallee. Der Brief überwältigte sie beide. Ruth studierte am Peabody Conservatory in Baltimore Gesang und Schauspiel. Nach Kriegsende hatte sie einen Nachforschungsantrag beim Roten Kreuz gestellt, und ihr war mitgeteilt worden, dass ihre Mutter am 11. November 1942 nach Theresienstadt deportiert worden und nicht zurückgekehrt war. So lautete die offizielle Fassung ihrer Geschichte immer noch.

Anni konnte es kaum glauben. Ihre Tochter, ihr geliebtes Mädchen lebte im fernen Amerika und trat tatsächlich in ihre Fußstapfen. Anni war unglaublich stolz, wenngleich es sie wehmütig stimmte, was sie im Leben ihrer Tochter alles versäumt hatte. Sie war nicht an ihrer Seite gewesen, hatte sie nicht unterstützen können. Amerika, New York. Das klang großartig. Doch war Ruths Zuhause nicht Frankfurt, hätte sie nicht dort zum ersten Mal auf der Bühne stehen sollen? Aber das wäre ohnehin nicht möglich gewesen, denn die Alte Oper war noch immer eine Ruine. Ob sie jemals wieder aufgebaut werden würde, stand in den Sternen. In Frankfurt gab es wichtigere Dinge in Ordnung zu bringen als ein mondänes Opernhaus.

Die erste Zeit nach Kriegsende war besonders hart gewesen. Es fehlte an allem. Noch im Frühjahr 1946 wurden die Lebensmittel wöchentlich zugeteilt, was dazu führte, dass der Schwarzmarkt blühte. Besonders die amerikanische Tauschzentrale an der Ecke Kaiserstraß/Weserstraße war beliebt. Hier konnten Porzellan, Kameras, Lederartikel und viele andere Dinge gegen Kaffee, Butter oder Schmalz eingetauscht werden. Trotzdem verbrachten sie den Jahreswechsel hungernd und frierend. Kohlen blieben in der Stadt, in der viele noch lange Zeit in Kellern oder Bunkerräumen hausten, auch 1947 Mangelware.

Im letzten Jahr war es dann langsam wieder bergauf gegangen. In die Stadt kehrte das Leben zurück, überall wurden die Trümmer beseitigt und neue Häuser und Geschäfte errichtet. Georgina ergatterte eine Anstellung als Barmann und arbeitete wieder als Garderobier. Auch drängte er Anni dazu, einen Antrag auf Entschädigung zu stellen, die ihr laut dem Gesetz zur Wiedergutmachung nationalsozialistischen Unrechts zustand. Ein Richter, der die Oper liebte, und dem der Name Anni Kluger durchaus noch ein Begriff war, sprach ihr unglaubliche achttausend Mark zu, was für Anni unfassbar viel Geld darstellte. Gemeinsam mit Georgina schaffte sie einige neue Möbel für ihre Wohnung an, den Rest legte sie aufs Sparbuch.

Doch trotz der Verbesserung ihrer Lebensumstände verkroch sich Anni größtenteils in ihrer Wohnung. Georgina wollte sie oftmals dazu überreden, mit ihm ins Kino oder ins Theater zu gehen, doch sie blockte ab. Einmal traf sie bei einem ihrer seltenen Spaziergänge am Mainufer eine ehemalige Kollegin, die sie fragte, wann sie wiederkommen würde. Doch diese neue Welt der Oper war nicht mehr die ihre. Ihre Bühne war Vergangenheit und lag in Trümmern. Selbst der Saalhof war zerstört worden. In einer aus Trümmern und Schmerz bestehenden Welt wollte und konnte sie nicht mehr auftreten. Ihr Leben bestand daraus, am Fenster zu sitzen, auf die Straße zu blicken und auf Georgina zu warten. An guten Tagen besuchte sie Hiltrud, die es nach Kriegsende hart getroffen hatte. Sie war auf der Suche nach Feuerholz auf einem Trümmergrundstück verschüttet worden. Sie konnte gerettet werden, war seitdem aber querschnittsgelähmt. Anni hatte sie damals nicht im Krankenhaus besucht, sie hatte es nicht fertiggebracht. Einmal hatte sie davorgestanden und lange auf den Eingang gestarrt. Menschen auf Krücken, in Rollstühlen, mit Kopfverbänden waren ihr entgegengekommen, sie hatte in ausgemergelte Gesichter geblickt und sich selbst darin erkannt. Dann war sie davongelaufen. Erst später, als Hiltrud in eine Pflegeeinrichtung gekommen war, ging sie zu ihr und schob sie schweigend durch den blühenden Park. Auch Hiltrud war wortkarg geblieben. Es schien, als gäbe es eine unsichtbare Mauer zwischen ihnen. Eine Mauer, die beide an diesem Nachmittag und bis heute nicht zum Einsturz gebracht hatten. Auch an Heinrichs Grab war Anni kein einziges Mal gewesen, selbst seiner Beerdigung war sie ferngeblieben. Sie hatte es schlichtweg nicht gekonnt. Die Kraft fehlte, bis heute.

Hinter ihr öffnete sich die Hotelzimmertür, und Georgina betrat den Raum. Er legte Tüten und Hutschachteln aufs Bett.

»Was für eine Stadt. Ein Geschäft schöner als das andere. Ich könnte den ganzen Tag einkaufen gehen. Ich habe das perfekte Kleid für dich gefunden. Ein weinroter Traum aus Samt mit einer schmalen Taille und einem schwingenden Rock. Du wirst darin hinreißend aussehen.«

Er zog seine Eroberung aus einer Papiertüte und hielt sie in die Höhe. Anni schenkte dem Kleid nur einen kurzen Blick. Es war hübsch, keine Frage. Doch passte so ein Kleid überhaupt noch zu ihr? Wollte sie sich schminken und ihr Haar zurechtmachen? Wann hatte sie das zuletzt getan? Sie wusste es nicht mehr. Ihr Blick fiel in den Spiegel an der gegenüberliegenden Wand. Hohle Wangen und ein spitzes Kinn, dazu eine hagere Figur, an der ihr schlichtes dunkelblaues Wollkleid wie ein Sack hing. Georgina erriet ihre Gedanken, legte das Kleid aufs Bett, trat neben sie und strich ihr zärtlich eine Haarsträhne aus der Stirn. »Hast du geschlafen?«

Anni schüttelte den Kopf. »Es ging nicht.«

»Ist dir noch übel, schwindelig?«

Anni verneinte, obwohl ihr noch immer etwas schummrig zumute war. Sie hatte sich auf dem Schiff einen Magen-Darm-Infekt eingefangen. Zusätzlich waren sie einige Tage vor ihrer Ankunft in raue See gekommen, was ihre Übelkeit verstärkt hatte. Erst seit dem Morgen war es besser. Dazu kam die Aufregung. Nur noch wenige Stunden, und sie würde Ruth gegenüberstehen. Würde sie den Erwartungen ihrer Tochter gerecht werden können? Sie war nicht mehr Anni

Kluger, der gefeierte Opernstar, die geliebte Mutter aus besseren Tagen. Heute war sie ein Schatten ihrer selbst mit glanzlosen Augen und grauen Strähnen im Haar, der ohne Georginas Hilfe vollkommen hilflos war.

»Möchtest du etwas essen? Ich könnte uns Sandwiches besorgen und Kaffee. Den gibt es hier an jeder Straßenecke.«

»Kaffee wäre wunderbar«, erwiderte Anni mit einem Lächeln.

»Fein. Dann lauf ich schnell hinunter und hole uns etwas.« Er blickte auf seine Armbanduhr. »Und dann müssen wir uns sputen. Wir wollten doch vor Beginn der Vorstellung noch zu Ruth in die Garderobe. Ich bin so aufgeregt!«

Er drückte Anni überschwänglich einen Kuss auf die Wange und verließ den Raum.

Annis Blick fiel auf das weinrote Samtkleid. Sie trat vom Fenster weg und berührte es mit den Fingerspitzen. Wie edel sich der Stoff anfühlte. Sie strich über die Spitze am Halsausschnitt. Georgina hatte recht. Es würde ihr stehen. Kurzentschlossen knöpfte sie ihr Wollkleid auf und ließ es zu Boden sinken. Langsam und vorsichtig zog sie das neue Kleid über und schloss den Reißverschluss an der Seite. Der Stoff lag wunderbar weich auf der Haut. Normalerweise trug man unter einem solchen Kleid eine Korsage. Doch sie war so dünn, dass sie diese nicht benötigte. Es gab keine weiblichen Rundungen, die hätten betont werden können. Trotzdem gefiel ihr ihr Spiegelbild nun besser. Sie hielt ihr halblanges Haar in die Höhe. Georgina wollte es hochstecken. Oder sollte sie es nicht besser offen und in Wellen gelegt tragen? Sie setzte sich an den kleinen, dem Bett gegenüberliegenden Schminktisch und betrachtete ihr blasses Gesicht.

Etwas Rouge, Lidstrich und Wimperntusche, dann würde es gleich viel besser aussehen.

Genau in diesem Moment öffnete sich die Tür, und Georgina betrat mit einer Papiertüte und zwei Pappbechern in den Händen den Raum. Anni stieg verführerischer Kaffeeduft in die Nase. Georgina lächelte bei ihrem Anblick.

»Du hast es angezogen«, sagte er.

Anni nickte. »Es ist wunderschön.«

»Und war dazu noch günstig.« Er zwinkerte ihr zu. »Ich weiß, über Geld spricht man nicht, aber es lag voll in unserem Budget.«

Er trat neben Anni, reichte ihr einen Kaffeebecher und musterte ihr Gesicht.

»Und jetzt verwandle ich dich in die schönste Frau, die New York jemals gesehen hat.«

Anni nippte an ihrem Kaffee und schlug ihm lächelnd auf den Arm.

»Was redest du für einen Unsinn.«

»Du wirst schon sehen. Wenn ich mit dir fertig bin, wirst du dich nicht wiedererkennen.«

Wenige Stunden später betraten sie das New York City Center Theater, in dem die City Opera beheimatet war. Sie war erst im Jahr 1943 gegründet worden, mit dem Ziel, junge Talente zu fördern. Hier wollte man allen den Besuch der Oper ermöglichen, weshalb die Ticketpreise erschwinglich waren. Anni fand das Konzept dieser Einrichtung wunderbar, ermöglichte sie doch Ruth so kurz nach ihrer Ausbildung eine erste Hauptrolle. Während sich Georgina beim Pförtner nach dem Weg zu den Garderoben erkundigte, blickte sie sich um. Das Gebäude wirkte mondän. Der Bau-

stil war maurisch angehaucht, was für ein Theater ungewöhnlich war. Man fühlte sich ein wenig wie in einem Märchen aus Tausendundeiner Nacht.

»Zu den Garderoben geht es durch die Tür dort hinten.«
Georgina trat neben sie und deutete auf eine unscheinbare Tür neben dem Treppenaufgang. Annis Herzschlag beschleunigte sich. Dahinter war Ruth. Vermutlich saß sie gerade vor ihrem Spiegel, schminkte sich, lachte und schwatzte
mit ihren Kolleginnen. Gewiss hatte sie Lampenfieber. War
es wirklich gut, sie jetzt zu stören? Am Ende würde ihr Wiedersehen sie zu sehr aufwühlen.

Georgina wollte auf die Tür zusteuern, doch Anni hielt
ihn am Arm zurück.

»Und du denkst wirklich, es ist eine gute Idee, sie vor
der Vorstellung zu überraschen? Sie ist bestimmt nervös und
muss sich vorbereiten. Wollen wir nicht lieber bis nach der
Aufführung warten und dann zu ihr gehen?«

Georgina warf ihr einen kurzen Blick zu, der alles sagte.
Er wollte nicht warten, obwohl er genau wusste, welch ein
hektisches Treiben gerade jetzt hinter der Bühne herrschte. Endlich waren sie hier und nur wenige Meter von Ruth
entfernt. Gewiss würde sie sich unendlich freuen und voller
Stolz auf der Bühne stehen, wissend, dass sie für ihre Mutter sang.

Er wollte etwas erwidern, kam jedoch nicht mehr dazu,
denn jemand rannte in ihn hinein.

»So pass doch auf. Ich meine – Entschuldigung«, sagte
eine junge Frau auf Englisch. Sie wollte weiterlaufen, doch
Georgina hielt sie zurück.

»Ruth«, sagte er laut. Abrupt blieb die Frau stehen und

drehte sich langsam um. Ihre Augen weiteten sich. Anni erkannte sie auf den ersten Blick. Das kastanienbraune Haar, ihre Gesichtszüge, ihre Statur. Sie ähnelte ihr noch immer. Tränen traten in ihre Augen, und ihre Hände begannen zu zittern.

Ruth zögerte einen Moment, dann sagte sie leise: »Mama.« Sie machte einen Schritt auf Anni zu und wiederholte es lauter. »Mama.«

Anni nickte. »Ruth«, brachte sie heraus.

Ruth breitete die Arme aus und flog regelrecht in die Arme ihrer Mutter. Vor lauter Überschwang warf sie sie beinahe um. Wie eine Ertrinkende klammerte sie sich an ihr fest. Sie war hier, einfach so, schien wie aus dem Nichts aufgetaucht zu sein. Wie war das möglich? Sie konnte sie anfassen, umarmen, sie küssen, ihre Nähe spüren. Der Moment des Wiedersehens überwältigte beide. Anni konnte es nicht fassen. Endlich hatte sie ihre Ruth wieder. Ihr Mädchen duftete so herrlich vertraut nach Theaterschminke und Parfüm. Sie war keine fremde Frau geworden. Sie war Ruth, verändert, erwachsener, doch immer noch ihre Tochter.

»Ähm«, räusperte sich Georgina irgendwann. Ruth blickte auf, lächelte und fiel auch ihm überschwänglich um den Hals.

»Georgina. Meine liebe, gute Georgina«, sagte sie.

Er drückte sie fest an sich. Sie war beinahe so schmal wie ihre Mutter und so hübsch. Was hatte er in all den Jahren diesen Moment herbeigesehnt. So musste sich ein Vater fühlen, kam ihm in den Sinn. Auch er begann zu weinen.

Ruth löste sich aus der Umarmung und wischte sich die Tränen von den Wangen. »Wie kommt ihr hierher?«

»Sollen Schiffe nach Amerika fahren, habe ich mir jedenfalls sagen lassen. Wir haben schon einmal eine Aufführung der ›Zauberflöte‹ von dir verpasst. Dieses Mal sollte uns das nicht passieren«, scherzte Georgina.

Ruth griff sich an die Stirn.

»Die Aufführung. Ich bin spät dran. Die Schneiderin hat gerade mein Kostüm beim Pförtner abgegeben. Es musste geändert werden. Gerade so ist es fertig geworden.« Sie fasste ihre Mutter an den Händen. »Ihr müsst nach der Vorstellung in die Garderobe kommen. Dann feiern wir unser Wiedersehen. Ich stelle euch alle meine Freunde vor. Ach, es gibt ja so viel zu erzählen.«

Die Tür, die zu den Garderoben führte, öffnete sich und eine junge Frau blickte ins Foyer.

»Ruth, wo bleibst du denn? Beeil dich.«

»Meine Königin der Nacht ruft«, sagte Ruth lächelnd und wischte sich erneut die Augen. »Ich muss jetzt wirklich gehen. Wir sehen uns später, ja?«

Sie eilte zum Pförtner, der schon alle Hände mit den kommenden Besuchern zu tun hatte, nahm einen Kleidersack in Empfang und verschwand fröhlich winkend mit der Königin der Nacht. Anni wäre ihr am liebsten gefolgt. Georgina erriet ihre Gedanken. Liebevoll legte er den Arm um sie. »Wir haben sehr gute Plätze. Du wirst die Aufführung wunderbar verfolgen können. Dein Mädchen weiß nun, dass du im Publikum sitzt.« Er zwinkerte ihr zu.

»Was bedeutet, dass sie um ihr Leben singen wird«, erwiderte Anni lächelnd. Georgina schüttelte den Kopf.

»Da blitzt sie durch, die berühmte Sopranistin von einst.«

Die beiden wandten sich der Treppe zu, die zu den oberen Rängen führte. Anni hielt sich am Treppengeländer fest, während sie die mit rotem Samt ausgelegten Stufen nach oben ging. Erneuter Schwindel plagte sie. Sie versuchte, sich nichts anmerken zu lassen. Sie erreichten den ersten Rang und nahmen ihre Plätze in der vordersten Reihe ein. Anni ließ ihren Blick über den opulent gestalteten Publikumsraum schweifen, der sich langsam füllte. Die Musiker stimmten im Orchestergraben ihre Instrumente. Sie beugte sich nach vorn und blickte ins Parkett hinunter. Kaum ein Platz blieb unbesetzt. Es wurde gelacht und getuschelt. Edel gekleidete Damen wurden von Herren in Anzügen zu ihren Plätzen gebracht. Plötzlich fühlte sie sich unwohl.

»Es ist sonderbar«, sagte sie. »Aus dieser Perspektive habe ich die Oper niemals wahrgenommen. Für mich gab es immer nur die Welt hinter dem Vorhang, die Sicht von der Bühne. Die andere Seite fühlt sich falsch an. Es ist, als würde ich nicht dazugehören. Aber das möchte ich. Gerade heute. Ich muss dort oben am Rand der Bühne stehen und ein Teil von ihr sein.« Sie sah Georgina an. »Wir müssen dort hinunter.« Ihre Stimme klang entschlossen. »Dieser Platz ist nicht der richtige für uns. Wir gehören hinter die Bühne. Ich muss in ihrer Nähe sein. Sie muss mich doch sehen können.«

Anni sprang auf und schob sich durch die Reihen zum Ausgang. Georgina folgte ihr.

Schwindel erfasste sie von neuem. Im Foyer kam sie ins Schwanken. Schwarze Flecken tanzten vor ihren Augen. Georgina hielt sie fest.

»Anni, um Himmels willen.«

»Es geht schon«, sagte sie. »Der Virus vom Schiff macht mir noch Probleme.« Sie bemühte sich um ein Lächeln.

»Wir sollten zurück auf unsere Plätze gehen«, sagte Georgina. »Dort kannst du dich während der Vorstellung ausruhen.«

Anni schüttelte den Kopf. »Und wenn ich hinter diese Bühne kriechen muss. Ich werde meiner Tochter an Ort und Stelle beistehen, wie es sich für eine anständige Sängerin gehört.«

Sie reckte entschlossen das Kinn nach vorn. Georgina ergab sich seufzend. Wenn sich Anni einmal etwas in den Kopf gesetzt hatte, war sie nicht mehr davon abzubringen. Auch er musste sich eingestehen, dass ihm die Sicht auf die Bühne aus dem Zuschauerraum nicht behagte.

»Meinetwegen. Aber wir werden hinter der Bühne einen Stuhl für dich finden, und du wirst die ganze Aufführung über dort sitzen bleiben.« Mahnend hob er den Zeigefinger.

Anni nickte. Langsam führte Georgina Anni die Treppe hinunter, und sie gelangten nach einem kurzen Gespräch mit dem Portier durch einen Seiteneingang hinter die Bühne. Es dauerte nicht lange, bis sie Ruth in die Arme liefen, die in ihrem Kostüm zauberhaft aussah. Blonde Locken fielen bis auf ihre Taille herab. Sie trug ein weißes, mit rosa Blüten besticktes bodenlanges Kleid, das ihre schmale Figur betonte.

Bei ihrem Anblick stemmte sie die Arme in die Hüften und grinste. »Hab ich es mir doch gedacht. Ihr beide im Publikumsraum, dass ich nicht lache. Ich habe schon auf euch gewartet.« Sie zwinkerte Georgina zu und deutete auf zwei einfache Klappstühle am Bühnenrand.

»Von dort aus habt ihr eine gute Sicht.« Georginas Augen weiteten sich, als er sah, was auf einem der Stühle lag. Die lila Federboa.

Ruth trat näher an ihn heran. »Was willst du heute sein? Prinzessin oder Zauberfee, Ballerina oder Königin?«

Georgina lächelte. Ruth nahm Annis Hand und drückte sie. Dann ließ sie die beiden stehen und eilte zu den anderen Mitgliedern des Ensembles. Georgina und Anni nahmen ihre Plätze ein. Stolz wickelte sich Georgina die lila Federboa um den Hals, was Anni zum Schmunzeln brachte.

»Es fühlt sich beinahe wie zu Hause an«, flüsterte er Anni zu, als wenig später das Orchester zu spielen begann und sich der Vorhang hob.

Anni erwiderte nichts. Ihre Hände zitterten. Gleich würde Ruth die Bühne betreten. Was willst du heute sein?, hatte sie gefragt.

Ruth hatte sie mit dieser Frage wachgerüttelt. Wer wollte sie sein, was oder wen stellte sie noch dar? Vielleicht gab es ja doch ein Zurück auf die Bühne. Diese Welt war die ihre, sie war mit ihr verwachsen. In diesem Moment verstand sie, dass es ihr gleichgültig war, wo und in welchem Umfeld die Oper gegeben wurde. Oper war Leidenschaft, Liebe, Schmerz und Freude – und sie war ihr Lebensinhalt. Was zählte, war die Musik.

Ruth betrat die Bühne und begann zu singen. Ihre Stimme war voller Gefühl, voller Leidenschaft, sanft, laut, kraftvoll und leise. Sie war perfekt. In Annis Augen traten Tränen. Sie sang im Kopf jedes Wort mit und bewegte leise die Lippen dazu. Vielleicht gab es tatsächlich einen Weg zurück, hinaus aus der Angst, die wie ein Schatten über allem lag und sie nicht loslassen wollte.

Als das Stück endete, gab es frenetischen Beifall. Das Publikum stand und forderte die Darsteller immer wieder auf die Bühne. Als der Vorhang endgültig fiel, kam Ruth zu ihnen und nahm ihre Glückwünsche entgegen. Anni drückte sie fest an sich und sagte: »Du warst die beste Pamina, die ich je gesehen habe.«

Ruth lächelte. Sie wusste die Worte ihrer Mutter einzuordnen. Niemals würde sie ein solches Lob aussprechen, wenn sie es nicht so meinte. Gemeinsam verließen sie die Bühne und gingen zur Garderobe.

Anni hatte jetzt ernsthafte Probleme mit dem Gleichgewicht. Immer wieder tanzten schwarze Flecken vor ihren Augen. Auch die Übelkeit kehrte zurück. Es ging eine Treppe hinunter, einen langen Flur entlang. Sie klammerte sich an Georginas Arm regelrecht fest. Neonlicht, eine Lampe flackerte. Es roch nach Reinigungsmittel. Der Chor eilte kichernd an ihnen vorüber. Sie erreichten die Garderobe. Die gewohnten Schminktische, Spiegel, umgeben von unzähligen Glühbirnen, die warmes Licht verbreiteten. Der Geruch von Parfüm und Schweiß schlug ihnen entgegen. Die schwarzen Flecken vor den Augen wurden stärker, Schwindel, Übelkeit. In ihren Ohren rauschte es. Sie musste durchhalten. Ruth war hier. Im nächsten Moment wurde alles schwarz um sie herum, und sie sank zu Boden.

*

In der Notaufnahme des Krankenhauses herrschte hektische Betriebsamkeit. Ruth und Georgina saßen auf grünen Plastikstühlen vor einer verschlossenen Glastür, hinter der die Sanitäter mit Anni vor einer gefühlten Ewigkeit verschwunden waren. Der Zustand ihrer Mutter war kritisch. Ruth hatte als Tochter im Krankenwagen mitfahren dürfen. Worte wie Kreislaufzusammenbruch und Herzstillstand hatten ihr die Kehle zugeschnürt. Sie war in die hinterste Ecke des Wagens gedrängt worden. Einer der Männer machte eine Herzmassage, ein weiterer legte ihrer Mutter einen Zugang am Handgelenk. Am Krankenhaus angekommen, waren sie zur Notaufnahme gerannt. Ruth hatte die Hand ihrer Mutter gehalten, stets dieselben Worte gemurmelt.

»Alles wird wieder gut. Es wird wieder gut.«

Vor der Glastür war für sie Schluss gewesen. Eine Krankenschwester hatte sie aufgehalten. Seitdem saß sie hier. Georgina war gekommen, und er wollte sich weder von der Glastür noch von einer Krankenschwester aufhalten lassen. Er musste wissen, wie es Anni ging. Ein bulliger Pfleger hatte ihn mit der Androhung auf Hausverbot zurückgebracht. Dann lief er den Flur auf und ab und machte sich Vorwürfe. Es war alles seine Idee gewesen. Zu anstrengend, zu aufregend. Zu viel für sie.

Irgendwann verstummte er und sank neben Ruth auf einen der Stühle. Ruth war wie betäubt und saß still auf ihrem Platz. Noch immer trug sie ihr Kostüm. Das weiße Kleid mit den rosa Blüten, um das sich noch vor wenigen Stunden alles gedreht hatte. Bis zu dem Augenblick, als sie im Foyer in Georgina hineingelaufen war. Seitdem war alles anders. Ihre Mutter war hier, in New York. Sie hatte am Bühnenrand gesessen und ihren Auftritt gesehen, hatte ihr applaudiert, sie gelobt. Es schien wie ein Wunder. Es durfte noch nicht vorbei sein. Das war nicht fair. Es gab so viel zu erzählen. Sie wollte mit ihr reden, sie in den Arm nehmen, ihre Gegenwart spüren. Gerade eben hatte sie noch gelä-

chelt, hatten ihre Augen vor Freude geleuchtet. Doch trotz
all der Wiedersehensfreude waren Ruth die Veränderungen
an ihrer Mutter nicht entgangen. Sie wirkte ausgemergelt
und war unsagbar dünn geworden. Darüber konnte auch
das viele Make-up nicht hinwegtäuschen, das mit Sicherheit
Georgina aufgetragen hatte.

Ruth hatte so viele Fragen an ihre Mutter. Wie war es ihr
ergangen? Wo hatte sie all die Jahre gelebt? Weshalb war
sie nicht nach Theresienstadt gekommen? Manche von ihnen hatte sie schon Georgina gestellt. Seine Antworten hatten seltsam teilnahmslos und sachlich geklungen. Versteckt
auf dem Dachboden hatte ihre Mutter den Krieg überstanden, doch die langen Jahre der Angst hatten sie zermürbt.
Ruth spürte, dass hinter seiner Sachlichkeit mehr lag. Es
schien, als wollte er den ganzen Schmerz dahinter verbergen. Sie drang nicht weiter in ihn. Schon das Wenige, was er
preisgegeben hatte, machte sie betroffen. Könnte sie überhaupt ertragen, die ganze Geschichte zu hören? Sie machte
sich Vorwürfe, kam sich schäbig vor. Was galten ihre alltäglichen Sorgen und Nöte gegen die Schrecken, die ihre
Mutter hatte erleben müssen? Sie war in England in Sicherheit gewesen. Sie hatte sich nicht verstecken und mitansehen
müssen, wie ihre Heimatstadt im Bombenhagel unterging.
Magda Spiegel war deportiert worden, genauso wie Walters
Mutter und so viele andere. Wer entschied, wer leben oder
sterben durfte? Sie sah das Haus in der Güntersburgallee
vor sich. Den Hinterhof, hörte Walters Klavierspiel. Walter,
dachte sie wehmütig. Schon lange hatte sie nicht mehr an
ihn gedacht. Er hatte sich nicht mehr bei ihr gemeldet. Nach
Kriegsende hatte sie ihn zu finden versucht. Von Anna Es-

singer hatte sie erfahren, dass er zur Royal Air Force gegangen war, wofür er seinen Namen hatte ändern müssen, wie alle Deutschen, die auf englischer Seite kämpften. Aber den neuen Namen kannte sie nicht, und auch beim RCM war nur sein alter Name vermerkt gewesen. Er war und blieb verschwunden, was ihr beinahe das Herz brach. Immer wieder fragte sie sich, ob er noch am Leben war und wie es ihm ging.

Mit ihrer Überfahrt nach Amerika im September 1945 hatte sie nach vorn blicken und all die Erinnerungen abschütteln wollen. Geschafft hatte sie es nicht. Als die Rückmeldung vom Roten Kreuz bei Ruth in Amerika eingetroffen war, hatte sie an Georgina geschrieben. Vielleicht wusste er etwas. Vielleicht war Anni doch zurückgekehrt, und es war nirgendwo vermerkt worden. Als eine unendlich lange Zeit später eine Antwort eingetroffen war, hatte sie es kaum glauben können. Ihre Mutter war am Leben. Und heute hatte sie vor ihr gestanden. So oft hatte sie davon geträumt.

Die Glastür öffnete sich, und ein junger Arzt kam gemeinsam mit einer Krankenschwester auf sie zu. Mit klopfendem Herzen erhob sich Ruth.

»Und?«, fragte Georgina, der ebenfalls aufgestanden war.

»Wir konnten den Kreislauf stabilisieren und ihr Herz wieder zum Schlagen bringen. Allerdings hat es sehr lange gedauert. Ob sie jemals wieder zu sich kommen wird, kann ich nicht sagen.«

Seine Worte trafen Ruth bis ins Mark. Alle Farbe wich aus ihrem Gesicht.

»Aber, ich meine ... Das geht nicht, sie ist doch ...«

»Können wir zu ihr?«, hörte sie Georgina fragen.

»Sind Sie ein Verwandter«, fragte der Arzt.

»Er ist mein Vater«, antwortete Ruth für Georgina und griff nach seiner Hand. Der Arzt nickte zögernd.

»Also gut. Die Schwester wird Sie hinbringen.«

Er verabschiedete sich und eilte davon.

Mit klopfendem Herzen folgten Ruth und Georgina Hand in Hand der Schwester. Es ging durch die Glastür, vorbei an Behandlungsräumen, mit einem Fahrstuhl in den fünften Stock. Anni lag allein in einem Zimmer. Das Bett neben ihr war leer. Sie schien in den Kissen fast zu versinken. Ruth setzte sich neben ihr auf die Bettkante und griff nach ihrer Hand.

»Wir sind bei dir, Mama. Es wird alles wieder gut. Du bist müde und musst dich ausruhen. Schlaf ruhig ein wenig. Später, wenn du aufwachst, gehen wir in den Central Park. Dort ist es wunderschön. Es wird dir gefallen.«

Georgina trat an Fenster und blickte nach draußen. Unendlich viele Lichter schienen die Nacht zum Tag zu machen.

»Warum hast du gesagt, dass ich dein Vater bin?«, fragte er ohne sich umzudrehen.

»Er hätte dich sonst nicht zu ihr gelassen«, antwortete Ruth.

»Und wenn ich gar nicht zu ihr gewollt hätte?«, erwiderte er und drehte sich um. Ruth sah ihn verwundert an.

Er trat näher ans Bett und berührte zärtlich Annis Wange.

»All die Jahre habe ich auf sie achtgegeben. Ich habe sie im Arm gehalten, wenn sie weinte, habe sie beruhigt, wenn sie wütend war. Ich habe sie wachgerüttelt, wenn die Alpträume sie quälten. Ich habe ihr Schweigen, ihre Einsamkeit ertragen. Ihre Sehnsucht nach der verlorenen Vergangenheit geteilt.« Er suchte Ruths Blick. »Dieses Sehnen nach dem Gestern macht uns müde. Ich kann das nicht mehr ...« Seine Stimme brach. Ruth spürte, dass er zum ersten Mal seit Jahren zeigte, was er lange verborgen hatte. Schwäche.

»Dann geh und schlaf«, antwortete sie. »Du hast sie mir gebracht. Du hast dich gekümmert. Ich bleibe jetzt bei ihr. Ich werde nun für sie da sein und ihr Schweigen ertragen. Geh und ruh dich aus. Nimm dir die Zeit, die du brauchst. Sie wird es verstehen.« Sie griff nach Georginas Hand und drückte sie. »Es ist gut. Ich bleibe hier und halte die Stellung. Du kannst loslassen.«

Er nickte zögernd. Ihre Worte überraschten ihn. Sein Blick wurde wehmütig, als er antwortete: »Du klingst so fürchterlich erwachsen.«

Er ließ ihre Hand los und verließ ohne ein weiteres Wort den Raum. Ruth blickte ihm nach. Elf Jahre, dachte sie. Eine halbe Ewigkeit verlorener Zeit. Ihr Blick fiel auf ihre Mutter, und sie flüsterte: »Das Jankele. Wollen wir es singen?«

Sie legte sich neben Anni, nahm sie in den Arm und blickte zur Decke. Hier gab es keinen Traumfänger über dem Bett, der die bösen Geister vertreiben würde. Vielleicht würde er heute helfen. Damals hatte er es nicht getan. Die bösen Geister waren trotzdem in ihr Leben gekommen und nicht aufzuhalten gewesen. Sie hatten ihr die Heimat geraubt, ihr die Mutter genommen, ihr Zuhause zerbombt. Was wäre, wenn ... Sie schob den Gedanken beiseite. Das spielte keine Rolle. Ihre Mutter hatte es nicht nach England geschafft, ihre Welt war auseinandergebrochen. Nichts würde wieder so sein, wie es einmal war. Die Sehnsucht nach dem Gestern hatte sie zermürbt und müde gemacht. Die ständige Hoffnung hatte sie gequält. Sie schloss die Augen und stimmte irgendwann leise das Jankele an.

>»Shlof zhe mir shoyn jankele mayn sheyner,
di eygelakh die shvatsinke makh tsu.
a yingele vos hot shoyn ale tseyndelekh,
muz nokh di mame zingen ›ay lyu lyu‹«

Die vertrauten jiddischen Worte, die traurige Melodie, sie nahmen ihr die Angst. Jetzt war alles gut. Sie spürte die Wärme und Nähe ihrer Mutter, hatte sie endlich wieder bei sich. Das Gestern und das Morgen waren in diesem Moment gleichgültig. Immer wieder wiederholte sie das geliebte Jankele und schlief irgendwann darüber ein.

Am nächsten Morgen war es Georgina, der sie behutsam weckte und ihr mit Tränen in den Augen mitteilte, dass ihre Mutter für immer gegangen war.

KAPITEL VIERZEHN

Walter stand mit klopfendem Herzen vor dem Eingang des Theaters. In seinen Händen hielt er das Programmheft, das ihm heute Morgen sein Stubenkamerad Jason mit den Worten »Du gehst doch gern in die Oper« in die Hand gedrückt hatte. Erst am Nachmittag war er dazu gekommen, einen Blick hineinzuwerfen. »Die Entführung aus dem Serail« wurde heute Abend von einem New Yorker Ensemble aufgeführt. Eines von vielen Gastspielen. Doch es war nicht das Stück, das ihn hierhergeführt hatte. Es war der Name der Sopranistin, die das Blondchen singen würde. Ruth Kluger. Sie war in Berlin, in New York, nicht mehr in England. Mit ihrem Namen kamen all die Gefühle und Erinnerungen wieder hoch. Er hatte geglaubt, sie zu lieben. Seine Schwester, die Freundin aus Kindertagen. Konnte man überhaupt glauben, jemanden zu lieben? So oft hatte er sich diese Frage in all den Jahren gestellt. Damals im Gefängnis war er wütend gewesen, später auf der Isle of Man war die große Leere gekommen, und irgendwann war Ruth in den Hintergrund gerückt. Warum, konnte er nicht sagen. Vielleicht war es Angst. Eine Art Flucht vor der Vergangenheit, mit der sie untrennbar verbunden war. Er war zur Armee gegangen und hatte, wie es dort verlangt wurde, seinen deutschen Namen abgelegt. Heute war er Tyler Williams, englischer Offizier. Vom Lance Corporal hatte er sich schnell zum Lieutenant hochgearbeitet und wurde bald darauf Captain. Walter Sommer existierte heute nicht mehr. Er gehörte zu dem Teil seines Lebens, den er für immer hinter sich gelassen hatte. Nach Kriegsende war er in Frankfurt gewesen, doch dort hatte er nichts mehr gefunden, was zu ihm gehört hätte. Es gab kein Hinterhaus mehr. Es war fort, genauso wie seine Mutter, die in November 1942 nach Theresienstadt deportiert worden war, wie er erfahren hatte. Lange hatte er vor dem Eingang des Vorderhauses gestanden und auf die Tür gestarrt. Vielleicht hätte er in das Treppenhaus gehen und an Annis Tür klopfen sollen. Er war zu feige gewesen. Die Vergangenheit schmerzte zu sehr.

Doch heute hatte sie ihn eingeholt. Ruth Kluger, das Mädchen, das er einst glaubte zu lieben, sang das Blondchen. Sie hatte es also geschafft und eine Gesangsausbildung gemacht. Er dachte daran, wie sie als kleines Mädchen neben ihm im Herrenzimmer auf dem Klavierhocker gesessen und gesungen hatte. Auf Bunce Court waren sie eine Einheit gewesen, tief in der Musik verwurzelt, waren sie unzertrennlich.

Sein Blick fiel auf ein am Eingang hängendes Plakat, das die heutige Vorstellung ankündigte. Und dennoch waren sie getrennt worden. Damals, in Bolingbroke, wo ihre Welt mit einem Schlag zerbrochen war. Er wusste, dass er sie bis heute liebte. Kein Mädchen war ihm je wieder so nahe gekommen. So viel Vertrauen, Gefühl, so viel Freude wie mit Ruth hatte er niemals wieder erlebt. Nach Kriegsende hatte er versucht, sie ausfindig zu machen. Ohne Erfolg. Monate und Jahre zogen ins Land, und irgendwann war sie endgültig zu einem Teil seiner verlorenen Vergangenheit geworden, den es zu vergessen galt. Heute war er Tyler Williams, ein Offizier der englischen Armee. Die Vergangenheit war vorbei, zählte nicht mehr. Bis jetzt. Er atmete tief durch, straffte die Schultern und betrat das Theater. Ein elegantes Foyer empfing ihn. Roter Teppich dämpfte seine Schritte, helles Sonnenlicht fiel durch große Fenster in den Raum und brachte die prachtvollen Kronleuchter an der Decke zum Funkeln. Die Vorstellung würde erst am Abend beginnen. Vielleicht hatte er ja Glück, und Ruth war schon hier. Das Foyer war leer. Er blickte sich suchend um. In einem der Gänge fand er eine Putzfrau, die ihm den Weg in den hinteren Teil des Theaters wies. Es ging durch eine unscheinbare Seitentür, er folgte einem langen Flur und stieg an dessen Ende eine Treppe in den ersten Stock hinauf. Hinter einer Flügeltür waren Stimmen zu hören. Jemand sang. Hier schien er richtig zu sein. Doch genau in dem Moment, als er die Tür öffnen wollte, um in den Raum zu spähen, wurde er von hinten angesprochen.

»Wer sind Sie denn?«, fragte eine männliche Stimme auf Englisch.

Walter drehte sich um. Er blickte in das faltige Antlitz eines älteren Herrn, der ihn missbilligend musterte.

»Mein Name ist … Ich meine, ich bin Tyler Williams und auf der Suche nach einer alten Freundin. Sie tritt heute Abend hier auf. Ruth Kluger.«

Die Miene des alten Herrn verfinsterte sich noch mehr.

»Ruth Kluger ist tatsächlich da drinnen. Allerdings muss sie proben. Für anderes ist jetzt keine Zeit. Kommen Sie später wieder.«

Er ging an Walter vorbei, betrat den Raum und schloss die

Tür hinter sich. Irritiert blickte Walter ihm nach. Was für ein unhöflicher Mensch. Was dachte sich dieser Mann? Wut stieg ihn ihm auf. So schnell würde er sich nicht abwimmeln lassen. Er würde hier stehen bleiben und auf sie warten. Irgendwann musste diese Probe ein Ende haben, und dann würde Ruth herauskommen. Er trat ans Fenster, blickte nach draußen und wollte sich eine Zigarette anzünden, ließ es dann aber doch. Irgendwann fiel sein Blick auf die Tür des Nachbarraums, die nur angelehnt war. Er schob sie auf und sah in einen leeren Tanzsaal. An dessen Ende stand ein auf Hochglanz polierter schwarzer Flügel. Er schaute sich um. Niemand war weit und breit zu sehen. Nur ein kleines bisschen spielen, vielleicht Chopin. So lange hatte er kein klassisches Stück mehr gespielt. Für seine Kameraden setzte er sich hie und da in einer Kneipe ans Klavier, jedoch nur für die üblichen Gassenhauer, die in seinen Augen nur wenig mit richtiger Musik zu tun hatten. Er betrat den Raum, schloss die Tür hinter sich, setzte sich an den Flügel und begann zu spielen.

*

Ruth trat ans Fenster und öffnete es. Milde Luft und Verkehrslärm drangen von draußen herein. Die Probe war vorbei. Die ersten Kollegen verließen den Raum. Jetzt galt es, sich noch ein wenig auszuruhen, der Abend würde anstrengend werden. Ihr Blick fiel auf ihre offene Tasche, die neben dem Klavier auf dem Boden stand. Obenauf lag die lila Federboa von Georgina. Sie lächelte. Er war in New York geblieben, wo er inzwischen bei einem kleinen Theater am Broadway arbeitete. Gerade heute war sein Glücksbringer wichtig. Sie schloss die Augen. Berlin, Deutschland. Zum ersten Mal hatte sie den Boden ihrer Heimat wieder betreten. Ein einfaches Gastspiel, wie es in den letzten Jahren viele gegeben hatte. Lissabon, London, Rom und Paris. Sie reisten durch die Welt und spielten an den großen Opernhäusern Europas. Jetzt also auch in Deutschland. Noch immer waren die Schäden des Krieges zu sehen. Leere Grundstücke, manche noch voller Trümmer, die von Unkraut überwuchert waren. Unmengen von Baustellen gab es in der Stadt. Gewiss war es auch in Frankfurt so. Dort würden sie nicht auftreten, wofür sie dankbar war. Sie wusste nicht, ob sie es fertiggebracht hätte, in ihre zerstörte Heimatstadt zurückzukehren. Sie wollte sie nicht anders sehen. In ihrer Erinnerung sollte Frankfurt die Stadt ihrer Kindheit bleiben.

»Da war vorhin ein junger Mann für dich. Einer von der Armee«, sagte plötzlich Bob, ihr Choreograf, hinter ihr. Sie wandte sich um. »Wahrscheinlich ist er längst gegangen.« Er winkte ab und griff nach seiner Tasche.

»Von der Armee?«, fragte Ruth.

»Ja, draußen auf dem Flur. Er wollte doch tatsächlich die Probe stören. Ich habe ihn fortgeschickt. Kann ja jeder kommen.«

Er schüttelte den Kopf und verließ den Raum. Laut fiel die Tür hinter ihm ins Schloss. Ruth blieb zurück.

Jemand von der Armee, dachte sie. Sie kannte niemanden von der Armee, schon gar nicht in Berlin. Nachdenklich ging sie zur Tür und öffnete sie. Da hörte sie es plötzlich. Klavierspiel. Es kam aus dem Nebenraum. Chopin. Ihr Herz begann schneller zu schlagen. Langsam ging sie auf die Tür zu und öffnete sie mit zittrigen Händen. Da saß er. Walter.

Sie konnte es nicht fassen. Er war hier. Einfach so. Langsam ging sie näher heran und blieb neben ihm stehen. Er hörte, wie gewohnt, nicht auf zu spielen, sondern rutschte auf dem Klavierhocker ein Stück zur Seite. Wortlos nahm sie seine Einladung an und sank neben ihn. Nach einer Weile schloss sie die Augen und träumte sich in das Herrenzimmer der Sommers zurück. Tränen liefen über ihre Wangen.

Wenn Walter spielte, stand die Zeit still.

NACHWORT

Als ich auf das Thema der jüdischen Kindertransporte nach England gestoßen bin, hat es mich nicht mehr losgelassen. Die Vorstellung, sein Kind in die Fremde geben zu müssen, mit dem Wissen, es vielleicht niemals im Leben wiederzusehen, hat mich als Mutter sehr mitgenommen.

Zu diesem Roman haben mich die Geschichten vieler dieser Kinder inspiriert. Einige Namen möchte ich hervorheben.

Das Vorbild für die Figur der Ruth ist Eva Heymann. Sie wurde im Jahr 1924 in Berlin als Kind eines jüdischen Vaters und einer protestantischen Mutter geboren und reiste am 21. Mai 1939 mit einem der Kindertransporte nach England. Sie war musisch sehr begabt, genauso wie ihre Mutter. Ihr Vater überlebte den Holocaust nicht. Er wurde im Herbst des Jahres 1944 in das Konzentrationslager Theresienstadt deportiert, wo er kurz nach seiner Ankunft starb. Nach Kriegsende fasste Eva Heymann den Entschluss, sich in Amerika ein neues Leben aufzubauen. Sie widmete sich in Baltimore ihrer großen Liebe, der Musik, studierte am Peabody Conservatory Gesang und Schauspiel und wurde Opernsängerin.

Im Jahr 1950 folgte ihr die Mutter Elisabeth nach Amerika. Nach elf Jahren erlebten die beiden ein bedrückendes Wiedersehen. Kurz nach ihrer Ankunft in New York wurde Elisabeth Heymann schwer krank und starb.

In den fünfziger Jahren kehrte Eva nach Deutschland zurück, wo sie lange Jahre als gefeierte Koloratursängerin in Baden-Baden auf der Opernbühne stand.

Im Sommer 2016 ist sie im Alter von 91 Jahren verstorben.

Walter Bloch, der 1928 in München geboren wurde, gelangte am 6. Januar 1939 mit einem der Transporte nach England. Auch seine Mutter schaffte es mit einem Permit nach England, wo sie als Hausangestellte Arbeit fand.

Nach Kriegsende erfuhr Walter von dem Schicksal seiner Tante Gretel. Sie wurde vier Jahre lang von ihrer Hausgemeinschaft in München versteckt. Eines Abends klingelte tatsächlich ein Nachbar, der bei der Gestapo arbeitete, an Gretels Tür und sagte zu ihr, dass er ihren Namen von der Deportationsliste gestrichen habe und sie ab dem heutigen Tag offiziell nicht mehr existiere. Bis heute frage ich mich, was den Mann dazu bewogen haben mag und kann mir außer der Liebe kaum eine mögliche Erklärung vorstellen.

Von Ruth Michaelis, die 1935 in Berlin geboren wurde, wissen wir, dass sie nicht nach England, sondern lieber in den Zoo wollte.

Lothar Baruch, heute Leslie Brent (er musste seinen Namen mit Eintritt ins englische Militär ändern), geboren 1925 in Köslin, besuchte genauso wie Walter Bloch die Schule von Anna Essinger. Die Berichte der beiden über den Schulalltag in jener Zeit haben mich sehr berührt.

Den Eltern von Beate Siegel, die 1925 in München geboren wurde, ist tatsächlich die Flucht aus Deutschland über Sibirien nach Peru gelungen.

Bei meiner Recherche bin ich auf Schicksale vieler anderer Kinder gestoßen, und sie alle haben mich bewegt. Ich habe mit ihnen gelitten, war mit ihnen fassungslos und habe mich mit ihnen gefreut.

Gerade die Kinder, die ihre gesamte Familie durch den Holocaust verloren haben, kämpfen bis heute mit Schuldgefühlen. Warum bin ich noch hier? Weshalb bin gerade ich gerettet worden? Auch die ständig von der Umwelt eingeforderte Demut und Dankbarkeit für ihre Rettung ziehen sich wie ein roter Faden durch das Leben vieler der Kinder von damals.

Von den Kindern, die bei Kriegsausbruch noch sehr klein waren, hatten später viele Probleme, zu ihren Angehörigen zurückzukehren und sie wieder als Eltern anzunehmen. Für sie bedeutete die Rückkehr nach Deutschland eine erneute Entwurzelung, den erneuten Verlust ihrer vertrauten Umgebung. Viele von ihnen hatten ihre Muttersprache verlernt, was zu Verständigungsproblemen führte, und manche von ihnen schafften es nicht, wieder eine Familie zu werden:

»Deshalb fühlte ich mich schuldig. Dass ich niemals zurückgehen konnte, um mit meiner Mutter zu leben. Ich brachte es einfach nicht fertig.« (Zitat von Judith Kertesz, geboren 1933 in Brünn)

Besonders möchte ich Anna Essinger erwähnen. Sie floh mit ihrer Schule in einer Nacht-und-Nebel-Aktion im Herbst des Jahres 1933 aus Herrlingen in Baden-Württemberg nach

Südengland. In Otterdeen in Kent wurde das alte Herrenhaus Bunce Court bezogen. Nach der Reichskristallnacht organisierte Anna, die im Jahr 1938 bereits sechzig Jahre alt war, Auffanglager für die Kinder, die mit den Transporten in England ankamen, kümmerte sich um ihre Unterbringung in Heimen und bei Pflegeeltern und nahm viele von ihnen in ihrer Schule auf. Die Kinder nannten sie liebevoll »Tante Anna«.

Die Schule war für viele der Kinder ein Ort, an dem sie zum ersten Mal seit langer Zeit Frieden fanden. Auch die Spitznamen, die im Roman erwähnt werden – Hutschnur, Heidtsche oder Lo-Ka –, hat es in dieser Form gegeben.

Als ich nach England reiste, um das Schicksal der Kinder genauer zu recherchieren, hatte ich das große Vergnügen, dem Ehepaar George und Julia Miller zu begegnen, die heute den mittleren Teil von Bunce Court bewohnen und die Vergangenheit des Hauses lebendig halten. In ihrem Garten hängt noch immer die Schulglocke, und es gibt eine Gedenktafel. Julia Miller meint, sie spüre die Seelen der Kinder in dem Haus, und ist überzeugt, dass es ihnen damals in Bunce Court gut ging.

Das entwürdigende Prozedere, die Kinder auf der Suche nach Pflegeeltern wie Vieh vorzuführen, wurde nach einigen Monaten vom RCM wieder abgeschafft.

In vielen deutschen Städten waren es tatsächlich die Quäker, die bei der Organisation der Kindertransporte halfen. An das Frankfurter Büro der Quäker konnten sich Juden wenden, die keiner Konfession angehörten, die evangelisch oder katholisch getauft oder deren Kinder getauft waren.

Einer der ersten großen Kindertransporte nach England verließ Frankfurt am 18. Januar 1939. Die Kinder kamen aus allen Altersgruppen und aus verschiedenen Städten Süddeutschlands. Ab Mai 1939 fuhren aus Frankfurt nahezu wöchentlich Züge voller Kinder Richtung England ab.

Die zuständige Sachbearbeiterin bei den Quäkern, Dr. Martha Wertheimer, informierte im Januar 1939 über das Schlupfloch der »Kinderverschickung« in einem jüdischen Nachrichtenblatt. »Es sei kein schönes Wort«, schrieb sie damals, »aber eine gute Sache.«

Mit meinem Roman wollte ich an die Kindertransporte erinnern, zugleich wollte ich zeigen, wie es den Juden damals in Frankfurt erging. Da meine Figur Anni Opernsängerin sein sollte, habe ich besonders im Umfeld der Städtischen Bühnen recherchiert. Einige der dort verfolgten Künstler haben im Roman Nebenrollen erhalten:

Adolf Grünhut, geboren 1875, gehörte seit September 1905 zum Ensemble der Oper Frankfurt. Er war Chorsänger, später erster Chortenor. Aus gesundheitlichen Gründen schied er 1932 nach siebenundzwanzig Jahren bei den Frankfurter Bühnen aus. Am 31. Oktober 1933 wurde er, wie im Roman geschildert, vor dem Opernhaus gedemütigt. Mit der Karikatur eines Kaftan tragenden Juden um den Hals wurde er von einem SS-Mann und der versammelten Menge nach Hause getrieben, wo er sich vor Angst von seiner Frau im Keller verstecken ließ. In Folge der Aufregung verstarb Adolf Grünhut am nächsten Tag.

Nini und Carry Hess führten ab 1914 am Börsenplatz in Frankfurt ein Fotoatelier. Zum Kundenkreis der beiden Frauen zählten vor allem Künstler, Wissenschaftler und Sportler. In den 1920er Jahren erlebte das Studio seine Blütezeit, und die Künstlerinnen schlossen mit den Städtischen Bühnen einen Anstellungsvertrag ab, der ihnen feste Aufträge mit regelmäßiger Bezahlung garantierte. Doch da beide jüdischer Herkunft waren, wurde ihr Vertrag 1933 aufgehoben. Während des Novemberpogroms 1938 verbrannten SA-Leute das Bildarchiv und zerstörten die gesamte technische Ausrüstung des Ateliers. Carry Hess gelang die Flucht ins Exil nach Paris. 1957 starb sie völlig verarmt im schweizerischen Chur.

Über das weitere Schicksal von Nini ist wenig bekannt, außer dass sie zu einem unbekannten Zeitpunkt nach Auschwitz deportiert und dort ermordet wurde.

Vor ihrem einstigen Zuhause in Frankfurt-Sachsenhausen erinnern seit 2014 Stolpersteine an Nini und Carry Hess sowie an ihre Mutter.

Magda Spiegel wurde im November 1887 als zweite Tochter einer wohlhabenden jüdischen Familie in Prag geboren. Spätestens seit den 1920er Jahren war sie Protestantin. Ihre Altstimme fiel schon in der Schulzeit auf und wurde als sonor und sehr außergewöhnlich klingend beschrieben. Im August 1917 kam Magda Spiegel als erste Altistin nach Frankfurt, wo sie bald zum Star des Opernhauses avancierte. Der Generalintendant Meissner versuchte, 1933 ihre Kündigung zu verhindern. Sie sei, so schrieb er in einem Gesuch an das Preußische Kultusministerium, »eine Künstlerin, die zur

Zeit in Deutschland durch eine annähernd gleichwertige Kraft nicht zu ersetzen ist«. Doch schon zu diesem Zeitpunkt stand fest, dass ihr bis 1935 laufender Vertrag nicht verlängert werden würde.

Magda Spiegel wurde am 1. September 1942 nach Theresienstadt verschleppt, wo sie noch bis 1944 bei Arienabenden auftrat. Am 19. September wurde sie dann nach Auschwitz deportiert und dort vermutlich direkt nach ihrer Ankunft ermordet.

Auch ihr langjähriger Freund Max Loeb wurde Opfer des Holocausts.

An Magda Spiegel erinnert in der Holzhausenstraße 16, ihrem Wohnsitz in Frankfurt, ein Stolperstein, der im Jahr 2006 verlegt wurde.

Das Jankele wurde von Mordechaj Gebirtig geschrieben. Er wurde im April 1877 in Krakau geboren und war ein jüdisch-polnischer Poet und Komponist. Über neunzig Lieder hat der »letzte jiddische Barde«, wie er genannt wurde, der Nachwelt hinterlassen. Von Beruf war er Tischler. Freunde sagten über ihn, dass er tagsüber an Möbeln hobele und nachts an jiddischen Liedern. Seine Melodien komponierte er auf einer kleinen Flöte. Bis 1942 schrieb er immer neue Texte.

Am 4. Juni 1942 wurde er im Krakauer Ghetto auf offener Straße von einem deutschen Besatzungssoldaten erschossen.

DANK

Mein Dank geht an meinen Ehemann Matthias Steyer, der mir mit Rat und Tat zur Seite stand. Gemeinsam sind wir nach England aufgebrochen, um den Spuren der Kinder zu folgen. Eine Reise, die uns sehr berührt, uns aber auch großen Spaß gemacht hat. Auch möchte ich mich hier noch einmal bei George und Julia Miller aus Bunce Court bedanken. Sie haben uns sehr herzlich aufgenommen, und die Stunden in ihrer gemütlichen Wohnküche waren ein unvergessliches Erlebnis.

Auch möchte ich mich bei meiner Agentin Franka Zastrow und bei meiner Lektorin Stefanie Werk dafür bedanken, dass sie diesen für mich sehr bewegenden Roman möglich gemacht haben.